augenblick

Andreas Gryphius ·
Betrachtung der Zeit
um 1640

Mein sind die Jahre nicht, die mir die Zeit genommen;
Mein sind die Jahre nicht, die etwa möchten kommen;
Der Augenblick ist mein, und nehm ich den in acht,
So ist der mein, der Jahr und Ewigkeit gemacht.

das magische grüne auge

Warm werden. Mit sich, mit seinen Erinnerungen. Sie sind Gegenwart und erfassen enger, je älter man wird. Warum machen wir das, zwei, die nebeneinander saßen in der Penne, im Gymnasium Aue und sich nach einem halben Jahrhundert entdecken, sich erst jetzt wahrnehmen als Menschen, die es immer schon wollten: Kunst, die hinter die Dinge blickt, welche die Realitäten hinter den Erscheinungen der Welt erkennt. Der eine mit Texten, der andere mit Fotografie, meist kurz, sinnlich erfassend, was im Einzelnen für das Ganze steht: politischer oder besser poetischer Pointillismus, der uns beide verbindet.

Viele Jahrzehnte haben wir es gemacht, jeder für sich. Und erst jetzt erkennen wir, dass die inneren Kanäle die gleichen sind. Was für ein Glück!

„Das Radio muss erst warm werden" heißt es in einem Erinnerungsblitzlicht in der Wohnung der Oma, wohl im Jahre 1955. „Das Warmwerden erkennt man daran, dass das kleine grüne Auge vorne links immer größer wird."

Sind wir nicht alle verwandt und solchen Erlebnissen nahe, sind wir nicht alle irgendwie Röhrenradios, die erst warm werden müssen, um mit geweiteter Pupille die Welt wahrnehmen zu können? Dann hören wir die Kindheitsmelodien wieder, werden sie wieder Gegenwart. „Wenn Arthur träumt, dann träumt er in die Sterne", so erzählte es damals die Stimme im Radio.

Das Unterbewusste träumt uns weiter, stellt uns Bilder und Melodien, Geräusche und Düfte ins Hirn, die bleiben und beleben.

Die Heimatstadt Wuppertal ist unser beider Resonanzboden oder die Stimmgabel für das, was wir erkennen und wahrnehmen wollen, in uns, in der Stadt am, nein: im Fluss und in den Exkursionen außerhalb, in Deutschland und Europa. In den Bildern – denen der Fotos und der poetischen Miniaturen – sind Spiegel entstanden. Wir alle schauen hinein und gleichzeitig hinaus und werden dadurch selbst zu Fotografen und Autoren. Denn jede und jeder nimmt eigene innere Bilder und Erfahrungen mit und lässt etwas entstehen, das erblühen kann: falls man sich einlassen will, falls man das Warmwerden des grünen Auges in uns zulässt.

Und so werden Augenblicke geboren, die in der Erkenntnis von Andreas Gryphius wurzeln, dass wir nur dann ganz bei uns sind, wenn wir den Augenblick durchmessen. Darin liegt eine spirituelle, ja göttliche Komponente. Die Stimmen und Geräusche der Vergangenheit aus Familie, Stadtgesellschaft und anderen Teilen der Welt sind nicht fern, sie sind gegenwärtig wie alles, wie die Menschen und Erlebnisse, die nicht mehr da sind und doch mit uns im Gespräch bleiben.

Und so ist dieses Buch eine Einladung, sich einzulassen auf Exkursionen in Welten, die in ihrer, die in unserer Subjektivität andere erwärmen können.

vorwort

von Jörg Aufenanger

Wenn zwei in Wuppertal Geborene ein Buch mit Fotos und poetischen Miniaturen vorlegen, das zudem von einem ebenfalls dort Geborenen mit einem bescheidenen Vorwort versehen wird, könnte man darauf schließen, dass der in Elberfeld geborene Schriftsteller Paul Pörtner Recht hat, wenn er mal gemeint hat, die Stadt an der Wupper habe eine besondere Präge- und Klebekraft – ob man von dort nun in die Welt gezogen oder geblieben ist. Der Ort der Herkunft lasse einen nicht los, er sei der Resonanzboden für alles, was man zum Ausdruck bringen will, stellt Matthias Buth in der Einleitung zu dem Band „Im Augenblick“ fest.

Der erste Augenblick richtet sich – wie sollte es anders sein – auf die Wuppertaler Einzigartigkeit – die Schwebebahn. Doch Wolf Birke hat sie verfremdend ins Bild gebannt, sodass man schon genau und mit einem Wuppertalgeschulten Blick hinschauen muss, um sie zu erkennen. Zudem meint man dann noch ihr Rattern und Quietschen in einer Kurve zu hören. Augenblick und Ohrenausen. Matthias Buth, der Dichter, antwortet dem Foto mit einer Rhapsodie, in der er der Schwebebahn unterstellt, sie wolle auch mal durch andere Lüfte schweben. Doch sie hänge für immer und ewig an der Stadt und könne nicht einmal entführt werden. Zudem vermutet er, sie schreibe Gedichte. Ist sie dann der eigentliche Dichter?
Oder doch Matthias Buth.
Der nennt viele seiner Gedichte Rhapsodien. Doch was zeichnet diese aus? Mein Fremdwörterlexikon von 1854 meint, sie sei „bruchstückhaft“, gar “zusammengestückelt“. Für Baudelaire besteht sie aus lauter losen Fetzen. Das stimmt so indes nicht für Buths Rhapsodien, eher eine heutigere Definition greift da, die sie phantasiereich, gefühlsbetont, bildstark und formal frei nennt, und die zudem cantabile, also gesangsnah sei. Doch ein Song ist das eröffnende Schwebebahngedicht nun nicht, aber herrlich erfindungsreich, bildstark und in sich melodiös. Nicht alle Fotos und Gedichte des Bands stehen in einer derartigen Korrespondenz miteinander. Doch wenn der Augenblick im Bild auf der ihm gegenüberliegenden Seite Antwort in Sprache erhält, entwickelt sich der besondere Reiz des Buchs. So auch in dem fotografischen Blick auf den schneebedeckten Platz um die Elberfelder Laurentiusbasilika, zu dem sich die Verse Buths gesellen: „Die Wolken legen ihr weißes Löschblatt auf alles was da lebt, alles kann neu beginnnen“. Sanft rieseln da die Flocken um die Turmspitzen herum, geben so dem Locus Iste etwas Geheimnisvolles.

Ebenso in einem anderen Foto desselben Platzes im Herzen von Elberfeld, in dem der Augenblick des Bilds mit dem Wort vereint wird. Es ist zwar nicht der Mond von Vermont, sondern der über Wuppertal im Bild, zudem der Dichter die Zeilen hinzufügt: „Wenn der Vollmond die Dächer liebt ... ist die Nacht ein Gewirr aus Schweigen.“ Aber der Wuppertaler bleibt ja nicht für ewig im Tal, sondern entfernt sich zumindest zeitweise, wenn auch oft nicht sehr weit vom Ort seiner Geburt und der Jugend. Wolf Birke, der Fotograf, lebt weiterhin hier, aber einige seiner Fotos erzählen von anderen Welten, von südlichen Gefilden und von Paris vor allem. So von einer Metrostation nahe den Champs-Élysées. Matthias Buth fügt dem die Beschreibung des länglichen Metrotickets hinzu, das er wegen der Farbe genialiter „violette Zunge“ nennt. Ein anderes Parisfoto bildet ein Tablett mit dem Kaffeeservice des berühmten „Café de Flore“ in St. Germain-des-Prés ab, wo einst die angesagten Existenzialisten tranken, rauchten und sich die Köpfe heiß redeten.

Ein Gedicht über einen Café au lait fällt dazu dem Dichter ein. Selten nimmt in dem Buch das Gedicht wie hier eine derart naheliegende, illustrative Haltung ein, ist es stets eigenständige literarische Schöpfung in Korrespondenzen, bisweilen gar Koinzidenzen zwischen Bild und Wort.

Matthias Buth lebt am Rand des Bergischen Landes, Luftlinie 40,12 km von seinem Geburtsort entfernt, ist aber viel unterwegs gewesen, und diese Weltläufigkeit hat sich immer wieder in seinen Gedichten und Essays niedergeschlagen. Und doch bleibt die Frage: Entwickelt der Wuppertalgeprägte, der in der Enge des Tals aufgewachsen ist, selbst wenn er daraus einmal ausgebrochen sein sollte, überhaupt eine Neigung, Kosmopolit zu sein?

Die Präge- und die Klebekraft – und da vor allem diese – der Stadt im Tal, von der Paul Pörtner spricht, von Bergen eingeschlossen mit von der Wupper vorgegebenen Auswegen nur nach Osten und Westen, macht aus ihr eher als das platte Land heimelige Heimat. „Wer meint, die Welt sei ein Dorf, er sei überall zu Hause und Weltbürger, der verdrängt die Provinz als Weltmodell", schreibt Matthias Buth mutig in einem Gedicht, das einem Foto einer Kirchenglocke als tönendem Signal für ein Zuhause gegenüber steht. „In ihr wurzelt die Heimat."
In der Provinz nämlich, das Wuppertal ohne Zweifel eben auch ist. Aber zugleich Weltmodell?

Melancholie grundiert nicht wenige Fotos und Sprachminiaturen. So den fotografischen Blick in einen labyrinthischen Treppenaufgangs, so auch ein Zitat des Gipfelstürmers der Verzweiflung Emil Cioran, über die Wehmut, – „nichts überlebt die Liebe" – dem Matthias Buth Gedichtzeilen zu Brahms Wehmutsmusik der Alt-Rhapsodie nach Goethes Harzreise im Winter nachstellt, in der es heißt: „Wer heilet die Schmerzen"!

In einem der letzten Fotos des Buchs greift Wolf Birke zurück auf ein zentrales Motiv in der Darstellung der Melancholie, auf das Stillleben, wie es seit der Antike Künstler und späterhin Sebastian Stoskopff, Rogier van der Weyden und im zwanzigsten Jahrhundert noch Giorgo Morandi, Henri Matisse oder Max Beckmann in ein Bild gesetzt haben. Es ist das Sinnbild der Melancholie, und so hat Birke einen Tisch mit Objekten zum Motiv hergerichtet, mit Gläsern, Büchern, einer Kerze und einem Totenschädel. Vor allem der zieht unseres Auges Blick an. Und Buth, der Dichter, fragt dazu: „Welche Zukunft hat der Tod?" und antwortet sich selbst: „Sehnsüchtig streckt er sich nach dem Leben aus, will sich mit ihm vereinen."

Das Wort Augenblick trägt einen doppelten Sinn in sich. Es ist der Blick des Auges und er ist der Moment, der durch Auge, Ohr, Haut und alle Sinne wahrgenommen wird. Er ist nicht teilbar, er gehört allein dem, der ihn erlebt. Es ist genau dies, was das dem Buch vorangesetzte Zitat des Barockdichters Andreas Gryphius meint:
„Der Augenblick ist mein, und nehm ich ihn in acht,
so ist der mein, der Jahr und Ewigkeit gemacht."
Doch wann ist der Augenblick „mein"!?
Nur in dem winzigen Moment, wenn die Sinne ihn in der Plötzlichkeit einer Sekunde erfahren. Alles, was dem folgt, ist Verspätung, im Klicken des Fotografen oder im Kopf des Dichters, der ihn einzufangen sucht in Worten.

Ist Kunst stets eine Verspätung?

rhapsodie **335**

In Wuppertal natürlich lebt die Schwebebahn.
Über die Straßen von Vohwinkel und Sonnborn
schweben, dann über dem Fluss, der seinen
Namen gegeben hat. Wie gerne würde sie mal
entführt in andere Lüfte und auf weichere Gleise.
So aber hängt sie weiter an der Stadt, schreibt
Gedichte und fürchtet sich vor der nächsten
Kurve, Feuer speiend nimmt sie Schwung.
Manchmal bleibt sie länger im Bahnhof
„Zoo-Stadion" und wartet auf Tuffi und andere
Elefanten, die sich was trauen.

sekundenschlaf

In Millisekunden seien sie gestorben
Implodierende im Meeresgrund
Der Titanic nah die immer noch anzieht wie
Andere Todesmale wie
Die Pyramiden und ewig die Kriegsgräber
Von Flandern Verdun Hürtgenwald und Odessa

Fünf Männer wollten die Reling sehen
Wo 1912 Hände flatterten und Küsse flogen
Dem eigenen Sterben nachspüren
Aus Lust und um zu zeigen
Wir sind die Beherrscher von Meer und Tod

Weitab im Mittelmeer im mare nostrum
Wird nicht gestorben in Millisekunden
Wo die Wellen hereinbrechen in die Boote
Und die Kinder nicht mehr schreien können
Wo Afrika hinüberwachsen will nach Europa
Die Steppen sich sehnen in die Flusslandschaften
Des grünen Kontinents
Dort sind die Nächte Millionen Sekunden
Sie zählen und zählen
Zählen uns aus

und wenn

Und wenn Du ein See wärst
Kämen alle Wolken ins Wasser
Um unten und oben zu verwandeln
Und wenn Du eine Leopardin wärst
Kämen alle Winde um mit Dir
Die Steppe zu überfliegen
Und wenn Du ein Wort wärst
Kämen alle Sprachen es zu beatmen
Und wenn Du Schnee wärst
Kämen alle Berge um sie mit Kristallen zu wärmen
Und wenn Du ein Land wärst
Kämen alle Kontinente und nähmen Dich auf
Und wenn Du ein Grab wärst
Kämen alle Himmel Dich zu erwecken
Und wenn Du nicht Du wärst
Wär` kein Wort eine Welt

winterstück

Das Teehaus im Park
Von Sanssouci
Schwimmt unterm Drahtverhau
Der Baumkronen

Sucht einen Fluchtpunkt
Im Niemandsland Schnee
Der Nachmittag bewacht
Den Bach der im Westen vereist

rhapsodie **748**

Wenn es das gäbe,
einen Fernsehsender ohne Menschen,
einer, der nur Wiesen und Wälder zeigt,
Meere und Seen, Flüsse und Bäche,
Häuser und Städte, ohne menschliches Leben,
ohne Worte und Sätze, die töten,
ohne Fragen wie „Was wäre wenn?“,
nur die ausgestreckten Ebenen der Natur,
bewohnt von Tieren, Vögeln und Bienen,
die sich selbst genug sind.

rhapsodie **100**

Die Tulpen, schon drei Tage in der Vase, wollen sich auf- und davonmachen, sie werden immer unruhiger, berühren schon den Tisch, verschütten ihre Kelche immer tiefer und leerer. Wie viel Verzweiflung wollen sie loswerden?

Fliegen ist schön
zum
Brau

schaukeln

Komm auf die Schaukel Luise
Flieg höher und weiter hinaus
Solang ist die Welt eine Wiese
Und macht sich 'nen Vers daraus

Komm lass die Bäume verwehen
In deinem Haar und auf der Haut
Sie fangen und vergehen
Wie Reis einer mutigen Braut

Komm lass die Toten fliegen
Nach vorn und darüber hinaus
Das Atmen ist ein Siegen
Ins Leben auch ohne sicheres Haus

schlaflos

Nachts wehen Straßen
Die Gärten zu
Mit dem Weißlicht der Peitschenlaternen
Regenschauer kommen
Nieder mit mundlosen Sternen

Verschüttete Worte
Zerschlagener Ruh

die katze

Schlaf hat
Ihre Augen eingewoben
Ins Tigerfell

Wenn Türen schlagen
Dreht spitz
Sich ein Ohr
In die Geräuschbahn

Die Pfoten
Das ruhende Laufwerk
Halten den Tisch fest

Es ist warm

auf dem fahrrad

Zwischen zwei Rädern
Sitzend auf einem Sattel
Zwischen Vorwärts und Rückwärts

Auf leisen Sohlen
Sich auf- und davonmachen
Dem Fahrtwind entgegen

Die Kanaldeckel
Reißen am Lenker und
Die Bäume fliegen zusammen

Alle Ampeln sind grün
Alle Straßen frei
Ich komme an

rhapsodie **244**

An den Straßen wehen die Gräser den Sommer zusammen,
heimatlose Minarette, vom Fahrtwind aufgescheucht.
Dann starren sie wieder zu Boden.

Café de Flore
Café de Flore
PARIS

café au lait

Hier sind die Seitenstraßen Haarspangen
Sie halten den Place de la République zusammen

Die Markisen der Brasseries beschatten die Tische
Der Morgen traut sich noch nichts

Zeitungsleser warten auf das Volk
Das den Café au lait duftend abstellt

Er kann Gedanken lesen und verträumen
Während die Espressomaschine abdampft

Die U-Bahn-Billets sind violette Zungen
Auf denen Worte Streicheleinheiten versuchen

die harfenistin

Vor dem Konzert
Noch allein im Halbrund der Pulte und Stühle
Stimmt sie ihre Harfe
Eine Wolke

Immer höher bis zur Quelle
Wo die letzten Töne sich auflösen

Die Pauken neben ihr stumme Monde
Der Flügel weist schwarz alle Fragen ab
Die roten Sessel kommen in Bewegung
Als vom Foyer die Schumann-Fanfare
Der Rheinischen herüberbläst

Dann lässt sie ab
Als wollte sie
Ihr Haar lösen

Zwei Jacketts streichen grau
Über die Lehnen

Langsam legten sie ab

harfen

Nichts überlebt die Liebe, die Wehmut, sie zu überleben ausgenommen.
Eine Wehmut, geweitet durch die Liebe zur Musik.
E. M. Cioran

Brahms wusste es
Und schrieb die Alt-Rhapsodie op. 53
Entlang Goethes Harzreise im Winter

Schnee öffnet die Poren
Weitet den Blick
Horizont kommt ihm entgegen

Schlaf wirft Schleier
Über die tausend Quellen
Die hinabsinken ins Innere

Nur so ist das Verstummen
Erträglich das ohne Worte
In Klängen aufgeht die

Wiegen und wachen
Wie Gräser in den Dünen
Die geduldigen Harfen

gemeinde

für Eginald Schlattner

In vollem Ornat geht er
Zu seiner Kirche in Rothberg

Kupferspangen beschlagen
Mantel und Morgen

Die Tür atmet schwer
Wenn sie nachgeben muss

Er streicht Wellen über die Bänke
Leergebetet seit Jahren

Die Orgel tropft Stille
Im Chor spielen die Fenster

Dann breitet er seine Arme
Und tröstet Gott

Bis auch
Er nicht mehr kommt

HIER WOHNTE
EGON BAGINSKY
JG. 1903
DEPORTIERT 29.1.1943
ERMORDET IN
AUSCHWITZ
HIER WOHNTE
ELSE BAGINSKY
GEB. ANGRESS
JG. 1901
DEPORTIERT 29.1.1943
ERMORDET IN
AUSCHWITZ

rhapsodie **61**

Nicht wenige würden gerne im Europäischen Elysium aufgehen, endlich sich von der Last der Nationen und Völker befreien.
Und wie gern würden das die Bewusst-Deutschen, die wegen Auschwitz in die Politik gegangen sind, die sich nicht trauen, die Väter und Großväter zu befragen, die zusammenfallen, wenn sie die Zahl sechs Millionen hören, die alle Symphonien von Beethoven, Brahms, Schumann oder Bruckner hergeben würden, um endlich erlöst zu werden vom Deutschsein, vom Meister aus Deutschland, der uns die Geschichte schwärzt.
Aber wenn wir die Toten in unsere Mitte holen, wenn wir ihr Atmen wiederbeleben wollen, das unserer Nachbarn, das der Kinder und Greise, die so sehr auf das liebe Vaterland, das ihnen Sprache gab, setzten, dann müssen wir bei uns bleiben, sie annehmen. Europa will nicht unsere Toten. Nur wir, die Nachkommen von Kant und Schopenhauer, von Georg Trakl, Nelly Sachs und Else Lasker-Schüler und der ungeschriebenen Gedichte - wir sehen die Augen unserer deutschen Nachbarn, der Toten, die uns zurufen: Bleibt bei uns.

rhapsodie **35**

Vor dem Fenster - der japanische Kirschblütenbaum ist
der erste, der den Frühling aufwölkt mit einem Erröten
zwischen rosa und weiß - wie ein Kuss, der sich nicht traut
und so lange bleibt.

opas lampe

Jeden Abend schaltet
Sich mein Opa zu
Beugt seine Schreibtischlampe zurecht
Ohne den Fuß zu bewegen
Durch den geinselten Sommer der Glühbirne
Ziehen Dampflokomotiven
Die er anhält und weiterfahren lässt
Mit weißer Mähne
Der Schirm aus braunem Blech
Ist ein undurchlässiger Trichter
Der den Kopf wärmt
Den Sputnik meiner Kindheit

rhapsodie **88**

Pirandello schrieb in Bonn rheinische Elegien,
der Rhein war ihm Mitte und Meer,
Agrigento eine Wolkengeliebte, wie alle Mauern und Straßen,
die unerreichbar sind.

halme

Der Ackerschachtelhalm
Wächst oft an Bahndämmen
Orakelt mir immer noch
Das Biologiebuch der Sexta

Nachts setzen die Fahrtwinde mit
Grünen Antennen
Haltesignale über die Gleise
Der Morgen schaltet sie alle um

nicht gestorben

Philomena Franz (1922-2022) spricht weiter

Hier an der Schulter
Wo die Knochen hochstehen
Bleibt es
Das Hochziehen an Stricken
Die Arme auf dem Rücken
So hingen wir lange bis alle Schreie ausgetropft waren
Die Ohnmacht uns hielt
Als sie uns runterfallen ließen brachen die Füße
Die Gelenke fielen aus den Sehnen
Ich hatte Glück und fiel auf die Füße
Leicht war ich wie eine Scheibe Brot

Immer hatte ich Glück
Weil mein Geist meinen Körper hielt

Jetzt gehe ich weiter
Im Licht das aus den Blumen kommt
Das in Ostern mündet
Gehe aus dem fünften Stock hinunter
Und sehe mich im Lächeln der anderen
Beim Bäcker im Aldi
Im Leben das nicht vergeht
Habe weiterhin Glück und kann nicht sterben
Bin auch nicht gestorben
Singe weiter vom alten Brunnen und von den Vögeln
Die mir ins Herz fliegen und singen und warten
Dass wir alle heimkommen
Entlassen aus den Seilen
An denen wir wehten im Wind von Birkenau
Wie heute am Tag an dem ich mit euch spreche
Bei gutem Essen und
Guter Musik aus Geigen und Gitarren
So bleiben wir im Gespräch und freuen uns

114
0

rhapsodie **223**

Die Schienen, die der Zug hinter sich lässt,
bleiben lange warm von der Geschwindigkeit,
von den Erschütterungen der Weichen und vom Bremsen
auf freier Strecke: Abschiedslippen, die sich
weltummundend um den Globus legen.
Erst gegen Abend nehmen sie eine andere Richtung.

schubert

Er setzt die Segel der Impromptus
Und hat alles vor sich was ihn trägt
Allegros die sich davon machen
Erinnerungen einholend und Verluste
Die eingestandenen und die am Rande
Von Bitternis und Hoffnung
Die Tasten nehmen die Körperwärme der Hände
Sie sehen nicht zurück
Aber die Delphine die in huschenden Triolen
Die Wellen überholen überspringen überlisten
Sie kennen alle Küsten
Sie halten auf uns zu

rhapsodie **371**

Die Treppe hinauf, Stufe für Stufe schneidet das Atmen in die Augen,
das Geländer ein eleganter Schwung, der vorbeigeleitet, noch einmal
ihn durch die Hand rauschen lassen, die wärmende Reibung und der
eine weiß nicht vom anderen. Anhalten und hinaufschauen ins Gebirge,
fern und nah wie Weintrauben, die alles versprechen.

rhapsodie **630**

Auf der Mainau ist immer Italien, immer Mai,
Main und Au - alles, was Süden hat, mischt sich hier.
Die Hortensien stehen sprachlos und voll des Sees.

rhapsodie **280**

Trotz allem setzen wir auf das Meer.
Im Meer in uns und im anderen. Und segeln drauf los.
Auf die Gefahr hin. Ohne Ufer. Im Blick nur der
entschwindende Horizont. Und nachts lassen wir uns treiben
von Sternen und Wind, vertrauend auf den Autopiloten Traum.

Défense
. de Vincennes
N D. ROOSEVELT

smart

Ganz nah an den Lippen
Die sprudelten fauchten flirrten
Kaum zwei Finger breit vor dem Mund

Hielt sie die flache Scheibe
Als wollte sie hinein und beißen
Und den anderen in sich bringen

Im U-Bahnschacht dann der Schnitt ins Netz
Kein Empfang
Ein lebensbedrohliches Aus

Beim Wiederauftauchen in den Fahrtwind der Oberwelt
Setzte sie ihre Tunnelfahrt fort
Magnethaft verbunden mit einer Wortwiese

Die sie sah
Ohne Gegenüber
Ohne Rückblick

Walter Birke Grossburg
Mechaniker

rhapsodie **86**

Stets wurde ich belehrt, es heiße nicht Recht auf Heimat,
sondern Recht auf die Heimat. Der fehlende Artikel -
fast schon Verrat, wo doch allzu genau bestimmt und
erkennbar sei, wo sie liege: Im verlorenen Osten, auf den
Leiterwagen der Trecks, in den Rucksäcken übers Haff.
In den Heimatmuseen (nicht im Heimatministerium in
Berlin) hängen in den Vitrinen die Haus- und Wohnungs-
schlüssel der aufgegebenen Heimaten; sie nahmen sie mit
als Faustpfand, Besitzdokument und - vor allem - metallene
Tränen. Hier weinen sie sich aus, solange das Licht brennt.

zebrastreifen

Er blieb liegen
Und wusste
Eines Tages werde er
Klavier sein
Und für sie spielen
Denn hier war ihr Weg
Durch den Morgen
Jeder Schritt eine chromatische Reihe
Die sich erst auflöste
Am anderen Bordstein

klavier

Es stirnt sich tief in die Wand
Der Nachmittag schiebt Schatten
Aus allen Partituren
Verlassener Gärten und Wolken
Ungespielt halten die Noten
Den weißen Mund offen
Jesus bleibet meine Freude
Lipatti beschloss so seine Konzerte
Weil er wusste dass er sterben würde
Und er wollte den Segen Bachs
So kauert es sich in liebender Angst
Ins Zimmer das schon nicht mehr ist
Ausgelaufen hinausgelaufen in andere Fugen
Der Vater spielt aus fernen Gräbern
In meine Hände die stumm sind
Zwischen schwarzen und weißen Tasten
Sie sind lange gestorben unter den Fittichen
Der Amseln die auf Dächern verwaisen
Der Schlaf die sanfte Boje
Wartet in einem Meer aus Wein und Hinaus

mond

Schlafweich ist das Licht
Zur Ruhe gekommen wie Milch
Die ihren letzten Strudel auslaufen lässt
Das Fenster hört die Boote am See
Das Klickern der Wanten an den Masten
Die weiße Stille auftuchen und bleiben
Unter dem Delphinkissen finden sich
Die Hände von Dir und Dir
So - schwimmen auf die andere Seite

rhapsodie **769**

Bis in die Niederungen soll es schneien. Welch eine
Verheißung: Die Wolken legen ihr weißes Löschblatt
auf alles, was lebt, alles kann neu beginnen.
Der Himmel zwischen uns.

rhapsodie **677**

Am 27. Januar 2020 - im Beethoven- und Hölderlin-Jahr - sprachen sie wieder zu uns, alle sechs Millionen, die aufgegangen sind im Rauch der Verbrennungsöfen von Auschwitz und seinen Geschwistern auf der Landkarte Europas, aufgebrannt in die Gedächtnishaut der Deutschen. Jetzt und immer. Die Fahnen klirren im Wind, wenn die Öde uns niederringt, uns vor Augen und Ohren führt, welch umarmende Gedichte und welch zärtliche Musik nie geschrieben und komponiert worden sind, wie sehr sich Beethoven und Hölderlin schämten, wüssten sie, was unsere Väter und Großväter, die Mütter und Großmütter taten und unterließen und wie sehr die Enkel und Urenkel immer noch wegsehen, nicht wahrhaben wollen, verschweigen und verdrehen, was in den meisten Familien bleiben wird: das Singen und Klagen, das Bitten und Flehen unserer Brüder und Schwestern, die nicht sterben wollen, die immer noch nicht sterben wollen, die bei uns bleiben. Sie sind uns näher als unsere Eltern, die von uns gegangen sind in den Zinksärgen des Schweigens, unfähig zu trauern, über sich und über unsere so nahen Nachbarn, den wortreichen Geschwistern. Sie hören uns zu.

arie

Ja, man nennt mich
Ich weiß es nicht
Ich schau mich nicht von außen an
Weiß aber dass Blumen mich lieben
Und auch der Regen wenn er Felder kämmt
Und auch die Straßen die er in Flüsse verwandelt
Auf denen ich hinunterfahre zum Meer
Das ich im Teer sehe und in mir
Meine Geschichte ist kurz
Und oft wenn der Abend seinen Schal
Um meine Schultern legt
Meine ich sie habe noch gar nicht begonnen
Ich brauche keinen Namen
Gebe aber Worte den Dingen die zu mir sprechen
Wie Fenster die in der Sonne baden
Wenn sie kein Licht mehr von außen bekommen
Beginnen sie zu leuchten
Wie weiße Rosen die sich nach Farben sehnen
Nach rosa und mehr

nachts schlafen die hortensien nicht

Nachts schlafen die Hortensien nicht
Sie gehen durch die Gärten sammeln Düfte
Und suchen nach zurückgelassenen Flügeln
Der Schmetterlinge
Der Pfauenaugen und der Zitronenfalter
Der Bienen sanfte Schwestern

Nachts gehen die Hortensien
Entlang der Ufer der Seen
Um zu hören wie sich die Wellen stillen
Die das Land umkehren und die Kiesel
Streicheln bis sie auslaufen ins Tiefere

Der Morgen ist eine Hortensie
In taublanker Schönheit
Sie glitzert rot über sich hinaus
Und verrät nichts von ihrem Feuerwerk
Das von Jahr zu Jahr größer wird
Sichtbares Schweigen das mitnimmt
Wie Wolken die ziehen und doch bleiben

rhapsodie **274**

Wolken sind lautlose Vaterländer für Vertriebene,
für Flüchtlinge und auch für Dich am Ufer des Sees,
dort sie sich verdoppeln und einander sehnsüchtig zusehen,
wie sie gehen und vergehen.

möven

Rosenmöwen und Lachmöwen
Silberkopfmöwen und Elfenbeinmöwen
Wiegen den Wind aus
Über Dünen und Brandung

Dann trinken sie vom Meer
Und sammeln in Salzdrüsen am Kopf
Die Bitternis des Wassers

So verdursten sie nicht
Ihre Schreie besticken die Flut
Die immer an Land will

rhapsodie **598**

Die Fichten sterben uns voraus. Braun starren sie uns an,
eine Herde Pferde, die auf uns zuhält und im vollen Galopp erstarrt.
Nur die Augen, sehnsüchtig wie Teiche, sind geblieben.
Sie schauen und schauen, als wollten sie uns mitnehmen,
wenn sie doch nur wieder davonjagen könnten.

GRUNDIG

in russland

In Russland stehen die Angeklagten
lächelnd in den Glaskästen der Gerichte,
als wären sie verstrahlt und hoch ansteckend.
Sind sie auch, denn nur in dieser Glaszelle
können sie frei sprechen, sich freisprechen,
ihr letztes Wort: manchmal sind es Gedichte,
gefährlicher als Tschernobyl.

ohne kompass

Wenn Du Dich unerreichbar
In Deine Augen
Zurückziehst

Bin ich
Ausgesetzt
Irgendwo
Ohne Kompass

Bin ohne Atem
Kein Wort
Hält zu mir

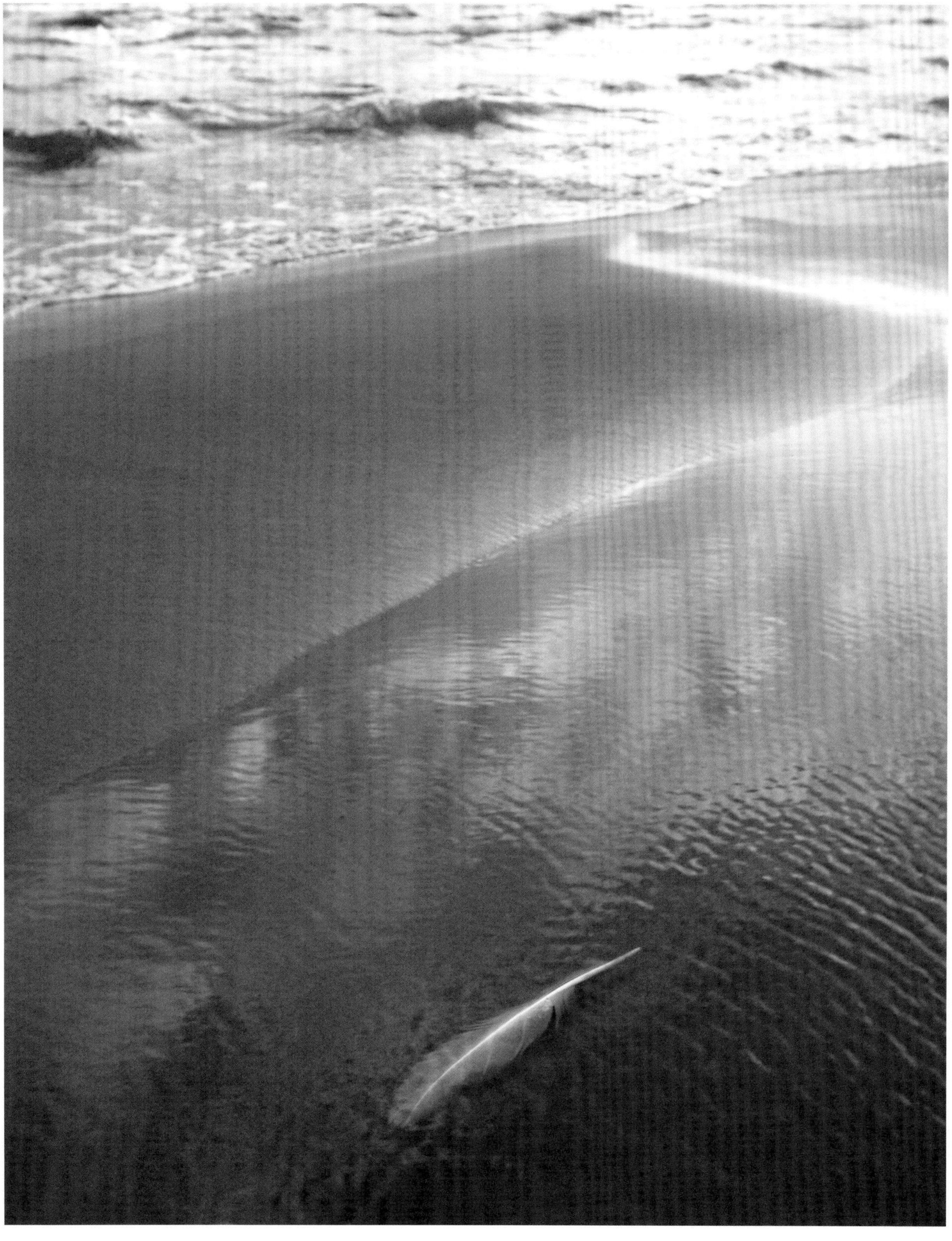

möglich

Auf dem Mars ist Wasser entdeckt worden
Die Teleskope sind sich sicher

Auch im Internet ist Wasser entdeckt worden
Die Blogger sind sich sicher

Im Herbst ist Wasser entdeckt worden
Der Sommer ist sich sicher

Im Wind der Dich auf dem Fahrrad durch die Felder fliegt
Ist Wasser entdeckt worden

So ist Leben möglich
Auf der Rückseite der Wolken

immer noch

Immer noch reitet Kara Ben Nemsi
Nach dem Tod von Rih
Der Rappstute schlankschwarz ebenholzernst
Bei den Haddedihn auf Assil Ben Rih
Aber an der Biegung des Flusses wechseln wir
Und ich sitze liege auf dem Sattel
Flach wie eine Dattel
Und kenne das Geheimniswort
Mit dem Rih den Wind hinter sich lassen kann
Ich muss es leise zwischen die Ohren senken
Mitten im gelösten Galopp
Inmitten allem was mitfliegt
Wenn der Horizont eine erreichbare Wonne ist

rhapsodie **712**

Noch stehen die Birken mit weißen Stämmen allein an den Straßen,
verwandt mit den Zebrastreifen. Bald aber senden sie wieder Goldstaub
aus wie Saharasand. Dann beginnen alle Variationen neu,
chromatisch jagen sie durch alle Tonarten, sie gebieten der Welt.

rhapsodie **305**

Im Burgund schläft ein Flügel, betäubt von Damast und Mörtel,
ins regenlose Gemäuer. Gegen Mittag, wenn sich die Sonne über
die vergrauten Wiesen geschleppt hat, besucht eine Eidechse die Saiten.

festnetz

Unter der Dachschräge dem Morsealphabet des Regens nah
Ruht es immer noch
Abgestellt aufgegeben mit hängendem Kabel
Aber immer noch da
Ein leises Versprechen auf Nähe auf Stimmen
Die mich meinten die mich aufnahmen
Mit Worten die aus der Sprache gefallen sind
Die Wählscheibe spielte schon mit den Kinderhänden
Von 0 bis 9
Das Ablaufgeräusch der Zahlen eine Rhapsodie für Weite
Ein Katzenschnurren auf Abruf
Der Hörer ein Weltenherrscher zwischen Ohr und Mund
Immer schwarz und bereit
Das Auflegen
Ein zärtliches Wort
Aus legen und auf
Es konnte bitter sein
Das Tut Tut Tut war Abschied und Vergessen
Das immer zurückwollte
Als die Post noch tröstete mit einem Anschluss
Im Festnetz das diesen Begriff noch nicht brauchte
Die Toten bleiben in der Leitung
Ich höre ihnen zu wie dem Regen
Der mehr von Wählscheiben weiß
Die niemals einhängen

TEL 22754

rhapsodie **225**

Sizilien und Lampedusa haben schon lange abgelegt und Kurs genommen
auf den Mond, den sicheren Ort hinter den Wolken, wo kein Boot landen kann
und alle Gräber in den Lüften wohnen.

am flughafen

Abends kommen sie zurück

Auf ihren Flügeln
Tragen sie mir lautlos
Alle Kontinente
Übers Fenster
Wenn der Wind
Von Osten weht

Die Landescheinwerfer
Sprechen zu mir
In fernen Sprachen
Berichten
Von Sydney und Lima
Vom Nil und vom Ganges
Und von den Welten
Dazwischen

Im Landeanflug des Abends
Bin ich in Moskau und Rio
Im April und im Sommer

Bin überall
In meinem
Zimmergefängnis

wir trümmerkinder

für Jörg Aufenanger

Wo die Kaiser-Wilhelm-Allee in die Hubertus-Allee mündet
Blieb uns lange der Schuttschrei eines Bombentrichters
Sonnborn war 1943 nicht gemeint aber der Flugzeugschacht
Der fliegenden Festung wusste es nicht besser

Auch im Wald der Jägerslust am Ende des Böttinerwegs ein Erdmund
Aus dem Sträucher emporkletterten wie Verschüttete
Wo in Stein gemeißelt der Vater mir übersetzte
Dulce et decorum est pro patria mori

Ein Trümmerkind bleibe ich wie Du
Auch als der Krieg aufgehört hatte
Als wir kleine Jungs waren
Die nichts wissen sollten

Sehe im Überflug der heimkehrenden Kraniche
Die Geschwader die von der Schelde einflogen
Ins Häusertal alle Keller in stickiger Angst und - ja
Sehe mich ducken und fliehen wie die Kinder von Idlib

Das schwarze Klavier im Wintergarten
Spielt immer noch Schuberts Impromptu Nr. 3
Es kennt alle Verwundungen
Aus unserem Innern aus Wuppertal

GOETHE

rhapsodie **92**

1965 Schulausflug des Gymnasiums von Wuppertal nach Köln
und Fahrt den Rhein hinauf bis Koblenz zum Deutschen Eck:
auf dem Raddampfer Vaterland. Das war dann die letzte Begegnung
mit diesem Wort. Wurde ausgemustert mit dem Schiff.
Goethe dampft noch.

rhapsodie **37**

Die Wellen des Rheins wissen alles vom Meer, sie fühlen in Kaub und Andernach und an der Loreley die Brandung, sehen schon, wie sich ihre großen Schwestern an Land werfen, immer wieder und höher, und hören die Klageschreie der Möwen, die im Windstrom stehen.

01 1066

Wuppertal – Wichelhaus – Schlesien

Eine mäandrierende Reise aus „Der Himmel über Rösrath“

Als der Zug quietschend hielt
und die Waggons ihren öligen Qualm
aus dem Eisengestänge unter ihnen
auf die Passagiere ausbreiteten,
die sich mit dem Gepäck
rasch die drei Stufen hochhievten,
um noch einen Fensterplatz
zu ergattern, war ich verwandelt,
nicht mehr zuhause, nun allem fern,
den Eltern und mir selbst.
Die Fenster ließen sich noch herunterdrücken,
und so beflatterten viele Hände
die Waggons bei der Ausfahrt des D-Zugs
(D stand für Durchgang),
gezogen von einer mächtigen Dampflok,
die mir ihren süßlich beißenden Dampf
in die Augen wehte.

hochwasser

Die Flüsse wälzen sich wieder in ihren Betten
Wollen ins Offene wollen zu den lächelnden Wiesen
Zu lange horchten sie den Grund ab
Entlang der Kiemen der Forellen
Die unter den Brücken stromauf standen

Jetzt machen sie sich auf zu erkunden
Wer ihnen die Ufer öffnet
Zu den Bächen die Steine rundschleifen
Zu funkelnden Sternen
Die nur sie sehen und mit Schaum bereifen

rhapsodie **346**

Tau hat den Morgen zusammengewebt zu einem dichten Blatt.
Es liegt nun aufgespannt über den Wiesen.
Die Kühe, noch nachtblind kauend, erheben sich entlang der Zäune
und beginnen, ein Wort zu buchstabieren.

neubau

Das Kreuz macht das Schloss nun höher als es sein soll
Hier fällt keiner auf die Knie
Die Zeichensprache von Friedrich Wilhelm IV.
Ist Heimgebet und
Blickt zum Berliner Dom der später entstand
Und stehen blieb als
Preußisches Gegen-Rom

Alles Lüge sagen die einen und die anderen

Humboldt-Forum soll es sein
Nicht Stadtschloss der Hohenzollern
Um Erichs Lampenladen auszuradieren
Den Palast des besseren Deutschlands

Über alles in der Welt
Mit Alexander dem Weltensucher
Deutschland ein Wintermärchen
Deutsch deutschiger am deutschigsten

rhapsodie **69**

Das Spiel bekämpft die Ängste.

Solange der Ball in der Luft ist, habe ich nicht verloren.

Gewinne ich, bin ich für einen Wimpernschlag unsterblich.

rhapsodie **96**

Eine Umarmung macht machtlos, besonders die von Kindern.
Wenn sie uns anblicken, stehen die Wolken still wie ein Psalm,
der uns träumt.

rhapsodie **85**

Wer meint, die Welt sei ein Dorf, er sei überall zu Hause und Weltbürger,
verdrängt die Provinz als Weltmodell. In ihr wurzelt die Heimat,
dieser unbeschreibbare Ort, in und an den man sich verlieren kann,
der keine Fragen stellt, keine Ausweise verlangt, weder die des Passes
noch der Zugehörigkeit, und stets nachklingt, nachduftet und nachweht.
Im Glockenläuten abends um sieben, wenn sich der Kirchturm Ruhe verschaffen will,
geht Gott die Kinderwege noch einmal ab und zeichnet sie auf in ungeschriebenen
Briefen.
Bis die Dämmerung mich in den Arm nimmt.

rhapsodie **151**

Erzählen ist Zählen ohne Ziffern. Von Klippe zu Klippe fallende Wasser. Weißes Papier schäumt auf.

nach deutz

Köln regnet
Der Himmel beginnt
Mit der Kleinschreibung
Von Dächern und Passanten

Noch halten
Die Brücken
Den Rhein

Der Dom
Stürzt kopfüber
Nach Deutz

himmel

Das blaue Beet
Wolkenbataillone verheeren
Die Aussaat der Augen
Täglich wenn an rostiger Winde
Die Meere steigen
Uns einschweigen
Mit stahlkalten Zungen

Grüße vom WPC Weismain!
BERLIN-WALLDORF
Finster, Finster!!!
MICK WATSON YOUR CLAIM TO FAME
ON THE BERLIN WALL
THE FLEAS
Pauline
BOCK

zwischenbilanz

Wer hat die Mauer überrannt
Zerbröselt geschleift
Wo ist Berlins weißer Schal
Der uns die Teilung warm hielt
Das Linke und Rechte Gut und Böse

Wer hat die Errungenschaften ausradiert
Die Unabänderlichkeiten die Nähe geben
Wohin ist die Trauer geflogen
Über die Brüder und Schwestern
Beruhigend unerreichbar

Wer hat uns gefragt als es ans Teilen ging
Ans Abschiednehmen von der gespaltenen Zunge
Wohin soll ich mich wenden
Umstellt von Freiheit und Einheit
Beitritt Eintritt Austritt

Deutschland
Ein Wort aus dem Ausland

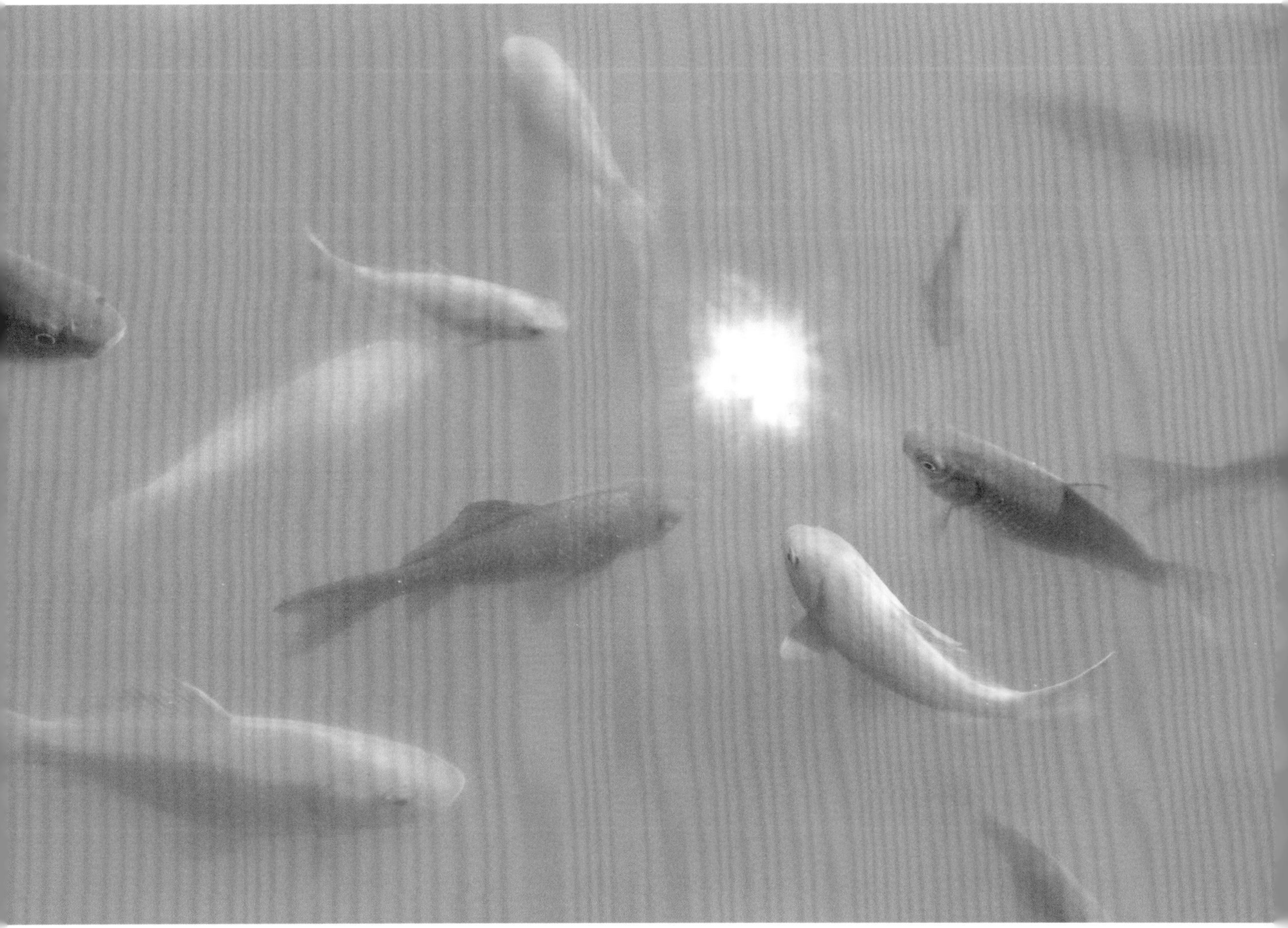

rhapsodie **265**

Am Morgen, wenn die Sonne ihr Spiegelbild sucht,
verweilt sie auf dem Teich. Die Hand voll Goldfische
kommt vom Grund und legt sich in das wärmende Wasser,
nahe der Luft. Der Garten goldet aus. Eine leise Wunde.

kaffeemühle

Die Oma nahm sie zwischen die Beine
Die Schenkel ein Schraubstock
Und drehte mit der rechten Hand die Kurbel

Erst knirschend langsam dann hatten sich die Bohnen gelöst
Schnell und schneller dem Duft aus der Holzschublade entgegen
Tansaniafein stieg er auf wie jetzt

Wenn ich versuche zurückzukehren in die Wolke Kaffee
Die erschöpft und mühlenwarm
Die Schenkel entführt in weiche Quartiere

rhapsodie **718**

Wenn Vollmond die Dächer liebt und neue Konturen setzt,
ist die Nacht ein Gewirr aus Schweigen.

rhapsodie **277**

Mir blieb nur seine Brille. Manchmal hole ich sie aus dem Bücherschrank, denn sie liegt gerne dort. Durch sie sah er, las und vergaß, schaute mich an und übersah mich. Die Krankenschwester hatte das Goldrandgestell mit seinen Fingerspuren auf dem Glas neben das Kissen gelegt, als sein Sehen ein Ende hatte. Ich traue mich nicht, es aufzusetzen. So bleibt er nah und doch weltenfern. Wie seine Angst vor dem, was andere nicht sehen sollten. Meine Vaterbrille schweigt aus den Büchern.

kirchgang

Der Küster war durch die Bänke gegangen
Um zurückgelassene Gebete
In die Sakristei zu bringen

Weihrauch lehnte an den Fenstern im Chor
Als könnten sie Bach noch hören
Wie er sich aus der Orgel sehnte nach der Fuge

Der Altar graste wieder allein
Gelassen die Stille
Und wandelte den morgenländischen Duft

In eine bunte Wiese
Dorthin legten wir unsere Blicke
Für immer

rhapsodie **33**

Hunde sind nie sprachlos, sie sprechen mit den Augen.

Mit meinen.

rhapsodie **26**

Er kam zurück. Er blieb nicht im Feld.
Feld, sagte man nur, um sich das Wort Schlachtfeld zu ersparen.
Sein Sohn bewahrte das EK II und andere Erinnerungsstücke
in der Nachttischschublade, bis er mir alles schenkte.
Jetzt hänge ich sie in den Flur. Sie schweigen nun noch tiefer
unter der Gewitterkerze aus Andechs. Opa, Vater, Sohn.

rhapsodie **605**

Welche Zukunft hat der Tod? Immer sehnsüchtig
streckt er sich nach dem Leben aus, will es erreichen,
sich mit ihm vereinen, um eins zu sein mit ihm.
Wie Liebende, die nicht voneinander lassen können
und sicher sind, dass sie den Tod töten.
Durch Liebe. Nur dieser Gedanke trägt Gott.

rhapsodie **38**

Wenn das Feuer erloschen ist, bleibt noch der Duft des Holzes,
welcher die Flammen, weich wie wehende Kornfelder, nicht vergessen kann.
Und auch nicht die Wärme aus dem Innern der Buchen.

rhapsodie **101**

Wolken sind Sterne im Anflug, sie kommen mit dem Mittag,
weiße Geleitzüge, die noch Abstand halten, im Windlosen ankern -
der zärtlichen Reede, als könnten sie Unsterblichkeit festhalten.

rhapsodie **444**

Am Hafen die vertäuten Segelboote, sie warten in sich hinein wie geduldige Esel ohne Gras. Aber sie sprechen, kichern, zwitschern auf hell leuchtendem Aluminium: Die Wanten verwandeln den Wind in Lachen und Liebkosen, als könnten sie bald hinaus.

rhapsodie **637**

Es ist unmöglich, dem Flug der Bienen zu folgen, sie sind zu schnell,
bis zu 35 km/h und sie tänzeln im Wind, um den anderen etwas zu sagen.
Da wie dort komme ich nicht mit. Meine Augen sind zu langsam, aber immer
wieder versuche ich es, sind sie doch fliegende Liebesgedichte.

rhapsodie **744**

Der Himmel schreibt uns nieder.

unsterblich

Vor uns sterben die Friedhöfe
Sie können nicht mehr den Himmel erreichen
Drücken sich immer tiefer in die Erde

Komm oh Tod Du Schlafes Bruder

Die Gräberfelder versteppen
Gras grünt das Auge ein
Kein Beter verliert sich hier

Komm oh Tod

Urnen sind ferne Vergessene
In den Wäldern trauern Bäume
Warten auch auf Zwiesprache die ausbleibt

Die Stille ist ausgewandert
Ins Rauschen der Landlosen
Das keine Fragen weiß

Bald wird die Bestattungspflicht aufgehoben
Dann sterben wir nicht mehr
Zu Gott

Komm

rhapsodie **278**

Wohin gehen wir, fragt Novalis. Immer nach Hause, gibt er sich zur Antwort. Aber wo ist das Haus? In uns? Beim anderen? Dort, wo wir nie waren und sein werden?

Stimmen zu Matthias Buth

Er verschwistert Prägnanz und Poetizität, die seiner Lyrik Tragfähigkeit und Ausstrahlung verleihen.
Karl Krolow in DARMSTÄDTER ECHO, 16. 02. 1985

In Matthias Buths Gedichten finden einleuchtende Wahrnehmungskombinationen und behutsam über Schweigeräume ausschwingende Assoziationen als Partner zusammen. Nicht verrätselt sind sie, sondern von geheimnisvoller Transparenz.
Peter Motzan in Matthias Buth „Die Stille nach dem Axthieb", Eisingen 1997

Was zeigt sich in diesen Gedichten? Der Entzug. Die Sehnsucht nach Fülle des Tages, nach Ankunft und Bleibe... Alles atmet Geschichte, hat Vergangenheit. Ihr beschreibbarer Mangel an Zukunft rührt vom Glanz ferner Zeiten her. So benennen die Gedichte Buths vieles, ihr Zentrum haben sie jedoch im Unbenennbaren. Demjenigen, was sich entzieht, was man ersehnt.
Jiří Gruša in Matthias Buth „Zwischen mir und vorbei", Weilerswist 2007

Selten habe ich in der Gegenwartslyrik für unendliche Verlassenheit poetische Bilder von solch tragischer Ironie gefunden. Ich bewundere, wie Beobachtungen, Reflexionen oder Erfahrungen unmittelbar in Poesie umgesetzt werden: Keine Krücken der Vermittlung.
Walter Hinck in FRANKFURTER ANTHOLOGIE, (Hrsg. von Marcel Reich-Ranicki) S. 227 Frankfurt am Main 2007

Dieses Buch hat einen weiten Atem.... Überhaupt betritt Buth den Raum des Sterbens mit bewegender Innigkeit. So im Gedicht zum Gedenken an einen Freund, der auf dem Sterbebett das Notsignal nicht mehr drückt, denn „Wenn keiner kommt / Bleibt das Sterben sein Königreich"... Wo Buth die Moll-Tonart verlässt, kann er bezaubern, auch durch seinen Humor, und der Leser folgt ihm... Warum sollte man diese Lyrik lesen? Weil sie noch einmal Mensch- und Tierwelten beschwört, die dem heutigen Bewusstsein zu entgleiten drohen, auch sie `abhanden`. Weil sie mit ihrer Sprachmagie und unverbrauchten Metaphorik Augen und Ohren öffnet. Weil sie die Gleichberechtigung allen Lebens ... begründet.
Ist das nun existenzielle Lyrik? Ist es Naturlyrik?
Es ist beides, in hohem Maße.
Axel Vieregg in der FAZ, 07. 01. 2020

Matthias Buth hat einen faszinierenden Band mit kleinen poetischen Meisterstücken verfasst. Jedes einzelne hier zu lesende Stücke steht lose für sich und doch wiederum im Kontext und konfrontiert Leserin und Leser mit der Frage: Was hat das mit meiner Welt zu tun?
Matthias Buth hat seine Rhapsodien in wahrer und klarer Dichtersprache geschrieben, mit Raffinesse und viel unaufdringlicher, aber wirksamer philosophischer Weisheit.
Matthias Ehlers in WDR 5 „Bücher", Köln 31.03.2023

Editorische Notiz
Die Texte sind aus folgenden Bänden:
Ohne Kompaß, Düsseldorf 1984
Kopfüber nach Deutz, Krefeld 1989
Die Stille nach dem Axthieb, Eisingen 1997
Zwischen mir und vorbei, Weilerswist 2007
Gnus werden auf der Flucht geboren, Weilerswist 2015
Die weiße Pest, Berlin 2019
Im Zwischenland, Rhapsodien, Berlin 2022
Wo Worte Brot waren und warme Milch, Berlin 2024

Vitae

Matthias Buth,

geboren 1951 in Wuppertal-Elberfeld, ist Lyriker und Essayist, zudem Jurist (bis 2016 im Kanzleramt und seitdem Rechtsanwalt). Seit 1973 veröffentlicht er zahlreiche Gedicht- und Prosabände.

Texte von ihm wurden u. a. ins Rumänische, Russische, Ukrainische, Polnische, Französische, Englische, Arabische, Türkische und Kroatische übersetzt und u. a. von Abel Ehrlich (Jerusalem) und Thomas Blomenkamp (Düsseldorf) vertont. Zuletzt erschienen der Essayband „Die Verfassung der Dichter" (Klagenfurt 2024) und die Lyriksammlung „Wo Worte Brot waren und warme Milch" (Berlin 2024)

Matthias Buth erhielt den Literaturförderpreis von Nordrhein-Westfalen und den Nikolaus Lenau-Preis für Dichtung sowie den rumänischen Orden für kulturelle Vermittlung. Er lebt in Rösrath-Hoffnungsthal.

Wolf Birke,

geboren 1951 in Ahlhorn und zwei Jahre später mit dem niedersächsisch-schlesischen Elternpaar in Wuppertal angekommen.

Im Studium Visuelle Kommunikation an der damaligen Werkkunstschule Wuppertal und der FH Dortmund von seinem Lehrer Harald Mante mit dem „bacillus photographicus" infiziert, hat er die Kamera bis heute nicht mehr aus der Hand gelegt.
Seit Beginn der beruflichen Selbstständigkeit 1976 im eigenen Studio entstanden zahllose Arbeiten für Unternehmen, Institutionen, Verlage und Zeitschriften und ein umfangreiches Archiv.

Als einer der ersten professionellen Fotografen wagte er schon 1992 in Partnerschaft mit dem Kamerahersteller Rollei den Einstieg in die digitale Fotografie.
Er lebt und arbeitet im historischen Wuppertaler Luisenviertel in Sichtweite des Schulgebäudes, in dem die Nähe zum Freund Matthias Buth 1961 ihren Anfang nahm.

Impressum

Texte: ©Matthias Buth, Rösrath
Fotografie: ©Wolf Birke, Wuppertal
Buchgestaltung/Satz: Jens Albrecht, Wuppertal

Druck und Bindung: optimal media, Röbel/Müritz
Papier: IGEPA Magno Volume - FSC®
Schrift 1: Dax von Hans Reichel, Wuppertal
Schrift 2: Arno von Robert Slimbach, Adobe Inc.

Herausgeber: PalmArtPress
Inh. Catharine J. Nicely
Pfalzburger Str. 69
10719 Berlin
Telefon +49 30 86390429
info@palmartpress.com

1. Auflage 2025
ISBN 978-3-96258-200-5
Printed in Germany

Wir bedanken uns sehr für die großzügige Unterstützung und Förderung dieses Projektes bei der **MPF AG** / Michael Pintarelli Finanzdienstleistungen, Wuppertal. www.mpf-ag.de

WILEY

GAAP for Governments 2004

WILEY

GAAP for Governments 2004

Interpretation and Application of
GENERALLY ACCEPTED
ACCOUNTING PRINCIPLES
for State and Local Governments

Warren Ruppel

WILEY

JOHN WILEY & SONS, INC.

Published by John Wiley & Sons, Inc., Hoboken, New Jersey
Published simultaneously in Canada.

ISBN 0-471-47308-1

Printed in the United States of America
10 9 8 7 6 5 4 3 2 1

CONTENTS

PREFACE

Governmental accounting is a specialized area that has undergone significant changes over the past few decades. As governmental accounting standards have developed, the complexities of preparing financial statements for governmental entities have greatly increased. Providing meaningful financial information to a wide range of users is not an easy task. Adding to these challenges, the Governmental Accounting Standards Board (GASB) has recently brought sweeping changes to the governmental financial reporting model.

Given this rapidly changing environment, the financial statement preparer needs a technical resource that provides more than accurate, competent technical information. The resource needs to be written to fit today's governmental accounting environment. It needs to take a fresh look at some of the long-standing accounting questions faced by governments and to provide meaningful up-to-date information on recently issued and soon-to-be-issued accounting pronouncements. Filling that need is the goal of this Guide.

The purpose of this book is to provide a useful, complete, and practical guide to governmental accounting principles and financial reporting. Throughout, the book will provide the reader with

- An understanding of the concepts and theories underlying each topic discussed
- A complete, authoritative reference source to assure the reader that all aspects of a particular topic are covered
- Practical guidance to allow financial statement preparers and auditors to meet the requirements of generally accepted accounting principles for governments and to efficiently and effectively implement new requirements

The philosophy of this book is to provide the reader with usable information in a useful format. Accounting theory must correspond with practical examples to be useful, because theory seldom matches the specific situation. For technical information to be usable, it must be clearly presented without clutter and unnecessary repetition. Recent headline accounting failures point out that the substance of the accounting requirements must also be understood and properly applied. Understanding the reasons behind why technical requirements exist is an important ingredient in properly applying accounting standards.

The Guide is divided into four parts. Part I provides an overview of governmental accounting principles and the basic financial statements prepared by governments. Part II describes the various types of funds currently in use by governmental entities and provides guidance for reporting capital assets and long-term obligations. Part III examines the areas that are either special to governments or where the accounting principles applied by governments differ significantly from those used in the private sector. Part IV examines the accounting and financial reporting requirements for several specific types of governmental entities. The Guide also includes a "Disclosure Checklist," which should prove very helpful in determining the completeness of a governmental entity's financial statement disclosures.

One of the important objectives of this book is to provide up-to-date and comprehensive information to governments as they transition to the new financial reporting model defined by GASB Statement 34 and gain experience in reporting using the new financial reporting model. To the maximum extent possible this guide will link the old and the new requirements together, since this is how those governments still working on GASB Statement 34 implementation will likely approach implementation. This Guide will then be an important resource to governments that have already implemented the new financial reporting model as well as those currently working on implementation.

This book would not have come to fruition without the hard work and perseverance of a number of individuals. John DeRemigis of John Wiley & Sons had the confidence to work with me in developing the original concept for the book and in ensuring its continuing quality and success. Pam Reh's efforts in producing the book are greatly appreciated.

Of course, the time and effort needed to write and maintain this book would not be possible without a supportive family, for which I am grateful to my wife Marie, and my sons Christopher and Gregory.

Warren Ruppel
New York
February 2004

ABOUT THE AUTHOR

Warren Ruppel, CPA, is the assistant comptroller for accounting of the City of New York, where he is responsible for all aspects of the City's accounting and financial reporting. He has over twenty years of experience in governmental and not-for-profit accounting and financial reporting. He began his career at KPMG after graduating from St. John's University, New York, in 1979. His involvement with governmental accounting and auditing began with his first audit assignment—the second audit ever performed of the financial statements of the City of New York. From that time he served many governmental and commercial clients until he joined Deloitte & Touche in 1989 to specialize in audits of governments and not-for-profit organizations. Mr. Ruppel has also served as the chief financial officer of an international not-for-profit organization.

Mr. Ruppel has served as instructor for many training courses, including specialized governmental and not-for-profit programs and seminars. He has also been an adjunct lecturer of accounting at the Bernard M. Baruch College of the City University of New York. He is the author of three other books, *OMB Circular A-133 Audits, Not-for-Profit Organization Audits,* and *Not-for-Profit Accounting Made Easy.*

Mr. Ruppel is a member of the American Institute of Certified Public Accountants as well as the New York State Society of Certified Public Accountants, where he serves on the Governmental Accounting and Auditing and Not-for-Profit Organizations Technical Committees, as well as the Society's Audit Committee. He is also a past president of the New York Chapter of the Institute of Management Accountants. Mr. Ruppel is a member of the Government Finance Officers Association and serves on its Special Review Committee.

1 NEW DEVELOPMENTS

INTRODUCTION

The 2004 Governmental GAAP Guide incorporates all of the pronouncements issued by the Governmental Accounting Standards Board (GASB) through November 2003. This chapter is designed to bring the reader up to date on all pronouncements recently issued by the GASB, as well as to report on all of the Exposure Drafts for proposed new statements or interpretations that are currently outstanding. Other relevant publications from organizations such as the American Institute of Certified Public Accountants (AICPA) are also included. The GASB Statements, and implementation resources related to the new financial reporting model standard, are incorporated throughout this book and are covered extensively. This chapter continues to provide important transition information relating to implementation of the new financial reporting model for the benefit of those governments still making the transition to the new financial reporting model. This chapter also includes relevant information on the GASB's Technical Agenda for the upcoming year to give readers information as to potential areas for future GASB requirements.

Specifically, this chapter addresses the following documents:

- GASB Statement 34, *Basic Financial Statements—and Management's Discussion and Analysis—for State and Local Governments* (GASBS 34)
- GASB Statement 35, *Basic Financial Statements—and Management's Discussion and Analysis—for Public Colleges and Universities, an Amendment of GASB Statement 34*
- GASB Statement 37, *Basic Financial Statements—and Management's Discussion and Analysis—for State and Local Governments: Omnibus*
- GASB Statement 38, *Certain Financial Statement Note Disclosures*
- GASB Statement 39, *Determining Whether Certain Organizations Are Component Units—an Amendment of GASB Statement No. 14*
- GASB Statement 40, *Deposit and Investment Risk Disclosures—an Amendment of GASB Statement No. 3*
- GASB Statement 41, *Budgetary Comparison Schedules—Perspective Differences*
- GASB Statement 42, *Accounting and Financial Reporting for Impairment of Capital Assets and for Insurance Recoveries*
- Exposure Draft, *Financial Reporting for Postemployment Benefits Plans other than Pension Plans and Accounting and Financial Reporting by Employers for Postemployment Benefits other than Pensions*
- Exposure Draft, *Economic Conditions Reporting: The Statistical Section*

GASB STATEMENT 34, *BASIC FINANCIAL STATEMENTS—AND MANAGEMENT'S DISCUSSION AND ANALYSIS—FOR STATE AND LOCAL GOVERNMENTS*

After the issuance of GASB Statement 11 (GASBS 11), *Measurement Focus and Basis of Accounting—Governmental Fund Operating Statements*, the GASB struggled to provide a financial reporting framework for the basis of accounting (full accrual basis) and measurement focus (economic resources) that were prescribed by

GASBS 11. The resulting debate over a financial reporting model went on for almost ten years. Over that time, various reporting models and modifications of the original requirements of GASBS 11 were developed. The reporting model that is required by GASBS 34 is very different from that originally contemplated when GASBS 11 was first issued. GASBS 34 will have a profound impact on financial reporting by governmental entities.

NOTE: Implementing GASBS 34 will be a significant challenge for governments. As discussed later in this section, one of the most difficult aspects will be capitalizing infrastructure assets and recording depreciation on these, as well as all other, capitalized fixed assets. Requirements vary depending on the size of the government and alternatives that exist, requiring careful analysis and planning.

GASBS 34 results in a financial reporting model for governmental entities that would include states, cities, towns, villages, and special-purpose governments such as school districts and public utilities. GASBS 35 amends GASBS 34 to include the accounting and financial reporting by public colleges and universities within its scope.

The provisions of GASB Statement 34 and 35 have been incorporated throughout this guide.

Effective Dates

GASBS 34 has a phased implementation schedule. Early implementation is allowed. If a primary government implements GASBS 34 early, all of its component units should also implement early in order to provide the required information for the government-wide financial statements.

GASBS 34 is effective in three phases based on a government's total annual revenues in the first fiscal year ending after June 13, 1999.

- Phase 1 governments, with total annual revenues of $100 million or more, should apply the requirements in financial statements for periods beginning after June 15, 2001.
- Phase 2 governments, with total annual revenues of $10 million or more but less than $100 million, should apply the requirements in financial statements for periods beginning after June 15, 2002.
- Phase 3 governments, with total annual revenues of less than $10 million, should apply the requirements in financial statements for periods beginning after June 15, 2003.

As will be discussed in detail in Chapter 12, GASBS 34 requires infrastructure assets to be recorded as capital assets in the government-wide financial statements. Furthermore, it requires that governments (except Phase 3 governments as discussed below) retroactively record infrastructure assets on the government-wide financial statements going back at least as far as those acquired or constructed in fiscal years ending after June 30, 1980.

Prospective reporting of infrastructure assets in the government-wide financial statements is required when GASBS 34 is implemented and follows the implementation schedule outlined above. For retroactive recording of infrastructure assets, the

GASB encourages governments to implement the retroactive infrastructure recording requirement at the same time that GASBS 34 is implemented. However, the GASB did allow governments more time by extending the deadline for recording these retroactive infrastructure assets in accordance with the following schedule:

- Phase 1 governments should retroactively report all major general infrastructure assets for fiscal years beginning after June 15, 2005.
- Phase 2 governments should retroactively report all major general infrastructure assets for fiscal years beginning after June 15, 2006.
- Phase 3 governments are encouraged, but not required, to report major general infrastructure assets retroactively.

For governments that are using the extended time to transition to retroactive infrastructure reporting, GASBS 34 requires the following disclosures:

- A description of the infrastructure assets being reported and those that are not reported.
- A description of any eligible infrastructure assets that the government has decided to report using the modified approach. (The modified approach is discussed in Chapter 12.)

Exhibit 1 provides a sample note to the financial statements that governments may consider using prior to implementation of GASBS 34. While it may present more information than required, it is designed to respond to financial statement readers' and users' strong interest in the impact of the new financial reporting model.

Exhibit 1: Sample note disclosure for GASBS 34 for pronouncements used but not effective (assumes a Phase 1 government with a June 30th fiscal year-end with over $100 million of total annual revenues)

In June 1999, GASB issued Statement 34, *Basic Financial Statements—and Management's Discussion and Analysis—for State and Local Governments.* The Statement significantly changes the financial reporting model for state and local governments and will result in significant changes to the financial statements of the City of Anywhere. The City has not completed the complex analysis of the impact of Statement 34 on its financial statements. Statement 34 requires government-wide financial statements to be prepared using the accrual basis of accounting and the economic resources measurement focus. Government-wide financial statements will not provide information by fund or account group, but will distinguish between the City's governmental and business-type activities and the activities of its discretely presented component units on the City's statement of net assets and statement of activities. Significantly, the City's statement of net assets will include both noncurrent assets and noncurrent liabilities of the City, which are currently recorded in the General Fixed Assets Account Group and the General Long-term Obligations Account Group. In addition to the fixed assets now recorded in the General Fixed Assets Account Group, the City will be required to retroactively capitalize infrastructure assets that were acquired beginning with the City's fiscal year ended June 30, 1981. The City's government-wide statement of activities will reflect depreciation expense on the City's fixed assets, including infrastructure. If certain conditions are met, the City may use an alternative method to recording depreciation on infrastructure assets.

In addition to the government-wide financial statements, the City will be required to prepare fund financial statements. Governmental fund financial statements will continue to use the modified accrual basis of accounting and current financial resources measurement focus. Proprietary funds will continue to use the accrual basis of accounting and the economic resources measurement focus. Accordingly, the accounting and financial reporting for the City's General Fund Capital Projects Funds, Debt Service Funds, and Internal Service Funds will be similar to that currently presented in the City's financial statements, although the format of the financial statements will be modified by Statement 34.

Statement 34 also requires two components of required supplementary information: Management's discussion and analysis will include an analytical overview of the City's financial activities. Budgetary comparison schedules will compare the adopted and modified general fund budget with actual results on the same accounting basis used to prepare the budget.

The City will be required to implement Statement 34 in the fiscal year ending June 30, 2002, except that the City can delay the retroactive recording of infrastructure assets until the fiscal year ending June 30, 2006. The component units currently included in the City's financial reporting entity will also be required to implement Statement 34 at the same time the City implements this Statement. The City is continuing the complex analysis of determining the financial statement impact of implementing Statement 34.

Implementation Issues

Required implementation of GASBS 34 at one time seemed far off. Retroactive reporting of infrastructure assets was even further in the future. At this time, many Phase 2 governments with June 30, 2003 fiscal year-ends are in the process of implementing GASBS 34 for this year-end. Phase 3 governments with June 30 fiscal year-ends have only one more year left before implementation for their June 30, 2004 fiscal year-ends.

NOTE: Financial statement preparers may have a tough time in getting the resources necessary to undertake this implementation effort, particularly in the area of retroactive recording of infrastructure assets. Required implementation dates extend beyond the terms of office for current office holders with four-year terms. Waiting to address implementation issues could have serious effect on the probability of successful implementation.

The following are some suggestions for governments to begin doing now so that implementation will be as smooth as possible.

- Establish an implementation plan that contains the major activities and the time they are required to be completed. Planning should include determining whether the government is a Phase 1, 2, or 3 government, whether early implementation will be considered, and when retroactive reporting of infrastructure assets will be adopted.
- Make sure all components will implement at the same time as the reporting entity government.
- Determine whether the government's own staff will undertake the major implementation or whether outside consultants or independent auditors will be engaged. If both resources will be used, a determination of who is responsible for which portion is important.

- Review systems capabilities to determine how financial data will be accumulated under different bases of accounting and measurement focuses. While the GASB has been extremely careful to remove all references to "dual-perspective" reporting discussed in earlier documents, the fact remains that much of a government's financial activity will be reported under two bases of accounting and two measurement focuses. For governments that do not budget on a GAAP basis, an additional basis (budget basis) will be required. A likely approach is to maintain the general ledger on a cash basis and make separate adjustments as required for financial reporting purposes.
- Assess whether financial systems are capable of calculating and recording depreciation.
- Determine which infrastructure assets are considered major for purposes of retroactive recording of these assets.
- Assess the availability of records that would allow retroactive capitalization of infrastructure assets. Determine whether cost estimation techniques will be used. Be aware that different cost estimation techniques may be used for different types of assets. For example, actual cost records may be available for major bridge construction or reconstruction projects. Deflated replacement cost information may be used for smaller bridges, such as highway overpasses.
- Perform preliminary analyses to determine whether it appears that depreciation on infrastructure assets will be reported in a traditional manner or whether the modified approach will be used.

GASB STATEMENT 35, *BASIC FINANCIAL STATEMENTS—AND MANAGEMENT'S DISCUSSION AND ANALYSIS—FOR PUBLIC COLLEGES AND UNIVERSITIES, AN AMENDMENT OF GASB STATEMENT 34*

GASBS 35 is effective using the same dates in the phased approach as GASBS 34, including the delayed effective dates for retroactive reporting of infrastructure assets. Definition of the different phases is the same as for GASBS 34. For purposes of determining which phase a public college or university belongs in, "revenues" includes all of the revenues of the primary institution, excluding additions to investment in plant or other financing sources and extraordinary items. In addition, if the public college or university is a component unit, GASBS 35 should be implemented in the same year that the primary government implements GASBS 34, regardless of revenues.

GASB STATEMENT 37, *BASIC FINANCIAL STATEMENTS—AND MANAGEMENT'S DISCUSSION AND ANALYSIS—FOR STATE AND LOCAL GOVERNMENTS: OMNIBUS*

In June 2001, the GASB issued GASBS 37 to fine-tune some of the requirements of GASBS 34. In some cases, the fine-tuning is simply a clarification of requirements that were originally included in GASBS 34. In other cases, the requirements of GASBS 34 are modified to reflect some implementation difficulties that had come to light relating to some of the requirements of GASBS 34.

The following are some of the key provisions of GASBS 37:

- Escheat property. Escheat property should generally be reported as an asset in the governmental or proprietary fund to which the property ultimately escheats. Escheat property held for individuals, private organizations, or another government should be reported in a private-purpose trust or an agency fund, as appropriate (or the governmental or proprietary fund in which escheat property is otherwise reported, with a corresponding liability).

  When escheat property is reported in governmental or proprietary funds, escheat revenue should be reduced and a governmental or proprietary liability reported to the extent that it is probable that escheat property will be reclaimed and paid to claimants.

  Escheat-related transactions reported in the government-wide financial statements should be measured using the economic resources measurement focus and the accrual basis of accounting. Escheat transactions reported in private-purpose trust funds or in agency funds should be excluded from the government-wide financial statements.
- Management's Discussion and Analysis (MD&A). The topics covered by MD&A should be limited to those contained in GASBS 34. Information that does not relate to the required topics should not be included in MD&A.
- Capitalized interest. Capitalization of construction period interest is no longer required to be considered part of the cost of capital assets used in governmental activities.
- Changing to the modified approach for reporting infrastructure. A government that changes from depreciating infrastructure assets to using the modified approach should report this change as a change in accounting estimate, which would not require restatement of prior periods.
- Levels of detail for activities accounted for in enterprise funds. The minimum level of detail reported presented in an enterprise fund's statement of activities is by different identifiable activities. An activity within an enterprise fund is identifiable if it has a specific revenue stream and related expenses and gains and losses that are accounted for separately.
- Identification of program revenues. For identifying the function to which a program revenues pertains, the determining factors for services is which function generates the revenue. For grants and contributions, the determining factor is the function to which the revenues are restricted. If the source of program revenue is not clear, governments should adopt a classification policy for assigning those revenues and apply it consistently.

  Charges for services include fines and forfeitures because they result from direct charges to those who are otherwise directly affected by a program or service, even though they receive no benefit.
- Definition of a segment. A segment is now defined as an identifiable activity (or group of activities) reported as or within an enterprise fund or another stand-alone entity that has one or more bonds or other debt instruments outstanding. In addition, the activity would be considered a segment if the activity's revenues, expenses, gains and losses, and assets and liabilities are required (by an external party) to be accounted for separately. Disclosure re-

quirements for each segment should be met by identifying the types of goods and services provided and by presenting condensed financial information in the notes.

- Budgetary information. The notes to the required supplementary information should disclose excesses of expenditures over appropriations to individual funds presented in the budgetary comparison.

Effective Date

GASBS 37 should be implemented simultaneously with GASBS 34.

GASB STATEMENT 38, *CERTAIN FINANCIAL STATEMENT NOTE DISCLOSURES*

In June 2001, the GASB issued GASBS 38 as a result of its project to review financial statement note disclosures. A need to reevaluate note disclosures in the context of the new financial reporting model established by GASBS 34 provided the impetus for the GASB to issue this Statement before most governments begin implementing the new financial reporting model.

The GASB reevaluated note disclosures that have been in existence since 1994 and not under reevaluation under some other project. Readers expecting a wholesale change in the note disclosures as a result of GASBS 38 will be disappointed. Several new note disclosures have been added, while relief from previous disclosure requirements is rare. While the effect of the potential changes will vary from government to government, it appears that disclosures relating to interfund balances and transfers appear to be the most significant. The following describes the significant changes proposed by this new Statement:

1. Summary of significant accounting policies
   a. Descriptions of the activities accounted for in each of the following columns (major funds, internal service funds and fiduciary fund types) presented in the basic financial statements.
   b. The period of availability used for revenue recognition in governmental fund financial statements should be disclosed.
   c. The requirement to disclose the accounting policy for encumbrances has been eliminated.
2. Significant violations of finance-related legal or contractual requirements and actions to address these violations should be disclosed.
3. The following details of debt service requirements to maturity should be disclosed:
   a. Principal and interest requirements to maturity, presented separately for each of the five succeeding fiscal years and in five-year increments thereafter. Interest requirements for variable-rate debt should be made using the interest rate in effect at the financial statement date.
   b. The terms by which interest rates change for variable-rate debt.

c. For capital and noncancelable operating leases, the future minimum payments for each of the five succeeding fiscal years and in five-year increments thereafter should be disclosed.
d. Details of short-term debt should be disclosed, even if no short-term debt exists at the financial statement date. Short-term debt results from borrowings characterized by anticipation notes, uses of lines of credit, and similar loans. A schedule of changes in short-term debt, disclosing beginning- and end-of-year balances, increases, decreases, and the purpose for which short-term debt was issued.
e. Balances of receivables and payables reported on the statement of net assets and balance sheet may be aggregations of different components, such as balances due to or from taxpayers, other governments, vendors, beneficiaries, employees, etc. When the aggregation of balances on the statement of net assets obscures the nature of significant individual accounts, the governments should provide details in the notes to the financial statements. Significant receivable balances not expected to be collected within one year of the date of the financial statements should be disclosed.
f. For interfund balances reported in the fund financial statements, the following disclosures would be required:
   (1) Identification of amounts due from other funds by individual major fund, nonmajor funds in the aggregate, internal service funds in the aggregate, and fiduciary fund type
   (2) A description of the purpose for interfund balances
   (3) Interfund balances that are not expected to be repaid within one year from the date of the financial statements
g. For interfund transfers reported in the fund financial statements, the following disclosures would be required:
   (1) Identification of the amounts transferred from other funds by individual major fund, nonmajor funds in the aggregate, internal service funds in the aggregate and fiduciary fund type
   (2) A general description of the principal purposes for interfund transfers
   (3) A general description and the amount of significant transfers that
      (a) Are not expected to occur on a routine basis and/or
      (b) Are inconsistent with the activities of the fund making the transfer—for example, a transfer from a capital projects fund to the general fund.

Effective Date

GASBS 38 is effective over the same time frame as GASBS 34, with the exception that Phase 1 governments are given an additional year to include the short-term debt, disaggregation of balances, and interfund transfers and balances disclosures.

GASB STATEMENT 39, *DETERMINING WHETHER CERTAIN ORGANIZATIONS ARE COMPONENT UNITS—AN AMENDMENT OF GASB STATEMENT NO. 14*

In May 2002, the GASB issued GASBS 39, which finalized a project that has long been withstanding regarding what the GASB previously referred to as affiliated organizations. While the project originally was to address whether fundraising foundations were part of a governmental college or university's financial reporting entity, the project expanded to include all types of organizations that might now be considered component units.

GASBS 39 provides that certain organizations for which a primary government is not financially accountable nevertheless warrant inclusion as part of the financial reporting entity because of the nature and significance of their relationship with the primary government, including their ongoing financial support of the primary government and its other component units.

A legally separate, tax-exempt organization should be reported as a component unit of a reporting entity if all of the following criteria are met:

- The economic resources received or held by the separate organization are entirely or almost entirely for the direct benefit of the primary government, its component units, or its constituents.
- The primary government, or its component units, is entitled to, or has the ability to otherwise access, a majority of the economic resources received or held by the separate organization.
- The economic resources received or held by an individual organization that the specific primary government, or its component units, is entitled to, or has the ability to otherwise access, are significant to that primary government.

In addition, GASBS 39 states that other organizations should be evaluated as potential component units if they are closely related to, or financially integrated with, the primary government. It is a matter of professional judgment to determine whether the nature and the significance of a potential component unit's relationship with the primary government warrant inclusion in the reporting entity.

NOTE: The rules promulgated by GASBS 39 in the first two bullets above will likely qualify many organizations that raise funds that are used by governmental entities for inclusion in the government's reporting entity. This would include foundations for public colleges or universities as well as public health care facilities. Even parent associations that raise money for school districts would meet these first two criteria in many cases, of course dependent upon how the not-for-profit organizations are actually set up. However, the third bullet, wherein the amount of resources that the primary government has access to or is entitled to should be significant to the primary government, will likely cause many fewer of these types of not-for-profit organizations to be included within a primary government's reporting entity.

Reporting of Component Units

GASBS 39 prescribes that organizations that meet all three criteria described above and are to be included in the reporting entity as component units should be treated as discretely presented component units. In other words, the financial statements of these component units should not be blended with those of the primary government. However, the other organizations described above that are reported as component units because they are closely related to, or financially integrated with, the primary government may be presented as either blended or discretely presented component units, depending upon how they meet the criteria for each specified in GASBS 14. These criteria are described in Chapter 6.

Effective Date

GASBS 39 is effective for financial statements for periods beginning after June 15, 2003, with earlier application encouraged. The financial statements of all prior periods presented should be restated, if practical, to show the financial information of the new reporting entity for all periods. If restatement of all prior periods presented is not practical, the cumulative effect of applying GASBS 39 should be reported as a restatement of beginning net assets/fund balance for the earliest period that is restated.

GASB STATEMENT 40, *DEPOSIT AND INVESTMENT RISK DISCLOSURES—AN AMENDMENT OF GASB STATEMENT NO. 3*

In March 2003, the GASB issued GASBS 40 that revises the required disclosures regarding risks associated with deposits and investments. GASBS 40 reduces some of the disclosures currently required by GASB Statement 3, *Deposits with Financial Institutions, Investments (Including Repurchase Agreements), and Reverse Repurchase Agreements* (GASBS 3) with regard to custodial credit risk. However, the new statement adds additional required disclosures about credit risk, concentration of credit risk, interest rate risk and foreign currency risk. Additional disclosures would also be required for investments that have fair values that are highly sensitive to changes in interest rates as well as deposit and investment policies related to disclosed risks. In September 2003, the GASB staff issued an Implementation Guide to GASBS 40 (GASBS 40 Implementation Guide) that has been cleared for issuance by the GASB. The more significant, broad-based implementation issues covered in this question-and-answer format document are incorporated into the following guidance.

Level of Detail

GASBS 40 states that its disclosure requirements generally should be made for the primary government including its blended component units. Accordingly, one would expect that the disclosure requirements relate to the cash and investment amounts for the primary government, both unrestricted and restricted, for both the governmental and business-type activities, in the government-wide statement of net assets.

However, GASBS 40 provides guidance for when additional disclosures may be necessary at a greater level of detail. When risk exposures are significantly greater than the deposit and investment risks of the primary government, risk disclosures should also be made for

- Governmental activities
- Business-type activities
- Major funds
- Nonmajor funds in the aggregate
- Fiduciary fund types

As for discretely presented component units, the GASBS 40 Implementation Guide refers to the general guidance of GASB Statement 14, *The Financial Reporting Entity,* as amended by GASBS 34 as to reporting specific disclosures relative to component units. These guidelines are discussed in Chapter 6.

The GASBS 40 Implementation Guide also clarifies that the previous disclosure requirements under GASBS 3 relating to risks that are higher during the fiscal year than at the end of the fiscal year no longer apply under GASBS 40, which looks at the risk exposure at the date of the financial statements as an indicator of potential loss of resources.

Deposit and Investment Policies

GASBS 40 requires that governments briefly describe their deposit or investment policies that are related to the risks that are required to be disclosed by the Statement. If a government has no deposit or investment policy that addresses a specific type of risk that the government is exposed to, the disclosure should indicate that there is no policy related to that risk.

The GASBS 40 Implementation Guide clarifies that GASBS 40 does not require governments to adopt investment policies—it requires that the policies be disclosed related to the identified risks or a disclosure that a policy does not exist relative to a particular risk that is present, if that is the case. In addition, external investment policies, such as those contained in bond covenants, should be considered for disclosure when identified risks warrant such a disclosure. If a government is not exposed to a risk, no disclosure is required. For example, if a government is not exposed to credit risk because it only invests in obligations of the US government, or obligations explicitly guaranteed by the US government, the government is not exposed to credit risk and a credit risk policy disclosure is not required.

Custodial Credit Risk

GASBS 40 provides that the disclosures about deposits and investments by the three risk custodial credit categories be changed. Basically, the disclosures are reduced to only requiring that amounts that fall within the former Category 3 (the riskiest as to custodial risk) be disclosed.

- For deposits, a government would need to disclose the amount of bank balances that are "exposed to custodial credit risk." For a deposit to be exposed to custodial risk means that it is uninsured and either
    - Uncollateralized,
    - Collateralized with securities held by the pledging financial institution, or
    - Collateralized with securities held by the pledging financial institution's trust department or agent but not in the government's name.

- For investments, a government would need to disclose certain information about investments that are "exposed to custodial credit risk." For an investment to be exposed to custodial credit risk, it would be uninsured, not registered in the name of the government and held by either
  - The counterparty, or
  - The counterparty's trust department or agent but not in the government's name.

  For investments that are exposed to custodial credit risk, the following disclosures would be required:
  - The type of the investment
  - The reported amount
  - How the investments are held

  Investments in external investment pools, open-end mutual funds, and securities underlying reverse repurchase agreements would not be considered as exposed to custodial credit risk.

Securities Lending Transaction Disclosures

GASBS 40 modifies the disclosure requirements for securities lending transactions. The reported amounts for securities lending collateral and the underlying securities should be disclosed by type of investment and amount. Collateral that is reported in the statement of net assets would follow the disclosure requirements for custodial credit risk described above unless it has been invested in a securities lending collateral pool or another type of investment that is not exposed to custodial credit risk. For the underlying securities, the custodial credit risk requirements would be as follows:

- If the collateral for the securities loan is reported on the statement of net assets, the underlying securities would not be subject to the custodial credit risk disclosure requirements
- If the collateral for the securities loan is not reported on the statement of net assets, the custodial credit risk disclosures would apply. The disclosure would be based on the type of collateral and the custodial arrangements for the collateral securities.

Concentration of Credit Risk

Governments are required to disclose, by amount and issuer, investments (other than those issued or guaranteed by the US government) in any one issuer that represents five percent or more of total investments. Note that the issuer is considered to be the entity invested in, and not the investment company manager or pool sponsor. These disclosure requirements also do not apply to investments in mutual funds, external investment pools, or other pooled investments.

While GASBS 40 disclosures focus on the primary government, including blended component units, it also requires that risk disclosures be made for governmental fund and business-type activities, individual major funds, nonmajor funds in the aggregate, or fiduciary fund types when the risk exposures are significantly greater than the deposit and investment risks of the primary government. GASBS 40 uses the example of a capital projects fund that is considered a major fund. If an investment in corporate bonds did not meet the five percent criteria for disclosure for total investments of the primary government, but the capital projects fund's only investment was that of the corporate bonds of one issuer, disclosure should be made for the concentration of credit risk for the capital projects fund.

Interest Rate Risk

The disclosures about interest rate risk contained in GASBS 40 are probably the most significant new area addressed. GASBS 40 requires that governments disclose information about the sensitivity to interest rates of their debt investments. This disclosure is accomplished by communicating either investment maturities or information developed about portfolio volatility under various scenarios.

Interest rate sensitivity information would be organized by investment type and amount using one of the prescribed methods described in GASBS 40 as follows:

- Segmented time distributions. This method groups investment cash flows into sequential periods in tabular form.
- Specific identification. This method presents a list of each investment, its amount, its maturity date, and any call options.
- Weighted-average maturity. This method expresses investment time horizons (the time when investments become due and payable) in years or months, weighted to reflect the dollar size of individual investments.
- Duration. This method uses the present value of cash flows, weighted for those cash flows as a percentage of the investment's full price to measure a debt investment's exposure to fair value changes arising from changing interest rates.
- Simulation model. This method estimates changes in an investment's fair value given hypothetical changes in interest rates.

Governments would be encouraged to select the disclosure method that is most consistent with the method actually used by them to identify and manage interest rate risk.

Specific disclosures are also required for investments whose contract terms cause the investments' fair value to be highly sensitive to interest rate changes. Both the interest rate sensitivity and contract terms of the investment would be disclosed. The contract terms would be considered to include such information as the amount of the investment, multipliers, benchmark indices, reset dates (i.e., the time that a bond's variable coupon is repriced to reflect changes in a benchmark index), and embedded options. GASBS 40 provides three examples of these types of investments.

- A variable-rate investment's coupon rate that amplifies the effect of interest rate changes by greater than a one-to-one ratio, such as 1.25 times the three-month London Interbank Offered Rate (LIBOR).

- A variable-rate investment's coupon amount varies inversely with a benchmark index, such as four percent minus the three-month LIBOR rate.
- An asset-backed investment that has repayments that are expected to significantly vary with interest rate changes.

Foreign Currency Risk

If a government's deposits or investments are exposed to foreign currency risk, the government should disclose the US dollar balances of such deposits or investments, classified by currency denomination and investment type.

Effective Date

GASBS 40 is effective for financial statements for the period beginning after June 15, 2004, with earlier application encouraged.

GASB STATEMENT 41, *BUDGETARY COMPARISON SCHEDULES—PERSPECTIVE DIFFERENCES*

In May 2003, the GASB issued GASBS 41 to address the issue of governments which have significant budgetary perspective differences that result in their not being able to present budgetary comparison information for their general fund and major special revenue funds. This new Statement does not address instances where there are minor budgetary fund structures that have minor perspective differences from their fund structure used for reporting under generally accepted accounting principles (GAAP). These differences are usually readily handled in the required reconciliation between the budgetary perspective and the GAAP perspective. GASBS 41 addresses situations where there are significant perspective differences where budgetary structures prevent governments from associating their estimated revenues and appropriations from their legally adopted budget to the major revenue sources and functional expenditures that are reported in the general fund and major special revenue funds.

GASBS 41 requires that governments with significant budgetary perspective differences that result in a government's not being able to present budgetary comparisons for the general fund and major special revenue funds present budgetary comparison schedules based on the fund, organization, or program structure that the government uses for its legally adopted budget. This comparison schedule must be presented as part of required supplementary information (RSI).

GASBS 41 essentially has two main points. First, if there are significant perspective differences between the budgetary perspective and the GAAP perspective, governments are still required to present budgetary comparison information for the general fund and major special revenue funds. The comparison should be presented in accordance with the format in which the budget is legally adopted. Second, where such perspective differences exist, governments do not have the option to present the budgetary comparison schedule as part of the basic financial statements. It must be presented as part of RSI.

Effective Date

GASBS 41 should be implemented simultaneously with GASBS 34. For governments that have already implemented GASBS 34, GASBS 41 is effective for financial statements for periods beginning after June 15, 2002.

GASB STATEMENT 42, *ACCOUNTING AND FINANCIAL REPORTING FOR IMPAIRMENT OF CAPITAL ASSETS AND FOR INSURANCE RECOVERIES*

As this year's edition of this Guide was going to press, the GASB was completing work on a new statement (GASBS 42) that provides guidance for accounting for the impairment of capital assets. GASBS 42 also addresses the accounting for insurance recoveries, but by far the most significant aspects of the new statement will concern impairment of capital assets. GASBS 42 applies to all of the capital assets of a government, including its infrastructure assets.

Many readers may be familiar with the Financial Accounting Standards Board's Statement 144, *Accounting for the Impairment or Disposal of Long-Lived Assets* (SFAS 144). While GASBS 42 addresses the same basic topic as SFAS 144, its approach is actually quite different from what is found in the FASB Statement. In SFAS 144, determination of impairment is based upon expected cash flows from the asset that is being evaluated for impairment. In the governmental environment, many or most capital assets don't provide cash flows, nor are they expected to provide cash flows. GASBS 42 presents the GASB's solutions as to how to identify and measure impairment in the governmental environment.

Definition of Impairment

GASBS 42 defines asset impairment as a significant, unexpected decline in the service utility of a capital asset. The events or circumstances that lead to impairments are not considered normal and ordinary, meaning that they wouldn't be expected to occur during the useful life of the capital asset at the time that it was acquired.

GASBS 42 provides guidance on what is meant by the term service utility. The service utility of a capital asset is the usable capacity that, at the time of acquisition, was expected to be used to provide service. The current usable capacity of a capital asset may be due to normal or expected decline in useful life or it may be due to impairing events, which are discussed in the following pages.

Determining Whether a Capital Asset Is Impaired

GASBS 42 provides a two-step process in determining whether a capital asset is impaired.

1. Identifying potential impairments
2. Testing for impairment

Each of these steps is described in greater detail below.

Identifying Events or Circumstances That May Indicate Impairment

The events contemplated by GASBS 42 that may indicate impairment are prominent events, meaning that they are conspicuous or known to the government, and would be expected to have been discussed by governing boards, management, and/or the media. The following are provided by GASBS 42 as indicators of impairment:

1. Evidence of physical damage, such as for a building damaged by fire or flood, when the level of damage is such that restoration efforts are needed to restore service utility.
2. Enactment or approval of laws or regulations, or other changes in environmental factors, such as new water quality standards that a water treatment plant does not meet and cannot be modified to meet.
3. Technological development or evidence of obsolescence, such as that related to a major piece of diagnostic or research equipment that is used, because newer equipment provides better service.
4. A change in the manner or expected duration of usage of a capital asset, such as the closure of a school prior to the end of its useful life. Note that if the government were no longer using the asset, the asset would be evaluated for impairment even if the government decided to sell the asset.
5. Construction stoppage, such as stoppage of construction of a building due to lack of funding.

Testing for Impairment

If an asset has been identified as potentially impaired by the indicators described above, the second step is to determine if impairment has incurred. GASBS 42 provides that the asset should be tested for impairment if both of the following factors are present:

- The magnitude of the decline in service utility is significant. GASBS 42 does not provide any specific methods to evaluate "significant" but does provide the example of expenses associated with the continued operation and maintenance or costs associated with restoration being "significant" in relationship to the current service utility of the asset.
- The decline in service utility is unexpected. This means that the restoration cost or other impairment circumstance is not part of the normal life cycle of the capital asset.

If both of these tests are met and the capital asset is determined to be impaired, the government would use the guidance of GASBS 42 in the following section to measure that impairment. If an asset was indicated to be impaired, but does not meet both of these two tests, GASBS 42 provides that the estimates used in depreciation calculations, such as remaining useful life and salvage value, should be reevaluated and changed if considered necessary.

Measuring Impairment

To measure the impairment for capital assets meeting the above tests, the government should next determine whether the impaired capital assets will be used by the government. Impaired capital assets that will no longer be used by the government should be reported at the lower of carrying value or fair value. This also applies to capital assets impaired from construction work stoppage, which are also reported at the lower of carrying or fair value.

For impaired capital assets that will continue to be used by the government, determination of the amount of the impairment (the historical cost that should be written off) is more complicated. GASBS 42 provides three different methods that are described below.

- Restoration cost method

  The amount of the impairment is derived from the estimated costs to restore the utility of the capital asset, not including any amounts attributable to improvements or additions. The estimated restoration cost is converted to historical cost by either restating the estimated restoration cost using an appropriate cost index or by applying a ratio of estimated restoration cost over estimated *replacement* cost to the carrying amount of the asset.

- Service units method

  The amount of the impairment is derived from isolating the historical cost of the service utility that cannot be used due to the impairment event or change in circumstances. The amount of the service units impaired is determined by evaluating the service units provided by the capital asset both before and after the impairment.

- Deflated depreciated replacement cost method

  The amount of the impairment is derived from obtaining a current cost for a capital asset to replace the current level of service estimated. The estimated current cost is then depreciated (since the capital asset being replaced is not new) and deflated to convert the cost to historical cost dollars.

  GASBS 42 identifies generally which method should be used from the various causes of impairment as follows:

  1. Impairments from physical damage—restoration cost method
  2. Impairments from enactment or approval of laws or regulations, or other changes in environmental factors or from technological development or obsolescence—service units method
  3. Impairments from a change in manner or duration of use—deflated depreciated replacement cost method or service units method

Reporting Impairment Losses

GASBS 42 provides that most impairment losses should be considered permanent (requiring a write-down of the asset) unless evidence is available to demonstrate that the impairment will be temporary. Impairment losses (other than temporary impairments) should be reported in the statement of activities and statement of revenues, expenses, and changes in fund net assets, if appropriate, as a program or operating expense, special item, or extraordinary item in accordance with the guidance of GASBS 34. If not apparent from the face of the financial statements, a general description, amount, and the financial statement classification of the impairment loss should be disclosed in the notes to the financial statements. The carrying amount of impaired capital assets that are idle at year-end should be disclosed, regardless of whether the impairment is considered permanent or temporary.

Once an impairment loss has been recorded for an asset, the value of that asset should not be written up in the future if events affecting the circumstances of the impairment change.

Insurance Recoveries

In the governmental fund financial statements, GASBS 42 provides that restoration or replacement of a capital asset should be reported as a separate transaction from the insurance recovery. The insurance recovery is reported as an other financing source or an extraordinary item, as appropriate.

In the government-wide financial statements (and in proprietary fund financial statements) the restoration or replacement of an impaired capital asset is also reported as a separate transaction from the impairment loss and associated insurance recovery. The impairment loss should be reported net of the associated insurance recovery when the recovery and loss occur in the same year. Insurance recoveries in subsequent years should be reported as program revenue or as an extraordinary item, as appropriate. Insurance recoveries should only be recognized when realized or realizable. If an insurance company has admitted or acknowledged coverage, an insurance recovery would be considered by GASBS 42 to be realizable.

If not apparent from the financial statements, the amount and classification of insurance recoveries should be disclosed.

Effective Date

GASBS 42 is effective for financial periods beginning after December 15, 2004, with earlier application encouraged. Accounting changes adopted to conform to the provisions of GASBS 42 should be applied retroactively, if practical, for all prior periods presented. If restatement is not practical, the cumulative effect of applying GASBS 42 should be reported as a restatement of beginning net assets, fund balances, or fund equity, as appropriate, for the earliest period restated. Previously reported impairments, if any, resulted in a new cost basis for the impaired asset and should not be restated.

GASB TECHNICAL BULLETIN 2003-1, *DISCLOSURE REQUIREMENTS FOR DERIVATIVES NOT REPORTED AT FAIR VALUE ON THE STATEMENT OF NET ASSETS*

In June 2003, the GASB issued Technical Bulletin 2003-1, *Disclosure Requirements for Derivatives Not Reported at Fair Value on the Statement of Net Assets* (GASBTB 2003-1). This Technical Bulletin requires various disclosures related to derivatives that are not reported at fair value on a government's statement of net assets. It does not provide any accounting guidance for recording derivatives. The GASB has undertaken a larger project to determine the appropriate accounting guidance for recording derivatives because at this time, there is no accounting guidance for derivatives in the governmental accounting environment.

Derivative Definition

The GASB defines derivatives by using identical language from the FASB guidance for derivatives, which is found in FASB Statement 133, *Accounting for Derivative Instruments and Hedging Activities* as amended (SFAS 133). This definition is as follows:

> *A derivative instrument is a financial instrument or other contract with all three of the following characteristics:*
>
> *a. It has (1) one or more underlyings and (2) one or more notional amounts or payment provisions or both. Those terms determine the amount of the settlement or settlements, and, in some cases, whether or not a settlement is required.*
>
> *b. It requires no initial investment or an initial investment that is smaller than would be required for other types of contracts that would be expected to have a similar response to changes in market factors.*
>
> *c. Its terms require or permit net settlement, it can readily be settled net by a means outside the contract, or it provides for delivery of an asset that puts the recipient in a position not substantially different from net settlement.*

SFAS 133 provides additional clarifications of what are considered to be derivatives. A common derivative now being used by governments is interest rate swap agreements by which governments can enter into an agreement with a counterparty that effectively changes the effect of variable rate debt to fixed rate debt, or conversely, changes fixed rate debt into variable rate debt. Another type of derivative that governments have been entering into has become known as a "swaption" in which a government sells a counterpart the option to enter into an interest rate swap agreement sometime in the future. As governments have been under extreme financial pressure recently, the allure of receiving this up-front cash payment in the swaption transaction to provide immediate budgetary relief has been very tempting for governments. The GASB, in the author's opinion, was concerned about the increasing volume of these transactions at a time when there was no accounting guidance and weak disclosure requirements. Hence, the GASB rushed to issue these disclosure requirements while it deliberated on an appropriate accounting treatment for derivatives that will be issued some time in the future.

The following describes the disclosure requirements contained in GASBTB 2003-1 for derivatives that are not reported at fair value on the statement of net assets:

- Objective of the derivative

  The government is required to disclose its objective for entering into the derivative, the context needed to understand that objective, and its strategies for achieving the objective, indicating the types of derivatives used including options purchased or sold.

- Significant terms

  The Technical Bulletin specifies the following significant terms of the transaction that must be disclosed:

  — Notional, face, or contract amount.
  — Underlying indexes or interest rates, including terms such as caps, floor, or collars. Caps, floors, and collars provide information about the range within which an index or interest rate can change over the course of the agreement.
  — Options embedded in the derivative.
  — The date when the derivative became effective and when it is scheduled to terminate or mature.
  — The amount of cash paid or received when the derivative was initiated.

- Fair value

  The fair value of the derivative as of the date of the statement of financial position should be disclosed. If the fair value is based on other than quoted market prices, the disclosure should include the method and significant assumptions used to estimate fair value.

- Associated debt

  If a derivative is entered into in order to make a government's debt carry a synthetic interest rate, the future debt service requirement disclosures should include a separately shown amount for the effect of the derivative along with the future debt service requirements using the synthetic interest rates. Interest rate swap derivatives are the type that will be affected by this disclosure. For example, if a government enters into an interest rate swap agreement that synthetically changes variable rate debt to fixed rate debt, the future debt service required disclosure that is specified in GASBS 38 (which would be calculated using the variable interest rate of the debt) will be supplemented with two columns, one that shows the effect of the swap transactions and the second that shows the debt service requirements for the associated debt at the synthetically achieved fixed interest rate.

- Risks

  In addition to the fair value disclosure mentioned above, the most significant disclosure requirements of GASBTB 2003-1 relate to disclosures about risks. GASBTB 2003-1 requires disclosures about credit risk, interest rate risk, basis risk, termination risk, and rollover risk. Each of these requirements is described below.

  — Credit risk is the risk that a counterparty to a derivative transaction will not fulfill its obligations. If a government is exposed to credit risk, that risk should be disclosed along with the following specific information:

    1. The credit quality ratings of counterparties as described by nationally recognized rating agencies as of the date of the statement of net assets. If the counterparty is not rated and a credit risk disclosure is required, the disclosure should state that the counterparty is not rated.

2. The maximum amount of loss due to credit risk (based upon the fair value of the derivative as of the date of the statement of net assets) that the government would incur if parties to the derivative failed to perform according to the terms of the contract, without respect to any collateral or other security.
3. A brief description of the collateral or other security that supports derivatives subject to credit risk and information about the government's access to that collateral or other security.
4. Information about any master netting arrangements to mitigate credit risks, including brief description of the agreement's terms.
5. The extent of diversification among counterparties.

— Interest rate risk is the risk that changes in interest rates will adversely affect the fair values of a government's financial instruments or a government's cash flows. If a derivative increases a government's exposure to interest rate risk, that risk should be disclosed as interest rate risk, along with the terms that cause interest rate risk to increase.

— Basis risk is the risk that arises when variable interest rates on a derivative and an associated bond or other interest-paying financial instrument are based on different indexes. For example, a government might swap a variable interest rate on a bond that is calculated based on LIBOR (London Interbank Offered Rate) for a synthetic variable interest rate based upon BMA (The Bond Market Association Municipal Swap Index). At the time of the derivative contract, BMA will be some percentage of LIBOR. The extent that this percentage changes over the life of the derivative results in basis risk. If basis risk exists, the government should disclose this risk as basis risk, along with the derivative's payment terms and any payment terms of the associated debt.

— Termination risk is the risk that a derivative's unscheduled end will affect a government's asset or liability strategy or will present the government with potentially significant unscheduled termination payments to the counterparty. If a government is subject to termination risk, it should be disclosed as such and include the following, where applicable:

1. Any termination events that have occurred.
2. Dates that a derivative may be terminated.
3. Out-of-the-ordinary termination events contained in contractual documents, including additional termination events contained in the Schedule to the International Swap Dealers Association Master Agreement.

— Rollover risk is the risk that a derivative associated with a government's debt does not extend to the maturity of that debt and when the derivative terminates, the associated debt will no longer have the benefit of the derivative. If the government is subject to this risk, it should disclose it as rollover risk and disclose the maturity of the derivative and the associated debt.

— Market-access risk is the risk that the government will not be able to enter credit markets or that credit will become more costly. If the derivative creates market-access risk (such as if the government needs to enter the credit market some time in the future to meet the derivative's objective) that risk should be disclosed as market-access risk.

Determination of Fair Value

GASBTB 2003-1 provides that the fair value of a derivative should be measured by market price if there is an active market for the investment. Determining the fair value of a derivative is not an easy exercise and will likely require the assistance of consultants or other experts to provide a reasonable estimate of fair value. If there is not an active market for a derivative, GASBTB 2003-1 provides that discounted cash flows may be used in estimating fair value. It also provides that an option contained in a derivative may also be priced using an option pricing model, such as the Black-Scholes model, that considers probabilities, volatilities, time, underlying prices, and other variables.

NOTE: Detailed information on calculating the fair value of derivatives is beyond the scope of this Guide. These calculations have been the subject of much study in the commercial accounting area, which has been providing fair value information about derivatives for some time. The author suggests that for governments that are sophisticated enough to be using derivatives, adequate resources for outside consultants or experts be provided to, among other things, assist in calculating the fair value of derivatives as of the date of the statement of net assets.

Effective Date

GASBTB 2003-1 has an almost instantaneous effective date. It is effective for financial statements for periods ending after June 15, 2003, with earlier application encouraged.

EXPOSURE DRAFTS—*FINANCIAL REPORTING FOR POSTEMPLOYMENT BENEFIT PLANS OTHER THAN PENSION PLANS* AND *ACCOUNTING AND FINANCIAL REPORTING BY EMPLOYERS FOR POSTEMPLOYMENT BENEFITS OTHER THAN PENSIONS*

In February 2003, the GASB issued the two Exposure Drafts as a result of its project to address the accounting and financial reporting for postemployment benefits other than pensions (OPEBs). One Exposure Draft addresses the accounting and financial reporting for plans that administer OPEB programs and for fiduciary funds used by employers that administer these plans. The second Exposure Draft addresses the accounting and financial reporting for employers that provide OPEBs to their employees.

The GASB has modeled the accounting and financial reporting for OPEBs after the accounting and financial reporting for pension plans that are found in GASBS 25, *Financial Reporting for Defined Benefit Pension Plans and Note Disclosures for Defined Contribution Plans,* and GASBS 27, *Accounting for Pensions by State and Local Governmental Employers.* The concepts inherent in GASBS 25 and 27 are discussed later in this Guide. The two Exposure Drafts take these same concepts and modify them slightly to reflect the fact that they apply to OPEBs rather than pension benefits.

In evaluating the comment letters received on these two Exposure Drafts, the GASB has run into difficulty with the aspect of the Exposure Draft for employers' accounting relating to what it calls implicit rate subsidies. Basically, this centers on situations where an employer pays the same healthcare coverage premium for both current employees and retirees. The Exposure Draft would allow the use of this rate for calculations of current costs and future liabilities. Since the retirees are generally older than current employees and use more health care services, the premium rate for the retiree group separate from the composite rate for current employees and retirees would be higher than the composite rate. Conversely, the current employees would generally be using less health care services and as a separate group would have a health insurance premium that is lower than the composite rate that includes both current employees and retirees. In other words, the younger, healthier employees are providing a subsidy to the composite rate. Many respondents to the Exposure Draft in the actuarial community disagreed with this approach and favored the requirement to use a rate specifically related to the retiree group.

As of this writing, the GASB continues to review commentary letters received and to deliberate over potential changes to both of the Exposure Drafts.

Accounting Summary

Basically, the approach under the Exposure Drafts would require employers that participate in single-employer or agent multiemployer defined benefit OPEB plans to recognize the annual cost of OPEBs on an accrual basis. That is, the costs for providing an employee with OPEBs in the future are recognized during the service life of the employee. Costs are measured by the actuarially calculated annual required contribution (ARC) that is calculated within certain parameters, regardless of whether the employer actually makes a contribution to a plan. These requirements would be recorded in the government-wide financial statements and the financial statements of proprietary and fiduciary funds. OPEB expenditures would be recognized on the modified accrual basis of accounting in governmental funds, essentially unchanged from the current accounting by those funds.

For financial reporting purposes, an actuarial valuation would be required at least biennially for OPEB plans with a total membership of 200 or more, or at least triennially for plans with total membership of fewer than 200 employees.

Employers participating in cost-sharing multiemployer plans would be required to recognize OPEB expense/expenditures for their contractually required contributions to the plan, on the accrual or modified accrual basis, as appropriate.

Alternative Measurement Method

Under the Exposure Drafts, employers in single-employer OPEB plans with a membership of fewer than 100 would have the option to apply a simplified alternative measurement method instead of obtaining an actuarial valuation.

Measurement of Net OPEB Obligation

Many governments that fund OPEBs on a pay-as-you-go basis are likely to have expected GASB requirements as to OPEB to require recording a huge liability for unfunded OPEB costs as a retroactive catch-up. This is not the approach contemplated in the Exposure Drafts, which defines a net OPEB obligation as the cumulative difference between annual OPEB cost and the employer's contribution to the plan, including the OPEB liability or asset at transition. However, the Exposure Draft as to employers' accounting for their liability specifically states that because retroactive application of the measurement requirements of the proposed Statement would not be required, for most employers the OPEB liability at the beginning of the transition year would be zero.

An employer with a net OPEB obligation would be required to measure annual OPEB cost equal to

- The annual required contribution.
- One year's interest on the net OPEB obligation.
- An adjustment to the annual required contribution to offset the effect of actuarial amortization of past under- or overcontribution.

Effective Dates

The GASB has followed a similar effective pattern for the proposed statements resulting from these Exposure Drafts as it did for GASBS 25 and GASBS 27 in that the requirements for the plan financial statements are effective one year earlier than those requirements for employers. The GASB has also provided for a phase-in of the requirements based upon the size of the employer government.

The requirements of the proposed Statement for plan reporting are effective based upon the total revenues of the employer government in the first fiscal year ending after June 15, 2004.

- Plans of Phase 1 governments (those with annual revenues of $100 million or more) would be required to implement the proposed Statement in financial statements for periods beginning after June 15, 2005.
- Plans of Phase 2 governments (those with annual revenues of $10 million or more, but less than $100 million) would be required to implement the proposed Statement for financial statements for periods beginning after June 15, 2006.
- Plans of Phase 3 governments (those with annual revenues of less than $10 million) would be required to implement the proposed Statement in financial statements for periods beginning after June 15, 2007.

As mentioned above, employer governments would have one additional year to implement the proposed Statement on employer accounting and financial reporting for OPEBs. Accordingly, the following would be the required implementation dates:

- Phase 1 governments would be required to implement the proposed Statement in financial statements for periods beginning after June 15, 2006.

- Phase 2 governments would be required to implement the proposed Statement in financial statements for periods beginning after June 15, 2007.
- Phase 3 governments would be required to implement the proposed Statement in financial statements for periods beginning after June 15, 2008.

Whether the above effective dates will be the same in a final Statement is unclear as this Guide was going to press, particularly since, as mentioned above, the GASB appears inclined to reexpose certain aspects of the Exposure Drafts.

EXPOSURE DRAFT—*ECONOMIC CONDITION REPORTING: THE STATISTICAL SECTION*

In August 2003, the GASB issued an Exposure Draft that addresses the schedules and other disclosures that are contained in the statistical section of the comprehensive annual financial report (CAFR) prepared by governments. Chapter 5 describes the differences between a government's basic financial statements and a CAFR. This Exposure Draft only addresses disclosures that are required when a government prepares a CAFR.

The reason that the GASB addressed the statistical section at this time was to consider and incorporate information relating to the government-wide financial statements. In addition, the requirements for the statistical section had not been addressed for a long period of time and were in need of refreshing.

NOTE: The Government Finance Officers Association (GFOA) provides many requirements for CAFRs of governments that elect to participate in the GFOA's Certificate of Achievement for Excellence in Financial Reporting program. The GFOA revised the requirements in light of GASBS 34; however, the additional ten-year trend schedules for government-wide revenues and government-wide expenses were made optional for the GFOA's Certificate of Achievement for Excellence in Financial Reporting program. Providing government-wide information in the statistical section will no longer be optional for governments preparing CAFRs if the Exposure Draft's requirements are not changed in a final Statement.

Some of the schedules that are described below are the same as those currently required in statistical sections of CAFRs. One important feature of the Exposure Draft, however, is that there are more specific requirements for each schedule than had existed in the past. For example, a government may be currently providing a schedule of property tax levies and collections. The Exposure Draft has specific instructions for preparing this schedule, which a government's current schedule may not meet. The GASB deliberately included these specific instructions and requirements to facilitate the comparability of reports among different governments.

As will be described later, the Exposure Draft also requires narrative explanations to be included in the statistical section. The requirements are very general as to when an explanation is required and will require, a fair amount of judgment on the part of a government to implement.

From an implementation perspective, the Exposure Draft has many requirements that will take a fair level of effort to interpret and implement. The Exposure Draft encourages, but very importantly does not require, any retroactive restatement of information from years prior to implementation.

The Exposure Draft describes five categories of information in which ten-year trend information is to be presented. The information should focus on the primary government, including blended component units. However, the Exposure Draft acknowledges that providing additional information about individual discretely presented component units may be advantageous in providing information about the economic condition of a government.

The following summarizes the five categories of information and lists the statistical tables that would be required for each:

1. Financial trends information—This category is intended to help understand and assess how a government's financial position has changed over time. The required schedules are:
   - Information about net assets, presented for each of the three categories of net assets (invested in capital assets net of related debt, restricted and unrestricted) for governmental activities, business-type activities, and the total primary government.
   - Information about changes in net assets that includes expenses, program revenues, and net (expense) revenue by function or program, general revenues, and other changes in net assets, along with a total change in net assets.
   - Information about governmental funds including
     — Reserved and unreserved fund balances for both the general fund and all other governmental funds in the aggregate.
     — For total governmental funds, the following should be presented:
       - Revenues by source.
       - Expenditures by function.
       - Other financing sources and uses, and other changes in fund balance.
       - Total change in fund balances.
2. Revenue capacity information—This information is intended to help understand and assess the factors affecting a government's ability to generate its own-source revenues. The required schedules are
   - Information about revenue bases shown by major component, such as real and personal property, including the total direct rate applied to the revenue base.
   - Information about revenue rates applied by the government to the revenue base.
   - Information about principal revenue payers.
   - Information about property tax levies and collections.
3. Debt capacity information—This information is intended to help understand and assess a government's debt burden and its ability to issue additional debt. The required schedules are

- Information about ratios of outstanding debt for each type of debt and divided between debt for governmental activities and business-type activities. The ratio of outstanding debt to total personal income should also be presented.
- Information about ratios of general bonded debt. The ratio of general bonded debt to the total estimated value of property should be presented if the debt is to be repaid with property taxes.
- Information about direct and overlapping debt.
- Information about debt limitations.
- Information about pledged-revenue coverage.

4. Demographic and economic information—This information is intended to help understand the socioeconomic environment within which a government operates and to provide information that enables comparisons of financial statement information over time and among governments. The required schedules are

   - Demographic and economic information, including population, personal income, per capita personal income, and unemployment rates.
   - Information about principal employers.

5. Operating information—This information is intended to provide information about a government's operations and resources to assist in understanding a government's economic condition. The required schedules are

   - Information about government employees, including the number of persons employed by function, program, or identifiable activity.
   - Information about operating indicators by function, program, or identifiable activities presents indicators of the demand for services or the level of services provided.
   - Information about capital assets, including indicators of the volume, usage, or nature of capital assets by function, program, or identifiable activities.

Operating information for each individual pension and other postemployment benefit plan should be presented that includes

- Information about retired members by type of benefit for the current year.
- Information about the average monthly benefit, average final salary, and number of retired members.
- For multiemployer plans, information about the principal participating employers, the number of covered employees each has, and the percentage of total covered employees that each represents.

Narrative Explanations

One of the more important changes that would result from the proposed Statement contemplated by the Exposure Draft is the requirement to include narrative explanations in the statistical section. Explanations should be analytical in nature, but may be data explanations as well. The Exposure Draft states that judgment should be used in deciding whether to present narrative explanations and, if so, what type of explanation and its extent. The four types of explanations listed in the Exposure Draft are

- Explanations of the objects of statistical information in general and the five categories of statistical information, as well as individual schedules, if appropriate.
- Explanations of basic concepts that may be unfamiliar to users of the statements.
- Explanations that identify relationships between information in various statistical schedules, as well as between the statistical schedule and information in other sections of the report.
- Explanations of significant trends, significant changes in trends, and anomalous data that users of the report would not otherwise understand.

Effective Date

The proposed Statement would be effective for statistical sections prepared for periods beginning after June 15, 2005. Governments are encouraged, but not required, to report all required years of information retroactively. Governments are encouraged, but not required, to implement the government-wide information retroactively to the year that GASBS 34 was implemented. If information required by the proposed Statement differs from information previously reported by governments, governments are encouraged, but not required, to restate or revise the information for previous years.

CURRENT GASB PROJECTS

In addition to finalizing the Exposure Drafts discussed above, the GASB has several projects on their technical agenda that will likely result in future accounting and financial reporting guidance. The following discusses some of the projects that are most likely to result in such guidance in the not too distant future.

Derivatives and Hedging

While the GASB issued guidance through GASBTB 2003-1 regarding disclosures of derivatives, it has a current project on its agenda to focus on accounting for derivatives and whether any type of hedge accounting will be developed. The focus of the project is on whether derivatives will be recorded on the statement of net assets at fair value and how the change in that fair value from year to year will flow through the statement of activities. An Exposure Draft is planned for the second quarter of 2004.

Pollution Remediation Obligations

The GASB has been considering additional guidance as to the accounting and reporting for pollution remediation obligations. These obligations may be the result of environmental laws, regulations, contracts, or other means including superfund and brownfield laws and regulations. A key issue in these considerations is the timing of the recognition of a liability as well as whether a liability should be recognized in situations where there is no immediate intention to remediate the pollution situation. An Exposure Draft is planned for the second quarter of 2004.

Tobacco Settlement Issues

This project seeks to bring consistency to accounting and financial reporting for funds received and receivable from tobacco settlements. The key issue is whether recognition is given to the total amounts receivable from the settlements or whether only the amounts actually due to the governments under formula calculations are recognized in the financial statements. As this Guide goes to press, an Exposure Draft of a Technical Bulletin is imminent.

Conceptual Framework—Communications Methods

This project is intended to provide definitions of the various methods that can be used to communicate financial and nonfinancial information such as the financial statements, notes to the financial statements, required supplementary information, including management's discussion and analysis, and supplementary information that is not required. An Exposure Draft for a proposed Concepts Statement is planned for the second quarter of 2004.

SUMMARY

This chapter describes some of the important actions recently taken by the GASB as well as certain pronouncements that are being readied for finalization. Governmental entities should take this information into consideration in planning the changes that they may need to make in their financial reporting systems and processes to implement new standards in an effective and efficient manner.

2 OVERVIEW OF ACCOUNTING AND FINANCIAL REPORTING BY GOVERNMENTS

INTRODUCTION

The field of governmental accounting and auditing has undergone tremendous growth and development over the last twenty-five years. Generally accepted accounting principles for governments were once a loosely defined set of guidelines followed by some governments and governmental entities, but now have developed into highly specialized standards used in financial reporting by an increasing number of these entities. Because of this standardization, users are able to place additional reliance on these entities' financial statements.

The Governmental Accounting Standards Board (GASB) has completed its new model for financial reporting by governments that results in a radically different look to governmental financial statements from those of the past. There have also been substantive changes in the accounting principles used by governments. Governmental financial statement preparers, auditors, and users must have a complete understanding of these requirements to fulfill their financial reporting obligations.

CHAPTER OVERVIEW

This chapter provides a background on the development and purpose of governmental accounting standards. The topics in this chapter follow.

- Entities covered by governmental accounting principles

- Overview of the history of governmental accounting standards-setting
- Objectives of governmental accounting and financial reporting
- Hierarchy of governmental accounting standards

ENTITIES COVERED BY GOVERNMENTAL ACCOUNTING PRINCIPLES

This book addresses this topic in much more detail throughout its later chapters as specific types of entities are discussed. However, in general, the following entities are covered by governmental generally accepted accounting principles:

- State governments
- Local governments such as cities, towns, counties, and villages
- Public authorities such as housing finance, water, and airport authorities
- Governmental colleges and universities
- School districts
- Public employee retirement systems
- Public hospitals and other health care providers

Throughout this book, when "governmental entities" or "governments" are mentioned, the reference is to these types of entities. Governments covered by governmental accounting principles are sometimes distinguished as general-purpose governments (which include states, cities, towns, counties, and villages) and special-purpose governments (which is a term used in GASBS 34 to refer to governments and governmental entities other than general-purpose governments). Both general-purpose and special-purpose governments are covered by governmental generally accepted accounting principles and by this book.

Not-for-profit organizations are not included within the scope of governmental accounting standards unless they are considered governmental not-for-profit organizations (discussed in detail below), nor are the federal government and its various agencies and departments. Not-for-profit organizations and the federal government are sometimes confused with the governments that this book is addressing when they are homogenized into something commonly referred to as the "public sector." Not all public-sector entities (as described above) are subject to governmental accounting principles and standards.

Distinguishing a Governmental Entity from a Not-for-Profit Organization

Some organizations are difficult to categorize as either a governmental entity or not-for-profit organization. For example, local governments may set up economic development corporations that have many characteristics of not-for-profit organizations, including federal tax-exempt status under section 501(c)3 of the Internal Revenue Code. However, these organizations are usually considered governmental not-for-profit organizations that should follow generally accepted accounting principles for governments. A definition of a governmental not-for-profit organization (subject to the accounting standards promulgated by the GASB) is found in the AICPA Audit and Accounting Guide *Not-for-Profit Organizations* (the Guide). The Guide defines governmental organizations as "public corporations and bodies corporate and politic." Other organizations are governmental organizations under the Guide's definition if they have one or more of the following characteristics:

- Popular election of officers or appointment (or approval) of a controlling majority of the members of the organization's governing body by officials in one or more state or local governments
- The potential for unilateral dissolution by a government with the net assets reverting to a government
- The power to enact or enforce a tax levy

In applying the above definitions, a public corporation is described in the Guide as an artificial person, such as a municipality or a governmental corporation, created for the administration of public affairs. Unlike a private corporation, it has no protection against legislative acts altering or even repealing its charter. Public corporations include instrumentalities created by the state, formed and owned in the public interest, supported in whole or part by public funds, and governed by managers deriving their authority from the state. Exhibit 1 provides some consensus examples of public corporations often found at the state and local government level.

Exhibit 1

The following are examples of "public corporations" that are often found at the state and local government level. These organizations would usually be considered governmental entities when the definition provided in the Guide is applied.

- Public hospital
- Economic development corporation
- Housing authority
- Water and sewer utility
- Electric or gas utility
- Offtrack betting corporation
- Industrial development authority
- Educational construction authorities

Typically, these organizations are created by acts of state legislatures. Their continued existence and legal authority to operate can generally be changed at the discretion of the state legislature.

NOTE: GASBS 34 eliminates some of the apparent inconsistencies that existed in the past about financial reporting for governmental not-for-profit organizations. Prior to implementation of GASBS 34, these organizations were permitted to follow the AICPA financial reporting model for not-for-profit organizations, although they were subject to the disclosure requirements contained in GASB Statements. In the author's experience, these entities' financial statements often contained many inconsistencies in presentation and omissions of required disclosures. Under GASBS 34, the accounting and financial reporting for these organizations should be clear. They are special-purpose governments that should follow the accounting guidance as delineated under GASBS 34 and should follow all applicable GASB disclosure requirements.

The implementation of GASBS 39 (which is discussed in Chapter 1) will result in more not-for-profit organizations being included within the financial reporting entity of a government or governmental entity. In these cases, GASBS 39 does not require that these not-for-profit organizations comply with the financial reporting requirements for governments. Despite their inclusion within a government's reporting entity, many of these types of organiza-

tions (such as fund-raising foundations) would not be considered governmental organizations and would still report their separately issued financial statements using the standards of the Financial Accounting Standards Board (FASB). The financial statement preparer should incorporate the not-for-profit organization's financial statements (reported using FASB principles) within the governmental reporting model (using GASB principles) which may require that the not-for-profit organization actually be reported somewhat separately from the primary government, such as on a separate page. Appendix E of GASBS 39 provides an illustration of including a not-for-profit organization foundation with a governmental university.

OVERVIEW OF THE HISTORY OF GOVERNMENTAL ACCOUNTING STANDARDS-SETTING

Understanding how governmental accounting standards were developed appears difficult at first because it seems that so many different entities and organizations were involved in the standards-setting process. Working from the current process through history is the easiest way to understand the interrelationships of the various entities involved. Currently, governmental accounting standards are established by the GASB. The GASB is a "sister" organization to the Financial Accounting Standards Board (FASB). The FASB establishes accounting standards for private sector entities, including both commercial entities and not-for-profit organizations.

NOTE: One significant difference between the GASB and the FASB is the FASB's role in setting accounting principles for public companies. Recently, this area has received a great deal of attention in light of a number of well-publicized accounting scandals involving public companies. Under the Sarbanes-Oxley Act of 2002, accounting standards for public companies are the responsibility of the Public Company Accounting Oversight Board (PCAOB). PCAOB at this time is in its early stages of formation, but is expected to, for the most part, continue to recognize accounting standards promulgated by the FASB.

Prior to the formation of the GASB, governmental accounting standards were promulgated by the National Council on Governmental Accounting (NCGA). The NCGA was an outgrowth of a group called the National Committee on Governmental Accounting, which itself was an outgrowth of a group called the National Committee on Municipal Accounting (NCMA). These groups were sponsored by the Government Finance Officers Association (GFOA), originally known as the Municipal Finance Officers Association (MFOA).

The first of several collections of municipal accounting standards issued by the NCGA in 1934 became known as the "blue book." Subsequently, a second blue book was issued by the NCGA in 1951, and a third was issued in 1968, entitled *Governmental Accounting, Auditing, and Financial Reporting* (GAAFR). Subsequent versions of this book were issued in 1980, 1988, and 1994. In 2001, the GFOA issued a major revision of the GAAFR to incorporate the changes to governmental financial reporting as a result of GASBS 34. However, these later blue books were different from the 1968 and prior blue books in that they were not meant to be authoritative sources of governmental accounting standards. Neither the 1988, 1994, nor the 2001 blue book would be an authoritative source of accounting standards, since the GASB was created in 1984 to serve this purpose; thus the GFOA would no longer have the ability to issue authoritative accounting standards. Even with the issuance of the 1980 blue book, the GFOA (then known as the MFOA) decided not to use the blue book as a means of promulgating new accounting standards. Rather, the focus of the blue book was changed to provide financial statement preparers (and their auditors) with detailed and practical guidance to implement authoritative accounting standards. The blue book continues to be used by the GFOA to set the requirements for its "Certificate of Achievement for Excellence in Financial Reporting" program, covered in Chapter 5.

OBJECTIVES OF GOVERNMENTAL ACCOUNTING AND FINANCIAL REPORTING

In describing the history of the governmental accounting standards development process, one could logically ask the question "Why were separate accounting and financial reporting standards needed for governments?" The answer to this depends on the identities of the groups of readers and users of the financial statements of state and local governments, the objectives of these readers and users, and the overall objectives of governmental financial reporting.

GASB Concepts Statement 1

The GASB addressed this basic question relatively soon after it was created to serve as an underpinning for all of its future standards-setting work. In 1987, the GASB issued Concepts Statement 1, *Objectives of Financial Reporting* (GASBCS 1), which identifies the primary users of the financial statements of state and local governments and their main objectives.

To determine the objectives of governmental financial reporting, the GASB first set forth the significant characteristics of the governmental environment. These characteristics are listed below in Exhibit 2.

Exhibit 2: Characteristics of the governmental environment under GASB Concepts Statement 1

- Primary characteristics of a government's structure and the services it provides
- Control characteristics resulting from a government's structure
- Use of fund accounting for control purposes
- Dissimilarities between similarly designated governments
- Significant investment in non-revenue-producing capital assets
- Nature of the political process
- Users of financial reporting
- Uses of financial reporting
- Business-type activities

Each of these characteristics is described in the following pages.

Primary characteristics of a government's structure and the services it provides.

- The representative form of government and the separation of powers—This emphasizes that the ultimate power of governments is derived from the citizenry. The most common forms of government used in the United States are based on a separation of power among three branches of government: executive, legislative, and judiciary.

- The federal system of government and the prevalence of intergovernmental revenues—This characteristic describes the three primary levels of government: federal, state, and local. Because of differences in abilities to raise revenues through taxes and other means, many intergovernmental grants result in revenues passing from one level to another. For example, federal funds for the Temporary Assistance for Needy Families (TANF) program start at the federal level and flow through the states to local governments, where the program is actually administered.
- The relationship of taxpayers to service receivers—In terms of impact on the objectives of financial reporting, this characteristic of governments may be the most significant. Following are some interesting points that the GASB included in GASBCS 1 that may affect financial reporting objectives:
  - Taxpayers are involuntary resource providers. They cannot choose whether to pay their taxes.
  - Taxes paid by an individual taxpayer generally are based on the value of property owned or income earned and seldom have a proportional relationship to the cost or value of the services received by the individual taxpayer.
  - There is no exchange relationship between resources provided and services received. Most individual taxes do not pay for specific services.
  - The government generally has a monopoly on the services that it provides.
  - It is difficult to measure optimal quality or quantity for many of the services provided by governments. Those receiving the services cannot decide the quantity or quality of a particular service of the government.

Control characteristics resulting from a government's structure.

- The budget as an expression of public policy and financial intent and as a method of providing control—In the commercial world, revenues exceeding budget and expenses under budget would almost always be considered good things. In the governmental environment, higher revenues might indicate that taxes are set too high. Even more problematic, expenditures below budget might indicate that levels of spending for public purposes are not achieved because the budgeted funding level is a matter of public policy. Politically speaking, expenditures below budget might not be a good thing, unless the reductions were achieved by unanticipated efficiencies.
- The budget is a financial plan or expression of financial intent—This is a similar concept to the public policy question, but also brings into consideration the fact that the budgets of governments generally need to be balanced; for instance, revenues should equal expenditures, highlighting the concept that governments need to live within their means.
- The budget is a form of control that has the force of law—Since governments' budgets generally are subject to approval of both executive and legislative

branches (similar to the process for other forms of legislation), violation of the budget's spending authority can be construed as a violation of the law.

- The budget may be used as a mechanism to evaluate performance—This characteristic is generally less useful in the government environment than in the commercial environment, since performance evaluation is not viewed as the primary purpose of the budget. To be effective, comparison of budgeted to actual results over time would have to be made, as well as consideration of the government's service efforts and accomplishments.

Use of fund accounting for control purposes. Most governments are required by law to use a fund accounting structure as a means to control use of resources. In some cases, bond indentures may require establishing and maintaining funds. In other cases, the government may decide to use fund accounting not because it is required, but simply because it can provide a useful control mechanism for distinguishing various components of its operation.

Regardless of the reason for the use of fund accounting, when examining the objectives of financial reporting for governments, the predominant use of fund accounting must be considered to properly recognize the potential needs of financial statement users.

Dissimilarities between similarly designated governments. GASBCS 1 concludes that the differences in the organization of governmental entities, the services they provide, and their sources of revenues all need to be considered when developing financial reporting objectives. For example, different governments at the same level (for example, county governments) may provide significantly different services to their constituents. The levels and types of services provided by county governments depend on the services provided by the cities, towns, villages, and so forth, within the county, as well as by the state government under which the counties exist. In other unique examples, such as the city of New York, there are five county governments located within the city. Beyond boundary differences, the level of provision of services (such as human service and public safety) varies from county to county. In addition, counties also derive their primary revenues from different sources. Some counties may rely primarily on a county tax on real property within the county. Other counties may rely more heavily on a portion of a sales tax. The important point is that there is a high degree of variability among governments that are at comparable levels.

NOTE: This dissimilarity, while an important characteristic to consider when determining financial reporting objectives, is not unlike that encountered in the commercial environment. A financial statement reader of commercial entities encounters many dissimilarities among the nature of the operations of companies in seemingly identical industries.

Significant investment in non-revenue-producing capital assets. Governments do not determine their capital spending plans based strictly upon return-on-investment criteria. In fact, governments invest in large, non-revenue-producing capital assets, such as government office buildings, highways, bridges, sidewalks, and other infrastructure assets. In many cases, these assets are built or purchased for public policy purposes. Along with this capital investment is a capital maintenance assumption that governments have an obligation to maintain their capital assets. A government's implicit commitment to maintain its assets and its ability to delay maintenance and rehabilitation expenditures (particularly for non-revenue-producing capital assets) were important considerations in GASBCS 1.

Certainly return on investment is considered. Where governments engage in fee-for-service activities, these considerations are not unlike those found in commercial company accounting. For example, should the public water utility invest in a new piece of equipment that will reduce its costs by $XX or enable it to serve XX number of new customers and generate more revenue? In addition to the business-type decisions, however, governments also make cost/benefit decisions in other seemingly non-revenue-producing activities. For example, a town may decide to invest in new sidewalks and street lighting in its shopping district to raise property values of the businesses in this district, as well as the overall appeal of the town itself. While this investment is non-revenue-producing in the strictest sense, the long-term strategy of the town is the maintenance and enhancement of its property values, and accordingly, its property tax revenues. At the same time, the government may reduce its judgments and claims costs as the number of trip-and-fall lawsuits decreases because of the improved infrastructures.

Nature of the political process. Governments must reconcile the conflict between the services desired by the citizens and the citizens' desire to provide resources to pay for those services. The objectives of the citizenry are to obtain the maximum amount of service with a minimum amount of taxes. These conflicts are handled by politicians whose relatively short terms in public office encourage the use of short-term solutions to long-term problems. Accordingly, governments are susceptible to adopting the practices of satisfying some service needs by deferring others, paying for an increased level of services with nonrecurring revenues, and deferring the cash effect of events, transactions, and circumstances that occur in a particular period. GASBCS 1 concludes that to help fulfill a government's duty to be accountable, financial reporting should enable the user to assess the extent to which operations were funded by nonrecurring revenues or long-term liabilities were incurred to satisfy current operating needs.

Users of financial reporting. GASBCS 1 identifies three primary groups as the users of governmental financial reports:

- The citizenry (including taxpayers, voters, and service recipients), the media, advocate groups, and public finance researchers
- Legislative and oversight officials, including members of state legislatures, county commissions, city councils, boards of trustees, school boards, and executive branch officials
- Investors and creditors, including individual and institutional, municipal security underwriters, bond rating agencies, bond insurers, and financial institutions

While these three user groups have some overlap with the commercial environment, clearly the citizenry and legislative users are somewhat unique to governments.

NOTE: As will be further examined in Chapter 4, which examines the governmental budgeting process, the budget to actual reporting that is considered by many as inherently necessary in governmental financial reporting is designed to meet the needs of the citizenry and legislative users. These groups are somewhat unique to governments as users of financial reporting. This is why budget to actual financial reporting is included where budgets are legally adopted by governments, whereas this reporting has no counterpart in the commercial accounting (or even the not-for-profit accounting) environment.

For example, the expenditures budgeted in a government's general fund represent the amounts that the citizens/taxpayers have authorized the government (through their legislators) to spend from that fund. In order for the government to demonstrate its financial accountability to the citizens and legislators, information is needed within governmental financial reporting which compares the amounts actually spent with the amounts that were legally authorized to be spent.

Uses of financial reporting. The uses of financial reporting by governments center upon economic, political, and social decisions, as well as assessing accountability. These uses are accomplished by the following means:

- Comparing actual financial results with the legally adopted budget—Spending in excess of budget may indicate poor financial management, weak budgetary practices, or uncontrollable, unforeseen circumstances. Underspending may indicate effective cost containment or that the quality or quantity of services provided by the government could have been increased without going over budget.
- Assessing financial condition and results of operations—Each of the three user groups described above has a different primary reason for assessing a government's financial condition and results of operations. For example, investors and creditors are interested in the financial condition of a government in order to assess whether the government will be able to continue to pay its obligations and meet its debt service requirements. Similarly, these users look to a government's results of operations and cash flows for indications of whether the financial condition of the government is likely to improve or worsen. As another example, the citizenry is interested in the financial condition and operating results of a government as indications of the need to change the rate of tax levies or increase or decrease the levels of services provided in the future.
- Assisting in determining compliance with finance-related laws, rules, and regulations—Governmental financial reports can demonstrate compliance with legally mandated budgetary controls and controls accomplished through the use of fund accounting. For example, if the government is legally required to have a debt service fund, and the existence and use of such a fund is clear from a financial statement presentation, compliance is demonstrated. Similarly, compliance with debt covenants, bond indentures, grants, contracts, and taxing and debt limits can also be demonstrated by governmental financial reporting.
- Assisting in evaluating efficiency and effectiveness—Governmental financial reporting may be used to obtain information about service efforts, costs, and accomplishments. Users of this information are interested in the economy, ef-

fectiveness, and efficiency of a government. This information may form the basis of their funding or voting decisions.

NOTE: In deliberating on the changes to the governmental financial reporting model promulgated by GASBS 34, the GASB concluded that both government-wide and fund financial statements were necessary in order for the financial reporting model to meet the financial reporting objectives and needs of users as described in GASBCS 1. The objectives described in GASBCS 1, including the needs of the various user groups described above, were driving forces in determining how the financial reporting model promulgated by GASBS 34 took shape.

Business-type activities. In addition to the general governmental characteristics that must be considered in determining the appropriate objectives of financial reporting, circumstances in which governments perform business-type activities must also be examined. Activities are considered "business-type" not solely because they resemble those performed by the private sector but because there is an exchange involved between the receiver and provider of the service; for instance, the receiver or consumer of the services is charged for those services.

The environment for the provision of business-type activities has some overlap with the traditional governmental environment described above. However, the elements of customer and service provider bring different characteristics into the environment that must be considered in determining financial reporting objectives. The following list describes those characteristics that were considered by the GASB in GASBCS 1:

- Relationship between services received and resources provided by the consumer—For business-type activities, there is frequently a direct relationship between the charge for the service and the service itself. This exchange relationship causes users of financial information to focus on the costs of providing the service, the revenues obtained from the service, and the difference between the two.

NOTE: The fact that a charge is assessed for a service does not imply that the charge covers all of the costs of a service. There may be a conscious decision on the part of the government to subsidize the costs of particular services with revenues from other sources that are not part of the exchange transaction. Less frequently, the government may also decide to charge more than the cost of the service to provide a "profit" to be used for some other non-business-type or governmental activity.

- Revenue-producing capital assets—Many of the capital assets purchased or constructed by governments for business-type activities are revenue-producing. Many business-type activities are capital intensive, and the need for information concerning those assets must be considered when developing financial reporting objectives for governments.
- Similarly designated activities and potential for comparison—There is generally a greater potential for comparability among business-type activities performing similar functions than there is among governmental-type activities. Governmental business-type activities generally only perform a single function, such as supplying water. The problems, procedures, and cost components of obtaining, treating, and delivering water are similar, regardless of

whether the function is performed by a commercial enterprise, a public authority, an enterprise fund, or as part of a government's basic operations.

NOTE: More information to help the reader distinguish among these differences is provided in Chapter 10. These similarities facilitate comparison of financial reporting among entities (or parts of entities) providing similar services.

- Nature of the political process—Business-type activities are generally regarded as less influenced by the political process because their fee-for-service operations take them out of the budgetary debate to which governmental activities are subject. However, in many cases, the business-type activities are subsidized by the government in order to keep the fees lower than cost or market values. The rate-setting process then ensues and subjects the business-type activities to pressures from the political process experienced by general governmental activities. Similar influences from the political process develop when the general government furnishes capital funds, even when there is no direct operating subsidy.
- Budgets and fund accounting—Business-type activities generally do not have legally adopted budgets. Budgets are more likely to be used as internal management tools rather than as a revenue and spending plan with the force of law. In addition, since business-type activities are generally found to perform only single functions, the use of fund accounting is far less common than with general governmental activities.

In addition to the characteristics of governments, including those characteristics relating to general government activities and business-type activities described above, the GASB considered three factors in determining the financial reporting objectives for governments. These three factors are

1. Accountability and interperiod equity
2. Characteristics of information in financial reporting
3. Limitations of financial reporting

The following paragraphs describe why these are important factors in determining the objectives of financial reporting for governments.

Accountability and interperiod equity. GASBCS 1 describes accountability as the "cornerstone" of all financial reporting in governments. Accountability requires that governments answer to the citizenry in order to justify the raising of public resources and the purposes for those resources. Accountability is based on the general belief that the citizenry has a right to know financial information and a right to receive openly declared facts that may lead to public debate by the citizens and their elected representatives.

Interperiod equity is the concept underlying many of the balanced budget legal requirements found in governments, which intend that the current generation of citizens should not be able to shift the burden of paying for current-year services to future-year taxpayers. GASBCS 1 states that interperiod equity is a significant part of accountability and is fundamental to public administration. As such, it needs to be considered when establishing financial reporting objectives. Financial reporting should help users assess whether current-year revenues are sufficient to pay for the services provided that year and whether future taxpayers will be required to assume burdens for services previously provided.

Characteristics of information in financial reporting. In order for financial information to be an effective method of communication, it must possess certain characteristics that improve its effectiveness. These are described in Exhibit 3.

Exhibit 3: Characteristics of effective financial reporting

• **Understandable**	Governmental financial reporting should be expressed as simply as possible so that financial reports can be understood by those who may not have detailed knowledge of accounting principles. This does not mean, however, that information should be excluded from financial reports merely because it is difficult to understand.
• **Reliable**	The information presented in financial reports should be verifiable, free from bias, and should faithfully represent what it purports to represent. This requires that financial reporting be comprehensive; for instance, nothing significant or material is left out from the information to faithfully represent the underlying events and conditions. Reliability is affected by the amount of estimation in the measurement process and by uncertainties inherent in the item being measured. To this end, financial reporting may need to include narrative explanations about the underlying assumptions and uncertainties inherent in the process.
• **Relevant**	Relevancy implies that there is a close logical connection between the information provided in financial reporting and its purpose. Information should be considered relevant if it can make a difference in a user's assessment of a problem, condition, or event.
• **Timely**	If financial reports are to be useful, they must be issued soon enough after the reported events to affect decisions. Timeliness in some circumstances may be so essential that it may be worth sacrificing some degree of precision or detail in the information presented.
• **Consistent**	Presumably, once an accounting principle or reporting method is adopted, it will be used for all similar transactions and events. Consistency should extend to all areas of financial reporting, including valuation methods, basis of accounting, and determination of the financial reporting entity.
• **Comparable**	Financial reporting should facilitate comparisons between governments, such as comparing costs of specific functions or components of revenue. Comparability implies that differences between financial reports should be due to substantive differences in the underlying transactions or the governmental structure, rather than selection among different alternatives in accounting procedures or practices.

Limitations of financial reporting. GASBCS 1 acknowledges that in setting objectives of financial reporting for governments, the limitations of financial reporting must be taken into consideration. All financial reporting has certain inherent limitations, such as including approximations and estimates of transactions or events. The primary limitation, however, is the cost/benefit relationship that exists in determining whether financial information should be required. On one hand, since accountability is identified as a cornerstone of financial reporting, an almost unlimited amount of information and detail could be required. On the other hand, too much detail may inhibit a clear understanding of the overall financial picture of a government and its operations. In addition, the needs of every potential reader and user of a government's financial statements could never realistically be identified and never practically met.

The GASB determined that in setting financial reporting standards, it should focus its attention on the common needs of users. More importantly, the GASB acknowledged that it must strike a balance between the almost unlimited financial reporting that could be required to demonstrate accountability and the costs that would be incurred by governments in obtaining and reporting the required information. The GASB also stated that it will consider factors such as the ability of certain classes of financial statement users to obtain information by special request, the intensity of the needs of all of the groups of users, the risks or costs to users of not having certain types of information, and the relative costs and benefits, considering the size or type of governmental entities involved.

NOTE: The GASB has a long-standing research project concerning the financial reporting of service efforts and accomplishments (SEA). SEA reporting can take many forms, but generally involves the reporting of financial and nonfinancial information together to provide information to readers about the cost (efforts) and the benefits (accomplishments) relating to governmental activities. Examples might include how many alarms a fire department responds to and the average cost of responding to an alarm. Similarly, the sanitation department might report how many tons of trash it collects in a reporting period along with the average cost of collecting a ton of trash. The GASB has not required this type of reporting in the financial statements of governments. The GASB has received some opposition to its moving in the direction of setting standards for the reporting of information other than that included in the basic financial statements and comprehensive annual financial report. For example, the Government Finance Officers Association has publicly stated its concern with the GASB becoming active in this area. Regardless of how the issues are resolved, financial statement preparers should be aware that future developments may result in the reporting of this type of information in the future.

OBJECTIVES OF FINANCIAL REPORTING

With all of the above factors taken into consideration, GASBCS 1 describes what the GASB set forth as the financial reporting objectives for governments. All of the financial reporting objectives listed and described below flow from what the GASB believes to be the most important objective of financial reporting for governments: accountability. The GASB concluded that the same objectives apply to governmental-type activities as to business-type activities, since the business-type activities are really part of the government and are publicly accountable.

The following are the financial reporting objectives contained in GASBCS 1:

- Financial reporting should assist in fulfilling government's duty to be publicly accountable and should enable users to assess that accountability.
  - Financial reporting should provide information to help determine whether current year revenues were sufficient to pay for current year services.
  - Financial reporting should demonstrate whether resources were obtained and used in accordance with the entity's legally adopted budget. It should also demonstrate compliance with other finance-related legal or contractual requirements.
  - Financial reporting should provide information to assist users in assessing the service efforts, costs, and accomplishments of the governmental entity.

NOTE: These objectives demonstrate the GASB's interest in using financial reporting to demonstrate a government's progress in achieving interperiod equity, described above, and as a means to compare actual performance with the legally adopted budgeted performance. In addition, service efforts and accomplishments reporting, which is the concept of financial performance indicators used in conjunction with nonfinancial indicators, is another means to measure performance. For example, how many miles of road did the government repave in the past year? How did this compare with what it planned to repave, and what it did repave in the prior year? How much did it cost per mile to repave the road? How much did it budget per mile to repave the road? How much did it cost per mile to repave the road last year?

- Financial reporting should assist users in evaluating the operating results of the governmental entity for the year.
  - Financial reporting should provide information about origins and uses of financial resources.
  - Financial reporting should provide information about how the governmental entity financed its activities and met its cash requirements.
  - Financial reporting should provide information necessary to determine whether the entity's financial position improved or deteriorated as a result of the year's operations.

NOTE: These objectives are fundamental to basic financial accounting and reporting and would be appropriate as part of the objectives for financial reporting for commercial entities as well.

- Financial reporting should assist users in assessing the level of services that can be provided by the governmental entity and its ability to meet its obligations as they become due.
  - Financial reporting should provide information about the financial position and condition of a governmental entity.
  - Financial reporting should provide information about a governmental entity's physical and other nonfinancial resources having useful lives that extend beyond the current year, including information that can be used to assess the service potential for those resources.
  - Financial reporting should disclose legal or contractual restrictions on resources and risks of potential loss of resources.

NOTE: These financial reporting objectives are meant to provide the user of the financial statements with information as to how financially capable the government is to continue to provide services to its constituents. For example, can the government continue to collect sufficient tax revenues to support its current level of service? Has the government made significant investments in capital resources that are available to benefit future generations of citizens and taxpayers?

At a time when the GASB is significantly changing the financial reporting model of governments, it is important to understand and keep in mind the underlying objectives of governmental financial reporting described in GASBCS 1.

The preparer or auditor of a governmental entity's financial statements must also understand these objectives as part of the framework used to determine the appropriate accounting treatment for the many types of transactions that fall within a "gray" area. Many times, the precise accounting treatment for a particular transaction or type of transaction is unclear from the promulgated standards. Understanding the financial reporting objectives and the conceptual framework with which these objectives were developed provides additional input in attempting to record these types of gray-area transactions within the spirit and intent of the promulgated accounting standards.

HIERARCHY OF GOVERNMENTAL ACCOUNTING STANDARDS

The GASB is responsible for promulgating accounting principles for governments. The manner in which the GASB promulgates accounting principles depends somewhat on the pervasiveness and the degree of impact that a new accounting principle is anticipated to have. Generally, an issue or topic will be brought to the GASB's attention for consideration from any of a number of sources, including governments themselves, independent auditors, the GASB board members, or GASB staff. In addition, advisory committees, such as the Governmental Accounting Standards Advisory Council, may also bring matters to the GASB's attention for consideration. Based on the input of these individuals, organizations, and groups regarding important technical issues that need to be addressed, the GASB will determine its formal technical agenda. Once a matter is placed on the GASB's technical agenda, staff resources are devoted to the issue to study and evaluate various alternatives to address it. After the initial research is completed, the GASB staff may issue an Invitation to Comment (ITC) or a Discussion Memorandum (DM) to solicit comments from the constituent groups regarding the advantages and disadvantages of the various alternatives available. Upon receipt and analysis of the feedback from an ITC or a DM, the GASB may be able to reach some initial conclusions about the contents of a final accounting standard. If this is the case, the GASB will issue an Exposure Draft (ED) for public comment. If the GASB still has remaining questions or feels that additional feedback is needed from the constituent community, it may issue a Preliminary Views document (PV). The PV sets forth preliminary views on an accounting matter, but also poses additional questions to the constituent community with the hope of soliciting additional input to be included in the next stage in the due process procedure, the ED.

For issues that are not very pervasive or complex, or where the alternatives are limited, the GASB will decide not to issue an ITC or a DM and move directly to issue an ED. This is the most frequently used approach. ITCs and DMs are reserved for the more important and complex issues.

The GASB evaluates and considers the feedback obtained from an ED and then issues a final Statement. If significant changes result from the feedback obtained from the ED, the GASB may choose to issue a second ED before it proceeds to the final Statement.

The process described above would apply whether the GASB is issuing a new Statement or an Interpretation of an existing Statement. In addition to Statements and Interpretations, the GASB issues Technical Bulletins (TBs) and Implementation Guides (usually called "Q&As" because of their question-and-answer format). These two documents are not subject to the same due process procedures described above for new Statements and Interpretations. TBs and Q&As are actually issued by the GASB staff, but they may not be issued if, after review, a majority of the GASB board objects to their issuance.

GAAP Hierarchy for Governments

The levels of authority of the various types of established accounting principles and other accounting literature for governments was actually clarified by the American Institute of Certified Public Accountants (AICPA). The AICPA issued Statement on Auditing Standards 69, *The Meaning of "Present Fairly in Conformity with Generally Accepted Accounting Principles" in the Independent Auditor's Report* (SAS 69). The purpose of SAS 69 was to define the framework of generally accepted accounting principles that an auditor should use to judge whether financial statements are presented fairly within that framework. SAS 69 provides that the auditor's opinion on the fair presentation of the financial statements in conformity with generally accepted accounting principles is based on the auditor's judgment as to whether

- The accounting principles selected and applied are generally accepted
- The accounting principles are appropriate for the circumstances
- The financial statements, including the related notes, are informative on matters that may affect their use, understanding, and interpretation
- The information presented in the financial statements is classified and summarized in a reasonable manner; for instance, it is neither too detailed nor too condensed
- The financial statements reflect the underlying transactions and events in a manner that presents the financial position, results of operations, and (if applicable) the cash flows stated within a range of acceptable limits; for instance, limits that are reasonable and practical to attain in the financial statements

These considerations are required for auditors. Financial statement preparers should find these considerations helpful when preparing the financial statements for a governmental entity.

SAS 69 divides established accounting principles and other accounting literature into two main categories: other-than-governmental entities and governmental entities. Within each category, established accounting principles are divided into four categories (or levels), A through D, with Category A being the highest level of authority.

Following is the hierarchy of generally accepted accounting principles for governmental entities:

Level A Officially established accounting principles consist of GASB Statements and Interpretations, as well as AICPA and FASB pronouncements specifically made applicable to state and local governmental entities by GASB Statements or Interpretations.

Level B GASB Technical Bulletins and, if specifically made applicable to state and local governmental entities by the AICPA and cleared by the GASB, AICPA Industry Audit and Accounting Guides and AICPA Statements of Position.

Level C AICPA AcSEC Practice Bulletins, if specifically made applicable to state and local governmental entities and cleared by the GASB, as well as consensus positions of a group of accountants organized by the GASB that attempts to reach consensus positions on accounting issues applicable to state and local governmental entities. (This group, which would function as an Emerging Issues Task Force, has not been organized by the GASB.)

Level D Level D includes Implementation Guides (Q&As) published by the GASB staff and practices that are widely recognized and prevalent in state and local governments.

Other accounting literature. In the absence of a pronouncement or another source of established accounting literature, the financial statement preparer or auditor may consider "other accounting literature," depending on its relevance to state and local governmental entities. Other accounting literature includes

- GASB Concepts Statements
- The accounting pronouncements in levels A through D applicable to nongovernmental entities when not specifically made applicable to state and local governmental entities by the GASB or by the organization issuing them
- FASB Concepts Statements
- AICPA Issues Papers
- International Accounting Standards of the International Accounting Standards Committee
- Pronouncements of other professional associations or regulatory agencies
- Technical Information Service Inquiries and Replies included in AICPA Technical Practice Aids
- Accounting textbooks, handbooks, and articles

Levels A through D for nongovernmental entities (included in "other accounting literature" for consideration by state and local governmental entities) consist of the following:

- Level A—FASB Statements and Interpretations, APB Opinions, and AICPA Accounting Research Bulletins
- Level B—FASB Technical Bulletins, AICPA Industry Audit and Accounting Guides, and AICPA Statements of Position
- Level C—Consensus positions of the FASB Emerging Issues Task Force and AICPA Practice Bulletins
- Level D—AICPA Accounting Interpretations, "Q&As" published by the FASB staff, as well as widely recognized and prevalent industry practices

SAS 69 reminds the auditor (and by default, the financial statement preparer) that the appropriateness of other accounting literature depends on its relevance to particular circumstances, the specificity of the guidance, and the general recognition of the issuer or author as an authority. It also states that GASB Concepts Statements would normally be more influential than any other sources in the category.

An example in understanding the use of other accounting literature in addressing an accounting question for a governmental entity is provided in Exhibit 4.

Exhibit 4: Example of the application of accounting literature

The city of Anywhere is trying to close a budget gap that it is projecting for its next fiscal year. The city is approached by an investment banking firm that offers to set up a trust fund that purchases the city's delinquent real estate tax receivables for $5 million, thereby giving the city $5 million in revenue. In return, the city will transfer $20 million of delinquent real estate tax receivables to the trust. After the trust collects its $5 million plus an interest factor, all the uncollected receivables will revert back to the city from the trust. The city will continue to "service" (collect the real estate taxes from these receivables and remit the collections to the trust) until the trust is paid back its $5 million plus interest.

The city's accountants are trying to determine whether this transaction is a sale or a loan. It would be appropriate for them to consider the guidance in the private sector for similar transactions involving the "sale" of receivables (such as mortgages or credit card receivables) when determining if the transaction is a sale or a loan, since there is no document in governmental hierarchy levels A through D (described in the preceding paragraphs) that directly answers this question. And there is no prevalent accounting practice in the governmental environment for this type of transaction. However, they should only use the other accounting literature for answering this specific question. The accounting for the sale or the loan would then be governed by governmental accounting principles.

SUMMARY

This chapter provides a basic foundation for the governmental accounting and financial reporting environment. Understanding this environment will help the reader understand and apply the details of the accounting and financial reporting principles discussed throughout the rest of this book.

3 ACCOUNTING FUNDAMENTALS— FUND ACCOUNTING FUNDAMENTALS AND BASIS OF ACCOUNTING/ MEASUREMENT FOCUS

INTRODUCTION

To fully understand the accounting and financial reporting principles of state and local governments, financial statement preparers and auditors must be familiar with two key concepts: fund accounting and the basis of accounting and measurement focus used by funds. This chapter discusses the following information:

- A definition of *fund* and the purposes of fund accounting
- A synopsis of the various types of funds used by governments for accounting and financial reporting
- A definition of *basis of accounting* and *measurement focus*
- A description of which basis of accounting and measurement focus are used by each type of fund

These concepts are key components of the fundamental differences between the accounting and financial reporting for governments and private enterprises. Under the GASBS 34 financial reporting model, financial statement preparers and their auditors will need to understand these concepts in understanding the differences between government-wide and fund financial statements. This chapter includes some summarized information to give the reader an overview of the governmental accounting and financial reporting structure. More detailed information is contained in later chapters, which examine not only the accounting for, but also the uses of, the various types of funds and how typical transactions of these funds are reflected in the accounting records. Chapter 20 describes the accounting treatment of various types of transactions that can occur between funds.

DEFINITION OF *FUND* AND THE PURPOSE OF FUND ACCOUNTING

Fund was defined by Statement 1 of the National Council on Governmental Accounting (NCGAS 1), entitled *Governmental Accounting and Financial Reporting Principles*, as follows:

> *A fund is defined as a fiscal and accounting entity with a self-balancing set of accounts recording cash and other financial resources, together with all related liabilities and residual equities or balances, and changes therein, which are segregated for the purpose of carrying on specific activities or attaining certain objectives in accordance with special regulations, restrictions, or limitations.*

This definition requires some explanation and clarification to be useful.

First, a fund is a separate entity for accounting and financial reporting purposes. A fund in itself is not a separate legal entity, although it may be established to comply with laws that require that certain transactions be segregated and accounted for as a separate "fund."

Second, a fund has a self-balancing set of accounts that record assets, liabilities, fund balance, and the operating activities of the fund. In other words, a balance sheet and operating statement can be prepared for individual funds. A fund's financial statements would not necessarily include all of the accounts for assets and liabilities that one would expect to find in a commercial enterprise's financial statements. As will be discussed later in this chapter, fixed assets or long-term liabilities are not recorded in the financial statements of funds classified as "governmental." Rather, governmental fixed assets, now referred to as capital assets, and long-term liabilities are reported only on the government-wide financial statements under the GASBS 34 financial reporting model. Thus, *self-balancing* shouldn't be taken to mean a complete picture. It should indicate that the transactions that are supposed to be recorded in a fund are self-balancing; for instance, the debits equal the credits (its trial balance balances), and that assets less liabilities equals the fund's residual (or, stated differently, its equity or fund balance).

NOTE: One common mistake that is often made by those not familiar with fund accounting is to assume that a fund is synonymous with a "pot of money" available to spend. This is not the case. A fund's "fund balance" represents the difference between the fund's assets and the fund's liabilities. Many of a fund's assets may not be in the form of currency, such as a receivable. Therefore, it's important to keep in mind that a "fund" is an accounting convention for control and financial reporting purposes, and is not the same as a bank account.

Why Do Governments Use Fund Accounting?

Fund accounting for governments was developed in response to the need for state and local governments to be fully accountable for their collection and use of public resources. The use of funds is an important tool for governments to demonstrate their compliance with the lawfully permitted use of resources. A predecessor to fund accounting was the use of separate bank accounts for separate purposes. The finer the degree of financial reporting, management, accountability, and segregation of resources, the less likely that governments would overspend budgets or not be as candid in financial reporting as they should be. Clearly, maintaining separate bank accounts for all of the different revenue sources and types of expenditures for the complex governments of today is not practical. Thus, separate bank accounts were replaced by the use of separate funds.

Has the GASBS 34 Reporting Model Replaced Fund Accounting?

Fund accounting remains an important aspect of financial reporting for governments. GASBS 34 includes within its financial reporting model fund financial statements. Fund financial statements enable governments to continue to demonstrate legal compliance as described above. Since the overwhelming number of governments have legally adopted budgets budget at the fund level, demonstration of compliance with budgets is an important component of fund reporting under the GASBS 34 reporting model. However, under the GASBS 34 reporting model, information about a government's overall financial condition and activities is presented in government-wide financial statements that do not provide fund information and, in fact are prepared using different accounting methods than the fund financial statements. Reading the government-wide financial statements provides additional information to the user of a government's financial statements that was not previously available from the prior reporting model, which relied exclusively on fund and account group reporting.

How Is the Number of Funds to Be Established Determined?

The number of separate funds to be established should be based on either legal requirements or management judgment for sound financial administration. In other words, where statute or law requires the establishment of particular funds, certainly these funds must be established by the government. Similarly, establishment of separate funds may be required by contracts into which the government enters, such as bond indentures.

Beyond these legal and contractual requirements, management should determine how many funds should be established to segregate the activities related to carrying on specific activities or attaining certain objectives in accordance with special regulations, restrictions, or limitations. As discussed below, there are different fund types, and most governments will find that they have at least one fund in each fund type.

NOTE: Under the GASBS 34 financial reporting model, distinctions of fund types are less important, since financial reporting is driven by whether a fund is a major or nonmajor fund, rather than its fund type. The concept of fund type, however, is useful in understanding the purposes for different funds. While reporting by all fund types is not a component of GASBS 34, distinguishing between governmental and business-type activities remains important. In addition, presentation of funds in the fund financial statements grouped by their fund type within the major and nonmajor fund categories can be useful to the financial statement reader. Determination of major funds is discussed later in this chapter.

However, other governments have multiple funds in each fund type. These governments could easily find that they have over 100 funds that "roll up" into one type. The financial management of these governments should consider, however, that the establishment of too many funds is likely to result in cumbersome accounting and financial reporting procedures. The development of more sophisticated accounting software, with increasingly greater capability to segregate transactions within expanding account code structures, is likely to encourage governments to use fewer funds. Accountability may be achieved with better account coding, rather than with the establishment of many funds.

Exhibit 1

The size of a government's operations does not necessarily coincide with the number of funds that it establishes. For example, excluding component units, the city of New York uses one general fund (a government can only have one general fund), one capital projects fund, and one debt service fund to account for its governmental activities. It has no special revenue funds. These three funds are used to account for total revenues in excess of $40 billion. Many smaller governments have dozens of special revenue, capital projects, and debt service funds to account for a far lower volume of activity.

The number of funds is influenced not only by legal requirements, but also by the reliance on fiscal controls built into financial accounting systems. The number of funds established is also affected by the political forces that shape the financial functioning of the government. Some executive branches (mayors, governors, etc.) and legislatures (city councils, state legislatures, etc.) believe financial accountability is increased by using many funds. The result is a wide disparity in the number of funds found at all levels of government.

A SYNOPSIS OF THE VARIOUS TYPES OF FUNDS USED BY GOVERNMENTS FOR ACCOUNTING AND FINANCIAL REPORTING

The following paragraphs introduce the various types of funds that a government may have. This is only a brief introduction to each of these fund types. Each fund type is more fully discussed in later chapters.

The fund types are categorized into three different activities: governmental, business-type, and fiduciary.

1. Governmental
   a. General fund
   b. Special revenue funds
   c. Capital projects funds
   d. Debt service funds
   e. Permanent funds

2. Proprietary (business-type)
   a. Enterprise funds
   b. Internal service funds
3. Fiduciary
   a. Pension and other employee benefit trust funds
   b. Investment trust funds
   c. Agency funds
   d. Private-purpose trust funds

Following is a summary of the basic characteristics of each of these fund types and funds. Later chapters provide more detailed information.

Governmental Funds

General fund. The general fund is used to account for all of the financial resources of the government, except those required to be accounted for in another fund. It is the primary operating fund of the government. It should account for all activities of the government unless there is a compelling reason to account for the activities in another fund type, including the legal and contractual requirements discussed previously. In addition, circumstances in which funds need to be segregated to carry on specific activities or attain certain objectives in accordance with special regulations, restrictions, or limitations are reasons for using another fund type. The latter require the judgment of management to determine whether the activities will be accounted for in the general fund or in other fund types.

Special revenue funds. Special revenue funds are used to account for the proceeds of specific revenue sources legally restricted to expenditures for specific purposes. The legal restriction on the expenditures does not mean that there is a legal requirement to establish a special revenue fund. If there is a legal or contractual requirement to establish a special revenue fund to account for these earmarked revenues, the government should establish the mandated fund. If there is no legal or contractual requirement, the use of special revenue funds is optional. GAAP does not require the use of special revenue funds (with one small exception relating to blended component units, described below). The activities normally recorded in special revenue funds are frequently accounted for by governments in their general fund. If the government decides to set up special revenue funds, the government also needs to determine how many to establish; for instance, one for all special revenues or numerous funds to account for a variety of types of special revenue. However, given that the purpose of special revenue funds is basically to account for restricted revenues, it is unlikely that using one special revenue fund for many types of special revenues would be helpful in demonstrating legal compliance.

A common example of earmarked revenues that governments may choose to account for in a special revenue fund are the proceeds from grants or other aid programs. Generally, these grant or aid program revenues must be used for specific types of expenditures, and accordingly, accountability for the expenditure may be facilitated by using a special revenue fund. In addition, if not accounted for in the general fund, states should use a special revenue fund to account for the administration of the federal food stamp program.

Certain revenues are precluded by GAAP from being recorded in special revenue funds. Revenues that are earmarked for expenditures for major capital projects should not be recorded in special revenue funds.

The instance in which GAAP requires the use of special revenue funds involves the reporting of component units. As more fully described in Chapter 6, certain legally separate entities may be included in a government's financial reporting entity. Some of these entities may have governmental activities that are blended with the reporting government's own governmental funds, as if the component unit were part of the reporting government. In cases where these blended component units have general funds, these general funds should not be combined with the general fund of the reporting government, but should be reported as special revenue funds.

Capital projects funds. Capital projects funds may be used to account for financial resources to be used for acquisition or construction of major capital facilities other than those financed by proprietary or trust funds. As with special revenue funds, the use of capital projects funds (with one exception, described below) is optional to the government, absent any legal or contractual requirement. Again, if the government elects to use capital projects funds, it must also decide whether to establish one fund to account for all capital projects or separate capital projects funds for each capital project or group of projects.

The exception, the situation in which a government is required to establish a capital projects fund under GAAP, relates to when grants or shared revenues are received for capital projects. NCGAS 2, *Grant, Entitlement, and Shared Revenue Accounting by State and Local Governments,* states that capital grants and shared revenues restricted for capital acquisitions or construction (other than those associated with enterprise and internal service funds) should be accounted for in a capital projects fund.

Debt service funds. A government may use debt service funds to account for accumulation of resources for and payment of general long-term debt principal and interest. The use of debt service funds is generally optional for a government, absent any legal or contractual requirement. (Before deciding not to establish debt service funds, financial managers of governments should ensure that these funds are not required by any of the government's bond indentures.)

NCGAS 1 states that "Debt service funds are required when they are legally mandated and/or if financial resources are being accumulated for principal and interest payments maturing in future years." The second part of this statement requires some clarification. The phrase has been interpreted to mean that the government is regularly setting aside resources to pay more than one year's debt service (principal and interest payments). In other words, the government is using a mechanism similar to a sinking fund to accumulate resources to pay debt service in the future. In this case, the government would be required by GAAP to establish a debt service fund. On the other hand, if the government only sets aside resources to pay the next year's debt service, it is not interpreted to be "accumulating" resources, and a debt service fund would not be required. In this latter case, the government may still establish a debt service fund if it facilitates financial management of these resources.

There is a second instance in which GAAP would require the establishment of a debt service fund. NCGAS 2 states that grants, entitlements, or shared revenues received for the payment of principal and/or interest on general long-term debt should be accounted for in a debt service fund.

Permanent funds. GASBS 34 created a new type of governmental fund known as a permanent fund. A permanent fund is used to report resources that are legally restricted to the extent that only earnings, and not principal, may be used for purposes that support the reporting government's programs, meaning that the earnings are for the benefit of the government or its citizenry. Types of arrangements that would often be accounted for in a permanent fund are sometimes called "endowments." Permanent funds are not the same as a private-purpose trust fund (a fiduciary fund also created by GASBS 34 that is described later), which is used to report situations in which the government is required to use the principal or earnings for the benefit of individuals, private organizations, or other governments and not for the support of its own programs..

Proprietary (Business-Type) Funds

Proprietary funds, as the name implies, are used to account for the proprietary or business-type activities of a government. GASBS 34 has changed the requirements for when enterprise and internal service funds should be used. The changes are discussed later in this section as they apply separately to enterprise and internal service funds.

Enterprise funds. NCGAS 1 defines the purpose of enterprise funds as

> *to account for operations (a) that are financed and operated in a manner similar to private business enterprises—where the intent of the governing body is that the costs (expenses, including depreciation) of providing goods or services to the general public on a continuing basis be financed or recovered primarily through user charges; or (b) where the governing body has decided that periodic determination of revenues earned, expenses incurred, and/or net income is appropriate for capital maintenance, public policy, management control, accountability, or other purposes.*

A government may use an enterprise fund to account for activities if the criteria of either (a) or (b) are met. In most cases, governments use enterprise funds because there are certain activities performed by governments for the public that closely resemble the characteristic described in (a) above. For example, the government may operate a water and sewer utility that charges its customers for the services rendered. The net results of operations for this particular activity are determined using accounting similar to that used by a commercial enterprise, generally providing the most relevant information to the financial statement user. The government's intent does not have to be to recover all of the costs of the particular activity. However, even if only partial cost recoupment is intended, it is still likely to be desirable to use an enterprise fund to determine the extent of the government's subsidy of a particular activity.

While the criterion under (a) above provides the most common reason to establish enterprise funds, the criterion in (b) certainly provides the government's management with latitude to determine whether to account for certain activities in an enterprise fund.

As will be more fully described in later chapters, there are two activities that GAAP requires to be accounted for in enterprise funds. These activities are a government-operated hospital (Chapter 26) and a government public entity risk pool (Chapter 21).

Under GASBS 34, governments may use enterprise funds to report any activity for which a fee is charged to external users for goods or services. Accordingly, a government may under GASBS 34 report as enterprise funds those activities in which a fee is charged to external users of goods or services. The significant change made by GASBS 34 is to establish conditions when the use of an enterprise fund would actually be required.

GASBS 34 requires activities to be reported in an enterprise fund if any one of the following criteria is met. The criteria are to be applied in the context of the activity's principal revenue sources. This means that if the criteria are met for a revenue other than the principal revenue for an activity, the use of an enterprise fund would not be required. In addition, the criteria are applied to activities, which is different from applying them to a fund. In other words, if an activity presently accounted for in the general fund meets any of the criteria, the use of an enterprise fund is required, despite the fact that the activity is not presently accounted for in a separate fund. (These criteria are not meant to require that insignificant activities of governments be reported as enterprise funds simply because a fee or charge is levied. If that fee or charge is not the activity's principal revenue source, the use of an enterprise fund is not required.) The criteria are as follows:

- The activity is financed with debt that is secured solely by a pledge of the net revenues from the fee and charges of the activity. Two additional clarifications are made by GASBS 34.
  - If the debt is secured in part by a portion of its own proceeds, it would still be considered as payable solely from the revenues of the activities. In other words, if some of the proceeds from the debt from an activity were placed in debt service reserve accounts, this would not exempt the activity from being reported as an enterprise fund if it would otherwise meet this criterion.
  - Debt that is secured by a pledge of revenues from fees and charges and the full faith and credit of a related primary government or component unit is not payable solely from the fees and charges of the activity, and the activity would not be required to be reported as an enterprise fund. (The primary government or the component unit does not have to be expected to make any payments—the pledge of its full faith and credit is sufficient to avoid the requirement to account for the activity using an enterprise fund.)

- Laws and regulations require that the activity's costs of providing services, including capital costs (such as depreciation and debt service), be recovered with fees and charges, rather than taxes or similar revenues.
- The pricing policies of the activity establish fees and charges designed to recover its costs, including capital costs (such as depreciation and debt service.)

Under GASBS 34, state unemployment insurance funds and public entity risk pools are required to be accounted for in enterprise funds. GASBS 34 would not affect the accounting for special assessment projects because there is no activity for which external users are charged a fee for goods or services. In the case of special assessments, capital assets are constructed and the property owners reimburse the government for amounts necessary to pay principal and interest on bonds.

NOTE: In comparing these GASBS 34 requirements of the use of a proprietary fund with those of the prior financial reporting model, it seems likely that more activities that were recorded in governmental funds will need to be accounted for as proprietary funds. At the same time, these criteria are designed to determine when the use of an enterprise fund is required. Governments may choose to use enterprise funds if none of the criteria are met, and the use of an enterprise fund is still deemed appropriate using the broader description of their use given above. This is certainly an important GASBS 34 implementation issue that should be addressed carefully.

Internal service funds. NCGAS 1 states that internal service funds may be used "to account for the financing of goods or services provided by one department or agency to other departments or agencies of the governmental unit, or to other governmental units, on a cost-reimbursement basis." In other words, these are activities that are not performed for the general public (as with enterprise funds), but are performed for other parts of the government itself; hence, the term "internal" service funds. Governments decide to establish internal service funds if they believe that the cost management of a particular activity can be improved by first identifying the costs of the activity or service and then charging the cost of the activity or service to the recipient agencies or departments.

Exhibit 2

Understanding the use of an internal service fund can best be explained by the use of an example.

The city of Anywhere uses an internal service fund to account for the operations of its motor vehicles, commonly referred to as a motor pool. Many of the city's agencies and departments use cars and trucks, such as the police department, fire department, social services administration, as well as the executive and administrative functions of the city.

The motor pool internal service fund maintains the city's fleet of vehicles, including purchasing and servicing the vehicles. The total of the costs of the motor pool are estimated and "charged" to the departments that use the vehicles on some equitable basis, such as the number of vehicles used by the various departments. In charging the departments, the consideration may also be given to the type of vehicle, since the costs of maintaining a compact car are quite different from those of a large truck.

The motor pool sets its charges so that it breaks even on its operations. The city benefits from the economies of scale of maintaining all or most of its vehicles by a centralized source. In addition, the user agencies and departments save their own time and effort in not having to handle the details of purchasing and maintaining their own individual fleets of vehicles.

Establishing an internal service fund is completely at the discretion of the government. There are no instances in which GAAP requires internal service funds.

GASBS 34, however, established one circumstance when an internal service fund should not be used. Internal service funds should be used only if the reporting government is the predominant participant in the activity. If it is not, the activity should be reported as an enterprise fund.

Fiduciary Funds

Fiduciary funds are used if the government has a fiduciary or custodial responsibility for assets. Fiduciary funds should be established when there is a legal restriction of the resources, such as with a pension plan or when there is a written trust agreement. Governments may choose to establish fiduciary funds based on the government's own unilateral actions, solely to improve the government's own accountability. In these discretionary instances (absent a legal or other reason), the government should keep in mind that the transactions accounted for in fiduciary funds may be just as easily accounted for in the general fund or a special revenue fund.

GASBS 34 changed some of the classifications of fiduciary funds reported in the financial statements of governmental entities. The types of fiduciary funds are described briefly below.

Pension and other employee benefit trust funds. Many governments manage pension plans that provide benefits to their employees and to other governmental employers. In cases in which the government manages the pension plans, or when the pension plans are part of the reporting entity of the government, they are accounted for as pension trust funds. Accounting rules for pension plans are somewhat unique and are covered more fully in Chapter 24. Governments that report deferred compensation plans under Section 457 of the Internal Revenue Code within their reporting entity would account for these plans within this fund type. Chapter 13 provides additional information on these types of plans.

Investment trust funds. Investment funds are used by governments to report the external portion of separate investment pools that are sponsored by governmental entities. This relatively new type of fiduciary fund was created by GASB Statement 31, *Accounting and Financial Reporting for Certain Investments and for External Investment Pools*, and is discussed in Chapter 15. The accounting for investment trust funds matches that used by proprietary funds.

Agency funds. Agency funds are used to account for situations in which the government receives and disburses resources in an *agency* capacity. Because all of the assets of agency funds are associated with third parties, agency funds have no equity. Their assets equal their liabilities. Accordingly, they have no *operations* either, which means that no operating statement is prepared for agency funds, since they have no revenues or expenditures.

Private-purpose trust funds. GASBS 34 created a type of fiduciary fund that is referred to as a private-purpose trust fund. This fund should be used to report all other trust arrangements (that is, those that otherwise wouldn't be accounted for as another type of fiduciary fund or as a permanent fund) under which principal and income benefit individuals, private organizations, or other governments.

Major Funds

As mentioned above, when reporting fund financial statements under GASBS 34, the focus of the reporting is on major funds. A consideration of fund financial reporting under GASBS 34 is dependent upon the proper identification of major and nonmajor funds. GASBS 34 provides the following guidance for determining what is a major fund:

- The main operating fund (the general fund or its equivalent) is always considered a major fund.
- Other individual governmental and enterprise funds should be reported in major columns based on the following criteria:
  - — Total assets, liabilities, revenues or expenditures/expenses of that individual fund are at least 10% of the corresponding total (assets, liabilities, revenues or expenditures/expenses), for all funds of that category or type (i.e., total governmental or total enterprise funds) and
  - — Total assets, liabilities, revenues, or expenditures/expenses of the individual fund are at least 5% of the corresponding total for all governmental and enterprise funds combined.
- In applying the 5% and 10% criteria above to governmental funds, it should be noted that revenues do not include other financing sources and expenditures do not include other financing uses. In applying the 5% and 10% criteria above to enterprise funds, it should be noted that both operating and nonoperating revenues and expenses should be considered as well as gains, losses, capital contributions, additions to permanent endowments, and special items.

In addition, if a government has only governmental funds and no enterprise funds, only the 10% criteria need be applied. In other words if an individual governmental fund failed the 10% test, the government should not then subject this fund, in this example, to the 5% test. This fund would not be reported as a major fund.

- In addition to these criteria, if the government believes that a particular fund not meeting the above criteria is important to financial statement readers, it may be reported as a major fund. (In other words, nonmajor funds are reported in a single column. If a government desires to break out a nonmajor fund separately, it should treat that fund as a major fund.)
- Blended component units of the component unit should be evaluated to determine whether they must be reported as major funds.

- The major fund determination is done using the combined fund type amounts, regardless of any reconciling items to the government-wide financial statements. In addition, the analysis is done using amounts as reported under generally accepted accounting principles—the budgetary basis of accounting (if different from generally accepted accounting principles) should not be used.
- The calculations provided above represent the minimum requirements for government and proprietary funds that must be considered major funds. If a fund of these fund types does not meet the monetary criteria described above, the government is permitted to report that fund as a major fund, if it so chooses. A government may do this because a fund that may be smaller in size may be of particular interest to financial statement readers.

A DEFINITION OF BASIS OF ACCOUNTING AND MEASUREMENT FOCUS

Two of the most important distinguishing features of governmental accounting and financial reporting are the basis of accounting and measurement focus used. Additionally, as discussed in the next section, not all of the funds of a government use the same basis of accounting and measurement focus, further distinguishing and complicating governmental accounting and financial reporting. A simple rule of thumb to help clarify the difference between the two concepts is that the basis of accounting determines *when* transactions will be recorded and the measurement focus determines *what* transactions will be recorded.

Basis of Accounting

Basis of accounting refers to when revenues, expenditures, expenses, and transfers (and the related assets and liabilities) are recognized and reported in the financial statements. Most accountants are familiar with the cash and accrual bases of accounting. Commercial enterprises generally use the accrual basis of accounting. There are exceptions to this general rule, however. Small businesses may use the cash basis of accounting. Other businesses, such as real estate tax-shelter partnerships, may prepare financial statements on an income-tax basis, and still other commercial enterprises, such as utilities, may prepare special reports on a regulatory basis of accounting.

For governmental accounting, an additional basis of accounting, the modified accrual basis, is used by certain funds of a government. To understand the modified accrual basis of accounting, the accountant first needs to understand the cash and accrual bases of accounting.

Cash basis of accounting. Under the cash basis of accounting, revenues and expenditures are recorded when cash is received or paid. For example, an entity purchases goods that are received and used by the entity. However, the bill for the goods is not paid until two months after the goods were received. Under the cash basis of accounting, the expense for the purchased goods is not recognized in the financial statements until the bill is actually paid, regardless of when the goods were received or consumed by the entity. Using a strict interpretation of the cash basis of accounting, an entity's balance sheet would have two accounts: cash and equity. The statement of activities under the pure cash basis consists solely of a listing of cash receipts and cash disbursements for the period. As a practical matter, entities using the cash basis of accounting often record some transactions not strictly in accordance with the cash basis, such as inventory, fixed assets, and accounts payable.

Accrual basis of accounting. The accrual basis of accounting is generally recognized as a better method than the cash basis for accounting for the economic resources of an organization, both commercial and governmental. The accrual basis of accounting presents a better presentation of the financial condition and results of operations of organizations, including governments. The accrual basis accounts for transactions when they occur. Revenues are recorded when *earned* or when the organization has a right to receive the revenues. Expenses are recorded when incurred. Unlike the cash basis, revenues and expenses are recorded when they occur, regardless of when the related cash is received or disbursed.

Modified accrual basis of accounting. As will be discussed throughout this book, governmental funds use the modified accrual basis of accounting. The modified accrual basis of accounting can be categorized as falling somewhere between the cash basis of accounting and the full accrual basis of accounting. This accounting basis was promulgated in NCGAS 1, which stated that while the accrual basis of accounting was recommended for use to the *fullest extent possible* in the governmental environment, there were differences in the environment and in the accounting measurement objectives for governmental funds that justified a divergence from the full accrual to the modified accrual basis. NCGAS 1 noted that these modifications to the accrual basis were both practical and appropriate for governmental funds to use.

The most important feature of the modified accrual basis of accounting involves the recognition of revenue in the financial statements. NCGAS 1 specifies that revenues (and other governmental fund financial resource increments) are recognized in the accounting period in which they become *susceptible to accrual*; that is, when they become both *measurable* and *available* to finance expenditures of the current period. In determining whether revenues are measurable, the government does not have to know the precise amount of the revenue in order for it to be subject to accrual. Reasonable calculations of revenues based on cash collections subsequent to the end of the fiscal year are the most likely way in which revenues become measurable. Governments are not precluded, however, from using other means to measure revenues, including historical collection patterns. In addition, a government may be able to measure revenues under cost-reimbursable grants and programs based on the amount of the expenditures claimed as revenue under each grant or program.

Determining whether revenues are available to finance expenditures of the current period is a unique consideration for governments in deciding whether revenues are subject to accrual. *Available* means that the revenue is collectible within the current period or soon enough thereafter to pay liabilities of the current period. Since governmental funds generally only record current liabilities, the availability criteria result in governmental funds only recording revenues related to the current fiscal year and received after year-end to be received within a relatively short period after the end of the fiscal year to meet the availability criteria. Assessing the criteria for the various types of revenues typically found in governments is described in later chapters.

Recording expenditures and liabilities under the modified accrual basis of accounting more closely approximates the accrual basis of accounting for other than long-term liabilities than does the recording of revenues. Expenditures in governmental funds recorded using the modified accrual basis of accounting are recorded when the related liability is incurred. Expenditures for goods and services received prior to a governmental fund's fiscal year-end are recorded in the year received, just as under the accrual basis of accounting. However, in applying this general principle, there are several important distinctions to keep in mind, as follows:

- The basis of accounting describes when transactions are recorded, not what transactions are recorded. Accordingly, as described below concerning measurement focus, allocations such as depreciation and amortization are not recorded as expenditures of governmental funds, nor are long-term liabilities.
- The most significant exception to the liability-incurred criterion for expenditure recognition involves payments of debt service on general long-term obligations. Debt service is recognized as an expenditure in the accounting period in which it is paid. There is no expenditure accrual, for example, for accrued interest on debt service up to the date of the fiscal year-end. Rather, both principal and interest are recognized as expenditures at the time that they are paid. (Chapter 9 describes an exception to the general rule when resources for debt service are accumulated in the current year and paid early in the subsequent year. It also describes the impact of GASBI 6 on this exception.)
- A second exception for expenditure recognition on the modified accrual basis of accounting involves inventory items, such as materials and supplies. Inventory may either be considered to be an expenditure when purchased (known as the *purchase method*) or may be recorded as an asset and recognized as an expenditure when consumed (known as the *consumption method*).
- Finally, the expenditures for insurance and similar services extending over more than one fiscal year do not have to be allocated between or among the fiscal years to which they relate. Rather, insurance and similar services may be recognized as expenditures in the period during which they were acquired.

More detailed information on the modified accrual basis of accounting and its application to various types of revenues and expenditures is contained in the following chapters, which cover the different types of governmental funds.

INTERPRETATION 6—*RECOGNITION AND MEASUREMENT OF CERTAIN FUND LIABILITIES AND EXPENDITURES IN GOVERNMENTAL FUND FINANCIAL STATEMENTS*

In the course of deliberations on GASBS 34, the GASB discussed areas where there were divergences in practice in the application of the modified accrual basis of accounting and current financial resources measurement focus. Because this basis of accounting and measurement focus continues to be used by governmental funds in the fund financial statements, GASBI 6 clarifies the recording of certain fund liabilities and expenditures.

GASBI 6 applies to governments that use the modified accrual basis of accounting and the current financial resources measurement focus. It should be implemented at the same time as GASBS 34 and applies to the fund financial statements of governmental funds. It addresses when certain liabilities should be recorded as fund liabilities of governmental funds. Specifically, it includes within its scope liabilities that fall within the following categories:

- Those that are generally required to be recognized when due (debt service on formal debt issues, such as bonds and capital leases)
- Those that are required to be recognized to the extent that they are normally expected to be liquidated with expendable available financial resources (such as compensated absences, judgments and claims, landfill closure and postclosure care costs, and special termination benefits)
- Those for which no specific accrual modification has been established

GASBI 6 does not address whether, when, or the amount that a government should recognize as a liability, but rather clarifies the standards for distinguishing the parts of certain liabilities that should be reported as governmental fund liabilities. It also does not address the financial reporting for liabilities associated with capital leases with scheduled rent increases, employer contributions to pension plans, or postemployment health care plans administered in accordance with GASB Statement 27, *Accounting for Pensions by State and Local Government Employers*.

Governmental funds should report matured liabilities as fund liabilities. Matured liabilities include

- Liabilities that normally are due and payable in full when incurred
- The matured portion of general long-term debt, (i.e., the portion that has come due for payment)

In the absence of an explicit requirement (i.e., the absence of an applicable modification, discussed below) a government should accrue a governmental fund liability and expenditure in the period in which the government incurs the liability. Examples of these types of expenditures include salaries, supplies, utilities, professional services, etc. These types of liabilities generally represent claims against current financial resources to the extent that they are not paid.

As described in GASBI 6, there is a series of specific accrual modifications that have been established in generally accepted accounting principles for reporting certain forms of long-term indebtedness, such as

- Debt service on formal debt issues (bonds and capital leases) should be reported as a governmental fund liability and expenditure when due (i.e., matured). An optional additional accrual method (described below) may be used in certain limited circumstances.
- Liabilities for compensated absences, claims and judgments, special termination benefits, and landfill closure and postclosure care costs should be recognized as governmental fund liabilities and expenditures to the extent that they are normally expected to be liquidated with expendable available resources. Governments are normally expected to liquidate liabilities with expendable available resources to the extent that they mature (i.e., come due for payment). In other words, if the liability hasn't come due, the governmental fund should not record a liability and expenditure.
  — For example, consider an employee that terminates employment with a government and is owed accrued vacation time. A liability for the employee's unused vacation leave does not become due until the employee terminates employment. A fund liability and expenditure is not recorded until the employee actually terminates employment and the amounts are due him or her. Accordingly, if a government's fiscal year ends on June 30, and the employee terminates employment on July 1 and is paid for unused vacation time on July 20, no liability or expenditure would be recorded for the June 30 financial statements of the governmental fund. On the other hand, if the employee terminates employment on June 29 and is paid on July 20, a fund liability and expenditure would be recognized in the June 30 fund financial statements because the amount is due the employee as of June 30.
  — GASBI 6 specifies that the accumulation of net assets in a governmental fund for the eventual payment of unmatured long-term indebtedness does not constitute an outflow of current financial resources and should not result in the recognition of an additional fund liability or expenditure. Accumulated net assets should be reported as part of fund balance.

As mentioned above, an additional accrual of a liability and expenditure for debt service is permitted under generally accepted accounting principles if a government has provided financial resources to a debt service fund for payment of liabilities that will mature early in the following period. GASBI 6 specifies that a government has provided financial resources to a debt service fund if it has deposited in or transferred to that fund financial resources that are dedicated for the payment of debt service. In addition "early in the following year" is defined as a short period of time, usually one or several days, but not more than one month. In addition, accrual of an additional liability and expenditure is not permitted for financial resources that are held in another government or that are nondedicated financial resources transferred to a debt service fund at the discretion of management.

Measurement Focus

In addition to the basis of accounting used, the other term that is key to having a full understanding of governmental accounting is *measurement focus*. As mentioned earlier, measurement focus determines what transactions will be reported in the various funds' operating statements.

Governmental funds use a measurement focus known as the *flow of current financial resources*. The operating statement of a governmental fund reflects changes in the amount of financial resources available in the near future as a result of transactions and events of the fiscal period reported. Increases in spendable resources are reported as *revenues* or *other financing sources* and decreases in spendable resources are reported as *expenditures* or *other financing uses*.

Since the focus is on the financial resources available in the near future, the operating statements and balance sheets of governmental funds reflect transactions and events that involved current financial resources; for instance, those assets that will be turned into cash and spent and those liabilities that will be satisfied with those current financial resource assets. In other words, long-term assets and those assets that will not be turned into cash to satisfy current liabilities will not be reflected on the balance sheets of governmental funds. At the same time, long-term liabilities (those that will not require the use of current financial resources to pay them) will not be recorded on the balance sheets of governmental funds.

Proprietary funds use the flow of economic resources measurement focus. This measurement focus, which is generally the same as that used by commercial enterprises, focuses on whether the proprietary fund is economically better off as a result of the events and transactions that have occurred during the fiscal period reported. Transactions and events that improve the economic position of proprietary funds are reported as *revenues* or *gains*, and transactions and events that diminish the economic position of proprietary funds are reported as *expenses* or *losses*. In other words, proprietary funds reflect transactions and events regardless of whether there are current financial resources. This results in reporting both long-term assets and liabilities on the balance sheets of proprietary funds.

NOTE: The following examples use the proprietary fund to demonstrate the accrual basis of accounting and the economic resources measurement focus. Under GASBS 34, the government-wide financial statements are prepared using the accrual basis of accounting and the economic resources measurement focus, which are demonstrated in the following proprietary fund examples. In other words, the entries that are recorded in the governmental fund are simultaneously reflected in the government-wide financial statements in a manner that is essentially the same as demonstrated for the proprietary fund.

The following examples illustrate how the various transactions are recorded by governmental and proprietary funds when a government issues debt for capital projects, pays the debt service on the debt, and constructs a capital asset. (For purposes of this example, we will treat *governmental funds* as a generic term to avoid too many details about transfers from the general fund to and from the debt service and capital projects funds. These issues will be addressed in later chapters.)

Example: Government issues $100,000 in debt to be used for capital projects

Governmental Fund

When debt is issued for any purpose, a governmental fund records the transaction in its operating statement as an increase in current financial resources. The governmental fund has more current financial resources to spend, and its operating statement reflects this increase as follows:

Cash	100,000	
Other financing source		100,000

To record the receipt of proceeds from the sale of bonds.

Proprietary Fund

When a proprietary fund issues debt, there is no real change in its economic resources, and accordingly, the transaction has no effect on the operating statement. While the proprietary fund has incurred a liability, it has also received an equivalent amount of cash, which conceptually is available to pay that liability. The proprietary fund would record the issuance of debt on its balance sheet only, as follows:

Cash	100,000	
Bonds payable		100,000

To record the receipt of cash from the issuance of bonds.

Example: Government pays debt service ($2,500 interest, $5,000 principal)

Governmental Fund

When a governmental fund pays debt service, it reflects the decrease in its current financial resources by making the debt service payment. The following entry is recorded:

Expenditures—debt service	7,500	
Cash		7,500

To record principal and interest payment on outstanding debt.

Notice that both the principal and interest payment were reflected as expenditures in the governmental fund.

Proprietary Fund

The proprietary fund will reflect that the only economic resource being used is for the payment of interest. The principal portion of the debt service payment merely results in a decrease in cash and a decrease in a liability, thus having no effect on economic resources. The following entry is recorded:

Bonds payable	5,000	
Interest expense	2,500	
Cash		7,500

To record a debt service payment of both principal and interest.

If a debt service payment was not made at the end of a financial reporting period, interest expense would be accrued by the proprietary fund. The following entry would be recorded:

Interest expense	2,500	
Interest payable		2,500

To record the accrual of interest on proprietary fund debt.

Assuming that the debt service payment was made the following day (that is, the amount of interest paid is the same as the amount accrued), the following entry would be recorded to reflect the debt service payment:

Bonds payable	5,000	
Interest expense	2,500	
Cash		7,500

To record a debt service payment of both principal and accrued interest.

Example: Government pays $100,000 to a contractor after purchasing a building (a capital asset)

Governmental Fund

Again, governmental funds will recognize that current financial resources have decreased by $100,000 and will record the following entry:

Expenditures—capital projects	100,000	
Cash		100,000

To record the purchase of a capital asset.

Proprietary Fund

The proprietary fund would record the following entry to record the purchase of the building:

Building	100,000	
Cash		100,000

To record the purchase of a building.

Again, there is no effect on net economic resources, since one asset (a building) is being substituted for another (cash), there is no effect on the statement of operations.

Example: Building has been in use for one year of its twenty-year useful life

Governmental Fund

The governmental fund does not record any depreciation on the building since no current financial resources are depleted by the aging of the building.

Proprietary Fund

The proprietary fund reflects the fact that some of its economic resources have been depleted by the building's use for one year. It would reflect the following entry, which would affect its statement of operations:

Depreciation expense	5,000	
Accumulated depreciation—buildings		5,000

To record the first year's depreciation on the building.

The depreciation entries would be repeated in subsequent years by the proprietary funds, and (if recording accumulated depreciation is elected by the government) in subsequent years in the general fixed asset account group.

Example: After five years, the government sells the building to a not-for-profit organization for $20,000

Governmental Fund

The governmental fund would record the $20,000 as an increase in its current financial resources, as follows:

Cash	20,000	
Miscellaneous revenues (or "Other financing sources" if the amount is material)		20,000
To record sale of building.		

Proprietary Fund

A proprietary fund would reflect the economic loss from the sale for $20,000 of an asset with a book value of $75,000. A proprietary fund would record the following entry:

Cash	20,000	
Accumulated depreciation	25,000	
Loss on sale of building	55,000	
Building		100,000
To record the sale of a building.		

The above examples and journal entries were simplified to highlight the differences in measurement focus between governmental and proprietary funds; however, they demonstrate how the same transaction can have significantly different accounting treatments. The measurement focus of proprietary funds is familiar to most accountants because of its similarity to that used by commercial enterprises. The current financial resources measurement focus used by governmental funds generally is more difficult for accountants just becoming familiar with governmental accounting, since there is virtually no comparable measurement focus used outside of government. Accountants must take care in applying the principles of the current financial resources focus to ensure that all facets of recording a particular transaction and event are considered and properly recorded.

A SYNOPSIS OF BASIS OF ACCOUNTING AND MEASUREMENT FOCUS USED BY EACH TYPE OF FUND

Exhibit 3 serves as a reference for determining the basis of accounting and measurement focus used by the different fund types used in governmental accounting and financial reporting. For specific information on how the common transactions found in each particular fund type are treated under the particular fund's measurement focus, government financial statement preparers and auditors should refer to the specific chapters covering each of the fund types.

Exhibit 3

Fund	*Measurement focus*	*Basis of accounting*
Funds (current GAAP):		
General	Flow of current financial resources	Modified accrual
Special revenue	Flow of current financial resources	Modified accrual
Capital projects	Flow of current financial resources	Modified accrual
Debt service	Flow of current financial resources	Modified accrual
Permanent	Flow of current financial resources	Modified accrual
Enterprise	Flow of economic resources	Accrual
Internal service	Flow of economic resources	Accrual
Pension and other employee benefit trust	Flow of economic resources	Accrual
Investment trust	Flow of economic resources	Accrual
Agency	Not applicable	Modified accrual
Private-purpose trust	Flow of economic resources	Accrual

SUMMARY

Understanding the concepts of basis of accounting and measurement focus is important to understanding the nuances of governmental accounting. The differences in basis of accounting and measurement focus found in governmental accounting represent attempts by standard setters to better attain the financial reporting objectives discussed in Chapter 2.

4 THE IMPORTANCE OF BUDGETS TO GOVERNMENTS

INTRODUCTION

Almost all organizations—governmental, commercial, or not-for-profit—operate using some form of budgeting to ensure that resources are used in accordance with management's intentions and to facilitate obtaining results of operations consistent with management's plans. In the governmental environment, budgets take on greater importance, because they provide the framework in which public resources are spent. From an accounting and financial reporting viewpoint, budgets in government are a key component in achieving the accountability objective described in Chapter 2. Budgets in government generally represent adopted law, which is far more significant than simply a financial planning tool. Because many governments do not follow GAAP to prepare their budgets, achieving the accountability objective by comparing a non-GAAP-based budget with GAAP-based results presents some unique challenges.

This chapter provides an overview of the budgeting process in governments and highlights the important areas in which budget information is incorporated into the financial statements of governments.

BUDGET BACKGROUND

NCGAS 1, *Governmental Accounting and Financial Reporting Principles,* and NCGA Interpretation 10 (NCGAI 10), *State and Local Government Budgetary Reporting,* provide useful background information on the budgeting process typically found in state and local governments. One of the difficulties in understanding the budgeting process is the definition of a *typical* budgetary process, because it is the result of legislative actions, and accordingly, many governmental units are far from typical. However, the following discussion provides sufficient general information on the subject to enable governmental accountants and auditors to handle any budgeting situation encountered in any particular state or local governmental unit.

There are various components of a governmental budget.

- Executive budget
- Appropriated budget
- Nonappropriated budget

Executive Budget

The budgetary process typically begins with the preparation of an executive budget by the executive branch of the government (for example, the governor, mayor, or county executive) for submission to the legislature. NCGAI 10 defines the *executive budget* as "the aggregate of information, proposals, and estimates prepared and submitted to the legislative body by the chief executive and the budget office." This budget represents the efforts of the chief executive to accumulate and filter all of the budget requests for spending authority submitted by the various agencies and departments of the government. It also includes estimates of the expected revenues and other financing sources that will be used to pay for that spending authority. In addition to specific agency requests, the executive budget should also reflect the executive branch's calculations of expenditures for required payments. For example, expenditures for debt service are seldom at the discretion of the government in terms of amounts to be paid or whether the payments will be made. Pension contributions are another example of expenditures that are usually determined centrally by the executive branch.

Appropriated Budget

The executive branch usually submits the executive budget to the legislative branch of the government. After discussion and negotiation between the executive branch and the legislature, the legislature will pass the budget for signature by the executive branch. At this point, the budget is known as an *appropriated budget.* NCGAI 10 defines an appropriated budget as "the expenditure authority created by the appropriation bills or ordinances which are signed into law and related estimated revenues. The appropriated budget would include all reserves, transfers, allocations, supplemental appropriations, and other legally authorized legislative and executive changes." The importance of the appropriated budget is that it contains the legally authorized level of expenditures (the appropriations) that the government cannot legally exceed.

Nonappropriated Budget

Certain aspects of the government may operate under a financial plan that does not need to go through the formal appropriations process described above. This type of budget is referred to as a *nonappropriated budget.* A nonappropriated budget is defined by NCGAI 10 as "a financial plan for an organization, program, activity, or function approved in a manner authorized by constitution, charter, statute, or ordinance but not subject to appropriation and therefore outside the boundaries of the definition of the appropriated budget." The extent to which governments use nonappropriated budgets depends on the extent to which these types of expenditures are specifically authorized (as described in the definition).

Budgetary Execution and Management

NCGAI 10 defines budgetary execution and management as "all other sub-allocation, contingency reserves, rescission, deferrals, transfers, conversions of language appropriations, encumbrance controls, and allotments established by the executive branch, without formal legislative enactment. These transactions may be relevant for various accounting control and internal reporting purposes, but are not part of the appropriated budget." Budget execution and management are the link between the higher-level appropriated budget described above and the more detailed budget that enables management of the government and its various agencies and departments to use the budget as a management and resource allocation tool.

Exhibit 1

The following example should help clarify some of the components of the budget setting process. Assume for this example that the only agency of a city government is the community development agency. The agency commissioner (or equivalent title) submits a detailed spending request to the mayor for the next fiscal year. The budget request is for $3 million for fifty staff members and managers, $2 million for other-than-personal-service overhead expenses, and $5 million for program activities to be performed by not-for-profit neighborhood organizations under contract with the city. This executive budget request is submitted to the legislature, which adopts the budget as proposed. In this example, the appropriated budget consists of the three amounts: $3 million for personal service expenditures, $2 million for overhead, and $5 million for contracts, representing the "legal level of control" that cannot be exceeded. The community development agency must then subdivide these amounts. For example, what positions will the $3 million personal service expenditures cover? How many managers? How many staff members? To what sublevels are managers and staff broken down? What are their salaries and scheduled salary increases during the next fiscal year? Similar questions must be asked about the overhead authorization. Also, how much of the $2 million will be spent for rent, utilities, supplies, transportation, training, and so forth? Similarly, the $5 million of authorized contract expenditures must be further broken down. What types of programs will be purchased? In what neighborhoods of the city will the programs be offered? These breakdowns of the three amounts that constitute the legal level of control are what is meant by budget execution and management. A sub-coding system is usually set up with what are sometimes called *budget codes,* or objects that can be summed to equal the legal level of control. The agency usually has discretion over transferring appropriations among these budget codes. The agency would be precluded, however, from moving any of the authorized appropriations among any of the three amounts that constitute the legal level of control. Approval of the legislative branch (which effectively means an amendment of the law that adopted the budget) would be required to transfer appropriations from one legal level of control to another.

NOTE: The importance of effective budgeting is highlighted by the existence of the Government Finance Officers' Association's Distinguished Budget Presentation Awards Program. Interested governments can submit budgetary documents to the GFOA under this program for consideration of the award, similar to the way that Comprehensive Annual Financial Statements (discussed in Chapter 5) can be submitted to the GFOA for consideration for its Certificate of Achievement for Excellence in Financial Reporting Award.

Budget Amendments

After adoption of a budget for a government's fiscal year, it often becomes necessary to make changes in the budget during the fiscal year. There are any number of reasons why budgets of governments might need to be amended. For example

- Tax revenues may fall short of expectations, requiring the approved level of expenditures to be decreased
- Unusual weather circumstances (above normal snowfalls, hurricanes, floods, etc.) may result in the unforeseen use of significant amounts of a government's resources
- Policy issues developing during the year may result in a government desiring to shift spending authority to new or different programs
- Overtime and employee benefit costs may be more or less than expected

When budgets are legally adopted, the budget modification process will be dictated by the local laws of the government. Frequently, government agencies are given the ability to shift budgetary funds for relatively small amounts among their various budget categories. In addition, there may be limits as to shifting funds between budget amounts for personal-service expenditures and other-than-personal-service expenditures. When budgetary changes are for other than insignificant amounts, the legislative body will usually be required to adopt a budget amendment to formally amend the budget.

As part of the local requirements mentioned above, the period of time during which the budget may be modified will vary among governments. For example, a budget amendment adopted on the last day of the government's fiscal year provides no control over the use of governmental resources, but may be used by a government to disguise large variances from an originally budgeted amount. Local laws may prevent this type of manipulation, although some governments actually have the ability to modify their budgets months after the end of their fiscal year.

Budgetary Reporting

GASBS 34 requires governments to include in Required Supplementary Information (RSI) a budgetary comparison schedule containing original budget amounts, final budget amounts, and actual amounts for the general fund and for each major special revenue fund for which a budget is legally adopted. Instead of presenting their information as RSI, a government may elect to report the budgetary comparison information in a budgetary comparison statement as part of the basic financial statements. The actual amounts presented should be on the same basis of accounting that is used for the budgeted amounts. Variance columns are encouraged, but not required. GASBS 37 requires disclosure of excesses of expenditure over appropriations in the general fund and for each major special revenue fund that has a legally adopted annual budget.

The following definitions are provided in GASBS 34 to distinguish the original budget from the final budget:

- The original budget is the first complete appropriated budget. The original budget may be adjusted by reserves, transfers, allocations, supplemental appropriations, and other legally authorized legislative and executive changes before the beginning of the fiscal year. The original budget should also include actual appropriation amounts automatically carried over from prior years by law. For example, a legal provision may require the automatic rolling forward of appropriations to cover prior year encumbrances.
- The final budget is the original budget adjusted by all reserves, transfers, allocations, supplemental appropriations, and other legally authorized legislative and executive changes applicable to the fiscal year, whenever signed into law or otherwise legally authorized.

In addition, Management's Discussion and Analysis is required to include an analysis of significant variations between original and final budget amounts, and between final budget amounts, and actual budget results for the general fund, or its equivalent. The analysis should contain any currently known reasons for those variations that are expected to have a significant effect on future services or liquidity.

NOTE: Chapter 1 describes the requirements of the recently issued GASB Statement 41, ***Budgetary Comparison Schedules—Perspective Differences*** *(GASBS 41) which addresses the issue of when significant budgetary differences result in government's being unable to present budgetary comparison information for the general fund and major special revenue funds. Governments are required to present budgetary comparison schedules as required supplementary information based on the fund, organization, or program structure that the government uses for its legally adopted budget. Basically, GASBS 41 provides that when there are* ***significant*** *perspective differences (perspective differences are described later in this chapter), the government is still required to present a budgetary comparison schedule. The schedule should use the perspective used in the legally adopted budget. However, this schedule must be reported as required supplementary information. The government in this situation does not have the option to present the budgetary comparison information in a budgetary comparison statement that is part of the basic financial statements.*

WHICH FUNDS OF THE GOVERNMENT ADOPT BUDGETS?

NCGAS 1 states that an annual budget should be adopted by every governmental unit. However, the adoption of budgets may be different for governmental and proprietary activities. In practice, the extent to which budgets are adopted for all funds varies significantly among governments, and there is equal variability in the extent to which there are legally adopted (appropriated) budgets. The following paragraphs summarize some of the common considerations about the budgets for the various governmental funds.

General Fund

Almost universally, a budget is legally adopted for the general fund. Because the most significant operating activities of the government are normally found in the general fund, there is also usually a great deal of budget management in the general fund. This budget management means that the legally adopted budget is broken down into smaller allocations that enable the government's management to manage the finances of the government's general fund.

Special Revenue Funds

Budgets are usually legally adopted for special revenue funds. However, to the extent that special revenue funds are used to account for grants and other expenditure-driven revenues, governments may choose not to legally adopt budgets for special revenue funds that account for these activities. In these cases, the rationale is that the particular grants or contracts provide sufficient controls over expenditures (and their related revenues) so that a legally adopted budget is not considered necessary.

Capital Projects Funds

Budgets for capital projects funds differ from budgets for other funds because capital projects generally span more than one year. Therefore, governments are likely to adopt budgets on a multiyear project basis, rather than having annual appropriations for all capital projects. These multiyear project budgets may or may not be subject to approval of the legislature, based on the legal and operating environment of the particular government.

Debt Service Funds

Debt service funds adopt legal budgets infrequently. Debt service payments are determined under bond and note indentures and seldom require additional controls. In addition, governments normally transfer the annual debt service requirements of the debt service funds from the general fund to the debt service funds. The amount transferred from the general fund is already included in the legally adopted budget of the general fund. Governments should ensure, however, that they have in place a plan for debt service payments throughout the year so that as principal and interest payments or debt retirements occur, the debt service funds have sufficient resources to meet these obligations.

Proprietary Funds

Budgets are seldom legally adopted by proprietary funds. Proprietary funds often use budgeting in a manner similar to commercial enterprises. Budgets help proprietary funds determine whether their costs will be recovered or to estimate the amount of subsidy needed from the government if costs are not meant to be recovered. Proprietary fund budgets are sometimes referred to as "variable" or "flexible," because the expense budgets fluctuate with the volume of the revenue-generating activities.

Fiduciary Funds

Budgets are infrequently adopted for fiduciary funds. Trust funds and agency funds are controlled by the specific contracts or agreements that cause these funds to be established. Control over these assets by a legal process outside of these contracts or agreements would lessen the validity of the contracts or agreements. For example, government employees often contribute to deferred compensation plans established under Section 457 of the Internal Revenue Code, which are accounted for as fiduciary funds. It would not be appropriate for the government to have to legally adopt a budget of the amount of estimated account withdrawals to be made during the upcoming fiscal year.

DIFFERENCES BETWEEN THE BUDGET AND GAAP

As previously mentioned, there may be differences between budgetary accounting and reporting and GAAP-based accounting and reporting. As will be described in Chapter 5, a government's financial statements will include a financial statement that is actually prepared on the budgetary basis of accounting. NCGAI 10 describes the most significant categories that might give rise to these differences. These categories follow.

Basis of Accounting Differences

A government may choose to prepare its budget on a different basis of accounting than that required by GAAP. For example, while GAAP requires that the general fund use the modified accrual basis of accounting, a government may prepare its general fund budget on a different basis, such as the cash basis. Alternatively, a government may prepare its general fund budget on the modified accrual basis, with the exception of certain items that it elects to budget on a different basis, such as the cash basis.

Timing Differences

Budgets may be prepared using different time frames than the funds to which they relate use for financial reporting purposes. In addition, certain items (such as carryovers of appropriations) may be treated differently for budget purposes than for GAAP accounting and reporting. In some infrequent cases, governments adopt biennial budgets. One of the more common instances occurs when there are long-term projects that are budgeted for several years, while the fund that accounts for the construction activities (such as the capital projects fund) prepares an annual budget.

Perspective Differences

Differences sometimes arise because the fund structure that governs the way in which transactions are reported under GAAP may differ from an organizational or program structure used for budgeting purposes. NCGAI 10 defines the *organizational structure* as ". . . The perspective of a government that follows from the formal, usually statutory, patterns of authority and responsibility granted to actually carry out the functions of the government." In other words, it reflects the organizational chart and the superior/subordinate relationships that exist in actually running the government. These relationships may be different than those that would be reported for GAAP purposes within the fund structure. The program structure is defined by NCGAI 10 as ". . . The grouping of the activities, assignments of personnel, uses of expenditure authority, facilities, and equipment all intended to achieve a common purpose." In other words, budgeting may be performed on a project basis, while there may be various funds that pay for (1) the personnel assigned to the project (such as the general fund), (2) construction of the assets that the project personnel are using (such as the capital projects fund), and (3) the debt service on the money borrowed to construct the assets that the project personnel are using (such as the debt service fund).

Entity Differences

A government's appropriated budget may not include all of the entities included in its reporting entity. This is particularly important when component units are "blended" with the funds that make up the primary government. (More information is provided on the reporting entity in Chapter 6.) Governments may also legally adopt budgets for some funds, but not for all funds of a particular type of fund. These other funds would fall within the "nonappropriation budget" described earlier in this chapter.

The question naturally arises of what to do when budgetary reporting differs from reporting under GAAP. NCGAI 10 affirms that differences between the government's budget practices and GAAP not otherwise reconciled in the general-purpose financial statements that are attributable to basis, timing, perspective, and entity differences should be reconciled in the footnotes. Exhibit 2 provides an example of a reconciliation of a budget basis of accounting to a GAAP basis of accounting. It illustrates how this reconciliation may be shown in the notes to the financial statements.

Exhibit 2

The city's budgetary basis of accounting used for budget versus actual reporting differs from GAAP. For budgetary purposes, encumbrances are recorded as expenditures, but are reflected as reservations of fund balance for GAAP purposes. Expenditures are recorded when paid in cash or encumbered for budgetary purposes, as opposed to when goods or services are received in accordance with GAAP. For budgetary purposes, property taxes are recognized as revenue in the year in which they become an enforceable lien. A reconciliation of the different bases of revenue and expenditure recognition for the year ended June 30, 20X1, is as follows:

General Fund

Revenues, GAAP basis	$100,000
Add:	
Current year property tax levy	20,000
Deduct:	
Prior year property tax levy	(19,000)
Revenues, budgetary basis	$101,000
Expenditures, GAAP basis	$95,000
Add:	
Current year encumbrances	5,000
Prior year accrued liabilities recognized in the current year budget	15,000
Deduct:	
Payments on prior year encumbrances	(4,000)
Current year accrued liabilities not recognized in current year budget	(10,000)
Expenditures, budget basis	$101,000

BUDGETARY CONTROL

One of the primary purposes of budgeting is to provide control over the revenues and expenditures of the government. To achieve an appropriately high level of control, budgets must be integrated with the government's accounting system. This is particularly relevant for expenditures. To control and limit expenditures by the accounting system, it must have mechanisms and controls in place to ensure that budgets are not exceeded.

The accounting system budgetary controls reflect the fact that budgets include various levels of detail. For example, expenditures may be budgeted on a fundwide basis. The fundwide basis may be further divided into governmental functions. The budget for each governmental function may be further refined into budgets for several departments or agencies that perform the function. Each department's or agency's budget may be divided into several activities. For each activity, there may be further divisions into specific expenditure objects (such as for the type of expenditures: personal services, postage, rent, utilities, and so forth). Objects may be divided into subobjects (for example, full- and part-time personnel and managerial and nonmanagerial personnel).

One of the important concepts in understanding how these controls should be designed and implemented is the legal level of control. The legal level of control represents the lowest budgetary level at which a government's management may not reassign resources without special approval. For an appropriated budget passed by a legislature, this special approval would encompass going back to the legislature to effectively have this body amend the law that adopted the original budget. The legal level of control can vary greatly from one government to another.

Although budgets are usually prepared at the level of detail described above, management often has the latitude to shift budget appropriations. This latitude is defined by each government. The accounting system must be able to accommodate this latitude, while at the same time ensuring that it is only used within the previously authorized parameters.

The budgetary controls used in an accounting system are more complicated than simply comparing actual expenditures to the total budget. Encumbrances must be considered, as well as any difference in the basis of accounting between the budget and GAAP. (Encumbrances represent commitments related to unfilled purchase orders or unfulfilled contracts. In other words, the government is committed or intends to spend the funds, but the actual goods or services have not been received. The encumbrance represents a "placeholder" that helps ensure that the budgeted funds for these commitments are not spent elsewhere.) Typically, a comparison of the expenditures authorized by appropriation is made with the sum of the following:

- Liquidated expenditures (goods and services have been received and the bill has been paid)
- Unliquidated expenditures (goods and services have been received, but the bill has not as yet been paid)
- Encumbrances (goods and services have not been received, but the government has committed to purchase [ordered] them)

- Preencumbrances (used by some governments when the government has not committed to purchase goods and services, but plans to in the future and wants to reserve the budget appropriation for these anticipated commitments)

The accounting system should consider all of these categories to effectively make budgetary comparisons, although many systems do not distinguish between liquidated and unliquidated expenditures. Most governments use at least some form of automated system designed to integrate these budgetary control comparisons. In "classical" governmental accounting, a budget entry is recorded on the books of the government to reflect the budget amounts. Often governments don't actually record this entry on their books and rely on the automated controls instead. However, since this is a complete and comprehensive guide to governmental accounting and financial reporting, the following examples walk through the journal entries of a government to record its budget. Exhibit 3 provides examples of journal entries that would be recorded by a government to record a budget.

Exhibit 3

Example 1

The following entry would be made to record the annual appropriated budget. Note that since the budget entries are meant to offset the actual amounts to arrive at budget-to-actual differences, the normal use of debits and credits is reversed. In other words, estimated revenues are recorded as a debit and expenditure appropriations are recorded as a credit.

Estimated revenues	1,000,000	
Appropriations		1,000,000
To record the annual appropriated budget.		

Example 2

While the above entry would reflect the situation in which the government expects the budget to be perfectly balanced, the government may budget to increase (or decrease) its fund balance. If the government expected revenues to be more than expenditures, it would record the following journal entry:

Estimated revenues	1,000,000	
Appropriations		950,000
Budgetary fund balance		50,000
To record the annual appropriated budget.		

These budget entries would stay on the books of the government throughout the fiscal year. At the end of the fiscal year, the budget entry would be reversed as follows, for each of the two examples described above:

Example 1

Appropriations	1,000,000	
Estimated revenues		1,000,000
To close the annual appropriated budget.		

Example 2

Appropriations	950,000	
Budgetary fund balance	50,000	
Estimated revenues		1,000,000
To close the annual appropriated budget.		

During the fiscal year, the government would theoretically record journal entries to record encumbrances as follows:

Budgetary fund balance—Reserved for encumbrances	100,000	
Encumbrances		100,000

To record an encumbrance related to a purchase order issued.

When the goods or services bought with the purchase order are received by the government, the actual cost is $95,000. The following entries would be recorded:

Encumbrances	100,000	
Budgetary fund balance—Reserved for encumbrances		100,000

To reverse an encumbrance for goods and services received.

Expenditures	95,000	
Vouchers/accounts payable		95,000

To record the liability relative to the receipt of goods and services.

At the end of the fiscal year, there may be encumbrances still outstanding. Assume that $10,000 of encumbrances are outstanding at the end of the fiscal year. First, the government needs to remove the budgetary accounts from the books relating to the outstanding encumbrances. The following journal entry would be recorded:

Budgetary fund balance—Reserved for encumbrances	10,000	
Encumbrances		10,000

To remove budgetary accounts relating to outstanding encumbrances at the end of the fiscal year.

If the government intends to honor the encumbrances in the following fiscal year, the government should record a reservation of fund balance to indicate that a portion of the fund balance will not be available for the following year because it already has been encumbered in the prior fiscal year. The following journal entry would be recorded:

Unrestricted fund balance	10,000	
Fund balance—Reserved for encumbrances		10,000

To establish a reserve of fund balance for encumbrances outstanding at year-end that the government will honor in subsequent fiscal years.

At the beginning of the next fiscal year, to honor encumbrances of the prior fiscal year, the government would record the following two entries. First, the amount of the encumbrances should be reestablished for the next fiscal year by recording the following journal entry:

Encumbrances	10,000	
Budgetary fund balance—Reserved for encumbrances		10,000

To record encumbrances carried forward from the prior fiscal year.

Second, a journal entry would be recorded to reflect the removal of the reservation of the prior year's ending fund balance. The following journal entry would be recorded:

Fund balance—Reserved for encumbrances	10,000	
Unreserved fund balance		10,000

To eliminate the reservation of fund balance relating to prior year encumbrances.

In recording journal entries for budgets, it's important to keep in mind that at the close of the fiscal year, all budgetary journal entries should be removed from the books. Where encumbrances will be honored in following fiscal years, the effect on the books is solely the reservation of fund balance, which is not part of the "budgetary" journal entries that record and remove the budget from the books.

SUMMARY

As mentioned at the beginning of this chapter, budgets are an important part of maintaining control of a government's finances and are a means of achieving the financial reporting objective of accountability. Careful attention and reporting of budget-related matters is an important consideration in governmental accounting and financial reporting.

5 FINANCIAL STATEMENTS PREPARED BY GOVERNMENTS

INTRODUCTION

This chapter describes some of the unique aspects of the financial statements prepared by governments. The information presented in this chapter is consistent with the financial reporting model promulgated by GASBS 34, as amended by GASBS 37. This information also incorporates the more important guidance provided by GASB staff through the use of Questions and Answer Implementation Guides concerning the financial reporting model. While the basic financial statement elements of a balance sheet, operating statement, and in some cases cash flow statement exist in a significantly modified way for governments, there are many concepts unique to financial reporting for governments. These financial reporting concepts are discussed throughout this chapter.

This chapter also provides information and discussion on the following topics:

- Basic financial statements (GASBS 34 reporting model)
- Comprehensive annual financial report
- Cash flow statement preparation and reporting

This chapter focuses on the overall financial reporting for governments. There are a number of specific reporting and presentation issues that relate to specific fund types. These issues are discussed in later chapters.

BASIC FINANCIAL STATEMENTS

The basic financial statements used for a governmental entity's fair presentation in accordance with generally accepted accounting principles include both information reported on a government-wide basis and information presented on a fund basis. Certain budget to actual comparisons may also be required. Specifically, components of the basic financial reporting for the governmental entities included in the scope of the financial reporting model are as follows:

- Management's discussion and analysis
- Basic financial statements
  - — Government-wide financial statements
  - — Fund financial statements
- Notes to the financial statements
- Required supplementary information (RSI)

Each of the elements is described more fully below.

Management's Discussion and Analysis

Management's discussion and analysis (MD&A) is an introduction to the financial statements that provides readers with a brief, objective, and easily readable analysis of the government's financial performance for the year and its financial position at year-end. The analysis included in MD&A should be based on currently known facts, decisions, or conditions. For a fact to be currently known, it should be based on events or decisions that have already occurred, or have been enacted, adopted, agreed upon, or contracted. This means that governments should not include discussions about the possible effects of events that might happen. (Discussion of possible events that might happen in the future may be discussed in the letter of transmittal that is prepared as part of a Comprehensive Annual Financial Report.) MD&A should contain a comparison of current year results with those of the prior year.

GASBS 34 provides a listing of very specific topics to be included in MD&A, although governments are encouraged to be creative in presenting the information using graphs, charts, and tables. The GASB would like MD&A to be a useful analysis that is prepared with thought and insight, rather than boiler-plate material prepared by rote every year. However, the phrase "the minimum is the maximum" applies. This means that MD&A should address all of the applicable topics listed in GASBS 34, but MD&A should address only these topics. Of course, governments preparing Comprehensive Annual Financial Reports can include in the Letter of Transmittal any topic that would be precluded from being included in MD&A.

Current year information is to be addressed in comparison with the prior year, although the current year information should be the focus of the discussion. If the government is presenting comparative financial data with the prior year in the current year financial statements, the requirements for MD&A apply to only the current year. However, if the government is presenting comparative financial statements, that is, a complete set of financial statements for each year of a two-year period, then the requirements of MD&A must be met for each of the years presented. The requirements may be met by including all of the required information in the same presentation, meaning that two completely separate MD&As for comparative financial statements are not required, provided that all of the requirements relating to each of the years are met in the one discussion.

In addition, MD&A should focus on the primary government. For fund information, the analysis of balances and transactions of individual funds would normally be confined to major funds, although discussion of nonmajor fund information is not precluded. Governments must use judgment in determining whether discussion and analysis of discretely presented component unit information is included in MD&A. The judgment should be based upon the significance of an individual component unit's significance to the total of all discretely presented component units, as well as its significance to the primary government.

The minimum requirements for MD&A contained in GASBS 34 are as follows:

1. Brief discussion of the basic financial statements, including the relationships of the statements to each other and the significant differences in the information that they provide. (This is where governments should explain the differences in results and measurements in the government-wide financial statements and the fund financial statements. This discussion provides the reporting government an opportunity to help the financial statement reader understand the financial statements prepared in accordance with GASBS 34.)
2. Condensed financial information derived from the government-wide financial statements, comparing the current year to the prior year. GASBS 34 specifies that the following elements are included:
   a. Total assets, distinguishing between capital assets and other assets
   b. Total liabilities, distinguishing between long-term liabilities and other liabilities
   c. Total net assets, distinguishing among amounts invested in capital assets, net of related debt; restricted amounts; and unrestricted amounts
   d. Program revenues, by major source
   e. General revenues, by major source
   f. Total revenues
   g. Program expenses, at a minimum by function
   h. Total expenses
   i. The excess or deficiency before contributions to term and permanent endowments or permanent fund principal, special and extraordinary items
   j. Contributions
   k. Special and extraordinary items
   l. Transfers
   m. Change in net assets
   n. Ending net assets
3. Analysis of the government's overall financial position and results of operations. This information should assist users in determining whether financial position has improved or deteriorated as a result of the current year's opera-

tions. Both governmental and business-type activities should be discussed. GASBS 34 requires that reasons for significant changes from the prior year be described, not simply the computation of percentage changes.

4. Analysis of the balances and transactions of individual funds.
5. Analysis of significant variations between original and final budgeted amounts and between financial budget amounts and actual budget results for the general fund (or its equivalent). MD&A should discuss the reasons for significant budget variances, such as why the significant variance occurred.
6. Description of significant capital asset and long-term debt activity during the year.
7. For governments that use the modified approach to report some or all of their infrastructure assets, the following should be discussed:
   a. Significant changes in the assessed condition of eligible infrastructure assets
   b How the current assessed condition compares with the condition level the government has established
   c. Significant differences from the estimated annual amount to maintain/ preserve eligible infrastructure assets compared with the actual amounts spent during the year.
8. Description of currently known facts, decisions or conditions that are expected to have a significant effect on financial position or results of operations.

NOTE: In implementing the MD&A requirements of GASB 34, two matters should be considered.

- *First, the relationship between MD&A and the letter of transmittal presented as part of a CAFR must be addressed. Including any information required in MD&A in a letter of transmittal does* ***not*** *fulfill any of the requirements for MD&A since MD&A is a required part of the general-purpose financial statements of a government and the letter of transmittal of a CAFR is not. On the other hand, certain information that is required in MD&A may formerly have been included in the letter of transmittal. This information may be moved from the transmittal letter to MD&A. However, the Government Finance Officers Association (GFOA) has issued the 2001 GAFR which includes guidance for the requirements of the letter of transmittal for its Certificate of Achievement for Excellence in Financial Reporting program upon adoption of GASBS 34. Governments that intend to apply for the GFOA Certificate of Achievement should make sure that they do not remove information from the letter of transmittal that is required by the Certificate Program.*
- *MD&A is part of the general purpose-financial statements of a government. These statements are frequently included in Official Statements prepared by governments when the governments are selling debt to the public. Official Statements generally include a significant amount of analytical information about the financial condition and financial performance of the government. Care must be taken that analytical information included in MD&A about currently known facts, decisions, and conditions are consistent with statements made in the Official Statement, after taking into consideration the passage of time between the issuance of financial statements and the issuance of an Official Statement.*

Government-Wide Financial Statements

Government-wide financial statements include two basic financial statements—a statement of net assets and a statement of activities. These statements should include the primary government and its discretely presented component units (presented separately), although they would not include the fiduciary activities, or component units that are fiduciary in nature. The statements would distinguish between governmental activities (which are those financed through taxes, intergovernmental revenues, and other nonexchange revenues) and business-type activities (which are those primarily financed through specified user fees or similar charges). Presentation of prior year data on the government-wide financial statements is optional. Presenting full prior year financial statements on the same pages as the current year financial statements may be cumbersome because of the number of columns that might need to be presented. Accordingly, a government may wish to present summarized prior year data. On the other hand, if full prior year statements are desired (for presentation in an Official Statement for a bond offering, for example) the prior year statements may be reproduced and included with the current year statements. In this case, footnote disclosure should also be reviewed to make sure that both years are addressed.

Basis of accounting and measurement focus. The government-wide financial statements are prepared using the economic resources measurement focus and the accrual basis of accounting for all activities. Presentation of financial statement balances in the government-wide financial statements is discussed throughout the various specific topics covered in this guide. The following pages address the more important financial statement display issues when reporting under the new financial reporting model.

The government-wide financial statements should present information about the primary government's governmental activities and business-type activities in separate columns, with a total column that represents the total primary government. Governmental activities generally include those activities financed through taxes, intergovernmental revenues, and other nonexchange revenues. Business-type activities are those activities financed in whole or part by fees charged to external parties for goods or services (i.e., enterprise fund activities). Discretely presented component units are presented in a separate column. A column which totals the primary government and the discretely presented component units to represent the entire reporting entity is optional, as is prior year data.

Reporting for governmental and business-type activities should be based on all applicable GASB pronouncements as well as the following pronouncements issued on or before November 30, 1989:

- Financial Accounting Standards Board (FASB) Statements and Interpretations
- Accounting Principles Board Opinions
- Accounting Research Bulletins of the Committee on Accounting Procedures

Consistent with GASB Statement 20, *Accounting and Financial Reporting for Proprietary Funds and Other Governmental Entities*, (GASBS 20) business-type activities may elect to also apply FASB pronouncements issued after November 30, 1989, except for those that conflict with or contradict GASB pronouncements. Consistent with GASBS 20, this option does not extend to internal service funds.

Statement of Net Assets

GASBS 34 provides several examples of how the statement of net assets may be presented. There are several key presentation issues that must be considered in implementing this Statement. These are summarized as follows:

- The difference between assets and liabilities is labeled "net assets." GASBS 34 encourages the use of the format that presents assets, less liabilities, to arrive at net assets. This difference should not be labeled as equity or fund balance.
- Governments are encouraged to present assets and liabilities in order of their relative liquidity but may instead use a classified format that distinguishes between current and long-term assets and liabilities. An asset's liquidity is determined by how readily it is expected to be converted to cash and whether there are restrictions on the use of the asset. A liability's liquidity is based on its maturity or when cash is expected to be used to liquidate it. GASBS 34 allows that the liquidity of classes of assets and liabilities may be assessed using their average liquidity, even if some particular assets or liabilities are more or less liquid than others within the same class. Liabilities whose average maturities are greater than one year should be reported in two components—the amount due within one year and the amount due in more than one year.
- Net assets are comprised of three components.

— Invested in capital assets, net of related debt
— Restricted net assets (distinguishing among major categories of restrictions)
— Unrestricted net assets

The net asset components listed above require some additional explanation and analysis.

- Invested in capital assets, net of related debt—This amount represents capital assets (including any restricted capital assets), net of accumulated depreciation, and reduced by the outstanding bonds, mortgages, notes or other borrowings that are attributable to the acquisition, construction or improvement of those assets. If there are significant unspent debt proceeds that are restricted for use for capital projects, the portion of the debt attributable to the unspent proceeds should not be included in the calculation of net assets invested in capital assets, net of related debt. Instead, that portion of the debt would be included in the same net asset component as the unspent proceeds, which would likely be net assets restricted for capital purposes. This net asset category would then have both the asset (proceeds) and the liability (the portion of the debt) recorded in the same net asset component. Note that if the amount of debt issued for capital purposes exceeds the amount of the net book value of capital assets, this number will be reported as a negative amount. For example, if a Phase 3 government that elects not to retroactively record infrastructure assets (see Chapter 1) used debt to finance its infrastructure costs, it will have the debt issued for these assets recorded, but will have no corresponding asset recorded.

NOTE: In implementation experiences with GASBS 34, the invested in capital assets, net of related debt computation can be difficult. For governments that have active capital programs that are financed with debt, the calculation of this amount can be very problematic. Often capital assets can be specifically identified with the debt that paid for them at the time that they are purchased or constructed. Over time, however, this linkage becomes difficult to maintain. The capital assets, in most cases, are being depreciated over various useful lives and, perhaps, using various depreciation methods. At the same time, the related debt is impacted by normal principal repayments and may as well be impacted by call features, premium or discount amortization, and refundings. Matching the book value of capital assets with the remaining outstanding balance of the debt that paid for them can result in a painstaking process to develop the financial statement amount.

- Restricted net assets—This amount represents those net assets that should be reported as restricted because constraints are placed on the net asset use that are either
  - — Externally imposed by creditors (such as those imposed through debt covenants), grantors, contributors, or laws or regulations of other governments
  - — Imposed by law through constitutional provisions or enabling legislation

Basically, restrictions are not unilaterally established by the reporting government itself and cannot be removed without the consent of those imposing the restrictions or through formal due process. Restrictions can be broad or narrow, provided that the purpose is narrower than that of the reporting unit in which it is reported. In addition, the GASBS 34 Implementation Guide clarifies that legislation that "earmarks" that a portion of a tax be used for a specific purpose does not constitute "enabling legislation" that would result in those assets being reported as restricted. In addition, the GASB Implementation Guide provides the example of a general state statute pertaining to local governments that provides that revenues derived from a fee or charge be not used for any purpose other than for which the fee or charge was imposed. In this case, the general statute applies to all jurisdictions in the state and creates a legally enforceable restriction on the use of the resources raised through fees and charges.

The GASB Implementation Guide also addresses two other common issues in determining restricted net assets. First, when assets in a restricted fund exceed the amounts required to be restricted by the external parties or the enabling legislation, the excess over the required amounts would be classified as unrestricted for financial reporting purposes. The second question addresses which component of net assets should be used to report unamortized debt issuance costs and deferred amounts from refundings. Basically, these amounts should "follow the debt." For example, if the debt is capital-related, the net proceeds of the debt would be used in the calculation of invested in capital assets, net of related debt.

When permanent endowments or permanent fund principal amounts are included in restricted net assets, restricted net assets should be displayed in two additional components—expendable and nonexpendable. Nonexpendable net assets are those that are required to be retained in perpetuity.

- Unrestricted net assets—This amount consists of net assets that do not meet the definition of restricted net assets or net assets invested in capital assets, net of related debt.

Exhibit 1 presents a sample classified statement of net assets, based on the examples provided in GASBS 34.

Exhibit 1: Sample classified statement of net assets

City of Anywhere
Statement of Net Assets
June 30, 20XX

	Primary Government			
	Governmental activities	*Business-type activities*	*Total*	*Component units*
Assets				
Current assets:				
Cash and cash equivalents	$ xx,xxx	$ xx,xxx	$ xx,xxx	$ xx,xxx
Investments	xx,xxx	xx,xxx	xx,xxx	xx,xxx
Receivables (net)	xx,xxx	xx,xxx	xx,xxx	xx,xxx
Internal balances	xx,xxx	(xx,xxx)	--	--
Inventories	xx,xxx	xx,xxx	xx,xxx	xx,xxx
Total current assets	xxx,xxx	xxx,xxx	xxx,xxx	xxx,xxx
Noncurrent assets:				
Restricted cash and cash equivalents	xx,xxx	xx,xxx	xx,xxx	--
Capital assets				
Land and infrastructure	xx,xxx	xx,xxx	xx,xxx	xx,xxx
Depreciable buildings, property, and equipment, net	xx,xxx	xx,xxx	xx,xxx	xx,xxx
Total noncurrent assets	xxx,xxx	xxx,xxx	xxx,xxx	xxx,xxx
Total assets	$xxx,xxx	$xxx,xxx	$xxx,xxx	$xxx,xxx
Liabilities				
Current liabilities:				
Accounts payable	$ xx,xxx	$ xx,xxx	$ xx,xxx	$ xx,xxx
Deferred revenue	xx,xxx	xx,xxx	xx,xxx	xx,xxx
Current portion of long-term obligations	xx,xxx	xx,xxx	xx,xxx	xx,xxx
Total current liabilities	xxx,xxx	xxx,xxx	xxx,xxx	xxx,xxx
Noncurrent liabilities:				
Noncurrent portion of long-term obligations	xx,xxx	xx,xxx	xx,xxx	xx,xxx
Total liabilities	xxx,xxx	xxx,xxx	xxx,xxx	xxx,xxx
Net assets				
Invested in capital assets, net of related debt	xx,xxx	xx,xxx	xx,xxx	xx,xxx
Restricted for:				
Capital projects	xx,xxx	--	xx,xxx	xx,xxx
Debt service	xx,xxx	xx,xxx	xx,xxx	--
Community development projects	xx,xxx	--	xx,xxx	--
Other purposes	xx,xxx	--	xx,xxx	--
Unrestricted	xx,xxx	xx,xxx	xx,xxx	xx,xxx
Total net assets	xxx,xxx	xxx,xxx	xxx,xxx	xxx,xxx
Total liabilities and net assets	$xxx,xxx	$xxx,xxx	$xxx,xxx	$xxx,xxx

Statement of Activities

GASBS 34 adopts the net (expense) revenue format, which is easier to view than describe. See Exhibit 2 for an example of a statement of activities based on the examples provided in GASBS 34.

The objective of this format is to report the relative financial burden of each of the reporting government's functions on its taxpayers. The format identifies the extent to which each function of the government draws from the general revenues of the government or is self-financing through fees or intergovernmental aid.

The statement of activities presents governmental activities by function (similar to the current requirements) and business-type activities at least by segment. Segments are identifiable activities reported as or within an enterprise fund or another stand-alone entity for which one or more revenue bonds or other revenue-backed debt instrument are outstanding.

Expense Presentation

GASBS 34 requires that the statement of activities present expenses of governmental activities by function in at least the level of detail required in the governmental fund statement of revenues, expenditures and changes in fund balances. Categorization and level of detail are basically the same for governmental activities by function in pre-GASBS 34 financial statements. Expenses for business-type activities are reported in at least the level of detail as by segment, which GASBS 34 defines as an identifiable activity reported as or within an enterprise fund or another stand-alone entity for which one or more revenue bonds or other revenue-backed debt instruments are outstanding. A segment has a specific identifiable revenue stream pledged in support of revenue bonds or other revenue-backed debt and has related expenses, gains and losses, assets, and liabilities that can be identified.

Governments should report all expenses by function except for those expenses that meet the definitions of special items or extraordinary items, discussed later in this chapter. Governments are required, at a minimum, to report the direct expenses for each function. Direct expenses are those that are specifically associated with a service, program, or department and, accordingly, can be clearly identified with a particular function.

There are numerous government functions—such as the general government, support services, and administration—that are actually indirect expenses of the other functions. For example, the police department of a city reports to the mayor. The direct expenses of the police department would likely be reported under the function "public safety" in the statement of activities. However the mayor's office (along with payroll, personnel, and other departments) supports the activities of the police department although they are not direct expenses of the police department. GASBS 34 permits, but does not require, governments to allocate these indirect expenses to other functions. Governments may allocate some but not all indirect expenses, or they may use a full-cost allocation approach and allocate all indirect expenses to other functions. If indirect expenses are allocated, they must be displayed in a column separate from the direct expenses of the functions to which they are allocated. Governments that allocate central expenses to funds or programs, such as through the use of internal service funds, are not required to eliminate these administrative charges when preparing the statement of activities, but should dis-

Exhibit 2: Sample statement of activities

City of Anywhere
Statement of Activities
For the Fiscal Year Ended June 30, 20XX

		Program revenues			Net (expense) revenue and changes in net assets			
					Primary government			
Functions/Programs	*Expenses*	*Charges for services*	*Operating grants and contributions*	*Capital grants and contributions*	*Governmental activities*	*Business-type activities*	*Total*	*Component units*
Primary government:								
Governmental activities								
General government	$ xx,xxx	$ xx,xxx	$ xx,xxx	$ --	$ (xx,xxx)	$ --	$(xx,xxx)	$ --
Public safety	xx,xxx	xx,xxx	xx,xxx	xx,xxx	(xx,xxx)	--	(xx,xxx)	--
Public works	xx,xxx	xx,xxx	--	xx,xxx	(xx,xxx)	--	(xx,xxx)	--
Health and sanitation	xx,xxx	xx,xxx	xx,xxx	--	(xx,xxx)	--	(xx,xxx)	--
Community development	xx,xxx	--	--	xx,xxx	(xx,xxx)	--	(xx,xxx)	--
Education	xx,xxx	--	--	--	(xx,xxx)	--	(xx,xxx)	--
Interest on long-term debt	xx,xxx	--	--	--	(xx,xxx)	--	(xx,xxx)	--
Total governmental activities	xxx,xxx	xxx,xxx	xxx,xxx	xxx,xxx	(xxx,xxx)	--	(xxx,xxx)	--
Business-type activities:								
Water and sewer	xx,xxx	xx,xxx	--	xx,xxx	--	xx,xxx	xx,xxx	--
Parking facilities	xx,xxx	xx,xxx	--	--	--	(xx,xxx)	(xx,xxx)	--
Total business-type activities	xxx,xxx	xxx,xxx	--	xxx,xxx	--	xxx,xxx	xxx,xxx	--
Total primary government	$xxx,xxx	$xxx,xxx	$xxx,xxx	$xxx,xxx	xxx,xxx	xxx,xxx	(xxx,xxx)	--
Component units:								
Landfill	$xx,xxx	$xx,xxx	--	$xx,xxx	--	--	--	$ xx,xxx
Public school system	xx,xxx	xx,xxx	$ xx,xxx	--	--	--	--	(xx,xxx)
Total component units	$xxx,xxx	$xxx,xxx	$xxx,xxx	$xx,xxx	--	--	--	$(xx,xxx)
General revenues:								
Taxes:								
Property taxes					xx,xxx	--	xx,xxx	--
Franchise taxes					xx,xxx	--	xx,xxx	--
Payment from City of Anywhere					--	--	--	xx,xxx
Grants and contributions not restricted to specific programs					xx,xxx	--	xx,xxx	xx,xxx
Investment earnings					xx,xxx	xx,xxx	xx,xxx	xx,xxx
Miscellaneous					xx,xxx	xx,xxx	xx,xxx	xx,xxx
Special item—Gain on sale of baseball stadium					xx,xxx	--	xx,xxx	--
Transfers					xx,xxx	(xx,xxx)	--	--
Total general revenues, special items, and transfers					xxx,xxx	xxx,xxx	xxx,xxx	xxx,xxx
Change in net assets					(xxx,xxx)	xxx,xxx	xxx,xxx	xxx,xxx
Net assets—beginning					xxx,xxx	xxx,xxx	xxx,xxx	xxx,xxx
Net assets—ending					$xxx,xxx	$xxx,xxx	$xxx,xxx	$xxx,xxx

close in the summary of significant accounting policies that these charges are included in direct expenses.

The reporting of depreciation expense in the statement of activities requires some careful analysis. Depreciation expense for the following types of capital assets is required to be included in the direct expenses of functions or programs:

- Capital assets that can be specifically identified with a function or program
- Capital assets that are shared by more than one function or program, such as a building in which several functions or programs share office space

Some capital assets of a government may essentially serve all of the functions of a government, such as a city hall or county administrative office building. There are several options for presenting depreciation expense on these capital assets, as enumerated in the GASBS 34 Implementation Guide. These options are

- Include the depreciation expense in an indirect expense allocation to the various functions or programs
- Report the depreciation expense as a separate line item in the statement of activities (labeled in such a way as to make clear to the reader of the financial statements that not all of the government's depreciation expense is included on this line)
- Reported as part of the general government (or its equivalent) function

Depreciation expense for infrastructure assets associated with governmental activities should be reported in one of the following ways:

- Report the depreciation expenses as a direct expense of the function that is normally used for capital outlays for and maintenance of infrastructure assets
- Report the depreciation expense as a separate line item in the statement of activities (labeled in such a way as to make clear to the reader of the financial statements that not all of the government's depreciation expense is included on this line)

Interest expense on general long-term liabilities should be reported as an indirect expense. In the vast majority of circumstances, interest expense will be displayed as a separate line item on the statement of activities. In certain limited circumstances where the borrowing is essential to the creation or continuing existence of a program or function and it would be misleading to exclude interest from that program or function's direct expenses, GASBS 34 would permit that interest expense to be reported as a direct expense. The GASBS 34 Implementation Guide also prescribes that interest on capital leases or interest expense from vendor financing arrangements should not be reported as direct expenses of specific programs.

Revenue Presentation

Revenues on the statement of activities are distinguished between program revenues and general revenues.

- Program revenues are those derived directly from the program itself or from parties outside the government's taxpayers or citizens, as a whole. Program revenues reduce the net cost of the program that is to be financed from the government's general revenues. On the statement of activities, these revenues are deducted from the expenses of the functions and programs discussed in the previous section. The GASB Implementation Guide provides that separate columns may be presented under a particular revenue category heading. For example, if fines are a significant part of charges for services (defined below), a government may elect (but is not required) to have a separate column under the charges for services heading that breaks out fines as a separate column. There are three categories into which program revenues should be distinguished.

— Charges for services. These are revenues based on exchange or exchange-like transactions. This type of program revenues arises from charges to customers or applicants who purchase, use, or directly benefit from the goods, services, or privileges provided. Examples include water use charges, garbage collection fees, licenses and permits such as dog licenses or building permits, and operating assessments, such as for street cleaning or street lighting.

— Program-specific operating grants and contributions. (See the following discussion on program-specific capital grants and contributions.)

— Program-specific capital grants and contributions. Both program-specific operating and capital grants and contributions include revenues arising from mandatory and voluntary nonexchange transactions with other governments, organizations, or individuals, that are restricted for use in a particular program. Some grants and contributions consist of capital assets or resources that are restricted for capital purposes, such as purchasing, constructing, or renovating capital assets associated with a particular program. These revenues should be reported separately from grants and contributions that may be used for either operating expenses or capital expenditures from a program, at the discretion of the government receiving the grant or contribution. The GASB Implementation Guide addresses the question of the accounting for revenues that meet the definition of program revenues, but the grants specify amounts for specific programs that are spread in the statement of activities over several functions. If a grant meets the definition of program revenue, it should be recorded as such. If the grant is detailed by program and the statement of activities is detailed by function, a reasonable allocation method should be used to assign the program revenues to the appropriate functions. This issue, however, is different from when a government has the discretion to use a particular grant for more than one program or function. In this case, the grant would be considered a general revenue instead of a program revenue because of the discretion that the government can exert in how the grant amounts are used.

- General revenues are all those revenues that are not required to be reported as program revenues. GASBS 34 specifies that all taxes, regardless of whether they are levied for a specific purpose, should be reported as general revenues. Taxes should be reported by type of tax, such as real estate taxes, sales tax, income tax, franchise tax, etc. (Although operating special assessments are derived from property owners, they are not considered taxes and are properly reported as program revenues.) General revenues are reported after total net expense of the government's functions on the statement of activities.

Extraordinary and special items. GASBS 34 provides that a government's statement of activities may have extraordinary and special items. Extraordinary items are those that are unusual in nature and infrequent in occurrence. This tracks the private sector accounting definition of this term.

Special items are a new concept under GASBS 34. They are defined as "significant transactions or other events within the control of management that are either unusual in nature or infrequent in occurrence." Special items are reported separately in the statement of activities before any extraordinary items.

The GASBS 34 Implementation Guide cites the following events or transactions that may qualify as extraordinary or special items:

Extraordinary items:

- Costs related to an environmental disaster caused by a large chemical spill in a train derailment in a small city
- Significant damage to the community or destruction of government facilities by natural disaster or terrorist act. However, geographic location of the government may determine if a weather-related natural disaster is infrequent.
- A large bequest to a small government by a private citizen

Special items

- Sales of certain general government capital assets
- Special termination benefits resulting from workforce reductions due to sale of the government's utility operations
- Early-retirement program offered to all employees
- Significant forgiveness of debt

Eliminations and reclassifications. GASBS 34 requires that eliminations of transactions within the governmental business-type activities be made so that these amounts are not "grossed-up" on the statement of net assets and statement of activities. Where internal service funds are used, their activities are eliminated where their transactions would cause a double recording of revenues and expenses.

Fund Financial Statements

There are many similarities between the way in which fund financial statements under the new financial reporting model are prepared and the way in which they were previously prepared. One of the most notable similarities is that governmental funds continue to use the modified accrual basis of accounting and the current financial resources measurement focus in the fund financial statements. However, there are also many important differences in the way these statements are prepared. The following discussion highlights these differences.

Fund financial statements are prepared only for the primary government. They are designed to provide focus on the major funds within each fund type. Fund financial statements include financial statements for fiduciary funds, but they do not include financial statements for discretely presented component units. The following are the types of funds included in fund-type financial statements:

- Governmental funds
  - — General fund
  - — Special revenue funds
  - — Capital projects funds
  - — Debt service funds
  - — Permanent funds
- Proprietary funds
  - — Enterprise funds
  - — Internal service funds
- Fiduciary funds and similar component units
  - — Pension (and other employee benefit) trust funds
  - — Investment trust funds
  - — Private-purpose trust funds
  - — Agency funds

The following are the required financial statements for the various fund types. A reference to each exhibit that provides a sample of each of these statements is also provided.

Governmental funds

- Balance sheet (Exhibit 3)
- Statement of revenues, expenditures, and changes in fund balances (Exhibit 4)

Proprietary funds

- Statement of net assets or balance sheet (Exhibit 5)
- Statement of revenues, expenses, and change in fund net assets or fund equity (Exhibit 6)
- Statement of cash flows (Exhibit 7)

Fiduciary funds

- Statement of fiduciary net assets (Exhibit 8)
- Statement of changes in fiduciary assets (Exhibit 9)

In preparing these fund financial statements, the following significant guidance of GASBS 34 should be considered:

- A reconciliation of the governmental fund activities in the government-wide financial statements with the governmental fund financial statements should be prepared. A summary reconciliation to the government-wide financial statements should be presented at the bottom of the fund financial statements or in an accompanying schedule. If the aggregation of reconciling information obscures the nature of the individual elements of a particular reconciling item, a more detailed explanation should be provided in the notes to the financial statements. Exhibits 10 and 11 provide examples of these reconciliations presented as a separate schedule.

- General capital assets and general long-term debt are not reported in the fund financial statements.
- GASBS 34 requires activities to be reported as enterprise funds if any one of the following criteria is met:
  - — The activity is financed with debt that is secured solely by a pledge of the net revenues from fees and charges of the activity.
  - — Laws or regulations require that the activity's costs of providing services, including capital costs, be recovered with fees and charges, rather than with taxes or similar revenues.
  - — The pricing policies of the activity establish fees and charges designed to recover its costs, including capital costs.

Exhibit 3: Governmental funds balance sheet

City of Anywhere
Governmental Funds
Balance Sheet
June 30, 20XX

	General	Capital Projects	Debt Service	Nonmajor Governmental Funds	Total Governmental Funds
Assets					
Cash and cash equivalents	$xx,xxx	$xx,xxx	$xx,xxx	$xx,xxx	$xx,xxx
Investments	xx,xxx	--	xx,xxx	xx,xxx	xx,xxx
Receivables					
Real estate taxes	xx,xxx	--	--	--	xx,xxx
Federal, State, and other aid	xx,xxx	xx,xxx	--	--	xx,xxx
Taxes other than real estate	xx,xxx	--	--	xx,xxx	xx,xxx
Other	xx,xxx	--	--	--	xx,xxx
Due from other funds	xx,xxx	xx,xxx	xx,xxx	xx,xxx	xx,xxx
Due from component units	xx,xxx	xx,xxx	--	xx,xxx	xx,xxx
Restricted cash and investments	--	xx,xxx	--	xx,xxx	xx,xxx
Total assets	$xx,xxx	$xx,xxx	$xx,xxx	$xx,xxx	$xx,xxx
Liabilities and Fund Balances					
Liabilities:					
Accounts payable and accrued liabilities	$xx,xxx	$xx,xxx	$xx,xxx	$xx,xxx	$xx,xxx
Bond anticipation notes payable	--	--	--	xx,xxx	xx,xxx
Accrued tax refunds:					
Real estate taxes	xx,xxx	--	--	--	xx,xxx
Other	xx,xxx	--	--	--	xx,xxx
Accrued judgments and claims	xx,xxx	xx,xxx	--	--	xx,xxx
Deferred revenues:					
Prepaid real estate taxes	xx,xxx	--	--	--	xx,xxx
Uncollected real estate taxes	xx,xxx	--	--	--	xx,xxx
Taxes other than real estate	xx,xxx	--	--	xx,xxx	xx,xxx
Other	xx,xxx	xx,xxx	--	xx,xxx	xx,xxx
Due to other funds	xx,xxx	xx,xxx	xx,xxx	xx,xxx	xx,xxx
Due to component units	xx,xxx	--	--	--	xx,xxx
Total liabilities	xx,xxx	xx,xxx	xx,xxx	xx,xxx	xx,xxx

	General	*Capital Projects*	*Debt Service*	*Nonmajor Governmental Funds*	*Total Governmental Funds*
Fund Balances					
Reserved for:					
Debt service	--	--	xx,xxx	xx,xxx	xx,xxx
Noncurrent mortgage loans	--	--	--	xx,xxx	xx,xxx
Unreserved reported in:					
General fund	xx,xxx	--	--	--	xx,xxx
Capital Projects Fund	--	xx,xxx	--	--	xx,xxx
Nonmajor funds	--	--	--	xx,xxx	xx,xxx
Total fund balances (deficit)	xx,xxx	xx,xxx	xx,xxx	xx,xxx	xx,xxx
Total liabilities and fund balances	$xx,xxx	$xx,xxx	$xx,xxx	$xx,xxx	$xx,xxx

The reconciliation of the fund balances of governmental funds to the net assets of governmental activities in the Statement of Net Assets is presented in an accompanying schedule.

Exhibit 4: Government funds statement of revenues, expenditures, and changes in fund balance

City of Anywhere
Governmental Funds
Statement of Revenues, Expenditures, and Changes in Fund Balances
For the Year Ended June 30, 20XX

	General	*Capital Projects*	*Debt Service*	*Nonmajor Governmental Funds*	*Total Governmental Funds*
Revenues					
Real estate taxes	$xx,xxx	$ --	$ --	$ --	$ xx,xxx
Sales and use taxes	xx,xxx	--	--	--	xx,xxx
Other taxes	xx,xxx	--	--	--	xx,xxx
Federal, State, and other categorical aid	xx,xxx	xx,xxx	--	xx,xxx	xx,xxx
Unrestricted Federal and State aid	xx,xxx	--	--	--	xx,xxx
Charges for services	xx,xxx	--	--	--	xx,xxx
Investment income	xx,xxx	--	xx,xxx	xx,xxx	xx,xxx
Other revenues	xx,xxx	xx,xxx	xx,xxx	xx,xxx	xx,xxx
Total revenues	xx,xxx	xx,xxx	xx,xxx	xx,xxx	xx,xxx
Expenditures					
Current operations:					
General government	xx,xxx	xx,xxx	--	xx,xxx	xx,xxx
Public safety and judicial	xx,xxx	xx,xxx	--	--	xx,xxx
Education	xx,xxx	xx,xxx	--	xx,xxx	xx,xxx
Social services	xx,xxx	xx,xxx	--	--	xx,xxx
Environmental protection	xx,xxx	xx,xxx	--	--	xx,xxx
Transportation services	xx,xxx	xx,xxx	--	--	xx,xxx
Parks, recreational, and cultural activities	xx,xxx	xx,xxx	--	--	xx,xxx
Housing	xx,xxx	xx,xxx	--	--	xx,xxx
Health (including payments to HHC)	xx,xxx	xx,xxx	--	--	xx,xxx
Pensions	xx,xxx	--	--	--	xx,xxx
Debt Service:					
Interest	--	--	xx,xxx	xx,xxx	xx,xxx
Redemptions	--	--	xx,xxx	xx,xxx	xx,xxx
Total expenditures	xx,xxx	xx,xxx	xx,xxx	xx,xxx	xx,xxx
Excess (deficiency) or revenues over expenditures	xx,xxx	(xx,xxx)	(xx,xxx)	(xx,xxx)	(xx,xxx)

	General	*Capital Projects*	*Debt Service*	*Nonmajor Governmental Funds*	*Total Governmental Funds*
Other Financing Sources (Uses)					
Transfers from (to) General Fund	--	--	xx,xxx	(xx,xxx)	xx,xxx
Proceeds from sale of bonds	--	xx,xxx	--	xx,xxx	xx,xxx
Capitalized leases	--	xx,xxx	--	--	xx,xxx
Transfer from Capital Projects Fund	--	--	--	(xx,xxx)	--
Transfer to Debt Service Fund	(xx,xxx)	--	--	--	(xx,xxx)
Transfer to component units for debt service	(xx,xxx)	--	--	--	(xx,xxx)
Transfers to Nonmajor Debt Service Fund	--	--	--	(xx,xxx)	(xx,xxx)
Total other financing sources (uses)	(xx,xxx)	xx,xxx	xx,xxx	(xx,xxx)	xx,xxx
Net change in fund balances	xx,xxx	xx,xxx	xx,xxx	(xx,xxx)	(xx,xxx)
Fund Balances at Beginning of Year	xx,xxx	xx,xxx	xx,xxx	xx,xxx	xx,xxx
Fund Balances at End of Year	$xx,xxx	$xx,xxx	$xx,xxx	$(xx,xxx)	$(xx,xxx)

The reconciliation of the change in fund balances of governmental funds to the change in net assets of governmental activities in the Statement of Net Assets is presented in an accompanying schedule.

Exhibit 5: Proprietary funds classified statement of net assets

City of Anywhere
Statement of Net Assets
Proprietary Funds
June 30, 20XX

	Enterprise Funds			
	Water and Sewer	*Electric Utility*	*Total*	*Internal Service Funds*
Assets				
Current assets:				
Cash and cash equivalents	$xx,xxx	$xx,xxx	$xx,xxx	$xx,xxx
Investments	--	--	--	xx,xxx
Receivables, net	xx,xxx	xx,xxx	xx,xxx	xx,xxx
Due from other governments	xx,xxx	--	xx,xxx	--
Inventories	xx,xxx	--	xx,xxx	xx,xxx
Total current assets	xx,xxx	xx,xxx	xx,xxx	xx,xxx
Noncurrent assets:				
Restricted cash and cash equivalents	--	xx,xxx	xx,xxx	--
Capital assets:				
Land and improvements	xx,xxx	xx,xxx	xx,xxx	--
Construction in progress	xx,xxx	--	xx,xxx	--
Distribution and collection systems	xx,xxx	--	xx,xxx	--
Buildings and equipment	xx,xxx	xx,xxx	xx,xxx	xx,xxx
Less accumulated depreciation	(xx,xxx)	(xx,xxx)	(xx,xxx)	(xx,xxx)
Total noncurrent assets	xx,xxx	xx,xxx	xx,xxx	xx,xxx
Total assets	xx,xxx	xx,xxx	xx,xxx	xx,xxx
Liabilities				
Current liabilities:				
Accounts payable	xx,xxx	xx,xxx	xx,xxx	xx,xxx
Due to other funds	xx,xxx	--	xx,xxx	xx,xxx
Compensated absences	xx,xxx	xx,xxx	xx,xxx	xx,xxx
Claims and judgments	--	--	--	xx,xxx
Bonds, notes, and loans payable	xx,xxx	xx,xxx	xx,xxx	xx,xxx
Total current liabilities	xx,xxx	xx,xxx	xx,xxx	xx,xxx

	Enterprise Funds			
	Water and Sewer	*Electric Utility*	*Total*	*Internal Service Funds*
Noncurrent liabilities:				
Compensated absences	xx,xxx	xx,xxx	xx,xxx	--
Claims and judgments	xx,xxx	xx,xxx	xx,xxx	xx,xxx
Bonds, notes, and loans payable	xx,xxx	xx,xxx	xx,xxx	--
Total noncurrent liabilities	xx,xxx	xx,xxx	xx,xxx	xx,xxx
Total liabilities	xx,xxx	xx,xxx	xx,xxx	xx,xxx
Net Assets				
Invested in capital assets, net of related debt	xx,xxx	xx,xxx	xx,xxx	xx,xxx
Restricted for debt service	--	xx,xxx	xx,xxx	--
Unrestricted	xx,xxx	xx,xxx	xx,xxx	xx,xxx
Total net assets	$xx,xxx	$xx,xxx	$xx,xxx	$xx,xxx

Exhibit 6: Proprietary funds statement of revenues, expenses, and changes in fund net assets

City of Anywhere
Statement of Revenues, Expenses, and Changes in Fund Net Assets
Proprietary Funds
For the Year Ended June 30, 20XX

	Enterprise Funds			
	Water and Sewer	*Electric Utility*	*Total*	*Internal Service Funds*
Operating Revenues				
Charges for services	$xx,xxx	$xx,xxx	$xx,xxx	$xx,xxx
Miscellaneous	--	xx,xxx	xx,xxx	xx,xxx
Total operating revenues	xx,xxx	xx,xxx	xx,xxx	xx,xxx
Operating Expenses				
Personal services	xx,xxx	xx,xxx	xx,xxx	xx,xxx
Contractual services	xx,xxx	xx,xxx	xx,xxx	xx,xxx
Utilities	xx,xxx	xx,xxx	xx,xxx	xx,xxx
Repairs and maintenance	xx,xxx	xx,xxx	xx,xxx	xx,xxx
Other supplies and expenses	xx,xxx	xx,xxx	xx,xxx	xx,xxx
Insurance claims and expenses	--	--	--	xx,xxx
Depreciation	xx,xxx	xx,xxx	xx,xxx	xx,xxx
Total operating expenses	xx,xxx	xx,xxx	xx,xxx	xx,xxx
Operating income (loss)	xx,xxx	(xx,xxx)	xx,xxx	(xx,xxx)
Nonoperating Revenues (Expenses)				
Interest and investment revenue	xx,xxx	xx,xxx	xx,xxx	xx,xxx
Miscellaneous revenue	--	xx,xxx	xx,xxx	xx,xxx
Interest expense	(xx,xxx)	(xx,xxx)	(xx,xxx)	(xx,xxx)
Miscellaneous expense	--	(xx,xxx)	(xx,xxx)	(xx,xxx)
Total nonoperating revenue (expenses)	(xx,xxx)	(xx,xxx)	(xx,xxx)	(xx,xxx)
Income (loss) before contributions and transfers	xx,xxx	(xx,xxx)	xx,xxx	(xx,xxx)
Capital contributions	xx,xxx	--	xx,xxx	xx,xxx
Transfers in	--	--	--	xx,xxx
Transfers out	(xx,xxx)	(xx,xxx)	(xx,xxx)	(xx,xxx)
Change in net assets	xx,xxx	(xx,xxx)	xx,xxx	(xx,xxx)
Total net assets—beginning	xx,xxx	xx,xxx	xx,xxx	xx,xxx
Total net assets—ending	$xx,xxx	$xx,xxx	$xx,xxx	$xx,xxx

Exhibit 7: Proprietary funds statement of cash flows

City of Anywhere
Statement of Cash Flows
Proprietary Funds
For the Year Ended June 30, 20XX

	Enterprise Funds			
	Water and Sewer	*Electric Utility*	*Total*	*Internal Service Funds*
Cash Flows from Operating Activities				
Receipts from customers	$xx,xxx	$ xx,xxx	$xx,xxx	$ xx,xxx
Payments to suppliers	(xx,xxx)	(xx,xxx)	(xx,xxx)	(xx,xxx)
Payments to employees	(xx,xxx)	(xx,xxx)	(xx,xxx)	(xx,xxx)
Internal activity—payments to other funds	(xx,xxx)	--	(xx,xxx)	(xx,xxx)
Claims paid	--	--	--	(xx,xxx)
Other receipts (payments)	(xx,xxx)	--	(xx,xxx)	xx,xxx
Net cash provided by operating activities	xx,xxx	xx,xxx	xx,xxx	xx,xxx
Cash Flows from Noncapital Financing Activities				
Operating subsidies and transfers to other funds	(xx,xxx)	(xx,xxx)	(xx,xxx)	xx,xxx
Cash Flows from Capital and Related Financing Activities				
Proceeds from capital debt	xx,xxx	xx,xxx	xx,xxx	--
Capital contributions	xx,xxx	--	xx,xxx	--
Purchases of capital assets	(xx,xxx)	(xx,xxx)	(xx,xxx)	(xx,xxx)
Principal paid on capital debt	(xx,xxx)	(xx,xxx)	(xx,xxx)	(xx,xxx)
Interest paid on capital debt	(xx,xxx)	(xx,xxx)	(xx,xxx)	(xx,xxx)
Other receipts (payments)	--	xx,xxx	xx,xxx	xx,xxx
Net cash (used) by capital and related financing activities	(xx,xxx)	(xx,xxx)	(xx,xxx)	(xx,xxx)
Cash Flows from Investing Activities				
Proceeds from sales of investments	--	--	--	xx,xxx
Interest and dividends	xx,xxx	xx,xxx	xx,xxx	xx,xxx
Net cash provided by investing activities	xx,xxx	xx,xxx	xx,xxx	xx,xxx
Net (decrease) in cash and cash equivalents	(xx,xxx)	(xx,xxx)	(xx,xxx)	(xx,xxx)
Balances—beginning of the year	xx,xxx	xx,xxx	xx,xxx	xx,xxx
Balances—end of the year)	$xx,xxx	$ xx,xxx	$xx,xxx	$ xx,xxx
Reconciliation of operating income (loss) to net cash provided by operating activities:				
Operating income (loss)	$xx,xxx	$(xx,xxx)	$xx,xxx	$(xx,xxx)
Adjustments to reconcile operating income to net cash provided by operating activities:				
Depreciation expense	xx,xxx	xx,xxx	xx,xxx	xx,xxx
Change in assets and liabilities:				
Receivables, net	xx,xxx	xx,xxx	xx,xxx	xx,xxx
Inventories	xx,xxx	--	xx,xxx	xx,xxx
Accounts and other payables	(xx,xxx)	(xx,xxx)	(xx,xxx)	xx,xxx
Accrued expenses	(xx,xxx)	xx,xxx	(xx,xxx)	(xx,xxx)
Net cash provided by operating activities	$xx,xxx	$ xx,xxx	$xx,xxx	$ xx,xxx

Noncash capital financing activities:

Capital assets of $xx,xxx were acquired through contributions from developers.

Exhibit 8: Statement of fiduciary net assets

City of Anywhere
Fiduciary Funds
Statement of Fiduciary Funds
June 30, 20XX
(in thousands)

	Pension and Other Employee Benefit Trust Funds	*Agency Fund*
Assets		
Cash and cash equivalents	$xx,xxx	$xx,xxx
Receivables:		
Receivable for investment securities sold	xx,xxx	--
Accrued interest and dividend receivable	xx,xxx	--
Investments:		
Other short-term investments	xx,xxx	--
Debt securities	xx,xxx	xx,xxx
Equity securities	xx,xxx	--
Guaranteed investment contracts	xx,xxx	--
Mutual funds	xx,xxx	--
Collateral from securities lending transactions	xx,xxx	--
Due from other funds	xx,xxx	--
Other	xx,xxx	xx,xxx
Total assets	xx,xxx	xx,xxx
Liabilities		
Accounts payable and accrued liabilities	xx,xxx	xx,xxx
Payable for investment securities purchased	xx,xxx	--
Accrued benefits payable	xx,xxx	--
Due to other funds	xx,xxx	--
Securities lending transactions	xx,xxx	--
Other	xx,xxx	xx,xxx
Total liabilities	xx,xxx	xx,xxx
Net Assets		
Held in trust for benefit payments	$xx,xxx	$ --

Exhibit 9: Fiduciary funds statement of changes in fiduciary net assets

City of Anywhere
Fiduciary Funds
Statement of Changes in Fiduciary Net Assets
For the Year Ended June 30, 20XX

	Pension and Other Employee Benefit Trust Funds
Additions	
Contributions:	
Member contributions	$xx,xxx
Employer contributions	xx,xxx
Total contributions	xx,xxx

	Pension and Other Employee Benefit Trust Funds
Investment income:	
Interest income	xx,xxx
Dividend income	xx,xxx
Net depreciation in fair value of investments	(xx,xxx)
Less investment expenses	xx,xxx
Investment loss, net	(xx,xxx)
Payments from other funds	xx,xxx
Other	xx,xxx
Total additions	(xx,xxx)
Deductions	
Benefit payments and withdrawals	xx,xxx
Payments to other funds	xx,xxx
Administrative expenses	xx,xxx
Total deductions	xx,xxx
Decrease in plan net assets	(xx,xxx)
Net Assets	
Held in trust for benefit payments	
Beginning of year	xx,xxx
End of year	$xx,xxx

Exhibit 10: Reconciliation of the fund balances of governmental funds to the net assets of governmental activities

City of Anywhere
Reconciliation of the Balance Sheet of Governmental Funds to the Statement of Net Assets
June 30, 20XX

Amounts reported for *governmental activities* in the Statement of Net Assets are different because:

Total fund balances—governmental funds	$(xx,xxx)
Inventories recorded in the Statement of Net Assets are recorded as expenditures in the governmental funds	xx,xxx
Capital assets used in governmental activities are not financial resources and therefore are not reported in the funds	xx,xxx
Other long-term assets are not available to pay for current-period expenditures and therefore are deferred in the funds	xx,xxx
Long-term liabilities are not due and payable in the current period and accordingly are not reported in the funds:	
Bonds and notes payable	(xx,xxx)
Accrued interest payable	(xx,xxx)
Other long-term liabilities	(xx,xxx)
Net assets (deficit) of governmental activities	$(xx,xxx)

Exhibit 11: Reconciliation of the net change in governmental fund balances with the change in net assets of governmental activities

City of Anywhere
Reconciliation of the Statement of Revenues, Expenditures, and Changes in Fund Balances of Governmental Funds to the Statement of Activities
For the Year Ended June 30, 20XX

Amounts reported for *governmental activities* in the Statement of Activities are different because:

Net change in fund balances—total governmental funds		$(xx,xxx)
Governmental funds report capital outlays as expenditures. However, in the statement of activities the cost of those assets is allocated over their estimated useful lives and reported as depreciation expense. This is the amount by which capital outlays exceeded depreciation in the current period.		
Purchases of fixed assets	$xx,xxx	
Depreciation expense	(xx,xxx)	xx,xxx
The net effect of various miscellaneous transactions involving capital assets and other (i.e., sales, trade-ins, and donations) is to decrease net assets		(xx,xxx)
The issuance of long-term debt (e.g., bonds, leases) provides current financial resources to governmental funds, while the repayment of the principal of long-term debt consumes the current financial resources of governmental funds. Neither transaction, however, has any effect on net assets. Also, governmental funds report the effect of issuance costs, premiums, discounts, and similar items when debt is first issued, whereas these amounts are deferred and amortized in the statement of activities. This amount is the net effect of these differences in the treatment of long-term debt and related items.		
Proceeds from sales of bonds	(xx,xxx)	
Principal payments of bonds	xx,xxx	
Other	(xx,xxx)	(xx,xxx)
Some expenses reported in the statement of activities do not require the use of current financial resource and therefore are not reported as expenditures in governmental funds		(xx,xxx)
Revenues in the statement of activities that do not provide current financial resources are not reported as revenues in the funds		(xx,xxx)
Change in net assets—governmental activities		$(xx,xxx)

Budgetary Comparison Schedules

GASBS 34 requires that certain budgetary comparison schedules be presented in required supplementary information (RSI). This information is required only for the general fund and each major special revenue fund that has a legally adopted annual budget. Governments may elect to report the budgetary comparison information in a budgetary comparison statement as part of the basic financial statements, rather than as RSI.

The budgetary comparison schedules must include the originally adopted budget, as well as the final budget. The government is given certain flexibility in the format in which this information is present. For example, the comparisons may be made in a format that resembles the budget document instead of being made in a way that resembles the financial statement presentation. Of important note, the actual information presented is to be presented on the budgetary basis of accounting, which for many governments differs from generally accepted accounting principles. Regardless of the format used, the financial results reported in the budgetary comparison schedules must be reconciled to GAAP-based fund financial statements.

Chapter 1 describes the requirements of the recently issued GASB Statement 41, *Budgetary Comparison Schedules—Perspective Differences* (GASBS 41), which addresses issues of when significant budgetary perspective differences result in governments being unable to present budgetary comparison information for the general fund and major special revenue funds. Governments are required to present budgetary comparison schedules as required supplementary information based on the fund, organization, or program structure that the government uses for its legally adopted budget. Basically, GASBS 41 provides that when there are "significant" perspective differences (perspective differences are described later in this chapter), the government is still required to present a budgetary comparison schedule. The schedule should use the perspective used in the legally adopted budget. However, this schedule must be reported as required supplementary information. The government in this situation does not have the option to present the budgetary comparison information in a budgetary comparison statement that is part of the basic financial statements.

GASBS 41 should be implemented simultaneously with GASBS 34. For governments that have implemented GASBS 34 prior to the issuance of GASBS 41 (May 2003), the requirements of GASBS 41 are effective for financial statements for periods beginning after June 15, 2002.

Note and Other Disclosures

The notes to the financial statements are an integral part of the basic financial statements. Because the basic financial statements must be "liftable" from the CAFR (i.e., have the ability to function as free-standing financial statements), the notes to the financial statements should always be considered to be part of the "liftable" basic financial statements.

This section provides an overview of certain required disclosures in the notes and the various areas that the financial statement preparer should consider for disclosure in the notes. Almost every new accounting pronouncement issued by the GASB, however, contains some additional disclosures that must be included in the notes. Therefore, to use this book to properly prepare notes for a state or local government, the reader should consider the following broad outline of the financial statement notes described below, review each chapter that addresses specific unique accounting and financial reporting guidance on required disclosures, and consider the "Disclosure Checklist" included in this guide.

The notes to the financial statements are essential to the fair presentation of the financial position, results of operations, and where applicable, cash flows. Notes considered to be essential to the fair presentation of the financial statements contained in the basic financial statements include individual discretely presented component units, considering the particular component unit's significance to all discretely presented component units, and the nature and significance of the individual unit's relationship to the primary government. The notes prepared under the new financial reporting model should focus on the primary government, which includes blended component units.

Determining which discretely presented component unit financial statements should be included in the notes to the financial statements requires that the financial statement preparer exercise professional judgment. These judgments should be made on a case-by-case basis. Certain disclosures that may be required and appropriate for one component unit may not be required for another. As stated above, these considerations should be made based on the relative significance of a particular discretely presented component unit to all of the discretely presented component units and the significance of the individual discretely presented component unit to the primary government.

In June 2001, the GASB issued GASBS 38 as a result of its project to review financial statement note disclosures. A need to reevaluate note disclosures in the context of the new financial reporting model established by GASBS 34 provided the impetus for the GASB to issue this Statement before most governments begin implementing the new financial reporting model.

The GASB reevaluated note disclosures that have been in existence since 1994 and not under reevaluation under some other project. Readers expecting a wholesale change in the note disclosures as a result of GASBS 38 will be disappointed. Several new note disclosures have been added, while relief from previous disclosure requirements is rare. While the effect of the potential changes will vary from government to government, it appears that disclosures relating to interfund balances and transfers appear to be the most significant.

The Codification of Governmental Accounting and Financial Reporting Standards published by the GASB (GASB Codification) identifies the more common note disclosures required of state and local governments. The broad categories of notes that would normally be included in the financial statements of a state or local government would include the following:

- Summary of significant accounting policies, including
  - Descriptions of the activities accounted for in each of the following columns (major funds, internal service funds and fiduciary fund types) presented in the financial statements.
  - A brief description of the component units of the overall governmental reporting entity and the units' relationships to the primary government. This should include a discussion of the criteria for including component units in the financial reporting entity and how the component units are reported. (The determination of the reporting entity is more fully described in Chapter 6.) The notes should also indicate how the separate financial statements of the component units may be obtained.
  - Revenue recognition policies
  - The period of availability used for revenue recognition in governmental fund financial statements.
  - Policy on reporting infrastructure assets
  - Policy on capitalization of interest costs on fixed assets
  - Definition of *cash and cash equivalents* used in the statement of cash flows for proprietary and nonexpendable trust funds
- Cash deposits with financial institutions
- Investments

- Significant contingent liabilities
- Encumbrances outstanding
- Significant effects of subsequent events
- Pension plan obligations
- Significant violations of finance-related legal and contractual requirements and actions to address these violations
- Debt service requirements to maturity, as follows:
  - Principal and interest requirements to maturity, presented separately for each of the five succeeding fiscal years and in five-year increments thereafter. Interest requirements for variable-rate debt should be made using the interest rate in effect at the financial statement date.
  - The terms by which interest rates change for variable-rate debt.
  - For capital and noncancelable operating leases, the future minimum payments for each of the five succeeding fiscal years and in five-year increments thereafter should be disclosed.
  - Details of short-term debt should be disclosed, even if no short-term debt exists at the financial statement date. Short-term debt results from borrowings characterized by anticipation notes, uses of lines of credit, and similar loans. A schedule of changes in short-term debt, disclosing beginning- and end-of-year balances, increases, decreases, and the purpose for which short-term debt was issued.
- Commitments under noncapitalized (operating) leases
- Construction and other significant commitments
- Any excess of expenditures over appropriations in individual funds
- Deficit fund balance or retained earnings of individual funds
- Balances of receivables and payables reported on the statement of net assets and balance sheet may be aggregations of different components, such as balances due to or from taxpayers, other governments, vendors, beneficiaries, employees, etc. When the aggregation of balances on the statement of net assets obscures the nature of significant individual accounts, the governments should provide details in the notes to the financial statements. Significant receivable balances not expected to be collected within one year of the date of the financial statements should be disclosed.
- For interfund balances reported in the fund financial statements, disclose the following:
  - Identification of amounts due from other funds by individual major fund, nonmajor funds in the aggregate, internal service funds in the aggregate, and fiduciary fund type
  - A description of the purpose for interfund balances
  - Interfund balances that are not expected to be repaid within one year from the date of the financial statements
- For interfund transfers reported in the fund financial statements, disclose the following:

- Identification of the amounts transferred from other funds by individual major fund, nonmajor funds in the aggregate, internal service funds in the aggregate and fiduciary fund type
- A general description of the principal purposes for interfund transfers
- A general description and the amount of significant transfers that
  - Are not expected to occur on a routine basis and/or
  - Are inconsistent with the activities of the fund making the transfer—for example, a transfer from a capital projects fund to the general fund

The GASB Codification identifies the following additional disclosures that may apply to state and local governments:

- Entity risk management activities
- Property taxes
- Segment information for enterprise funds
- Condensed financial statements for major discretely presented component units
- Differences between the budget basis of accounting and GAAP not otherwise reconciled in the basic financial statements
- Short-term debt instruments and liquidity
- Related-party transactions
- The nature of the primary government's accountability for related organizations
- Capital leases
- Joint ventures and jointly governed organizations
- Total amount calculated for the year for special termination benefits, claims and judgments, operating leases, and employer pension expenditures for which the current portion is reported in the operating statement and the noncurrent portion is reported in the general long-term account group (if not reported on the face of the financial statements)
- Debt refundings
- Grants, entitlements, and share revenues
- Fund balance designation
- Interfund eliminations in the combined financial statements that are not apparent from financial statement headings
- Pension plans in both separately issued plan financial statements and employer statements
- Bond, tax, or revenue anticipation notes excluded from fund or current liabilities
- Nature and amount of any inconsistencies in the financial statements caused by transactions between component units having different fiscal year-ends or changes in component unit year-ends
- In component unit separate reports, identification of the primary government in whose financial report the component unit is included and a description of its relationship to the primary government
- Deferred compensation plans

- Reverse repurchase and dollar reverse repurchase agreements
- Securities lending transactions
- Special assessment debt and related activities
- Demand bonds
- Postemployment benefits other than pension benefits
- Landfill closure and postclosure care
- On-behalf payments to fringe benefits and salaries
- Entity involvement in conduit debt obligations
- Sponsoring government disclosures about external investment pools reported as investment trust funds

The GASB Codification reiterates that the above list of areas to be considered for note disclosure is not meant to be all-inclusive, nor is it meant to replace professional judgment in determining the disclosures necessary for fair presentation in the financial statements. The notes to the financial statements, on the other hand, should not be cluttered with unnecessary or immaterial disclosures. The individual circumstances and materiality must be considered in assessing the propriety of the disclosures in the notes to the financial statements. Notes to the financial statements provide necessary disclosure of material items, the omission of which would cause the financial statements to be misleading.

GASBS 34 contains a number of disclosure requirements specifically related to its new requirements. GASBS 34 prescribes the following disclosures, where applicable, to be included in the note to the financial statements which includes a summary of significant accounting policies:

- A description of the government-wide financial statements, noting that neither fiduciary funds nor component units that are fiduciary in nature are included.
- The measurement focus and basis of accounting used in the government-wide statements.
- The policy for eliminating internal activity in the statement of activities.
- The policy for applying FASB pronouncements issued after November 30, 1989, to business-type activities and to enterprise funds of the primary government.
- The policy for capitalizing assets and for estimating the useful lives of those assets (used to calculate depreciation expense).
- Governments that choose to use the modified approach for reporting eligible infrastructure assets should describe that approach.
- A description of the types of transactions included in program revenues and the policy for allocating indirect expenses to functions in the statement of activities.
- The government's policy for defining operating and nonoperating revenues of proprietary funds.
- The government's policy regarding whether to first apply restricted or unrestricted resources when an expense is incurred for purposes for which both restricted and unrestricted net assets are available.

GASBS 34 also requires governments to provide additional information in the notes to the financial statements about the capital assets and long-term liabilities. The disclosures should provide information that is divided into the major classes of capital assets and long-term liabilities as well as those pertaining to governmental activities and those pertaining to business-type activities. In addition, information about capital assets that are not being depreciated should be disclosed separately from those that are being depreciated.

Required disclosures about major classes of capital assets include

- Beginning- and end-of-year balances (regardless of whether beginning-of-year balances are presented on the face of the government-wide financial statements), with accumulated depreciation presented separately from historical cost
- Capital acquisitions
- Sales or other dispositions
- Current period depreciation expense, with disclosure of the amounts charged to each of the functions in the statement of activities

Required disclosures about long-term liabilities (for both debt and other long-term liabilities include

- Beginning- and end-of-year balances (regardless of whether prior year data are presented on the face of the government-wide financial statements)
- Increases and decreases (separately presented)
- The portions of each item that are due within one year of the statement date
- Which governmental funds typically have been used to liquidate other long-term liabilities (such as compensated absences and pension liabilities) in prior years

NOTE: Providing required disclosures about increases and decreases to certain long-term liability amounts can be challenging. The best example of these challenges can be demonstrated using the long-term liability for compensated absences as an example. Most governments can calculate this liability as of the end of each fiscal year, using basic assumptions for vesting of sick leave and vacation time to compute the net change in this liability for a fiscal year. Conceptually, the increase in the compensated absences liability represents all of the vacation and sick leave time earned by employees that becomes vested during the year. The decrease in the compensated absences liability represents vested time used by employees, paid to employees who have left the government, or lost to employees because of other circumstances or employer requirements. Few governments are likely to have systems in place to capture the increases and decreases in this liability, particularly in terms of amounts of dollars, rather than number of hours. These governments will need to devise methodologies to estimate these amounts, focusing on how employees typically accumulate and use vacation and sick leave time. Sampling individual employees across the government, perhaps using separate samples for different types of employees, such as civilian and uniformed employees, may provide sufficient support for estimated amounts of additions and deletions to the long-term compensated absence liability.

The GASBS 34 Implementation Guide notes that for governments reporting a net pension obligation as a long-term liability, no amount due within one year should be presented for the net pension obligation liability.

In addition, GASBS 34 requires governments that report enterprise funds or that use enterprise fund accounting and financial reporting report certain segment information for those activities in the notes to the financial statements. GASB 34 defines a segment for these disclosure purposes as ". . .an identifiable activity reported as or within an enterprise fund or another stand-alone entity for which one or more revenue bonds or other revenue-backed debt instruments (such as certificates of participation) are outstanding. A segment has a specific identifiable revenue stream pledged in support of revenue bonds or other revenue-backed debt, and business-related expenses, gains and losses, assets, and liabilities that can be identified." GASBS 34 specifies that disclosure requirements be met by providing condensed financial statements and other disclosures as follows in the notes to the financial statements:

1. Type of goods or services provided by the segment
2. Condensed statement of net assets
    a. Total assets—distinguishing between current assets, capital assets, and other assets. Amounts receivable from other funds or component units should be reported separately.
    b. Total liabilities—distinguishing between current and long-term amounts. Amounts payable to other funds or component units should be reported separately.
    c. Total net assets—distinguishing among restricted (separately reporting expendable and nonexpendable components); unrestricted; and amounts invested in capital assets, net of related debt.
3. Condensed statement of revenues, expenses, and changes in net assets
    a. Operating revenues (by major source)
    b. Operating expenses. Depreciation (including any amortization) should be identified separately.
    c. Operating income (loss).
    d. Nonoperating revenues (expenses)—with separate reporting of major revenues and expenses.
    e. Capital contributions and additions to permanent and term endowments.
    f. Special and extraordinary items.
    g. Transfers.
    h. Change in net assets.
    i. Beginning net assets.
    j. Ending net assets.
4. Condensed statement of cash flows
    a. Net cash provided (used) by
        (1) Operating activities
        (2) Noncapital financing activities
        (3) Capital and related financing activities
        (4) Investing activities
    b. Beginning cash and cash equivalent balances
    c. Ending cash and cash equivalent balances

COMPREHENSIVE ANNUAL FINANCIAL REPORT

As described in the beginning section of this chapter, the basic financial statements and required supplementary information (BFS) under GASBS 34 constitute a significant component of a state or local government's comprehensive annual financial report (CAFR). The BFS, however, represent only one part of the CAFR. The CAFR contains additional sections that are important components of a government's external financial reporting.

One of the more challenging aspects of preparing a CAFR can be to distinguish the requirements of GAAP and the requirements of the GFOA's Certificate of Achievement for Excellence in Financial Reporting Program (Certificate of Achievement). As described in Chapter 2 detailing the history of accounting standards setting for governments, the GFOA and its predecessor organizations were at one time the accounting standards-setting bodies. When this role was assumed by the GASB, the GFOA refocused its issuance of documents to set the requirements for its Certificate of Achievement program. The Certificate of Achievement program has a number of detailed requirements for the CAFR that are not requirements of the GASB and GAAP. The Certificate of Achievement requirements for financial statements prepared under the new financial reporting model are included in the 2001 edition of *Governmental Accounting, Auditing, and Financial Reporting* (GAAFR). The CAFR requirements contained in the GAAFR are not drastically different from those of the previous (1994) GAAFR; however, there are important differences.

NOTE: The GASB has undertaken a project to update the requirements of a CAFR prepared in accordance with GAAP. Chapter 1 describes an Exposure Draft titled ***Economic Condition Reporting: The Statistical Section—an Amendment of NCGA Statement 1*** *that would change the requirements for a CAFR's statistical sections.*

A government desiring to meet only the requirements of GAAP need only meet the requirements for the CAFR specified by the GASB. In this case, the government might still use the guidance of the 2001 GAAFR as level 4 guidance in the hierarchy of GAAP for governments. The GAAFR presents many instances and examples that constitute industry practices that are widely recognized as acceptable and are often the prevalent practice of an accounting or disclosure treatment used by state or local governments.

A government desiring to meet the requirements of the Certificate of Achievement program will need to prepare a CAFR in compliance with both GASB and GAAFR standards.

This book describes the characteristics and contents of a CAFR as required by GAAP as promulgated by the GASB. This guidance is supplemented with more substantive suggestions contained in the GAAFR. Where possible, a distinction is made between the requirements of GAAP and those of the Certificate of Achievement program.

CAFR Requirements

What should constitute a government's annual financial report—a CAFR or that part of the CAFR known as the BFS? The GASB concludes that, while no governmental financial statements are actually *required*, the annual financial report of a government should be presented as a comprehensive annual financial report—a CAFR.

The GASB does not preclude a government, however, from issuing basic financial statements separately from the CAFR. BFS are often issued for inclusion in official statements on bond offerings and are sometimes used for wide distribution to users who require less detailed information about a government's finances than is contained in the CAFR. A transmittal letter from the government accompanying the separately issued BFS should inform users of the availability of the CAFR for those requiring more detailed information.

The CAFR should encompass all funds of the primary government, including its blended component units. The CAFR also encompasses all of the discretely presented component units of the reporting entity.

The CAFR should contain

- The basic financial statements, including any required supplementary information
- Combining statements for the nonmajor funds of the primary government, including its blended component units. For GAAFR purposes, the combining statements present information for nonmajor funds and component units, since information on the major funds and major component units is presented in the basic financial statements.
- Individual fund statements and schedules for the funds of the primary government, including its blended component units
- Introductory, supplementary, and statistical information
- Schedules needed to demonstrate compliance with finance-related legal and contractual provisions

The general outline and minimum content of the CAFR specified by the GASB Codification are as follows:

I. Introductory section—includes table of contents, letter of transmittal, and other material deemed appropriate by management

II. Financial section—includes the following:
   - — Auditor's report
   - — Basic financial statements, including any required supplementary information
   - — Combining nonmajor fund or component unit statements and schedules

III. Statistical tables

The GAAFR provides much more detailed information on each of these sections of the CAFR. The following pages use the more substantive guidance of the GAAFR to assist the reader in understanding the detailed information included in the three main sections of the CAFR listed above.

NOTE: Not all of the detailed requirements for the Certificate of Achievement program are included in the following discussion; only the more substantive requirements are included. For example, the GAAFR specifies the contents of the title page of the CAFR. The following discussion does not include these detailed comments, because they easily can be obtained di-

rectly from the GAAFR or from the checklist used to qualify CAFRs that received the Certificate of Achievement. On the other hand, the GAAFR describes what should be included, at a minimum, in the letter of transmittal. This is a substantive contribution to the contents of the CAFR and is included in the following discussion.

Introductory section. The introductory section is generally excluded from the scope of the independent audit. This section includes the following:

- Report cover and title page
- Table of contents—This table should list the various statements and schedules included in the CAFR, broken down by location in the introductory, financial, and statistical sections. In addition, the table of contents should clearly indicate which financial statements constitute the BFS and should also make clear that the notes to the financial statements are a part of the BFS.
- Letter of transmittal—The GASB requires that the introductory section include a letter of transmittal, but the GAAFR provides significant guidance on the topics to include in the letter of transmittal.

The letter of transmittal requirements in the GAAFR are significantly different from those of the previous GAAFR because a fair amount of the content that was previously required in the letter of transmittal is now part of MD&A, and the GFOA suggests that duplication of information in the letter of transmittal and MD&A must be avoided. Accordingly, the following are the basic requirements for the letter of transmittal as contained in the GAAFR:

- Formal transmittal of the CAFR. This section is the actual communication of the CAFR to its intended users. For example, the letter of transmittal might cite the legal requirements for preparing the CAFR and then indicate that the submission of the CAFR is in fulfillment of those requirements. Other topics that are suggested for inclusion are
  - — Management's framework of internal controls
  - — Independent audit of the financial statements, including limitations inherent in a financial statement audit.
  - — Reference to other independent auditor reports, such as those resulting from a single audit of federal awards programs
  - — Direction of readers' attention to the MD&A contained in the financial section of the CAFR
- Profile of the government. This would include a brief description of the government's structure and the types of services it provides. This section might also briefly discuss the inclusion of component units and the budget process.
- Information useful in assessing the government's financial position. The GAAFR distinguishes financial condition from financial position in that financial condition focuses on both existing and future resources and claims on those resources. Because this future-looking information is generally precluded from inclusion in the MD&A, the letter of transmittal should serve as a vehicle to discuss these subjective factors affecting financial condition. The

GAAFR specifically lists the following subtopics that would be included in this section of the transmittal letter:

— Local economy
— Long-term financial planning
— Cash management and investments
— Risk financing
— Pension benefits
— Postemployment benefits

- Awards and acknowledgements. This would include any Certificate of Achievement from the GFOA received by the previous year's CAFR, as well as other awards and acknowledgments of those contributing to the preparation of the CAFR.

NOTE: Letters of transmittal for governments can be made more useful if the "cookbook" approach of taking wording directly out of the GAAFR is avoided. While the sample transmittal letter contained in the GAAFR is a useful guide for governments, the writer of the actual transmittal letter should customize the letter to the actual circumstances of the government. This is particularly true if there are topics of unique importance to a particular government that are not included in the GAAFR's sample transmittal letter. Reporting on these topics in the transmittal letter is likely to improve the reader's understanding of the government and its finances.

The GASB encourages governments to include "other material deemed appropriate by management" in the introductory section. The GAAFR includes the following suggestions:

- A reproduction of the Certificate of Achievement on the prior year's financial statements, if this award was in fact obtained
- A list of the principal officials of the government
- An organizational chart of the government showing the assignment of responsibilities of personnel
- Audit committee letter that may be issued by a government's audit committee

Financial section. The financial section of the CAFR is composed of these main components.

- The independent auditor's report
- Management's Discussion and Analysis
- The basic financial statements
- Required supplementary information (RSI)
- The combining and individual nonmajor fund and component unit financial statements and schedules

The following discussion provides additional detail on the independent auditor's report and the combining and individual fund financial statements and schedules. The contents of the general-purpose and basic financial statements and MD&A were described in detail in the previous sections of this chapter and RSI is discussed in other chapters of this book.

Independent auditor's report. The independent auditor's report should be the first item included in the financial section of the CAFR. The independent auditor should report on whether the financial statements are fairly presented in accordance with GAAP. The auditor may also provide an opinion on the combining financial statements and schedules "in relation to" the financial statements (this "in relation to" coverage of the combining is required for the Certificate of Achievement program). The auditor should also indicate whether he or she has audited the other financial information in the CAFR. The independent auditor generally indicates that the information in the statistical section of the CAFR has not been audited.

Combining and individual nonmajor fund and nonmajor component unit financial statements and schedules. As mentioned earlier, the combining and individual fund financial information prepared in a CAFR after implementation of GASBS 34 focuses on information about nonmajor fund and nonmajor component unit financial information, rather than information about fund types that was previously reported. Since the basic financial statements provide information about major funds, the 2001 GAAFR uses the combining and individual fund presentation to complete the financial reporting picture by providing information about nonmajor funds and nonmajor component units. A government with a full range of fund types and component units would conceivably have the following sets of combining statements:

- Nonmajor governmental funds
- Nonmajor enterprise funds
- Internal service funds
- Private-purpose trust funds
- Pension (and other employee benefit) trust funds
- Investment trust funds
- Agency funds
- Nonmajor discretely presented component units

Note that using these combining statements of nonmajor funds, for example, governmental funds, combines nonmajor funds of more than one fund type. The GAAFR suggests that columnar heading be used on these combining statements to identify the fund type of each individual fund presented in that statement. In addition, when there are too many nonmajor funds to fit on a particular combining statement, subcombining statements can be used, with the totals of the subcombining statements carrying forward to the combining statements. Note that if subcombining statements are used, breaking the subcombining statements into fund types would appear to be a good way to preserve some of the nonmajor fund type information within the combining statement section.

The GAAFR presents the following examples of situations where individual fund financial presentations would need to be included in this section:

- Budgetary comparisons not required in connection with the basic financial statements. While budgetary comparisons statements are required in the basic financial statements for the general fund and major special revenue funds that adopt budgets, CAFR budgetary comparisons are required for any other individual governmental fund for which annual appropriated budgets have been adopted.

- Detailed budgetary comparisons for the general fund and major individual funds. Governments that prepare CAFRS are required to present budgetary comparisons at a level of detail sufficient to demonstrate legal compliance. Additional individual fund financial presentations would be included in this section to meet this requirement.
- Comparative data. Individual fund presentations in the financial section of the CAFR are often used by governments to present comparative financial data.
- Greater detail. Governments may use the individual fund presentations to present information about individual funds.

The GAAFR also specifies that governments may also present supplementary information that is believed to be useful to financial statement readers, such as cash receipt and disbursements information for the general fund, and this information should be included in the financial section if so desired by the government.

Statistical tables. The third section of the CAFR is the statistical section. The statistical section provides both financial and nonfinancial information that is often very useful to investors, creditors, and other CAFR users. The statistical section presents certain information on a trend basis; that is, summary information is provided for each year in a ten-year period.

NCGAS 1 and other authoritative guidance issued by the GASB describe fifteen individual statistical tables that should be included in the statistical section of the CAFR. The GAAFR provides the financial statement preparer with additional information useful in describing how these statistical schedules should be presented. In addition to the required statistical tables, governments should also consider whether additional information should be included in the CAFR. For example, some governments disclose historical trends of individuals receiving public assistance or provide a listing of individually significant capitalized leases.

In presenting historical trend data, governments often change accounting policies or classification of financial transactions in response to new accounting pronouncements or adoption of a preferential accounting treatment. Since the comparability of historical trend information is important to the reader, to the extent possible it should be restated for prior years to conform to the current or most recent year's presentation. However, as a practical matter, restatement may be impossible or impractical. In these cases, the government should note any factors that affect the comparability of the information presented. In addition, the government should indicate the source of the data on the statistical schedules that contain nonfinancial data.

The following are the fifteen required statistical tables and a brief description of each. In cases where a table is clearly not applicable to a government, the table should be omitted from the statistical section.

- General governmental expenditures by function, last ten fiscal years—The definition of "general" government should be the same as that used to prepare the summary information included in the transmittal letter. The fund types from which data was drawn to derive the general government expenditures should be indicated on this schedule. The government may elect to include transfers to other funds, as long as the table is appropriately labeled to indicate that it includes transfers. After implementation of GASBS 34, governments may present a table providing accrual-based expense information over the last ten years for the primary government as reported in the government-wide statement of activities. This table is not required and should not be substituted for the ten-year table of expenditures. If presented, total expenses for each function should be provided rather than each function's net cost.

- General government revenues by source, last ten fiscal years—The preparation guidelines for the definition of "general" government and the inclusion of transfers are the same as those for the general governmental expenditures by function table described above. After implementation of GASBS 34, governments may present a table providing accrual-based revenues information over the last ten years for primary government as reported in the government-wide statement of activities. This table is not required and should not be substituted for the ten-year table of modified accrual-based revenues just described in this bullet.
- Property tax levies and collections, last ten fiscal years—This statistical table includes the amount of the property tax levy for each of the past ten fiscal years. Collections of each year's property tax levy are also reported, both as a dollar amount and as a percentage of the property tax levy. Collections of delinquent property taxes are presented and added to the current year collections to calculate the government's total property tax collections for the period, both as a dollar amount and as a percentage of the year's property tax levy. The outstanding balance of delinquent property tax receivables is also reported, both as a dollar amount and as a percentage of the year's property tax levy. The total of the balances of delinquent property taxes for each year should agree with the amount reported on the balance sheet.
- Assessed and estimated actual value of taxable property, last ten fiscal years—Governments that tax real estate should include both the assessed values and the estimated actual values of the real estate within their jurisdictions. In addition, if the government taxes personal property, the assessed and actual value of the taxable personal property should be included. Where certain property is tax-exempt, it is recommended by the GAAFR that a column be provided in the table that indicates the amount of tax-exempt property. This column would be deducted from the total real estate or personal property values to arrive at the taxable amounts.
- Property tax rates: all overlapping governments, last ten fiscal years—This table reports property tax rates for the last ten years for all overlapping governments. Overlapping governments are those that are outside the financial reporting entity of the government but that levy a tax on the same property. If there are numerous overlapping smaller governments, the overlapping taxes can be combined into a single column. Also, governments may choose to present their own property tax rates combined with those of the overlapping gov-

ernments to present a better picture of the tax burden of the affected citizens. If portions of the overlapping government's tax levy are for a specific purpose, such as debt service, the portions of the levy related to the specific purpose can also be shown separately.

- Principal taxpayers—This information is meant to provide the reader of the CAFR with some understanding of the degree to which a government depends on one or a small number of taxpayers. Usually, property taxes are the primary source of revenue for governments. In these cases, the ten largest taxpayers should be listed in the table, along with the assessed and estimated actual values of their respective properties. If another tax is the primary source of revenue for the government, this table should present similar information for whichever tax is the primary tax for the reporting jurisdiction. In some cases, the government may not legally be able to disclose certain information, such as the amount of income tax paid by taxpayers. In these cases, the government should prepare a list of the ten major employers of the jurisdiction.
- Special assessment billings and collections, last ten fiscal years—This table presents special assessment billings and collections during each of the ten prior fiscal years for any debt obligations of the government.
- Computation of the legal debt margin—Often, governments are limited in the about of debt that they may issue. A common limit is calculated as a percentage of the taxable assessed value of property in the government's jurisdiction. This table should include the calculation of the legal debt margin by computing the total legally allowable debt and comparing this amount with the amount of debt outstanding at the end of the fiscal year. In preparing this table, governments should take into account that not all of the debt may be subject to the debt limit, and that in some cases, the amount of outstanding debt may need to be reduced by the amount of any sinking fund or reserve accounts.
- Ratio of net general bonded debt to assessed value and net bonded debt per capita, last ten fiscal years—This table first should show the calculation of "net general bonded debt," which differs from total debt outstanding in that net general bonded debt does not include general obligation debt being repaid with other than general resources, such as general obligation debt associated with proprietary funds or special assessment debt. The per capita calculation should use the same population reported in the demographic data presented in another statistical table.
- Ratio of annual debt service for general bonded debt to total general expenditures, last ten years—This table lists both principal and interest payments on general bonded debt for the last ten years as a percentage of total general expenditures. General bonded debt refers to debt that is supported by taxes and excludes debt that is reported in proprietary funds and debt that is supported by special assessments. The expenditures of the general government should be determined consistently with the other statistical tables that identify general government expenditures, as well as the general government expenditures reported in the letter of transmittal.

- Computation of overlapping debt—Overlapping debt is outside the financial reporting entity supported by the financial reporting entity's taxpayers. The table can report overlapping debt on a gross basis or net of debt that is financed by special assessments or proprietary funds. When a government's taxpayers are only partially responsible for overlapping debt, both the full amount of the overlapping debt and the portion of the debt attributable to the government's taxpayers are reported. Sometimes governments choose to report the entire debt burden on their taxpayers, including their own "direct" debt and the overlapping debt described above. In this case, the statistical table should be modified to indicate that it includes both direct and overlapping debt.
- Revenue bond coverage, last ten fiscal years—Revenue bonds generally are issued by enterprise funds required by bond indenture to set rates for services that are sufficient to make interest and principal payments on the debt. Revenue bond indentures generally require that the income of the enterprise fund exceed the revenue bond principal and interest payments by some multiple, greater than one-to-one coverage. The revenue bond coverage is this multiple and represents the number of times that the enterprise fund's income exceeds the revenue bond principal and interest payments. A separate calculation should be reported for each revenue bond issue. However, if the same resources will be used for debt service for more than one revenue bond, these related revenue bond issues can be combined into one revenue bond coverage calculation.
- Demographic statistics—Neither the GAAFR nor GASB Codification specify what demographic statistics to include in the demographic statistics table. The table should provide information about the health of the community environment in which the government operates. Some of the more common examples of information presented in the demographic statistics table include the population, per capita income, median age of the population, average years of formal schooling, school enrollment, and unemployment rates. Often, the information that a government desires to disclose in this table is not available at the level of detail for the level of the government preparing the CAFR. In these cases, the government should present data at the higher level of government, including the necessary explanation to enable the reader to know that the information presented is for a different level of government.
- Property value, construction, and bank deposits, last ten fiscal years—This statistical table presents information to assist in evaluation of the economic vitality of the environment in which the government operates. The table repeats the estimated value of taxable real estate within the jurisdiction reported in a previous table. In addition, the table should provide information about construction activity, such as the number of building permits issued or the estimated value of new construction activity. Some governments also report the amounts of deposits with financial institutions within the jurisdictions. However, because many citizens increasingly keep their deposits in financial insti-

tutions outside their immediate geographic locations, this information on bank deposits is losing its relevance and some governments are electing to omit it.

- Miscellaneous statistics—This table is provided to enable a government to present additional statistical information that it believes would be useful to the reader of the CAFR in assessing its financial condition or operations. Information included in this schedule can range from the number of miles of streets in the government's jurisdiction to the number of arrests made by the government's police department during the most recent fiscal year.

While the above discussion of statistical tables presents a "bare minimum" approach to meeting the requirements for the CAFR, governments should review the content of the tables in light of their own environments and operations to determine whether additional information could be added to the statistical tables to make them more meaningful to the readers of the CAFR.

CASH FLOW STATEMENT PREPARATION AND REPORTING

The cash flow statement prepared by governments differs from those of a commercial enterprise in two basic ways.

- Not all of the fund types that are reported by the governmental entity are required to prepare a cash flow statement. A cash flow statement of a commercial enterprise would include all of the operations of the enterprise.
- Differences exist in the categorization of cash receipts and cash disbursements and in some of the related disclosure requirements.
- Governmental entities that are required by GASBS 34 to present a cash flow statement must use the direct method, which is explained later in this chapter.

The following paragraphs provide detailed guidance on when a cash flow statement is required and how a cash flow statement for a governmental entity is prepared.

When Is a Cash Flow Statement Required?

Generally, a cash flow statement is required for each period that an operating statement is presented in the government's financial statements. However, not all of the fund types must be included in the statement of cash flows. Statements of cash flows must be prepared for proprietary funds and special-purpose governments that are engaged in business-type activities, such as public benefit corporations and authorities, governmental utilities, governmental hospitals and other health care providers, and governmental colleges and universities. Public employee retirement systems (PERS) and pension and other employee benefit trust funds are exempt from the requirement to present a statement of cash flows. PERS and pension trust funds are not precluded, however, from presenting a statement of cash flows. A government-wide cash flow statement is not required by GASBS 34.

For purposes of this book, the entities that are required to prepare a statement of cash flows will be referred to as *governmental enterprises*. This is for convenience, but also for consistency with GASB Statement 9 (GASBS 9), *Reporting Cash Flows of Proprietary and Nonexpendable Trust Funds and Governmental Entities That Use Proprietary Fund Accounting*.

Objectives of the Statement of Cash Flows

In presenting a statement of cash flows, the preparer of the government's financial statements should keep in mind the purpose of the statement of cash flows. GASBS 9 highlights that the information about cash receipts and disbursements presented in a statement of cash flows is designed to help the reader of the financial statements assess (1) an entity's ability to generate future net cash flows, (2) its ability to meet its obligations as they come due, (3) its needs for external financing, (4) the reasons for differences between operating income or net income, if operating income is not separately identified on the operating statement, and (5) the effects of the entity's financial position on both its cash and its noncash investing, capital, and financing transactions during the period.

Cash and *Cash Equivalents* Definitions

While a statement of cash flows refers to and focuses on cash, included in the definition of the term *cash* for purposes of preparing the statement are cash equivalents. Cash equivalents are short-term, liquid investments that are so close to cash in characteristics that for purposes of preparing the statement of cash flows, they should be treated as if they were cash.

GASBS 9 provides specific guidance as to what financial instruments should be considered cash equivalents for the purposes of preparing a statement of cash flows. *Cash equivalents* are defined as short-term, highly liquid investments that are

- Readily convertible to known amounts of cash
- So near their maturity that they present insignificant risk of changes in value because of changes in interest rates

In general, only those investments with original maturities of three months or less are considered in GASBS 9 to meet this definition. *Original maturity* means the maturity to the entity holding the investment. Under GASBS 9, both a three-month US Treasury bill and a three-year Treasury note purchased three months from maturity qualify as cash equivalents. On the other hand, if the three-month US Treasury note was purchased three years ago, it does not become a cash equivalent as time passes and it only has three months left until maturity.

Common examples of cash equivalents are Treasury bills, commercial paper, certificates of deposit, money-market funds, and cash management pools. When these cash equivalents are purchased and sold during the year as part of the entity's cash management practices, these purchases and sales are not reported as cash inflows or outflows on the statement of cash flows. To do so would artificially inflate inflows and outflows of cash that are reported.

The total amount of cash and cash equivalents at the beginning and end of the period shown in the statement of cash flows should be easily traceable to similarly titled line items or subtotals shown in the statement of financial position as of the same dates. Cash and cash equivalents are included in the statement of cash flows regardless of whether there are restrictions on their use. Accordingly, when comparing the cash and cash equivalents on the statement of financial position with the statement of cash flows, both restricted and unrestricted cash and cash equivalents on the statement of financial position must be considered.

The governmental enterprise should establish an accounting policy on which securities will be considered cash equivalents within the boundaries established above. In other words, a governmental entity may establish an accounting policy that is more restrictive than that permitted by GASBS 9 regarding what is considered a cash equivalent. The accounting policy should be disclosed in the notes to the financial statements.

NOTE: Given that transactions involving purchases and sales of cash equivalents are not reported as cash inflows and outflows on the statement of cash flows, a more restrictive policy on the definition a cash equivalent under GASBS 9 will result in more transactions being reported in the statement of cash flows as purchases and sales of securities. This "inflation" of the amounts on the statement of cash flows should be considered by the governmental entity when establishing its accounting policy for defining cash equivalents.

Classification of Cash Receipts and Cash Disbursements

A statement of cash flows should classify cash receipts and disbursements into the following categories:

- Cash flows from operating activities
- Cash flows from noncapital financing activities
- Cash flows from capital and related financing activities
- Cash flows from investing activities

Gross and net cash flows. In applying the categorization of cash flows into these classifications, governmental enterprises should consider that the GASB concluded that reporting gross cash receipts and payments during a period is more relevant than information about the net amount of cash receipts and payments. However, the net amount of cash receipts and disbursements provides sufficient information in certain instances that GASBS 9 permits "net" reporting rather than displaying the gross amounts of cash receipts and cash payments. These specific instances are as follows:

- Transactions for the purchase and sale of cash equivalents as part of the cash management activities of the governmental enterprise may be reported as net amounts.
- Items that qualify for net reporting because of their quick turnovers, large amounts, and short maturities are cash receipts and disbursements relating to investments (other than cash equivalents), loans receivable, and debt, provided that the original maturity of the asset or liability is three months or less. (Amounts that are due on demand meet the requirement of having a maturity of three months or less.)
- In certain circumstances, governmental enterprises may report the net purchases and sales of their highly liquid investments rather than report the gross amounts. These requirements are somewhat onerous and one would not expect many governmental enterprises to meet this circumstance when net re-

porting would be permitted. Such net reporting is allowed if both of the following conditions are met:

— During the period, substantially all of the governmental enterprise's assets were highly liquid investments, such as marketable securities and other assets for which a market is readily determinable.
— The government enterprise had little or no debt, based on average debt outstanding during the period, in relation to average total assets.

The following paragraphs provide guidance on classifying transactions into these categories and provide examples of the types of cash inflows and outflows that should be classified.

Cash flows from operating activities. Operating activities generally result from providing services and producing and delivering goods. On the other hand, operating activities include all transactions and other events that are not defined as capital and related financing, noncapital financing, or investing activities, and therefore could be viewed as a "catchall" for transactions that don't meet the definition of the other cash flow classifications. Cash flows from operating activities are generally the cash effects of transactions and other events that enter into the determination of operating income. Although *operating income* is not defined in the literature for governments, it is generally agreed to represent operating revenues less operating expenses.

GASBS 9 provides the following examples of cash inflows from operating activities:

- Cash inflows from sales of goods and services, including receipts from collection of accounts receivable and both short- and long-term notes receivable arising from those sales
- Cash receipts from quasi-external operating activities with other funds
- Cash receipts from grants for specific activities considered to be operating activities of the grantor government (A grant agreement of this type is considered to be essentially the same as a contract for services.)
- Cash receipts from other funds for reimbursement of operating transactions
- All other cash receipts that do not result from transactions defined as capital and related financing, noncapital financing, or investing activities

Some examples of cash outflows from operating activities are the following:

- Cash payments to acquire materials for providing services and manufacturing goods for resale, including principal payments on accounts payable and both short- and long-term notes payable to suppliers for those materials or goods
- Cash payments to other suppliers for other goods or services
- Cash payments to employees for services
- Cash payments for grants to other governments or organizations for specific activities considered to be operating activities of the grantor government
- Cash payments for taxes, duties, fines, and other fees or penalties
- Cash payments for quasi-external operating transactions with other funds, including payments in lieu of taxes

- All other cash payments that do not result from transactions defined as capital and related financing, noncapital financing, or investing activities

In addition to the cash flows described above, the government may also need to consider some of its loan programs as having cash flows from operations if the loan programs themselves are considered part of the operating activities of the governmental enterprise. For example, program-type loans such as low-income housing mortgages or student loans are considered part of a governmental enterprise's program in that they are undertaken to fulfill a governmental enterprise's responsibility. Accordingly, the cash flows from these types of loan activities would be considered operating activities, rather than investing activities, the category in which loan cash flows are included.

Cash flows from noncapital financing activities. As its title indicates, cash flows from noncapital financing activities include borrowing money for purposes other than to acquire, construct, or improve capital assets and repaying those amounts borrowed, including interest. This category should include proceeds from all borrowings, including revenue anticipation notes not clearly attributable to the acquisition, construction, or improvement of capital assets, regardless of the form of the borrowing. In addition, this classification of cash flows should include certain other interfund and intergovernmental receipts and payments.

GASBS 9 provides the following examples of cash inflows from noncapital financing activities:

- Proceeds from bonds, notes, and other short- or long-term borrowing not clearly attributable to the acquisition, construction, or improvement of capital assets
- Cash receipts from grants or subsidies (such as those provided to finance operating deficits), except those specifically restricted for capital purposes and specific activities that are considered to be operating activities of the grantor government
- Cash received from other funds except (1) those amounts that are clearly attributable to acquisition, construction, or improvement of capital assets, (2) quasi-external operating transactions, and (3) reimbursement for operating transactions
- Cash received from property and other taxes collected for the governmental enterprise and not specifically restricted for capital purposes

Examples of cash outflows for noncapital purposes include the following:

- Repayments of amounts borrowed for purposes other than acquiring, constructing, or improving capital assets
- Interest payments to lenders and other creditors on amounts borrowed or credit extended for purposes other than acquiring, constructing, or improving capital assets
- Cash paid as grants or subsidies to other governments or organizations, except those for specific activities that are considered to be operating activities for the grantor government
- Cash paid to other funds, except for quasi-external operating transactions

Special considerations are needed to properly classify grants made by a governmental enterprise (the grantor). For the grantor's classification purposes, it is irrelevant whether the grantee uses the grant as an operating subsidy or for capital purposes. The grantor should classify all grants as noncapital financing activities, unless the grant is specifically considered to be part of the operating activities of the grantor governmental enterprise.

Cash flows from capital and related financing activities. This classification of cash flows includes those cash flows for (1) acquiring and disposing of capital assets used in providing services or producing goods, (2) borrowing money for acquiring, constructing, or improving capital assets and repaying the amounts borrowed, including interest, and (3) paying for capital assets obtained from vendors on credit.

GASBS 9 includes the following examples of cash inflows from capital and related financing activities:

- Proceeds from issuing or refunding bonds, mortgages, notes, and other short- or long-term borrowing clearly attributable to the acquisition, construction, or improvement of capital assets
- Receipts from capital grants awarded to the governmental enterprise
- Receipts from contributions made by other funds, other governments, and the cost of acquiring, constructing, or improving capital assets
- Receipts from sales of capital assets and the proceeds from insurance on capital assets that are stolen or destroyed
- Receipts from special assessments or property and other taxes levied specifically to finance the construction, acquisition, or improvement of capital assets

Examples of cash outflows for capital and related financing activities include the following:

- Payments to acquire, construct, or improve capital assets
- Repayments or refundings of amounts borrowed specifically to acquire, construct, or improve capital assets
- Other principal payments to vendors who have extended credit to the governmental enterprise directly for purposes of acquiring, constructing, or improving capital assets
- Cash payments to lenders and other creditors for interest directly related to acquiring, constructing, or improving capital assets.

NOTE: In determining whether cash flows are related to capital or noncapital activities, the financial statement preparer should look to the substance of the transaction to determine proper classification. The classification of the transaction in the balance sheet and statement of operations should indicate classification in the statement of cash flows. (Is the asset capitalized on the balance sheet?) In addition, GASBS 9 provides specific guidance to assist in making this determination, discussed below.

Determining whether cash flows represent capital or noncapital activities. The classification of cash flows as capital or noncapital activities is an important difference between the statements of cash flows prepared by commercial organizations and those prepared by governmental enterprises. In most cases, distinguishing between "capital and related financing" and "noncapital financing" is relatively simple.

For example, when a governmental enterprise uses mortgages, capital improvement bonds, or time-payment arrangements to construct a capital asset, these financing activities clearly fall within the category of capital and related financing activities. However, in some cases, the distinction is not clear, and GASBS 9 provides limited guidance on making this determination. For example

- Debt that is clearly attributable to capital construction, acquisition, or improvement should be considered capital debt, and the debt proceeds should be classified as capital and related financing.
- Debt that is not clearly attributable to capital construction, acquisition, or improvement should be considered noncapital debt, and the debt proceeds and subsequent payments of principal and interest should be classified as noncapital financing.
- Principal and interest payments on debt that was issued to acquire, construct, or improve capital assets that have been sold or otherwise disposed of should remain classified as capital and related financing.
- In a defeasance of debt, the proceeds of a debt issue used to provide proceeds that will be set aside in a trust to pay the debt service on an existing issue of capital debt should be reported as a cash inflow in the capital and related financing category, and the payment to defease the existing capital debt should be reported as an outflow in that category. Chapter 13 provides additional information on refundings and defeasances. Subsequent principal and interest payments on the refunding debt should also be reported as cash outflows in the capital category. An exception arises when the refunding issue is in excess of the amount needed to refund the existing capital debt. In this situation, the total proceeds and the subsequent principal and interest payments should be allocated between the capital financing category and the noncapital financing category based on the amounts used for capital and noncapital purposes.

Cash flows from investing activities. The final category of cash flows is cash flows from investing activities. Investing activities include buying and selling debt and equity instruments and making and collecting loans (except loans considered part of the governmental enterprise's operating activities, as described above.)

GASBS 9 provides the following examples of cash inflows from investing activities:

- Receipts from collections of loans (except program loans) made by the governmental enterprise and sales of the debt instruments of other entities (other than cash equivalents) that were purchased by the governmental enterprise
- Receipts from sales of equity instruments and from returns on the investments in those instruments
- Interest and dividends received as returns on loans (except program loans), debt instruments of other entities, equity securities, and cash management or investment pools
- Withdrawals from investment pools that the governmental enterprise is not using as demand accounts

Examples of cash outflows that should be categorized as cash flows from investing activities include the following:

- Disbursements for making loans (except program loans) made by the governmental enterprise and payments to acquire debt instruments of other entities (other than cash equivalents)
- Payments to acquire equity instruments
- Deposits into investment pools that the governmental enterprise is not using as demand accounts

Direct and Indirect Methods of Reporting Cash Flows from Operating Activities

GASBS 34 requires the direct method be used, so that upon adoption of GASBS 34 only the direct method of reporting cash flows from operating activities should be used. The direct method reports the major classes of gross cash receipts and gross cash payments; the sum (the total receipts less the total payments) equals the net cash provided by operating activities. The term *net cash* used by operating activities should be used if the total of the gross cash payments exceeds the amount of gross cash receipts. Governmental enterprises that use the direct method should report separately, at a minimum, the following classes of operating cash receipts and payments, where applicable:

- Cash receipts from customers
- Cash receipts from interfund services provided
- Other operating cash receipts, if any
- Cash payments to employees for services
- Cash payments to other suppliers of goods or services
- Cash payments for interfund services used, including payments in lieu of taxes that are payments for, and reasonably equivalent in value to, services provided.
- Other operating cash payments, if any

In addition to the minimum classes listed above, the GASB encourages governmental enterprises to provide further detail of operating cash receipts and cash payments if it is considered useful.

When governmental enterprises use the direct method as described above, the statement of cash flows should also present a reconciliation between the net cash flows provided or used by operations with the amount of net operating income. This reconciliation requires adjusting operating income to remove the effects of depreciation, amortization, or other deferrals of past operating cash receipts and payments, such as changes during the period in inventory, deferred revenue, and similar accounts. In addition, accruals of expected future operating cash receipts and payments must be reflected, including changes in receivables and payables.

The governmental enterprise may also present a reconciliation of net cash flows provided by or used by operations to net income if an amount for operating income is not separately identified on the statement of operations.

Format of the Statement of Cash Flows

The statement of cash flows should report net cash provided or used by each of the four categories described above. The total of the net effects of each of the four categories should reconcile the beginning and ending cash balances reported in the statement of financial position. The following paragraphs describe some additional formatting and disclosure requirements that the financial statement preparer should consider when preparing a statement of cash flows.

- Cash inflows and outflows in the capital financing, noncapital financing, and investing activities categories should be shown in the statement of cash flows on a gross, not a net, basis. In other words, payments for purchases of capital assets would be shown separately from the proceeds of the sales of capital assets. The statement of cash flows should report the two gross amounts, not a line such as "net increase in capital assets." Similarly, the amounts of repayments of debt should be reported separately from the amounts of new borrowings.
- Statements of cash flows for individual funds should report the gross amounts of interfund transfers in the appropriate categories using the guidance described above. On the other hand, interfund transfers may be eliminated in the combined and combining statements of cash flows for all proprietary funds if the interfund transfers are also eliminated in the combining process for other financial statements.
- Disclosures of information about noncash activities. GASBS 9 requires that information about all investing, capital, and financing activities of a governmental enterprise during a period that affect recognized assets or liabilities but do not result in cash receipts or cash payments in the period should be disclosed. The information should be presented in a separate schedule that may be in either narrative or tabular format, and should clearly describe the cash and noncash aspects of the transactions involving similar items. Examples of noncash transactions are the acquisition of assets by assuming directly related liabilities, obtaining an asset by entering into a capital lease, and exchanging noncash assets or liabilities for other noncash assets or liabilities. If some transactions are part cash and part noncash, the cash portion should be included in the statement of cash flows. The noncash portion should be reported in the separate schedule described in this paragraph.

SUMMARY

This chapter provides a broad summary of the financial reporting requirements of governments. The level and extent of the detailed reporting requirements included in governments' CAFRs is extensive and presents a challenge to financial statement preparers and auditors. Specific information about accounting and reporting for individual funds is provided in Chapters 7-11 and should be used in conjunction with the overview requirements presented in this chapter.

6 DEFINITION OF THE REPORTING ENTITY

INTRODUCTION

One of the challenges facing the preparer of financial statements for a governmental entity is to determine what entities should be included in the reporting entity of the government. Governments typically have related governmental entities and not-for-profit organizations that are so closely related to the government that their financial position and results of operations should be included with those of the government. These may also be for-profit organizations that should be included in the reporting entity of a government.

Unlike the consolidation principles used by private enterprises, there are no "ownership" percentages in the governmental and not-for-profit environments that the accountant can examine to determine what entities should be consolidated with that of the government. GASB Statement 14 (GASBS 14), *The Financial Reporting Entity,* provides guidance on inclusion in the government's reporting entity. While GASBS 14's guidance has proven effective in helping governments determine the proper reporting entity, there is still a significant degree of judgment needed to define a government's reporting entity. The guidance for determining the reporting entity is not affected by the implementation of GASBS 34.

This chapter provides a discussion of the detailed requirements of GASBS 14 and includes some practical guidance on applying its principles. Chapter 1 describes the provision of a recently adopted statement by the GASB, Statement 39, *Determining Whether Certain Organizations Are Component Units—an Amendment of GASB Statement No. 14* (GASBS 39). GASBS 39 provides that certain organizations for which a primary government is not financially accountable nevertheless warrant inclusion as part of the financial reporting entity because of the nature and significance of their relationship with the primary government, including their ongoing financial support of the primary government and its other component units. GASBS 39 is effective for financial statements for periods beginning after June 15, 2003, with earlier application encouraged.

BACKGROUND

Governments often create separate legal entities to perform some of the functions normally associated with or performed by government. These separate entities may themselves be governmental entities or they may be not-for-profit or for-profit organizations. Sometimes these separate organizations are created to enhance revenues or reduce debt service costs of governments. Other times, these separate organizations are created to circumvent restrictions to which the state or local government would be subject. The following are some examples of these other organizations that are commonly created by a government:

- A separate public authority that operates as a utility, such as a water and sewer authority, may be created as a separate legal entity. Because a utility such as the water and sewer authority has a predictable revenue stream (the water and sewer charges to its customers), the utility will likely be able to sell debt in the form of revenue bonds, pledging the water and sewer charge revenues to the debt service on the revenue bonds. Because of this identification of a specific revenue stream, it is likely that the revenue bonds issued by the authority will carry a lower interest rate than general obligation bonds issued by the local government.
- A housing finance authority may be created to finance the construction of moderately priced housing. The rental income on the constructed rental units can be correlated with the debt of the housing finance authority, again resulting in a lower interest cost to the government. The debt issued by the housing finance authority is likely to be issued without requiring a bond resolution approved by the voters of the jurisdiction. The existence of the housing finance authority expedites (or circumvents, in some minds) the government's flexibility as to when and how much debt it issues. In a related use of a financing agency, the state or local government may be approaching its statutory limit on its ability to issue debt. If the housing finance authority's debt is not included in the state or local government's debt limit calculation, the state or local government avoids having the debt issued by the housing finance authority count against its debt limit, even though the state or local government may have chosen to issue the debt itself.
- In some instances, a not-for-profit organization can be invested with powers that might require a constitution or charter amendment. For example, an economic development authority may be established to buy, sell, or lease land and facilities, assist businesses within the jurisdiction, or negotiate and facilitate tax rate reductions to encourage businesses to remain in or relocate to the jurisdiction. Usually this separately incorporated entity is able to assume more powers and operate with greater flexibility than the state or local government itself.

The types and purposes of these entities continue to expand as governments seek to facilitate operations and to enter new service areas needed by their constituents. The above are but a few examples of the types of entities and areas of responsibility that the financial statement preparer and auditor are likely to encounter.

ACCOUNTABILITY FOCUS

In developing new accounting principles relative to defining the reporting entity for state and local governments, the GASB focused on the concept of "accountability." As described in Chapter 2, the GASB has defined *accountability* as the cornerstone of governmental financial reporting, because the GASB believes that financial reporting plays a major role in fulfilling government's responsibility to the public.

Despite the outward appearance of autonomy, the organizations described above are usually administered by governing bodies appointed by the elected officials of the state or local government or by the government's officials servicing in *ex officio* capacities of the created entities. These officials of the state or local government are accountable to the citizens of the government. These officials are accountable to the citizens for their public policy decisions, regardless of whether they are carried out by the state or local government itself or by the specially created entity. This broad-based notion of the accountability of government officials led the GASB to the underlying concept of the governmental financial reporting entity. GASBS 14 states that "Governmental organizations are responsible to elected governing officials at the federal, state, or local level; therefore, financial reporting by a state or local government should report the elected officials' accountability for those organizations."

Because one of the key objectives of financial reporting as defined by the GASB is accountability, it became logical for the GASB to define the financial reporting entity in terms of the accountability of the government officials (and ultimately to the elected officials that appointed these government officials). The GASB also concluded that the users of financial statements should be able to distinguish between the financial information of the primary government and its component units (these terms are discussed in more detail below).

To accomplish the objectives and goals described above, the reporting entity's financial statements should present the fund types and account groups of the primary government (including certain component units whose financial information is blended with that of the primary government, because in substance, they are part of the primary government) and provide an overview of the other component units, referred to as discretely presented component units.

FINANCIAL REPORTING ENTITY DEFINED

The GASBS 14 definition of the financial reporting entity is as follows:

> *...the financial reporting entity consists of (a) the primary government, (b) organizations for which the primary government is financially accountable, and (c) other organizations for which the nature and significance of their relationship with the primary government are such that exclusion would cause the reporting entity's financial statements to be misleading or incomplete.*

Primary Government

The *primary government* is defined as a separately elected governing body; that is, one that is elected by the citizens in a general, popular election. A primary government is any state or local government (such as a municipality or county). A primary government may also be a special-purpose government, such as a department of parks and recreation or a school district, if it meets all of the following criteria:

- It has a separately elected governing body
- It is legally separate (defined below)
- It is fiscally independent of other state and local governments (defined below)

A primary government consists of all of the organizations that make up its legal entity. This would include all funds, organizations, institutions, agencies, departments, and offices that are not legally separate. If an organization is determined to be part of the primary government, its financial information should be included with the financial information of the primary government.

It is important to note that a governmental organization that is not a primary government (including component units, joint ventures, jointly governed organizations, or other stand-alone governments) will still be the nucleus of its own reporting entity when it issues separate financial statements. Although GASBS 14 addresses reporting issues for primary governments, these other organizations should apply the guidance of GASBS 14 as if they were a primary government when issuing separate financial statements.

NOTE: An example of this latter point of an entity other than a primary government being the nucleus of its own reporting entity might clarify this situation.

Assume that a city located on a major river establishes a separate legal entity to manage its port operations and foster shipping and other riverfront activities. The port authority is a separate legal entity, although its governing board is appointed by the city's mayor, that is, the governing board is not elected. The port authority is not a primary government.

However, assume the port authority itself sets up two additional separate legal entities: an economic development authority (to promote economic activity on the riverfront) and a souvenir shop (to raise funds as well as to publicize the riverfront activities). If these two separate entities meet the tests described in the chapter to be considered component units of the port authority, they would be included in the port authority's reporting entity, even though the port authority is not a primary government.

Separate legal standing. GASBS 14 provides specific guidance to determine whether a special-purpose government qualifies as legally separate, which is one of the three criteria for consideration as a primary government.

An organization has separate legal standing if is created as a body corporate or a body corporate and politic, or if it otherwise possesses the corporate powers that would distinguish it as being legally separate from the primary government. Corporate powers generally give an organization the capacity to, among other things

- Have a name
- Have the right to sue or be sued in its own name and without recourse to a state or local governmental unit
- Have the right to buy, sell, lease, and mortgage property in its own name

Financial statement preparers should look to the organization's charter or the enabling legislation that created the organization to determine what its corporate powers are. A special-purpose government (or other organization) that is not legally separate should be considered for financial reporting purposes as part of the primary government that holds the corporate powers described above.

Determining fiscal independence or dependence. A special-purpose government must also demonstrate that it is fiscally independent of other state or local governments to be considered a primary government. A special-purpose government is considered to be fiscally independent if it has the ability to complete certain essential fiscal events without substantive approval by a primary government. A special-purpose government is fiscally independent if it has the authority to do all of the following:

- Determine its budget without another government's having the authority to approve and modify that budget
- Levy taxes or set rates or charges without approval by another government
- Issue bonded debt without the approval of another government

The approvals included in these three criteria refer to substantive approval and not mere ministerial or compliance approvals. GASBS 14 offers the following examples of approvals that are likely to be ministerial- or compliance-oriented rather than substantive:

- A requirement for a state agency to approve local government debt after review for compliance with certain limitations, such as a debt margin calculation based on a percentage of assessed valuation
- A requirement for a state agency such as a department of education to review a local government's budget in evaluating qualifications for state funding
- A requirement for a county government official such as a county clerk to approve tax rates and levy amounts after review for compliance with tax rate and levy limitations

A special-purpose government subject to substantive approvals should not be considered a primary government. An example of a substantive approval is if a government has the authority to modify a special-purpose government's budget.

In determining fiscal independence using the criteria listed above, the financial statement preparer must be careful in determining whether approval is required or the special-purpose government is legally authorized to enter into a transaction. For example, consider a special-purpose government that would otherwise meet the criteria for fiscal independence, but is statutorily prohibited from issuing debt. In this case, special-purpose government's fiscal independence is not precluded because its issuance of debt is not subject to the approval of another government. Rather, it is simply prohibited from issuing debt by statute.

Another situation may be encountered in which a primary government is temporarily placed under the fiscal control of another government. A common example of this would be when a state government temporarily takes over the fiscal oversight of a school district. A primary government temporarily under the fiscal control of another government is still considered fiscally independent for purposes of preparing its financial statements as a primary government under the criteria of GASBS 14. The reason is that the control of the primary government is only temporary and fiscal independence will be restored in the future.

Component units. Component units are organizations that are legally separate from the primary government for which the elected officials are financially accountable. A component unit may be a governmental organization (except a governmental organization that meets the definition of a primary government), a not-for-profit organization, or even a for-profit organization. In addition to qualifying organizations that meet the "financial accountability" criteria (described more fully below), a component unit can be another type of organization whose relationship with the primary government requires its inclusion in the reporting entity's financial statements. As will be more fully described later in this chapter, once it is determined that the organization is a component unit included in the reporting entity, the financial statement preparer decides whether the component unit's financial information should be "blended" with that of the primary government or "discretely presented." Exhibit 1 presents a decision-tree flowchart adapted from GASBS 14 which will assist the reader in applying the tests to determine whether a related entity is a component unit.

Financial accountability. The GASB is careful to distinguish accountability from financial accountability. Elected officials are accountable for an organization if they appoint a voting majority of the organization's governing board. However, these appointments are sometimes not substantive because other governments, usually at a lower level, may have oversight responsibility for those officials. GASBS 14 uses the term *financial accountability* to describe the relationship that is substantive enough to warrant the inclusion of the legally separate organization in the reporting entity of another government. The criteria for determining whether a legally separate organization is financially accountable to a government, and therefore must be considered a component unit of the government's reporting entity, are

- The primary government is financially accountable if it appoints a voting majority of the organization's governing body, and (1) it is able to impose its will on that organization or (2) there is a potential for the organization to provide specific financial benefits to, or impose specific financial burdens on, the primary government. (In determining whether the primary government appoints a majority of the organization's board, the situation may be encountered where the members of the organization's governing body consist of the primary government's officials serving as required by law, that is, as ex officio members. While not technically "appointed" [because the individuals serve on the organization's board because their positions make them board members by law], this situation should be treated as if the individuals were actually appointed by the primary government for purposes of determining financial accountability.)
- The primary government may be financially accountable if an organization is fiscally dependent on the primary government regardless of whether the organization has (1) a separately elected governing board, (2) a governing board appointed by a higher level of government, or (3) a jointly appointed board.

In applying these principles, there are several matters to more carefully define. GASBS 14 clarifies the meaning of a number of terms to assist in their application, as follows.

Exhibit 1

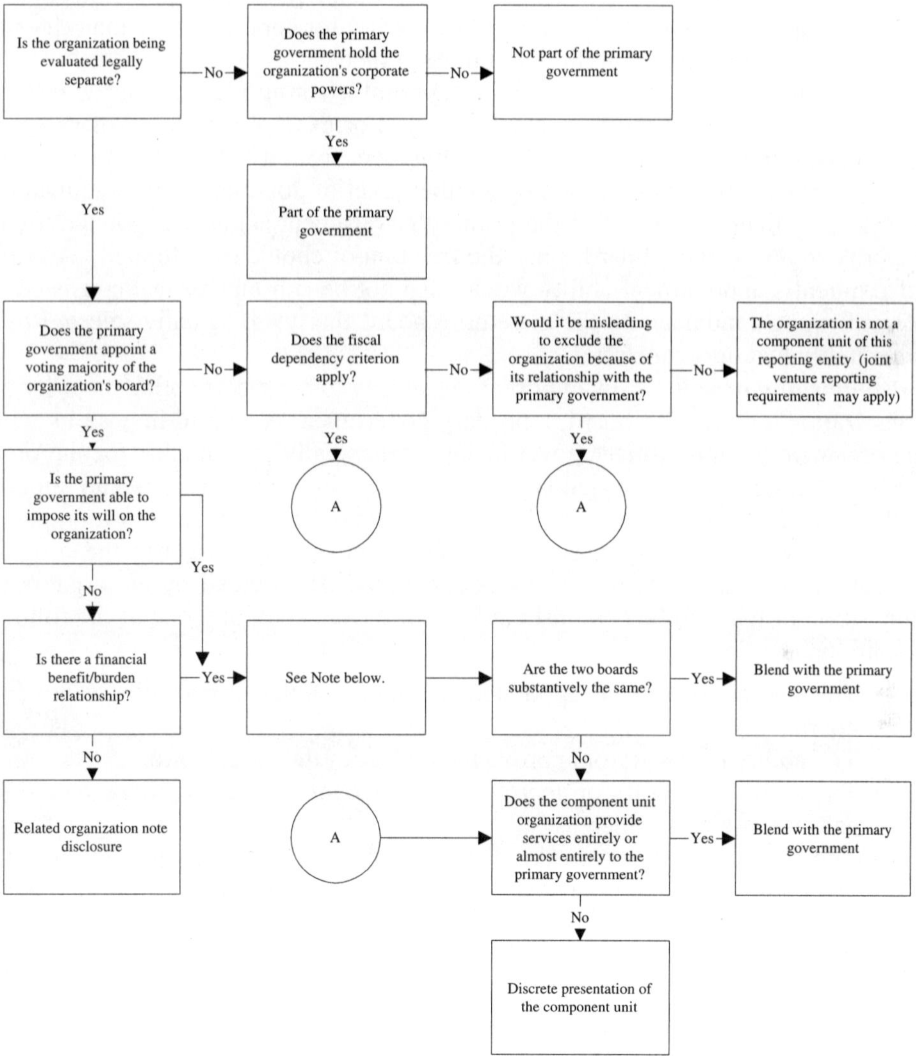

Source: This flowchart is adapted from a similar flowchart contained in Appendix C of GASBS 14. It should be used as a guide in applying the detailed component unit criteria described in this chapter.

NOTE: An organization for which a primary government is financially accountable may be fiscally dependent on another government. An organization should be included as a component unit of only one reporting entity. GASBS 14 prescribes that professional judgment be used to determine the most appropriate reporting entity. However, if a primary government appoints a voting majority of the governing board of a component unit of another government, the primary government should make the disclosures required by GASBS 14 for related organizations.

Appointment of a voting majority. A primary government generally has a voting majority if it appoints a simple majority of the organization's governing board members. However, if more than a simple majority of the governing board is needed to approve financial decisions, the criterion for appointing the majority of the board to determine accountability has not been met.

The primary government's ability to appoint a voting majority of the organization's governing board must have substance. For example, if the primary government must appoint the governing board members from a list or slate of candidates that is very narrow and controlled by another level of government or organization, it would be difficult to argue that the primary government actually appointed a voting majority of a governing board, since the freedom of choice is so limited. A primary government's appointment ability would also not be substantive if it consisted only of confirming candidates to the governing board that were actually selected by another individual or organization.

Imposition of will. If, in addition to its ability to appoint a voting majority of an organization's governing board, a primary government is able to impose its will on the organization, the primary government is financially accountable for the organization. GASBS 14 provides guidance on when a primary government can impose its will on another organization. Generally, a primary government has the ability to impose its will on an organization if it can significantly influence the programs, projects, activities, or level of services performed or provided by the organization. Imposition of will can be demonstrated by the existence of any one of the following conditions:

- The ability to remove appointed members of the organization's governing board
- The ability to modify or approve the budget of the organization
- The ability to modify or approve rate or fee changes affecting revenues, such as water usage rate increases
- The ability to veto, overrule, or modify the decisions (other than the budget and rates or fee changes listed above) of the organization's governing body
- The ability to appoint, hire, reassign, or dismiss those persons responsible for the day-to-day operations or management of the organization

GASBS 14 acknowledges that there are other conditions that may exist that also indicate that the primary government has the capability to impose its will on another organization. As with the previously described tests, the focus should be on substantive instances where the primary government's will can be imposed, rather than on insignificant or ministerial approvals.

Financial benefit to or burden on the primary government. As described above, financial accountability for another organization can be demonstrated by a primary government if the primary government appoints a majority of the organization's governing board and imposes its will on the organization. In addition to these tests, there is another test that a government can use to demonstrate financial accountability for another organization. If the primary government appoints a voting majority of the organization's governing board and there is a potential for the organization to either provide specific financial benefits to or impose specific financial burdens on the primary government, the primary government is financially accountable for the organization.

The benefit or burden to the primary government may be demonstrated in several ways, such as legal entitlements or obligations or reflection of the benefit or burden in decisions made by the primary government or agreements between the primary government and the organization.

GASBS 14 lists the following conditions, any one of which could demonstrate that the primary government and the organization have a financial burden or benefit relationship:

- The primary government is legally entitled to or can otherwise access the organization's resources
- The primary government is legally obligated or has otherwise assumed the obligation to finance the deficits of, or provide financial support to, the organization
- The primary government is obligated in some manner for the debt of the organization

The above conditions would not include exchange transactions, in which a primary government purchases or sells goods or services to or from the organization. In exchange transactions, both parties give something up and receive something in return whose values are approximately the same. Therefore, an exchange transaction would not demonstrate the financial burden or benefit relationship contemplated by this aspect of financial accountability contained in GASBS 14.

In evaluating whether there is a financial burden or benefit relationship, the financial statement preparer should recognize that the financial burden or benefit may be direct or indirect. A direct financial burden or benefit occurs when the primary government is entitled to the resources or is obligated for the deficits or debts of the organization. An indirect benefit or burden exists if one or more of the primary government's component units is entitled to the resources or is obligated for the deficits or debts of the organization. For purposes of applying the financial burden or benefit provision, if the primary government is either directly or indirectly entitled to the resources or directly or indirectly obligated for the deficits or debts of the organization, then the financial benefit or burden test has been met.

GASBS 14 provides additional guidance in applying the financial benefit and burden provisions listed above. The following paragraphs describe this guidance and highlight some considerations for the financial statement preparer.

- Legally entitled to or can otherwise access the organization's resources. To meet this test, the important factor to consider is whether the primary government has the ability to access the resources of the organization, not whether the primary government has actually exercised this ability by extracting resources from the organization in the past. In determining whether this ability exists, it is necessary to evaluate whether the organization would continue to exist as a going concern. In other words, if the primary government can only access the organization's assets in the event of the liquidation of the organization, it would not be considered an ability to access the resources of the organization for purposes of applying this test.

In some cases, the ability to access the assets of the organization is fairly obvious. For example, if an organization is established to administer a lottery for a state or local primary government, the primary government is likely to have easy access to the assets of the lottery authority. In fact, there are likely to be daily, weekly, or monthly transfers of revenues from the lottery authority to the primary government. On the other hand, sometimes the access to assets is less clear. For example, a state government may be able to access excess reserve funds held by a state housing finance authority. While there may be no strong precedent for the state to take the excess reserve funds from the housing finance authority, and such an event might be rare, the state's right to do so would be adequate to meet the test.

- Legally obligated or has otherwise assumed the obligation to finance the deficits of, or provide financial support to, the organization. If a primary government appoints a voting majority of an organization's board and has legally or otherwise assumed the obligation to finance the deficits of, or provide financial support to, that organization, the primary government is financially accountable for that organization. It is important to note that the primary government may either be legally obligated to provide the financial support, or it may choose to be obligated to provide the financial support, for a variety of reasons. GASBS 14 provides two examples of when a primary government assumes the obligation to financially support another organization.
  - Organizations are sometimes established to provide public services financed by user charges that are not expected to be sufficient to sustain their operations. Typical examples include higher education, mass transportation, and health care services. In these cases, a public policy decision is made to require a state or local government to provide financial support to the organization to increase the availability and affordability of the service to a broader segment of citizens. The support from the primary government may take a number of forms, including annual appropriations to meet operating costs, periodic capital grants, or payments of debt service on behalf of the organization.
  - A primary government may also assume the obligation to finance the deficits of an organization. These deficits may or may not be expected to recur annually. A financial burden exists, for the purposes of applying this test, regardless of whether the primary government has ever actually financed the organization's deficit, or even if the organization has never actually had a deficit. The key is the *obligation* to finance the deficit, not whether it has actually occurred.

In other cases, organization's operations are funded fully or partially by revenues generated through tax increment financing. Legally separate development or redevelopment authorities sometimes receive the incremental taxes resulting from tax increment financing arrangements. In this case, a taxing government temporarily waives its right to receive the incremental taxes from its own levy. The incremental taxes instead are remitted to the separate organization. This type of tax increment financing should be considered evidence of an obligation to provide financial support to an organization (that is, a financial burden), regardless of whether the primary government collects the taxes and remits them to the organization or the incremental taxes are paid directly to the organization.

- Obligated in some manner for the debt of the organization. The concept of a primary government being obligated in some manner for the debt of the organization is similar to that of the primary government being responsible for operating deficits in determining whether the organization should be included in the reporting entity of the primary government. The obligation on the part of the primary government for the debt of the organization can be either expressed or implied. A primary government is considered to be obligated in some manner for the debt of an organization if

— It is legally obligated to assume all or part of the debt in the event of default by the organization on the debt, or

— It may take certain actions to assume secondary liability for all or part of the debt, and the primary government takes (or has given indications that it will take) those actions.

GASBS 14 notes the following conditions that would indicate that the primary government is obligated in some manner for the debt of the organization:

— The primary government is legally obligated to honor deficiencies to the extent that proceeds from other default remedies are insufficient.

— The primary government is required to temporarily cover deficiencies with its own resources until funds from the primary repayment source or other default remedies are available.

— The primary government is required to provide funding for reserves maintained by the debtor organization, or to establish its own reserve or guarantee fund for the debt.

— The primary government is authorized to provide funding for reserves maintained by the debtor organization or to establish its own reserve or guarantee fund and the primary government establishes such a fund. (If the fund is not established, the considerations of the conditions listed below in which the government "may" cover the deficiencies nevertheless provide evidence that the primary government is obligated in some manner.)

— The primary government is authorized to provide financing for a fund maintained by the debtor organization for the purpose of purchasing or redeeming the organization's debt, or to establish a similar fund of its own, and the primary government establishes such a fund. (As in the preceding example, if such a fund is not established, the intentions or probability of the primary government to cover the debt may nevertheless provide evidence that the primary government is obligated in some manner.)

— The debtor government explicitly indicates by contract, such as a bond agreement or offering statement, that in the event of a default, the primary government may cover deficiencies, although it has no legal obligation to do so. The bond offering statement may specifically refer to a law that authorizes the primary government to include an appropriation in its budget to provide funds, if necessary, to honor the debt of the organization.

— Legal decisions within the state or previous actions by the primary government related to actual or potential defaults on another organization's debt make it probable that the primary government will assume responsibility for the debt in the event of default.

If the primary government appoints a voting majority of the organization's governing body and is obligated in some manner for the debt of the organization, the primary government is financially accountable for that organization.

Concept of fiscal dependency. A primary government may be fiscally accountable for another organization regardless of whether the other organization has a separately elected governing board, a board appointed by another government, or a jointly appointed board. The fiscal accountability in these cases results from the organization's fiscal dependency on the primary government. GASBS 14 describes the circumstances for each of the three examples of the origins of the governing board listed above.

1. Special-purpose governments with separately elected governing boards. Special-purpose governmental entities with separately elected governments may be fiscally dependent on a primary government. The best example of a fiscally dependent special-purpose government is a school district. For example, a school board may be separately elected; however, if the primary government approves the school board's budgets and levies taxes to fund the school district, the school district is fiscally dependent on the primary government and should be included as a component unit in the primary government's reporting entity.
2. Governmental organizations with boards appointed by another government. Fiscal dependency may also exist even when the organization's governing board is appointed by a higher-level government. Continuing with the school district example, the local school board may be appointed by state officials, although the local primary government approves the school board's budgets, authorizes the school board's issuance of debt, and levies property taxes on the citizens of the primary government to financially support the school board. In this case, the school board would usually be included as a component unit of the local primary government. The school board is fiscally dependent on the local primary government, even though it does not appoint a voting majority of the members of the school board.

3. Governmental organizations with jointly appointed boards. The type of governmental entity with a jointly appointed board is often a port authority, river authority, transportation authority, or other regional government that adjoins several governments. Sometimes these governmental organizations are governed by boards in which none of the participating primary governments appoints a majority of the voting board members. If this type of governmental organization is fiscally dependent on only one of the participating primary governments, it should be included as a component unit of the reporting entity of that primary government. For example, if a port authority serves two states and is governed by a board appointed equally by the two states, and is empowered to issue debt with the substantive approval of only one of the states, the port authority should be included in the reporting entity of that state government.

Other Organizations That Are Included in the Reporting Entity

In applying the criteria and conditions that indicate financial accountability, a significant amount of judgment is required on the part of the financial statement preparer, because the breadth of variation in the "typical" governmental reporting entity is wide. In addition, GASBS 14 specifies that certain organizations should be included in the reporting entity of a primary government even if the financial accountability test is not met. These organizations should be included as component units if the nature and significance of their relationships with the primary government are such that exclusion from the financial reporting entity of the primary government would make the primary government's financial statements incomplete or misleading. Clearly, a significant amount of judgment is required for compliance with this provision by the primary government. GASBS 14 provides some guidance and examples on applying this provision.

Organizations should be evaluated as potential component units if they are closely related to the primary government. Organizations affiliated with governmental units, agencies, colleges, universities, hospitals, and other entities may need to be included based on the closeness of their relationships. For example, a not-for-profit organization whose purpose is to raise funds for a governmental university may have such a close relationship with the governmental university that it should be included in the reporting entity.

As another example, authorities with state-appointed boards may be created to provide temporary fiscal assistance to a local government. The authority should be evaluated as a potential component unit of the local government. If the authority issues debt on behalf of the local government and serves as a conduit for receiving dedicated revenues of the local government designated for repayment of the debt, the nature and significance of the relationship between the authority and the local government would warrant including it as a component unit. The temporary nature of the state authority emphasizes that the debt and revenues are, in substance, the debt and revenues of the local government.

NOTE: The larger the governmental organization, the more difficult it will be to identify all potential component units and to analyze whether each potential component unit should ac-

tually be included in the reporting entity. As will be discussed in the following section, once a decision is made to include a component unit in the reporting entity, an additional decision must be made as to whether its financial information will be blended with the primary government or presented discretely. One of the best ways to perform this analysis is to use a questionnaire to be completed by the reporting entity's potential component units. While this was particularly important during the implementation of GASBS 14, a questionnaire is still very useful to periodically review the status of all component units, because events and legal structures may change the initial determination. The questionnaire is also useful when new entities are created. These new entities should be asked to complete the questionnaire as a basis for their consideration as potential component units. A sample questionnaire is provided at Exhibit 4 (located at the end of this chapter). This questionnaire should be tailored to the particular needs of the government. The replies to the questionnaire should be used as the initial step in determining the status as a component unit. While the responses to the questionnaire include some organizations that should clearly be component units and some that should not, there will be many responses that require additional research to fine-tune and clarify responses and to identify areas in which substance and form may be different.

DISPLAY OF COMPONENT UNITS

The issue of which organizations should be included in the financial reporting entity of a state or local government is the first of a two-step process in addressing the financial statements of a state or local government. After determining which component units to include in the financial reporting entity of the government, the second step is to determine how the financial information of those component units (and their related disclosures) will be presented. This section addresses this second step of presenting the financial information of the component units as part of the financial statements of the reporting entity of the state or local government.

Overview of Reporting Component Units

An objective of the financial statements of the reporting entity should be to provide an overview of the entity based on financial accountability, while at the same time allowing financial statement users to distinguish among the financial information of the primary government and the financial information of the component units. As will be more fully described later in this chapter, some component units are so closely related to the primary government that their information is blended with that of the primary government. Other component units, which generally comprise the majority of component units, should be presented discretely from the primary government.

One other factor to consider in this overview of financial reporting is that a component unit of a reporting entity may itself have component units. To further an example presented earlier, a not-for-profit organization that raises funds for a governmental university may be a component unit of that governmental university. At the same time, the governmental university may be a component unit of the state government to which it is financially accountable. While the not-for-profit organization is not a component unit of the state, its financial information will be included in the state's reporting entity, because in treating the governmental university as a component unit of the state, all of the component units of the governmental university are included with the financial information of the governmental university included in the state's reporting entity.

In addition, the determination of whether an organization is a component unit and whether it should be blended or discretely presented is a process independent of the considerations that governments make in reporting fiduciary funds. There may be organizations that do not meet the definition for inclusion in the financial reporting entity. These organizations should be reported as fiduciary funds of the primary government if the primary government has a fiduciary responsibility for them. For example, pension funds or deferred compensation plans are not evaluated as component units. Rather, they are included in a government's reporting entity because of the government's fiduciary role and responsibility.

Discrete Presentation of Component Units

Most component units will be included in the financial statements of the reporting entity using discrete presentation. GASBS 14 defines *discrete presentation* as "The method of reporting financial data of component units in a column(s) separate from the financial data of the primary government. An integral part of this method of presentation is that individual component unit supporting information is required to be provided either in condensed financial statements within the notes to the reporting entity's financial statements, or in combining statements in the GPFS."

Government-wide financial statements. The reporting entity's government-wide statement of net assets should include a column to display the combined balance sheet of the discretely presented component units. Similarly, the reporting entity's government-wide statement of activities should include a column to display the activities for discretely presented component units. GASBS 34 also requires that separate information about major component units be presented in the government-wide financial statements. Separate columns for major component units may be displayed on the face of the government-wide financial statements. Alternatively, a combining schedule of major component units (including a column that combines all nonmajor component units) may be presented as part of the basic financial statements. This is further discussed later in this chapter. Discretely presented component units are presented only in the government-wide financial statements. There is no reporting of discretely presented component units at the fund level under GASBS 34.

Required disclosures. GASBS 34's requirements for providing information in the basic financial statements about component units of a reporting entity government can be met in one of three ways (note that these requirements do not apply to component units that are fiduciary in nature). These options are discussed later in this chapter.

Blended Component Units

The preceding discussion focused on the presentation and disclosures required for discretely presented component units. This section will focus first on the determination of whether a component unit's financial information should be "blended" with that of the primary government. Then, the presentation and disclosure requirements for component units that are determined to be blended component units are discussed.

Why blend some component units? One of the objectives of the financial reporting for the reporting entity described earlier was to be able to distinguish the financial information of the primary government from its component units. A question arises of why this objective seems to be abandoned in order to blend certain component units so that they are less distinguishable from the primary government. The answer to this is that the GASB concluded that there are component units that, despite being legally separate from the primary government, are so intertwined with the primary government that they are, in substance, the same as the primary government. It is more useful to report these component units as part of the primary government. These component units should be reported in a manner similar to the balances and transactions of the primary government itself, a method known as "blending." This view was reinforced by GASBS 34 which made the primary government, including blended component units, the focus of financial reporting in the basic financial statements and required supplementary information.

Determination of blended component units. GASBS 14 describes two circumstances in which a component unit should be blended, as follows:

- The component unit's governing board is substantively the same as the governing body of the primary government. *Substantively the same* means that there is sufficient representation of the primary government's entire governing body on the component unit's governing body to allow complete control of the component unit's activities. For example, the board of a city redevelopment authority may be composed entirely of the city council and the mayor, serving in an *ex officio* capacity. The primary government is, essentially, serving as the governing body of the component unit. On the other hand, if the mayor and city council have three seats on the governing board of a public housing authority that has a governing board of ten seats, the housing authority's governing board would not be substantively the same as the primary government's. GASBS 14 also states that this criterion will rarely, if ever, apply to a state government because of the impracticality of providing sufficient representation of the state's entire governing body.
- The component unit provides services entirely (or almost entirely) to the primary government, or otherwise exclusively (or almost exclusively) benefits the primary government even though it does not provide services directly to it. The nature of this type of arrangement is similar to that of an internal service fund. The goods and services are provided to the government itself, rather than to the individual citizens. GASBS 14 provides the example of a building authority created to finance the construction of office buildings for the primary government. If the component unit provides services to more than just the primary government, it should still be blended if the services provided to others are insignificant to the overall activities of the component unit. Other component units that should be blended are those that exclusively (or almost exclusively) benefit the primary government by providing services indirectly. GASBS 14 provides the example of a primary government that establishes a

component unit to administer its employee benefit programs. In this case, the component unit exclusively benefits the primary government, even though the component unit provides services to the employees of the primary government, rather than to the primary government itself.

In some cases, the component units that are to be blended with the primary government have funds of different fund types. For example, a component unit may have a general fund and a capital projects fund. If they meet the definition of major funds, they would be reported as such. If they are nonmajor funds, they would be blended with those of the primary government by including them in the appropriate nonmajor fund combining statements of the primary government. In addition, since the primary government's general fund is usually the main operating fund of the reporting entity and is a focal point for users of the financial statements, the primary government's general fund should be the only general fund for the reporting entity. The general fund of a blended component unit should be reported as a special revenue fund.

Other reporting entity issues. In addition to the basic issues of determining a state or local government's reporting entity and providing guidance on presenting blended and discretely presented component units, GASBS 14 addresses several other issues related to the government's reporting entity, including

- Investments in for-profit corporations
- Reporting discretely presented component units
- Budgetary presentations
- Intra-entity transactions and balances
- Reporting periods
- Note disclosures
- Separate and stand-alone financial statements
- Reporting organizations other than component units

The following section discusses each of these reporting entity issues that should be understood by financial statement preparers.

Investments in for-profit corporations. Sometimes governments own a majority of the voting stock of a for-profit corporation. The government should account for an investment in a for-profit corporation based on the government's intent for holding the stock. For example, GASBS 14 uses the example of a government that buys all of the outstanding voting stock of a major supplier of concrete so that it can control the operations of the corporation as a source of supply. In this case, the government has bought the stock for something other than an investment—it bought the stock to ensure the supply of concrete that the government needs for capital projects. In this case, the for-profit subsidiary should be considered a component unit of the government because the intent of the government in obtaining the company is to directly enhance its ability to provide governmental services. The criteria for determining whether the component unit should be blended with the primary government or discretely presented should be determined using the criteria described in this chapter. On the other hand, if the government purchases the stock of a for-profit corporation as an investment, rather than to directly aid in providing government services, the government should report the stock as an investment and not treat the corporation as a component unit.

Reporting discretely presented component units. GASBS 34 quotes GASBS 14's requirement for presenting information about discretely presented component units as follows: "…the reporting entity's financial statements should…provide an overview of the discretely presented component units." The term "overview" perhaps best describes the approach to discretely presented component units taken by GASBS 34. (Note that this discussion does not apply to blended component units, which are presented as if part of the primary government, and component units that are fiduciary in nature, which are included only in the fund financial statements with the primary government's fiduciary funds.)

GASBS 34 requires information about each major component unit to be presented. Information about nonmajor component units should be aggregated in one column; however, the government may choose to display a nonmajor component unit as if it were a major component unit, if it desires. The requirements of GASBS 34 can be accomplished by one of three alternatives.

- Reporting each major component unit in a separate column in the reporting entity's government-wide statement of net assets and statement of activities.
- Including combining statements of major component units in the reporting entity's basic statements after the fund financial statements. Aggregate totals would then be included in the government-wide financial statements for component units, supported by this combining schedule.
- Presenting condensed financial statements in the notes to the reporting entity's financial statements.

If the government selects the alternative to present component unit information in the notes, GASBS 34 specifies that the following details be provided:

1. Condensed statement of net assets
   a. Total assets—distinguishing between capital assets and other assets. Amounts receivable from the primary government or other component units should be reported separately.
   b. Total liabilities—distinguishing between long-term debt outstanding and other liabilities. Amounts payable to the primary government or to other component units should be reported separately.
   c. Total net assets—distinguishing between restricted, unrestricted and amounts invested in capital assets, net of related debt.
2. Condensed statement of activities
   a. Expenses (by major functions and for depreciation expense, if separately reported).
   b. Program revenues by type.
   c. Net program (expense) revenue.
   d. Tax revenues.
   e. Other nontax general revenues.
   f. Contributions to endowments and permanent fund principals.

g. Special and extraordinary items.
h. Change in net assets.
i. Beginning net assets.
j. Ending net assets.

Budgetary presentations. As described in Chapter 5, a government's basic financial statements must include a budgetary comparison (on the budget basis) for the general and special revenue for which annual budgets have been legally adopted either as part of the basic financial statements or as required supplementary information. This requirement would apply to blended component units as well. Budgetary data for the discretely presented component units that use governmental accounting are not required to be presented.

Intra-entity transactions and balances. Special attention is required for transactions between and among the primary government, its blended component units, and its discretely presented component units. The following table can be used as guidance for recording and displaying certain of these intra-entity transactions and balances in the fund financial statements.

Transaction/balance	Accounting treatment
Transfers between primary government and its blended component units	Recorded as an interfund transfer
Transfers between blended component units	Recorded as an interfund transfer
Receivables/payables between primary government and blended component units or between blended component units	Reported as amounts due to and due from other funds
Transactions and balances between primary government and discretely presented component units	Report as interfund transactions, although presented separately from primary government's interfund transactions and balances

For government-wide financial statements prepared under GASBS 34, resource flows between a primary government and a blended component unit should be reclassified as an internal activity in the financial statements of the reporting entity. Resource flows between a primary government and its discretely presented component units should be reported as if they were external transactions. However, receivable and payable balances between a primary government and a discretely presented component unit should be displayed on a separate line. See Chapter 20 for additional information on reporting internal activity.

Capital lease agreements between the primary government and its blended component units (or between blended component units) should not be reported as capital leases in the reporting entity's financial statements. The blended component unit's debt and assets related to the lease should be reported as a form of the primary government's debt and assets. For example, in a lease of general fixed assets, the leased general fixed assets would be reported in the general fixed asset account group and the related debt would be reported in the general long-term debt account group.

Capital lease agreements between the primary government and its discretely presented component units should be treated as any other capital lease agreement entered into by the government. However, the related receivables and payables should not be combined with other amounts due to/from component units or with capital lease receivables and payables outside the reporting entity. Rather, these receivables and payables should be separately displayed. Eliminations of assets and liabilities resulting from capital lease transactions may be made to avoid the duplicate recording of assets and liabilities.

Reporting periods. The primary government and its component units are likely to have different fiscal year-ends. GASBS 14 encourages a common fiscal year-end for the primary government and its component units, although full compliance with this is difficult, particularly when there are a large number of component units that have existed for a long time. The financial statement preparers of the primary government should encourage new component units to adopt the same fiscal year-end as the primary government.

If a common fiscal year-end cannot be achieved, the reporting entity (which uses the same fiscal year-end as the primary government) should incorporate the financial statements for the component unit's fiscal year ending during the reporting entity's fiscal year. If the component unit's fiscal year ends within the first quarter of the reporting entity's subsequent year, it is acceptable to incorporate that fiscal year of the component unit, rather than the fiscal year ending during the reporting entity's fiscal period. Of course, this should be done only if timely and accurate presentation of the financial statements of the reporting entity is not adversely affected.

NOTE: *The reporting entity should not delay the issuance of its financial statements or incorporate draft or otherwise inaccurate information from a component unit in order to utilize this first quarter following year-end exception. Generally, the reporting entity is better served by consistently applying the rule that includes the component units with year-ends that fall within the reporting entity's year-end.*

Another problem arises when there are transactions between the primary government and its component units or between component units that have different year ends. These different year ends may result in inconsistencies in amounts reported as due to or from, transfer to or from, and so forth. The nature and amount of those transactions should be disclosed in the notes to the financial statements. The fiscal year of the component units included in the reporting entity should be consistent from year to year, and changes in fiscal years should be disclosed.

Note disclosures. The notes to the financial statements of a financial reporting entity that includes many component units may be significantly expanded because of the need and requirements to disclose information about major component units.

The notes to the financial statements of the reporting entity should include a brief description of the component units of the financial reporting entity and their relationship to the primary government. The notes should include a discussion of the criteria for including the component units in the financial reporting entity and how the component units are reported. The note should also include information about how the separate financial statements of the individual component units may be obtained.

NOTE: *As an alternative to providing a large listing of names and addresses where the individual financial statements may be obtained, the department responsible for preparing the reporting entity's financial statements may take responsibility for making the reports available, so that only the address of this department would be necessary. This is clearly not the approach to take if it is anticipated that the volume of requests for individual financial statements will be high. GASBS 34 also requires that the notes to the financial statements should disclose, for each major component unit, the nature and amount of significant transactions with the primary government and other component units.*

GASBS 14 emphasizes that the financial statements of a reporting entity that includes component units should enable the user of the financial statements to distinguish between the financial information of the primary government and the financial information of the component units. Therefore, because the notes to the financial statements and required supplementary information are integral parts of the financial statements, they should distinguish between information pertaining to the primary government (including its blended component units) and that of its discretely presented component units.

GASBS 14 specifies the following as the notes essential to a fair presentation in the reporting entity GPFS:

- The fund types of the primary government, including its blended component units
- Individual discretely presented component units that are considered major component units

Exhibit 2 provides illustrative language that would be included in the notes to the financial statements to describe the primary government's relationship with its component units.

Exhibit 2: Illustrative reporting entity note to the financial statements

The city of Anywhere is a municipal corporation government governed by a mayor and a fifteen-member city council.

As required by generally accepted accounting principles, these financial statements present the city and its component units, which are entities for which the city is financially accountable.

The city is financially accountable for all organizations that make up its legal entity. In addition, the city is financially accountable for legally separate organizations if its officials appoint a voting majority of an organization's governing body and either it is able to impose its will on that organization or there is a potential for the organization to provide specific financial benefits to, or to impose specific burdens, on the city. The city may also be financially accountable for governmental organizations that are fiscally dependent on it.

There are two methods of presentation of component units.

1. Blended component units, although legally separate entities from the city, are, in substance, part of the city's operations and so data from these component units are combined with data of the city.

The following entity is reported by the city as a blended component unit

The Anywhere City Electric Utility Authority (the authority) serves all of the citizens of the city and is governed by a board comprised of the city's elected city council. The rates for user charges and bond issuance authorizations are approved by the city council and the legal obligation for the general obligation portion of the authority's debt remains with the city. The authority is reported as an enterprise fund. The authority's fiscal year-end is June 30 and its separately issued financial statements may be obtained at

Anywhere City Electric Utility Authority
1234 Shocking Lane
Anywhere, SW 99999

2. Discretely presented component units are reported in a separate column(s) in the combined financial statements to emphasize that they are legally separate from the city.

The following entity is presented by the city as a discretely presented component unit:

The Anywhere School District (the district) provides elementary and secondary education for residents within the city's legal boundaries. The members of the board of education, which governs the district, are elected by the voters. However, the district is fiscally dependent upon the city. The city council approves the district's budget, levies taxes to support the district's budget, and is required to approve any district debt issuances. The district is presented as a governmental fund type. The district's fiscal year-end is June 30 and its separately issued financial statements may be obtained at

Anywhere School District
9876 Learning Lane
Anywhere, SW 99999

NOTE: There is a high level of judgment needed in determining the note disclosures to include in the financial statements of the reporting entity relating to component units. The guidance from GASBS 14 is rather vague even after amendment by GASBS 34. Interestingly, many governments err on the side of including too much disclosure about component units rather than too little. It is easier and less risky to simply include most of the footnote disclosures from the component units' financial statements rather than to be selective about information presented. Financial statement preparers should keep in mind that sometimes too much information hinders the process of communication to the financial statement reader and should critically review the disclosures that are made in the financial statements relative to component units. GASBS 34 makes clear that the emphasis in the financial statements should be on the primary government.

Separate and stand-alone financial statements. A primary government may find it necessary or useful to prepare financial statements that do not include the financial information of its component units. When these primary government-only statements are issued, the statements should acknowledge that they do not include the financial data of the component units necessary for a fair presentation of the financial statements in accordance with GAAP.

In addition, component units themselves may issue separate financial statements. These separate financial statements should use a title that indicates that the entity is a component unit of a primary government. Unlike those of the primary government, the separate financial statements of the component unit can be issued in accordance with GAAP, provided that the component unit's financial reporting entity includes all of its own component units. The component unit itself can serve as a financial reporting "nucleus" and itself be considered a primary government that includes its own component units. The notes to the separately issued financial statements should identify the primary government in whose financial reporting entity it is included and describe the component unit's relationship with the primary government.

GASBS 14 also addresses "other stand-alone government financial statements." Other stand-alone governments are legally separate governmental organizations that do not have a separately elected governing body and do not meet the definition of a component unit of a primary government. These types of governments might include special-purpose governments, joint ventures, jointly governed organizations, and pools. Although the nucleus of a financial reporting entity is usually a primary government, another stand-alone government serves as the nucleus of its reporting entity when it issues financial statements. The financial reporting entity in this case consists of the stand-alone government and all component units for which it is financially accountable, and other organizations for which the nature and significance of their relationship with the stand-alone government are such that exclusion would cause the reporting entity's financial statements to be misleading or incomplete. In addition, any stand-alone government with a voting majority of its governing board appointed by another government should disclose that accountability relationship in its financial statements.

Reporting organizations other than component units. Sometimes primary government officials may appoint some or all of the governing board members of organizations that are not included as component units in a primary government's reporting entity. These organizations can fall into one of the following three categories:

1. Related organizations
2. Joint ventures and jointly governed organizations
3. Component units of another government with characteristics of a joint venture or jointly governed organization

The following paragraph describes the proper treatment of related organizations, followed by the accounting and financial reporting for joint ventures and jointly governed organizations.

Related organizations. Organizations for which a primary government is accountable because that government appoints a voting majority of the governing board but is not financially accountable are termed "related organizations." The primary government should disclose the nature of its accountability for related organizations in the notes to its financial statements. Groups of related organizations with similar relationships with the primary government may be summarized for the purposes of the disclosures. Therefore, related organizations are not considered component units. Their financial information is not included with that of the primary government. The only requirement is footnote disclosure of the relationship with the related organization that is described above. In addition, the related organization should disclose its relationship with the primary government in its own financial statements.

Joint ventures and jointly governed organizations. As mentioned above, a primary government may appoint some or all of the governing board members of organizations that are not included as component units of the primary government's reporting entity. Two classifications for these organizations are joint ventures and jointly governed organizations. (Jointly governed organizations are discussed later in this chapter.) This section describes the accounting and financial reporting requirements for organizations that fall into these categories.

Joint ventures. A *joint venture* is defined by GASBS 14 as

> *A legal entity or other organization that results from a contractual arrangement and that is owned, operated, or governed by two or more participants as a separate and specific activity subject to joint control, in which the participants retain (a) an ongoing financial interest or (b) an ongoing financial responsibility.*

Joint ventures are generally established to pool resources and share the costs, risks, and rewards of providing goods or services to the joint venture participants directly, or for the benefit of the general public or specific recipients of service. What distinguishes a joint venture from a "jointly governed organization" is that a jointly governed organization is jointly controlled by the participants, but the participants do not have an ongoing financial interest or ongoing financial responsibility for it.

The "joint control" of jointly governed organization means that no single participant has the ability to unilaterally control the financial or operating policies of the joint venture.

In determining whether a relationship is a joint venture, the concepts of ongoing financial interest and ongoing responsibilities are important to understand. The following sections examine these terms as they relate to joint ventures.

- Ongoing financial interest

  An ongoing financial interest in a joint venture involves any arrangement that causes a participating government to have access to the joint venture's resources, including an equity interest.

  Access to a joint venture's resources can occur directly, such as when the joint venture pays its surpluses directly to the participants. Access to the joint venture's resources can also occur indirectly, such as when the joint venture undertakes projects of interest to the participants. Indirect access would occur when the participating governments can influence the management of the joint venture to take on special projects that benefit the citizens of the participating governments.

- Ongoing financial responsibility

  A participating government has an ongoing financial responsibility for a joint venture if it is obligated in some manner for the debts of the joint venture. The tests to determine this obligation are the same as those used in determining whether a primary government is responsible in some manner for the debts of an organization being evaluated as a component unit. In addition, a participating government has an ongoing financial interest in a joint venture if the continued existence of the joint venture depends on the continued funding by the participating government.

  Ongoing financial responsibility might also be evidenced by the nature of the joint venture established. For example, assume that a joint venture is created by participating governments to provide goods or services to the participating governments or to provide goods or services directly to the constituents of the governments. The participating governments are financially responsible for the joint venture because they are responsible for financing operations either by purchasing the goods and services from the joint venture or by subsidizing the provisions of the goods or services to the constituents.

Financial reporting for joint ventures. The financial accounting and reporting for joint ventures is determined by whether the participating governments have an equity interest in the joint venture. An equity interest in a joint venture may be in the form of ownership of shares of joint venture stock or otherwise having an explicit, measurable right to the net resources of a joint venture (usually based on an investment of financial or capital resources by a participating government). The equity interest may or may not change over time as a result of an interest in the net income or losses of the joint venture. An equity interest in a joint venture is explicit and measurable if the joint venture agreement stipulates that the participants have present or future claim to the net resources of the joint venture and sets forth the method to determine the participant's shares of the joint venture's net resources.

The definition of an equity interest in a joint venture should not be interpreted to mean that it is the same as a government's residual interest in assets that may revert to the government on dissolution for lack of another equitable claimant. GASBS 14 relates this type of interest to an escheat interest, in which the reversion of property to a state results from the absence of any known, rightful inheritors to the property.

If it is determined that a participating government has an equity interest in a joint venture, that equity interest should be reported as an asset of the fund that has the equity interest. Differences in reporting this asset of a fund will result depending on whether the fund holding the equity interest in the joint venture is a proprietary fund or a governmental fund.

- Proprietary funds and presentation in the government-wide financial statements. A proprietary fund that has an equity interest in a joint venture would record the investment as an asset in an account usually entitled "Investment in joint venture." The initial investment in the joint venture should be recorded at cost. If the joint venture agreement provides that the participating governments share in the net income or loss of the joint venture, the investment account should be adjusted for the participating governments' share of the net income or loss of the joint venture. This adjustment would be similar to what a commercial enterprise would record for an investment accounted for by the equity method. In recording this adjustment, the financial statement preparer should determine whether there are any operating profits or losses recorded by the joint venture on transactions between the proprietary fund and the joint venture. If there are operating profits or losses on transactions between the fund and the joint venture, these amounts should be eliminated before recording the adjustment for the share of the profits and losses of the joint venture. For financial statement display purposes, the investment in the joint venture and the fund's share of the joint venture's net income or loss should be reported as single amounts in the balance sheet and operating statement. In other words, the participating government does not record *pro rata* shares of each of the joint venture's assets, liabilities, revenues, and expenses. The accounting methodology described in this paragraph would also be used for presentation in the government-wide financial statements.

- Governmental funds. The accounting for investments in joint ventures for governmental funds is different from that of proprietary funds because the equity interest in the joint venture does not meet the definition of a financial resource and would not be recorded as an asset of the fund. However the general fund may report an amount payable to or receivable from the joint venture. Differences also arise in a governmental fund's recording of the operating activities of a joint venture. Governmental fund operating statements should report changes in joint venture equity interests only to the extent that the amounts received or receivable from the joint venture or the amounts paid or payable to the joint venture satisfy the revenue or expenditure recognition criteria for governmental funds. For amounts receivable from the joint venture, while the "measurable" criteria for revenue recognition may be readily met, the "available" criteria will generally only be met if the joint venture distributes the fund's share of the joint venture's net income soon after the fund's fiscal year-end so that the fund has the cash available to pay for its current obligations.

Exhibit 3 provides a sample note disclosure for a joint venture.

Exhibit 3

The City of Anywhere participates in a joint venture that provides emergency medical services to its citizenry. The Emergency Medical Services Authority (EMSA) provides these services to participating jurisdictions which are the City of Anywhere and the City of Somewhere. The EMSA Board of Trustees is comprised of four trustees appointed by the City of Anywhere and four trustees appointed by the City of Somewhere. EMSA has established capital accounts for each beneficiary jurisdiction. These capital accounts record the economic activity of the jurisdiction and represent an equity interest. The City of Anywhere has recorded this equity interest in the General Fixed Assets Account Group.

Summarized information for EMSA's fiscal years ending June 30, 20XY and 20XX, is included in the following table (in thousands):

Summarized totals for EMSA:	*June 30, 20XY*	*June 30, 20XX*
Assets	xxx	xxx
Liabilities	xxx	xxx
Total Equity	xxx	xxx
Joint venture debt consists of the following:		
Short-term	xxx	xxx
Long-term	xxx	xxx

	City of Anywhere	*City of Somewhere*
Capital interests:		
July 1, 20XX, capital	xxx	xxx
Contributions		xx
Net income (loss)	xx	xx
June 30, 20XY, capital	xxx	xxx

Debt as of June 30, 20XX, is collateralized by assets and revenues of EMSA.

EMSA issues separate financial statements which are available from:

Emergency Medical Services Authority
1234 Ambulance Lane
Anywhere, SW 99999

Disclosure requirements—equity interest and nonequity interests. While GASBS 14 only requires the recording of amounts for joint ventures in the financial statements of participating governments when they have an equity interest in the joint venture, it does prescribe disclosure requirements for joint ventures regardless of whether there is an equity interest. These disclosure requirements are as follows:

- A general description of each joint venture, including
  - — Description of the participating government's ongoing financial interest (including its equity interest, if applicable) or ongoing financial responsibility. This disclosure should also include information to allow the reader to evaluate whether the joint venture is accumulating significant financial resources or is experiencing fiscal stress that may cause an additional financial benefit to or burden on the participating government in the future.
  - — Information about the availability of separate financial statements of the joint venture
- The participating governments should also disclose any other information relevant to the joint venture from the broad prospective of the participating governments' overall footnote presentation.

Other joint organization issues. In addition to the common joint venture type agreement that is discussed above, there are any number of additional joint relationships that may have to be evaluated by a government in determining its reporting entity and the proper accounting for joint ventures. GASBS 14 addresses several of these unique cases that provide additional guidance to the financial statement preparer. These cases also provide examples whose concepts can be used in evaluating situations similar to, but not the same as, the situations specifically addressed by GASBS 14.

Joint building or finance authorities. Some governments create a building, urban development, or economic development authority whose sole purpose is to construct or acquire capital assets for the participating governments and then subsequently lease the facilities to the governments. In accounting for these capital lease agreements, the participating governments already should have reported their respective shares of the assets, liabilities, and operations of the joint venture. Accordingly, it is unnecessary to calculate and report a participant's equity interest (if any) in the joint building, urban development, or economic authority. In addition, the disclosures filed above are not required because they would duplicate the usual disclosures required for capital leases.

Jointly governed organizations. Some states and other jurisdictions allow for the creation of regional governments or other multigovernmental arrangements that are governed by representatives from each of the governments that created the regional organization. These organizations have certain characteristics that make them appear to be joint ventures. For example, they often provide goods or services to the citizenry of the participating governments. However, many of these regional organizations do not meet the definition of a joint venture because there is no ongoing financial interest or responsibility by the participating governments. If a participating government does not retain an ongoing financial interest or responsibility, the relationship should be considered for general footnote disclosure; however, there are no specific joint venture disclosures that are required.

Component units and related organizations with component joint venture characteristics. An organization may be established and composed of several participating governments. If one of the participating governments appoints a voting majority of the organization's governing board and joint control is precluded because that participating government has the power to make decisions unilaterally, the organization is either a component unit or a related organization and should be reported in the participating government's financial statements. The other minority participating governments, however, should report their participation in the organization in accordance with the requirements described above for joint ventures. The organization itself, when included as a component unit in the majority participating government's financial statements, should report any equity interests of the minority participants as fund balance or retained earnings "reserved for minority interests." In addition, there may be instances where a jointly controlled organization, such as a regional government, is considered a component unit of one of the participating governments because it is fiscally dependent on that participating government. This type of organization should be reported by all participants in the same way described for majority and minority interests.

Pools. A *pool* is defined by GASBS 14 as "another multijurisdictional arrangement that has the characteristics of a joint venture, but has additional features that distinguish it, for financial reporting purposes, from the traditional joint venture...." An investment pool generally has open membership. Governments are free to join, resign, and increase or decrease their participation in the pool without the knowledge or consent of the other participants. A participant's equity in a pool (such as a share in an investment pool) should already be recognized in its financial statements. Accordingly, calculating and reporting an equity interest in a joint venture would be redundant. Because of the broad-based, constantly changing membership shares typically found in a pool, the disclosures normally required of a joint venture are not mandatory. The financial statement preparer should be aware that entities participating in public entity risk pools are covered by separate accounting and reporting guidance, more fully discussed in Chapter 21.

Undivided interests. An undivided interest is an arrangement that resembles a joint venture, but no entity or organization is created by the participants. This arrangement is sometimes referred to as a joint operation. An *undivided interest* is an ownership arrangement in which two or more parties own property whose title is held individually to the extent of each party's interest. Also implied in the definition is that identifiable obligations of the operation would also be the liability of each participant. In an undivided interest, there is no entity created that has assets, liabilities, and equity that can be allocated to the participating entities. A government that participates in this type of arrangement should report its assets, liabilities, revenues, and expenditures associated with the joint operation. The disclosures required for a joint venture are not required for an undivided interest.

Some joint venture arrangements result in hybrid agreements. They create separate organizations but also provide for undivided interests in specific assets, liabilities, and equity interests in the other net resources of the organizations. For these hybrid types of arrangements, the government should report the portion of the arrangement that involves an undivided interest in accordance with the requirements described in this section. The portion of the agreement that represents an equity interest in a joint venture should be accounted for in the same manner as accounting for the equity interests of joint ventures.

Cost-sharing arrangements. GASBS 14 describes several types of agreements that may have some of the characteristics of a joint venture, but that are not joint ventures for various overriding reasons. For example

- Cost-sharing projects (such as highway projects financed by federal, state, and local governments) should not be considered joint ventures because the participating governments do not retain an ongoing financial interest or responsibility for the projects.
- Joint purchasing agreements, in which a group of governments agree to purchase a commodity or service over a specified period and in specified amounts, should not be considered joint ventures.
- Multiemployer public employee retirement systems should also not be considered joint ventures.
- Investment pools should not be considered joint ventures.

SUMMARY

Defining the reporting entity for a state or local government or other governmental unit can be a difficult task because of the variety of relationships in which governments typically are involved. Applying the concepts described above under GASBS 14 should enable governments to effectively define the reporting entity and accomplish financial reporting objectives.

Exhibit 4

Potential Component Unit Evaluation Questionnaire

(*Name of primary government*) is in the process of determining which organizations should be included in its financial reporting entity under generally accepted accounting principles. To assist (*name of primary government*) in accomplishing this objective, please provide the following information about (*name of potential component unit*) for evaluation as a component unit of (*name of primary government*).

Your assistance is greatly appreciated. Please return the completed questionnaire by (*date*) to (*name and address of individual receiving completed questionnaires*). If you need assistance in completing this questionnaire, please call (*name and telephone number of individual who can provide assistance*).

General Inquiries

1. What is your organization's fiscal year-end? ______________________________

2. Are the organization's financial statements audited by independent auditors?

   Yes ____ No ____

   a. If yes, please provide the name, address, telephone number, and a contact person for the organization's independent auditors.

   ____

   ____

   ____

3. Does your organization have an audit committee? Yes ____ No ____

4. Please indicate the basis of accounting used by your organization in preparing its financial statements:

   Cash ____ Modified Accrual ____ Accrual ____

   Other (please describe) ____

   ____

5. Is your organization included as a component unit in the financial statements of any reporting entity? Yes ____ No ____

   a. If yes, please provide the name of the reporting entity and the basis for inclusion in that reporting entity as a component unit.

   ____

   ____

   ____

Primary Government Characteristics

6. Does your organization have a separately elected governing body?

   Yes ____ No ____

Separate Legal Standing

7. Was your organization created as either a body corporate or a body corporate and politic? Yes ____ No ____

   a. If yes, please attach to the completed questionnaire a copy of the law, statute, legislative resolution or executive order that created your organization.

8. Does your organization have the explicit capacity to have a name?

   Yes ____ No ____

9. Does your organization have the right to sue and to be sued in its own name without recourse to a state or local government unit? Yes ____ No ____

10. Does your organization have the right to buy, sell, lease, or mortgage property in its own name? Yes ____ No ____

Fiscal Independence

11. Can your organization determine its budget without the (*name of primary government*) having the authority to substantively approve and modify that budget?

    Yes ____ No ____

12. Can your organization levy taxes or set rates or charges without approval by (*name of primary government*)? Yes ____ No ____

13. Can your organization issue bonded debt without the substantive approval of (*name of primary government*)? Yes ____ No ____

Financial Accountability

Appointment of a Voting Majority of Governing Board

14. Does the (*name of primary government*) appoint a majority of your organization's governing board? Yes ____ No ____

15. Do the financial decisions of your organization's governing board require more than a simple majority? Yes ____ No ____

    a. If yes, please provide details of the voting requirements.

    ____

    ____

    b. If yes, does the (*name of primary government*) appoint enough governing board members to have a voting majority on the financial decisions?

    Yes ____ No ____

16. If the (*name of primary government*) has appointment authority for governing board members, is its appointment limited by a nomination process for governing board members? Yes ____ No ____

    a. If yes, please explain the facts and circumstances of the nomination process.

    ____

    ____

    ____

Imposition of Will

17. Does the (*name of primary government*) have the ability to remove appointed members of your organization's governing board at will? Yes ____ No ____

18. Does the (*name of primary government*) have the ability to modify or approve the budget of your organization? Yes ____ No ____

19. Does the (*name of primary government*) have the ability to modify or approve rate or fee changes affecting revenues of your organization?

    Yes ____ No ____

20. Does the (*name of primary government*) have the ability to veto, overrule, or modify the decisions (other that those included in 18 and 19 above) of your organization's governing board? Yes ____ No ____

21. Does the (*name of primary government*) have the ability to appoint, hire, reassign, or dismiss those persons responsible for the day-to-day operations and management of your organization? Yes ____ No ____

22. Are there any other conditions that may indicate that the (*name of primary government*) has the ability to impose its will on your organization?

    Yes ____ No ____

    a. If yes, please provide details.

    ____

    ____

    ____

Financial Benefit or Burden

23. Is the (*name of primary government*) legally entitled to or can it otherwise access your organization's resources? Yes ____ No ____

24. Is the (*name of primary government*) legally obligated or has it otherwise assumed the obligation to finance the deficits of, or provide financial support to, your organization? Yes ____ No ____

25. Is the (*name of primary government*) obligated for the debt of your organization? (In responding to question 25, consider questions 26 through 32.)

    Yes ____ No ____

26. Is the (*name of primary government*) legally obligated to honor deficiencies to the extent that proceeds from other default remedies are insufficient?

    Yes____ No ____

27. Is the (*name of primary government*) required to temporarily cover deficiencies with its own resources until funds from the primary repayment source or other default remedies are available? Yes ____ No ____

28. Is the (*name of primary government*) required to provide funding for reserves maintained by your organization, or to establish its own reserves or guarantee fund for the debt? Yes ____ No ____

29. Is the (*name of primary government*) authorized to provide funding reserves maintained by your organization or to establish its own reserve or guarantee fund?

    Yes ____ No ____

    a. Has such a fund been established? Yes ____ No ____

30. Is the (*name of primary government*) authorized to provide financing for a fund maintained by your organization for the purpose of purchasing or redeeming your organization's debt, or to establish a similar fund on its own?

    Yes ____ No ____

    a. Has such a fund been established? Yes ____ No ____

31. Does your organization explicitly indicate by contract, such as by bond agreement or offering statement, that in the event of default by your organization, (*name of primary government*) may cover deficiencies, although it has no legal obligation to do so? Yes ____ No ____ (Note that the bond offering statement may specifically refer to a law that authorizes the [*name of primary government*] to include

and appropriation in its budget to provide funds, if necessary, to honor the debt of your organization.)

32. Have there been legal decisions with the state or other jurisdiction or previous actions of the (*name of primary government*) related to actual or potential defaults on your organization's debt that make it probable that the (*name of primary government*) will assume responsibility for the debt of your organization in the event of default? Yes ____ No ____

Financial Accountability as a Result of Fiscal Dependency—Governing Board Majority Not Appointed by (*name of primary government*)

33. Does your organization have a separately elected governing board? Yes ____ No ____ (If yes, proceed to question 36.)
34. Is your governing board appointed by another government other than the (*name of primary government*)? Yes ____ No ____
35. Is your organization's board jointly appointed? Yes ____ No ____
36. Is your organization fiscally dependent on (*name of primary government*)? (For example, does [*name of primary government*] approve your organization's budget or levy property taxes for your organization?) Yes ____ No ____

(*Name of primary government*) Not Financially Accountable

37. Was your organization created solely for the benefit of the (*name of primary government*), even though your governing board may not be appointed by the (*name of primary government*)? Yes ____ No ____
38. Is your organization closely related to or affiliated with the (*name of primary government*) in any other way? Yes ____ No ____

    a. If yes, please provide details of the relationship or affiliation.

    ____

    ____

    ____

Blending or Discrete Presentation

39. Is your organization's governing body substantially the same as that of the (*name of primary government*)? Yes ____ No ____
40. Is there sufficient representation of the (*name of primary government*)'s entire governing body on your organization's governing body to allow complete control of your organization's activities? Yes ____ No ____
41. Does your organization provide services entirely, or almost entirely, to the (*name of primary government*) or otherwise exclusively, or almost exclusively, to benefit the (*name of primary government*), even though it may not provide the service directly to the (*name of primary government*) (for example, an internal service fund that provides goods or services to the [*name of primary government*] rather than the citizenry)? Yes ____ No ____

    a. If yes, please provide a description of the services.

    ____

    ____

42. Are there any other factors that should be considered in evaluating your organization's potential for inclusion in the financial reporting entity of (*name of primary government*)? Yes ____ No ____

    a. If yes, please describe these factors.

    ____

    ____

    ____

7 GENERAL FUND AND SPECIAL REVENUE FUNDS

INTRODUCTION

The general fund and special revenue funds are distinct. This chapter examines them together because many of the accounting and reporting aspects of these two fund types are the same. To enable the financial statement preparer to understand how and when these funds should be used, this chapter examines the following topics:

- Basis of accounting and measurement focus
- Nature and use of the general fund
- Nature and use of special revenue funds
- Accounting for certain revenues and expenditures of general and special revenue funds
- Accounting for assets, liabilities, and fund balances of general and special revenue funds

Additional information regarding the budgets and display of these types of funds in a government's financial statements is found in Chapters 4 and 5 respectively.

BASIS OF ACCOUNTING AND MEASUREMENT FOCUS

The general and special revenue funds are governmental funds. As such, they use the modified accrual basis of accounting and the current financial resources measurement focus.

Under the modified accrual basis of accounting, revenues and other general and special revenue fund revenues are recognized in the accounting period in which they become susceptible to accrual. *Susceptible to accrual* means that the revenues are both measurable and available. *Available* means that the revenues are collectible within the current period or soon enough thereafter to be used to pay liabilities of the current period. In applying the susceptibility to accrual criterion, judgment must be used to determine materiality of the revenues involved, the practicality of determining the accrual, and the consistency in application of accounting principles.

Under the modified accrual basis of accounting, expenditures are recognized when the liability is incurred and payment is due. Goods and services received prior to the end of the fiscal year of the government are recognized in the period that a liability for the goods or services is incurred, generally when the goods and services are received. (As described later in this chapter, an exception to the general rule is that inventories and prepaid items may be recognized as expenditures when they are used instead of when they are received.)

The general fund and the special revenue funds use the current financial resources measurement focus. The measurement focus determines what transactions are recognized in the funds, in contrast to the basis of accounting, which determines when transactions are recognized in the funds.

Under the current financial resources measurement focus, the emphasis is on increases and decreases in the amount of spendable resources during the reporting period. Thus, as a generalization, long-term assets and liabilities are not recorded in general and special revenue funds. Rather, these long-term assets and liabilities are recorded in the government-wide financial statements, along with all of the other long-term assets and liabilities of the primary government and its component units.

NATURE AND USE OF THE GENERAL FUND

The general fund is the chief operating fund of a government. A government is permitted by GAAP to report only one general fund. Essentially, the general fund is used to account for all financial resources of the government, except for those financial resources that are required to be accounted for in another fund. There should be a compelling reason for a government to account for financial resources in a fund other than the general fund. The GAAFR provides three examples of compelling reasons that might justify accounting for resources in a fund other than the general fund. These reasons are

1. In certain circumstances, GAAP specifically requires the use of another fund. For example, a capital projects fund is required to account for capital grants or shared revenues restricted for capital acquisition or construction. (This requirement does not apply to grants and shared revenues associated with enterprise and internal service funds, which would be accounted for in these funds.)
2. There may be legal requirements that a certain fund type be used to account for a given activity. For example, some governments require that all repayments of general obligation debt be accumulated in a debt service fund.
3. The requirements to exercise sound financial administration may require the use of a fund other than the general fund. Governments, for example, typically use an enterprise fund to account for the activities of a public utility that they operate. This not only segregates the activities of the public utility; it also permits the public utility to use the accrual basis of accounting and

the economic resources measurement focus, which more appropriately reports the activity of a profit-oriented operation.

NOTE: The above example of a public utility's operation being set up in an enterprise fund is an excellent example of using a separate fund for sound financial administration. However, governments should be careful not to overuse the "sound financial administration" justification. Less sophisticated, manual accounting systems of the past may have used fund accounting to promote sound financial administration. However, even the simplest accounting software package today generally allows users to set up numerous agencies, cost centers, departments, or other tracking mechanisms that can facilitate financial management, thereby not requiring separate funds to promote sound financial administration.

Since the general fund is a "catchall" fund, it would make no sense for a government to have more than one general fund. As mentioned earlier, a government is prohibited from having multiple general funds for accounting and financial reporting. However, two situations require special treatment.

1. If a state or local law or other requirement specifies that a government should have more than one general fund, these "multiple general funds" should be treated as components of a single general fund.
2. A blended component unit may have its own general fund. When the financial information of the component unit is blended with that of the primary government, it would logically result in more than one general fund reported in the "general fund" column. In this case, the general fund of each component unit should be reported as a special revenue fund when the financial information of the component unit is blended. In this way, the general fund for the reporting entity represents the single general fund of the primary government.

NATURE AND USE OF SPECIAL REVENUE FUNDS

Special revenue funds are used to account for the proceeds of specific revenue sources that are legally restricted to expenditure for specific purposes. Governments should not use special revenue funds to account for expendable trusts or major capital projects.

The creation and use of special revenue funds is optional. (Of course, if a special revenue fund is created because a blended component unit has its own general fund, creation of the special revenue fund in this case is not really optional, it would be required to conform to GAAP.)

In the absence of a legal requirement to create one or more special revenue funds, governments should carefully consider whether the creation of special revenue funds is really needed. Keep in mind that GAAP for governments prescribes a minimum number of funds.

In analyzing whether to use special revenue funds, governments should consider the following paragraphs.

The "legal restrictions" that encourage use of a special revenue fund may be from external or internal sources. For example, a grant that a government receives may require that a special revenue fund be established to account for the grant revenue and related expenditures. In another example, a law that establishes a new tax to provide funds for a specific purpose may require that a special revenue fund be established to account for the revenue and the related expenditures.

On the other hand, a government may find it convenient to establish a special revenue fund to account for a revenue source that it internally restricts for a specific purpose. For example, the government's own governing body may establish a new tax to pay for a specific type of expenditure, but the governing body that establishes the tax may not actually require that the revenue and related expenditures be accounted for in a special revenue fund. To illustrate, a gasoline tax may be established, and its revenues may be required to be spent on road repairs. (Further assume that the road repairs are of such a nature that they would not be considered capital expenditures.) However, the law that established the gasoline tax and its use does not require that a special revenue fund be established. In this case, the government may establish a special revenue fund to account for these specific revenues and expenses, but it is not required to do so.

In addition to accountability concerns that a government might have in terms of making sure that, as in the above example, the gasoline tax revenue is not actually used for something other than road repairs. There is also a more conceptual argument for not including specially designated revenues in the general fund, relating to the availability of designated revenues for other types of expenditures. Continuing the example of the gasoline tax, if it were included as revenue in the general fund, it would not be apparent from the financial statements that this revenue source was not available to pay for expenditures other than road repairs. Some governments believe that this conceptual presentation problem is as important as the accountability concerns mentioned above.

NOTE: The accountability concern described above is often cited as a reason for establishing special revenue funds and should be easy to address in terms of budget and other controls on accounts that are maintained in a government's general fund. As long as the specially designated revenue and related expenditures can be specifically identified in the accounts of the general ledger, accountability should be demonstrable without the use of special revenue funds.

Similarly, the conceptual issue of including restricted revenues and expenditures in the general fund, thus masking the restriction, should not preclude governments from accounting for these revenues and expenditures in their general fund. The restriction of revenues and expenditures is part of the budget process. Continuing the gasoline tax example, if a government budgets its gasoline tax revenues at a certain amount, it needs to budget its road repair expenditures based on the budgeted revenues available for use. It must do this whether the gasoline tax and the road repair expenditures are accounted for in the general fund or in a special revenue fund.

In practice, the gasoline tax may not actually pay for all of the road repairs that a government desires to make during a reporting period, and the government may elect to incur expenditures for road repairs in an amount greater than the amount of the gasoline tax revenue. This excess would be made up from other nonrestricted revenues of the general fund. In this case, it would seem to report all road repair expenditures in the same fund—the general fund.

NOTE: When revenues are derived from new or increased taxes that are specifically restricted for a particular use, it is often simply a mechanism to mask a new or increased tax. In the example, taxpayers are assumed to be more willing to pay a new or increased gasoline tax if it is restricted for road repairs. Nevertheless, the government probably would have incurred the same level of expenditures for road repair whether a gasoline tax was imposed or increased. Therefore, is this "restriction" of revenue or a specific type of expenditure more form-over-substance and not worthy of its own special revenue fund? It is arguable that this is exactly the case and a special revenue fund should not be established.

When a government decides that it will use special revenue funds, it must then decide how many special revenue funds it should create. On one hand, particularly when the government is electing on its own to establish special revenue funds, only one special revenue fund may be established. This would then account for all of the types of special revenues and their related expenditures.

On the other hand, if there are laws, regulations, or contractual agreements that require that particular designated revenues and their expenditures be accounted for in their own funds, the government will need to establish as many separate special revenue funds as it is legally or otherwise required to have. Exhibit 1 provides an example of the process that a government may use to determine how many special revenue funds to establish.

Exhibit 1

Consider the following example for a government determining how many special revenue funds it should establish and use. Assume that the only specially restricted revenues that the government receives are categorical grants. There is no legal or contractual requirement to account for these funds as special revenue funds. The government may choose to establish one special revenue fund to account for all of its categorical aid revenues and expenditures. On the other hand, the government may choose to classify categorical aid in special revenue funds based on funding source or type of aid. For example, separate special revenue funds might be established for federal, state, county, or other local government categorical aid. Similarly, separate special revenue funds may be established for categorical education aid, social service program aid, or public safety grants. At the extreme level, a government may choose to establish a separate special revenue fund for each categorical aid grant or contract that it receives. It may even segregate these further by establishing new special revenue funds for each grant or contract year. Keep in mind that the governments may also establish no special revenue funds for categorical aid, accounting for all of these revenues and expenditures in the general fund.

ACCOUNTING FOR CERTAIN REVENUE AND EXPENDITURES OF GENERAL AND SPECIAL REVENUE FUNDS

The following pages review in detail the types of revenue transactions typically accounted for by both the general fund and special revenue funds. Many of the revenues recorded by the general and special revenue funds are derived from nonexchange transactions that are described in Chapter 14.

Special program considerations—Food stamps. Specific guidance on accounting and financial reporting for food stamps was provided by GASBS 24. State governments should recognize distributions of food stamp benefits as revenues and expenditures in the general fund or in a special revenue fund, whether the state government distributes the benefits directly or through agents, to the ultimate individual recipients regardless of whether the benefits are in paper or electronic form. Expenditures should be recognized when the benefits are distributed to the individual state government or its agents. Revenue should be recognized at the same time. When food stamps are distributed using an electronic benefit transfer system, distribution (and accordingly, expenditure and revenue recognition) takes place when the individual recipients use the benefits.

State governments should report food stamp balances held by them or by their agents at the balance sheet date as an asset offset by deferred revenue. Revenues, expenditures, and balances of food stamps should be measured based on the face value of the food stamps.

NOTE: GASBS 24's requirements for recording revenues and expenditures for food stamps apply to state governments because of the substance of their administrative requirements for this program. The GASB did not require local governments to report revenues and expenditures for food stamp coupons or vouchers that another entity redeems from a retailer. The GASB noted that local government involvement in the administration of the food stamp program will decrease as the use of electronic benefit transfer systems increases. In addition, the GASB did not impose any disclosure requirements on local governments relative to their involvement in the food stamp program.

Special program considerations—On-behalf payments for fringe benefits and salaries. On-behalf payments for fringe benefits and salaries are direct payments made by one entity (the paying entity or paying government) to a third-party recipient for the employees of another, legally separate entity (the employer entity or employer government). On-behalf payments include pension plan contributions, employee health and life insurance premiums, and salary supplements or stipends. For example, a state government may make contributions directly to a pension plan for elementary and secondary school teachers employed in public school districts within the state. For purposes of this discussion, on-behalf payments do not include contributed services, such as office space or utilities.

On-behalf payments include payments made by governmental entities on behalf of nongovernmental entities and payments made by nongovernmental entities on behalf of governmental entities. (For example, a nongovernmental fund-raising foundation affiliated with a governmental college or university may supplement salaries of certain university faculty. Those payments constitute on-behalf payments for purposes of reporting by the university if they are made to the faculty members in their capacity as employees of the college or university.)

On-behalf payments may be made not only for paid employees of the employer entity, but may also be for volunteers, such as state government pension contributions for volunteer firefighters who work with a city fire department.

An employer government should recognize revenue and expenditures for on-behalf payments for fringe benefits and salaries. The employer government should recognize revenue equal to the amounts that third-party recipients of the payments received and that are receivable at year-end for the current fiscal year.

GASBS 24 provides the following guidance:

- If the employer government is not legally responsible for the payment, it should recognize expenditures (or expenses if paid out of a fund using proprietary fund type accounting) equal to the amount recognized as revenue.
- If the employer government is legally responsible for the payment, it should follow accounting standards for that type of transaction to recognize expenditures and related assets or liabilities. For example, expenditures for on-behalf payments for contributions to a pension plan should be recognized and measured using pension plan accounting standards for state and local governmental employers. A legally responsible entity is the entity required by legal or contractual provisions to make the payment. For example, for a state government's payments to pension plans that cover local government employees, state laws generally provide that either the state government or the local government employer shall make the current payment.

GASBS 24 also includes disclosure requirements for on-behalf payments. Employer governments should disclose in the notes to the financial statements the amounts recognized for on-behalf payments for fringe benefits and salaries. For on-behalf payments that are contributions to pension plans for which an employer government is not legally responsible, the employer government should disclose the name of the plan that covers its employees and the name of the entity that makes the contributions.

Special Considerations—Component Units

In some cases, legally separate entities that are part of the same governmental reporting entity may make pass-through payments and on-behalf payments to and from each other. These payments should be reclassified for purposes of the presentation in the governmental fund financial statements as operating transfers in and out, rather than as revenues and expenditures.

Special Assessments

Some capital improvements or services provided by local governments are intended to benefit a particular property owner or group of property owners rather than the general citizenry. Special assessments for capital improvements are discussed in Chapter 8. Special assessments for special services, however, are generally accounted for in the general fund or in a special revenue fund, and therefore are included in this chapter.

Service-type special assessment projects are for operating activities and do not result in the purchase or construction of fixed assets. The assessments are often for services that are normally provided to the public as general governmental functions that are otherwise financed by the general fund or a special revenue fund. Examples of these services include street lighting, street cleaning, and snow plowing. Financing for these routine services typically comes from general revenues. However, when routine services are extended to property owners outside the normal service area of the government or are provided at a higher level or more frequent intervals than for the general public, a government sometimes levies a special assessment on those property owners who are the recipients of the higher level of service.

GASB Statement 6 (GASBS 6), *Accounting and Financial Reporting for Special Assessments*, eliminated a separate fund type for special assessments and directed that these arrangements be accounted for in a general fund, special revenue fund, capital projects fund, or debt service fund, depending on the nature of the special assessment.

The general fund or special revenue funds should be used to account for special service-type assessments. Without special legal restrictions to create a separate fund, the general fund is usually a good choice to account for these activities and the related revenue. Service-type special assessment revenues should be treated in a manner similar to user fees and should be recorded in accordance with the modified accrual basis of accounting. The related expenditures should also be accounted for similarly to other expenditures of the general fund and special revenue fund. Accounting for expenditures of these funds is discussed in a later section of this chapter.

Miscellaneous Revenues

In addition to the major categories of revenues described above, the general and special revenue funds are used to account for various miscellaneous revenues that the government receives. Examples of these miscellaneous revenues include fines and forfeitures, golf and swimming fees, inspection charges, parking fees, and parking meter receipts. These miscellaneous revenues should theoretically be accounted for using the modified accrual basis of accounting in the funds and the accrual basis of accounting in the government-wide financial statements. However, sometimes these are de minimis amounts and recording these types of revenues on the cash basis may be acceptable since the difference between the cash basis and the modified accrual and accrual basis would be very small.

Expenditures

The measurement focus of governmental fund accounting is on expenditures rather than expenses. Expenditures in the general and special revenue funds result in net decreases in financial resources. Since most expenditures and transfers out of the fund are measurable, they should be recorded when the related liability is incurred.

General and special revenue funds should therefore generally record expenditures when a liability is incurred and payment is due. In the simplest example, goods and services received prior to the end of the fiscal year should be accrued as expenditures because the liability for the goods or services has been incurred and the payment is due to the vendor that provided the goods and services. The special nature of the current financial resources measurement focus used by governmental funds results in eight different types of expenditures to not be recognized when the liability is incurred. These types of expenditures (and the chapter in which they are addressed) are as follows:

- Compensated absences (Chapter 17)
- Judgments and claims (Chapter 21)
- Unfunded pension contributions (Chapter 18)

- Special termination benefits (Chapter 19)
- Landfill closure and postclosure costs (Chapter 23)
- Debt service (Chapter 9)
- Supplies inventories and prepaids (discussed below)
- Operating leases with scheduled rent increases (Chapter 22)

The exceptions referred to above arise because governmental funds such as the general fund and special revenue funds record expenditures when a liability is incurred, but only record the liability for the fund when the liability will be liquidated with expendable available financial resources. In addition, the focus on current financial resources means that the accounting for the purchase of long-term assets is different than that encountered in commercial organizations. These concepts are more fully discussed below and in Chapter 3.

NOTE: For governments that have fund-raising activities, readers should be aware of the guidance of AICPA Statement of Position 98-2, ***Accounting for Costs of Activity of Not-for-Profit Organizations and State and Local Governmental Entities That Include Fund-Raising****. This SOP, which has been cleared by the GASB, is discussed more fully in Chapter 25.*

ACCOUNTING FOR ASSETS, LIABILITIES, AND FUND BALANCES OF GENERAL AND SPECIAL REVENUE FUNDS

The balance sheets of the general fund and special revenue funds should contain only assets that are current financial resources and the liabilities that those current financial resources will be used to pay.

On the asset side of the balance sheet, the following are the typical assets normally found on general and special revenue fund balance sheets, along with the location in this Guide where the accounting and financial reporting requirements are discussed:

- Cash and investments (Chapter 15)
- Receivables (discussed with related revenue accounts in this chapter and Chapter 14)
- Interfund receivables (Chapter 20)
- Inventories and prepaids (discussed below)

On the liability side of the balance sheet, the following are the typical liabilities normally found on general and special revenue fund balance sheets, along with the location in this Guide where the accounting and financial reporting requirements are discussed:

- Accounts payable and accrued expenses (addressed with related expenditure recognition in this chapter)
- Interfund payables (Chapter 20)
- Deferred revenues (discussed with the related revenue accounts in this chapter)
- Revenue anticipation notes and tax anticipation notes (Chapter 10)

As can be seen from the previous paragraphs, there are limited accounts and balances that are reported on the balance sheets of the general fund and special revenue funds. Two areas that are not covered elsewhere in this guide relating to the balance sheets of these fund types are the accounting and financial reporting for inventories and prepaids and the classification of fund balances. These two topics are discussed in the following sections.

Inventories and Prepaids

There are alternative expenditure and asset recognition methods at the final financial statement level for materials and supplies and prepaids.

- Inventory items, such as materials and supplies, may be considered expenditures when purchased (referred to as the *purchase method*) or when used (referred to as the *consumption method*). (Exhibit 2 provides an example of the journal entries resulting from the use of the consumption method.) However, when a government has significant amounts of inventory, it should be reported on the balance sheet. The credit amount that offsets the debit recorded on the balance sheet for inventories is "reserved fund balance," discussed in the following section on fund balance reservations. A similar reservation of fund balance is recorded when prepaid items are recorded as assets on the balance sheet.
- Expenditures for insurance and similar services extending over more than one accounting period need not be allocated between or among accounting periods, but may be accounted for as expenditures in the period of acquisition.

Exhibit 2

The following journal entries illustrate the use of the consumption method of accounting for supplies inventory. Assume that the City of Anywhere purchases $50,000 of supplies inventory during the fiscal year. It began the fiscal year with $25,000 of supplies inventory on hand (that is, an asset was recorded for $25,000 and a reservation of fund balance was recorded for $25,000 at the beginning of the year.) All of these beginning of the year supplies were consumed. At the end of the fiscal year, $10,000 of supplies remain on hand.

The following journal entries would be recorded during this fiscal year.

1.	Expenditures—Supplies	25,000	
	Supplies		25,000
	To record the consumption of supplies on hand at the beginning of the year.		
2.	Fund balance—Reserved for supplies	25,000	
	Fund balance		25,000
	To record the removal of the reservation of the beginning of the year fund balance for supplies consumed.		
3.	Supplies	50,000	
	Cash (or accounts payable)		50,000
	To record the purchase of supplies during the year.		
4.	Expenditures—Supplies	40,000	
	Supplies		40,000
	To record the consumption of supplies that were purchased during the current year.		

5.	Fund balance	10,000	
	Fund balance—Reserved for supplies		10,000
	To a reservation of fund balance for supplies on hand at the end of the fiscal year.		

Thus, at the end of the year, the balance sheet will reflect an asset for the $10,000 of supplies remaining on hand, along with a reservation of fund balance for an equal amount. Expenditures for the year for supplies will be $65,000, which reflects consumption of the $25,000 of supplies on hand at the beginning of the year in addition to the consumption of $40,000 of supplies that were purchased during the year.

For accounting for inventories at the government-wide financial statement level, the consumption method would be used. In addition, there would be no restriction on net assets to correspond to the reservation of fund balance recorded above.

Fund Balances

The equity (assets less liabilities) of the general fund and any special revenue funds is reported as fund balance. In governmental funds, reservations of fund balance are used in connection with financial assets that are not yet spendable (such as a longer-term receivable or an amount equal to the amount of inventory reported as an asset on the balance sheet). Reservations of the general fund balance or the fund balance of any special revenue fund used are also used to reflect legal restrictions on the use of assets reported on the balance sheet.

SUMMARY

This chapter discusses appropriate uses of the general fund and special revenue funds, when the government is required or elects to establish special revenue funds. It also addresses some of the more common types of revenues, expenditures, assets, and liabilities found in the general fund and special revenue funds. This guidance should be used in conjunction with the other specialized accounting treatments for various types of transactions and balances discussed throughout this guide.

8 CAPITAL PROJECTS FUNDS

INTRODUCTION

Governments often use the capital projects fund type to account for and report major capital acquisition and construction activities. NCGAS 1 describes the purpose of capital projects funds as "to account for financial resources to be used for the acquisition or construction of major capital facilities (other than those financed by proprietary funds and trust funds)."

BASIS OF ACCOUNTING

As a governmental fund type, capital projects funds use the modified accrual basis of accounting. Revenues are recorded when they are susceptible to accrual (that is, they are accrued when they become measurable and available). Expenditures are recorded when the liability is incurred. The expenditure recognition exceptions (inventories, prepaid items, judgments and claims, etc.) described in Chapter 7 relating to general and special revenue funds would also apply to capital projects funds.

MEASUREMENT FOCUS

As a governmental fund type, capital projects funds use the current financial resources measurement focus. The operating statement of the capital projects fund reports increases and decreases in spendable resources. Increases in spendable resources are reported in the operating statement as "revenues" and "other financing sources," while decreases in spendable resources are reported as "expenditures" or "other financing uses." As such, it is worthy to note that while capital projects funds are used to account for resources used in major acquisition or construction projects, the resulting assets are not reported as assets of the capital projects fund. Rather, these assets are reported only in the government-wide financial statements. The capital projects fund accounts for the acquisition and construction of assets as expenditures.

WHEN ARE CAPITAL PROJECTS FUNDS USED?

In most cases, governments are permitted, but not required, to establish capital projects funds to account for resources used for major acquisition and construction of assets. The majority of governments use one or more capital projects funds to account for these activities. As seen in the following discussion, the significance of the dollar amounts that flow through the capital projects fund to the general fund might well result in an overshadowing of the general governmental activities reported in the general fund. Capital projects funds are also used to account for special revenues that relate to capital projects as well as capital improvements financed by special assessments. A later section of this chapter describes the accounting and financial reporting when special assessment debt is issued to finance capital projects.

There is one instance where GAAP requires that a government establish and use a capital projects fund. NCGAS 2, *Grants, Entitlement, and Shared Revenue Accounting by State and Local Governments,* requires that capital grants or share revenues restricted for capital acquisitions or construction (other than those associated with enterprise and internal service funds) be accounted for in a capital projects fund.

Once a government determines that it desires to establish a capital projects fund (or is required by GAAP to establish one), the government needs to decide how many capital projects funds should be established. A government may well determine that it can adequately account for and manage its capital projects with one capital projects fund. This serves to simplify financial reporting and provide the government with the opportunity to utilize its accounting system to track and manage individual projects within its capital projects funds.

On the other hand, a government may decide that establishing a number of capital projects funds will better serve its accountability and financial management needs. While governmental financial statement preparers will certainly have their own views on when using multiple capital projects funds is appropriate, it would seem that when there are two to five major capital projects that dominate the major asset acquisition or construction activities of the government, using an individual capital projects fund for each of these few significant capital projects would be appropriate.

REVENUES AND OTHER FINANCING SOURCES

The number of categories and types of revenues and other financing sources that are typically found in capital projects funds are usually far fewer than those found in the general and special revenue funds. Since governments typically finance major acquisitions and construction of capital assets through the use of debt, the issuance of debt is typically the most significant source of resources for capital projects funds, and it is reported as an "other financing" source. In addition, capital projects funds may account for receipt of resources in the form of nonexchange transactions from federal, state, or other aid programs, transfers from other funds, such as the general fund, and capital leases. The following paragraphs describe some of the accounting issues that governments may encounter in accounting for these resources in capital projects funds.

Proceeds from Debt Issuance

This section describes the appropriate accounting for the proceeds from debt issuance. In addition to the general concept of accounting for debt proceeds in the capital projects fund, specific guidance that relates to bond anticipation notes, demand bonds, special assessment debt, and arbitrage rebate considerations are discussed.

Basic journal entries to record the issuance of debt. As mentioned above, proceeds from the sale of debt to finance projects accounted for by the capital projects funds should be recorded as an other financing source of the capital projects fund. To illustrate the proper accounting within the capital projects fund, assume that a government issues debt with a face amount of $100,000. The basic journal entry that would be recorded is

Cash	100,000	
Other financing sources—proceeds from the sale of bonds		100,000

To record the sale of bonds.

However, the simplicity of this journal entry is rarely encountered in practice. For example, when bonds are issued, there are underwriter fees, attorney fees, and other costs that are typically deducted from the proceeds of the bonds. Assume in the above example that such fees are $5,000. A government has two ways to account for these fees. It can record the proceeds from the bonds net of the issuance costs and fees, or it can record the proceeds of the debt at the gross amount and record an expenditure for the issuance fees and costs. The GAAFR recommends that the latter method be used, in which an expenditure is recorded for the issuance fees and costs. Using this recommended approach, the following journal entry would be recorded:

Cash	95,000	
Expenditures—Bond issuance costs	5,000	
Other financing sources—Proceeds from the sale of bonds		100,000

To record the issuance of bonds and the payment of bond issuance costs.

If the government were to record the proceeds of the bond issuance net of applicable issuance costs and expenses, the following journal entry would be recorded:

Cash	95,000	
Other financing sources—Proceeds from the sale of bonds		95,000

To record the proceeds from the sale of bonds, net of issuance costs.

There are two other instances that represent a departure from the simplified first journal entry provided above. These instances are when bonds are issued at a premium or a discount.

Bonds are issued at a discount when the prevailing market interest rate at the time of issuance is higher than the stated or coupon rate of interest for the particular bonds being issued. If the $100,000 of face-amount bonds were actually sold for $97,500 and there was still $5,000 of issuance costs, the recommended journal entry is

Cash	92,500	
Expenditures—bond issuance costs	5,000	
Other financing sources—Proceeds from the sale of bonds		97,500

To record the sale of bonds at a discount, net of issuance costs and fees.

If the prevailing market rate of interest is lower than the stated or coupon rate of interest of the specific bonds being issued, the bonds would be sold at a premium. Assuming the same facts as in the previous journal entry, except that the bonds were sold at a $2,500 premium instead of a $2,500 discount, the following journal entry would be recorded:

Cash	97,500	
Expenditures—Bond issuance costs	5,000	
Other financing sources—Proceeds from the sale of bonds		102,500

To record the sale of $100,000 face-amount bonds at a premium, net of bond issuance costs and fees.

Note that no further journal entries to amortize the premium or discount would be required by the capital projects fund. Because the measurement focus of the capital projects fund is on current financial resources, the fund simply records the bond proceeds (that is, the current financial resources received) which will likely reflect premium or discount. Since the debt is not recorded in the capital projects fund, there is no need to record amortization of the premium or discount. Amortization of premium or discount (as well as issuance costs) would be recorded in the government-wide financial statements.

Bond Anticipation Notes

Bond anticipation notes are a mechanism for state and local governments to obtain financing in the form of a short-term note that the government intends to pay off with the proceeds of a long-term bond. Revenue and tax anticipation notes are also sources of short-term financing for governments. However, these short-term notes are not anticipated to be repaid from bond proceeds. They are expected to be paid from future collections of tax revenues, often real estate taxes, or other sources of revenue, often federal or state categorical aid. The accounting for transactions of the capital projects fund is most concerned with bond anticipation notes, since bonds are the most likely source of proceeds to finance the capital projects accounted for by the capital projects fund. The accounting question for bond anticipation notes is whether the notes should be recorded as a short-term liability and recorded in the fund, or whether certain prescribed conditions are met to enable the notes to be treated as long-term obligations and recorded only in the government-wide financial statements.

NCGA Interpretation 9 (NCGAI 9), *Certain Fund Classifications and Balance Sheet Accounts,* addresses the question of how bond, revenue, and tax anticipation notes should be reflected in the financial statements of a government, particularly how they should be accounted for by governmental funds. This guidance is particularly relevant for the capital projects funds, because these are the funds that usually receive the proceeds of bonds issued to finance major asset acquisitions or construction.

NCGAI 9 prescribes that if all legal steps have been taken to refinance the bond anticipation notes and the interest is supported by an ability to consummate refinancing the short-term notes on a long-term basis in accordance with the criteria set forth in FASB Statement 6 (SFAS 6), *Classification of Short-Term Obligations Expected to Be Refinanced* (see below), they should not be shown as a fund liability, although they would be recorded as a liability on the government-wide statement of net assets. However, if the necessary legal steps and the ability to consummate refinancing criteria have not been met, then the bond anticipation notes should be reported as a fund liability in the fund receiving the proceeds.

The requirements of SFAS 6 (referred to above) are as follows:

> *The enterprise's intent to refinance the short-term obligation on a long-term basis is supported by an ability to consummate the refinancing demonstrated in either of the following ways:*
>
> *a. Post-balance-sheet date issuance of long-term obligation or equity securities. After the date of an enterprise's balance sheet, but before that balance sheet is issued, a long-term obligation. . . has been issued for the purpose of refinancing the short-term obligation on a long-term basis; or*
>
> *b. Financing agreement. Before the balance sheet is issued, the enterprise entered into a financing agreement that clearly permits the enterprise to refinance the short-term obligation on a long-term basis on terms that are readily determinable, and all of the following conditions are met:*
>
> *(i) The agreement does not expire within one year (or operating cycle) from the date of the enterprise's balance sheet and during that period the agreement is not cancelable by the lender or the prospective lender or investor (and obligations incurred under the agreement are not callable during that period) except for the violation of a provision with which compliance is objectively determinable or measurable.*
>
> *(ii) No violation of any provision of the financing agreement exists at the balance sheet date and no available information indicates that a violation has occurred thereafter but prior to the issuance of the balance sheet, or, if one exists at the balance sheet date or has occurred thereafter, a waiver has been obtained.*
>
> *(iii) The lender or the prospective lender or investor with which the enterprise has entered into the financing agreement is expected to be financially capable of honoring the agreement.*

For purposes of applying the above provisions of SFAS 6, a "violation of a provision" is a failure to meet a condition set forth in the agreement or breach or violation of a provision such as a restrictive covenant, representation, or warranty, whether or not a grace period is allowed or the lender is required to give notice. In addition, when a financing agreement is cancelable for violation of a provision that can be evaluated differently by the parties to the agreement (for instance, when compliance with the provision is not objectively determinable or measurable), it does not comply with the condition of b(ii) above.

NOTE: To meet the above-described conditions to not record short-term bond anticipation notes as a fund liability, a government has to either have completed the financing after the balance sheet date but before the financial statements are issued, or has to have a solid agreement in place to obtain the long-term financing after the financial statements are issued. This appears to be a fairly narrow opening to avoid recording the financing as a long-term liability in the general long-term debt account group. However, the chances of complying with these conditions may be better than they appear, since the requirements of the bond anticipation notes themselves will likely require that concrete agreements to issue the long-term bonds are in place before the lenders provide the short-term financing through the bond anticipation notes.

If bond anticipation notes are not recorded as a liability of the fund because the criteria of SFAS 6 have been satisfied, the notes to the financial statements should include a general description of the financing agreement and the terms of any new obligation incurred or expected to be incurred as a result of a refinancing. Exhibits 1 and 2 illustrate the journal entries that should be recorded for bond anticipation notes.

Exhibit 1

The following journal entries demonstrate the accounting for bond anticipation notes.

Assume that the city of Anywhere issues $1,000,000 of bond anticipation notes. The criteria established by SFAS 6 have been satisfied so that the liability for the debt is included in the government-wide statement of net assets, rather than the capital projects fund. When the bond anticipation notes are issued, the following journal entries are recorded:

Capital projects fund:

Cash	1,000,000	
Other financing sources—proceeds from the issuance of bond anticipation notes		1,000,000

To record the receipt of funds from the issuance of bond anticipation notes.

Government-wide financial statements:

Cash	1,000,000	
Bond anticipation notes payable		1,000,000

To record the issuance of bond anticipation notes.

When the city of Anywhere issues the long-term debt that is "anticipated" by the bond anticipation notes, the following journal entries are recorded. (Assume that the long-term debt is issued the next day and that there are no interest payments.)

General fund:

Cash	1,000,000	
Other financing sources—proceeds from sale of long-term bonds		1,000,000

To record the issuance of long-term bonds.

Other financing sources—transfer to the debt service fund	1,000,000	
Cash		1,000,000

To record the transfer to the debt service fund.

(Note that a government may record the proceeds of the long-term debt in the debt service fund, if that coincides with the facts of the actual transaction.)

Debt service fund:

Cash	1,000,000	
Other financing sources—transfer from the general fund		1,000,000
To record receipt of a transfer from the general fund.		
Other financing uses—repayment of bond anticipation notes	1,000,000	
Cash		1,000,000
To record the repayment of bond anticipation notes.		

Government-wide financial statements:

Bond anticipation notes	1,000,000	
Bonds payable		1,000,000
To record the issuance of long-term bonds.		

NOTE: For a further understanding of the entries of the debt service fund and the government-wide financial statements, readers should refer to Chapters 9 and 11, respectively.

Exhibit 2

Assume the same facts as in Exhibit 1, except that the city of Anywhere has not satisfied the criteria of SFAS 6 and must record the bond anticipation notes as a fund liability.

The following journal entries would be recorded at the time that the bond anticipation notes are issued:

Capital projects fund:

Cash	1,000,000	
Bond anticipation notes payable		1,000,000
To record the issuance of bond anticipation notes.		

Government-wide financial statements:

Same entry as above.

Assume that the city of Anywhere then issues long-term bonds (assume that the proceeds are received directly by the capital projects fund) and pays off the bond anticipation notes.

Capital projects fund:

Cash	1,000,000	
Other financing sources—proceeds from sale of bonds		1,000,000
To record the issuance of long-term bonds.		
Bond anticipation notes payable	1,000,000	
Cash		1,000,000
To record the repayment of bond anticipation notes.		

Government-wide financial statements:

Bond anticipation notes payable	1,000,000	
Bonds payable		1,000,000
To record the issuance of long-term bonds.		

Demand Bonds

Demand bonds are financial instruments that create a potential call on a state or local government's current financial resources. A similar accounting question arises in relation to demand bonds as for bond anticipation notes: Should the debt be recorded as a liability of the capital projects fund (assuming the most typical case where the debt is used to finance major acquisitions or construction of capital projects) or only on the government-wide statement of net assets? The GASB issued guidance through GASB Interpretation 1 (GASBI 1) *Demand Bonds Issued by State and Local Governmental Entities*, discussed below.

Demand bonds are debt issuances that have demand provisions (termed "put" provisions) as one of their features that gives the bondholder the right to require that the issuer redeem the bonds within a certain period, after giving some agreed-upon period of notice, usually thirty days or less. In some cases, the demand provisions are exercisable immediately after the bonds have been issued. In other cases, there is a waiting period of, for example, five years, until the put provisions of the bonds may be exercised by the bondholder. These provisions mean that the bondholder is less subject to risks caused by rising interest rates. Because the bondholder is assured that he or she can receive the par value of the bond at some future date, a demand bond has some features and advantages of a short-term investment for the bondholder in addition to being a potential long-term investment. Accordingly, depending on the current market conditions, governments can issue these types of bonds at a lower interest rate than would be possible with bonds that did not have the demand bonds' put provision.

Because the issuance of demand bonds represents significant potential cash outlays by governments, steps are usually taken to protect the government from having to fund, from its own cash reserves, demand bonds redeemed by bondholders. First, governments usually appoint remarketing agents whose function is to resell bonds that have been redeemed by bondholders. In addition, governments usually obtain letters of credit or other arrangements that would make funds available sufficient to cover redeemed bonds.

To provide for long-term financing in the event that the remarketing agents are unable to sell the redeemed bonds within a specified period (such as three-six months), the government issuing demand bonds generally enters into an agreement with a financial institution to convert the bonds to an installment loan repayable over a specified period. This type of arrangement is known as a "take-out" agreement and may be part of the letter of credit agreement or a separate agreement.

As addressed by GASBI 1, demand bonds are those that by their terms have demand provisions that are exercisable at the balance sheet date or within one year from the date of the balance sheet. These bonds should be reported by governments in the capital projects fund unless all of the following conditions delineated in GASBI 1 are met:

- Before the financial statements are issued, the issuer has entered into an arm's-length financing (take-out) agreement (an arm's-length agreement is an agreement with an unrelated third party, with each party acting in his or her own behalf) to convert bonds put (but not resold) into some other form of long-term obligation.
- The take-out agreement does not expire within one year from the date of the issuer's balance sheet.

- The take-out agreement is not cancelable by the lender or the prospective lender during that year, and obligations incurred under the take-out agreement are not callable during that year.
- The lender, prospective lender, or investor is expected to be financially capable of honoring the take-out agreement.

Regarding the conditions above, if the take-out agreement is cancelable or callable because of violations that can be objectively verified by both parties and no violations have occurred prior to issuance of the financial statements, the demand bonds should be classified and recorded as long-term debt in the government-wide financial statements and not a liability of the fund. If violations have occurred and a waiver has been obtained before issuance of the financial statements, the bonds should also be classified and recorded as long-term debt in the government-wide financial statements and not a liability of the fund. Otherwise, the demand bonds should be classified and recorded as liabilities of the governmental fund and included as a current liability in the government-wide financial statements.

If the take-out agreement is cancelable or callable because of violations that cannot be objectively verified by both parties, the take-out agreement does not provide sufficient assurance of long-term financing capabilities, and the bonds should be classified as liabilities of the fund and as a current liability in the government-wide financial statements.

If a government exercises a take-out agreement to convert demand bonds that have been redeemed into an installment loan, the installment loan should be reported as a long-term liability in the government-wide statement of net assets.

If the above conditions are not met, the demand bonds should be recorded as a liability of a governmental fund, such as the capital projects fund. The selection of the fund to record the liability is determined by which fund receives the bond proceeds from the issuance of the demand bonds. Most often, this is the capital projects fund.

In addition, if a take-out agreement expires while its related demand bonds are still outstanding, the government should report a fund liability in the fund for the demand bonds that were not previously reported as a liability of the fund. The liability is reported as a liability of the fund that originally reported the proceeds of the bond. A corresponding debit to "Other financing uses" should be made at this time to record the fund liability.

In addition to the accounting requirements relative to demand bonds, GASBI 1 requires that a number of disclosures be made about this type of bond and the related agreements. These disclosures are in addition to the normal disclosures required about debt and include the following:

- General description of the demand bond program
- Terms of any letters of credit or other standby liquidity agreements outstanding
- Commitment fees to obtain the letters of credit and any amounts drawn on them outstanding as of the balance sheet date

- A description of the take-out agreement, including its expiration date, commitment fees to obtain that agreement, and the terms of any new obligation under the take-out agreement
- The debt service requirements that would result if the take-out agreement were to be exercised

Special Assessment Debt

The capital projects fund typically accounts for capital projects financed with the proceeds of special assessment debt. (Service-type special assessments are described in Chapter 7.) More often than not, special assessments projects are capital in nature and are designed to enhance the utility, accessibility, or aesthetic value of the affected properties. The projects may also provide improvements or additions to a government's capital assets, including infrastructure. Some of the more common types of capital special assessments include streets, sidewalks, parking facilities, and curbs and gutters.

The costs of a capital improvement special assessment project is usually greater than the amount the affected property owners can or are willing to pay in one year. To finance the project, the affected property owners effectively mortgage their property by allowing the government to attach a lien on their property so that the property owners can pay their pro rata share of the improvement costs in installments. To actually obtain funds for the project, the government usually issues long-term debt. Ordinarily, the assessed property owners pay the assessments in installments, which are timed to be due based on the debt service requirements of the debt that was issued to fund the projects. The assessed property owners may also elect to pay for the assessment immediately or at any time thereafter, but prior to the installment due dates. When the assessed property owners satisfy their obligations, the government removes the liens from the respective properties.

GASB Statement 6 (GASBS 6), *Accounting and Reporting for Special Assessments,* defines *special assessment debt* as those long-term obligations that are secured by a lien on the assessed properties, for which the primary source of repayment is the assessments levied against the benefiting properties. Often, however, the government will be obligated in some manner to provide resources for repayment of special assessment debt in the event of default by the assessed property owners. It is also not uncommon for a local government to finance an improvement entirely with the proceeds of a general obligation debt and to levy special assessments against the benefiting property owners to provide some of the resources needed to repay the debt.

The primary source of funds for the repayment of special assessment debt is the assessments against the benefiting property owners. The government's role and responsibility for the debt may vary. The government may be directly responsible for paying a portion of the project cost, either as a public benefit or as a property owner benefiting from the improvement. General government resources repay the portion of the debt related to the government's share of the project cost. These costs of capital projects would be expenditures of the capital projects fund. On the other hand, the government may have no liability for special assessment debt issues. Between these two extremes, the government may pledge its full faith and credit as security for the entire special assessment bond issue, including the portion of the bond issue to be paid by assessments against the benefiting property owners.

GASBS 6 states that the special assessment fund type previously used in governmental accounting should no longer be used. Legal or other requirements to account for special assessment transactions in accounts or funds separate from other accounts or funds of the government can usually be satisfied by maintaining separate special revenue, capital projects, and debt service funds for the individual special assessment projects.

Government obligation for special assessment debt. The manner in which capital projects financed with special assessment debt recorded in the capital projects fund is affected by whether or not the government is obligated in some manner for the special assessment debt. If the government is obligated in some manner to assume the payment of related debt service in the event of default by the property owners, all transactions related to capital improvements financed by special assessments should be reported in the same manner, and on the same basis of accounting, as any other capital improvement and financing; that is, transactions of the construction phase of the project should be reported in a capital projects fund (or other appropriate fund), and transactions of the debt service phase should be reported in a debt service fund, if a separate debt service fund is being used.

At the time of the levy of a special assessment, special assessments receivable should be recorded in the capital projects fund, offset by the same amount recorded as deferred revenue. The government should consider the collectibility of the special assessment receivables and determine whether the receivable should be offset by a valuation allowance. The deferred revenue amount should then be decreased because revenues are recognized when they become measurable and available. On the government-wide financial statements the same receivable would be recorded but revenue would be recognized and described as "contributions from property owners" or some similar title.

Further information on accounting for the debt portion of the special assessment debt when the government is obligated in some manner is provided in Chapters 9 and 13 on debt service funds and the general long-term debt account group.

There is one aspect of the determination of whether the government is obligated for special assessment debt affects the capital projects fund and this effect is principally in the source of funds and the terminology used to record the source of funds. The debt service transactions of a special assessment issue for which the government is not obligated in any manner should be reported in an agency fund, rather than a debt service fund, to reflect the fact that the government's duties are limited to acting as an agent for the assessed property owners and the bondholders. When a government is not obligated for special assessment debt, the construction phase should, however, be reported like other capital improvements—in a capital projects fund or other appropriate fund. The source of funds in the capital projects fund, however, should be identified by a description other than "bond proceeds," such as "contributions from property owners." The capital assets constructed or acquired with this debt for which the government is not obligated in any manner should be reported in the government-wide statement of net assets.

Arbitrage Rebate Accounting

The interest paid by state and local governments on debt issued for public purposes is generally not subject to federal taxation. Since this interest is not subject to federal taxes, the interest rates at which the government is able to issue debt is generally lower than the interest rate required for comparable debt whose interest payments are taxable to the debt holder.

Accordingly, a government has the opportunity for "arbitrage" earnings on the spread between its tax-exempt interest rate and the rate that it is able to earn on taxable investments purchased in the open market. Subject to certain safe-harbor requirements in which the bond proceeds are disbursed within a limited period, the state or local government is required to "rebate" these arbitrage earnings to the federal government. Typically, arbitrage rebate payments must be made to the federal government every five years and within sixty days of the related debt's financial maturity.

Although a government may not be required to remit the arbitrage rebate payments until several years have passed, the government should recognize a liability for rebatable arbitrage as soon as it is both probable and measurable that a liability has been incurred. In determining the amount of the liability, it must be considered that the excess arbitrage earnings earned in one year may be offset by lesser earnings in a subsequent year. Therefore, the liability recognized for the year should be only that portion of the estimated future payment that is attributable to earnings of the current period. In other words, the government should take into consideration whether its earnings on the same investments in subsequent years will offset excess earnings in the first year, for example, so that it is not necessarily required to record a liability for the full amount of any excess earnings in the first or beginning years of a debt issue.

All interest income, regardless of whether it is rebatable, should be reported as revenue of the capital projects fund. The liability for the arbitrage rebate is then reported only in the government-wide statement of net assets. However, when the amounts become due and payable to the federal government, they would be reported as a fund liability. This approach is the only one permitted by the GAAFR.

SUMMARY

Governments often establish capital projects funds to account for the major acquisition and construction of capital assets. This chapter focused on the basic accounting for the typical transactions of the capital projects fund and also on some unique areas of accounting, which primarily involve the issuance of debt providing the funds for capital projects. The reader should also consider the information in Chapters 9, 12, and 13, which describe the accounting and reporting for debt service funds, capital assets, and the general long-term debt for additional information on transactions that affect the accounts of the capital projects fund.

9 DEBT SERVICE FUNDS

INTRODUCTION

Governments often issue long-term debt to finance various governmental projects. Generally, this long-term debt is repaid from a governmental fund called a debt service fund. In some cases, although not legally required, a government may choose to establish a debt service fund to account for the accumulation of resources that will be used for debt service.

This chapter discusses the following topics in relation to the establishment and use of debt service funds:

- Situations in which a debt service fund is required or desirable
- Basis of accounting and measurement focus
- Expenditure recognition for debt service payments
- Accounting for the advance refunding of long-term debt

In addition to the above topics, useful information relative to a government's issuance and repayment of long-term debt is provided in Chapters 8 and 11.

SITUATIONS WHEN A DEBT SERVICE FUND IS REQUIRED OR DESIRABLE

NCGAS 1 describes the purpose of a debt service fund as to account for the accumulation of resources for, and the payment of, general long-term debt principal and interest.

In deciding to establish one or more debt service funds, a government should first determine whether it is required to establish such a fund or funds. The first requirement to consider is whether there are any laws that require the government to use a debt service fund. In addition to any legal requirements that might be established through the legislative process of the government, another potential source of legal requirement is the bond indenture agreements executed when long-term obligations are issued and sold. These agreements may require that debt service funds be used for the protection of the bondholders. The requirement to establish debt service funds as an accounting and financial reporting mechanism is different from the requirement in many bond indentures or similar agreements that establish reserve funds or other financial requirements. These other requirements may well be met through other mechanisms, such as restricted cash accounts, rather than the establishment of a debt service fund. Financial statement preparers should review these legal requirements carefully to ensure compliance with the requirements, which does not automatically lead to the use of a debt service fund.

In addition to the legal requirements described above, GAAP require the use of a debt service fund if financial resources are being accumulated for principal and interest payments maturing in future years. This requirement might be interpreted to mean that if a government has resources at the end of a fiscal year to use to pay debt service in the following year, a debt service fund would be required. This would result in almost all governments with long-term debt outstanding to be required to establish a debt service fund. In practice this requirement is interpreted more narrowly. An accumulation is only deemed to have occurred for determining whether a debt service fund is required if the government has accumulated resources for debt service payments in excess of one year's worth of principal and interest payments.

As is consistent with GAAP, the number of funds established should be kept to the minimum either required to be established by law, or considered necessary by the government for the appropriate financial management of its resources. When considering these two instances, the government also needs to determine whether it is required to establish one or more debt service funds. Ideally, in keeping with the goal of minimizing the number of funds that a government uses, a government would establish one debt service fund. This one fund should provide an adequate mechanism for the government to use to account for the accumulation of resources and payment of long-term debt. However, the legal requirements of the government itself or the bond indentures mentioned above may actually result in more than one debt service fund, perhaps even a separate debt service fund for bond issues of the government.

It should be noted that the debt service fund should be used to account for the accumulation and payment of debt service. There are other long-term obligations, such as those for capital leases, judgments and claims, and compensated absences, considered to be nondebt long-term obligations. The payments of these obligations should be reported in the fund that budgets for their payment, which is most often the general fund. The debt service fund should only be used for the accumulation of resources and payment of debt service for long-term obligations that are considered to be debt, and not for other nondebt long-term obligations.

BASIS OF ACCOUNTING AND MEASUREMENT FOCUS

As a governmental fund, the debt service fund should use the modified accrual basis of accounting and the current financial resources measurement focus. Revenues are recorded when they are susceptible to accrual. That is, they are accrued when they become measurable and available. Expenditures are recorded when the liability is incurred. However, recognition of expenditures for debt service principal and interest payments are unique for debt service funds. The recognition criteria for debt service payments are discussed in the following section of this chapter.

As a governmental fund type, the debt service fund uses the current financial resources measurement focus. The operating statement of the debt service fund reports increases and decreases in spendable resources. Increases in spendable resources are reported in the operating statement as "revenues" and "other financing sources," while decreases in spendable resources are reported as "expenditures" or "other financing uses."

In applying these accounting principles to debt service funds, the financial statement preparer may encounter the situation where a specific revenue source, such as property taxes or sales taxes, is restricted for debt service on general long-term debt. Assuming that the government has established a debt service fund, the government must determine whether these restricted tax revenues should be recorded directly into the debt service fund, or whether they should be recorded as revenues of the general fund, and then recorded as a transfer to the debt service fund.

When taxes are specifically restricted for debt service, generally they should be reported directly in the debt service fund, rather than as a transfer from the general fund to the debt service fund. However, circumstances such as a legal requirement to account for all of the restricted taxes in the general fund may sometimes require that restricted taxes be reported first in the general fund. In this case, an operating transfer from the general fund to the debt service fund would be recorded for the amount of the specific tax.

NOTE: In many cases, the taxes that are restricted to debt service may only present a portion of the total of the particular tax reported as revenue for the reporting entity as a whole. For example, a city may collect $100 million of property taxes, required to be pledged to cover the city's annual debt service payments of $40 million. Once the $40 million of debt service requirements are collected, the balance of the property tax revenue, or $60 million, is available for the government's general use. It may be that the government's full $100 million of property tax revenue is budgeted in the general fund, along with a transfer of $40 million to the debt service fund for debt service. In this case, it may be more appropriate to record the $100 million of property tax revenue in the general fund and then record an operating transfer of $40 million from the general fund to the debt service fund to reflect the transfer for debt service.

EXPENDITURE RECOGNITION FOR DEBT SERVICE PAYMENTS

As stated above, debt service funds should use the modified accrual basis of accounting and recognize expenditures when the liability is incurred. NCGAS 1, as subsequently amended by GASBS 6, provides a significant exception to this recognition criterion for debt service payments. The exception relates to unmatured principal and interest payments on general long-term debt, including special assessment debt for which the government is obligated in some manner.

Financial resources are usually appropriated in other funds for transfer to a debt service fund in the period in which maturing debt principal and interest must be paid. Theoretically, these amounts are not current liabilities of the debt service fund because their settlement will not require expenditure of existing resources of the debt service fund. If the debt service fund accrued an expenditure and liability in one period but recorded the transfer of financial resources for debt service payments in a later period, it would result in an understatement of the fund balance of the debt service fund.

Thus, the NCGA and the GASB concluded that debt service payments are usually appropriately accounted for as expenditures in the year of payment. Therefore, there is no accrual of interest or principal payments prior to the actual payments. Principal and interest expenditures are essentially recognized in the debt service fund on a cash basis, with only disclosure of subsequent-year debt service requirements. The cash basis is a practical way to consider recognition of debt service expenditures, although there is an assumption that debt is paid when it is due. Technically, debt service expenditures are actually recognized when the expenditure is due. Therefore, if there is a default on the payment of debt service (or if debt service is not paid because a payee cannot be located) an expenditure and corresponding liability would be recorded in the debt service fund.

The above discussion is based on the premise that the resources to actually make the debt service payment are not transferred into the debt service fund until the time that the debt service payment is actually going to be made. There is an additional consideration that must be made when the government has transferred or provided the resources for debt service payments that are due in a subsequent period. Under GAAP, if the debt service fund has been provided the resources during the current year for the payment of principal and interest due early in the following year, the expenditure and the related liability may be recognized in the debt service fund. This consideration often arises when resources are provided to a paying agent before year-end for debt due very early in the next fiscal year, such as when a fiscal year ends on June 30, and debt holders are entitled to an interest payment on July 1. In addition, the debt principal amount may be removed from the long-term debt account group.

It is important to note that the recognition of expenditures in the debt service fund for unmatured debt service principal and interest is optional for the government. Governments are not required to recognize debt service expenditures in debt service funds until they are due.

In instances where the government has an option to accrue debt service payment expenditures for unmatured debt service payments because resources have been provided in the current year for payments to be made early in the subsequent year, the GAAFR addresses the requirements that must be met in order to use this option. If a government elects to follow the early recognition option described in the preceding paragraph, the GAAFR provides that the following three conditions are met:

- The government uses a debt service fund to account for debt service payments.
- The advance provision of resources to the debt service fund is mandatory rather than discretionary.
- Payment is due within a short time period, usually one to several days and not more than one month.

These conditions reflect those promulgated by GASB Interpretation 6, Recognition and Measurement of Certain Liabilities and Expenditures in Governmental Fund Financial Statements.

The following are illustrative journal entries that would be recorded by a typical debt service fund that obtains the resources for debt service payments from transfers from the general fund:

1. The government transfers $10,000 from the general fund to the debt service fund for annual debt service payments.

Cash	10,000	
Other financing sources—operating transfers in—general fund		10,000
To record the receipt of $10,000 from the general fund.		

2. The government invests $6,000 of the cash transfer from the general fund that will not be needed until the next semiannual debt service payment is due.

Investments	6,000	
Cash		6,000
To record the investment of cash not immediately needed for debt service.		

3. The government transfers $4,000 to its fiscal agent, which will disburse interest and principal payments to individual bondholders.

Cash with fiscal agent	4,000	
Cash		4,000
To record the transfer of cash for the immediately due semiannual debt service payment.		

4. The principal and interest payments on debt service reach the maturity date.

Expenditures—debt service	4,000	
Matured debt service payable		4,000
To record an expenditure and liability for matured debt service requirements.		

5. The fiscal agent disburses the cash to the individual bondholders for matured interest and principal payments.

Matured debt service payable	4,000	
Cash with fiscal agent		4,000
To record the debt service payment to bondholders by the fiscal agent.		

6. The government accrues interest on the balance of the operating transfer that it holds.

Interest receivable on investments	500	
Revenues—interest		500
To record accrued interest receivable on investments.		

7. Entry 6. demonstrates that interest on investments should follow the usual revenue accrual procedures using the modified accrual basis of accounting. If, in addition to the accrued interest recorded above, the debt service fund received $100 of interest during the fiscal year, the following entry would be recorded:

Cash	100	
Revenues—interest income		100
To record the receipt of $100 of interest on investments.		

ACCOUNTING FOR THE ADVANCE REFUNDING OF LONG-TERM DEBT

One of the more unique accounting transactions likely to be accounted for in a debt service fund is the advance refunding of long-term debt. While this topic is closely related to the requirements of GAAP as to when the refunded debt can be removed from the government-wide statement of net assets, it has an effect on the debt service fund as well, because it is the most likely place where refundings, including advance refundings, of long-term debt are reported. GASB Statement 7 (GASBS 7), *Advance Refundings Resulting in Defeasance of Debt*, provides significant background and accounting guidance for determining the appropriate accounting for these activities.

There are several reasons why a government might desire to refund its debt in advance of the debt's maturity date. Three of these reasons are

1. Most frequently, governments refinance debt to take advantage of more favorable interest rates. If interest rates have declined for similar securities, it is likely that the government can realize savings by refunding its older debt in advance.
2. Governments may also refinance debt to change the structure of debt service payments, such as by shortening or lengthening the period of debt service.
3. Governments might also refinance debt to escape from unfavorable bond covenants, such as restrictions on issuing additional debt.

NOTE: Another reason that governments refund debt in advance is related to the second reason listed above. Debt may be refinanced to change the period that debt service payments are due. For example, assume that a government's fiscal year ends on June 30, and in refinancing the debt the government changes the maturity and interest payment date from June 30 to July 1 for the debt issued to refinance the original debt. Because debt service payments are recognized essentially on the cash basis, the government might effectively skip a debt service payment, which, assuming these payments are originally funded by the general fund, can provide an immediate savings in the general fund. Alternatively, the government may effectively capitalize a debt service payment by obtaining the resources for the payment from the proceeds of the new debt issued to refinance the old debt. The variations of these themes are limited only by the imagination of the bond underwriters proposing these types of transactions.

Because the benefits a government may realize from the above reasons are likely to be available before the debt is actually due or redeemable, it is necessary for a government to advance refund the debt. A government accomplishes an advance refunding by taking the proceeds of a new debt that is issued to refinance the old debt by placing the proceeds of the new debt in an escrow account that is subsequently used to provide funds to do the following, at minimum:

- Meet periodic principal and interest payments of the old debt until the call or maturity date
- Pay the call premium, if redemption is at the call date
- Redeem the debt at the call date or the maturity date

Most advance refunding transactions result in a defeasance of the debt, enabling the government to remove the amount of the old debt from the general long-term debt account group. A defeasance can be either legal or in-substance.

- A legal defeasance occurs when debt is legally satisfied based on certain provisions in the instrument, even though the debt is not actually repaid.

- An in-substance defeasance is the far more common type of defeasance. An in-substance defeasance occurs when debt is considered defeased for accounting purposes even though a legal defeasance has not occurred.

GASBS 7 prescribes the criteria that must be met before debt is considered defeased in substance for accounting and reporting purposes. The government must irrevocably place cash or assets with an escrow agent in a trust to be used solely for satisfying scheduled payments of both interest and principal of the defeased debt, and the possibility that the debtor will be required to make future payments on that debt is remote. The trust is restricted to owning only monetary assets that are essentially risk-free as to the amount, timing, and collection of interest and principal. The monetary assets should be denominated in the currency in which the debt is payable. GASBS 7 also prescribes that for debt denominated in US dollars, risk-free monetary assets are essentially limited to

- Direct obligations of the US government (including state and local government securities (SLGS) that the US Treasury issues specifically to provide state and local governments with required cash flows at yields that do not exceed the Internal Revenue Service's arbitrage limits)
- Obligations guaranteed by the US government
- Securities backed by US government obligations as collateral and for which interest and principal payments generally flow immediately through to the security holder.

The following describes the accounting treatment for advance refundings of debt in the debt service fund. Chapter 10 provides a significantly different model for accounting for advance refundings of the debt of proprietary funds. In addition, disclosure requirements for advance refundings are included in Chapter 13.

For advance refundings that result in defeasance of debt reported in the government-wide statement of net assets, the proceeds from the new debt should be reported as "other financing source—proceeds of refunding bonds" in the fund receiving the proceeds, which, for purposes of this Guide, is assumed to be the debt service fund. Payments to the escrow agent from resources provided by the new debt should be reported as "other financing use—payment to the refunded bond escrow agent." Payments to the escrow agent made from other resources of the entity should be reported as debt service expenditures. Exhibit 1 provides an example and the related journal entries will help to clarify this accounting.

Exhibit 1

Assume that the city of Anywhere has $10,000 of general long-term debt bonds outstanding that it wishes to advance refund, resulting in an in-substance defeasance. To accomplish this, the city of Anywhere needs to put $13,000 in an escrow account, of which it already has $1,000 available in the debt service fund and will issue new bonds with proceeds set to be $12,000. The city of Anywhere will record the following journal entries:

1. The city of Anywhere issues the $12,000 of new debt, the proceeds of which are immediately placed in the escrow account.

Other financing uses—payment to refunded bond fiscal agent	12,000	
Other financing source—proceeds of refunding bonds		12,000
To record issuance of refunding bonds and their payment to the escrow account.		

2. The $1,000 already available in the debt service fund is paid to the escrow account.

Expenditures—debt service—advance refunding escrow	1,000	
Cash		1,000
To record debt service fund cash paid to the escrow account.		

The above journal entries would be different if the refunding either was not a legal defeasance or did not meet all of the requirements for the transaction to be considered an in-substance defeasance.

Crossover Transaction and Refunding Bonds

A crossover refunding transaction is a transaction in which there is no legal or in-substance defeasance and the debt is not removed from the general long-term debt account group. In fact, both the new bonds that were issued and the original bonds that were refunded appear in the long-term debt account group. In a crossover refunding transaction, the escrow account is not immediately dedicated to debt service principal and interest payments on the refunded debt. Instead, the resources in the escrow account are used to temporarily meet the debt service requirements on the refunding bonds themselves. At a later date, called the crossover date, the resources in the escrow account are dedicated exclusively to the payment of principal and interest on the refunded debt. While an in-substance defeasance does not occur when the refunding bonds are issued, an in-substance defeasance may occur at the crossover date if the in-substance defeasance requirements of GASBS 7 are met.

There are circumstances when refunding bonds are issued in a transaction that is not immediately accounted for as an in-substance or legal defeasance. In these circumstances, the assets in the escrow account would be accounted for in the debt service fund. In addition, the liability for the debt that is eventually refunded is not removed from the government-wide statement of net assets until the debt is actually repaid or defeased legally or in substance. Assuming the same facts as in Exhibit 1, the following journal entry would be recorded in the debt service fund:

Cash with fiscal agent—escrow account	13,000	
Other financing source—refunding bonds		12,000
Cash		1,000
To record the establishment of an escrow account for refunded debt.		

SUMMARY

Debt service funds provide a useful mechanism for governments to account for transactions relating to the payment of principal and interest on long-term debt. Governments should consider both their legal and financial management requirements in determining whether to use a debt service fund and how many funds are to be established.

In determining the proper accounting for debt service transactions, governments also need to consider transactions accounted for in the general fund and the government-wide statement of net assets.

10 PROPRIETARY FUNDS

INTRODUCTION

Proprietary funds are used to account for a government's ongoing organizations and activities that are similar to those found in the private sector. In other words, these activities resemble commercial activities performed by governments, and the basis of accounting and measurement focus of these funds reflect this resemblance. There are two types of proprietary funds—enterprise funds and internal service funds.

This chapter describes the basic characteristics and accounting for proprietary funds, both enterprise and internal service funds. The following specific topics are addressed:

- Basis of accounting and measurement focus for proprietary funds
- Enterprise funds
  - — Background and uses
  - — Specific accounting issues
    - Restricted assets
    - Debt
    - Contributed capital
    - Advance refundings of debt
    - Tap fees
    - Regulated industries
    - Fixed assets—Infrastructure and contributions of general fixed assets
- Internal service funds
  - — Background and uses
  - — Specific accounting issues
    - Duplications of revenues and expenses
    - Surpluses and deficits
    - Risk financing activities

While GASBS 34 did not affect the basis of accounting and measurement focus of proprietary funds (the same are used in both the government-wide and fund financial statements), it did affect certain aspects of how and when these funds are used. These points will be highlighted throughout the chapter.

BASIS OF ACCOUNTING AND MEASUREMENT FOCUS FOR PROPRIETARY FUNDS

In general terms, proprietary funds use the same basis of accounting and measurement focus as commercial enterprises. Proprietary funds use the accrual basis of accounting and the economic resources measurement focus. Accordingly, proprietary funds recognize revenues when they are earned and recognize expenses when a liability is incurred. Revenue recognition is sometimes difficult to determine in the commercial accounting arena. However, the types of goods and services typically provided by governmental units through proprietary funds should make this difficulty rare.

For example, a municipal water utility would recognize revenue for water provided to customers at the time that it actually provides the water to the customers. In contrast to the modified accrual basis of accounting, the timing of the billing of the water customers does not enter into the revenue recognition criteria. Under the accrual basis of accounting, even if a water customer does not pay his or her bill for a year, the revenue is still recognized by the proprietary fund. Under the modified accrual basis of accounting, revenue not collected for a year after its billing will likely be determined not to meet the "available" criterion for revenue recognition.

For expenses recognition, the timing of the recognition of expenses (i.e., when the liability is incurred) is virtually the same as that for the modified accrual basis of accounting. The difference between "expenses" recognized by proprietary funds and "expenditures" recognized by governmental funds is in what "costs" are included in expenses and expenditures. This is determined by the different measurement focuses used by proprietary funds and governmental funds. Proprietary funds use the flow of economic resources measurement focus. Governmental funds use the current financial resources measurement focus, which recognizes as expenditures those costs that result in a decrease in current financial resources. Under the flow of economic resources measurement focus, costs are recognized when the related liability is incurred, including the recognition of depreciation expense. In addition to depreciation, the most significant differences in recognizing expenses in proprietary funds (compared with expenditures in governmental funds) are related to the recognition of the liability and expense for the longer-term portions of liabilities for vacation and sick leave, judgments and claims, landfill liabilities, and accrued interest expense. The accounting for these activities is specifically described either later in this chapter or in separate chapters of this guide; however, at this point it is important to understand the conceptual difference between the two. For example, a proprietary fund that incurs costs for vacation and sick leave will recognize an expense for these costs as it accrues a liability for vacation and sick leave pay, regardless of when these amounts will be paid. In contrast, a governmental fund would not record an expenditure for vacation and sick leave costs that will not be paid from current financial resources. Accordingly, governmental funds generally record expenditures for vacation and sick leave costs when these amounts are actually paid to the employees.

In addition to the long-term liabilities described above, a proprietary fund records long-term bonded debt and other notes as a fund liability. On the other side of the balance sheet, assets that are capitalized are recorded as long-term assets of the proprietary fund (net of accumulated depreciation), which would not be the case for governmental funds.

The equity section of a proprietary fund's balance sheet also differs significantly from that of a governmental fund. Under GASBS 34, proprietary fund net assets are categorized as invested in capital assets, net of related debt, restricted, and unrestricted. Designation of unrestricted net assets should not be reported by proprietary funds on the face of the financial statements. Capital contributions are not shown separately as a component of net assets.

NOTE: Under GASBS 34, there are no "retained earnings" to report as reserved, so this concept is essentially replaced by the restricted versus unrestricted presentation. Furthermore, GASBS 34 states that there should be no "designations" of unrestricted net assets reported by proprietary funds on the face of the financial statements.

It is conceptually simple to state that proprietary funds should use the commercial accounting model. However, the actual application of this concept is much more difficult because some accounting principles and standards promulgated by the Financial Accounting Standards Board (FASB) for commercial enterprises may conflict with pronouncements promulgated by the GASB. A proprietary fund attempting to apply accounting principles applicable to commercial enterprises would be unclear as to which of the conflicting accounting principles should be applied.

Fortunately, the GASB issued Statement 20 (GASBS 20), *Accounting and Financial Reporting for Proprietary Funds and Other Governmental Entities That Use Proprietary Fund Accounting*. GASBS 20 applies to the accounting and financial reporting for proprietary activities. This includes proprietary funds and governmental entities that use proprietary fund accounting, such as public benefit corporations and authorities, governmental utilities, and governmental hospitals and other health care providers.

GASBS 20 requires that proprietary funds should apply all applicable GASB pronouncements, as well as the following pronouncements issued on or before November 30, 1989, unless those activities conflict with or contradict GASB pronouncements:

- FASB Statements
- FASB Interpretations
- Accounting Principles Board (APB) Opinions
- Accounting Research Bulletins (ARBs)

Proprietary funds have the option to apply all FASB Statements and Interpretations, APB Opinions, and ARBs issued after November 30, 1989, except for those that conflict with or contradict GASB pronouncements.

In applying the guidance of GASBS 20, there are several important matters that a government's financial statement preparer must consider, summarized in the following sections.

- First, a financial statement preparer should understand the significance of the November 30, 1989 date. Statement on Auditing Standards 69 (SAS 69), *The Meaning of "Present Fairly in Conformity with Generally Accepted Accounting Principles" in the Independent Auditor's Report,* issued by the Auditing Standards Board of the American Institute of Certified Public Accountants (AICPA) modified the hierarchy of GAAP in accordance with the November 30, 1989 pronouncement, *Jurisdiction Determination of Board of Trustees of the Financial Accounting Foundation* (1989 Jurisdiction Document). Because the 1989 Jurisdiction Document and SAS 69 resulted in a change in the accounting hierarchy for state and local governments, the GASB issued GASBS 20 to respond to confusion about the accounting and financial reporting standards that apply to proprietary activities. It used the date of the 1989 Jurisdiction Document as the cutoff for when the application of the commercial accounting standards referred to above became optional for the accounting and financial reporting of proprietary activities.

  NOTE: The applicable commercial accounting standards that would precede the November 30, 1989 cutoff date would include all ARB and APB Opinions, because these documents are no longer issued. They would also include FASB Statements up to and including Statement 102, ***Statement of Cash Flows—Exemption of Certain Enterprises and Classification of Cash Flows from Certain Securities Acquired for Resale,*** *and FASB Interpretation 38,* ***Determining the Measurement Date for Stock Option, Purchase, and Award Plans Involving Junior Stock.***

- GASBS 20 does not change the applicability to proprietary activities of any FASB pronouncements issued on or before November 30, 1989. For example:
  - FASB Statement 12, *Accounting for Certain Marketable Securities*, states that it does not apply to governmental entities.
  - FASB Statement 71, *Accounting for the Effects of Certain Types of Regulation*, may be applied to proprietary activities that meet the criteria of this pronouncement for reporting as regulated enterprises.
  - FASB Statement 87, *Employers' Accounting for Pensions*, is not applicable to proprietary activities.
  - FASB Statement 95, *Statement of Cash Flows*, is not applicable to proprietary activities.
  - FASB Statement 106, *Employers' Accounting for Postretirement Benefits other than Pensions*, may (but is not required to) be applied to proprietary activities.
  - FASB Technical Bulletin 85-3, *Accounting for Operating Leases with Scheduled Rent Increases*, is not applicable to proprietary activities.

- When a state or local governmental entity makes an election to apply the commercial accounting pronouncements issued after November 30, 1989, that do not conflict or contradict GASB pronouncements, this election must be made uniformly. That is, the entity cannot elect to apply some, but not all, of the applicable standards. The GASB explicitly states in its "Basis for Conclusions" to GASBS 20 that it wishes to prevent "picking and choosing" individual accounting standards.

- The basic financial statements of a governmental entity may include a number of proprietary activities, including component units. While GASBS 20 encourages the same application of FASB pronouncements to be used by all proprietary activities, including component units, in the basic financial statements it does not require it.
- The GASB viewed GASBS 20 as interim guidance on the accounting requirements for proprietary activities until work on its ongoing reporting model project is completed.

NOTE: GASBS 20 focuses on the applicability of FASB Statements and Interpretations, APB Opinions, and Accounting Research Bulletins to proprietary activities. The GASB acknowledged in the "Basis for Conclusions" of GASBS 20 that there are other sources of accounting guidance that may be applicable to proprietary activities, such as FASB Technical Bulletins, AICPA Statements of Position (SOPs) and AICPA Industry Audit and Accounting Guides. The "Basis for Conclusions" indicates that the GASB presumes that the same logic of GASBS 20 would be applied to these other sources of accounting guidance.

If a new AICPA pronouncement (SOP or Industry Accounting and Audit Guide) does not include governmental entities in its scope, then it is "other accounting literature" in the GAAP hierarchy for proprietary activities (i.e., the private sector accounting hierarchy) for those entities using proprietary accounting that elect to apply only pre-November 1989 FASB pronouncements. (Chapter 2 presents information on the governmental GAAP hierarchy. Exhibit 2 presents the private sector accounting hierarchy.)

If a new AICPA pronouncement does not include governmental activities in its scope, but has been cleared by the FASB, then it would be considered Category B guidance for those entities that use proprietary accounting that elect to apply post-November 1989 FASB pronouncements.

If an AICPA SOP or Industry Audit and Accounting Guide includes governmental entities in its scope, it is considered Category B guidance for all applicable governmental entities, including proprietary activities, if it has been cleared by the GASB.

The GASB periodically confirms which FASB Statements, Interpretations, and Technical Bulletins (as well as AICPA pronouncements) after SFAS 102 that would apply to proprietary funds that elect to apply these FASB Statements. Exhibit 1 contains the current list of FASB Statements after SFAS 102 and indicates their applicability to proprietary funds that elect to apply FASB Statements, Interpretations, and Technical Bulletins, and AICPA pronouncements.

Exhibit 1

GASBS 20, paragraph 7, provides that proprietary activities may elect to apply *all* FASB pronouncements issued after November 30, 1989, *except for* those that conflict with or contradict GASB pronouncements. The following chart represents the GASB's position as to which FASB pronouncements issued since November 30, 1989, apply to proprietary activities that apply paragraph 7 of Statement 20.

FASB Pronouncements—Applicability under GASB Statement 20, Paragraph 7

Statements		Apply?
103	*Accounting for Income Taxes—Deferral of the Effective Date of FASB Statement 96*	N/A
104	*Statement of Cash Flows—Net Reporting of Certain Cash Receipts and Cash Payments and Classification of Cash Flows from Hedging Transactions*	Yes—GASBS 9, para. 74
105	*Disclosure of Information about Financial Instruments with Off-Balance-Sheet Risk and Financial Instruments with Concentrations of Credit Risk*	No. Superceded by SFAS 133.
106	*Employers' Accounting for Postretirement Benefits other than Pensions*	Optional based on GASBS 12. Entities *may* apply the provisions of GASBS 27.
107	*Disclosures about Fair Value of Financial Instruments*	Yes
108	*Accounting for Income Taxes—Deferral of the Effective Date of FASB Statement 96*	N/A
109	*Accounting for Income Taxes*	N/A
110	*Reporting by Defined Benefit Pension Plans of Investment Contracts*	No—Apply GASBS 25
111	*Rescission of FASB Statement 32 and Technical Corrections*	Yes
112	*Employers' Accounting for Postemployment Benefits*	Optional based on GASBS 12.
113	*Accounting and Reporting for Reinsurance of Short-Duration and Long-Duration Contracts*	No—Apply GASBS 10
114	*Accounting by Creditors for Impairment of a Loan*	Yes
115	*Accounting for Certain Investments in Debt and Equity Securities*	No—Apply GASBS 31
116	*Accounting for Contributions Received and Contributions Made*	No
117	*Financial Statements of Not-for-Profit Organizations*	No
118	*Accounting by Creditors for Impairment of a Loan—Income Recognition and Disclosures*	Yes
119	*Disclosure about Derivative Financial Instruments and Fair Value of Financial Instruments*	No. Superceded by SFAS 133.
120	*Accounting and Reporting by Mutual Life Insurance Enterprises and by Insurance Enterprises for Certain Long-Duration Participating Contracts*	Yes
121	*Accounting for the Impairment of Long-Lived Assets and for Long-Lived Assets to Be Disposed Of*	Yes
122	*Accounting for Mortgage Servicing Rights*	No. Superceded by SFAS 125.
123	*Accounting for Stock-Based Compensation*	N/A
124	*Accounting for Certain Investments Held by Not-for-Profit Organizations*	No
125	*Accounting for Transfers and Servicing of Financial Assets and Extinguishments of Liabilities*	No. Superceded by SFAS 140.
126	*Exemption from Certain Required Disclosures about Financial Instruments for Certain Nonpublic Entities*	Decision on whether to discontinue application of FASB-107 should be based on the prevalent practice in the reporting entity's industry (e.g., health care, power utility, and so forth).
127	*Deferral of the Effective Date of Certain Provisions of FASB Statement 125*	No. Superceded by SFAS 140.
128	*Earnings Per Share*	N/A
129	*Disclosure of Information about Capital Structure*	Yes. Paragraph 4 applies to debt issued by all entities.
130	*Reporting Comprehensive Income*	No
131	*Disclosures about Segments of an Enterprise and Related Information*	No

Statements (cont.)		Apply?
132	*Employer's Disclosure about Pensions and Other Postretirement Benefits*	Yes—but only for provisions that amend disclosures required by SFAS 106, which is optional for entities that adopt paragraph 7 of Statement 20. (See above.) Disclosures related to SFAS 87 and 88 do not apply.
133	*Accounting for Derivative Instruments and Hedging Activities*	In part—reporting gains or loss in other comprehensive income conflicts. Paragraph 43 of SFAS 133 applies to the extent that it does not conflict with GASB pronouncements. GASBS 31 requires all investment income, including changes in fair value of investments, to be recognized as revenue. GASBS requires investment income to be reported as nonoperating revenue.
134	*Accounting for Mortgage-Backed Securities Retained after the Securitization of Mortgage Loans Held for Sale by a Mortgage Banking Enterprise*	No
135	*Rescission of FASB Statement No. 75 and Technical Corrections*	Yes—to the extent that it corrects applicable FASB pronouncements.
136	*Transfers of Assets to a Not-for-Profit Organization or Charitable Trust That Raises or Holds Contributions for Others*	No
137	*Accounting for Derivative Instruments and Hedging Activities—Deferral of the Effective Date of FASB Statement No. 133*	Yes—See FASB Statement 133 above.
138	*Accounting for Derivative Instruments and Certain Hedging Activities—an amendment of FASB Statement No. 133*	Yes—See FASB Statement 133 above.
139	*Rescission of FASB Statement 53 and amendment to FASB Statements No. 63, 89, and 121*	Yes
140	*Accounting for Transfers and Servicing of Financial Assets and Extinguishments of Liabilities*	In part—portions pertaining to reverse repurchase agreements, securities lending transactions, measurement of investments, and extinguishments of debt should not be applied. See GASB Statements 3, 7, 23, 28, and 31.
141	*Business Combinations*	No
142	*Goodwill and Other Intangible Assets*	No
143	*Accounting for Asset Retirement Obligations*	In part—does not apply to municipal solid waste closure and postclosure care costs.

Interpretations		Apply?
39	*Offsetting of Amounts Related to Certain Contracts (Note 1)*	Yes
40	*Applicability of Generally Accepted Accounting Principles to Mutual Life Insurance and Other Enterprises*	Yes
41	*Offsetting of Amounts Related to Certain Repurchase and Reverse Repurchase Agreements*	No
42	*Accounting for Transfers of Assets in Which a Not-for-Profit Organization Is Granted Variance Power*	No
43	*Real Estate Sales*	Yes
44	*Accounting for Certain Transactions Involving Stock Compensation*	N/A

FASB Technical Bulletin		*Apply?*
94-1	*Application of Statement 115 to Debt Securities Restructured in a Troubled Debt Restructuring*	No
97-1	*Accounting under Statement 123 for Certain Employee Stock Purchase Plans with a Look-Back Option*	No

AICPA Pronouncements

AICPA pronouncements issued after November 30, 1989, and not specifically made applicable to governmental entities should be applied using the same logic used in the application of FASB standards. Many of the AICPA pronouncements issued after November 30, 1989, provide guidance on specialized industries. However, preparers should note these AICPA pronouncements in particular.

- Audit and Accounting Guide, *Audits of Credit Unions*
- Audit and Accounting Guide, *Audits of Savings Institutions*
- Statement of Position (SOP) 93-7, *Reporting on Advertising Costs*
- SOP 94-6, *Disclosure of Certain Significant Risks and Uncertainties*
- SOP 96-1, *Environmental Remediation Liabilities*
- SOP 97-1, *Accounting by Participating Mortgage Loan Borrowers*
- SOP 97-3, *Accounting by Insurance and Other Enterprises for Insurance-Related Assessment*
- SOP 98-1, *Accounting for Computer Software Developed or Obtained for Internal Use*
- SOP 98-5, *Reporting on the Costs of Start-Up Activities*

The Audit and Accounting Guides, *Audits of Property and Liability Insurance Companies* and *Audits of Providers of Health Care Services*, and Statement of Positions 98-2, *Accounting for Costs of Activities of Not-for-Profit Organizations and State and Local Governmental Entities That Include Fund-Raising*, were reviewed by the GASB before issuance and include governmental entities in their scope. For this reason, these Guides constitute Level B guidance in the hierarchy of generally accepted accounting principles for all business-type activities regardless of the provisions of Statement 20.

Exhibit 2: Private Sector GAAP Hierarchy

Level A	FASB Statements and Interpretations, APB Opinions, and AICPA Accounting Research Bulletins
Level B	FASB Technical Bulletins, AICPA Industry Audit and Accounting Guides, and AICPA Statements of Position
Level C	Consensus Positions of the FASB Emerging Issues Task Force and AICPA Practice Bulletins
Level D	AICPA accounting interpretations, Question and Answer documents published by the FASB staff, as well as industry practices widely recognized and prevalent
Other Accounting Literature	Includes FASB Concepts Statements; AICPA Issues Papers; International Accounting Standards Committee Statements; GASB Statements, Interpretations, and Technical Bulletins; pronouncements of other professional associations or regulatory agencies; AICPA *Technical Practice Aids*, and accounting textbooks, handbooks, and articles.

ENTERPRISE FUNDS

Background and Uses

Enterprise funds are used to account for operations that fall within two basic categories.

1. Operations that are financed and operated in a manner similar to private business enterprises, where the intent of the governing body is to finance or recover costs (expenses, including depreciation) of providing goods and ser-

vices to the general public on a continuing basis primarily through user charges

2. Operations where the governing body has decided that periodic determination of revenues earned, expenses incurred, and/or net income is appropriate for capital maintenance, public policy, management control, accountability, or other purposes

Enterprise funds are primarily used to account for activities that are financed through user charges. However, the total cost of the activity does not have to be paid for by the user charges. The government (or other governmental entity) may subsidize a significant portion of the costs of the enterprise fund.

For example, a government may establish a water authority to provide water to its residential and commercial water users. In this case, the water rates are generally set to recover the full cost of the water authority's operations. On the other hand, there may be circumstances where public policy determinations result in the user charges not covering the total costs of the operations. For example, a transit authority might be established to provide public transportation by buses, trains, or subways. Often, fares charged to the customers of the transit means provided by transit authorities do not cover the full cost of operation the transit authority. Usually, the local government would subsidize the transit authority's operations. In addition, there may be state and federal mass transportation grants that help to subsidize the operations of the transit authority. These subsidies sometimes result in the transit fares covering a relatively small percentage of the total cost of the transit authority.

The decision to account for a particular operation as an enterprise fund is based both on whether the cost recovery through user charges is fundamental to the enterprise fund, and on whether the government finds it useful to have information on the total cost of providing a service to the government's citizens. This decision disregards the degree to which the charges to the users of the service cover the total cost of providing the service.

GASBS 34 continues the previous practices that an enterprise fund may be used to report any activity for which a fee is charged to external users as goods and services. However, GASBS 34 also specifies three situations where the use of an enterprise fund is required. The criteria are to be applied to the activity's principal revenue sources, meaning that insignificant activities where fees are charged would not automatically require the use of an enterprise fund. An enterprise fund is required to be used if one of the following criteria are met:

- The activity is financed with debt that is secured solely by a pledge of the revenues from fees and charges of the activity. If the debt is secured in part from its own proceeds, it is still considered to be payable solely from the revenues of the activity. In other words if a portion of the proceeds of a revenue bond issued is placed in a debt service reserve account, yet the revenue bond is payable solely from the revenues of the activity with the exception of the potential use of the reserve funds, this criterion is still met and the use of an enterprise fund would be required. On the other hand, if the debt is secured by a pledge of the revenues of the activity and the full faith and credit of a related primary government or component unit, it is not considered payable solely from the fees of the activity, even if it is not expected that the primary government or other component unit would actually make any payments on the debt. In this case, the criterion is not met and the use of an enterprise fund would not be required. In addition, this criterion would not apply to special assessment debt for which a government is not obligated in any manner.

- Laws or regulations require that the activity's costs of providing services (including capital costs such as depreciation or debt service) be recorded from fees and charges, rather than taxes or similar revenues.
- The pricing policies of the activity establish fees and charges designed to recover its costs, including capital costs such as depreciation or debt service.

Specific Accounting Issues

Restricted assets. Typically, enterprise funds are used to issue long-term bonds to provide financing for their activities. The benefit of issuing bonds by the enterprise fund, rather than by the general government, is that there is typically a dedicated revenue stream in the enterprise fund that can be pledged to the service of the related debt. Often, this dedicated and pledged revenue results in a higher rating on the enterprise fund's long-term debt, resulting in a lower interest cost for the government. For example, a water utility may issue long-term debt to finance investments in water and sewer infrastructure, such as water filtration plants or sewage treatment plants. Water and sewer charges may represent a fairly constant source of revenue that may be judged by the investment community to be more reliable than general tax revenues. Accordingly, if the enterprise fund pledges its receipts for water and sewer charges to debt service, the related debt, commonly referred to a as a revenue bond, will probably carry a lower interest rate than the government's general long-term debt.

As a result of the high level of debt issuance typically found in enterprise funds, these funds can often be found to have restricted assets. These restricted assets normally represent cash and investments whose availability to the enterprise fund is restricted by bond covenant. The following are examples of commonly found restricted assets:

- Revenue bond construction (such as cash, investments, and accrued interest segregated by the bond indenture for construction)
- Revenue bond operations and maintenance (such as accumulations of resources equal to operating costs for a specified period)
- Revenue bond current debt service (such as accumulations of resources for principal and interest payments due within one year)
- Revenue bond future debt service (such as accumulations of resources for principal and interest payments beyond the subsequent twelve months)
- Revenue bond renewal and replacement (such as accumulations of resources for unforeseen repairs and maintenance of assets originally acquired from bond proceeds)

One other form of restricted assets results from the enterprise fund holding deposits from its customers. Typically, the cash and investments related to these deposits are recorded as a restricted asset with a related offsetting liability that reflects the fact that the enterprise fund must return the deposits to its customers.

A similar concept applies upon implementation of GASBS 34. The amount of restricted net assets reported may not be equal to the amount of restricted assets that are reported on the statement of net assets and the fund's balance sheet.

Debt. As stated earlier in this chapter, long-term debt applicable to the financing of the activities of proprietary funds are recorded in the funds as a fund liability. Some enterprise debt may be backed by the full faith and credit of the government. Even though the debt may be a general obligation of the government, it should be reported as a liability of the enterprise fund if the debt was issued for enterprise fund purposes and is expected to be repaid from enterprise fund resources. Therefore, it is the expected source of repayment for the debt (rather than the security interest for the debt) that is the primary factor in determining whether a liability for debt is recorded as a liability of the enterprise fund.

An additional consideration relating to the issuance of long-term debt that will be repaid from the resources of an enterprise fund concerns the accounting for arbitrage rebate. As more fully described in Chapter 8, governments that earn excess interest on the proceeds resulting from the issuance of tax-exempt debt must rebate these arbitrage earnings after a period of time to the federal government.

Contributed capital. Because enterprise funds use an accounting and financial reporting model that resembles in many aspects the commercial accounting and reporting model, the concept of *capital*, or how the funds obtain their resources for operations (other than the issuance of debt) must be addressed.

Under GASBS 34, the accounting for capital contributions to proprietary funds changed significantly. There is no "contributed capital" classification of net assets for proprietary funds as there had been in prior practice. Net assets are categorized as invested in capital assets, net of related debt (which would include within it the resulting net assets from capital contributions), restricted and unrestricted. Contributed capital is not displayed separately on the face of the financial statements.

The more significant change under the new financial reporting model, however, is that capital contributions are not recorded directly as an increase in the net assets of the proprietary fund. Instead they flow through the statement of revenues, expenses, and changes in net assets, where they are reported separately from operating revenues and expenses. The following presents an example of an abbreviated operating statement that reflects how capital contributions would be reported under the new financial reporting model:

Operating revenues:	
(Details of operating revenues)	xxx
Operating expenses:	
(Details of operating expenses, including depreciation on all depreciable fixed assets)	xxx
Operating income (loss)	xxx
Nonoperating revenues/expenses	
(Details of nonoperating revenues)	xxx

Income (loss) before other revenues (expenses, gains, losses, and transfers, if applicable)	XXX
Capital contributions	XXX
Increase (decrease) in net assets	XXX
Net assets—beginning of period	XXX
Net assets—end of period	XXX

Refundings of debt. The underlying background and general principles of refundings of debt for governments are fully described in Chapters 9 and 11. The GASB issued Statement 23 (GASBS 23), *Accounting and Financial Reporting for Refundings of Debt Reported by Proprietary Activities,* to specifically address the accounting issues related to advance refundings of debt for proprietary funds. Because these funds have an income determination focus, previous guidance resulted in the entire amount of the gain or loss being recognized for financial reporting purposes in the year of the advance refunding.

GASBS 23 applies to both current refundings and advance refundings of debt resulting in defeasance of debt reported by proprietary activities, which includes proprietary funds and other governmental entities that use proprietary fund accounting, such as public benefit corporations and authorities, utilities, and hospitals and other health care providers.

Refundings involve the issuance of new debt whose proceeds are used to repay previously issued, or old, debt. The new debt proceeds may be used to repay the old debt immediately, which is a current refunding. The new debt proceeds may also be placed with an escrow agent and invested until they are used to pay principal and interest on the old debt in the future, which is an advance refunding. An advance refunding of debt may result in the in-substance defeasance, provided that certain criteria (described in Chapter 11) are met. GASBS 23 applies to both current refundings and advance refundings that result in a defeasance of debt.

GASBS 23 requires that for current refundings and advance refundings resulting in a defeasance of debt reported by proprietary activities, the difference between the reacquisition price and the net carrying amount of the old debt should be deferred and amortized as a component of interest expense in a systematic and rational manner over the life of the old or new debt, whichever is shorter.

In applying the guidance of GASBS 23, two special terms need to be defined.

1. Reacquisition price. The reacquisition price is the amount required to repay previously issued debt in a refunding transaction. In a current refunding, this amount includes the principal of the old debt and any call premium incurred. In an advance refunding, the reacquisition price is the amount placed in escrow that, together with interest earnings, is necessary to pay interest and principal on the old debt and any call premium incurred. Any premium or discount and issuance costs pertaining to the new debt are not considered part of the reacquisition price. Instead, this premium or discount should be accounted for as a separate item relating to the new debt and amortized over the life of the new debt.

2. Net carrying amount. The net carrying amount of the old debt is the amount due at maturity, adjusted for any unamortized premium or discount and issuance costs related to the old debt.

On the balance sheet of the proprietary fund, the amount deferred should be reported as a deduction from or an addition to the new debt liability. The new debt may be reported net with either parenthetical or note disclosure of the deferred amount on refunding. The new debt may also be reported gross with both the debt liability and the related deferred amount present.

Two other situations involving prior refundings are also addressed by GASBS 23. For current refundings of prior refundings and for advance refundings of prior refundings resulting in the defeasance of debt, the difference between the reacquisition price and the net carrying amount of the old debt, together with any unamortized difference from prior refundings, should be deferred and amortized over the shorter of the original amortization period remaining from the prior refundings, or the life of the latest refunding debt. In other words, for a subsequent refunding of debt that was originally used to refund some other debt, add (or subtract) the remaining deferred gain or loss to the new gain or loss that would normally be calculated for the new refunding transaction. Amortize this combined amount over the shorter of the previous deferred amount's amortization period or the life of the new debt resulting from the new refunding transaction.

Tap fees. Tap fees refer to fees that new customers pay to a governmental utility to "tap into" or connect to the utility's existing system. They are also sometimes referred to as *connection fees* or *systems development fees*. The amount of the fee usually exceeds the actual cost to the utility to physically connect the new customer to the system. The excess profit that is built into tap fees is conceptually a charge to the new customers for their share of the costs of the existing infrastructure and systems of the governmental utility or a charge to offset a portion of the cost of upgrading the system.

The accounting issue relates to the treatment of the excess of the tap fee over the actual cost to the governmental utility to connect the new customer, which is considered an imposed nonexchange transaction. The GAAFR recommends that the portion of the tap fee that equals the cost of physically connecting the new customer be reported as operating revenue. This operating revenue then matches the operating expenses incurred in connecting the new customer. The amount charged in excess of the actual cost of physically connecting the new customer should be recorded by the governmental utility as nonoperating revenue as soon as the government has established an enforceable legal claim to the payment, usually upon connection. Prior to implementation of GASBS 34, these excess amounts were treated as contributed capital.

Customer and developer deposits. Utility-type and similar enterprise funds often require customers to pay a deposit to the enterprise fund to assure the timely payment for services. These deposits should be recorded by the enterprise fund as a current liability, until such time as the enterprise fund returns the deposit to the customers (such as when the service is terminated) or applies the deposit to an unpaid bill.

In some cases, land developers may also be required to make "good-faith" deposits to finance the cost of the enterprise fund to extend utility service to the new development. These developer deposits are also recorded as current liabilities of the enterprise fund until such time as they are no longer returnable to the developer, at which time they should be recorded as revenue. That the subsequent use of these resources is legally restricted to capital acquisition or related debt service should be reflected as a restriction of net assets rather than as a deferral of revenue.

Regulated industries. The FASB provides guidance to commercial enterprises that are part of regulated industries. FASB Statement 71 (SFAS 71), *Accounting for the Effects of Certain Types of Regulation*, provided the initial guidance, which, with some minor subsequent revisions, is as follows:

- In certain circumstances, charges of the current period may be capitalized rather than expensed if they will be recovered through future rates.
- Rates that are levied in anticipation of future charges may not be recognized as revenue until the anticipated charge is incurred.
- If a gain reduces allowable costs and this reduction will be reflected in lower future rates for customers, then the gain itself should be amortized over this same period.

Enterprise funds are permitted, but not required, to follow the guidance of SFAS 71 for regulated industries if they meet all of the following criteria:

- Rates for regulated services or products are either established, or subject to approval, by
  - — An independent, third-party regulator
  - — The governing board itself, if it is empowered by statute or contract to establish rates that bind customers
- The regulated rates are designed to recover the specific enterprise's costs of providing regulated services or products.
- It is reasonable to assume that the regulated activity can set and collect charges sufficient to recover its costs.

Financial statement preparers and auditors should keep in mind that if an enterprise fund elects to follow the guidance of SFAS 71, this guidance modifies, but does not replace, the normal enterprise fund accounting and financial reporting requirements.

Fixed assets—Infrastructure and contribution of general fixed assets. Infrastructure assets are assets that are not movable and are of value only to the government. Proprietary funds are required to capitalize all of their assets, including infrastructure, even prior to the adoption of GASBS 34. For example, a water and sewer authority might have a grid of pipes and other connections that deliver water and collect waste water. The proprietary fund would be required to record these assets at their historical cost and depreciate them over their estimated useful lives.

When general fixed assets are contributed to a proprietary fund from another fund within the government, the contributed asset should be valued by the proprietary fund as though it had originally been acquired by that fund and subsequently depreciated. For example, assume that a general fixed asset with an original cost of $10,000 and a useful life of ten years is contributed to a proprietary fund at the end of four years. Assuming that straight-line depreciation is being used, the proprietary fund would record the equipment either on a net basis at $6,000, or would record the asset at $10,000, with a corresponding accumulated depreciation amount of $4,000. The proprietary fund would then continue to depreciate the asset at $1,000 per year for its remaining six-year life. This situation applies only when an existing asset of the government is transferred to a proprietary fund. Under GASBS 34, the accounting is similar, but the asset would be recorded at the net book value of the asset as reported in the government-wide statement of net assets. Contributions of fixed assets from parties outside the government are valued at fair value and depreciation is recorded when the asset is placed in service, similar to when a new asset is acquired.

INTERNAL SERVICE FUNDS

Background and Uses

Internal service funds are used to account for the financing of goods or services provided by one department or agency of a governmental unit to other departments or agencies of the same governmental unit on a cost-reimbursement basis. In some cases, blended component units are reported as internal service funds.

Because internal service funds use the flow of economic resources measurement focus and accrual basis of accounting (as discussed below), they allow the full cost of providing goods or services to other departments or agencies to be charged to the receiving department or agency. Were these activities to be accounted for using a governmental fund, the full cost of the goods or services would not be determinable because the governmental fund would focus on the effect on current financial resources, rather than the full cost of the goods or services.

As the main purpose of internal service funds is to identify and allocate costs of goods or services to other departments, it is generally recommended that governments use separate internal service funds for different activities. Although the use of internal service funds is not required by GAAP, it is logical that disparate activities be accounted for in separate internal service funds to more accurately determine the costs of the goods and services. It should be noted that GAAP does not require that internal service funds include the full cost of services that are provided. A government may chose to leave some of the related costs out of the internal service fund, such as a rent charge or utility charge.

For example, internal service funds are often used to determine and allocate the costs for activities as diverse as the following:

- Duplicating and printing services
- Central garages
- Motor pools
- Data processing
- Purchasing
- Central stores and warehousing

Clearly, combining the costs of providing motor pool services with the costs of providing data processing services in the same internal service fund will not result in a very useful basis on which to allocate costs. Establishing separate funds will result in a more effective cost-allocation process.

Governments generally use internal service funds to determine and allocate costs of goods and services to other agencies and departments within the governmental unit, but they may also be used for other purposes. For example, internal service funds may be used for goods and services provided on a cost-reimbursement basis to other governmental entities within the reporting entity of the primary government. In some cases, internal service funds are used for goods and services provided on a cost-reimbursement basis to quasi-governmental organizations and not-for-profit organizations. In these circumstances, the government may find it more appropriate to classify these activities as enterprise funds, rather than internal service funds, depending on the individual circumstances. In fact, GASBS 34 specifies that if the reporting government is not the predominant participant in the activity, the activity should be reported as an enterprise fund.

Specific Accounting Issues

The accounting issues described above for enterprise funds also generally pertain to internal service funds, and the above accounting and financial reporting guidance described above should be used as required in accounting for internal service funds.

Duplications of revenues and expenses. Many of the transactions between internal service funds and other funds take the form of quasi-external transactions. The funds receiving the goods or services from the internal service fund report an expenditure or an expense, while the internal service fund reports revenue. The consequence of this approach is that there is duplicate reporting of expenditures and expenses with the financial reporting entity of the government. For example, an internal service fund records an expense to recognize the cost of providing goods or services to another fund. This same expense is then duplicated in the other funds when the funds that received the goods or services are charged for their share of the cost. Revenue is also recognized in the internal service fund, based entirely on a transaction involving the funds of the government; in other words, an internal transaction. GASBS 34 specifies that eliminations should be made in the statement of activities to remove the "doubling-up" effect of internal service activities.

Surpluses and deficits. Surpluses or deficits in internal service funds are likely to indicate that the other funds were not properly charged for the goods and services that they received. However, the government should take the view that internal service funds should operate on a breakeven basis over time. Surpluses or deficits in individual reporting periods may not necessarily indicate the need to adjust the basis on which other funds are charged for the goods or services provided by the internal service fund. It is only when internal service funds consistently report significant surpluses or deficits that the adequacy or inadequacy of charges made to other funds must be reassessed.

If it is determined that the charges made to other funds are either more or less than is needed to recover cost over a reasonable period, the excess or deficiency should be charged back to the participating individual funds. The GAAFR prescribes that it is not appropriate to report a material deficit in an internal service fund with the demonstrable intent and ability to recover that amount through future charges to other funds over a reasonable period.

In some cases, internal service funds use a higher amount of depreciation in determining charges to other funds than would ordinarily be calculated using acceptable depreciation methods in conjunction with historical cost. This is done so that the internal service fund accumulates enough resources from the other funds to provide for replacement of depreciable assets at what is likely to be a higher cost at the time of replacement. In this case, the surpluses recorded from the higher fees will eventually be offset by higher depreciation expense once the asset is replaced at a higher cost, and the higher cost is used in the depreciation expense calculation.

GASBS 34 has an interesting twist for reporting internal service fund asset and liability balances on the government-wide statement of net assets. Any asset or liability balances that are not eliminated would be reported in the governmental activities column. While one would expect that internal service fund balances would be reported in the business-type activities column, the rationale used by GASBS 34 is that the activities accounted for in internal service funds are usually more governmental than business-type in nature. However, if enterprise funds are the predominant or only participant in an internal service fund, the government would report the internal service fund's residual assets and liabilities within the business-type activities column in the statements of net assets.

Risk financing activities. Governments are required to use either the general fund or an internal service fund if they desire to use a single fund to account for all of their risk financing activities. Risk financing activities are fully described in Chapter 21. However, for purposes of understanding the use of internal service funds, the following brief discussion is provided.

If a government elects to use an internal service fund to account for its risk financing activities, interfund premiums are treated as quasi-external transactions, similar to external insurance premiums. In other words, the internal service fund would record an expense and a liability for the judgments and claims that are probable and measurable for the reporting period. However, it may charge a higher premium to the other funds (and record the higher amount as revenue). Because interfund premiums paid to external service funds are treated as quasi-external transactions rather than as reimbursements, their amounts are not limited by the amount recognized as expense in the internal service fund, provided that

- The excess represents a reasonable provision for anticipated catastrophe losses, or
- The excess is the result of a systematic funding method designed to match revenues and expenses over a reasonable period; for example, an actuarial funding method or a funding method based on historical cost

As will be more fully described in Chapter 21, deficits in risk-financing internal service funds must be charged back as expenditures or expenses to other funds if they are not recovered over a reasonable period. In addition, surplus retained earnings resulting from premiums charged for future catastrophe losses should be reported as a designation of retained earnings. This designation should be reported in the notes to the financial statements, rather than on the face of the financial statements. This is the sole instance where a designation of retained earnings is required by generally accepted accounting principles for a proprietary fund, although other designations are permitted and appropriate.

SUMMARY

The accounting and financial reporting for proprietary funds closely follows the accounting and financial reporting for commercial activities. However, there are some important differences and some unique accounting applications described in this chapter that distinguish this accounting from true commercial accounting. These differences must be understood by financial statement preparers to provide appropriate financial reports for proprietary activities.

11 FIDUCIARY FUNDS

INTRODUCTION

Governments are often required to hold or manage assets on behalf of others. NCGAS 1 recognized the need for fiduciary funds (known as *trust and agency funds* prior to GASBS 34), "to account for assets held by a governmental unit in a trustee capacity or as an agent for individuals, private organizations, other governmental units, and/or other funds."

GASBS 34 updated the types of fiduciary funds to include the following:

1. Pension (and other employee benefit) trust funds
2. Investment trust funds
3. Private-purpose trust funds
4. Agency funds

The funds are reported under GASBS 34 only in fiduciary fund financial statements. They are not reported as part of the government-wide financial statements.

Each of these fund types is described below. In addition, Chapter 24 describes the accounting and financial reporting principles used by pension trust funds.

AGENCY FUNDS

Agency funds are used to account for assets held solely in a custodial capacity. As a result, assets in agency funds are always matched by liabilities to the owners of the assets. The accounting for agency funds is the same before and after implementation of GASBS 34.

The accounting and financial reporting for agency funds are unique and do not really follow those of governmental funds or proprietary funds. Agency funds use the modified accrual basis of accounting for purposes of recognizing assets and liabilities, such as receivables and payables. However, agency funds do not have or report operations, and accordingly are said to not have a measurement focus.

In determining whether an agency fund or a trust fund is used to account for various types of transactions, there are no clear-cut distinctions for selecting the proper fund to account for a particular transaction. The degree of the government's management involvement and discretion over assets is generally much greater over trust fund assets than over agency fund assets. Private-purpose trust funds, for example, may require that a government's management identify eligible recipients, invest funds long- or short-term, or monitor compliance with regulations. Agency funds, on the other hand, typically involve only the receipt, temporary investment, and remittance of assets to their respective owners.

Agency funds are often used by school districts to account for student activity funds that are held by the school district but whose assets legally belong to the students. Another common use of agency funds is to account for taxes collected by one government on behalf of other governments. The collecting government has virtually no discretion on how the funds in the agency fund are to be spent. They are simply collected and then remitted to the government on whose behalf they were collected. In addition to this example, there are three instances where the use of an agency fund is mandated. These mandated uses are described in the following paragraphs.

Pass-Through Grants

GASB Statement 24 (GASBS 24), *Accounting and Financial Reporting for Certain Grants and Other Financial Assistance,* states that as a general rule, cash pass-through grants should be recognized as revenue and expenditures or expenses in a governmental, proprietary, or trust fund. GASBS 24 provides, however, that in those infrequent cases where a recipient government only serves as a cash conduit, the grant should be reported in an agency fund. The GAAFR, using the guidance of GASBS 24, states that an agency fund only be used to account for grants if the government has no administrative involvement with the program and has no direct financial involvement with the program. Examples provided are as follows:

Administrative requirements

- The government functions solely as an agent for some other government in collecting and forwarding funds
- The government undertakes no responsibility for subrecipient monitoring for specific requirements,
- The government is not responsible for determining the eligibility of recipients,

Direct financial involvement

- The government has no matching requirements, and
- The government is not liable for grant repayments.

If a grant does not meet these criteria, it is required that the revenues and expenditures or expenses of the grant be accounted for and reported in one of the other fund types.

Special Assessments

The accounting and financial reporting for special assessments is described in Chapters 7 and 12. The use of an agency fund for special assessments is required when a government is not obligated in any manner for capital improvements financed by special assessment debt. GASBS 6 requires that "The debt service transactions of a special assessment issue for which the government is not obligated in any manner should be reported in an agency fund rather than a debt service fund, to reflect the fact that the government's duties are limited to acting as an agent for the assessed property owners and the bondholders."

When an agency fund is used for this purpose, any cash on hand from the special assessment would be shown on the agency fund's balance sheet. In addition, receivables would be reported for delinquent assessments. Only delinquent receivables would be reported as receivables on the agency fund's balance sheet, however. If the total receivables relating to the special assessment were shown, they would be offset by a liability that would essentially represent the special assessment debt. This would violate the requirement that special assessment debt for which the government is not obligated in any manner should not be displayed in the government's financial statements.

NOTE: In practice, agency funds are used by governments for the activities described above that are either repetitive or long-term. For infrequent transactions that will be settled within one or two years (for example, the asset will be received and the liability paid), many governments choose to simply use asset and liability accounts of the fund actually receiving the assets and paying the obligations rather than setting up a separate agency fund. Typically, these asset and liability accounts are set up in the government's general fund. The reason for using this approach, instead of setting up a large number of agency funds, is to avoid the administrative work involved in using a large number of agency funds.

PENSION (AND OTHER EMPLOYEE BENEFIT) TRUST FUNDS

Governments almost always offer pension benefits to their employees. The pension plans related to these benefits are reported as pension trust funds in the government's financial statements if either of the following criteria is met:

- The pension plan qualifies as a component unit of the government.
- The pension plan does not qualify as a component unit of the government, but the plan's assets are administered by the government.

Upon implementation of GASBS 34, this fund type, renamed "Pension (and Other Employee Benefit) Trust Funds," is used to account for other employee benefit funds held in trust by a government, such as an Internal Revenue Code Section 457 Deferred Compensation Plan discussed below.

Pension (and other employee benefit) trust funds use the flow of economic resources measurement focus and the full accrual basis of accounting, similar to nonexpendable trust funds and proprietary funds. A separate pension (and other employee benefit) trust fund should be used for each separate plan. Separate pension (and other employee benefit) trust funds are also sometimes established to account for supplemental pension benefits.

Governmental pension plans are usually administered by public employee retirement systems (PERS). The GASB has specific pronouncements governing the accounting and financial reporting for both governmental employers that offer pension plans and the accounting and financial reporting of the plans themselves. Chapter 18 addresses the governmental employer accounting questions, and Chapter 24 addresses the accounting for the plans themselves.

Deferred Compensation Plans

Many governments establish and offer participation to their employees in deferred compensation plans established under Section 457 of the Internal Revenue Code. These plans are often referred to as *Section 457 plans*. The laws governing these plans were changed so that as of August 20, 1996, new deferred compensation plans would not be considered eligible under Internal Revenue Code Section 457 unless all assets and income of the plan are held in trust for the exclusive benefit of the plan participants and their beneficiaries. For existing plans to remain eligible under Internal Revenue Code Section 457, this requirement was required to be met by January 1, 1999. Thus, the entire nature of the access to the assets of deferred compensation plans changed under the new requirements. The assets (and their related earnings) are no longer be accessible to the governmental entity and its creditors. They will be held in trust for the exclusive benefit of the plan participants and their beneficiaries. Recently, governments have begun to offer employees similar deferred compensation plans established under Section 401(k) of the Internal Revenue Code. The accounting guidance discussed in this section would apply to the Section 401(k) plans as well.

In applying the requirements of GASBS 32, the first step for governments is to determine whether the Internal Revenue Code Section 457 plan should be included as a fiduciary fund of the reporting government. If the plan meets the criteria of NCGAS 1 for inclusion as a fiduciary fund, the plan would be reported under GASBS 32 as part of pension (and other employee benefit) trust funds. If the criteria of NCGAS 1 are not met, then the plan would not be included as a fiduciary fund of the reporting government.

NCGAS 1 defines fiduciary funds as "Trust and Agency funds to account for assets held by a governmental unit in a trustee capacity or as an agent for individuals, private organizations, other governmental units, and/or other funds." No additional guidance on when to report Internal Revenue Code Section 457 plans is provided by GASBS 32. The basis for conclusions of GASBS 32 indicates that the GASB's research indicated at the time of the statement issuance that most governments had little administrative involvement with their plans and did not perform the investing function for those plans. This is consistent with the practice that has emerged upon adoption of GASBS 32 of many governments not reporting their plans as fiduciary funds.

However, whether the plan is reported is a matter of professional judgment, and the extent of the governments activities relating to the plan, particularly in selecting investment alternatives and holding the assets in a trustee capacity needs to be evaluated.

Governments that report Internal Revenue Code Section 457 deferred compensation plans should apply the valuation provisions of GASB Statement 31 (GASBS 31), *Accounting and Financial Reporting for Certain Investments and for External Investment Pools*. In addition, all other plan investments should be reported at fair value. Thus, all of the investments of the plan will be reported at fair value.

GASBS 32 further provides that if it is impractical to obtain investment information from the plan administrator as of the reporting government's balance sheet date, the most recent report of the administrator should be used—for example, reports ending within the reporting government's fiscal year or shortly thereafter, adjusted for interim contributions and withdrawals.

INVESTMENT TRUST FUNDS

A special type of trust fund, the investment trust fund, is used by governments that sponsor external investment pools and that provide individual investment accounts to other legally separate entities that are not part of the same financial reporting entity. The investment trust fund is required to be used in these circumstances by GASB Statement 31, *Accounting and Financial Reporting for Certain Investments and for External Investment Pools* (GASBS 31). The accounting for these funds is unchanged by GASBS 34.

Investment trust funds report transaction balances using the flow of economic resources measurement focus and the accrual basis of accounting. Accordingly, the accounting and financial reporting for investment trust funds is similar to that used by nonexpendable trust funds (and proprietary funds).

The two instances where GASBS 31 specifies that investment trust funds be used are as follows:

1. External portion of external investment pools

   An external investment pool commingles the funds of more than one legally separate entity and invests on the participants' behalf in an investment portfolio. GASBS 31 specifies that the external portion of each pool should be reported as a separate investment trust fund. The external portion of an external investment pool is the portion of the pool that belongs to legally separate entities that are not part of the sponsoring government's financial reporting entity.

   In its financial statements, the sponsoring government should present for each investment trust fund a statement of net assets and a statement of changes in net assets. The difference between the external pool assets and liabilities should be captioned "net assets held in trust for pool participants." In the combined financial statements, investment trust funds should be presented in the balance sheet along with the other trust and agency funds. A separate statement of changes in net assets should be presented for the combined investment trust funds, although GASBS 31 permits that statement to be presented with similar trust funds, such as pension trust funds.

2. Individual investment accounts

   GASBS 31 requires that governmental entities that provide individual investment account to other legally separate entities that are not part of the same financial reporting entity should report those investments in one or more separate investment trust funds. The way that individual investment accounts function, specific investments are acquired for individual entities and the income from and changes in the value of those investments affect only the entity for which they were acquired.

The manner of presentation should be consistent with that described above for the external portion of external investment pools.

PRIVATE-PURPOSE TRUST FUNDS

Private-purpose trust funds are a type of fiduciary fund introduced by GASBS 34. They are used to report all trust arrangements (other than pension and other employee benefit, and investment trust funds), under which principal and income benefit individuals, private organizations, or other governments. Similar to other fiduciary funds, private-purpose trust funds cannot be used to support a government's own programs. It is important therefore, to make sure that an activity is absent any public purpose of the government before it is accounted for as a private-purpose trust fund, even if individuals, private organizations, or other governments receive direct or indirect benefits from the activity. The distinction that a private-purpose trust fund should not be used to account for a grant program that supports a government's own programs is an important one. If a donor provides a government with a grant for the government to use to support its own programs, that grant should be recorded in the government's general fund as grant revenue. The expenditures for this example program then become subject to the budgetary appropriations of the government's general fund. However, if the grant does not directly benefit the government or go to support its own programs, then the grant is properly accounted for as a private-purpose trust fund. Generally because of their nature, there are no legal budgetary appropriations for these types of fiduciary funds and the program is administered essentially only in accordance with the grant agreement.

SUMMARY

Governments frequently hold assets in a fiduciary capacity and should use the appropriate fiduciary fund to account for the assets and liabilities relating to these fiduciary responsibilities. The use of fiduciary funds provides the capability to improve accountability and control over these assets.

12 CAPITAL ASSETS

INTRODUCTION

Capital assets used in governmental activities under the pre-GASBS 34 financial reporting model were reported in the general fixed assets account group, which, as its name implies, was an account group and not a fund. GASBS 34 eliminated the use of the general fixed asset account group. Capital assets used in governmental activities are not reported in the fund financial statements, but are only reported in the government-wide statement of net assets. Capital assets used in proprietary funds are recorded by these funds. Information on recording capital assets in proprietary funds is included in Chapter 10.

This chapter describes the accounting and financial reporting basics. The following topics will be addressed:

- Basic accounting entries
- Valuation of assets recorded, including accumulated depreciation
- Recording infrastructure assets
- Capitalization of interest
- Other financial reporting and disclosure considerations

Because of the nature of governmental financial reporting and operations, certain fixed assets are recorded in funds and others are recorded only in the government-wide financial statements. Generally, fixed assets for the proprietary funds (the enterprise funds and the internal service funds) are recorded in the funds themselves.

In addition, fixed assets associated with trust funds are accounted for through those trust funds. For example, the principal or *corpus* amount of private-purpose funds may include fixed assets. In such cases, the fixed assets should be accounted for in the appropriate private-purpose trust fund. This assists in compliance with terms of the trust instrument, provides a deterrent to mismanagement of trust assets, and facilitates accounting for depreciation where the trust principal must be maintained intact.

Fixed assets other than those accounted for in the proprietary funds or trust funds are considered capital assets used in governmental activities, that are accounted for only in the government-wide financial statements rather than in the individual governmental funds.

The reason that capital assets used in governmental activities are not recorded in the governmental funds is that the measurement focus of the government's funds is the current financial resources measurement focus. Fixed assets do not represent current financial resources available for expenditure, but rather are considered items for which financial resources have been used and for which accountability should be maintained. Accordingly, they are considered not to be assets of the governmental funds, but are rather accounted for as assets of the government as a whole. NCGAS 1 determined that the primary purposes for governmental fund accounting are to reflect its revenues and expenditures (that is, the sources and uses of its financial resources) and its assets, related liabilities, and net financial resources available for appropriation and expenditure. To best meet these objectives, fixed assets need to be excluded from the governmental fund accounts and instead be recorded only in the government-wide financial statements. Note that conceptually GASBS 34 is similar, as will be described later in this chapter. Instead of recording these fixed assets in an account group, however, they are recorded in the government-wide statement of net assets.

The types of assets that should be included as capital assets used in governmental activities are those typically termed *fixed assets*; that is, those that meet the capitalization criteria of the government. The more common classes used to categorize fixed assets by governments are as follows:

- Land
- Buildings
- Equipment
- Improvements other than buildings
- Construction in progress
- Intangibles
- Infrastructure

In addition, fixed assets include those acquired in substance through noncancelable leases. Lease capitalization and disclosure requirements are more fully described in Chapter 22. The cost of infrastructure assets is also included in capital assets used in governmental activities. This requirement is discussed more fully in a later section of this chapter.

Capitalization Policy

To determine what assets will be treated as fixed assets (regardless of whether it is a capital asset used in governmental or business-type activities or a fixed asset of a proprietary fund) in practice, governments typically set thresholds for when assets may be considered for capitalization. For example, a government may determine that in order to be treated as a capitalized asset, an asset should cost at least $5,000 and have a useful life of five years. Note that this threshold applies only to items that are appropriately capitalizable by their nature. For example, a repair or maintenance expenditure of $7,000 would not be capitalized even if the threshold were $5,000. The threshold would apply to items that would normally be capitalized and is used to prevent too many small assets from being capitalized, which becomes difficult for governments to manage. Continuing the $5,000 threshold example, a personal computer purchased for $4,000 would not be capitalized. However, ten personal computers purchased as part of the installation of an integrated computer network would be eligible for capitalization in this example.

NOTE: Governments are notorious for having capitalization thresholds that, in the author's opinion, are far too low. Perhaps in their zeal to provide accountability for assets purchased with public resources, large governments exist that have capitalization thresholds of $100 to $500. Often, these thresholds have been in place for many years (sometimes from when the government first recorded general fixed assets) and have not been adjusted for inflation. This presents a waste of resources in accounting for the details of these numerous small assets. Governments should periodically review their capitalization thresholds to make sure that they make sense, given their significance to the government's financial statements. To address the accountability issue that is likely to arise in raising these thresholds, keep in mind that assets do not have to be recorded in the general fixed asset account group or in a proprietary fund to be safeguarded. In considering these accountability issues, the government must also consider that accountability standards may be imposed on the government from outside sources. For example, some federal and state contracts or grants may specify a capitalization level for tracking fixed assets that are acquired with funds provided under the contract or grant. Although this level must be adhered to for contract or grant management purposes, the level should not determine the capitalization threshold established for financial reporting purposes.

GASB 34 implementation has resulted in a number of governments reviewing their capitalization threshold and in many cases significantly increasing the threshold.

NOTE: Governments sometimes set or keep abnormally low capitalization rates because of sensitivity to their stewardship responsibilities for public resources. Other reasons, however, are more practical. For example, many governments can only issue general long-term debt for the acquisition or construction of general fixed assets. Therefore, the lower the capitalization threshold, the more assets can be purchased (for example, by a capital projects fund, which obtains its funds from the issuance of general long-term debt). These somewhat low dollar-amount items can be purchased and paid for over the life of the general long-term debt, with no impact on general fund resources, which are generally more subject to political sensitivities.

VALUATION OF ASSETS RECORDED

As a general rule, fixed assets should be initially recorded at cost. *Cost* is defined as the consideration that is given or received, whichever is more objectively determinable. In most instances, cost will be based on the consideration that the government gave for the fixed asset, because that will provide the most objective determination of the cost of the asset.

The cost of a fixed asset includes not only its purchase price or construction cost, but also any ancillary costs incurred that are necessary to place the asset in its intended location and in condition where it is ready for use. Ancillary charges will depend on the nature of the asset acquired or constructed, but typically include costs such as freight and transportation charges, site preparation expenditures, professional fees, and legal claims directly attributable to the asset acquisition or construction. An example of legal claims directly attributable to an asset acquisition is liability claims resulting from workers or others being injured during the construction of an asset, or damage done to the property of others as a direct result of the construction activities.

It is relatively easy to ascertain the costs of fixed assets that are purchased currently. Contracts, purchase orders, and payment information is available to determine the acquisition or construction costs. The cost of a fixed asset includes not only its purchase price or construction cost, but also whatever ancillary charges are necessary to place the asset in its intended location and in condition for its intended use. Thus, among the costs that should be capitalized as part of the cost of a fixed asset are the following:

- Professional fees, such as architectural, legal, and accounting fees
- Transportation costs, such as freight charges
- Legal claims directly attributable to the asset acquisition
- Title fees
- Closing costs
- Appraisal and negotiation fees
- Surveying fees
- Damage payments
- Land preparation costs
- Demolition costs
- Insurance premiums during the construction phase
- Capitalized interest (discussed later in this chapter)

The reporting of fixed assets by governments was not always common. As governments worked to adopt the requirements of NCGAS 1, they were faced with the task of establishing fixed asset records and valuation after many years of financial reporting without them. In these situations, many of the supporting documents and records that might contain original cost information were no longer available to establish the initial cost of these previously unrecorded assets.

Governments often found it necessary to estimate the original costs of these assets on the basis of such documentary evidence as may be available, including price levels at the time of acquisition, and to record these estimated costs in the appropriate fixed asset records. While this problem will diminish in size as governments retire or dispose of these assets with estimated costs, the notes to the financial statements should disclose the extent to which fixed asset costs have been estimated and the method (or methods) of estimation. Similar consideration will need to be made for the retroactive recording of infrastructure assets under GASBS 34.

Governments sometimes acquire fixed assets by gift. When these fixed assets are recorded, they should be recorded at their estimated fair value at the time of acquisition by the government.

As described more fully in Chapter 10, governmental funds and entities that use proprietary accounting may elect to apply FASB statements and interpretations issued after November 30, 1989. Those entities that make this election must consider the requirements of FASB Statement 144, *Accounting for the Impairment or Disposal of Long-Lived Assets* (SFAS 144) in accounting for their fixed assets.

NOTE: The GASB has issued GASB Statement 42 relative to the impairment of capital assets of the Statement. The requirements are described in Chapter 1. At the same time, the GASB has not yet provided guidance as to the applicability of SFAS 144 to governments that elect to apply FASB pronouncements subsequent to November 30, 1989. Readers should be aware that the requirements of the anticipated new GASB standard in capital asset impairment would apply to governments in lieu of SFAS 144.

SFAS 144 requires that long-lived assets and certain identifiable intangible assets that are held and used by an entity be reviewed for impairment whenever events or changes in circumstances indicate that the carrying amount of an asset may not be recoverable. First the entity determines whether an impairment loss has occurred by comparing the carrying amount of the asset with the estimated future cash flows (undiscounted and without interest charges) expected to result from the use of the asset and its eventual disposition. If an impairment loss is indicated because the estimated future cash flows are less than the carrying amount of the asset, the impairment loss is measured (and recognized) as the difference between the carrying amount and the fair value of the assets that are impaired.

NOTE: Governmental funds and entities considering the guidance of SFAS 144 should be careful in determining whether an impairment of a long-lived asset has occurred. The expected new GASB Statement concerning asset impairment does not use a cash flow approach for determining impairment. In many cases, enterprise funds or other public authorities charge fees that are not expected to recover the total cost of operations. The author believes that the anticipated operating subsidiaries from another fund or, if to a legally separate entity, from the government itself, should be taken into account when determining whether an impairment of an asset has occurred.

For example, it would not seem reasonable to determine that an impairment has occurred for assets of a transit system whose fares are only expected to cover half of its costs, using strictly the expected future cash flows from fares (which are the revenues generated by the assets of the transit system) without considering all of the federal and state operating subsidies that are received by the transit system.

SFAS 144 also requires, generally, that long-lived assets and certain identifiable intangibles to be disposed of be reported at the lower of the carrying amount of fair value less cost to sell. An exception to this requirement is for assets covered by APB 30, *Reporting the Results of Operations—Reporting the Effects of Disposal of a Segment of a Business, Extraordinary, Unusual and Infrequently Occurring Events and Transactions*, in which case the assets to be disposed of are reported at the lower of the carrying amount or net realizable value.

Capital Asset Accounting under GASBS 34

As described earlier in this chapter, in the government-wide financial statements, capital assets should be reported at historical cost. Cost includes capitalized interest and ancillary costs (freight, transportation charges, site preparation fees, professional fees, etc.) necessary to place an asset into its intended location and condition for use.

One of the most significant aspects of GASBS 34 is its definition of what is included in capital assets: land, improvements to land, easements, buildings, building improvements, vehicles, machinery, equipment, works of art and historical treasures, infrastructure, and all other tangible and intangible assets that are used in operations and that have initial useful lives extending beyond a single reporting period. The GASB 34 Implementation Guide defines land improvements to consist of betterments, other than building, that ready land for its intended use. Examples provided of land improvements include site improvements such as excavations, fill, grading, and utility installation; removal, relocation, or reconstruction of the property of others, such as railroads and telephone and power lines; retention walls; parking lots, fencing, and landscaping.

Included in this definition are infrastructure assets. Previously, governments (not including proprietary funds) had the option of capitalizing infrastructure assets, and many, if not most, did not. (Infrastructure assets are defined by GASBS 34 as "long-lived capital assets that normally are stationary in nature and normally can be preserved for a significantly greater number of years than most capital assets.") Examples of infrastructure assets are roads, bridges, tunnels, drainage systems, water and sewer systems, dams, and lighting systems.

All governments are required to report general infrastructure capital assets prospectively. Retroactive capitalization of infrastructure assets required by GASBS 34 becomes more complicated.

- Phase 3 governments (governments with total annual revenues of less than $10 million) do not have to retroactively record infrastructure assets, although they are encouraged to do so.
- Phase 1 governments (governments with total annual revenues of $100 million or more) and Phase 2 governments (governments with total annual revenues of $10 million, but less than $100 million) are encouraged to retroactively report all major general infrastructure assets on the date that GASBS 34 is implemented.

NOTE: Chapter 1 provides GASB 34 implementation information, which includes the definition of Phase 1, 2, and 3 governments.

However, Phase 1 governments must retroactively report all major general infrastructure assets for fiscal years beginning after June 15, 2005. Phase 2 governments must retroactively report all major general infrastructure assets for fiscal years beginning after June 15, 2006. At the general infrastructure transition date, Phase 1 and Phase 2 governments are required to capitalize and report major general fixed assets that were acquired in fiscal years ending after June 30, 1980, or that received major renovations, restorations, or improvements during that period.

NOTE: The determination of major infrastructure assets is made at the network or subsystem level as follows:

- *The cost or estimated cost of a subsystem is expected to be at least 5% of the total cost of all general capital assets reported in the first fiscal year ending after June 30, 1999.*
- *The cost or estimated cost of a network is expected to be at least 10% of the total cost of all general capital assets reported in the first fiscal year ending after June 15, 1999.*

DEPRECIATION OF CAPITAL ASSETS

Depreciation expense and the related accumulated depreciation are recorded in the government-wide statement of activities and in proprietary funds in a manner similar to that used by commercial entities.

In calculating depreciation, governments should follow the same acceptable depreciation methods used by commercial enterprises. There is actually very little authoritative guidance issued by the FASB and its predecessor standard-setting bodies. In fact, the financial statement preparer would need to go back to AICPA Accounting Research Bulletin 43 (ARB 43), *Restatement and Revision of Accounting Research Bulletins,* to find a definition of *depreciation accounting*, which is a system of accounting that aims to distribute the cost or other basic value of tangible capital assets, less any salvage value, over the estimated useful life of the unit (which may be a group of assets) in a systematic and rational manner. Viewed differently, depreciation recognizes the cost of using up the future economic benefits or service potentials of long-lived assets.

In addition to obtaining the original cost information described in the preceding section to this chapter, a government must determine the salvage value (if any) of an asset, the estimated useful life of the asset, and the depreciation method that will be used.

In practice, many governments usually assume that there will be no salvage value to the asset that they are depreciating. Governments tend to use things for a long time, and many of the assets that they record are useful only to the government, so there is no ready after-market for these assets. For example, what is the salvage value of a fully depreciated sewage treatment plant? Similarly, there is probably no practical use for used personal computer equipment, because governments are inclined to use these types of assets until they are virtually obsolete, which makes salvage value generally low. However, these governmental operating characteristics aside, if the government determines that there is likely to be salvage value for an asset being depreciated, the estimated salvage value should be deducted from the cost of the fixed asset to arrive at the amount that will be depreciated. (In certain accelerated depreciation methods, such as the double-declining balance method, salvage value is not considered.)

Next, the government should determine the estimated useful lives of the assets that will be depreciated. Usually assets are grouped into asset categories and a standard estimated life or a range of estimated lives is used for each class.

Following are some common depreciable asset categories:

- Buildings
- Leasehold improvements
- Machinery and equipment
- Office equipment
- Infrastructure, including roads, bridges, parks, etc.

Two areas to keep in mind are that land is not depreciated, because it is assumed to have an indefinite life. In addition, as will be discussed in Chapter 22, fixed assets that are recorded as a result of capital lease transactions are also considered part of the depreciable assets of a governmental organization.

The final component of the depreciation equation that a government needs to determine is the method that it will use. The most common method used by governments is the straight-line method of depreciation in which the amount to be depreciated is divided by the asset's useful life, resulting in the same depreciation charge in each year.

Accelerated methods of depreciation, such as the sum-of-the-year's digits and the double-declining balance methods, may also be used. However, their use is far less popular than the straight-line method. Although proprietary funds do use a measurement focus and basis of accounting that result in a determination of net income similar to that of a commercial enterprise, there is less emphasis on the bottom line of proprietary activities than there would be for a publicly traded corporation, for instance. Reflecting this lower degree of emphasis, governments sometimes elect to follow the straight-line method of depreciation more for simplicity purposes, rather than for analyzing whether their assets actually do lose more of their value in the first few years of use.

Governments should also disclose their depreciation policies in the notes to the financial statements. For the major classes of fixed assets, the range of estimated useful lives that are used in the depreciation calculations should be disclosed. The governmental organization should also disclose the depreciation method used in computing depreciation.

Since the government-wide financial statements are prepared using the economic resources measurement focus, depreciation on capital assets is recorded. This was another highly controversial issue of GASBS 34. In response to commentary that infrastructure assets do not depreciate in value in the traditional sense, GASBS 34 allows a "modified approach" as to depreciation on qualifying infrastructure assets, as discussed below.

Basically, depreciation rules (aside from the modified approach) follow those currently used by proprietary funds, as well as by commercial enterprises, which are described earlier in this section. Capital assets are reported in the statement of net assets net of accumulated depreciation. (Capital assets that are not depreciated, such as land, construction in progress, and infrastructure assets using the modified approach, should be reported separately from capital assets being depreciated in the statement of activities.) Depreciation expense is recorded in the statement of activities and is reported as an expense of the individual programs or functions that have identifiable depreciable assets. Capital assets are depreciated over their estimated useful lives, except for land and land improvements and infrastructure assets using the modified approach.

Depreciation expense may be calculated by individual assets or by classes of assets (such as infrastructure, buildings and improvements, vehicles, and machinery and equipment). In addition, depreciation may be calculated for networks of capital assets or for subsystems of a network of capital assets. A network of assets is composed of all assets that provide a particular type of service for a government. A network of infrastructure assets may be only one infrastructure asset that is composed of many components. A subsystem of a network of assets is composed of all assets that make up a similar portion or segment of a network of assets. The GASBS 34 Implementation Guide provides the example of a water distribution system of a government, which could be considered a network. The pumping stations, storage facilities, and distribution mains could be considered subsystems of that network.

NOTE: In implementing the capital asset requirements of GASBS 34, a number of implementation strategies and approaches have begun to develop, particularly for the retroactive capitalization of infrastructure assets. The use of various models and estimation techniques are being used by a number of governments in lieu of attempting to calculate specific, actual costs for specific assets. For example, to retroactively capitalize the cost of roads, a government may choose to refine one of the following general approaches:

- *The government estimates that it has 100 lane miles of road that it needs to capitalize. The current cost of constructing one lane mile of road is $1 million. The average age of a road is ten years, and the average estimated life of a road is twenty-five years. The average annual inflation rate for road construction projects over the last ten years is 4%. The government calculates that the current cost of constructing all of its roads is $100 million, which adjusted for ten years of inflation means that the average historical cost of a road is approximately $70 million. Using the straight-line depreciation method, accumulated depreciation is calculated at $28 million ($70 million divided by 25, multiplied by 10.)*
- *The government estimates that it spent $10 million each year on road construction over the last twenty years, for a total of $200 million. Each year it will capitalize the $10 million spent and depreciate 1/25 of the amount for the next twenty-five years, assuming the twenty-five-year estimated life. The calculation is repeated for each year of the prior twenty years, resulting in a total historical cost of $200 million and a cumulative amount of depreciation that would have been taken over the last twenty years.*

These examples are overly simplified to demonstrate their concepts. However, with the appropriate degree of refinement, they can result in historical cost and depreciation information that is acceptable under GASBS 34, auditable by the government's independent auditors, and not materially different from that which would be obtained by performing a complex inventory and analysis of road construction costs.

Modified Approach

Infrastructure assets that are part of a network or subsystem of a network are not required to be depreciated if two requirements are met.

1. The government manages the eligible infrastructure assets using an asset management system that has the following characteristics:
   a. An up-to-date inventory of eligible infrastructure assets is maintained
   b. Condition assessments of the eligible infrastructure assets are performed and summarized using a measurement scale
   c. An estimate is made each year of the annual amount to maintain and preserve the eligible infrastructure assets at the condition level established and disclosed by the government
2. The government documents that the eligible infrastructure assets are being preserved approximately at or above a condition level established and disclosed by the government. The condition level should be established and documented by administrative or executive policy, or by legislative action.

GASBS 34 requires that governments using the modified approach should document that

1. Complete condition assessments of eligible infrastructure assets are performed in a consistent manner at least every three years.
2. The results of the most recent complete condition assessments provide reasonable assurance that the eligible infrastructure assets are being preserved approximately at or above the condition level established and disclosed by the government.

When the modified approach is used, GASBS 34 requires governments to present the following schedules, derived from asset management systems, as RSI for all eligible infrastructure assets that are reported using the modified approach:

1. The assessed condition, performed at least every three years, for at least the three most recent complete condition assessments, indicating the dates of the assessments
2. The estimated annual amount calculated at the beginning of the fiscal year to maintain and preserve at (or above) the condition level established and disclosed by the government compared with the amounts actually expensed for each of the past five reporting periods.

The following are the GASBS 34 specified disclosures that should accompany this schedule:

1. The basis for the condition measurement and the measurement scale used to assess and report condition. For example, a basis for *condition measurement* could be distresses found in pavement surfaces. A *scale* used to assess and report condition could range from zero for failed pavement to 100 for a pavement in perfect condition.
2. The condition level at which the government intends to preserve its eligible infrastructure assets reported using the modified approach.
3. Factors that significantly affect the trends in the information reported in the required schedules, including any changes in the measurement scale, the basis for the condition measurement, or the condition assessment methods

used during the periods covered by the schedules. If there is a change in the condition level at which the government intends to preserve eligible infrastructure assets, an estimate of the effect of the change on the estimated annual amount to maintain and preserve those assets for the current period also should be disclosed.

Failure to meet these conditions would preclude a government from continuing to use the modified approach.

NOTE: When the modified approach is used, depreciation expense is not recorded for the qualified infrastructure assets. Rather, all maintenance and preservation costs for those assets should be expensed in the period that they are incurred. Maintenance costs are those costs that allow an asset to continue to be used during its originally established useful life. Preservation costs (which would be capitalized if the modified approach was not being used) are considered to be those costs that extend the useful life of an asset beyond its originally estimated useful life, but do not increase the capacity or efficiency of the assets. Additions and improvements to assets that increase their capacity (i.e., the level of service provided by the assets) or efficiency (i.e., the level of service is maintained, but at a lower cost) are capitalized under both the modified approach and the depreciation approach.

DISCLOSURES RELATING TO CAPITAL ASSETS

GASBS 34 requires that information about changes in capital assets used in governmental activities and business-type activities be disclosed about major classes of capital assets. Exhibit 1 is an illustrative note disclosure for capital assets.

Exhibit 1: Illustrative capital asset note disclosure

Capital asset activity for the year ended June 30, 20XX was as follows (in thousands):

	Primary Government			
	Beginning balance	*Increases*	*Decreases*	*Ending balance*
Governmental activities:				
Capital assets not being depreciated:				
Land and improvements	$x,xxx	$x,xxx	$(x,xxx)	$x,xxx
Construction in progress	x,xxx	x,xxx	(x,xxx)	x,xxx
Total capital assets not being depreciated	x,xxx	x,xxx	(x,xxx)	x,xxx
Other capital assets:				
Buildings and improvements	$x,xxx	$x,xxx	$(x,xxx)	$x,xxx
Equipment	x,xxx	x,xxx	(x,xxx)	x,xxx
Roads and highways	x,xxx	x,xxx	(x,xxx)	x,xxx
Total other capital assets at historical cost	x,xxx	x,xxx	(x,xxx)	x,xxx
Less accumulated depreciation for:				
Buildings and improvements	$x,xxx	$x,xxx	$(x,xxx)	$x,xxx
Equipment	x,xxx	x,xxx	(x,xxx)	x,xxx
Roads and highways	x,xxx	x,xxx	(x,xxx)	x,xxx
Total accumulated depreciation	x,xxx	x,xxx	(x,xxx)	x,xxx
Other capital assets, net	x,xxx	x,xxx	(x,xxx)	x,xxx
Governmental activities capital assets, net	$x,xxx	$x,xxx	$(x,xxx)	$x,xxx

Depreciation expense was charged to functions as follows:

Governmental activities:	
General government	$ xxx
Public safety	xxx
Health and sanitation	xxx
Culture and recreation	xx
Transportation	xx
Total governmental activities depreciation expense	$x,xxx

	Primary Government			
	Beginning balance	*Increases*	*Decreases*	*Ending balance*
Business-type activities:				
Capital assets not being depreciated:				
Land and improvements	$x,xxx	$x,xxx	$(x,xxx)	$x,xxx
Construction in progress	x,xxx	x,xxx	(x,xxx)	x,xxx
Total capital assets not being depreciated	x,xxx	x,xxx	(x,xxx)	x,xxx
Other capital assets:				
Distribution and collection systems	$x,xxx	$x,xxx	$(x,xxx)	$x,xxx
Buildings and equipment	x,xxx	x,xxx	(x,xxx)	x,xxx
Total other capital assets at historical cost	x,xxx	x,xxx	(x,xxx)	x,xxx
Less accumulated depreciation for:				
Distribution and collection systems	$(x,xxx)	$(x,xxx)	$x,xxx	$(x,xxx)
Buildings and equipment	(x,xxx)	(x,xxx)	x,xxx	(x,xxx)
Total accumulated depreciation	(x,xxx)	(x,xxx)	x,xxx	(x,xxx)
Other capital assets, net	x,xxx	x,xxx	x,xxx	x,xxx
Business-type activities capital assets, net	$x,xxx	$x,xxx	$(x,xxx)	$x,xxx

Depreciation expense was charged to functions as follows:

Business-type activities:	
Water	$ xxx
Sewer	xxx
Total business-type activities depreciation expense	$x,xxx

CAPITALIZATION OF INTEREST

Some fixed assets that are reported in proprietary funds are constructed. These funds would include in the cost of those constructed assets any interest cost that would ordinarily be capitalized under the accounting rules for commercial enterprises. In other words, the requirements of Statement of Financial Accounting Standards 34 (SFAS 34), *Capitalization of Interest Cost*, as adopted for application to the governmental accounting model, should be considered.

NOTE: This chapter provides information on interest capitalization on fixed assets constructed by proprietary funds. Capitalization of interest on capital assets used in governmental activities is also not recorded under GASBS 34.

Interest cost is capitalized for assets that require an acquisition period to get them ready for use. The acquisition period is the period beginning with the first expenditure for a qualifying asset and ending when the asset is substantially complete and ready for its intended use. The interest cost capitalization period starts when three conditions are met.

- Expenditures have occurred
- Activities necessary to prepare the asset (including administrative activities before construction) have begun
- Interest cost has been incurred

The amount of interest cost capitalized should not exceed the actual interest cost applicable to the proprietary fund that is incurred during the reporting period. To compute the amount of interest cost to be capitalized for a reporting period, the average cumulative expenditures for the qualifying asset during the reporting period must be determined. In order to determine the average accumulated expenditures, each expenditure must be weighted for the time it was outstanding during the reporting period.

To determine the interest rate to apply against the weighted-average of expenditures computed in the preceding paragraph, the government should determine if the construction is being financed with a specific borrowing. If it is, which in the governmental environment is fairly likely, then the interest rate of that specific borrowing should be used. In other words, this interest rate, multiplied by the weighted-average of expenditures on the qualifying assets, would be the amount of interest that is capitalized. If no specific borrowing is made to acquire the qualifying asset, the weighted-average interest rate incurred on other borrowings outstanding during the period is used to determine the amount of interest cost to be capitalized.

As stated above, the amount of interest capitalized should not exceed the interest cost of the reporting period. In addition, interest is not capitalized during delays or interruptions, other than brief interruptions, that occur during the acquisition or development phase of the qualifying asset.

Background

As described earlier in this chapter, the historical cost of acquiring an asset includes the costs incurred necessary to bring the asset to the condition and location necessary for its intended use. If an asset requires a period in which to carry out the activities necessary to bring it to that location and condition, the interest cost incurred during that period as a result of expenditures for the asset is part of the historical cost of the asset.

SFAS 34 states the objectives of capitalizing interest as the following:

- To obtain a measure of acquisition cost that more closely reflects the enterprise's total investment in the asset, and
- To charge a cost that relates to the acquisition of a resource that will benefit future periods against the revenues of the periods benefited.

Conceptually, interest cost is capitalizable for all assets that require time to get them ready for their intended use, called the *acquisition period*. However, SFAS 34 concludes that in certain cases, because of cost/benefit considerations in obtaining information, among other reasons, interest cost should not be capitalized. Accordingly, SFAS 34 specifies that interest cost should not be capitalized for the following types of assets:

- Inventories that are routinely manufactured or otherwise produced in large quantities on a repetitive basis
- Assets that are in use or ready for their intended use in the earnings activities of the entity
- Assets that are not being used in the earnings activities of the enterprise and are not undergoing the activities necessary to get them ready for use
- Assets that are not included in the balance sheet
- Investments accounted for by the equity method after the planned principal operations of the investee begin
- Investments in regulated investees that are capitalizing both the cost of debt and equity capital
- Assets acquired with gifts or grants that are restricted by the donor or the grantor to acquisition of those assets to the extent that funds are available from such gifts and grants (Interest earned from temporary investment of those funds that is similarly restricted should be considered an addition to the gift or grant for this purpose.)
- Land that is not undergoing activities necessary to get it ready for its intended use
- Certain oil- and gas-producing operations accounted for by the full cost method.

After consideration of the above exceptions, interest should be capitalized for the following types of assets, referred to as *qualifying assets*:

- Assets that are constructed or otherwise produced for an entity's own use, including assets constructed or produced for the enterprise by others for which deposits or progress payments have been made
- Assets that are for sale or lease and are constructed or otherwise produced as discrete projects, such as real estate developments
- Investments (equity, loans, and advances) accounted for by the equity method while the investee has activities in progress necessary to commence its planned principal operations, provided that the investee's activities include the use of funds to acquire qualifying assets for its operations.

Amount of Interest to Be Capitalized

The amount of interest cost to be capitalized for qualifying assets is intended to be that portion of the interest cost incurred during the assets' acquisition periods that could theoretically be avoided if expenditures for the assets had not been made, such as avoiding interest by not making additional borrowings or by using the funds expended for the qualifying assets to repay borrowings that already exist.

The amount of interest that is capitalized in an accounting period is determined by applying an interest rate (known as the capitalization rate) to the average amount of the accumulated expenditures for the asset during the period. (Special rules may apply when qualifying assets are financed with tax-exempt debt. These rules are discussed later in this chapter.) The capitalization rates used in an accounting period are based on the rates applicable to borrowings outstanding during the accounting period. However, if an entity's financing plans associate a specific new borrowing with a qualifying asset, the enterprise may use the rate on that specific borrowing as the capitalization rate to be applied to that portion of the average accumulated expenditures for the asset not in excess of the amount of the borrowing. If the average accumulated expenditures for the asset exceed the amounts of the specific new borrowing associated with the asset, the capitalization rate applicable to this excess should be a weighted-average of the rates applicable to the other borrowings of the entity.

SFAS 34 provides specific guidance on determining which borrowings should be considered in the weighted-average rate mentioned in the previous paragraph. The objective is to obtain a reasonable measure of the cost of financing the acquisition of the asset in terms of the interest cost incurred that otherwise could have been avoided. Judgment will likely be required to make a selection of borrowings that best accomplishes this objective in the particular circumstances of the governmental entity. For example, capitalized interest for fixed assets constructed and financed by revenue bonds issued by a water and sewer authority should consider the interest rate of the water and sewer authority's debt, rather than general obligation bonds of the government. The revenue bonds are likely to show a different, probably lower, rate than that of the general obligation bonds.

In addition to the above guidance on the calculation of the amount of capitalized interest, SFAS 34 specifies that the amount of interest that is capitalized in an accounting period cannot exceed the total amount of interest cost incurred by the entity in that period.

Capitalization Period

Generally, the capitalization period begins when the following three conditions are met:

1. Expenditures for assets have been made.
2. Activities that are necessary to get the asset ready for its intended use are in progress.
3. Interest cost is being incurred.

(The beginning of the capitalization period for assets financed with tax-exempt debt is described later in this chapter.)

Interest capitalization continues as long as the above three conditions continue to be met. The term *activities* is meant to be construed broadly according to SFAS 34. It should be considered to encompass more than physical construction. Activities are all the steps required to prepare the asset for its intended use, and might include

- Administrative and technical activities during the preconstruction phase
- Development of plans or the process of obtaining permits from various governmental authorities
- Activities undertaken after construction has begun in order to overcome unforeseen obstacles, such as technical problems, labor disputes, or litigation

If the governmental entity suspends substantially all activities related to the acquisition of the asset, interest capitalization should cease until activities are resumed. However, brief interruptions, interruptions that are externally imposed, and delays inherent in the asset acquisition process do not require interest capitalization to be interrupted.

When the asset is substantially completed and ready for its intended use, the capitalization period ends. SFAS 34 specifically used the term substantially complete to prohibit the continuing of interest capitalization in situations in which completion of the asset is intentionally delayed. Interest cost should not be capitalized during periods when the entity intentionally defers or suspends activities related to the asset, because interest incurred during such periods is a holding cost and not an acquisition cost.

Capitalization of Interest Involving Tax-Exempt Borrowings and Certain Gifts and Grants

SFAS 62 amended SFAS 34 where tax-exempt borrowings are used to finance qualifying assets. Generally, interest earned by an entity is not offset against the interest cost in determining either interest capitalization rates or limitations on the amount of interest cost that can be capitalized. However, in situations where the acquisition of qualifying assets is financed with the proceeds of tax-exempt borrowings and those funds are externally restricted to finance the acquisition of specified qualifying assets or to service the related debt, this general principal is changed. The amount of interest cost capitalized on qualifying assets acquired with the proceeds of tax-exempt borrowings that are externally restricted as specified above is the interest cost on the borrowing less any interest earned on related interest-bearing investments acquired with proceeds of the related tax-exempt borrowings from the date of the borrowing until the assets are ready for their intended use.

In other words, when a specific tax-exempt borrowing finances a project, a governmental entity will earn interest income on bond proceeds that are invested until they are expended or required to be held in debt service reserve accounts. These interest earnings should be offset against the interest cost in determining the amounts of interest to be capitalized. Conceptually, the true interest cost to the government is the net of this interest income and interest cost. However, this exception to the general rule of not netting interest income against interest expense relates only to this specific exception relating to tax-exempt borrowings and where amounts received under gifts and grants are restricted to use in the acquisition of the qualifying asset.

Disclosures

In addition to the accounting requirements specified above, SFAS 34 contains two disclosure requirements relating to capitalized interest.

1. For an accounting period in which no interest cost is capitalized, the amount of interest cost incurred and charged to expense during the period should be disclosed.
2. For an accounting period in which some interest cost is capitalized, the total amount of interest cost incurred during the period and the amount thereof that has been capitalized should be disclosed.

Example

The following example demonstrates some of the basic requirements and considerations in calculating and accounting for capitalized interest.

Assume that an airport authority is building a new runway at a cost of $1,000,000. Construction will start on January 1, 20XX and will be completed and placed in service by June 30, 20XX, which is also the authority's year-end. A bond issue of $800,000, whose proceeds must be used to build the runway, bears interest at a rate of 5%. Bond proceeds are invested in an account earning 4% interest until the proceeds are expended. The remaining amount needed for the construction, $200,000, will be funded internally by the airport authority after the $800,000 of bond proceeds are used up. The airport authority's total interest cost for this period is $200,000, and its similar borrowings bear a weighted-average interest rate of 6%.

The monthly expenditures and interest costs and income on the bond proceeds are calculated as listed below, and the following schedule would be the first step in calculating the amount of capitalized interest:

Month	*Expenditures*	*Cumulative exp.*	*Mth. int. cost*	*Mth. int. income*
Jan	$100,000	100,000	417	2,333
Feb	100,000	200,000	833	2,000
Mar	200,000	400,000	1,667	1,333
Apr	200,000	600,000	2,500	667
May	200,000	800,000	3,333	
Jun	200,000	1,000,000	4,333*	
			13,083	6,333

* *This amount is calculated at $800,000 @ 5% for one month ($3,333) and $200,000 @ 6% for one month ($1,000).*

If the airport authority issued taxable debt to build the runway, the amount of capitalized interest to be recorded is $13,083. If the airport authority issued tax-exempt debt that was specifically restricted to finance the acquisition of the specific qualified asset, the interest cost capitalized would be $6,750 ($13,083 less $6,333). Also note that in the case of the tax-exempt debt example, if the airport authority issued monthly financial statements, the "negative" amount of capitalized interest in January, for example, of $1,916 ($2,333 less $417) would actually be reduced from the cost of the construction-in-progress that would have been recorded as an asset in the monthly financial statements.

Also note that if the amounts expended were reasonably equal over the monthly periods, calculation of the capitalized interest would closely approximate the monthly amounts. For example, $800,000 expended over six months results in an average outstanding expenditure of $400,000, which at 5% annual rate equals $10,000 plus $200,000 outstanding for one month at 6% equals $1,000, for a total of $11,000.

SUMMARY

GASBS 34 significantly changes the way in which capital assets used in governmental activities of a government are reported. Implementation of the retroactive infrastructure reporting requirements is an important consideration for most governments.

13 LONG-TERM OBLIGATIONS

OVERVIEW OF THE ACCOUNTING FOR LONG-TERM OBLIGATIONS

Prior to the implementation of the financial reporting model for governments as promulgated by GASBS 34, long-term obligations related to governmental funds were accounted for in the general long-term debt account group. Under GASBS 34, long-term obligations are also not reported in the governmental funds. They are only reported as liabilities on the government-wide statement of net assets or as liabilities of proprietary funds. This chapter describes the accounting for long-term obligations and describes several issues as to when certain obligations might be reported in governmental funds.

This section of this chapter examines a government's accounting and financial reporting for the general long-term debt.

Other long-term liabilities typically found in the government-wide statement of net assets are specifically covered in other chapters of this guide. These liabilities (and the references to the related chapters) are as follows:

- Capital leases and operating leases with scheduled rent increases (Chapter 22)
- Compensated absences (Chapter 17)
- Judgments and claims (Chapter 21)
- Landfill closure and postclosure costs (Chapter 23)
- Pension-related liabilities (Chapter 18)

Readers should review these chapters to determine the appropriate recognition of these liabilities in the government-wide financial statements.

Funds using proprietary fund accounting record all liabilities (both long- and short-term) in the funds themselves as well as in the government-wide financial statements. Since the governmental funds only record liabilities expected to be satisfied with expendable and available financial resources, governmental long-term liabilities are not recorded in the governmental funds and these liabilities are only reported on the government-wide statement of net assets.

The following sections discuss the accounting for general long-term bonds and other debt that might be recorded in the government-wide financial statements. A separate chapter (Chapter 22) discusses the accounting and reporting for capital leases and operating leases with scheduled rent increases. The balance of the amounts recorded in the government-wide financial statements represents specific accrued liability-type items. While specific requirements and calculation of these items is discussed in the chapters referred to above, a review of the overall accounting for accrued liabilities as it relates to long-term obligation warrants special attention.

First, as a general rule, accrued liabilities should be automatically recorded in the governmental funds themselves when due, regardless of whether they will be liquidated with current resources. Usually, accrued liabilities for salaries and accounts payable for goods and services received prior to the end of the fiscal year, but paid in the following fiscal year, fall into this category. These typical, standard accruals, as mentioned, should be recorded in the governmental fund and the government-wide financial statements.

The liabilities other than debt items that are only recorded in the government-wide financial statements are as follows:

- Judgments and claims
- Compensated absences
- Unfunded pension liabilities
- Special termination benefits
- Landfill closure and postclosure costs
- Capital lease obligation and operating leases with scheduled rent increases

In these cases, a liability should not be recognized in the governmental fund only to the extent that the liability would not "normally be liquidated with expendable available resources." The method of determining how a liability would normally be liquidated with expendable available resources is not provided in any GASB or NCGA pronouncement, although the GAAFR does provide some general practice guidance.

Some governments previously had policies whereby they set aside money in their current budget to fund liabilities incurred during the period, even though those liabilities were not paid until some future budget period. A result of funding liabilities on an ongoing basis is the accumulation of resources in the fund. These resources, currently available in the fund at the end of each fiscal year, will eventually be used to liquidate the liability. Therefore, by their nature, these funded liabilities were considered to be liquidated with expendable available resources, even though the liquidation may not take place until some time far into the future. Accordingly, funded liabilities were reported as fund liabilities regardless of when the liabilities will be liquidated. However, the GAAFR specifies that this practice should not affect the recognition of expenditures and fund liabilities, which would only be recognized as the related liability becomes due, regardless of the liability being advance-funded. This change is a result of GASB Interpretation 6, which is discussed more fully in Chapter 3.

Contrast the funded liability situation to the unfunded liability situation, where the government is not setting aside current resources to pay these unfunded liabilities. The government is relying on the resources of future periods to liquidate these liabilities when they become due. Accordingly, it can be concluded that these liabilities will not be liquidated with expendable available resources, even though the liabilities may be liquidated in the very near future. Unfunded liabilities will be paid with amounts that have not yet been provided as of the end of the fiscal year. Accordingly, unfunded liabilities for the special cases listed above should be reported only in the government-wide financial statements.

The example of compensated absences can be used to further demonstrate the unfunded example. Most governments report their entire liability for compensated absences only in the government-wide financial statements. These same governments use the pay-as-you-go method for actually making the payments. For example, when a sick day or vacation time is paid, it is paid from the normal recurring payroll, while conceptually reducing the liability in the government-wide financial statements. Lump-sum payments are treated in a similar manner. However, compensated absences should be accrued in the fund for employees that have terminated service as of year-end but have not yet been paid for the vested compensated absences that are payable to them. This is specifically because these amounts are now "due" to the employees, even though they have not been paid.

The approach described above only applies to the specific liability items listed above. All other liabilities related to governmental funds must be reported in the funds themselves, regardless (1) of when they are expected to be paid and (2) of funding. In other words, a government could not report the accounts payable of its governmental fund in the government-wide financial statements and not the general fund simply because it was behind on payments or because the amounts weren't actually due until a significant time after the fiscal year-end.

When determining whether a government funds one of the above special liabilities, it is important to consider that the criterion is based on whether a government "normally" liquidates the liability with expendable available financial resources. If a government ordinarily funds a certain type of liability, but fails to do so in a given year, the liability should continue to be reported in the governmental fund because it would normally be liquidated from expendable available financial resources based on the government's existing funding policies.

In addition, liabilities that are payable on demand as of the balance sheet date, other than those related to compensated absences, must be reported as fund liabilities, regardless of whether they are funded. For example, if a government settles a claim or receives a final judgment on a claim prior to the fiscal year-end, but does not actually pay the settlement or judgment until the next fiscal year, the fund from where judgments and claims are normally paid should record a liability for the settlement or judgment amount, regardless of whether it is funded.

NOTE: Governments must implement GASB Interpretation 6, which addresses the issue of when certain liabilities are reported as financial liabilities, upon implementation of GASBS 34. Interpretation 6 is discussed in detail in Chapter 3.

GASBS 34 requires certain disclosures about long-term liabilities. These disclosures should include both long-term debt (such as bonds, notes, loans, and leases payable) and other long-term liabilities (such as compensated absences, judgments and claims, landfill liabilities, net pension obligations, etc.). These disclosures are normally presented in the form of a table in the notes to the financial statements and should include

- Beginning and end of year balances, regardless of whether prior year data are presented on the government-wide financial statements.
- Increases and decreases, presented separately.
- The portions of each item that are due within one year of the date of the financial statement.
- Which governmental funds typically have been used to liquidate other long-term liabilities (such as compensated absences and pension liabilities) in prior years.

DEMAND BONDS

Demand bonds are debt instruments that create a potential call on a state or local government's current financial resources. As was also mentioned in Chapter 13, the accounting question that arises is whether the liability for demand bonds should be recorded as a liability of the fund that receives the proceeds, or whether the debt should only be included in the government-wide statement of net assets. The GASB issued guidance through GASB Interpretation 1 (GASBI 1), *Demand Bonds Issued by State and Local Governmental Entities*, which is reflected in the discussion of the following accounting question.

Demand bonds are debt issuances that have demand provisions (termed "put" provisions) as one of their features that gives the bondholder the right to require that the issuer to redeem the bonds within a certain period, after giving some agreed-upon period of notice, usually thirty days or less. In some cases, the demand provisions are exercisable immediately after the bonds have been issued. In other cases, there is a waiting period of, for example, five years, until the put provisions of the bonds may be exercised by the bondholder. These provisions mean that the bondholder is less subject to risks caused by rising interest rates. Because the bondholder is assured that he or she can receive the par value of the bond at some future date, a demand bond has some features and advantages of a short-term investment for the bondholder, in addition to being a potential long-term investment. Accordingly, depending on the current market conditions, governments can issue these types of bonds at a lower interest rate than would be possible with bonds that did not have the demand bonds' put provision.

Because the issuance of demand bonds represents significant potential cash outlays by governments, steps are usually taken to protect the government from having to fund from its own cash reserves demand bonds redeemed by bondholders. First, governments usually appoint remarketing agents whose function is to resell bonds that have been redeemed by bondholders. In addition, governments usually obtain letters of credit or other arrangements that would make funds available sufficient to cover redeemed bonds.

To provide for long-term financing in the event that the remarketing agents are unable to sell the redeemed bonds within a specified period (such as three to six months), the government issuing demand bonds generally enters into an agreement with a financial institution to convert the bonds to an installment loan repayable over a specified period. This type of arrangement is known as a "take-out" agreement and may be part of the letter of credit agreement, or a separate agreement.

From the perspective of the government issuing debt in the form of demand bonds, the most important elements of the transaction are the standby liquidity agreement and the take-out agreement. The standby liquidity agreement assures the availability of short-term funds to redeem the bonds that are put by the bondholder pending resale by the remarketing agent. In addition, the take-out agreement is of equal or more importance because it provides assurance that the issuer will be able to repay any borrowings under the standby liquidity agreement and preserves the long-term nature of the basic debt.

As addressed by GASBI 1, demand bonds are those that by their terms have demand provisions that are exercisable at the balance sheet date or within one year from the date of the balance sheet. These bonds should be reported by governments in the general long-term debt account group, provided all of the following conditions delineated in GASBI 1 are met:

- Before the financial statements are issued, the issuer has entered into an arm's-length financing (take-out) agreement (an arm's-length agreement is an agreement with an unrelated third party, with each party acting in his or her own behalf) to convert bonds put (but not resold) into some other form of long-term obligation.
- The take-out agreement does not expire within one year from the date of the issuer's balance sheet.
- The take-out agreement is not cancelable by the lender or the prospective lender during that year, and obligations incurred under the take-out agreement are not callable during that year.
- The lender, prospective lender, or investor is expected to be financially capable of honoring the take-out agreement.

Regarding the conditions above, if the take-out agreement is cancelable or callable because of violations that can be objectively verified by both parties and no violations have occurred prior to issuance of the financial statements, the demand bonds should be classified and recorded as long-term debt. If violations have occurred and a waiver has been obtained before issuance of the financial statements, the bonds should also be classified and recorded as long-term debt. Otherwise, the demand bonds should be classified and recorded as liabilities of the governmental fund.

If the take-out agreement is cancelable or callable because of violations that cannot be objectively verified by both parties, the take-out agreement does not provide sufficient assurance of long-term financing capabilities, and the bonds should be classified as liabilities of the fund.

If a government exercises a take-out agreement to convert demand bonds that have been redeemed into an installment loan, the installment loan should be reported in the general long-term debt account group.

If the above conditions are not met, the demand bonds should be recorded as a liability of a governmental fund, such as the capital projects fund. The selection of the fund to record the liability is determined by which fund receives the bond proceeds from the issuance of the demand bonds. Most often, this is the capital projects fund.

In addition, if a take-out agreement expires while its related demand bonds are still outstanding, the government should report a fund liability in the fund for the demand bonds that were previously reported in the general fixed asset account group. The liability is reported as a liability of the fund that originally reported the proceeds of the bond. A corresponding debit to "Other financing uses" would need to be made at this time to record the fund liability.

In addition to the accounting requirements relative to demand bonds, GASBI 1 requires that a number of disclosures be made about this type of bond and the related agreements. These disclosures are in addition to the normal disclosures required about debt and include the following:

- General description of the demand bond program
- Terms of any letters of credit or other standby liquidity agreements outstanding
- Commitment fees to obtain the letters of credit and any amounts drawn on them outstanding as of the balance sheet date
- A description of the take-out agreement, including its expiration date, commitment fees to obtain that agreement, and the terms of any new obligation under the take-out agreement
- The debt service requirements that would result if the take-out agreement were to be exercised

If a take-out agreement has been exercised converting the bonds to an installment loan, the installment loan should be reported as general long-term debt, and the payment schedule under the installment loan should be included as part of the schedule of debt service requirements to maturity.

Using the criteria and requirements of GASBI 1, the following is an illustrative footnote disclosure for demand bonds included in the general long-term debt account group.

Exhibit 1

The noncurrent liabilities reported in the government-wide statement of net assets includes $XXX,XXX of general obligation demand bonds maturing serially through June 30, 20XY, backed by the full faith, credit, and taxing power of the City. The bonds were issued pursuant to an ordinance adopted by the City Council on July 1, 20XX. The proceeds of the bonds were used to provide funds for certain capital improvements. The redemption schedule for these bonds is included in the bond redemption schedule in Note XX. The bonds are subject to purchase on the demand of the holder at a price equal to principal plus accrued interest on three days' notice and delivery to the City's remarketing agent, XYZ Remarketing Company. The remarketing agent is authorized to use its best efforts to sell the repurchased bonds at a price equal to 100% of the principal amount by adjusting the interest rate.

Under an irrevocable letter of credit issued by Friendly Bank, the trustee or the remarketing agent is entitled to draw an amount sufficient to pay the purchase price of bonds delivered to it. The letter of credit is valid through September 30, 20XX, and carries a variable interest rate equal to the difference between the institution's prime lending rate (currently 8%) and the rate payable on the bonds.

If the remarketing agent is unable to resell any bonds that are "put" within six months of the "put" date, the City has a take-out agreement with Friendly Bank to convert the bonds to an installment loan payable over a five-year period bearing an adjustable interest rate equal to the bank's prime lending rate. The take-out agreement expires on September 30, 20XX. If the take-out agreement were to be exercised because the entire issue of $XXX,XXX of demand bonds was "put" and not resold, the City would be required to pay $XX,XXX a year for five years under the installment loan agreement, assuming an 8% interest rate.

The City is required to pay the Friendly Bank an annual commitment fee for the letter of credit of 1% per year of the outstanding principal amount of the bonds, plus XXX days of interest at a rate of 8% unless subsequently changed. The City has paid a take-out agreement fee of $XX,XXX (1/10 of 1% of $XXX,XXX) to the Friendly Bank. In addition, the remarketing agent receives an annual fee of 1/10 of 1% of the outstanding principal amount of the bonds.

ADVANCE REFUNDINGS

Accounting for transactions relating the advance refunding of long-term debt was described in Chapter 13. While that discussion focused on the flow of funds through a debt service fund when an advance refunding occurs, the critical accounting decision to be made for advance refundings of general long-term debt is whether the liability of the refunded debt is removed from the government-wide statement of net assets. That accounting decision and the related disclosure requirements for advance refundings is the focus of the following discussion.

GASBS 7, *Advance Refundings Resulting in Defeasance of Debt*, provides significant background and accounting guidance for determining the appropriate accounting for these activities.

There are several reasons why a government might desire to refund its debt in advance of the debt's maturity date. The following are some of these reasons a government may advance refund debt:

1. Most frequently, governments refinance debt to take advantage of more favorable interest rates. If interest rates have declined for similar securities, it is likely that the government can realize savings by advance refunding its older debt.
2. Governments may also refinance debt to change the structure of debt service payments, such as by shortening or lengthening the period.
3. Governments might also refinance debt to escape from unfavorable bond covenants, such as restrictions on issuing additional debt.

Because the benefits that a government may realize from the above reasons are likely to be available before the debt is actually due or redeemable, it is necessary for a government to advance refund the debt. A government accomplishes an advance refunding by taking the proceeds of the new debt issued to refinance the old debt and placing the proceeds in an escrow account that is subsequently used to provide funds to do the following, at minimum:

- Meet periodic principal and interest payments of the old debt until the call or maturity date
- Pay the call premium, if redemption is at the call date
- Redeem the debt at the call date or the maturity date

Most advance refunding transactions result in a defeasance of the debt, enabling the government to remove the amount of the old debt from the government-wide statement of net assets. A defeasance can be either legal or in-substance.

- A legal defeasance occurs when debt is legally satisfied based on certain provisions in the instrument, even though the debt is not actually repaid.
- An in-substance defeasance is the far more common type of defeasance. An in-substance defeasance occurs when debt is considered defeased for accounting purposes even though a legal defeasance has not occurred.

GASBS 7 prescribes the criteria that must be met before debt is considered defeased for accounting and reporting purposes. The government must irrevocably place cash or assets with an escrow agent in a trust to be used solely for satisfying scheduled payments of both interest and principal of the defeased debt, and the possibility that the debtor will be required to make future payments on that debt is remote. The trust is restricted to owning only monetary assets that are essentially risk-free as to the amount, timing, and collection of interest and principal. The monetary assets should be denominated in the currency in which the debt is payable. GASBS 7 also prescribes that for debt denominated in US dollars, risk-free monetary assets are essentially limited to

- Direct obligations of the US government (including state and local government securities [SLGS] that the US Treasury issues specifically to provide state and local governments with required cash flows at yields that do not exceed the Internal Revenue Service's arbitrage limits)
- Obligations guaranteed by the US government
- Securities backed by US government obligations as collateral and for which interest and principal payments generally flow immediately through to the security holder

Determining the benefit of an advance refunding of long-term debt is not simply a matter of comparing the values of the old debt being refunded and the new debt that is being issued to provide the proceeds to accomplish the advance refunding. In fact, it may be necessary in a refunding to issue new debt in an amount greater than the old debt. In these cases, savings may result if the total new debt service requirements (principal and interest) are less than the old debt service requirements.

Although the difference in total cash flows between the old and the new debt service payments provides some indication of the effect of an advance refunding transaction, that transaction should also be examined from a time-value-of-money perspective. The value on a given date of a series of future payments is less than the sum of those payments because of the time value of money, commonly referred to as the present value of a future payment stream. The present value of the future payment stream provides a more meaningful measure of the savings or costs resulting from a refunding.

GASBS 7 defines the economic gain or loss on a refunding transaction as the difference between the present value of the new debt service requirements and the present value of the old debt service requirements. The interest rate used to determine the present value of these two payment streams should be an interest rate that reflects the estimate of the amount of earnings required on the assets placed in the escrow account, adjusted for any issuance costs that will result in a lower amount of funds actually being invested in the escrow account.

Determining the effective interest rate that is used to discount the cash flow streams on both the old and new debt service payments is an important component in determining the economic gain or loss on an advance refunding. As stated above, this rate is affected by costs that are allowable which will be paid out of the escrow account. The United States Treasury Department regulations limit the amount of earnings that a government may earn on funds from tax-exempt debt issuances that are invested by the government, including investments in escrow accounts that are used to pay debt service on the "old" debt in an advance refunding transaction.

NOTE: The purpose of the limitations are to prevent governments from issuing tax-exempt debt to obtain funds to invest in otherwise taxable securities. Because governments are not subject to income taxes, there would otherwise be a great opportunity to take advantage of these "arbitrage" earnings. For example, a government may be able to issue tax-exempt debt with an interest rate of 4%. At the same time, the government may be able to purchase US Treasury securities with a taxable interest rate of 6%. Since the government is not subject to income taxes, in this example it would have 2% more in earnings for every dollar it borrowed, ignoring debt issuance costs. The US Treasury requires that, after a complex set of calculations over a five-year period of time, arbitrage earnings be rebated to the US Treasury.

Because of the arbitrage rebate requirements, a government would generally be able to earn on its escrow funds an interest rate equal to the amount that it was paying in interest on the debt that it issued to obtain the funds to put in the escrow account. An adjustment to the interest rate allowed on the escrow funds can be made for certain advance refunding costs which the US Treasury Department deems "allowable," which means that they can be recouped in part through the escrow earnings. The term *allowable* used above relates to the fact that the US Treasury Department allows certain issuance costs to be deducted from bond proceeds before determining the maximum allowable yield of the escrow fund. Because the escrow fund is invested for a period shorter than the life of the bond, or at the time of the refunding, Treasury securities are yielding less than the escrow's legal maximum rate, not all allowable costs can be recovered. To the extent that these costs are recovered by escrow earnings, they effectively cost the issuing entity nothing, and are therefore ignored in computing the effective interest rate. If the costs cannot be recovered, they should be considered in the determination of the effective interest rate, as described above.

Having at least some of these costs allowable and eligible for recoupment from the escrow earnings means that a slightly higher rate would be allowed on the escrow earnings, which is clearly a benefit to a government in evaluating whether a particular advance refunding transaction would be favorable to it. The more that the escrow fund can earn, the smaller the escrow requirement. The smaller the escrow requirement, the less new debt a government must issue to accomplish the refunding transaction. One caveat to this benefit, however, is that the maximum allowable rate that can be earned on the escrow funds is simply that—a maximum rate. Market conditions may be such that a government may only be able to earn an interest rate on the escrow funds that is actually less than the maximum allowable rate.

NOTE: GASBS 7 provides three examples of the calculation of economic gains and losses in a nonauthoritative appendix that are helpful in understanding the components of the calculation. In practice, many governments will rely on underwriters or independent financial advisors to assist them in calculating these amounts. This is particularly true when there are numerous factors that are present in the refunding transaction, such as call dates for the old bonds, variability in coupon rates, etc.

GASBS 7 requires that governments that defease debt through an advance refunding provide a general description of the transaction in the notes to the financial statements in the year of the refunding. At a minimum, the disclosures should include (1) the difference between the cash flows required to service the old debt and the cash flows required to service the new debt and complete the refunding and (2) the economic gain or loss resulting from the transaction.

- When measuring the difference between the two cash flows, additional cash used to complete the refunding paid from resources other than the proceeds of the new debt (for example, for issuance costs or payments to the escrow agent) should be added to the new debt flows. Accrued interest received at the bond issuance date should be excluded from the new debt cash flows. If the new debt is issued in an amount greater than that required for the refunding, only that portion of debt service applicable to the refunding should be considered when determining these cash flows.
- As stated above, economic gain or loss is the difference between the present value of the old debt service requirements and the present value of the new debt service requirements, discounted at the effective interest rate and adjusted for additional cash paid, as described in the preceding paragraph.

The effective interest rate is the rate that when used to discount the debt service requirements on the new debt produces a present value equal to the proceeds of the new debt (including accrued interest), net of any premiums or discounts and any underwriting spread and issuance costs that are not recoverable through escrow earnings. Issuance costs include all costs incurred to issue the bonds, including, but not limited to, insurance costs (net of rebates from the old debt, if any), financing costs (such as rating agency fees), and other related costs (such as printing, legal, administrative, and trustee expenses).

In addition to these primary disclosures, GASBS 7 also provides additional disclosure guidance as follows:

- In all periods following an advance refunding for which debt that is defeased in substance remains outstanding, the amount, if any, of outstanding debt at the end of the reporting period should be disclosed. These disclosures should distinguish between the primary government and its discretely presented component units.
- The disclosures discussed in the preceding paragraphs should distinguish between the primary government's funds and account groups and its discretely presented component units. The reporting entity's financial statements should present the funds and account groups of the primary government (including its

blended component units) and provide an overview of the discretely presented component units.

The reporting entity's financial statements should make those discretely presented component unit disclosures essential to the fair presentation of its general-purpose financial statements, fair presentation being a matter of professional judgment. Financial statement preparers should keep in mind that there are circumstances when aggregating disclosure information can be misleading. Reporting entities are not precluded from providing additional or separate disclosures for both the primary government and its discretely presented component units. For example, a significant loss in one fund may be offset by a significant gain in another fund. In this circumstance, additional or separate disclosure by fund should be made.

Exhibit 2

The following illustrative note disclosures for the year of the advance refund and subsequent periods in which the old debt is outstanding are provided below, based on the guidance of GASBS 7.

Sample Note Disclosure—In the Year of the Advanced Refunding

On April 1, 20XX, the City issued $XXX,XXX in general obligation bonds with an average interest rate of X.XX% to advance refund $XXX,XXX of outstanding 20XX-series bonds with an average interest rate of X.XX%. The net proceeds of $XXX,XXX (after payment of $XX,XXX in underwriting fees, insurance, and other issuance costs) plus an additional $XX,XXX of 20XX-series sinking-fund monies were used to purchase US government securities. Those securities were deposited in an irrevocable trust with an escrow agent to provide for all future debt service payments on the 20XX-series bonds. As a result, the 20XX-series bonds are considered to be defeased and the liability for these bonds has been removed from the government-wide statement of net assets.

The City advance refunded the 20XX series bonds to reduce its total debt service payments over the next XX years by almost $XX,XXX and to obtain an economic gain (difference between the present values of the debt service payments on the old and new debt) of $X,XXX.

Sample Note Disclosure—Periods Following an Advance Refunding

In prior years, the City defeased certain general obligation bonds by placing the proceeds of new bonds in an irrevocable trust to provide for all future debt service payments on the old bonds. Accordingly, the trust account assets and the liability for the defeased bonds are not included in the City's financial statements. On June 30, 20XX, $XXX,XXX of bonds outstanding were considered defeased.

After implementation of GASBS 34, the accounting for the gain or loss from an advance refunding of debt needs to be considered in the government-wide financial statements. The gain or loss for accounting purposes is basically calculated as the difference between the carrying amount of the old and new debt. Any gain or loss is deferred in the government-wide statements and amortized over the life of the new debt, preferably by the effective interest method of amortization.

BOND, REVENUE, AND TAX ANTICIPATION NOTES

Bond, revenue, and tax anticipation notes are a mechanism for state and local governments to obtain financing in the form of a short-term note that the government intends to pay off with the proceeds of a long-term bond. Bond anticipation notes were discussed in Chapter 8 and are further discussed in the following paragraphs. Revenue and tax anticipation notes are also sources of short-term financing for governments. However, these short-term notes are not anticipated to be repaid from bond proceeds. They are expected to be paid from future collections of tax revenues, often real estate taxes, or other sources of revenue, often federal or state categorical aid. Therefore, these notes should be reported as a fund liability in the fund that receives that proceeds from the notes.

The accounting question for bond anticipation notes is whether the notes should be recorded as a short-term liability in the fund that received the proceeds of the notes (usually the capital projects fund), or whether certain prescribed conditions are met to enable the notes to be treated as a long-term obligation and recorded in the general long-term debt account group. What distinguishes bond anticipation notes from revenue and tax anticipation notes is that the bond anticipation notes are expected to be paid with the proceeds of a long-term financing. If certain circumstances are met, the bond anticipation notes may be recorded only in the government-wide financial statements, instead of reporting them as a liability in the governmental fund that received their proceeds, most often the capital projects fund.

NOTE: Under GASBS 34, the same considerations are made as to whether the bond anticipation notes are recorded as a fund liability. In the government-wide statements, the liability will always be recorded; however, it must be determined whether the liability is reported as a current or noncurrent liability.

NCGA Interpretation 9 (NCGAI 9), *Certain Fund Classifications and Balance Sheet Accounts*, addresses the question of how bond, revenue, and tax anticipation notes should be reflected in the financial statements of a government, particularly how they should be accounted for by governmental funds. This guidance is particularly relevant for the capital projects fund, because this is the fund that usually receives the proceeds of bonds issued to finance major asset acquisitions or construction.

NCGAI 9 prescribes that if all legal steps have been taken to refinance the bond anticipation notes and the interest is supported by an ability to consummate refinancing the short-term notes on a long-term basis in accordance with the criteria set forth in FASB Statement 6 (SFAS 6), *Classification of Short-Term Obligations Expected to Be Refinanced* (see below), they should be shown as a fund liability, although they would be recorded as a liability on the government-wide statement of net assets. However, if the necessary legal steps and the ability to consummate refinancing criteria have not been met, then the bond anticipation notes should be reported as a fund liability in the fund receiving the proceeds.

The requirements of SFAS 6 referred to above are as follows:

> *The enterprise's intent to refinance the short-term obligation on a long-term basis is supported by an ability to consummate the refinancing demonstrated in either of the following ways:*
>
> a. *Post-balance-sheet date issuance of long-term obligation or equity securities. After the date of an enterprise's balance sheet, but before that balance sheet is issued, a long-term obligation . . . has been issued for the purpose of refinancing the short-term obligation on a long-term basis; or*

b. *Financing agreement. Before the balance sheet is issued, the enterprise entered into a financing agreement that clearly permits the enterprise to refinance the short-term obligation on a long-term basis on terms that are readily determinable, and all of the following conditions are met:*

  (i) *The agreement does not expire within one year (or operating cycle) from the date of the enterprise's balance sheet and during that period the agreement is not cancelable by the lender or the prospective lender or investor (and obligations incurred under the agreement are not callable during that period) except for the violation of a provision with which compliance is objectively determinable or measurable.*

  (ii) *No violation of any provision of the financing agreement exists at the balance sheet date and no available information indicates that a violation has occurred thereafter but prior to the issuance of the balance sheet, or, if one exists at the balance sheet date or has occurred thereafter, a waiver has been obtained.*

  (iii) *The lender or the prospective lender or investor with which the enterprise has entered into the financing agreement is expected to be financially capable of honoring the agreement.*

For purposes of applying the above provisions of SFAS 6, a "violation of a provision" is a failure to meet a condition set forth in the agreement or breach or violation of a provision such as a restrictive covenant, representation, or warranty, whether or not a grace period is allowed or the lender is required to given notice. In addition, when a financing agreements is cancelable for violation of a provision that can be evaluated differently by the parties to the agreement (for instance, when compliance with the provision is not objectively determinable or measurable), it does not comply with the condition of b(ii) above.

NOTE: To meet the above-described conditions to record short-term bond anticipation notes as long-term debt, a government has to either have completed the financing after the balance sheet date but before the financial statements are issued, or must have a solid agreement in place to obtain the long-term financing after the financial statements are issued. This appears to be a fairly narrow opening to avoid recording the financing as a long-term liability in the general long-term debt account group. However, the chance of complying with these conditions may be better than it appears, because the requirements of the bond anticipation notes themselves will likely require that concrete agreements to issue the long-term bonds are in place before the lenders provide the short-term financing through the bond anticipation notes.

SPECIAL ASSESSMENT DEBT

As described in Chapter 8, the capital projects fund typically accounts for capital projects financed with the proceeds of special assessment debt. More often than not, special assessment projects are capital in nature and are designed to enhance the utility, accessibility, or aesthetic value of the affected properties. The projects may also provide improvements or additions to a government's capital assets, including infrastructure. Some of the more common types of capital special assessments include streets, sidewalks, parking facilities, and curbs and gutters.

The cost of a capital improvement special assessment project is usually greater than the amount the affected property owners can or are willing to pay in one year. To finance the project, the affected property owners effectively mortgage their property by allowing the government to attach a lien on it so that the they can pay their *pro rata* share of the improvement costs in installments. To actually obtain funds for the project, the government usually issues long-term debt to finance the project. Ordinarily, the assessed property owners pay the assessments in installments, which are timed to be due based on the debt service requirements of the debt that was issued to fund the projects. The assessed property owners may also elect to pay for the assessment immediately or at any time thereafter, but prior to the installment due dates. When the assessed property owners satisfy their obligations, the government removes the liens from the respective properties.

GASB Statement 6 (GASBS 6), *Accounting and Reporting for Special Assessments*, defines *special assessment debt* as those long-term obligations secured by a lien on the assessed properties, for which the primary source of repayment is the assessments levied against the benefiting properties. Often, however, the government will be obligated in some manner to provide resources for repayment of special assessment debt in the event of default by the assessed property owners. It is also not uncommon for a local government to finance an improvement entirely with the proceeds of a general obligation debt and to levy special assessments against the benefiting property owners to provide some of the resources needed to repay the debt.

The primary source of funds for the repayment of special assessment debt is the assessments against the benefiting property owners. The government's role and responsibilities in the debt may vary widely. The government may be directly responsible for paying a portion of the project cost, either as a public benefit or as a property owner benefiting from the improvement. General government resources repay the portion of the debt related to the government's share of the project cost. These costs of capital projects would be expenditures of the capital projects fund. On the other hand, the government may have no liability for special assessment debt issues. Between these two extremes, the government may pledge its full faith and credit as security for the entire special assessment bond issue, including the portion of the bond issue to be paid by assessments against the benefiting property owners. (Further information on determining the extent of a government's responsibility for special assessment debt is provided below.)

If the government is obligated in some manner to assume the payment of related debt service in the event of default by the property owners, all transactions related to capital improvements financed by special assessments should be reported in the same manner, and on the same basis of accounting, as any other capital improvement and financing; that is, transactions of the construction phase of the project should be reported in a capital projects fund (or other appropriate fund), and transactions of the debt service phase should be reported in a debt service fund, if a separate fund is used.

At the time of the levy of a special assessment, special assessments receivable should be recorded in the capital projects fund, offset by the same amount recorded as deferred revenues. The government should consider the collectibility of the special assessment receivables and determine whether the receivables should be offset with a valuation allowance. The deferred revenue amount should then be decreased because revenues are recognized when they become measurable and available.

The extent of a government's liability for debt related to a special assessment capital improvement can vary significantly. The government may be primarily liable for the debt, as in the case of a general obligation bond, or it may have no liability whatsoever for the special assessment debt. Often, however, the government will be obligated in some manner for the special assessment debt because it provides a secondary source of funds for repayment of the special assessment debt in the event of default by the assessed property owners. The determination of whether the government is obligated in some manner for the debt is important because if so, the special assessment debt will be reported in the general long-term debt account group.

GASBS 6 provides guidance as to when a government is obligated in some manner for special assessment debt. A government is obligated in some manner for special assessment debt if (1) the government is legally obligated to assume all or part of the debt in the event of default or (2) the government may take certain actions to assume secondary liability for all or part of the debt, and the government takes, or has given indication that it will take, those actions. Conditions that indicate that a government is obligated in some manner include

1. The government is obligated to honor deficiencies to the extent that lien foreclosure proceeds are insufficient.
2. The government is required to establish a reserve, guarantee, or sinking fund with other resources.
3. The government is required to cover delinquencies with other resources until foreclosure proceeds are received.
4. The government must purchase all properties "sold" for delinquent assessments that were not sold at public auction.
5. The government is authorized to establish a reserve, guarantee, or sinking fund, and it establishes such a fund. If a fund is not established, the considerations in items 7. and 8. below may provide evidence that the government is obligated in some manner.
6. The government may establish a separate fund with other resources for the purpose of purchasing or redeeming special assessment debt, and it establishes such a fund. If a fund is not established, the considerations in items 7. and 8. below may provide evidence that the government is obligated in some manner.
7. The government explicitly indicates by contract, such as bond agreement or offering statement, that in the event of default it may cover deficiencies, although it has no legal obligation to do so.
8. Legal decisions within the state or previous actions by the government related to defaults on other special assessment projects make it probable that the government will assume responsibility for the debt in the event of default.

Given the broad nature of the situations when a government is obligated in some manner for the debt, GASBS 6 concludes that being "obligated in some manner" is intended to include all situations other than those in which (1) the government is prohibited (by constitution, charter, statute, ordinance, or contract) from assuming the debt in the event of default by the property owner or (2) the government is not legally liable for assuming the debt and makes no statement, or gives no indication, that it will, or may, honor the debt in the event of default.

Following are the accounting requirements for debt issued to finance capital projects that will be paid wholly or partly from special assessments against benefited property owners:

- General obligation debt that will be repaid in part from special assessments should be reported like any other general obligation debt.
- Special assessment debt for which the government is obligated in some manner should be reported in the government-wide statement of net assets, except for the portion, if any, that is a direct obligation of an enterprise fund or is expected to be repaid from operating revenues of an enterprise fund. (Note that the enterprise fund portion would also be included in the debt reported on the government-wide statement of net assets.)
    - — The portion of the special assessment debt that will be repaid from property owner assessments should be reported as "special assessment debt with government commitment."
    - — The portion of special assessment debt that will be repaid from general resources of the government (the public benefit portion, or the amount assessed against government-owned property) should be reported in the government-wide statement of net assets like other general obligation debt.
- Special assessment debt for which the government is not obligated in any manner should not be displayed in the government's financial statements. However, if the government is liable for a portion of that debt (the public benefit portion, or as a property owner), that portion should be reported in the government-wide statement of net assets.

GASBS 6 requires that when the government is obligated in some manner for special assessment debt, the notes to the financial statements should include the normal long-term disclosures about the debt. In addition, the government should describe the nature of the government's obligation, including the identification and description of any guarantee, reserve, or sinking fund established to cover defaults by property owners. The notes should also disclose that the amount of delinquent special assessment receivables are not separately displayed on the face of the financial statements.

In addition, the statistical section of the CAFR, if one is prepared, should present a schedule of special assessment billings and collections of those billings for the last ten years if the government is obligated in some manner for the related special assessment debt.

If the government is not obligated in any manner for special assessment debt, the notes to the financial statements should disclose the amount of the debt and the fact that the government is in no way liable for repayment but is only acting as agent for the property owners in collecting assessments, forwarding the collections to bondholders, and initiating foreclosure procedures, where appropriate.

SPECIAL TERMINATION BENEFITS

Special termination benefits typically arise when governments desire to reduce the number of employees on their payrolls or wish to change the composition of their workforce. Various cash and benefit incentives are offered to employees who either resign or retire early from their government service. In many cases, the benefits paid as special termination benefits are paid over a period of several years.

NCGA Interpretation 8, *Certain Pension Matters,* provides that the requirements of SFAS 74, *Accounting for Special Termination Benefits Paid to Employees,* relating to special termination benefits are applicable to state and local governmental employers. SFAS 74 requires an employer that offers short-period special termination benefits to employees to recognize a liability and an expense when the employees accept the offer and the amount of the special termination benefits can be reasonably estimated. The amount recognized should include any lump-sum payments and the present value of any expected future payments. Employers also need to consider the effect of special termination benefits on other employee benefits, such as pension benefits, because of differences between past assumptions and actual experience. If reliably measurable, the effects of any such changes on an employer's previously accrued expenses for those benefits that result directly from the termination of employees should be included in measuring the termination expense.

In applying the above requirements to governmental funds, the basis of accounting and measurement focus of governmental funds must be considered. Because governmental funds primarily emphasize the flow of current financial resources and use the modified accrual basis of accounting, the amount of special termination benefits recorded as expenditures in governments' funds should be the amount accrued during the year that would normally be liquidated with expendable available resources. Accordingly, the amount of the liability for special termination benefits for governmental funds that will not be liquidated with expendable available resources should be recorded in the general long-term debt account group. The liability for these benefits would always be recorded on the government-wide statement of net assets.

SUMMARY

This chapter summarizes the accounting and reporting for the long-term obligation. The financial statement preparer needs to consider not only the long-term debt that should be reported, but also the long-term portions of other liabilities that are not required to be reported in governmental funds. In addition, the relationship of certain debt-related issues, such as reporting special assessment debt and demand bonds, should be coordinated with the accounting for other governmental funds, particularly the capital projects fund and the debt service fund.

14 NONEXCHANGE TRANSACTIONS

The term *nonexchange transaction* has only recently gained wide use in government accounting and financial reporting, so governmental financial statement preparers may at first think that this chapter will not have broad applicability.

However, once the term is understood, it becomes clear that nonexchange transactions include accounting and financial reporting requirements for a significant part of a governmental entity's typical transactions.

GASB Statement 33, *Accounting and Financial Reporting for Nonexchange Transactions* (GASBS 33), divides all transactions into two categories.

1. Exchange transactions, in which each party to a transaction receives and gives up something of essentially the same value
2. Nonexchange transactions, in which a government gives or receives value without directly receiving or giving something equal in value in the exchange

As will be more fully described below, nonexchange transactions therefore include very significant items of revenues and expenditures for governmental activities, such as taxes (including property, sales, and income taxes) as well as revenues provided by federal and state aid programs.

NOTE: The GASB issued this Statement because there is very little professional guidance in existence for recognizing nonexchange transactions on an accrual basis, which the GASB correctly anticipated was needed when the accrual basis of accounting is used on a government-wide perspective under the new GASBS 34 financial reporting model. In addition, the GASB believed that the existing guidance for nonexchange transactions that are recorded on a modified accrual basis (which will continue at the fund level under the new financial reporting model) could also use some clarification and standardization.

Classes of Nonexchange Transactions

GASBS 33 identifies four classes of nonexchange transactions.

1. Derived tax revenues. These are transactions that result from assessments imposed by governments on exchange transactions. Included in this class are personal and corporate income taxes and sales taxes.

2. Imposed nonexchange revenues. These are transactions that result from assessments by governments on nongovernmental entities (including individuals) other than assessments on exchange transactions. Included in this class are property taxes, fines and penalties, and property forfeitures.
3. Government-mandated nonexchange transactions. These are transactions that occur when one government (including the federal government) at one level provides resources to a government at another level and require that government to use them for a specific purpose (referred to as purpose restriction). The provider may also require that the resources be used within a specific time (referred to as a time restriction). Included in this class are federal aid programs that state and local governments are mandated to perform and state programs that local governments are mandated to perform. GASBS 33 identifies two significant characteristics of transactions in this class of nonexchange transactions.
   a. A government mandates that a government at another level (the recipient government) must perform or facilitate a particular program in accordance with the providing government's enabling legislation, and provides resources for that purpose.
   b. There is a fulfillment of eligibility requirements (including time requirements) in order for a transaction to occur.
4. Voluntary nonexchange transactions. These are transactions that result from legislative or contractual agreements, other than exchanges, entered into willingly by two or more parties. Included in this class are certain grants and entitlements and donations by nongovernmental entities. While these transactions are not imposed on the provider or the recipient, the fulfillment of purpose restrictions, eligibility requirements, and time requirements may be necessary for a transaction to occur.

Accounting and Financial Reporting Requirements

GASBS 33 has different accounting standards for revenue recognition under the accrual basis of accounting and the modified accrual basis of accounting. Under either basis of accounting, recognition of nonexchange transactions in the financial statements is required unless the transactions are not measurable (reasonably estimable) or are not probable (likely to occur) of collection. Transactions that are not recognizable because they are not measurable should be disclosed.

Accrual-basis requirements. In using the guidance of GASBS 33 for nonexchange transactions that are accounted for under the accrual basis of accounting, it is important to note that these are different standards for time requirements and purpose restrictions in determining whether a transaction has occurred.

- Time requirements—When a nonexchange transaction is government-mandated or voluntary, compliance with time requirements is necessary for the transaction to occur. Time requirements must be met for a provider to record a liability or expense and for a recipient to record a revenue and a receivable. For imposed nonexchange transactions, a government should recognize a receivable when it has an enforceable legal claim to the resources, but should not recognize revenue until the period when the use of the resources is required or first permitted.

- Purpose restrictions govern what a recipient is allowed to do with the resources once it receives them. Recognition of assets, liabilities, revenues, and expenses should not be delayed because of purpose restrictions. An exception arises in a grant or agreement in which the resource provider will not provide resources unless the recipient has incurred allowable expenditures under the grant or agreement. This is an eligibility requirement. In that case, there is no reward (i.e., no asset, liability, revenue, or expense) recognition until the recipient expends the resources. (This exception relates to what was once referred to as *expenditure-driven revenue*.) Cash or other assets provided in advance should be reported as advances by providers and as deferred revenues by recipients.

In addition to these general requirements for the accrual basis of accounting, GASBS 33 provides specific guidance for each class of nonexchange transaction.

- Derived tax revenues—Assets from derived tax revenues are recognized as revenue in the period when the exchange transaction on which the tax is imposed occurs or when the resources are received, whichever occurs first. Resources received by a government in anticipation of an assessable exchange transaction should be reported as deferred revenue until the period of the exchange.
- Imposed nonexchange revenues—Assets from imposed nonexchange revenue transactions are to be recognized in the period when an enforceable legal claim to the assets arises or when the resources are received, whichever occurs first. For property taxes, this is generally (but not always) the date when the government has a right to place a lien on the property (the lien date).

  Revenues from imposed nonexchange revenue transactions should be recognized in the same period that the assets are recognized, unless the enabling legislation includes time requirements. If so, the government should report the resources as deferred revenues until the time requirements are met. This means that revenues from property taxes would be recognized in the period for which the taxes are levied, even if the lien date or the due date for payment occurs in a different period.

  NOTE: The GASB issued an amendment to GASBS 33 to address a potential problem in applying this Statement in situations where a government shares its own derived tax revenues or imposed nonexchange transactions with other governments. This amendment, issued in the form of GASB Statement 36, ***Recipient Reporting for Certain Shared Nonexchange Revenues—An Amendment of GASBS 33,*** *is discussed later in this chapter.*

- Government-mandated nonexchange transactions and voluntary nonexchange transactions—GASBS 33 provides that a transaction for these two classes of transactions does not occur (other than the provision of cash in advance) and should not be recognized until all eligibility requirements are met. In other words, the provider has not incurred a liability and the recipient does not have a receivable, and recognition of revenues and expenses for resources received or provided in advance should be deferred.

The GASB issued GASB Statement 36, *Recipient Reporting for Certain Shared Nonexchange Revenues—An Amendment of GASB Statement 33* (GASBS 36), to provide a technical correction of a requirement contained in GASBS 33. There are a number of circumstances in which a government may share its revenues with another government. Under GASBS 33 as originally issued, a resource-providing government and a recipient government may have recognized these revenues at different times. GASBS 36 supercedes paragraph 28 of GASBS 33 to eliminate this potential discrepancy. Both the resource-providing government and the recipient government should comply with the requirements of GASBS 33, as amended, for voluntary or government-mandated nonexchange transactions, as appropriate. Because some recipient governments receive these shared revenues through a continuing appropriation, they may rely on periodic notification by the provider government of the accrual-basis information necessary for compliance. If the resource-providing government does not notify the recipient government in a timely manner, the recipient government should use a reasonable estimate of the amount to be accrued. In this instance before amendment, GASBS 33 would have called upon the recipient government to record these revenues on a basis of cash collections instead of using an estimate.

The eligibility requirements are specified by GASBS 33 to comprise one or more of the following:

1. The recipient (and secondary recipients, if applicable) has the characteristics specified by the provider.
2. If specified, the time requirements specified by the provider have been met. (That is, the period when resources are required to be used or when use is first permitted has begun.) If the provider is a nongovernmental entity and does not specify a period, the applicable period is the first in which use is permitted. If the provider is a government and does not specify a period, the following requirements apply:
    a. The applicable period for both the provider and recipients is the provider's fiscal year and begins on the first day of that year. The entire amount of the provider's award should be recognized at that time by the recipient as well as the provider.
    b. If the provider has a biennial budgetary process, each year of the biennium should be considered a separate period, with proportional allocation of the total resources provided or to be provided for the biennium, unless the provider specifies a different allocation.
3. The provider offers resources on a reimbursement basis, the related legislative or contractual requirements stipulate that the provider will reimburse the recipient for allowable expenditures, and the recipient has made allowable expenditures under the applicable program.

4. The provider's offer of resources is contingent on a specified action of the recipient and that action has occurred (applies only to voluntary nonexchange transactions).

Recipients should recognize assets and revenues from government-mandated or voluntary nonexchange transactions when all applicable eligibility requirements are met. If private donations to a government meet the above criteria, including promises to give, they should be recognized in the financial statements of the government.

Modified accrual basis. The preceding discussion describes the proposed transaction recognition criteria using the accrual basis of accounting. GASBS 33 also addresses revenue recognition using the modified accrual basis of accounting. Revenues from nonexchange transactions should be recognized in the accounting period when they become measurable and available. While this is consistent with current practice (except for the elimination of the "due date" criteria under GASBI 5, *Property Tax Revenue Recognition in Governmental Funds*), GASBS 33 provides the following guidance for each of the four classes of nonexchange transactions:

1. Derived tax revenues. Recipients should recognize revenues in the period when the underlying exchange transaction has occurred and the resources are available.
2. Imposed nonexchange revenues—property taxes. The guidance of GASBI 5 should be applied, which is current GAAP.
3. Imposed nonexchange revenues—other than property taxes. Revenues should be recognized in the period when an enforceable legal claim has arisen and the resources are available.
4. Government-mandated nonexchange transactions and voluntary nonexchange transactions. Revenues should be recognized in the period when all applicable eligibility requirements have been met and the resources are available.

Some examples of how some of the more common resources of governments would be recorded follow.

Property Taxes

Property taxes represent a significant source of revenue for many governments, particularly local governments. These governments, therefore, must make sure that they apply governmental accounting principles appropriately in reporting property tax revenues.

Property taxes recorded in a governmental fund should be accounted for as an imposed nonexchange revenue using the modified accrual basis. When a property tax assessment is made, it is to finance the budget of a particular period, meaning that the property taxes are intended to provide funds for the expenditures of that particular budget period. The revenue produced from any property tax assessment should be recognized in the fiscal period for which it is levied, provided that the "available" criterion of the modified accrual basis of accounting is met. (*Available* means that the property taxes are due to the government or past due and receivable within the current period, and are collected within the current period or expected to be collected soon enough thereafter to be used to pay current liabilities.) Property taxes that are due or past due must be collected within sixty days after the period for which they were levied. For example, if property taxes are levied for a fiscal year that ends on June 30, 20X1, property taxes that were assessed and due for this period (and prior periods) can be recognized as revenue as long as they are collected by August 29, 20X1.

NOTE: As a practical matter, some governments find that it is easier to use the two months following year-end for accruing this revenue, rather than a strict interpretation of sixty days. These governments find that their monthly closing process facilitates the recording of these revenue accruals, rather than attempting to cut off one or two days before the actual month end.

If unusual circumstances justify a period of greater than sixty days, the government should disclose the length of the period and the circumstances that justify its use. For example, in unusual circumstances, a government may be able to demonstrate that property taxes received after sixty days would be available to pay current liabilities if the current liabilities will be paid sometime after sixty days after year-end. Thus, there are two criteria that must be met before property tax revenue is to be recognized.

1. The property taxes are levied to finance the expenditures of the budget period reported.
2. The collections of these property taxes must take place no later than sixty days after the end of the reported period.

The GASB issued Interpretation 5, *Property Tax Revenue Recognition in Governmental Funds* (GASBI 5), which eliminated the former criteria that the property taxes must be due or past due within the reported period in order to be recognized.

In recording property taxes, there is a difference as to when a receivable is recorded for property tax revenue and when the related revenue is recognized. A receivable should be recorded on the balance sheet for property tax receivables (net of estimated uncollectible property taxes receivable) on the date that the property taxes are levied. To the extent that property taxes receivable exceed the amount of revenue that may be recognized under the "available" criterion, the difference should be recorded as deferred revenue. Accordingly, revenue should only be recognized for the amount of the property taxes receivable amount on the balance sheet at the end of the fiscal year for the amounts of the property tax receivable that were collected sixty days after the balance sheet date. The difference between the property tax receivable at the fiscal year-end and the amount recognized as property tax revenue should be recorded as deferred property tax revenue.

In addition, when property taxes are collected in advance of the year for which they are levied, the advance collections should be recorded as deferred revenue. These advance collections should not be recognized as revenue until the period for which they were levied is reached.

Some representative journal entries should clarify the accounting for property tax revenues.

Assumptions

Property taxes in the amount of $100,000 are levied during the current fiscal year to provide resources for budgetary expenditures of the current fiscal year. The taxes are due to be paid within the fiscal year reported. Historical experience indicates that 1% of the property taxes will be uncollectible. The government has decided to record all property tax collections during the year as revenues and to then adjust the accounts at the end of the year to record property taxes receivable and deferred property tax revenues.

Following are the sample journal entries for recording these taxes on a modified accrual basis:

1. The government levies the $100,000 of property taxes.

Property taxes receivable	100,000	
Allowance for uncollectible property taxes		1,000
Property tax revenue		99,000
To record property tax levy.		

2. The government collects $80,000 of property taxes prior to its fiscal year-end.

Cash	80,000	
Property taxes receivable		80,000
To record collections of the property tax levy.		

3. The government collects $10,000 of the fiscal year's property taxes within sixty days of the end of the fiscal year. The actual amount of property tax revenue to be recognized for the year is $80,000 collected during the year, plus $10,000 collected after the end of the fiscal year, or $90,000. Since $99,000 was recorded as property tax revenue on the date of the property tax levy, an adjustment must be recorded to reduce the amount recognized as property tax revenue.

Property tax revenue	9,000	
Deferred property tax revenue		9,000
To record deferred revenue for property tax receivables that do not meet the criteria to be recognized as property tax revenue.		

Two other journal entries are also possible related to property taxes.

4. The government determines that $500 of the property taxes receivable are specifically identified as not being collected, even after consideration of tax liens on the property. The following entry is recorded:

Allowance for uncollectible property taxes	500	
Property taxes receivable		500
To write off uncollectible property taxes.		

5. The government is having cash flow difficulties and offers a discount to property tax payers who prepay the subsequent fiscal year's property taxes, and as a result, $5,000 of the subsequent year's tax levy is collected in the current fiscal year. Since these collections are for the subsequent fiscal year's tax levy, they are recorded as deferred revenue in the current fiscal year as follows:

Cash	5,000	
Deferred property tax revenues		5,000
To record early collections of the subsequent fiscal year's property tax levy.		

The sequence of these journal entries may change, based on the operating procedures of the government. For example, the government may record all collections of property tax revenue as deferred revenue and then recognize the proper amount of property tax revenue at year-end, and then again when the sixty-day subsequent period collections are determined. The sequence of the journal entries is not as important as the government recognizing only the appropriate amount of property tax revenue and recording the proper amount of property taxes receivable and deferred property tax revenues.

In addition to recording the transactions described above properly, the government should also periodically review the propriety of the allowance for uncollectible real estate taxes and consider writing off against the allowance for those taxes from specific taxpayers that are not likely to be collected. The government should also determine whether the allowance for uncollectible taxes is understated.

NOTE: Since property taxes are almost always accounted for by a governmental fund, the accounting for the allowance for uncollectible property taxes is somewhat unique. Because property tax revenues are recognized only when collected within the fiscal year or within sixty days after the fiscal year, the property tax levy receivable at year-end is offset by (1) those property taxes collected within sixty days after the fiscal year-end, (2) the allowance for uncollectible property taxes, and (3) deferred real estate taxes. By definition, any additional property taxes deemed uncollectible must have their related "credit" in the deferred property revenue account. Therefore, if a government determines that its allowance for uncollectible property taxes should be increased, the following entry would be recorded:

Deferred property tax revenue	*xx,xxx*	
Allowance for uncollectible property taxes		*xx,xxx*

This is unique to the modified accrual basis of accounting for property taxes, because increasing an allowance for an uncollectible receivable has no impact on the operating statement of the entity. It is strictly a journal entry affecting two balance sheet accounts.

Unless they must be used to support a specific program, property taxes are reported as general revenues on the government-wide statement of activities. Converting the property tax revenue recorded in the governmental funds on a modified accrual basis to the accrual basis for purposes of accounting for the government-wide statements is fairly easy. Conceptually, the difference in the revenue between the two bases of accounting is the amount that was deferred as not collected within sixty days under the modified accrual method. Basically, the government would reverse entry 3 listed above as follows for the government-wide statements:

Deferred property tax revenue	9,000	
Property tax revenue		9,000

To recognize as revenue property taxes collected after sixty days on the government-wide financial statements.

The difference in the actual amount of revenue recognized under the two different accounting bases, however, will not actually be $9,000 in this example, because similar entries would have been recorded in the prior year to set up deferred revenue on the modified accrual basis and then reverse it for the government-wide statements. The actual effect on the revenue recognized between the two methods would be the difference in the amounts deferred under the modified accrual basis from one year to the next, since the prior year entry would have been reversed.

NOTE: There is a danger in referring to the above adjustment as a journal entry, because it implies that it would be recorded in a general ledger. This entry would not be recorded on the governmental fund's general ledger since it pertains only to the government-wide financial statements and not the fund financial statements. In fact, many governments seem to be recording the adjustments needed to prepare the government-wide statements on spreadsheets. Because accountants think in terms of double-sided journal entries, these will continue to be used in this book to describe the adjustments for the government-wide statements—just be careful as to where they are "recorded."

Income and Sales Taxes, and Other Derived Tax Revenues

Income taxes usually represent a significant source of revenue to governments. Sales taxes are another common form of significant revenue provider that is used by governments to fund operations. In addition, other forms of derived taxes, such as cigarette taxes, provide revenues to many state and local governments. What these taxes have in common is that they are derived from taxes imposed on exchange transactions.

Most of these taxes were previously accounted for using the guidance of GASB Statement 22, *Accounting for Taxpayer-Assessed Tax Revenues in Governmental Funds* (GASBS 22).

GASBS 22 was superseded by GASBS 33. The scope of GASBS 22 focused on "taxpayer assessed" revenues, which were revenues that were the result of taxpayers calculating how much they owed by completing tax returns, remittance forms, etc. Included in this category of revenues were personal income taxes, corporate income taxes, and sales taxes, which also happen to be the same common taxes that GASBS 33 considers derived tax revenues.

On a modified accrual basis, the revenue from these taxes is fairly easy to determine because the availability criteria focus governments' attention on the collections from these taxes shortly after year-end. In practice, many governments have been using a one-month or two-month collection period after year-end (depending on the nature of the tax and how and when tax returns are filed) to determine the amounts that are recorded on the modified accrual basis. On the accrual basis, revenue recognition becomes more complicated in that estimates of what will be ultimately received for taxes imposed on exchange transactions occurring during the governments' fiscal year are required. Since many governments do not have fiscal years that match the calendar year and since many of these taxes are based on calendar-year tax returns, the calculations are further complicated.

Taxpayer-assessed revenues are difficult to measure for a number of reasons. First, the reporting period for these revenues is often a calendar year, and the majority of governments have a fiscal year that is other than the calendar year, and accordingly there are overlapping reporting periods. Second, the tax returns or remittance forms taxpayers use to remit these taxes are usually not due until several months after the calendar year-end and are subject to extension requests. Third, these types of taxes, particularly income taxes, are subject to estimated payment requirements throughout the year, and the final amount of the tax is determined when the tax return form is actually completed. Finally, since the revenues are taxpayer-assessed, it is sometimes difficult for the government to satisfactorily estimate the amount of tax it will ultimately receive based on historical information, because the taxes are generally based on the relative strength of the economy during the calendar year reported by the taxpayer. Historical information does not always have a direct correlation with the current status of the economy.

In some cases taxpayer-assessed revenues are collected by a level of government different from the government that is the actual beneficiary of the tax. For example, a state may be responsible for collecting sales taxes, although portions of the sales taxes collected are actually revenues of counties or cities located within the state. In these cases, the state will remit sales tax collections to the local governments (counties, cities, etc.) periodically. Similar situations exist where states collect personal income taxes imposed by major cities within the state.

The local governments receiving taxes collected by another level of government should apply the same criteria of recognizing these revenues (i.e., when they are measurable and available). If the collecting government remits the local government's portion of the taxes promptly, the local government is likely to recognize revenue in similar amounts to that which they would recognize if they collected the revenues themselves. On the other hand, if the collecting government imposes a significant delay until the time that it remits the portion of the collections due the local government to that local government, consideration must be given to when these revenues actually become available to the local government, given their delay in receiving the revenues from the collecting government.

NOTE: While the measurable criterion can usually be met by effective use of accounting estimates, the available criterion is more direct. For reporting on the modified accrual basis of accounting, some governments choose to use the same sixty-day criterion used for property taxes collected after year-end for determining the amount of these revenues that should be considered available. Before adopting this general rule, the government should ensure that the tax relates back to the fiscal year for which the estimate is being made. For example, sales tax returns are often due monthly following the month of the sale. Assume that a government with a June 30 year-end requires sales tax returns to be filed and taxes remitted by the twentieth day of the month following the date of the sales. In this case, sales taxes remitted with the July 20 sales tax returns would relate to sales in June and would appropriately be accrued back to the fiscal year that ended June 30. However, the sales taxes remitted with the August 20 sales tax returns would relate to sales in July of the new fiscal year and should not be accrued back to the fiscal year that ended on June 30, despite being collected within sixty days of the June 30 year-end.

In addition to accruing revenues for taxpayer-assessed taxes, governments must make the appropriate liability accruals for refunds that they are required to make based on tax returns that are filed. Governments should use actual refunds made after the fiscal year-end, combined with estimates for refunds made using a combination of historical experience and information about the economy of the fiscal year reported. When a government records this liability accrual, it should record the accrual as a reduction of the related tax revenue presented in the general or special revenue fund and as a liability of the fund. The liability should be recorded in the fund through a reduction of the related revenue rather than simply recording a refund liability in the general long-term debt account group. Tax refunds are likely to be a liability to be liquidated with current financial resources, and accordingly, a fund liability rather than a general long-term debt account group liability, is recorded. Netting the tax refunds with the related tax revenues also provides a more accurate picture of the amount of tax revenues that should actually have been recorded by the government.

Adjustments for the Accrual Basis of Accounting

In order to report the derived revenues from the taxes described in the previous paragraphs on the accrual basis of accounting and economic resources measurement focus, the government needs to consider the taxes that will be collected after the availability period that is used for reporting these revenues on a modified accrual basis. The government needs to calculate how much revenue it "earns" during its fiscal year from exchange transactions that occurred during that fiscal year from exchange transactions that occurred during that fiscal year.

Consider the following example: A taxpayer prepares an income tax return for the calendar year ended December 31, 20X1. The taxpayer had withholdings taken from her salary during the year. In addition, the taxpayer made estimated tax payments throughout the year, with the final estimated payment made on January 15, 20X2. The taxpayer filed an extension request on April 15, 20X2, and paid an amount she estimated would be due with the final return. The return was filed on August 15, 20X2, which resulted in a refund that the taxpayer applied to her estimated payments for the calendar year ending December 31, 20X2. When completing her 20X2 tax return, the taxpayer discovers an error in the 20X1 return and files an amended return on May 15, 20X3, requesting an additional refund. How much would the government ultimately be entitled to receive in taxes from the earnings of the taxpayer during the government's fiscal year ended June 30, 20X1?

To approximate the answer to this question, a government would need to look at each component of the various tax events that are described above and determine how best to record the revenues (or refund) that occur from those events. The government has to assume that it is virtually impossible for it to have actual information in time for it to prepare its own financial statements on a timely basis. Furthermore, the fact that the tax year and the government's fiscal year are different essentially assures that some estimation process is required.

Each government's tax procedures and requirements are different, and different taxes work in different ways, so there is no set of prescribed procedures that can be suggested that will result in the best method in every case. Nevertheless, there are some general processes and procedures that might prove helpful. In the example described above, the government would probably be best off breaking the various tax events into groups and handling each in the most practical way. For example, withholding taxes are based on salary earnings and usually must be remitted to governments in a very short period of time. Perhaps withholding taxes received during the year should be recognized by the government in the year received. Similarly, estimated tax payments are often received quarterly and should correspond with estimates of earnings for each particular quarter. The estimated tax receipts related to the four quarters that comprise the government's fiscal year might be assumed to be recorded within that fiscal year. Tax payments received with returns and refunds made with returns filed on a timely basis (or received with extension request) might be aggregated and assumed to occur ratably over the calendar year. Accordingly, of the amounts received (or refunded) for calendar year 20X0, the government might assume that half were received in its 20X0 fiscal year and half in its 20X1 fiscal year. Projection of the first half of 20X2 would be needed and could be based on past history and adjusted for known factors, such as changes in tax rates or rising or declining incomes. Further, the government might determine that the amounts received or paid with amended returns is very small and may choose to simply account for these in the same period received or paid.

Note that not all derived tax revenues will be this difficult to calculate. For example, many governments require that sales taxes be remitted on a monthly basis. It should be fairly easy to match the receipts of sales tax revenues to the months of the fiscal year to which those taxes relate. For example, for a June 30 year-end, if sales taxes relating to the month of June are due to be remitted by July 20, the government would accrue the July receipts back to June, since that is when the sales on which the sales tax revenues were derived occurred.

NOTE: Historically, when governments adopted GASBS 22 related to these taxpayer-assessed revenues, many set up a receivable and recognized revenue for the amounts that were measurable and available and recorded in a governmental fund using the modified accrual basis of accounting. An alternative approach would have been to estimate the ultimate amounts that were receivable (similar to the above calculation) and then record the total receivable, with revenue recognized for the amount of the receivable that was available and deferred revenue recorded for the difference between the total receivable and the amount recognized as revenue because it was available.

In adopting GASBS 34, governments that only recorded the amount of the receivable as equal to the amount of revenue recognized should consider changing to the alternative of recording the total receivable. In addition to being a more correct way of recording these amounts, recording the total receivable along with deferred revenue at the fund level makes conversion and reconciliation of the fund amounts with the government-wide amounts much easier. All the governments would need to do each year for the government-wide statements is reverse the amount of deferred revenue and recognizing revenue for this amount in the government-wide statements. Note that since a deferred revenue amount is also recorded in the prior year (and is the deferred revenue opening balance), the actual effect on revenue of adjusting to the accrual basis of accounting in the government-wide statements will be the change in the deferred revenue amounts from one year to the next. What makes this approach attractive is that the amount of the receivable for these derived revenues will be the same on the fund and government-wide financial statements. In addition, the reconciliation of the fund financial statements amounts to the government-wide amounts can be attributed to either the existence of the deferred revenue amount (on the statement of net assets) and the changes in the deferred revenue amount (on the statement of activities). In other words, these revenues would work essentially the same way that the property tax revenues described in the previous section are recorded.

Grants and Other Financial Assistance

State and local governments typically receive a variety of grants and other financial assistance. At the state level, this financial assistance may be primarily federal financial assistance. At the local government level, the financial assistance may be federal, state, or other intermediate level of local government. Financial assistance generally is legally structured as a grant, contract, or cooperative agreement. The financial assistance might take the form of entitlements, shared revenues, pass-through grants, food stamps, and on-behalf payments for fringe benefits and salary.

What financial assistance should be recorded? Governments often receive grants and other financial assistance that they are to transfer to or spend on behalf of a secondary recipient of the financial assistance. These agreements are known as *pass-through grants*. All cash pass-through grants should be reported in the financial statements of the primary recipient government and should be recorded as revenues and expenditures of that government.

There may be some infrequent cases when a recipient government acts only as a cash conduit for financial assistance. Guidance on identifying these cases is provided by GASB Statement 24 (GASBS 24), *Accounting and Financial Reporting for Certain Grants and Other Financial Assistance*. In these cases, the receipt and disbursement of the financial assistance should be reported as transactions of an agency fund. A recipient government serves as a cash conduit if it merely transmits grantor-supplied money without having administrative or direct financial involvement in the program. Some examples of a recipient government that would be considered to have administrative involvement in a program are provided by GASBS 24, as follows:

- The government monitors secondary recipients for compliance with program-specific requirements.
- The government determines eligibility of secondary recipients or projects, even if grantor-supplied criteria are used.
- The government has the ability to exercise discretion in how the funds are allocated.

A recipient government has direct financial involvement if, as an example, it finances some direct program costs because of grantor-imposed matching requirements or is liable for disallowed costs.

Revenue recognition of grants and other financial assistance. Grants, entitlements, or shared revenues recorded in the general and special revenue funds should be recognized as revenue in the accounting period in which they become susceptible to accrual (they are measurable and available). In applying these criteria, the financial statement preparer must consider the legal and contractual requirements of the particular financial assistance being considered.

Financial assistance in the form of shared revenues and entitlements is often restricted by law or contract more in form than in substance. Only a failure on the part of the recipient to comply with prescribed regulations would cause a forfeiture of the resources. Such resources should be recorded as revenue at the time of receipt, or earlier if the susceptibility to accrual criteria are satisfied. If entitlements and shared revenues are collected in advance of the period that they are intended to finance, they should be recorded as deferred revenue.

Grants are nonexchange transactions that would be classified as either government-mandated or voluntary nonexchange transactions. The accounting for both of these transactions is similar and is described earlier in this chapter. Many of the government-mandated grants that are received by governments are expenditure driven. These are covered later in this section. In many of the remaining grants, the key accounting component is when eligibility requirements are met, which determine when it is appropriate for the recipient government to recognize the grant as revenue. If the actual cash is received before the eligibility requirements have been met, the cash should be recorded as a deferred revenue until the eligibility requirements are met. On the other hand, if the eligibility requirements have been met and the cash has not yet been received by the recipient government, the recipient government would record a receivable and revenue for the grant revenue that it is owed. For recording this amount in a governmental fund on the modified accrual basis of accounting, the availability criteria should be examined to see if the revenue should be recognized or recorded as deferred revenue. In practice, grant revenue is usually received within a timeframe where the availability criteria are met (this is also discussed later, in the expenditure-driven revenue section).

One of the more important eligibility requirements is the time requirement, where the time period in which a grant is to be spent is specified. For example, if a state government provides formula-based education aid to a local government or a school district and specifies that the aid is for the school year that begins in September and ends in June, that is the period of time for which the grant revenue would be recognized. Few, if any, differences between the modified accrual basis of accounting on the fund level and the accrual basis of accounting at the government-wide level should arise. However, if no time period is specified (and all other eligibility requirements are met) the total amount of the grant would be recognized as revenue immediately. For example, assume that a state government with a December 31 year-end provides a grant to a local government in its budget for its fiscal year which begins on January 1, 20X1. The local government has a fiscal year of June 30. If there are no time requirements and all other eligibility criteria are met, the grant appropriation at the state level is available on January 1, 20X1, the first day of the state's fiscal year. In this case, the local government would recognize the revenue from the whole grant on January 1, 20X1.

NOTE: This area has caused a somewhat unexpected surprise for some governments in implementing GASBS 33. In the above example, governments prior to adoption of GASBS 33 probably would have recognized half of the grant revenue in this example in the fiscal year ended June 30, 20X1 and half in the fiscal year ended June 30, 20X2. Under GASBS 33, the entire grant would be recognized in the fiscal year ended June 30, 20X1.

Expenditure-driven grants and other financial assistance revenue. Many grants and other financial aid programs are on a cost-reimbursement basis, whereby the recipient government "earns" the grant revenue when it actually makes the expenditures called for under the grant. This type of arrangement is described as "expenditure-driven" revenue, since the amount of revenue that should be recognized is directly related to the amount of expenditures incurred for allowable purposes under the grant or other contractual agreement. (Of course, the amount of revenue recognized under a grant or contract should not exceed the total allowable revenue for the period being reported, regardless of the amount of expenditures.)

Updating the terminology for GASBS 33, making the expenditure is simply an eligibility requirement. To be eligible for the grant revenue, you must make the expenditure. The accounting for most expenditure-driven grants is likely to remain the same under GASBS 33 as it was prior to adoption of GASBS 33.

In accounting for expenditure-driven revenue, governments typically make the expenditures first and then claim reimbursement from the grantor or other aid provider. In this case, a receivable should be established, provided that the criteria for recording revenue under the modified accrual basis of accounting are satisfied. For expenditure-driven revenues, determining whether the "available" criterion is met is difficult for some grants and other sources of aid. First, there will be a time lag from when the government actually makes the expenditures under the grant, accumulates the expenditure information to conform with some predetermined billing period, and submits the claim for reimbursement to the grantor or other aid provider. Sometimes the grantors and other aid providers delay disbursing payments to the recipient organizations while they review the reimbursement claims submitted by the recipient organization. In some cases, the aid providers even perform some limited types of audit procedures on claims for reimbursement. Often, the actual receipt of cash for expenditure-driven revenues exceeds the period normally considered "available" to pay current obligations. Governments, however, do record the receivable from the grantor or other aid provider and the related grant revenue, despite it being unclear as to whether the "available" criterion will be met. The reason for not requiring that the available criteria be met is that the government has already recognized the expenditures for these grants and other aid programs. Without recognizing the related grant revenue, the governmental fund's operating statements will indicate that there was a use of resources for these grants and other programs, when in fact, these programs are designed to break even and result in no drain of financial resources on the government. As additional guidance, the 2001 GAAFR indicates that in practice, it is uncommon for the recognition of revenue related to reimbursement grants to be deferred based on the availability criterion of modified accrual accounting. Nevertheless, deferral ought to be considered in situations where reimbursement is not expected within a reasonable period. Financial statement preparers and auditors should consider this guidance on current practice in accounting for expenditure-driven revenue.

NCGA Statement 2 provides that when expenditure is the prime factor for determining eligibility for reimbursement, revenue should be recognized when the expenditure is made.

NOTE: The provisions of GASBS 33 for accrual-basis revenue recognition cannot become effective for governmental activities until the provisions of GASBS 34 are adopted. Until GASBS 34 is adopted, the provisions of GASBS 33 that relate to the modified accrual basis of accounting would be used by governmental funds and expendable trust funds. The provisions of GASBS 33 that relate to the accrual basis of accounting would be used by proprietary funds, nonexpendable trust funds, pension trust funds, and investment trust funds.

Implementation Issues

The first implementation issue that a governmental financial statement preparer accounting for nonexchange revenues in governmental fund types will encounter (as with the financial reporting model discussed next) is that information will need to be developed on two bases of accounting—accrual and modified accrual for the government-wide and fund financial statements, respectively. This will clearly result in the modification or enhancement of financial systems to be able to capture revenue information on an accrual basis.

The second implementation issue relates to ensuring that, when applicable, the eligibility requirements are met before revenue is recognized in the financial statements. In addition, the timing requirements may also need careful consideration, including where a resource provider does not specify a time requirement, and one needs to be implied using the guidance of the Statement.

Governments that have evaluated the impact of GASBS 33 are finding that its greatest impact is in the area of governmental grants. Applying GASBS 33 tends to result in recording receipts from certain grants as revenue rather than as deferred revenue under current accounting practice.

15 CASH AND INVESTMENTS— VALUATION AND DISCLOSURES

INTRODUCTION

This chapter describes the accounting and financial reporting guidance for cash and investments held by governmental entities. Two significant GASB statements affect the accounting and financial reporting requirements for cash and investments.

- GASB Statement 3 (GASBS 3), *Deposits with Financial Institutions, Investments (Including Repurchase Agreements), and Reverse Repurchase Agreements*, focuses on disclosure requirements. Prior to its issuance, there were several instances where unwary governments suffered significant losses on a type of investment known as a *repurchase agreement.* GASBS 3 provided a good deal of background material on basic types of investments in an attempt to educate those responsible for the treasury and accounting functions of governments to attempt to minimize future losses resulting from governments not understanding the risks of the various types of investments in which they were participating. GASBS 3's disclosure requirements center on categorizing both cash deposits and investments in a way that would enable the financial statement reader to discern the types of risks inherent in the cash deposit balances and the investments of the government.

  NOTE: Chapter 1 describes GASB Statement 40, ***Deposit and Investment Risk Disclosures*** *(GASBS 40), that will modify some of the disclosure requirements discussed in this chapter.*

- GASB Statement 31 (GASBS 31), *Accounting and Financial Reporting for Certain Investments and for External Investment Pools*, was issued by the

GASB to provide accounting guidance (really measurement guidance) for "certain" investments that are likely to comprise the majority of a government's investment holdings. Essentially, GASBS 31 requires many of the investments included within its scope to be measured and reported in the financial statements at fair value.

Each of these GASB statements was the subject of Implementation Guides issued by the GASB staff.

- *Guide to Implementation of GASB Statement 3 on Deposits with Financial Institutions, Investments (Including Repurchase Agreements), and Reverse Repurchase Agreements: Questions and Answers* (Implementation Guide 3)
- *Guide to Implementation of GASB Statement 31 on Accounting and Financial Reporting for Certain Investments and for External Investment Pools: Questions and Answers* (Implementation Guide 31)

NOTE: The guidance contained in this chapter considers these Implementation Guides.

Thus, with the issuance of GASBS 31 the GASB provided almost all of the basic accounting guidance that governmental financial statement preparers and auditors need to account for and report cash and investments. GASBS 31 provides guidance on the measurement and valuation of investments in the financial statements. GASBS 3 provides disclosure requirements for both cash and investments. (This assumes the obvious: that valuation guidance is not needed for cash.)

This chapter describes the accounting and financial reporting requirements relating to

- Measurement and valuation principles for investments under GASBS 31. It will also include the accounting and financial reporting requirements for external investment pools, included in GASBS 31.
- Disclosure requirements for cash deposits and investments required by GASBS 3.

The reader should note that the measurement and valuation of investments of defined benefit pension plans are included in GASB Statement 25 (GASBS 25), Financial Reporting for Defined Benefit Pension Plans and Note Disclosures for Defined Contribution Plans. In addition, the measurement and valuation of investments for Section 457 deferred compensation plans are included in GASB Statement 2 (GASBS 2), Financial Reporting of Deferred Compensation Plans Adopted under the Provisions of Internal Revenue Code Section 457. GASBS 2 and GASBS 25 require that investments be reported at fair value, so there is consistency between the measurement requirements of GASBS 2, GASBS 25, and GASBS 31. However, GASBS 31 specifies that in valuing certain investments of defined benefit pension plans or Section 457 deferred compensation plans, the accounting and financial reporting guidance of GASBS 31 for determining fair value should be used. These specific investments, defined later in this chapter, are as follows:

- Securities subject to purchased put option contracts and written call option contracts
- Open-end mutual funds

- External investment pools
- Interest-earning investment contracts

The reader should refer to Chapter 11 for a complete discussion of Section 457 deferred compensation plans and Chapter 24 for a complete discussion of the requirements of GASBS 25 relating to defined benefit pension plans.

VALUATION OF INVESTMENTS

Prior to the issuance of GASBS 31, the authoritative literature related to the valuation of investments was found in the AICPA Audit and Accounting Guide (the AICPA Guide) *Audits of State and Local Governmental Units*. The AICPA Guide provided that governmental fund investments are generally reported at cost unless there are decreases in market value and the decline is not due to a temporary condition. This general requirement was sometimes difficult to apply in practice because many times it was difficult to determine whether the decline in the market value of the investment was temporary. In many cases, this decision was based on the government's intent and ability to hold securities until maturity. When securities were written down because of a decline in market value that was judged to be other then temporary, sometimes the market value of the security did recover. In this case, there was no basis in the professional accounting literature to write the investments back up to their previously recorded amounts.

The GASB issued GASBS 31 to address these concerns for most, but not all, of a government's investments. GASBS 31 takes into consideration movement of the Financial Accounting Standards Board toward the valuation of investments at fair value. For example, FASB Statement 115 (SFAS 115), *Accounting for Certain Investments in Debt and Equity Securities*, and FASB Statement 124 (SFAS 124), *Accounting for Certain Investments Held by Not-for-Profit Organizations,* both result in investments generally being reported at fair value.

GASBS 31 establishes accounting and financial reporting standards for all investments held by governmental external investment pools. These standards for external investment pools will be discussed later in this chapter. For governmental entities other than external investment pools, defined benefit pension plans, and Internal Revenue Code Section 457 deferred compensation plans, GASBS 31 establishes accounting and financial reporting standards for investments in

- Interest-earning investment contracts (such as certificates of deposit with financial institutions, repurchase agreements, and guaranteed and bank investment contracts)
- External investment pools
- Open-end mutual funds
- Debt securities
- Equity securities (including unit investment trusts and closed-end mutual funds), option contracts, stock warrants, and stock rights that have readily determinable market values

For purposes of applying the above standards, several definitions must be considered. For example

- An *external investment pool* is an arrangement that commingles (or pools) the moneys of more than one legally separate entity and invests, on the participants' behalf, in an investment portfolio. To meet this definition, one or more of the participants cannot be part of the sponsor's reporting entity. If a government-sponsored investment pool includes only the primary government and its component units, it is an internal, not an external, investment pool.
- An *interest-earning investment contract* is a direct contract, other than a mortgage or other loan, that a government enters into as a creditor of a financial institution, broker-dealer, investment company, insurance company, or other financial institution for which it directly or indirectly receives interest payments.
- An *open-end mutual fund* is an investment company registered with the United States Securities and Exchange Commission (SEC) that issues shares of its stock to investors, invests in an investment portfolio on the shareholders' behalf, and stands ready to redeem its shares for an amount based on its current share price. An open-end mutual fund creates new shares to meet investor demand, and the value of an investment in the fund depends directly on the value of the underlying portfolio. (Open-end mutual funds may include in their definition governmental external investment pools that are registered as investment companies with the SEC and that operate as open-end funds.)
- A *debt security* is any security that represents a creditor relationship with an entity. Debt securities are also defined by GASBS 31 to include
  - Preferred stock that is either required to be redeemed by the issuing entity or is redeemable at the option of the investor
  - A collateralized mortgage obligation (CMO) or other instrument that is issued in equity form but is accounted for as a nonequity investment

  Option contracts, financial futures contracts, and forward contracts are not included in the GASBS 31 definition of debt security.

  In applying the above definition, the following would be considered debt securities: US Treasury securities, US government agency securities, municipal securities, corporate bonds, convertible debt, commercial paper, negotiable certificates of deposit, securitized debt instruments (such as CMOs and real estate mortgage investment conduits—REMICs), and interest-only and principal-only strips.

  Not included in the definition of debt securities provided by GASBS 31 would be trade accounts receivable arising from sales on credit and loans receivable arising from real estate lending activities of proprietary activities. However, receivables that have been securitized would meet the definition of debt security.

The requirements of GASBS 31 for equity securities (which are described in the following bullet point of this section) apply only to equity securities with readily determinable fair values. The reader should not confuse this requirement with that of GASBS 31 for debt securities, which requires that all debt securities be reported at fair value, without consideration for whether their fair value is readily determinable.

One practical implementation problem for a financial statement preparer is how to determine fair value, when fair value is not readily determinable. Fair value for a debt security would not be readily determinable when the debt security is thinly traded or quoted market prices are not available. The GASB staff in Implementation Guide 31, question number 33, note that in these situations, the security's value should be estimated, which will require a degree of professional judgment on the part of the financial statement preparer.

The first consideration for estimating fair value is to consider the market prices for similar securities. This would take into consideration a particular debt security's coupon interest rate and credit rating of the issuer. Another common valuation technique for debt securities is determining fair value by the present value of expected future cash flows using a discount rate commensurate with the level of risk inherent in the debt security.

As the complexity of the features embodied in debt securities increases, valuation techniques may need to be expanded to consider matrix pricing estimates and options pricing models to consider these added complexities.

A technique referred to by Implementation Guide 31 as "fundamental analysis" may also be considered. This technique takes into consideration the assets, liabilities, operating statement performance, management, and economic environment of the entity that issued the debt security. These factors are then considered to determine the fair value of the security.

Implementation Guide 31 also advises financial statement preparers and auditors to exercise caution in accepting an estimate of fair value of a security from the issuer or broker of that security. An attempt should be made to confirm these fair value estimates with independent sources.

- An *equity security* is any security that represents an ownership interest in an entity, including common, preferred, or other capital stock; unit investment trusts; and closed-end mutual funds. The term *equity security* does not include convertible debt or preferred stock that either are required to be redeemed by the issuing entity or are redeemable at the option of the investor.

The following special types of securities are included in the scope of GASBS 31:

- Option contracts, which are contracts giving the buyer (owner) the right, but not the obligation, to purchase from (call option) or sell to (put option) the seller (or writer) of the contract a fixed number of items (such as shares of equity securities) at a fixed or determinable price on a given date or at any time on or before a given date.
- Stock warrants, which are certificates entitling the holder to acquire shares of stock at a certain price within a stated period. Stock warrants are often made part of the issuance of bonds or preferred or common stock.
- Stock rights, which are rights given to existing stockholders to purchase newly issued shares in proportion to their holdings on a specific date.

One other important definition contained in GASBS 31 is *fair value*, which has replaced the term *market value* in recent accounting pronouncements concerning investments. The reason for the new term is to indicate that an investment's fair value may be determined even if there is no actual, well-defined market (such as a stock exchange) for the investment. Fair value then represents "The amount at which a financial instrument could be exchanged in a current transaction between willing parties, other than in a forced or liquidation sale."

In determining whether equity and certain other securities are valued in the financial statements at fair value, there is an additional criterion that must be met. The fair value must be readily determinable. The fair value of equity securities, option contracts, stock warrants, and stock rights is readily determinable if sales prices or bid-and-asked quotations are currently available on a securities exchange registered with the US Securities and Exchange Commission (SEC) or in the over-the-counter market, provided that those prices and quotations for the over-the-counter market are publicly reported by the National Association of Securities Dealers Automated Quotations systems or by the National Quotation Bureau.

The fair value of equity securities, option contracts, stock warrants, and stock rights traded only in a foreign market is readily determinable if that foreign market is of a breadth and scope comparable to one of the US markets referred to in the preceding paragraph.

GASBS 31 concludes that the fair value of restricted stock is not readily determinable. Restricted stock refers to equity securities whose sale is restricted at acquisition by legal or contractual provisions (other than in connection with being pledged as collateral) unless the restriction terminates within one year or the holder has the power by contract or otherwise to cause the requirement to be met within one year. Any portion of the security that can reasonably be expected to qualify for sale within one year, such as may be the case under SEC Rule 144 or similar rules of the SEC, is not considered restricted.

There are several additional investments that are not included within the scope of GASBS 31. An investment in equity securities that is accounted for under the equity method, as provided for in APB Opinion 18, *The Equity Method of Accounting for Investments in Common Stock*, is not included within the scope of GASBS 31, nor are investments in joint ventures or component units as provided in GASB Statement 14 (GASBS 14), *The Financial Reporting Entity*.

In addition, GASBS 31 does not apply to securities or other instruments if they are not held by the government for investment purposes, either for itself or for parties for which it serves as investment manager or other fiduciary. Exhibit 1 provides a listing of some of the transactions that were generally not intended to be covered by GASBS 31. GASBS 31 generally does apply to investments held in agency funds, because these investments are held in a fiduciary capacity and are invested on behalf of the beneficiary.

Exhibit 1

The Implementation Guide for GASBS 31 provides a listing of some of the common transactions that were not intended to be covered by GASBS 31.

It is important to note that this list generally does not apply to governmental external investment pools, defined benefit plans, or Internal Revenue Code Section 457 deferred compensation plans, which generally report all of their investments at fair value (except for external investment pools that are 2a7-like [discussed later in this chapter] which report investments at amortized cost).

The listing (which is not meant to be a complete listing by Implementation Guide 31) is as follows:

- Seized debt securities that the government holds as evidence or as a potential fine
- Contractors' deposits of debt securities
- Real estate held for investment purposes
- Investments in joint ventures
- Equity securities accounted for under the equity method
- Long-term securities placed in an irrevocable trust that meets the requirements of a legal or in-substance defeasance
- Loans receivable arising from real estate lending activities
- Securities and other instruments not held for investment purposes
- Receivables that do not meet the definition of a security
- Equity securities (including unit investment trusts and closed-end mutual funds), option contracts, stock warrants, and stock rights that do not have readily determinable fair values
- Short sales of securities
- Investments in component units
- Restricted stock
- Trade accounts receivable arising from sales on credit

Specific Application of the Requirements of GASBS 31

Except as discussed in the following paragraphs, GASBS 31 requires that governmental entities, including governmental external investment pools, report investments at fair value in the balance sheet or statement of financial position. Fair value is the amount at which an investment could be exchanged in a current transaction between willing parties, other than in a forced liquidation or sale.

Generally, if a quoted market price is available for an investment, the fair value is calculated by multiplying the market price per share (or other trading unit) by the number of shares (or trading units) owned by the governmental entity. If an entity has purchased put option contracts or written call option contracts on securities, and it has those same securities among its investments, it should consider those contracts in determining the fair value of those securities to the extent that it does not report those contracts at fair value.

There are several exceptions to the general rule of reporting investments within the scope of GASBS 31 at fair value. These exceptions are described in the following paragraphs.

Interest-earning investment contracts. Valuation of investments in interest-earning investment contracts depends on whether the contracts held by the government are participating contracts or nonparticipating contracts.

- *Participating contracts* are investments whose value is affected by market changes that are tied to interest rate changes. If these contracts are negotiable or transferable, or if their redemption value considers market rates, they should be considered participating. Investments in participating contracts should generally be valued in the financial statements at fair value. However, participating interest-earning investment contracts that have a remaining maturity at the time of purchase of one year or less may be reported at amortized cost, provided that the fair value of the investment is not significantly affected by the impairment of the credit standing of the issuer or by other factors. (Note that the remaining maturity to be considered is that at the time the investment was purchased, not the remaining maturity at the balance sheet date.) Looking at the most extreme instance, if the counterparty to the contract declares bankruptcy and the fair value of the participating interest-bearing investment contract falls significantly, amortized cost would not be an appropriate measure for including this investment in the financial statements, even if the other conditions above are met. Also note that in determining the remaining maturity in applying the above test, it is the remaining maturity at the time of purchase, not the original maturity of the investment, which is considered. Accordingly, a five-year negotiable participating interest-bearing investment contract purchased six months before its maturity would meet the above test of having a remaining maturity of less than one year.

- *Nonparticipating contracts* are those such as nonnegotiable certificates of deposit, where the redemption terms do not consider market rates. Nonparticipating interest-earning investment contracts should be reported in the financial statements using a cost-based measure, provided that the fair value of those contracts is not significantly affected by the impairment of the credit standing of the issuer or other factors.

Money market investments. Money market investments are short-term, highly liquid debt instruments, including commercial paper, bankers' acceptances, and US treasuries and agency obligations. GASBS 31 does not include derivative securities within its definition of money market investments, nor does it include either of the following:

- Asset-backed securities, which are assets composed of, or collateralized by, loans or receivables. Collateralization can consist of liens on real property, leases, or credit-card debt.
- Structured notes, which are debt securities whose cash flow characteristics (such as coupon, redemption amount, or stated maturity) depend on one or more indexes, or that have embedded forwards or options.

Money market investments generally should be reported in the financial statements at fair value. Money market investments that have a remaining maturity at the time of purchase of one year or less may be reported at amortized cost, provided that the fair value of the investment is not significantly affected by the impairment of the credit standing of the issuer or by other factors. This exception is similar to that described above for participating interest-earning investment contracts.

External investment pools. For investments in external investment pools that are not registered with the SEC, regardless of sponsorship by a governmental entity (such as bank short-term investment funds, which are nongovernmental pools not required to be registered with the SEC), fair value should be determined by the fair value per share of the pool's underlying portfolio, unless it is a 2a7-like pool, discussed below. Legally binding guarantees provided or obtained by the pool sponsor to support share value should be considered in determining the fair value of the participants' investments and should be evaluated in light of the creditworthiness of the sponsor. If a governmental entity cannot obtain information from a pool sponsor to allow it to determine the fair value of its investment, it should estimate the fair value of that investment and make the disclosures discussed later in this chapter.

A *2a7-like pool* is an external investment pool that is not registered with the SEC as an investment company, but has a policy that it operates in a manner consistent with the SEC's Rule 2a7 of the Investment Company Act of 1940. Rule 2a7 allows SEC-registered mutual funds to use amortized cost rather than market value to report net assets to compute share prices, if certain conditions are met. Those conditions include restrictions on the types of investments held, restrictions on the term-to-maturity of individual investments and the dollar-weighted average of the portfolio, requirements for portfolio diversification, requirements for divestiture considerations in the event of security downgrades and defaults, and required actions if the market value of the portfolio deviates from amortized cost by a specified amount. Investments positions in 2a7-like pools should be determined by the pool's share price.

FINANCIAL REPORTING REQUIREMENTS

All investment income, including changes in the fair value of investments, should be recognized as revenue in the operating statement (or other statement of activities). When identified separately as an element of investment income, the change in the fair value of investments should be captioned "net increase (decrease) in the fair value of investments." Consistent with reporting investments at fair value, interest income should be reported at the stated interest rate, and any premiums or discounts on debt securities should not be amortized.

NOTE: This was probably the most controversial aspect of GASBS 31 because changes in the fair value of investments are flowed through the operating statements. There were some conceptual differences with the GASB by some financial statement preparers as to whether this was appropriate in the governmental environment.

GASBS 31 specifies that realized gains and losses on sales of investments should not be displayed separately from the net increase or decrease in the fair value of investments in the financial statements. However, realized gains and losses may be separately displayed in the separate reports of governmental external investment pools, discussed later in this chapter. Realized gains and losses may also be displayed in the financial statements of investment pools that are reported as investment trust funds of a reporting entity.

Internal Investment Pools

Internal investment pools are arrangements that commingle or pool the moneys of one or more fund or component unit of the reporting entity. Investment pools that include participation by legally separate entities that are not part of the same reporting entity as the pool sponsor are not internal investment pools, but rather are considered to be external investment pools.

The equity position of each fund or component unit in an internal investment pool should be reported as an asset in those funds and component units.

Assignments of Interest

The asset reported should be an investment or a cash equivalent, not a receivable from another fund. In some cases, the income from investments associated with one fund is assigned to another fund because of legal or contractual provisions. In that situation, GASBS 31 specifies that the accounting treatment should be based on the specific language of the legal or contractual provisions. That is, if the legal and contractual provisions require a transfer of the investment income to another fund, the income should be reported in the fund that is associated with the assets, with an operating transfer to the recipient fund. However, if the legal or contractual provisions require that the investment income be that of another fund, no transfer of resources should be reported. Instead, the amount should be recognized in the recipient fund.

If the investment income is assigned to another fund for other than legal or contractual reasons, the income should be recognized in the fund that reports the investments. The transfer of that income to the recipient fund should be reported as an operating transfer.

REQUIRED DISCLOSURES

The latter part of this chapter provides a comprehensive discussion of the disclosure requirements for investments as required by GASBS 3. In addition to these requirements, GASBS 31 imposed additional disclosure requirements on state and local governments relative to investments. These disclosures are as follows:

- The methods and significant assumptions used to estimate the fair value of investments, if that fair value is based on other than quoted market prices
- The policy for determining which investments, if any, are reported at amortized cost
- For any investments in external investment pools that are not SEC-registered, a brief description of any regulatory oversight for the pool and whether the fair value of the position in the pool is the same as the value of the pool shares
- Any involuntary participation in an external investment pool
- If an entity cannot obtain information from a pool sponsor to allow it to determine the fair value of its investment in the pool, the methods used and significant assumptions made in determining that fair value and the reasons for having had to make such an estimate
- Any income from investments associated with one fund that is assigned to another fund

An entity has the option to disclose realized gains and losses in the notes to the financial statements computed as the difference between the proceeds of the sale and the original cost of the investments sold.

External investment pools that elect to report (and other entities that disclose) realized gains and losses should also disclose that

- The calculation of realized gains and losses is independent of a calculation of the net change in the fair value of investments.

- Realized gains and losses on investments that had been held in more than one fiscal year and sold in the current year were included as a change in the fair value of investments reported in the prior year(s) and the current year.

NOTE: What the GASB is addressing in these disclosure requirements is that the use of fair value for reporting investments affects the carrying amount of those investments, and correspondingly there is an impact on the net effect of the realized gain or loss in the year sold. Consider the following example: A government purchases an investment during year 1 at a cost of $100. At the end of year 1, the fair value of the investment increases to $110, resulting in the recognition of an unrealized gain in operations for year 1. In year 2, the government sells the investment for $125. The realized gain on this investment that would be disclosed is $25. However, the amount of the gain that actually flows through the operating statement in year 2 is only $15, since $10 of the gain was already recognized in year 1.

Accounting and Financial Reporting Standards for External Investment Pools and Individual Investment Accounts

In addition to providing accounting and financial reporting for investments held by governments, GASBS 31 also provides accounting and financial reporting guidelines for external investment pools and individual investment accounts.

Generally, the accounting and financial reporting guidelines presented in the preceding pages related to governments are applicable to all investments held by external investment pools, except that money market investments and participating insurance contracts must be reported by external investment pools at fair value and that 2a7-like pools may report their investments at amortized cost. One other clarification is that external investment pools may report short-term debt investments with remaining maturities of up to ninety days at the date of the financial statements at amortized cost, provided that the fair value of those investments is not significantly affected by the impairment of the credit standing of the issuer or by other factors. For an investment that was originally purchased with a longer maturity, the investment's fair value on the day it becomes a short-term investment should be the basis for purposes of applying amortized cost.

External investment pool financial reporting. Separate stand-alone annual financial reports for governmental external investment pools should include a statement of net assets and a statement of changes in net assets prepared on the economic resources measurement focus and the accrual basis of accounting. GASBS 31 does not require that a statement of cash flows be presented. All applicable GASB pronouncements should be used to prepare these stand-alone reports. In addition, the financial statements of governmental external investment pools should include the following disclosures:

- A brief description of any regulatory oversight, including whether the pool is registered with the SEC as an investment company
- The frequency of determining the fair value of investments
- The method used to determine participants' shares sold and redeemed and whether that method differs from that used to report investments
- Whether the pool sponsor has provided or obtained any legally binding guarantees during the period to support the value of shares

- The extent of involuntary participation in the pool, if any (Involuntary participants are those required by legal provisions to invest in the external investment pool.)
- A summary of the fair value, the carrying amount (if different from the fair value), the number of shares or the principal amount, ranges of interest rates, and maturity dates of each major investment classification
- If the financial statements distinguish among different components of investment income (such as interest, dividend, and other income instead of the net increase or decrease in the fair value of investments), disclosure of the accounting policy for defining each of the components that it reports

Financial reporting by sponsoring governments. GASBS 31 provides additional financial statement requirements for *sponsoring governments*, defined as governmental entities that provide investment services, whether an investment pool or individual investment accounts, to other entities, and therefore have a fiduciary responsibility for those investments.

A sponsoring government of an external investment pool should report the external portion of each pool as a separate investment trust fund (that is, a fiduciary fund) that reports transactions and balances using the economic resources measurement focus and the accrual basis of accounting.

- The external portion of an external investment pool is the portion of the pool that belongs to legally separate entities that are not part of the sponsoring government's financial reporting entity.
- The internal portion of each external investment pool is the portion of the pool that belongs to the primary government and its component units. The internal portion should be reported in the same manner as the equity in internal investment funds, described earlier in this chapter.

The sponsoring government should present in its financial statements for each investment trust fund a statement of net assets and a statement of changes in net assets. The difference between the external pool assets and liabilities should be captioned "net assets held in trust for pool participants." The accounting for investment trust funds is described in Chapter 11.

The following disclosures required by GASBS 31 depend on whether the external investment pool issues a separate report:

- If an external investment pool issues a separate report, the annual financial statements of the sponsoring government should describe how to obtain that report in the notes to the financial statements.
- If an external investment pool does not issue a separate report, the annual financial report of the sponsoring government should include the following in the notes to its financial statements for each pool:
  - — The additional disclosures described above for that would have been included in the pool's separate report
  - — The disclosures required by GASBS 3 and GASB Statement 28 (GASBS 28), *Accounting and Financial Reporting for Securities Lending Transactions*, and other cash and investment standards

— Condensed statements of net assets and changes in net assets (If a pool includes both internal and external investors, those condensed financial statements should include, in total, the net assets held in trust for all pool participants, and the equity of participants should distinguish between internal and external portions.)

Individual Investment Accounts

An individual investment account is an investment service provided by a governmental entity for other legally separate entities that are not part of the same reporting entity. With individual investment accounts, specific investments are required for individual entities, and the income from and changes in the value of those investments affect only the entity for which they were acquired. GASBS 31 requires that governmental entities that provide individual investment accounts to other, legally separate entities that are not part of the same reporting entity report those investments in one or more separate investment trust funds. The disclosure requirements relating to stand-alone reports for external investment pools would not apply to individual investment accounts.

DISCLOSURE REQUIREMENTS—DEPOSITS AND INVESTMENTS

As described in the first part of this chapter, some specific disclosure requirements for investments and external investment pools are a result of the issuance of GASBS 31. However, the main disclosure requirements for investments and deposits were the result of the issuance of GASBS 3. The following section of the chapter describes some of the background material on investments and the various types of risks to which governmental investors are subject, as well as providing the detailed disclosure requirements contained in GASBS 3.

Background

Governmental entities often have cash available for short-, intermediate-, and long-term investment. For example, the general fund may have cash available for a short period until current obligations are paid in the course of normal operations. The capital projects fund may have bond proceeds available for investment for an intermediate term pending their use for a construction project. Fiduciary funds may have funds available that the government is holding in a fiduciary capacity available for long-term investment.

The deposit and investment authority of governmental entities is usually determined by statutes. These statutes may specify

- The types of deposits and investments that may be made
- The financial institutions with which deposits can be made
- The collateral requirements for deposits with financial institutions
- Liquidity requirements

Deposit and investment risk. Depositors and investors face several different types of risks. The two major types of risk are credit risk and market risk.

- *Credit risk* is the risk that another party to a deposit or investment transaction (the counterparty) will not fulfill its obligations. For example, the issuer of a debt instrument may not be able to redeem the instrument at maturity. Credit risk can be associated with the issuer of the security, a financial institution holding deposits, or the custodian of securities and collateral. Credit risk can be affected by a concentration of deposits or investments in any one investment type or with any one counterparty.
- *Market risk* is the risk that the market value of an investment, collateral protecting a deposit, or securities underlying a repurchase agreement will decline. Market risk is affected by the length-to-maturity of the security, the need to liquidate the security before maturity, the extent that the collateral exceeds the amount invested, and the frequency with which the amount of collateral is adjusted for changes in market values. For example, if interest rates have risen since a governmental entity purchased a long-term US government bond, the market value of the investment will be below its original cost and the entity will realize a loss if the securities must be liquidated while the market value is in decline. Of course, under GASBS 31, the governmental entity may need to record a change in fair value as an accounting loss in the financial reporting periods in which the market value declines below the original cost and the last market value reported in the financial statements.

Risks for deposits. The risks for depositors are primarily credit risks. Generally, the risk is that the institution in which the deposits are held will fail, and the deposit balances in excess of the Federal Deposit Insurance Corporation (FDIC) insurance limits will not be recoverable in their entirety. In addition to investigating the creditworthiness of the financial institutions with which it has deposits, a government may also seek to reduce the credit risk associated with its deposits through the use of collateral. There are several measures that depositors may take to ensure that the collateral that they require on uninsured deposits protects those deposits. Governmental depositors may establish (through written contract with the financial institution pledging the collateral) their unconditional right to the collateral. These rights generally include the right to liquidate the collateral in the event of default of the financial institution and the right to additional collateral if the market value of the collateral falls below the required level. Depositors may also reprice the market value of collateral periodically to make sure that it has not fallen below the required level. If a decline occurs, additional collateral is obtained or part of the deposit is recovered.

The degree of credit risk associated with uninsured deposits varies depending on who holds the collateral. If collateral is held by the pledging financial institution, or by its trust department or agent, but not in the name of the depositor, the depositor's access to the collateral and its rights to liquidate the collateral may not be clear in the event of default by the financial institution. There is less risk associated with collateral held by the financial institution's trust department or agent in the depositor's name, and even less risk associated with collateral held by the depositor or by an independent third-party agent of the depositor in the depositor's name.

Risks for investments. Governmental entities employ similar techniques to minimize the credit risk associated with investments as they do for deposits. Ways in which governments safeguard their investments include having the securities held by their custodian or registered in their name, having broker-dealer insurance coverage, and investigating the creditworthiness of issuing and custodial counterparties.

Governmental investors may hold securities themselves or have them held by the broker-dealer, its agent or trust department, or an independent third-party custodian. The degree of credit risk associated with a transaction is affected by who holds the securities and whether the securities are held in the name of the investor.

An investor may safeguard ownership of securities by having the securities registered in the investor's name. If securities are not registered or have been endorsed in blank by the registered owner, they become negotiable by anyone who has them. Having securities in these forms makes transactions easier because they can be bought, sold, or transferred in less time and with less paperwork. However, because they are so easily negotiable, the risks associated with them increase.

Cash and securities held in customer accounts by SEC-registered broker-dealers may be insured by the Securities Investor Protection Corporation (SIPC). In addition, many broker-dealers have insurance in addition to the SIPC coverage.

Required Note Disclosures for Deposits with Financial Institutions and Investments, Including Repurchase Agreements

Disclosures about deposits and investments are designed to help the users of state and local government financial statements assess the risks an entity takes in investing public funds. Governmental entities are required to make disclosures such as

- Legal or contractual provisions for deposits and investments, including repurchase agreements
- Deposits and investments, including repurchase agreements, at the balance sheet date and during the period

The disclosures described below should distinguish between the primary government and its discretely presented component units. The reporting entity's financial statements should present the accounts of the primary government (including its blended component units) and provide an overview of the discretely presented component units. Accordingly, the reporting entity's financial statements should make those discretely presented component unit disclosures that are essential to the fair presentation of the financial reporting entity's basic financial statements.

NOTE: As a practical matter, the government's financial statement preparer must use a significant amount of judgment in determining the extent of reporting of discretely presented component unit information. The government might consider aggregating the information for a number of smaller discretely presented component units to present more meaningful information. The government might also leave the information for certain component units out of the notes completely.

Legal or contractual provisions for deposits and investments. The governmental entity should briefly describe in the notes to the financial statements the types of investments authorized by legal or contractual provisions. Legal provisions include those arising from constitutions, charters, ordinances, resolutions, governing body orders, and intergovernmental grants or contractual regulations.

If the types of investments authorized for blended component units or discretely presented component units differ significantly from those of the primary government, the differences in authorized investment types should be disclosed if the component units have material investment activity.

In addition, significant violations of legal or contractual provisions during the period reported should be disclosed. These disclosures should be made even if the violation has been remedied by the end of the fiscal period reported.

Deposits as of the balance sheet date and during the period. If the bank balances of deposits as of the balance sheet date are entirely insured or collateralized with securities held by the governmental entity or by its agent in the governmental entity's name, that fact should be stated in the notes to the financial statements. For purposes of applying this requirement, GASBS 3 interprets *depository insurance* to include the following:

- The federal deposit insurance funds maintained by the FDIC. (Where the governmental entity has separate deposit accounts with the same financial institution, the amount of the insurance coverage depends on the nature and purpose of the governmental entity's separate accounts. The governmental entity should investigate the extent to which it is covered by federal depository insurance at each financial institution.)
- State depository insurance funds
- Multiple financial institution collateral pools that insure public deposits

If the deposits are not completely insured or collateralized as defined above, the following disclosures for deposits are required by GASBS 3:

- Carrying amount of total deposits, if not separately displayed on the balance sheet
- The amount of total bank balance classified in the following three categories of risk:
  - — Insured or collateralized with securities held by the governmental entity or by its agent in the entity's name
  - — Collateralized with securities held by the pledging financial institution's trust department or agent in the governmental entity's name
  - — Uncollateralized (This amount would include any bank balance that is collateralized with securities held by the pledging financial institution, or by its trust department or agent, but not in the governmental entity's name.)

NOTE: One common mistake made by governments in providing these disclosures is to categorize the book balance of cash, rather than the actual bank balance of the cash deposits. GASBS 3 requires categorization of the bank balance amounts rather than book balances, because it is the actual bank balance on deposit at a financial institution for which the governmental entity has a credit risk.

Exhibit 2 provides an example of bank deposit disclosure using a narrative format for categorizations. A tabular format (similar to the example provided for investments in Exhibit 3) might also be used, with appropriate modifications.

Exhibit 2

An illustrative footnote that might be used to meet the GASBS 3 requirements for deposits (including information presented for pension trust funds and discretely presented component units).

Deposits

The city of Anywhere's charter limits the amount of deposits at any time in any one bank or trust company to a maximum of one half of the amount of the capital and net surplus of such bank or trust company. The discretely presented component units included in the city's reporting entity maintain their own banking relationships which generally conform with the city's. Bank balances are currently insured up to$100,000 in the aggregate by the Federal Deposit Insurance Corporation (FDIC) for each bank for all funds other than monies of the retirement systems, which are held by well-capitalized banks and are insured by the FDIC up to $100,000 per retirement system member. At June 30, 20XX, the carrying amount of the city's cash and cash equivalents was $XXX million and the bank balance was $XXX million. Of the bank balance, $XX million was covered by federal depository insurance or collateralized with securities held by the city's agent in the city's name, and $XX million was uninsured and collateralized with securities held by the city's agent in the city's name. At June 30, 20XX, the carrying amount of the discretely presented component units' cash and cash equivalents was $XX million and the bank balance was $XX million. Of the bank balance, $X million was covered by federal depository insurance or collateralized with securities held by the city's agent in the city's name, and $XX million was uninsured and collateralized with securities held by the city's agent in the city's name.

The uninsured, collateralized cash balances carried during the year represent primarily the compensating balances to be maintained at banks for services provided. It is the policy of the city to invest all funds in excess of compensating balance requirements.

Investment Disclosures

GASBS 3 requires that the carrying amount and market value of investments including repurchase agreements as of the balance sheet date be disclosed in total and for each type of investment. With the issuance of GASBS 31, the carrying amount and the fair value of many investments will be the same as the carrying amount.

The disclosure of the carrying amounts by type of investment should be classified in the following three categories of credit risk:

- Insured or registered, or securities held by the governmental entity or its agent in the governmental entity's name (*Insured* means the same as described above for bank deposits, except that the FDIC and state depository funds do not insure investments. Securities are considered registered only if registered in the name of the government.)
- Uninsured and unregistered, with securities held by the counterparty's trust department or agent in the governmental entity's name
- Uninsured and unregistered, with securities held by the counterparty or by its trust department or agent but not in the governmental entity's name (This in-

cludes the portion of the carrying amount of any repurchase agreement that exceeds the market value of the underlying securities.)

NOTE: While not specifically numbered by GASBS 3, when providing these disclosures (as well as the categorization disclosures for deposits), governments usually refer to them as Categories 1, 2, and 3, with Category 1 being the category with the least credit risk and Category 3 having the most credit risk. These disclosures are frequently provided in tabular format (one table for deposits and one for investments), following examples provided by GASBS 3. A tabular presentation is not required, although when deposits or investments fall within all three categories, it is usually the clearest way to meet the GASBS 3 disclosure requirements. When all deposits or investments fall within the same risk category, the disclosure requirements are usually met more clearly by not presenting the two tables mentioned above. Although not required, some governments choose to reconcile the GASBS 3 disclosures to the amounts reported for cash and cash equivalents and investments on the balance sheet.

These categories apply to many, but not all, types of investments. In general, investments in pools managed by other governments or in mutual funds should be disclosed but not categorized because they are not evidenced by securities that exist in physical or book entry form. Securities underlying reverse repurchase agreements should also be disclosed but not categorized, because they are held by the broker-dealer.

In addition, for commitments as of the balance sheet date to resell securities under yield maintenance repurchase agreements, the carrying amount (if applicable) and the fair value as of the balance sheet date of the securities to be resold, and a description of the terms of the agreements (such as settlement price ranges, agreed-upon yields, maturity dates, and so forth) should be disclosed.

Exhibit 3 provides a sample disclosure that might be used for investments to meet the requirements of GASBS 3.

Exhibit 3

Investments

The city of Anywhere's investment of cash for its governmental and business-type activites is currently limited to US government guaranteed securities purchased directly and through repurchase agreements from primary dealers as well as commercial paper rated A1 or P1 by Standard & Poor's Corporation or Moody's Investors Service, Inc., respectively. The repurchase agreements must be collateralized by US government guaranteed securities or eligible commercial paper in a range of 100% to 103% of the matured value of the repurchase agreements.

The investment policies of the discretely presented component units included in the city's reporting entity generally conform to those of the city's. The criteria for the pension trust funds' investments are as follows:

1. Fixed income investments may be made in US government securities or securities of US government agencies.
2. Equity investments may be made only in those stocks that meet the qualifications of the State of Somewhere Banking Law, and the City of Anywhere Administrative Code.
3. Short-term investments may be made in the following:
    a. US government securities or US government agency securities.

b. Commercial paper rated A1 or P1 by Standard & Poor's Corporation or Moody's Investors Service, Inc., respectively.
c. Repurchase agreements collateralized in a range of 100% to 103% of matured value, purchased from primary dealers of US government securities.
d. Investments in bankers' acceptance and certificates of deposit—time deposits are limited to banks with worldwide assets in excess of $50 billion that are rated within the highest categories of the leading bank rating services and selected regional banks also rated within the highest categories.

4. No investment in any one corporation can be
   a. More than 5% of the pension plan net assets; or
   b. More than 10% of the total outstanding issues of the corporation.

Investments of the city and its discretely presented component units are categorized by level of credit risk (the risk that a counterparty to an investment transaction will not fulfill its obligations). Category 1, the lowest risk, includes investments that are insured or registered or for which securities are held by the entity or its agent in the entity's name. Category 2, includes investments that are uninsured and unregistered with securities held by the counterparty's trust department or agent in the entity's name. Category 3, the highest risk, includes investments that are uninsured and unregistered with securities held by the counterparty, or by its trust department or agent but not in the entity's name.

The city's investments, including those of the discretely presented component units (DPCU), as of June 30, 20XX, are classified as follows:

	Category (in thousands)						*Total carrying amount*		*Fair value*	
	1		*2*		*3*					
	City	*DPCU*	*City*	*DPCU*	*City*	*DPCU* *(in millions)*	*City*	*DPCU*	*City*	*DPCU*
Repurchase agreements	$ 4,000	$ 400	$2,000	$ 200	$2,000	$ 200	$ 800	$ 800	$ 8,000	$ 800
US government securities	14,000	600	--	--	--	--	14,000	600	14,000	600
Commercial bonds	3,000	--	1,000	--	1,000	--	5,000	--	5,000	--
Corporate paper	9,000	--	--	--	--	--	9,000	--	9,000	--
Corporate stocks	10,000	--	--	--	--	--	10,000	--	10,000	--
Short-term investment fund	2,000	--	--	--	--	--	2,000	--	2,000	--
Time deposits	--	500	--	100	--	--	--	600	--	600
	$42,000	$1,500	$3,000	$ 300	$3,000	$ 200	$48,000	$2,000	$48,000	$2,000
Mutual funds (1)							1,000	--	1,000	--
Int. inv. Fnd.—fixed incm. (1)							1,000	--	1,000	--
International investment fund—equity (1)							2,000	--	2,000	--
Guaranteed investment contracts (1)							1,000	500	1,000	500
Total investments							$53,000	$2,500	$53,000	$2,500

(1) These investments are not categorized because they are not evidenced by securities that exist in physical or book entry form.

Note that if all investments are carried at fair value (which may occur if all investments are covered by GASBS 31's requirements for reporting at fair value), the fair value column may be eliminated provided that the notes to the financial statements (likely the accounting policies note) indicate that all investments are carried at fair value.

GASBS 3 also provides instances where cash and cash equivalent and investment disclosures are required for activities that occurred during the fiscal period reported, even if the related securities are not held at the fiscal year-end. The following are examples of these types of disclosures:

- If the amount of a governmental entity's uncollateralized deposits or uninsured, unregistered securities held by the counterparty or by its trust department or agent but not in the governmental entity's name during the reporting period significantly exceeded the amounts in those categories as of the balance sheet date, that fact and the causes should be briefly stated. The amounts in those categories during the period could have exceeded those as of the balance sheet date because of increased amounts of deposits or investments, changes in practices, changes in the mix of investment types, or other reasons.

- The governmental entity should disclose the types of investments made during the period but not owned as of the balance sheet date. For example, if the governmental entity invested in repurchase agreements throughout the period but had none as of the balance sheet date, that fact should be disclosed.
- The governmental entity should disclose losses recognized during the period due to default by counterparties to deposit or investment transactions and amounts recovered from prior-period losses if not separately displayed on the operating statement.

Other Disclosure Requirements—Derivative Financial Instruments

In addition to the disclosure requirements of GASBS 31 and GASBS 3, GASB Technical Bulletin 94-1, *Disclosure about Derivatives and Similar Debt and Investment Transactions* (GASBTB 94-1), provided specific disclosures for investment transactions involving derivative financial instruments. In June 2003, the GASB issued Technical Bulletin 2003-1, *Disclosure Requirements for Derivatives Not Reported at Fair Value on the Statement of Net Assets* (GASBTB 2003-1), which superseded GASBTB 94-1 and provides a significant update to derivative (both investment-related and debt-related) disclosures. Chapter 1 provides complete details as to the specific requirements of GASBTB 2003-1.

The government-wide financial statements and entities that use proprietary fund accounting must also consider the disclosure requirements of SFAS 52, *Foreign Currency Translation*, and SFAS 80, *Accounting for Futures Contracts*. In addition, those entities that elect to apply FASB statements and interpretations issued after November 30, 1989, are subject for FASB statements and interpretations that include disclosures about derivatives. (See Chapter 10 for a listing of the FASB statements and interpretations.) These entities will also need to consider the requirements of SFAS 133, *Accounting for Derivative Instruments and Hedging Activities*, which goes beyond disclosures of derivatives and requires that these financial instruments be recorded on the balance sheet.

SUMMARY

GASBS 31 provides governmental entities with accounting and financial reporting guidance for most of the investments that they hold; these investments generally are carried in the financial statements at fair value. In addition, GASBS 3 provides somewhat extensive disclosure requirements for investments and bank deposits held by governments. Coupled with the requirements of GASBS 28 for securities lending transactions, investments involve intricate accounting and financial reporting requirements that must be adhered to by governmental entities.

16 ACCOUNTING FOR SECURITIES LENDING TRANSACTIONS

INTRODUCTION

Governmental entities, particularly large ones, sometimes enter into transactions in which they loan securities in their investment portfolios to broker-dealers and other entities in return for collateral that the governmental entity agrees to return to the broker-dealer or other borrower when that entity returns the borrowed security to the governmental entity. The GASB issued Statement 28 (GASBS 28), *Accounting and Financial Reporting for Securities Lending Transactions*, in May 1995 to provide accounting and financial reporting requirements for these types of transactions.

This chapter discusses the requirements of GASBS 28 and describes some of the implementation issues encountered by governments that have implemented the statement.

NATURE OF SECURITIES LENDING TRANSACTIONS

Securities lending transactions are defined by GASBS 28 as transactions in which governmental entities transfer their securities to broker-dealers and other entities for collateral—which may be cash, securities, or letters of credit—and simultaneously agree to return the collateral for the same securities in the future. The securities transferred to the broker-dealer or other borrower are referred to as the *underlying securities.*

The governmental lender in a securities lending transaction that accepts cash as collateral to the transactions has the risk of having the transaction bear a cost to it, or it may make a profit on the transaction. For example, assume that the governmental lender of the securities invests the cash received as collateral. If the returns on those investments exceed the agreed-upon rebate paid to the borrower, the securities lending transaction generates income for the government. However, if the investment of the cash collateral does not provide a return exceeding the rebate or if the investment incurs a loss in principal, part of the payment to the borrower would come from the government's resources.

Of course, the situation is different if the collateral for the transaction is not in the form of cash, but instead consists of securities or a letter of credit. In this case, the borrower of the security pays the lender a loan premium or fee in compensation for the securities loan. In some cases, the government may have the ability to pledge or sell the collateral securities before being required to return them to the borrower at the end of the loan.

Governmental entities that lend securities are usually long-term investors with large investment portfolios. Governmental entities that typically use these transactions include pension funds, state investment boards and treasurers, and college and university endowment funds. Governments that enter into securities lending transactions are usually long-term investors; a high rate of portfolio turnover would preclude the loaning of securities because the loan might extend for a period beyond the intended holding period. At the same time, securities lending transactions are generally used by governmental entities that are holders of large investment portfolios. There are several reasons for this, such as the degree of investment sophistication needed to authorize and monitor these types of transactions, as well as the existence of enough "critical mass" of investments available to lend to allow the governmental entity lender to earn enough profit on these transactions to have an acceptable increase in the overall performance on the investment portfolio. In addition, many lending agents are not interested in being involved with securities lending transactions for smaller portfolios.

PREVIOUS ACCOUNTING TREATMENT

Prior to the issuance of GASBS 28, there were no governmental accounting standards that addressed the accounting and financial reporting for securities lending transactions. Usually, governments did not reflect the securities lending transaction in their financial statements. In other words, the underlying securities continued to be recorded on the balance sheets. There was no recognition of the fact that collateral had been received from the borrower and that there was a liability on the part of the government to return the collateral to the borrower.

One related type of transaction for which the GASB had already issued accounting guidance was reverse repurchase agreements, which are legally different but in economic substance the same as, securities lending transactions. In reverse repurchase agreements, the underlying security is actually sold to the borrower/purchaser with the agreement that the security will be resold to the government at a later date. GASB Statement 3 (GASBS 3), *Deposits with Financial Institutions, Investments (Including Repurchase Agreements), and Reverse Repurchase Agreements*, requires that governmental sellers of securities under reverse repurchase agreements account for these agreements in the balance sheet as transactions. The asset is recorded for the cash received (and subsequently invested) and the liability to return the cash is also recorded in the balance sheet. The original security (comparable in economic substance to the underlying security in a securities lending transaction) is removed from the balance sheet in reverse repurchase agreements because legally the security has been sold.

GASBS 28 applies to all state and local governmental entities that have had securities lending transactions during the period reported. Because securities lending transaction programs are often found in governmental entities with large investment portfolios, they are commonly found in the balance sheets (or statements of plan net assets) for pension plans.

GASBS 28'S EFFECT ON THE BALANCE SHEET

GASBS 28 requires the following basic accounting treatment for securities lending transactions:

- The securities that have been lent (the underlying securities) should continue to be reported in the balance sheet.
- Collateral received by a government as a result of securities lending transactions should be reported as an asset in the balance sheet of the governmental entity if the following collateral is received:
  - Cash is received as collateral.
  - Securities are received as collateral, if the governmental entity has the ability to pledge or sell them without a borrower default.
- Liabilities resulting from these securities lending transactions should also be reported in the balance sheet of the governmental entity. The governmental entity has a liability to return cash or securities that it received from the securities borrower when the borrower returns the underlying security to the government.

For purposes of determining whether a security received as collateral should be recorded as an asset, governmental lenders are considered to have the ability to pledge or sell collateral securities without a borrower default if the securities lending contract specifically allows it. If the contract does not address whether the lender can pledge or sell the collateral securities without a borrower default, it should be deemed not to have the ability to do so unless it has previously demonstrated that ability or there is some other indication of the ability to pledge or sell the collateral securities.

Securities lending transactions that are collateralized by letters of credit or by securities that the governmental entity does not have the ability to pledge or sell unless the borrower defaults should not be reported as assets and liabilities in the balance sheet. Thus, in these two cases only the underlying security remains recorded in the balance sheet of the lending governmental entity.

NOTE: The obvious result of applying the requirements of GASBS 28 is the "grossing-up" of the governmental entity's balance sheet with an asset for the collateral received and a corresponding liability, which are both in addition to the underlying security, which remains recorded as an asset. This effect can be quite large when the governmental entity has a large investment portfolio and an active securities lending program. For example, a large governmental defined benefit pension plan with $50 billion in net assets increased both assets and liabilities by $4.7 billion, representing almost 10% of the net asset amounts.

In determining the amount of collateral received by the governmental entity lender, generally the market value of securities received as collateral is slightly higher than the market value of the securities loaned, the difference being referred to as the margin. The margin required by the lending government may be different for different types of securities. For example, the governmental entity might require collateral of 102% of the market value of securities loaned for lending transactions involving domestic securities, and it might require collateral of 105% of the market value of securities loaned for lending transactions involving foreign securities.

GASBS 28'S EFFECT ON THE OPERATING STATEMENT

The above discussion focuses on the accounting and financial reporting requirements of GASBS 28 relative to grossing-up a governmental entity's balance sheet. GASBS 28 has a similar effect on a governmental entity's operating statement—amounts will be grossed-up, but there is no net effect of applying the requirements of the statement.

GASBS 28 requires that the costs of securities lending transactions be reported as expenditures or expenses in the governmental entity's operating statement. These costs should include

- Borrower rebates (These payments from the lender to the borrower as compensation for the use of the cash collateral provided by the borrower should be reported as interest expenditures or interest expense.)
- Agent fees (These are amounts paid by a lender to its securities lending agent as compensation for managing its securities lending transactions and should be reported along with similar investment management fees.)

In either of the above two cases, these costs of securities lending transactions should not be netted with interest revenue or income from the investment of cash collateral, any other related investments, or loan premiums or fees.

When the above requirements are applied, investment income and expenses are effectively grossed up for the interest earned on the collateral securities received by the lending governmental entity (or on the invested cash received as collateral), and expenditures or expenses are increased for a similar amount representing the amounts that would be paid to the securities borrower in compensation for holding the collateral asset, as well as the investment management expenses relating to securities lending transactions. Prior to the issuance of GASBS 28, these amounts would typically be netted, with the net income from securities lending transactions reported as part of the investment income of the portfolio.

POOLED SECURITIES

If a government pools money from several funds for investment purposes and the pool, rather than the individual funds, has securities lending transactions, the governmental entity should report the assets and liabilities arising from the securities lending transactions in the balance sheets of the funds that have the risk of loss on the collateral assets. In many cases, this will involve a pro rata allocation to the various funds based on their equity in the pools.

In addition, the income and costs arising from pooled securities lending transactions should be reported in the operating statements of the funds. If the income from lending pool securities that represent equity owned by one fund becomes the asset of another fund because of legal or contractual provisions, the reporting treatment should be based on the specific language of those provisions. In other words, if the legal or contractual provision requires a transfer of the amounts to another fund, the income and costs should be reported in the fund that owns the equity, with an operating transfer to the recipient fund. However, if the legal or contractual provisions require that the securities lending income be that of another fund, no transfer of resources should be reported. Instead, the amounts should be reported as income and costs in the recipient fund.

If the amounts become the assets of another fund for reasons other than legal or contractual provisions (such as because of a management decision), the income and costs should be recognized in the fund that reports the equity. The transfer of those amounts to the recipient fund should be reported as an operating transfer.

The provisions of GASBS 28 for reporting assets, liabilities, income, and costs from securities lending transactions apply to the financial statements of a governmental reporting entity that sponsors an investment pool in which there are participating entities that are legally separate from the sponsoring government. The reporting requirements of GASBS 28 for assets, liabilities, income and cost do not extend to the legally separate entities that participate in the pool. Thus, these legally separate entities do not need to obtain information from the sponsoring government about securities lending transactions to report in their own financial statements.

DISCLOSURE REQUIREMENTS

GASBS 28 contains a number of disclosure requirements relative to securities lending transactions.

- The governmental entity should disclose in the notes to the financial statements the source of the legal or contractual authorization for the use of securities lending transactions and any significant violations of those provisions that occurred during the period. This is consistent with the requirements under GASBS 3 to disclose the types of investments in which an entity is legally or contractually permitted to invest. Securities lending transactions can be viewed as a significant part of investing activities, and the governmental entity would typically be legally or contractually permitted to enter into these types of transactions.
- Governmental entities should also disclose in the notes to the financial statements a general description of the securities lending transactions that occurred during the period. This disclosure should include the types of securities lent, the types of collateral received, whether the government has the ability to pledge or sell collateral securities without a borrower default, the amount by which the value of the collateral provided is required to exceed the value of the underlying securities, any restrictions on the amount of the loans that can be made, and any loss indemnification provided to the governmental entity by its securities lending agents. The entity also should disclose the carrying amount and market or fair values of the underlying securities at the balance sheet date. (An indemnification is a securities lending agent's guarantee that it will protect the lender from certain losses. A securities lending agent is an entity that arranges the terms and conditions of loans, monitors the market values of the securities lent and the collateral received, and often directs the investment of cash collateral.)
- Governmental entities should also disclose whether the maturities of the investments made with cash collateral generally match the maturities of their securities loans, as well as the extent of such matching at the balance sheet date.

This disclosure is intended to give the financial statement reader some information as to whether the governmental entity has subjected itself to risk from changes in interest rates by not matching the maturities of the securities held as collateral with the maturities of the securities lending transactions.

- GASBS 28 also requires disclosures relative to credit risk, if any, related to securities lending transactions. *Credit risk* is defined by GASBS 28 as the aggregate of the lender's exposure to the borrowers of its securities. In other words, if the borrower of the security does not return the security, what exposure does the lending government have? The effective use of collateral is clearly a good mechanism to reduce or eliminate credit risk. A lender has exposure from credit risk if the amount a borrower owes the lender exceeds the amount the lender owes the borrower. The amount the borrower owes the lender includes the fair value of the underlying securities (including accrued interest), unpaid income distributions on the underlying securities, and accrued loan premiums or fees. The amount the lender owes the borrower includes the cash collateral received, the fair value of collateral securities (including accrued interest), the face value of letters of credit, unpaid income distributions on collateral securities, and accrued borrower rebates.

If the governmental entity lender has no credit risk, that fact should be stated in the notes to the financial statements. If there is some amount of credit risk, the net amount due to the borrower should be disclosed in the notes to the financial statements.

Credit risk must be evaluated on a borrower-by-borrower basis and may need to be evaluated by contract with individual borrowers. For example, amounts due to one borrower cannot be offset by amounts due from other borrowers, so in determining the amount of credit risk, the financial statement preparer must ensure that none of these amounts are offset. In addition, the governmental entity lender may not have the right to offset amounts due from one individual borrower from one loan with amounts due to the same borrower on another loan. In determining the amount of credit risk to disclose, the financial statement preparer must also make sure that these due-to and due-from amounts are not offset.

- GASBS 28 requires that governmental entities also disclose the amount of any losses on their securities lending transactions during the period resulting from the default of a borrower or lending agent. Amounts recovered from prior-period losses should also be disclosed if not separately displayed in the operating statement.
- As was more fully described in Chapter 15, GASBS 3 requires that investments included on the balance sheet of a governmental entity as of the end of a reporting period be categorized in terms of custodial credit risk. Because the collateral for securities lending transactions is reported on the balance sheet of the lending governmental entity (when it meets the criteria described earlier in this chapter), the disclosures required by GASBS 3 for collateral included on the balance sheet are required to be made. Accordingly, the carrying amounts and market or fair values of these investments should be disclosed by type of

investment as required by GASBS 3, and as more fully described in Chapter 15. GASBS 28 provides the following specific guidance relative to securities lending transactions:

- Collateral that is reported in the balance sheet should be classified by category of custodial credit risk as defined in GASBS 3, unless it has been invested in a securities lending collateral investment pool or another type of investment that is not classified in accordance with GASBS 3. A securities lending collateral investment pool is an agent-managed pool that for investment purposes commingles the cash collateral provided on the securities lending transactions of more than one lender.
- Underlying securities should not be classified by category of custodial credit risk if the collateral for those loans is reported in the balance sheet. The reason for not classifying the underlying securities is that the custodial credit risk related to these securities is effectively reflected in the classification of the custodial credit risk of the collateral. The underlying securities are really not in the custody of the lending government, so custodial risk is transferred effectively to the securities held as collateral.

A sample of a note disclosure for securities lending transactions is provided in Exhibit 1.

Exhibit 1

The following is a sample note disclosure for securities lending transactions:

Securities Lending

State statutes and boards of trustees policies permit the city of Anywhere's Pension Systems (which are reported as Pension [and Other Employee Benefit] Trust Funds) to lend their securities (the underlying securities) to brokers-dealers and other entities with a simultaneous agreement to return the collateral for the same securities in the future. The Systems' custodians lend the following types of securities: short-term securities, common stock, long-term corporate bonds, US Government and US Government agencies' bonds, asset-backed securities, and international equities and bonds held in collective investment funds. Securities on loan at year-end are classified as a Category 1 risk in the preceding schedule of custodial credit risk. (See Chapter 15 for disclosure requirements for investments, including risk categorization.) International securities are uncategorized. In return, the Systems receive collateral in the form of cash at 100%-105% of the principal plus accrued interest for reinvestment. At year-end, the Systems had no credit risk exposure to borrowers because the amounts the Systems owe the borrowers exceed the amounts the borrowers owe the Systems. The contracts with the Systems' custodian requires borrowers to indemnify the Systems if the borrowers fail to return the securities, if the collateral is inadequate, or if the borrowers fail to pay the Systems for income distributions by the securities' issuers while the securities are on loan.

All securities loans can be terminated on demand within a period specified in each agreement by either the Systems or the borrowers. Cash collateral is invested in the lending agents' short-term investment pools, which have a weighted-average maturity of ninety days. The underlying securities (fixed income) have an average maturity of ten years.

> The Pension (and Other Employee Benefit) Trust Funds report securities loaned as assets on the statement of fiduciary net assets. Cash received as collateral on securities lending transactions and investments made with that cash are also recorded as assets. Liabilities resulting from these transactions are reported on the statement of fiduciary net assets. Accordingly, for the year ended June 30, 1999, the Pension (and Other Employee Benefit) Trust Funds recorded the investments purchased with the cash collateral as Collateral from Securities Lending Transactions with a corresponding liability as Securities Lending Transactions.

As described earlier in this chapter, securities received as collateral for securities lending transactions are not always reported as assets on the balance sheet of the lending government. For purposes of complying with the GASBS 3 disclosure requirements, underlying securities should be classified by category of custodial risk if the collateral for those loans is not reported as an asset in the balance sheet of the lending government. The categories in which the underlying securities are classified should be based on the types of collateral and the custodial arrangements for the collateral securities.

SUMMARY

The requirements of GASBS 28 do not apply to the majority of governmental entities because most governmental entities do not have securities lending programs. For those governmental entities that do have these programs, the effect of applying this Statement may have a significant effect on the balance sheet and operating statement by increasing assets, liabilities, revenues, and expenditures/expenses. However, the effect is really a grossing-up of these amounts with no effect on net assets or net results of operations. In addition, the required disclosures of GASBS 28 assist readers of governmental financial statements in understanding and evaluating the use of these transactions by governmental entities in enhancing their investment portfolio performance.

17 COMPENSATED ABSENCES

INTRODUCTION

Governmental entities almost always provide benefits to their employees in the form of *compensated absences*—which is a catch-all phrase for instances where an employee is not at work, but is still paid. Vacation pay and sick leave represent the most common and frequently used forms of compensated absences.

In the past, governmental entities used the guidance of FASB Statement 43 (SFAS 43), *Accounting for Compensated Absences,* in accounting for and reporting liabilities for compensated absences. One of the objectives of SFAS 43 was the matching of compensation expense with the benefits received from an employee's work. In other words, as an employee works and earns vacation and sick leave that will be paid or used in the future, there should be some recognition that a liability and an expense has occurred during the time that the employee is providing the services. Of course, using the basis of accounting and measurement focus of governmental funds, the liability for compensated absences is generally not recorded by the fund, but is instead only recorded in the government-wide statement of net assets. There is no corresponding expenditure in the governmental fund until these amounts are actually paid or when they are due to be paid.

The GASB made some slight modifications to the requirements of SFAS 43 and issued a GASB Statement that addresses the accounting and financial reporting for compensated absences for all governmental entities, regardless of the basis of accounting and measurement focus used. The resulting statement is GASB Statement 16 (GASBS 16), *Accounting for Compensated Absences.* This chapter describes the accounting and financial reporting requirements for compensated absences, which are based on the requirements of GASBS 16.

SCOPE OF GASBS 16

GASBS 16 establishes accounting and financial reporting requirements for compensated absences for state and local governmental entities. Compensated absences are absences from work for which employees are still paid, such as vacation, sick leave, and sabbatical leave. GASBS 16's requirements apply regardless of which reporting model or fund type is used by the governmental entity to report its transactions and prepare its financial statements. Therefore, GASBS 16 applies to all state and local governmental entities, including public benefit corporations and authorities, public employee retirement systems, governmental utilities, governmental hospitals and other health care providers, and governmental colleges and universities. It also applies to governmental colleges and universities. The accounting and financial reporting requirements for governmental colleges and universities are more fully discussed in Chapter 25.

Simply because GASBS 16's requirements generally apply to all governmental entities does not mean that the presentation of the amounts in the various different types of entities' financial statements calculated using its guidance will be the same. The amounts calculated as a liability under GASBS 16 will be the same regardless of the basis of accounting or measurement focus used by the entity or fund to which the liability applies. However, the recording of the liability and recognition of compensation expense or expenditure in preparing fund financial statements will be different based on whether the liability relates to a governmental fund (which uses the modified accrual basis of accounting and the current financial resources measurement focus) or a fund or entity that uses proprietary fund accounting (which uses the accrual basis of accounting and the economic resources measurement focus). Under the new financial reporting model, the government-wide financial statements will report the liability and compensation expense using the accrual basis of accounting and the economic resources measurement focus. Additional discussions of these differences will be described later in this chapter.

BASIC PRINCIPLE

The underlying principle for accounting for compensated absences is that a liability for compensated absences that are attributable to services already rendered and are not contingent on a specific event outside the control of the employer and the employee should be accrued as employees earn the rights to the benefits. On the other hand, compensated absences that relate to future services or are contingent on a specific event outside the control of the employer and employee should be accounted for in the period those services are rendered or those events take place. A later section of this chapter discusses differences in accounting between governmental funds and proprietary funds/government-wide financial statements for the liability for compensated absences.

While this conceptual principle sounds good, to put it into practice the three main types of compensated absences—vacation, sick leave, and sabbatical leave—need to be examined individually to determine when to actually calculate the liability. Guidance is provided later in this chapter as to how to compute the liability, once it is determined that a liability should be recorded.

Vacation Leave (and Other Compensated Absences with Similar Characteristics)

GASBS 16 requires that a liability be accrued for vacation leave and other compensated absences with similar characteristics and should be recorded as the benefits are earned by the employees if both of these conditions are met.

1. The employees' rights to receive compensation are attributable to services already rendered.

2. It is probable that the employer will compensate the employees for the benefits through paid time off or some other means, such as cash payments at termination or retirement.

For purposes of applying these requirements, other compensated absences have characteristics similar to vacation leave if paid time off is not contingent on a specific event outside the control of the employer and the employee. These types of leave include leave whose use is conditional only on length of service, an event that is essentially controllable by the employer or employee, rather than arising from an unforeseen and uncontrollable event such as an illness.

In applying this criterion, three different scenarios will arise.

1. The employee is entitled to the vacation pay, and no other criteria need be met. A liability for this amount should be recorded.

   An employer governmental entity would accrue a liability for vacation leave and other compensated leave with similar characteristics that were earned but not used during the current or prior periods and for which the employees can receive compensation in a future period.

   Some governmental entities provide their employees with military leave. Recording a liability in advance of such leave is not appropriate under GASBS 16 because an employee's right to compensation for military leave is not earned based on past service. Instead, compensation is based on the future military service. In other words, if the employee resigned prior to the start of his or her military leave, he or she would not be entitled to any compensation relating to the future military leave. No military leave was specifically "earned" during the time that the employee was working.
2. The employee has earned time, but the time is not yet available for use or payment because the employee has not yet met certain conditions.

   Benefits that have been earned but that are not yet available for use as paid time off or as some other form of compensation because employees have not met certain conditions (such as a minimum service period for new employees) should be recorded as a liability to the extent that it is probable that the employees will meet the conditions for compensation in the future.
3. The employee has earned vacation benefits, but the benefits are expected to lapse and not result in compensation to the employee.

   Benefits that have been earned but that are expected to lapse and thus not result in compensation to employees should not be accrued as a liability.

Exhibit 1 provides an example of a simple liability calculation for vacation leave.

Exhibit 1

An employee has 20 vacation days as of the end of a fiscal year and currently earns $100 per day. No minimum length of service is required to be eligible for paid vacation leave on termination. In addition, salary-related taxes and salary-based, incremental other costs (discussed later in this chapter) equal 8% of the salary earned. The vacation liability is calculated as

20 days x $100 = $2,000 + 8% salary-related costs ($160) = a total liability to record of $2,160

Assume that a government requires a minimum employment period of 1 year before an employee can take vacation leave or be compensated for unused leave at termination. If the employee in the above example was a new employee and the government estimated that 50% of its new employees leave before being eligible for vacation leave or termination payments, the government would estimate its liability as follows:

$2,160 (as above) x 50% = $1,080

Sick Leave (and Other Compensated Absences with Similar Characteristics)

GASBS 16 requires that a liability for sick leave and other compensated absences with similar characteristics should be accrued using one of the following termination approaches:

- The termination payment method
- The vesting method

(For purpose of determining which compensated absences would have similar characteristics to sick leave, financial statement preparers should consider whether the paid time off is contingent on a specific event outside the control of both the employer and the employee. An example of this situation would be jury duty.)

The following are descriptions of the two methods of recording a liability for sick leave.

Termination payment method. A liability should be accrued for sick leave as the benefits are earned by the employees if it is probable that the employer will compensate the employees for the benefits through cash payments conditioned on the employees' termination or retirement (referred to as the *termination payments*).

An additional explanation of termination payments may be necessary to implement this requirement. Termination payments usually are made directly to employees. In some cases, however, a government's sick leave policy may provide for the value of sick leave at termination to be satisfied by payments to a third party on behalf of the employee. For example, some governments allow the value of a sick leave termination payment be used to pay a retiring employee's share of postemployment health care insurance premiums. These amounts, just as cash payments made directly to employees, are termination payments for purposes of applying GASBS 16. However, termination payments do not include sick leave balances for which employees only receive additional service time credited for pension benefit calculation purposes.

In applying the termination payment method, a liability is recorded only to the extent that it is probable that the benefits will result in termination payments, rather than be taken as absences due to illness or other contingencies, such as medical appointments or funerals. The liability that is recorded would be based on an estimate using the governmental entity's historical experience of making termination payments for sick leave, adjusted for the effect of any changes that have taken place in the governmental entity's termination payment policy and other current factors that might be relevant to the calculation.

NOTE: Some governments compensate employees for sick leave at termination based on some reduced payment scheme. For example, the government may have a policy that an employee must have a minimum of ten years of service to be entitled to any termination payment for sick leave, and the termination payment may be calculated based on some fraction of the total unused sick days that the terminating employee has at the date of termination. For example, a government might have a policy that only employees with a minimum of ten years of service will be compensated for sick leave and that compensation will be equal to the compensation for one-third of the total of the unused sick days that the employee has left on termination.

Exhibit 2 provides an example of the sick leave liability using the termination payment method.

Exhibit 2

This exhibit demonstrates how a government might calculate its sick leave liability using the termination payments method. Two different applications of the method are used. One application uses the number of sick days paid upon an employee's termination in the calculation. The second application of the method uses the actual sick leave payment made to terminating employees.

Step 1: Obtain historical information about sick leave payments made to terminating employees over some reasonable period, such as the last 5 years.

For this example, both the number of sick days paid and the amount of the payments is obtained. In practice only one of these types of information is needed.

Fiscal year	*# of employees terminated*	*# Sick days paid*	*$ of sick leave paid*	*Avg. years work*
20X1	5	50	$ 5,000	20
20X2	1	8	1,000	10
20X3	2	15	2,000	15
20X4	3	20	3,000	12
20X5	4	25	4,000	10
		118	$15,000	67

Step 2: Calculate the adjusted sick leave termination cost for each year worked.

Method 1—Using the number of sick days paid

	Total sick days paid	118
x	Current average daily pay rate	$ 100
=		$11,800
x	Percentage of sick leave paid	50%
=	Adjusted sick leave payments	$ 5,900

Divide the adjusted sick leave payments ($5,900) by the average years worked (67 x 15 employees, or 1,005) to arrive at the sick leave payments per year worked ($6).

Method 2—Using the actual sick leave payments

First, adjust the amounts paid in the five-year period to what the payments would have been at the current salary rates

Fiscal year	*$ of sick leave paid*	*Adjusted to current salaries*
20X1	$ 5,000	7,000
20X2	1,000	1,100
20X3	2,000	2,200
20X4	3,000	3,100
20X5	4,000	4,000
	$15,000	$17,400

Retiree rate factor x	71% (1)
Adjusted sick leave payments	$12,354
Divide by years worked	1,005
Sick leave per year worked	$12

(1) This factor represents the difference between the average daily pay rate for active employees ($100, as calculated in method 1) and the retiree pay rate (assume $140 in this example) or 100/140 = 71%

Note that there is no requirement to multiply this amount by the percentage of sick pay that is actually paid (50% in this example) because this is already reflected in the amounts of sick leave actually paid.

Step 3: Calculate the year-end liability for sick leave.

Two additional pieces of information are needed for this step. First, assume the total person years worked by all active employees (assume that there are 100 employees who have worked a total of ten years, or 1,000 years.) Second, the additional salary-related costs that are required for these payments (assume 8%).

	Method 1	*Method 2*
Total person years worked	1,000	1,000
Sick leave rate per year	$ 6	$ 12
Sick leave liability	$6,000	$12,000
Additional salary-related payments (@8%)	480	960
Total liability	$6,480	$12,960

Note that the calculated liability under each method is quite different. This was done for illustrative purposes to show that the amounts calculated can be different. In actual practice with a larger employee population, the two methods are more likely to result in similar, but not necessarily the same, liability amounts.

Vesting Method

As an alternative to the termination payment method described above, an employer governmental entity may use the method described as the "vesting" method under GASBS 16. Under the vesting method, a governmental entity should estimate its accrued sick leave liability based on the sick leave accumulated at the balance sheet date by those employees who currently are eligible to receive termination payments, as well as other employees who are expected to become eligible in the future to receive such payments. To calculate the liability, these accumulations should be reduced to the maximum amount allowed as a termination payment. Accruals for those employees who are expected to become eligible in the future should be based on assumptions concerning the probability that individual employees or classes or groups of employees will become eligible to receive termination payments.

Both of these methods should usually produce a similar amount for the liability that a government should record for sick leave and other compensated absences with similar characteristics.

Exhibit 3

This exhibit provides an example of calculating sick leave liability using the vesting method.

Assume in this example that an employee must have 10 years of service before they can vest in payments for sick leave upon termination and that a maximum of 60 days of sick leave can be paid. Sick leave is paid at a reduced rate of 50%.

There are only 5 employees that work for this government. Their relative payroll information is provided below.

Employee	*Length of service*	*Sick leave balance*	*Daily pay rate*
1	14	32 days	$100
2	8	20 days	80
3	20	65 days	110
4	1	2 days	60
5	5	10 days	75

Step 1: Determine which employees will vest in their sick leave payments.

Based upon this government's experience, employees who attain 7 years of service are likely to remain the additional 2 years and vest in their sick leave balances. Employees with less than 7 years of service are accordingly removed from the calculation, because it is assumed that they will not reach the 10-year requirement. (In practice, governments may fine-tune this assumption. For example, probabilities can be assigned to each year, such as 10% of employees with 1 year of service reach the 10 year requirement, 20% of employees with 2 years of service, etc. In addition, governments may also fine tune the assumption based on actual experience with different groups of employees, such as civilian employees or uniformed service employees.

In this example, employees 1, 2, and 3 will assume to vest in sick leave.

Step 2: Calculate the amount of vested sick leave pay

Employee	*Sick leave balance*	*Sick leave up to max.*	*Daily pay rate*	*Reduced pay %*	*Sick leave liability*
1	32 days	32 days	$100	50%	$1,600
2	20 days	20 days	80	50%	800
3	65 days	60 days	110	50%	3,300
Total sick leave liability					$5,700
Additional salary related payments (at 8%)					456
Total liability					$6,156

NOTE: A governmental entity using one of these methods to calculate the liability may consider viewing the liability calculation from the alternative method to determine if a similar liability results. If the amounts of the liability vary widely between the two methods and the government cannot explain the differences, the government can then go back and review the assumptions used in the two methods to see if any of these assumptions can be improved to make the resulting liability more understandable under both methods.

Sabbatical Leave

Determining how or if a liability for sabbatical leave should be calculated and reported based on the nature and terms of the sabbatical leave available to employees. The accounting for sabbatical leave depends on whether the compensation during the sabbatical is for service during the period of the leave itself, or instead for past service.

Some governmental entities permit sabbatical leave from normal duties so that employees can perform research or public service or can obtain additional training to enhance the reputation of or otherwise benefit the employer. In this case, the sabbatical constitutes a change in assigned duties and the salary paid during the leave is considered compensation for service during the period of the leave. The nature of the sabbatical leave is considered to be restricted. In this situation, the sabbatical leave should be accounted for in the period the service is rendered. A liability should not be reported in advance of the sabbatical.

On the other hand, sometimes sabbatical leave is permitted to provide compensated unrestricted time off. In this situation, the salary paid during the leave is compensation for past service. Accordingly, in this situation, a liability should be recorded during the periods the employees earn the right to the leave if it is probable that the employer will compensate the employees for the benefits through paid time off or some other means.

NOTE: In the two extreme cases of sabbatical leave described above, restricted and unrestricted, the determination of whether a liability is recorded seems clear. However, in actual practice, the nature of sabbatical leave may not be as clear as in these two examples. For example, an employee may be given compensated time off to pursue research or other learning experience that is completely at the discretion of the employee. Determination of whether this compensation is related to past service may require the use of considerable judgment on the part of the financial statement preparer. Governmental employers should develop a reasonable policy for whether a liability is recorded and apply this policy consistently among similarly situated employees who are provided with compensated sabbatical leave.

Other Factors Affecting the Liability Calculation

Two other factors need to be considered by the governmental financial statement preparer in calculating liability amounts for compensated absences—the rate of pay that is used to calculate the liability and the additional salary-related costs that should be considered for accrual. These two factors are discussed in the following paragraphs.

GASBS 16 specifies that the liability for compensated absences should be based on the salary rates in effect at the balance sheet date. There is no need to project future salary increases into a calculation that considers that when the vacation or sick leave is actually paid, it is likely to be at a higher rate of pay than that in place at the balance sheet date. On the other hand, if a governmental employer pays employees for compensated absences at other than their pay rates or salary rates (sometimes at a lower amount that is established by contract, regulation, or policy), then the other rate that is in effect at the balance sheet date should be used to calculate the liability.

As for salary-related payments, GASBS 16 specifies that an additional amount should be accrued as a liability for those payments associated with compensated absences. These amounts should be recorded at the rates in effect at the balance sheet date. Salary-related payments subject to accrual are those items for which an employer is liable to make a payment directly and incrementally associated with payments made for compensated absences on termination. These salary-related payments would include the employer's share of social security and Medicare taxes and might also include an employer's contribution to a pension plan. For example, an accrual for the required contribution to a defined contribution or a cost-sharing multiple-employer defined benefit pension plan should be made if the employer is liable for a contribution to the plan based on termination payments made to employees for vacation leave, sick leave, or other compensated absences. An additional accrual should not be made relating to single-employer or agent multiemployer defined benefit plans.

In applying the requirements of the preceding paragraph, the accrual should be made based on the entire liability for each type of compensated absence to which the salary-related payments apply. In other words, payments directly and incrementally associated with the payment of sick leave termination payments should be accrued for the entire sick leave liability. Salary-related payments associated with termination payments of vacation leave should be accrued for the entire vacation leave liability, including leave that might be taken as paid time off, rather than paid as termination payments.

NOTE: The calculation of the liability for compensated absences can be very complicated for governmental entities. Often there are various groups of employees that are working under various union contracts and have a wide range of benefits, in addition to the benefits earned by nonunion employees. A further complication is that as compensated absence benefits are changed, long-term employees are sometimes "grandfathered" to remain eligible for compensated absences under older rules that are more favorable to the employee. All of these differences [compounded by governmental entities usually having (1) a large number of employees and (2) payroll or human resource computer systems that may not lend themselves to readily capturing leave balances] make the compensated absence liability calculation subject to the use of estimates and historical payment patterns to determine reasonable liability amounts. Sometimes, a sample of employees is taken, liabilities calculated in detail, and the results extrapolated to the workforce as a whole. Governments should carefully weigh the costs and benefits of spending an inordinate amount of time in calculating a precise amount for this estimate, as a reasonable estimate of the liability would serve the financial statement user equally well.

FINANCIAL REPORTING CONSIDERATIONS

The accounting and financial reporting for compensated absences for state and local governments must take into consideration the differences between the governmental fund and the proprietary fund accounting basis and measurement focus with respect to

- Fund long-term liabilities and general long-term liabilities
- Current liabilities and noncurrent liabilities

The accounting and financial reporting differ on whether the liability is recorded in a proprietary fund or a governmental fund. The differences are not in how the amount of the liability is calculated. Both types of funds calculate the liability in the manner described in the preceding sections in this chapter. The difference in the accounting and financial reporting relates to where and how the liability is recorded.

For governmental funds, the long-term portion of the liability for compensated absences is one that is recorded in the government-wide statement of net assets. Consistent with the modified accrual basis of accounting and the current financial resources measurement focus, the long-term portion of the compensated absence liability will not be liquidated with the expendable available financial resources of the governmental funds to which it relates. The amount of the compensated absences accrued as a liability (with a corresponding expenditure accrual) within a governmental fund at the end of the fiscal year is the amount of the total compensated absence liability that will be paid with expendable available resources. The amounts recorded in the governmental fund should only be recorded when the amounts become due. For example, an employee leaves the government and is due a payment for compensated absences but has not yet received payment. The balance of the liability for compensated absences is recorded only in the government-wide statement of net assets.

NOTE: As a practical matter, many governments report the entire liability for compensated absences that relate to governmental funds only in the government-wide statement of net assets and report expenditures for compensated absences generally on a pay-as-you-go basis. While technically a small portion of the governmental fund liability may be paid from expendable available resources, recognizing the expenditure only when the amounts for compensated absences are actually paid does not usually result in a large distortion in the expenditures reported in the governmental funds. However, in the year of a significant government downsizing, where large numbers of employees are receiving termination payments for vacation time, sick leave, and other leave, the amount of the expenditures in one year could differ significantly from prior years and may require closer examination to determine if at least some portion of the liability should be recorded in the governmental funds because these amounts may be due to employees and not paid.

For proprietary funds, the accounting and financial reporting for recording the liability for compensated absences resembles more closely that used by commercial enterprises. The total applicable compensated absence liability is recorded in the proprietary funds, and the corresponding amount of the liability that must be accrued is recorded as an expense in the proprietary fund.

NOTE: When a government reports under the GASBS 34 financial reporting model, the government-wide financial statements record compensated absences in a manner similar to that used by propriety funds. However, the liability that is recorded needs to be reported in two components—the amount estimated to be due in one year and the amount estimated to be due in more than one year. Furthermore, changes in the liability reported on the government-wide statement of net assets (and not the governmental fund) will result in an increase or decrease of expense reported on the government-wide statement of activities. This increase or decrease in expense will need to be allocated by program/function on the government-wide statement of activities.

SUMMARY

This chapter has presented the basic accounting requirements and guidelines for governments to use in calculating the liability for compensated absences. These general rules should ideally be used to develop a working model for estimating this liability, allowing the governmental entity to meet the requirements of GASBS 16 in a useful and cost-effective manner.

18 EMPLOYER'S ACCOUNTING FOR PENSIONS

INTRODUCTION

This chapter describes the accounting and financial reporting for pensions by state and local governmental entities. Accounting and financial reporting for pensions has been an area for which guidance from the GASB was developed over a very long period. Governmental employers are well known as significant users of pensions as important benefits for their employees. Defined benefit pension plans remain an important governmental employee benefit, despite their declining popularity in the private sector. Governments generally pay their employees less than their counterparts in private industry make. However, one factor offsetting these somewhat lower salaries are fairly generous pension benefits that retiring employees enjoy at a relatively young age. Accordingly, the accounting and financial reporting for pension plan costs and financial reporting by governmental pension plans is an important area. As will be discussed more fully below, while governments had guidance from the GASB in the past on disclosure requirements, there was virtually no definitive guidance for governmental employers on how to properly determine and report their annual pension cost for defined benefit pension plans. In fact, GASB Statement 1, *Authoritative Status of NCGA Pronouncements and AICPA Industry Audit Guide*, provided a choice for governmental employers and pension plans as to what accounting and financial reporting guidelines that they followed. Accounting and financial reporting could be based on

- NCGA Statement 1, *Governmental Accounting and Financial Reporting Principles*
- NCGA Statement 6, *Pension Accounting and Financial Reporting: Public Employee Retirement Systems and State and Local Government Employers*
- FASB Statement 35, *Accounting and Financial Reporting by Defined Benefit Pension Plans*

With the issuance of GASB Statement 27 (GASBS 27), *Accounting for Pensions by State and Local Government Employers*, in November 1994, the GASB filled a void that existed in accounting standards related to accounting for and reporting pension costs.

This chapter is based on the guidance contained in GASBS 27 and provides the details of the requirements for employers accounting for pension costs. Concurrently with GASBS 27, the GASB issued two other statements, Statement 25 (GASBS 25), *Financial Reporting for Defined Benefit Pension Plans and Note Disclosures for Defined Contribution Plans*, and Statement 26 (GASBS 26), *Financial Reporting for Postemployment Health Care Plans Administered by Defined Benefit Pension Plans*. These two GASB statements address the accounting and financial reporting requirements for the pension plans themselves, as opposed to GASBS 27, which addresses the employer's accounting and financial reporting requirements. GASBS 25 and GASBS 26 are fully discussed in Chapter 24.

BACKGROUND

Prior to the issuance of GASBS 27, accounting and financial reporting for pension costs by state and local governmental employers was somewhat disjointed. Prior to the establishment of the GASB, NCGA Statement 6 (NCGAS 6), *Pension Accounting and Financial Reporting: Public Employee Retirement Systems and State and Local Government Employers*, was issued to provide accounting guidance, but this statement's effective date was extended indefinitely by NCGA Interpretation 8 (NCGAI 8), *Certain Pension Matters*. The AICPA Industry Audit Guide, *Audits of State and Local Governmental Units*, instructed governmental financial statement preparers to consider the guidance of Accounting Principles Board Opinion 8 (APB 8), *Accounting for the Cost of Pension Plans*, in preparing financial statements. Thus, until the issuance of GASBS 25, the accounting guidance for pension costs dated back to the issuance date of APB 8 in 1966. Meanwhile, the FASB issued Statement 35 (SFAS 35), *Accounting and Financial Reporting by Defined Benefit Pension Plans*, although FASB Statement 75 (SFAS 75), *Deferral of the Effective Date of Certain Accounting Requirements for Pension Plans of State and Local Governments*, as its name suggests, indefinitely deferred the effective date of

SFAS 35 for state and local governmental pension plans. Later, the FASB issued Statement 87 (SFAS 87), *Employers' Accounting for Pension Plans*. This was problematic for governments because SFAS 87 superseded APB 8, which governments had been using as guidance for accounting for pension costs. The GASB then issued Statement 4 (GASBS 4), *Applicability of FASB Statement No. 87, "Employers' Accounting for Pension Plans," to State and Local Governmental Employers*. GASBS 4 instructed state and local governmental employers not to change their accounting and financial reporting of pension activities as a result of SFAS 87. Therefore, state and local governmental employers were still using the guidance of APB 8, even though that Opinion had been superseded by SFAS 87.

As an interim measure, until it was able to reach a conclusion as to the accounting for pension costs, the GASB issued Statement 5 (GASBS 5), *Disclosure of Pension Information by Public Employee Retirement Systems and State and Local Governmental Employers*, in 1986. This GASB Statement provided comprehensive disclosure requirements for both pension plans and the related state and local governmental employers. The GASB spent the next eight years deciding how state and local governments should account for the cost of pensions, which finally resulted in the issuance of GASBS 27 (along with GASBS 25 and GASBS 26) in November 1994. GASBS 27 provides guidance on both accounting and financial reporting, including financial statement disclosures, for state and local governmental employers that sponsor pension plans for their employees.

NOTE: As will be described in more detail in the balance of this chapter, GASBS 27 provides a very broad range of what costs for pensions are permitted to be recorded by state and local governments. In addition, it moved away from reporting a standardized measure of pension obligations that was required under GASBS 5, to the reporting of pension obligations more closely tied to the actuarial assumptions and methods to determine funding requirements. These were two significant and contentious changes that were part of the reason that GASBS 27 took so long to develop and issue.

In determining the amount of pension cost to be recorded and the amount of the pension liability to be disclosed, the preparers and auditors of governmental financial statements will find themselves heavily dependent on the technical expertise of an actuary. While accounting principles provide guidelines as to what are acceptable calculations in arriving at these amounts, the actual calculations will be made by the plan's or the employer's actuary. It is important that the financial statement preparer not simply turn this responsibility over to the actuary and not understand the calculation. The accounting guidance described below is readily understood by the nonactuary and should be carefully studied by the financial statement preparer and auditor and fully discussed with the actuary performing the calculations.

GASBS 27 SCOPE AND APPLICABILITY

GASBS 27 applies to the financial statements of all state and local governmental employers that provide or participate in pension plans, including general-purpose governments, public benefit corporations and authorities, utilities, hospitals and other health care providers, colleges and universities, and public employee retirement systems that are themselves employers.

The requirements of GASBS 27 apply to these entities regardless of whether the employer's financial statements are presented in separately issued, stand-alone statements or are included in the financial reports of another governmental entity. In addition, the requirements of GASBS 27 are applicable regardless of the fund types used to report the employer's pension expenditures or expenses.

The majority of the requirements of GASBS 27 relate to governmental employers that have defined benefit pension plans; however, there is some guidance in the Statement for employers with defined contribution pension plans.

A **defined contribution plan** is defined by GASBS 27 as "a pension plan having terms that specify how contributions to a plan member's account are to be determined, rather than the amount of retirement income the member is to receive." In a defined contribution plan, the amounts that are ultimately received by the plan member as pension benefits depend only on the amount that was contributed to the member's account and the earnings on the investment of those contributions. In addition, in some cases, forfeitures of benefits by other plan members may also be allocated to a member's account. Accordingly, in this type of pension plan there is no guaranteed pension benefit based on an employee's salary, length of service, and so forth.

A **defined benefit pension plan** is defined by GASBS 27 as "A pension having terms that specify the amount of pension benefits to be provided at a future date or after a certain period of time...." In this type of pension plan, it is the amount of the benefit that is specified, rather than the amount of the contributions, which is specified in a defined contribution plan. The defined benefit in this type of plan is usually a function of one or more factors, including age, years of service, and level of compensation.

A defined benefit plan provides retirement income, but it may also provide other types of postemployment benefits. In determining whether these types of benefits are included in the scope of GASBS 27, a governmental financial statement preparer must be careful about two issues: (1) Are the postemployment benefits paid by the pension plan, or are they paid by plans set up by the employer that do not pay pension benefits? (2) Are the postemployment benefits considered postemployment health care benefits? The following paragraphs will help to sort out these questions.

Postemployment benefits are those provided during the period between the termination of employment by the employee and retirement, and the period after retirement (therefore, it is more inclusive than the term *postretirement*, because it may include benefits before a terminated employee's retirement date). Postemployment benefits may typically include disability benefits, death benefits, life insurance, and health care.

If the postemployment benefits are paid from employee benefit plans that do not pay pension benefits in addition to the postemployment benefits, then these plans are not subject to the accounting requirements of GASBS 27. They are considered other postemployment benefits, or "OPEB" plans. GASBS 27 does not provide accounting guidance for OPEBs, which is being addressed by the GASB Exposure Drafts relating to OPEBs which are described in Chapter 1. However, GASBS 27 does have some disclosure requirements when these types of benefits are provided.

If the postemployment benefits are paid from an employee benefit plan that does pay pension benefits in addition to the postemployment benefits, then the postemployment benefits are considered to be part of the pension benefits and are included in the scope of GASBS 27, unless the postemployment benefits are postemployment health care benefits (see next paragraph).

If the postemployment benefits are postemployment health care benefits, they should never be considered pension benefits for purposes of determining whether they fall within the scope of the accounting guidance of GASBS 27. In other words, the accounting for the cost of postemployment health care benefits is not included in the scope of the accounting guidance of GASBS 27, although it is subject to some disclosure requirements. If a sole or agent employer applies the measurement and recognition requirements of GASBS 27 to health care, that employer should provide notes to the financial statements for these benefits consistent with GASBS 27 instead of GASBS 12. All other employers should follow the disclosure requirements of GASBS 12. The employer should also disclose the health care inflation assumption. Postemployment health care benefits include medical, dental, vision, and other health-related benefits that are provided to terminated employees and to retired employees, or to the dependents or other beneficiaries of these terminated or retired employees.

Example

Assume that the Municipal Employees Retirement System (MERS) is a defined benefit pension plan that provides retirement benefits as well as postemployment disability and health care benefits to its members. GASBS 27's requirements for defined benefit pension plans apply to the retirement benefits and the disability benefits. In accounting for the costs of the postemployment health care benefits, the employer need not follow the accounting guidance of GASBS 27 to determine their annual costs, although the employer that contributes to MERS would provide the required disclosures for postemployment health care benefits that are included in GASBS 27.

Further assume that the same employer that contributes to MERS has a separate employee benefit plan that provides group life insurance benefits to its employees. Because these benefits are not provided by a plan that also provides retirement income to its members, the group life insurance postemployment benefits would be considered OPEBs and would not be included in the scope of GASBS 27's accounting or disclosure requirements.

GASBS 27 REQUIREMENTS FOR DEFINED BENEFIT PENSION PLANS

The GASBS 27 requirements for defined benefit plans can be divided into two basic areas.

1. Measurement of annual pension cost and its recognition by the employer
2. Calculation of the amounts disclosed for the unfunded actuarial liability

The following material addresses these two basic requirements in considerable detail. It is important to keep these two basic objectives in mind, however, not to lose sight of these very basic objectives of GASBS 27 when considering the very technical and detailed nature of its specific requirements.

Measurement of Annual Pension Cost and Its Recognition by the Employer

The first step in measuring and recognizing annual pension cost for a defined benefit pension plan is to determine what type of plan the defined benefit pension plan is. These types are carryovers from the definitions provided under GASBS 5, but are reviewed in the following paragraphs. The two main types of defined benefit pensions are

1. Single-employer or agent multiemployer plans
2. Cost-sharing multiemployer plans

The following paragraphs explain how to determine into which of these two categories an employer's defined benefit pension plan should be classified.

Single-employer or agent multiemployer plans. A single-employer plan is fairly simple to identify. It is a plan that covers the current and former employees, including beneficiaries, of only one employer. Note that one employer may have more than one single-employer defined benefit pension plan.

For example, a municipal government may have one single-employer pension plan whose members are police officers and another single-employer pension plan whose members are all firefighters. Both of these would be considered single-employer plans as long as the municipal government's employers were the only members of the plan.

An agent multiemployer plan (or agent plan) is a little more difficult to identify. An agent multiemployer plan is one in which more than one employer aggregates the individual defined benefit pension plans and pools administrative and investment functions. Each plan for each employer maintains its own identity within the aggregated agent plan. For example, separate accounts are maintained for each employer so that the employer's contributions provide benefits only for the employees of that employer. In addition, a separate actuarial valuation is performed for each individual employer's plan to determine the employer's periodic contribution rate and other information for the individual plan, based on the benefit formula selected by the employer and the individual plan's proportionate share of the pooled assets.

For example, a county may have a number of municipalities within it; each municipality provides pension benefits under defined benefit pension plans to its police officers. To be more efficient from an administrative cost perspective and to provide a larger pool of assets for more effective investment, an agent plan may be established at the county level in which each municipality may participate by having its police officers become members of the countywide agent plan. However, each municipality has its own account within the countywide plan, so that their individual proportionate shares of assets and contributions for their own employees can be determined.

Cost-sharing multiemployer plans. A cost-sharing multiemployer plan is one pension plan that includes members from more than one employer where there is a pooling or cost-sharing for all of the participating employers. All risks, rewards, and costs, including benefit costs, are shared and are not attributed individually to the employers. A single actuarial valuation covers all plan members regardless of which employer they work for. The same contribution rates apply for each employer, usually a rate proportional to the number of employees or retired members that the employer has in the plan.

For example, a municipal government establishes a cost-sharing multiemployer plan that covers all of its nonuniformed workers. Also included in the plan are employees of the separate transportation authority, water utility, and housing authority. The pension plan has more than one employer, but in this instance, separate accounts are not maintained for each employer. All risks, rewards, and costs are shared proportionately to the number of members that each employer has in the plan. Separate asset accounts or separate actuarial valuations cannot be performed for each employer, which is the primary distinction between this type of plan and the agent plan described above.

Measuring and recognizing annual pension cost differs for single-employer (and agent multiemployer plans) and for cost-sharing multiemployer plans. The following describes the measurement and recognition principles for each of these two categories of plans.

Measuring Annual Pension Cost—Single-Employer and Agent Plans

For employers with single-employer or agent multiemployer plans, the annual pension cost should be equal to the annual required contribution (ARC) to the plan for the year, calculated in accordance with the requirements of GASBS 27. The calculation of the ARC is described in the following sections. (It should be noted that when an employer has a net pension obligation from prior years, the annual pension cost may include amounts in addition to the ARC to, in effect, pay off this prior year liability. These requirements and calculations will be discussed later in this chapter.)

CALCULATION OF THE ARC

The basic step in calculating the ARC is to have an actuarial valuation performed for the plan for financial reporting purposes. The valuation is performed by an actuary at a specific point in time and determines pension costs and the actuarial value of various assets and liabilities of the plan.

The actuarial valuation is generally performed as of the beginning of the fiscal year reported. This makes sense because, as we'll see later, GASBS 27 bases its calculation of the unfunded actuarial liability of the plan on the same methods used by the actuary to determine the employer's contributions to the plan for the year. For example, where a plan's and an employer's fiscal year ends on June 30, 20X2, the actuarial valuation is most logically performed as of July 1, 20X1, because that actuarial valuation will determine the amount of the contributions to the plan (and annual pension cost that is recognized) for the fiscal year that ends on June 30, 20X2.

While the above example would seem to make sense for the financial statement preparer, in recognition that actuarial valuations are themselves costly and time-consuming, GASBS 27 permits more flexibility as to when actuarial valuations are performed. GASBS 27 only requires that an actuarial valuation be performed every other year, or biennially. The date of the actuarial valuation under GASBS 27 does not have to correspond to the employer's balance sheet date, but it should be the same consistent date each year (or the same date every other year if performed biennially).

For example, even if an employer has a June 30 fiscal year-end, the actuarial valuation may be performed as of another date, for example, March 31. However, if that is the date selected for the actuarial valuation, that date should be used every year (or every other year).

Two other limitations are described in GASBS 27 for the timing of the actuarial valuation.

1. The ARC reported by an employer for the current year should be based on the results of an actuarial valuation performed as of a date not more than twenty-four months before the beginning of the employer's fiscal year.
2. A new actuarial valuation should be performed if significant changes have occurred since the previous valuation was performed. These significant changes might be alterations in benefit provisions, the size and/or composition of the population of members covered by the plan, or any other factors that would significantly affect the valuation.

PARAMETERS FOR ACTUARIAL CALCULATIONS, INCLUDING THE ARC

GASBS 27 does not specify a method for performing actuarial calculations, including the calculation of the ARC. In fact, its provisions are quite broad and flexible as to how the ARC is calculated (so flexible that the then-chairman of the GASB dissented from its issuance, citing this flexibility as one of the reasons for his dissension). The flexibility of GASBS 27 is achieved by the introduction of a concept referred to as the *parameters*. The parameters are a set of requirements for calculating actuarially determined pension information included in financial reports. (This information includes the ARC.)

The ARC and all other actuarially determined pension information included in an employer's financial report should be calculated in accordance with the parameters.

Before looking at the specific parameters, there are two broad concepts that should be covered.

1. The actuarial methods and assumptions applied for financial reporting purposes should be the same methods and assumptions applied by the actuary in determining the plan's funding requirements (unless one of the specific parameters requires the use of a different method or assumption). For example, if the actuary uses an investment return assumption of 7% for actuarially determining the contribution to the plan, the same 7% should be used in calculating the ARC and the other financial report disclosures.
2. A defined benefit pension plan and its participating employer should apply the same actuarial methods and assumptions in determining similar or related information included in their respective reports. This same provision (and the same parameters) is included in GASBS 25 for the plan's financial

statements. For example, continuing the investment return assumption example, if a 7% rate is used by the actuary for the calculations needed for the plan's financial statements, the same 7% assumption should be used by the actuary for the calculations performed for the employer's financial statements, including the funding calculation assumptions, as described in the previous item.

The specific parameters with which the actuarial calculations must comply are as follows:

- Benefits to be included
- Actuarial assumptions
- Economic assumptions
- Actuarial cost method
- Actuarial value of assets
- Employer's annual required contribution—ARC
- Contribution deficiencies and excess contributions

The following paragraphs describe each of these parameters. Again, while these are fairly technical requirements that may be made more understandable by actuaries, the financial statement preparer should be familiar enough with these requirements to determine whether the actuary has performed his or her calculations in accordance with them.

Benefits to Be Included

The actuarial present value of total projected benefits is the present value (as of the actuarial valuation date) of the cost to finance benefits payable in the future, discounted to reflect the expected effects of the time value of money and the probability of payment. Total projected benefits include all benefits estimated to be payable to plan members (including retirees and beneficiaries, terminated employees entitled to benefits who have not yet received them, and current active members) as a result of their service through the valuation date and their expected future service. The benefits to be included should be those pension benefits provided to plan members in accordance with

- The terms of the plan
- Any additional statutory or contractual agreement to provide pension benefits through the plan that is in force at the actuarial valuation date. (For example, additional agreements might include a collective-bargaining agreement or an agreement to provide ad hoc cost-of-living adjustments and other types of postretirement benefit increases not previously included in the plan terms.)

Benefits provided by means of an allocated insurance contract for which payments to an insurance company have been made should be excluded from the calculation of the actuarial present value of total projected benefits, and the allocated insurance contracts should be excluded from plan assets. Allocated insurance contracts are contracts with insurance companies under which the related payments to the insurance company are used to purchase immediate or deferred annuities for individual pension plan members. They are also referred to as *annuity contracts*.

NOTE: While the above information on calculating the actuarial present value of total projected benefits is presented to provide a complete discussion of the parameters, it should be noted that this amount is not displayed in the financial statements of the governmental employer.

Actuarial Assumptions

Actuarial assumptions are those assumptions that relate to the occurrence of future events affecting pension costs. These include assumptions about mortality, withdrawal, disablement and retirement, changes in compensation and government-provided pension benefits, rates of investment earnings and asset appreciation or depreciation, procedures used to determine the actuarial value of assets, characteristics of future members entering the plan, and any other relevant items considered by the plan's actuary.

GASBS 27 requires that actuaries select all actuarial assumptions in accordance with Actuarial Standard of Practice 4, *Measuring Pension Obligations*, which is issued and periodically revised by the Actuarial Standards Board. While the details of this standard are beyond the scope of this book, actuarial assumptions generally should be based on the actual experience of the covered group to the extent that credible experience data is available. The covered group represents the plan members included in the actuarial valuations. These assumptions should emphasize the expected long-term trends rather than give undue weight to recent experience. In addition, the reasonableness of each actuarial assumption should be considered on its own merits, while at the same time consistency with other assumptions and the combined impact of all assumptions should be considered.

Economic Assumptions

Economic assumptions used by the actuary are included with the requirements described above for the actuarial assumption parameter. However, GASBS 27 provides additional guidance in a specific parameter relating to economic assumptions. The two main economic assumptions frequently used in actuarial valuations are the investment return assumption and the projected salary increase assumption.

- The *investment return assumption* (or *discount rate*) is the rate used to adjust a series of future payments to reflect the time value of money. This rate should be based on an estimated long-term investment yield for the plan, with consideration given to the nature and mix of current and expected plan investments and to the basis used to determine the actuarial value of plan assets (discussed further below).

NOTE: The outstanding investment returns that have been achieved by some plans during the bull market for stocks beginning in the mid-1990s have focused attention on the appropriate discount rate to be used, given annual yields on equity securities that have exceeded 20% in many cases. As stated above, the discount rate is based on long-term trends, not year-to-year fluctuations in investment performance. However, the magnitude of the stock market performance during this period has resulted in some plans changing their legally or contractually allowed investment mixes to permit a greater concentration of investments in equities, which historically have had higher rates of returns than fixed-income securities. This has resulted in some plans increasing their discount rates to reflect the anticipated "real, inflation-adjusted" investment return on plan assets. However, given the poor performance of equities over the past few years, plans will need to make sure that their rate of return assumption is truly long-term and not overly influenced by the dramatic equity performance of the 1990s.

- The projected salary increase assumption is the assumption made by the actuary with respect to future increases in the individual salaries and wages of active plan members; that is, those members who are still active employees. The expected salary increases commonly include amounts for inflation, enhanced productivity, employee merit, and seniority. In other words, this assumption recognizes that a current employee who will retire in ten years will likely be earning a higher salary at the time of retirement, and this higher salary has an impact on the amount of pension benefits that will be paid to the employee. (Some of these benefits have already been earned by the employee.)

The discount rate and the salary assumption (and any other economic assumptions) should include the same assumption with regard to inflation. For example, consider a plan that invests its assets only in long-term fixed-income securities. In considering an appropriate discount rate, the actuary will consider the various components of the investment return on long-term fixed-income securities, consisting of "real, risk-free" rate of return, which the actuary adjusts for credit and other risks, including market risk tied to inflation. The inflation assumptions that the actuary uses in this calculation should be consistent with the inflation assumption used for determining the projected salary increases.

Actuarial Cost Method

An actuarial cost method is a process that actuaries use to determine the actuarial value of pension plan benefits and to develop an actuarially equivalent allocation of the value to time periods. This is how the actuary determines normal cost (a component of the ARC that is described later) and the actuarial accrued liability (the principal liability for benefits that is disclosed, also described later in this chapter).

GASBS 27 requires use of one of the following actuarial cost methods:

- Entry age
- Frozen entry age
- Attained age
- Frozen attained age
- Projected unit credit
- Aggregate method

Following are descriptions of each of these methods provided by GASBS 27 that should assist the financial statement preparer in understanding the basics of the cost method used by the actuary.

Entry age

> *A method under which the Actuarial Present Value of the Projected Benefits of each individual included in an Actuarial Valuation is allocated on a level basis over the earnings or service of the individual between entry age and the assumed exit age(s). The portion of this Actuarial Present Value allo-*

cated to a valuation year is called the Normal Cost. The portion of this Actuarial Present Value not provided for at a valuation date by the Actuarial Present Value of future Normal Costs is called the Actuarial Accrued Liability.

Frozen entry age

A method under which the excess of the Actuarial Present Value of Projected Benefits of the group included in an Actuarial Valuation, over the sum of the Actuarial Value of Assets plus the Unfunded Frozen Actuarial Accrued Liability, is allocated on a level basis over the earnings or service of the group between the valuation dated and assumed exit. This allocation is performed for the group as a whole, not as a sum of individual allocations. The Frozen Actuarial Accrued Liability is determined using the Entry Age Actuarial Cost Method. The portion of this Actuarial Present Value allocated to a valuation year is called the Normal Cost.

Attained age

A method under which the excess of the Actuarial Present Value of Projected Benefits over the Actuarial Accrued Liability in respect of each individual included in an Actuarial Valuation is allocated on a level basis over the earnings or service of the individual between the valuation date and assumed exit. The portion of this Actuarial Present Value that is allocated to a valuation year is called the Normal Cost. The Actuarial Accrued Liability is determined using the Unit Credit Actuarial Cost Method.

Frozen attained age

A method under which the excess of the Actuarial Present Value of Projected Benefits of the group included in an Actuarial Valuation, over the sum of the Actuarial Value of Assets plus the Unfunded Frozen Actuarial Accrued Liability, is allocated on a level basis over the earnings or service of the group between the valuation date and assumed exit. This allocation is performed for the group as a whole, not as a sum of individual allocations. The Unfunded Frozen Actuarial Accrued Liability is determined using the Unit Credit Actuarial Cost Method. The portion of the Actuarial Present Value allocated to a valuation year is called the Normal Cost.

Unprojected (or projected) unit credit

A method under which the benefits (projected or unprojected) of each individual included in an Actuarial Valuation are allocated by a consistent formula to valuation years. The Actuarial Present value of benefits allocated to a valuation year is called the Normal Cost. The Actuarial Present Value of benefits allocated to all periods prior to a valuation year is called the Actuarial Accrued Liability.

NOTE: While GASBS 27 lists the projected unit credit method as the acceptable actuarial cost method, it also states that the unprojected unit credit method is acceptable for plans in which benefits already accumulated for years of service are not affected by future salary levels.

Aggregate Method

A method under which the excess of the Actuarial Present Value of Projected Benefits of a group included in an Actuarial Valuation over the Actu-

arial Value of Assets is allocated on a level basis over the earnings or service of the group between the valuation date and assumed exit. This allocation is performed for the group as a whole, not as a sum of individual allocations. That portion of the Actuarial Present Value allocated to a valuation year is called the Normal Cost. The Actuarial Accrued Liability is equal to the Actuarial Value of Assets.

Actuarial Value of Assets

The actuarial value of assets will not necessarily be the same as the value of the assets reported in the plan's financial statements. Governmental pension plans report assets at fair value (which will be more fully covered in Chapter 24's analysis of GASBS 25), which is similar to, but not the same as, the market-related actuarial value for assets prescribed by GASBS 27. As used in conjunction with the actuarial value of assets, a market-related value can be either an actual market value (or estimated market value) or a calculated value that recognizes changes in market value over a period of time, typically three to five years. Actuaries value plan assets using methods and techniques consistent with both the class and the anticipated holding period of assets, the investment return assumption, and other assumptions used in determining the actuarial present value of total projected benefits and current actuarial standards for asset valuation.

The reason that other factors are considered by the actuary in valuing assets for purposes of the actuarial valuations is to smooth out year-to-year changes in the market value of assets. Significant year-to-year changes in the stock and bond markets might otherwise cause significant changes in contribution requirements, pension cost recognition, and liability disclosures. When consideration of the factors described in the preceding paragraph leads the actuary to conclude that such smoothing techniques are appropriate, there is a more consistent calculation of contributions, costs, and liabilities from year to year.

Employer's Annual Required Contribution—ARC

As previously mentioned, the ARC is calculated actuarially in accordance with the parameters. The ARC has two components.

1. Normal cost
2. Amortization of the total unfunded actuarial accrued liability

The following paragraphs describe how actuaries arrive at these two amounts.

Normal cost. The normal cost component of the ARC represents the portion of the actuarial present value of pension plan benefits and expenses allocated to a particular year by the actuarial cost method. The descriptions of the actuarial cost methods provided in the preceding sections each include a determination of how the normal cost component is determined under each method.

Amortization of the total unfunded actuarial accrued liability. The total unfunded actuarial accrued liability is the amount by which the actuarial accrued liability exceeds the actuarial value of the assets of the plan. This value may also be negative, in which case it may be expressed as a negative amount, representing the excess of the actuarial value of assets of the plan over the actuarial accrued liability.

This negative amount is also referred to as the "funding excess." The actuarial accrued liability is an amount determined by the actuary as part of the actuarial valuation. It represents the amount of the actuarial present value of pension benefits and expenses that will not be provided for by future normal cost.

GASBS 27 has some very specific requirements as to how the unfunded actuarial accrued liability should be amortized. The underlying concept is that since the unfunded actuarial accrued liability will not be paid in the future through normal costs, it must be amortized and paid over a reasonable period so that the plan ultimately has sufficient assets to pay future pension benefits and expenses. Viewed still another way, amortizing the unfunded actuarial accrued liability will result in higher contributions to the plan, thus eliminating the unfunded actuarial accrued liability over time, resulting in plan assets sufficient to pay the pension benefits and expenses of the plan.

GASBS 27 sets a maximum amortization period, a minimum amortization period, and requirements for the selection of an amortization method. The following paragraphs describe each of these requirements.

Maximum amortization period. The two-stage approach to implementing a maximum amortization period is designed to ease the transition to the new requirements of both GASBS 25 and GASBS 27. For a period of not more than ten years from the effective date of GASBS 25 (for periods beginning after June 15, 1996), the maximum acceptable amortization period for the total unfunded actuarial accrued liability is forty years. After this initial ten-year transition period, the maximum acceptable amortization period for the unfunded actuarial accrued liability is reduced to thirty years.

Several factors give rise to unfunded actuarial accrued liability, such as the effects of plan amendments that essentially give rise to retroactive benefits for plan members and investment earnings either exceeding or falling short of the investment return assumption used in the actuarial valuation. GASBS 27 permits the total unfunded actuarial liability to be amortized as one amount, or the components of the total may be amortized separately. When the components are amortized separately, the individual amortization periods should be set so that the equivalent single amortization period for all components does not exceed the maximum acceptable period. The equivalent single amortization period is the number of years incorporated in a weighed average amortization factor for all components combined. The weighted average amortization factor should be equal to the total unfunded actuarial liability divided by the sum of the amortization provisions for each of the separately amortized components.

Minimum amortization period. GASBS 27 sets a minimum amortization period to be used when a significant decrease in the total unfunded actuarial liability is generated by a change from one of the acceptable actuarial cost methods to another of those methods, or when a change occurs in the methods used to determine the actuarial value of assets. The minimum amortization period in these instances is ten years. The minimum amortization period is not required when a plan is closed to new entrants and all or almost all of the plan's members have retired.

NOTE: This provision is designed to prevent manipulation of the annual pension cost. The selection of the actuarial cost method and the valuation methods for the plan's assets are within the control of the plan, its actuary, and perhaps the employer. If one of these two changes resulted in a significant reduction in the unfunded actuarial accrued liability and this whole benefit was recognized by the actuary in one year, this could result in a very significant reduction of the annual pension cost in the year that the changes were recognized. The ten-year minimum amortization period for these types of changes reduces the benefit of changing methods solely to manipulate annual pension cost amounts.

Amortization method. There are two acceptable methods to amortize unfunded actuarial accrued liability under GASBS 27. These are

1. Level dollar amortization method
2. Level percentage of projected payroll amortization method

Level dollar amortization method. In the level dollar amortization method, the amount of the unfunded actuarial accrued liability is amortized by equal dollar amounts over the amortization period. This method works just like a mortgage. The payments are fixed and consist of differing components of interest and principal. Expressed in real dollars (excluding the effects of inflation), the amount of the payments actually decreases over time, assuming at least some inflation. In addition, because payroll can be expected to increase as a result of at least some inflation, the level dollar payments decrease as a percentage of payroll over time.

Level percentage of projected payroll amortization method. The level percentage of projected payroll method calculates amortization payments so that they are a constant percentage of the projected payroll of active plan members over a given number of years. The dollar amount of the payments generally will increase over time as payroll increases due to inflation. In real dollars, the amount of the payments remains level, because the inflation effect is accounted for by the payroll increases due to inflation.

If this method is used, the assumed payroll growth rate should not include an assumed increase in the number of active members of the plan. However, a projected decrease in the number of active members should be included if no new members are permitted to enter the plan.

The amortization calculated in accordance with the preceding paragraphs, when added to the normal cost also described above, is the amount of the ARC for the year.

Contribution Deficiencies and Excess Contributions

A contribution deficiency or excess contribution is the difference between the ARC for a given year and the employer's contributions in relation to the ARC. Amortization of a contribution deficiency or excess contribution should begin at the next actuarial valuation, unless settlement is expected not more than one year after the deficiency occurred. If the settlement has not occurred by the end of that term, amortization should begin at the end of the next actuarial valuation.

NOTE: Further discussion of the results of an employer not contributing an amount equal to the ARC is contained in the next section of this chapter. This parameter, however, prevents employers from not contributing the ARC amount without this factor being readily reflected in the actuarial valuation.

NET PENSION OBLIGATION

The net pension obligation of a governmental employer is a strictly defined term under GASBS 27. To avoid getting lost in the details of its calculation, however, a very general way to view the net pension obligation is the cumulative amount by which an employer has not actually contributed the ARC to the pension plan. Thus, its purpose is to highlight where an employer is not making sufficient contributions into the plan for the plan to pay its pension benefit and expenses. (Conversely, the net pension obligation may be negative because of excessive contributions.) While a net pension obligation does not indicate that the plan will run out of funds in the near future, it does highlight that it is likely that the employer will need to increase its contributions to the plan in the future for the plan to pay its pension benefits and expenses over the long term.

The employer's net pension obligation consists of

- A liability (or asset) at the transition to GASBS 27
- The cumulative difference from the effective date of GASBS 27 between annual pension cost and the employer's contributions, excluding short-term differences and unpaid contributions that have been converted to pension debt

The following paragraphs describe each of these two basic components.

Liability (or Asset) at the Transition to GASBS 27

GASBS 27 adopted an arbitrary look-back period for determining whether a transition liability or asset exists. During this look-back period, the employer should determine whether it made the actuarially determined contributions to each of its pension plans for each of the years in the transition period. In addition, interest on the net pension obligation amounts should be added to the unpaid amounts (in a similar manner as described below for any current-period net pension obligations).

An important consideration is that the contributions used in the look-back period are those actuarially determined during that period. That is to say that the prior years' calculations do not have to be recalculated to conform with the parameters. However, the actuarially calculated contributions during the look-back period is acceptable.

The look-back period includes all fiscal years of the employer that began between December 15, 1986, and the effective date of GASBS 27 (periods beginning after June 15, 1997). Depending on whether GASBS 27 was implemented early, the look-back period will be approximately ten years. Any pension-related liabilities other than the transition liability that the government has recorded (with the exception of specific debt that the government issued and recorded to fund pension liabilities) are eliminated from the financial statements, whether they are recorded only in fund financial statements or the government-wide statement of net assets.

NOTE: This transition method for GASBS 27 is really a compromise between two extremes. It would seem improper for governments that had not been making their required contributions to pension plans to be permitted to eliminate all liabilities from their financial statements for these unpaid pension obligations. On the other hand, research and other analyses by the GASB pointed to a presumption that many of the liabilities recorded by governments for unpaid pension obligations were not consistently reported and could not be substantiated by the governments. This ten-year look-back period presented a solution that, while arbitrary, offers a solution to the problems of the other two extremes.

As will be discussed in the following section, when a net pension obligation at transition is determined to exist, it will result in an adjustment to the ARC that is calculated in subsequent years. The net pension obligation will also represent the cumulative difference since the effective date of GASBS 27 between annual pension cost and the employer's contributions, excluding short-term differences and unpaid contributions, other than amounts that have been converted to pension debt.

The amount recorded for net pension obligation reflects the recurring amounts that would be recorded for the net pension obligations after the net pension obligation at transition is recorded.

NOTE: A short-term difference is one where the employer plans to settle the unpaid amount by the first actuarial valuation after the difference occurred or one year, whichever is shorter. Also, some governments have issued debt and used the proceeds to make previously unpaid contributions into the pension plan, and even to fund amounts equal to the unfunded actuarial accrued liability. Such debt is real debt that is accounted for as any other debt issue of the government. It is not considered to be part of any net pension obligation either at transition or on a recurring basis after implementation of GASBS 27.

GASBS 27 specifies that when an employer has a net pension obligation, annual interest cost should be equal to the sum of the following:

- The ARC
- One year's interest on the net pension obligation
- An adjustment to the ARC

In computing each of these three amounts, the following should be considered:

- The calculation of the ARC was discussed at length earlier in this chapter.
- The interest on the net pension obligation should be calculated on the balance of net pension obligation at the beginning of the year reported, and should be calculated using the investment return rate used in calculating the ARC.
- An adjustment of the ARC is needed because the calculation of interest is independent of the actuarial calculation, so the ARC should be adjusted to offset the amount of interest, and principal if applicable, already included in the ARC for amortization of past contribution deficiencies or excess contributions by the employer. The amount of the ARC attributable to contribution deficiencies or excesses will not be precisely determinable. The adjustment of the ARC should be equal to the discounted present value of the balance of the net pension obligation at the beginning of the year, calculated using the same amortization method used in determining the ARC for that year. A new calculation should be made each year. The adjustment should be calculated using the same
  - Amortization method (level dollar or level percentage of projected payroll)
  - Actuarial assumptions used in applying the amortization method
  - Amortization period used in determining the ARC for the year

The adjustment should be deducted from the ARC, if the beginning balance of the net pension obligation is positive (that is, if cumulative annual pension cost is greater than cumulative employer contributions) or added to the ARC if the net pension obligation is negative.

NOTE: It is important not to lose sight of the intuitive need for this adjustment by concentrating on the details of the calculation. For example, assume that an employer does not make any contribution to a pension plan for a year, when the actuarial contribution would have been $1 million. Since the plan does not have that $1 million, the unfunded actuarial accrued liability subject to the amortization described above is larger. The actuarial accrued liability is the same, but the plan net assets would be $1 million lower. However, when interest on the net pension obligation is added to the ARC in determining annual pension cost, there is a double counting of the interest cost to the pension plan of not having the assets from the contribution.

RECORDING PENSION-RELATED ASSETS, LIABILITIES, AND EXPENDITURES/EXPENSES

A large part of this chapter has been devoted to explaining the acceptable means of calculating annual pension costs and related assets and liabilities in accordance with GASBS 27 for single-employer and agent plans. Following is a discussion of how those financial statement amounts are recorded. It is important to note the differences in accounting between single-employer (and agent multiemployer) and cost-sharing multiemployer plans (which are discussed later in this section).

Governmental Funds

Pension expenditures from governmental funds should be recognized on the modified accrual basis. The amount recognized as an expenditure is the amount contributed to the plan or expected to be contributed to be liquidated with expendable available financial resources. If the amount of the pension expenditure recognized for the year in relation to the ARC is less than (or greater than) annual pension cost, the difference should be added to (or subtracted from) the net pension obligation. A positive year-end balance in the net pension obligation should be reported in the government-wide statement of net assets as a liability in relation to the ARC. If the year-end balance in the net pension obligation is negative, a previously reported liability to the same plan should be reduced to zero. A negative net pension obligation relating to governmental funds should not be displayed in the balance sheets of those funds as an asset. The net pension obligation should be disclosed, whether the balance is positive or negative. After adoption of GASBS 34, the amount of pension expense recognized on the government-wide statement of activities should equal the annual required contribution. If a lower amount was contributed, the difference is reported as a liability on the government-wide statement of net assets. The government-wide statements will basically account for pension expense in a manner similar to proprietary funds, as described in the following paragraph.

Proprietary Funds and Other Entities That Apply Proprietary Fund Accounting

Pension expense for proprietary and all other entities that apply proprietary fund accounting should be recognized on an accrual basis. The employer should report pension expense for the year equal to the annual pension cost. The net pension obligation should be adjusted for any difference between contributions made and pension expense. A positive (or negative) year-end balance in the net pension obligation should be recognized as the year-end liability (or asset) in relation to the ARC. Pension liabilities and assets to different plans should not be offset in the financial statements.

Employers with Multiple Plans and Multiple Funds

When an employer has more than one pension plan, all recognition requirements discussed above should be applied separately for each plan.

When an employer makes ARC-related contributions to the same plan from more than one fund, the employer should determine what portion of the ARC applies to each fund. Similarly, when an employer has a net pension obligation and the related liability (asset) is allocated to more than one fund, the employer should allocate the interest and the ARC adjustment components of annual pension cost to each liability (asset), based on its proportionate share of the beginning balance of the net pension obligation.

Cost-Sharing Multiemployer Plans

The preceding part of this chapter describes the accounting and financial reporting requirements for governmental employers that participate in single-employer or agent multiemployer plans. The requirements of GASBS 27 for governmental employers that participate in cost-sharing multiemployer plans are much simpler. These employers should recognize annual pension expenditures or expenses equal to their contractually required contributions to the plan. Recognition should be on the modified accrual or accrual basis, whichever is applicable for the type of employer or for the fund types used to report the employers' contributions. For these types of plans, pension liabilities and assets result from the difference between the contributions required and contributions made. Pension liabilities and assets to different plans should be offset in the financial statements.

NOTE: A useful way to view the relationship of a cost-sharing multiemployer plan and its participating employers is that the plan bills the employers for their annual contributions. The employers' handling of these pension bills is similar to how they handle other types of bills that they pay, which, of course, depends on whether they follow governmental or proprietary fund accounting.

EMPLOYER PENSION DISCLOSURES

As mentioned previously, GASBS 27 revises the disclosure requirements originally contained in GASBS 5. The following summarizes the disclosure requirements, including the requirement for single-employer and agent plans to provide required supplementary information. These disclosure requirements are also included in the disclosure checklist in an appendix to this guide.

The following disclosures are required to be included in the notes to the financial statements for governmental employers that participate in defined benefit pension plans, regardless of the type of defined benefit plan, unless otherwise indicated:

- Plan description, including the name of the plan, identification of the PERS or other entity that administers the plan, and identification of the plan as a single-employer, agent multiemployer, or cost-sharing multiemployer defined benefit pension plan
- A brief description of the types of benefits and the authority under which the benefit provisions are established or may be amended
- Whether the pension plan issues a stand-alone financial report, or is included in the report of a PERS or other entity, and, if so, how to obtain the report
- The funding policy of the plan, including
  - Authority under which the obligations to contribute to the plan of the plan members, employer(s), and other contributing entities are established or may be amended
  - Required contribution rate or rates of active plan members
  - Required contribution rate or rates of the employer in accordance with the funding policy, in dollars or as a percentage of current year covered payroll. (If the plan is a single-employer or agent plan and the rate differs significantly from the ARC, disclose how the rate is determined, such as by statute or contract, or whether the plan is financed on a pay-as-you-go basis. If the plan is a cost-sharing multiemployer plan, disclose the required contributions in dollars and the percentage of that amount contributed for the current year and each of the two preceding years.)

For single-employer and agent employers, the following additional information should be disclosed:

- For the current year, the annual pension cost and the dollar amount of contributions made. (If the employer has a net pension obligation, also disclose the components of annual pension cost [the ARC, interest on the net pension obligation, and the adjustment to the ARC], the increase or decrease in the net pension obligation during the year, and the net pension obligation at the end of the year.)
- For the current year and each of the two preceding years, annual pension cost, percentage of annual pension cost contributed that year, and the net pension obligation at the end of the year. (For the first two years, the required information should be presented for the transition year and for the current and transition year, respectively.)
- The date of the actuarial valuation and identification of the actuarial methods and significant assumptions used to determine the ARC for the current year, with the most current information disclosed as required supplementary information (described below). (The disclosures should include the actuarial cost method, the method used to determine the actuarial value of assets, and the as-

sumptions with respect to the inflation rate, investment return, projected salary increases, and postretirement benefit increases. If the economic assumptions consider different rates for successive years, the rates that should be disclosed are the ultimate rates. [For example, if an actuary assumes investment rates of return that are lower in the first two years, and then a higher rate thereafter, the higher rate is the ultimate rate in this case.])

Also to be disclosed are the method (level dollar or level percentage of projected payroll) and the amortization period or the equivalent single amortization period for plans that use multiple periods for the most recent actuarial valuation.

Whether the amortization period is open or closed also should be disclosed. A closed amortization period is one where a specific number of years that is counted from one date and, therefore, declines to zero with the passage of time. For example, if the amortization period is twenty years, the period will decline by one year, until after twenty years, there are zero years left for amortization. An open amortization period is one that begins again or is recalculated at each actuarial valuation date, within the maximum number of years specified by law or policy, such as twenty years. The period may increase, decrease, or remain stable.

Exhibit 1 presents a sample disclosure for an employer that sponsors a single-employer defined benefit pension plan. Exhibit 2 presents a sample disclosure for an employer contributing to a cost/sharing, multiemployer defined benefit pension plan.

Exhibit 1: Illustrative pension footnote for an employer with a single-employer defined benefit pension plan

Note X: Pension Plan

Plan Description

The city of Anywhere sponsors a pension plan that provides benefits to its employees. The Municipal Employees Pension Plan (MEPP) is a single-employer defined benefit pension plan administered by the Municipal Employees Retirement System (MERS). MEPP provides retirement, disability, and death benefits to plan members and beneficiaries. MEPP operates in accordance with existing city and state statutes and laws. Cost-of-living adjustments are provided to members and beneficiaries at the discretion of the state legislature. Section 10 of the statutes of the state of Somewhere assigns the authority to establish and amend benefit provisions to the state legislature. The MERS issues a publicly available financial report that includes financial statements and required supplementary information for MEPP. That report may be obtained from

Municipal Employees Retirement System
23 Rocking Chair Lane
Anywhere, SW 99999

Funding Policy

The contribution requirements of plan members and the city are established and may be amended by the state legislature. Plan members are required to contribute 3% of their annual covered salary. The city is required to contribute at an actuarially determined rate; the current rate is 5% of annual covered payroll.

Annual Pension Cost and Net Pension Obligation

The city's annual pension cost and net pension obligation to MEPP for the current year were as follows:

(Dollar amounts in thousands)

Annual required contribution	$ 10,000
Interest on net pension obligation	750
Adjustment to annual required contribution	(250)
Annual pension cost	10,500
Contributions made	(10,500)
Net change in net pension obligation	--
Net pension obligation beginning of year	5,000
Net pension obligation end of year	$ 5,000

The annual required contribution for the current year was determined as part of the June 30, 20X3 actuarial valuation using the entry age actuarial cost method. The actuarial assumptions included (1) 7% investment rate of return (net of administrative expenses), and, (2) projected salary increases of 4% per year. Both (1) and (2) included an inflation component of 3%. These assumptions do not include postretirement benefit increases, which are funded by state appropriation when granted. The actuarial value of assets was determined using techniques that smooth the effects of short-term volatility in the market value of investments over a 5-year period. The unfunded actuarial accrued liability is being amortized as a level dollar of projected payroll on an open basis. The remaining amortization period at June 30, 20X3, was 20 years.

3-Year Trend Information

(Dollar amounts in thousands)

Fiscal year ending	*Annual pension cost (APC)*	*Percentage of APC contributed*	*Net pension obligation*
6/30/X1	$10,000	100%	$5,000
6/30/X2	10,250	100	5,000
6/30/X3	10,500	100	5,000

NOTE: This example assumes that the plan is included as a pension (and other employee benefit) trust fund in the employer's financial reporting entity. Therefore, the requirement of GASBS 27 to present a schedule of funding progress covering at least three actuarial valuations would be met by MEPP's complying with GASBS 25 in its separately issued financial statements. If the plan was not included in the employer's financial reporting entity, the employer would be required to present a schedule of funding progress, which is described in Chapter 24.

Exhibit 2: Illustrative pension footnote for an employer that contributes to a cost-sharing multiple-employee defined benefit pension plan

Note X: Pension Plan

Plan Description

The county of Clever contributes to the State of Somewhere Employees Pension Plan (SSEPP), a cost-sharing multiple-employer defined benefit pension plan administered by the State Employees Retirement System. SSEPP provides retirement and disability benefits, annual cost-of-living adjustments, and death benefits to plan members and beneficiaries. Section 11 of the regulations of the state of Somewhere assigns the authority to establish and amend benefit provisions to the SSEPP Board of Trustees. The State of Somewhere Retirement System issues a publicly available financial report that includes financial statements and required supplementary information for SSEPP. That report may be obtained from

State Employees Retirement System
45 Florida Street
Capital, SW 99999

Funding Policy

Plan members are required to contribute 3% of their annual covered salary and the county of Clever is required to contribute at an actuarially determined rate, which is currently 7% of annual covered payroll. The contribution requirements of plan members and the county of Clever are established and may be amended by the SSEPP Board of Trustees. The county's contributions to SSEPP for the years ended June 30, 20X3, 20X2, and 20X1 were $2,500, $2,250, and $2,000, respectively, which was equal to the required contributions for each year.

REQUIRED SUPPLEMENTARY INFORMATION

Governmental employers in single-employer or agent multiemployer plans are required by GASBS 27 to disclose the following information for the most recent actuarial valuation and the two preceding valuations, unless the aggregate actuarial cost method was used:

- The actuarial valuation date, the actuarial value of plan assets, the actuarial accrued liability, the total unfunded actuarial liability (or funding excess), the actuarial value of assets as a percentage of the actuarial accrued liability (the funded ratio), the annual covered payroll, and the ratio of the unfunded actuarial liability (or funding excess) to annual covered payroll
- Factors that significantly affect the identification of trends in the amounts reported, including, for example, changes in benefit provisions, the size or composition of the population covered by the plan, or the actuarial methods and assumptions used. (The amounts reported for prior periods should not be restated.)

This information should be calculated in accordance with the parameters and presented as required supplementary information to the financial statements. Until three actuarial valuations have been performed in accordance with the parameters, the required information should be presented for as many periods as available. In addition, employers may elect to disclose the required information for the most recent valuation (or for the two preceding years) in the notes to the financial statements. If the pension plan is included in a pension (or other employee benefit) trust fund in the governmental employer's financial statements, certain of these disclosures should be coordinated with the disclosure requirements for the plans themselves to avoid duplication of disclosures.

EMPLOYERS WITH DEFINED CONTRIBUTION PLANS

The vast majority of the provisions of GASBS 27 relates to defined benefit plans because of the complexity of calculating contributions and the actuarial accrued liabilities for these plans. However, there is some very basic accounting and disclosure guidance contained in GASBS 27 that relates to employers that sponsor defined contribution pension plans.

Governmental employers with defined contribution plans should recognize annual pension expenditures or expenses equal to their required contributions in accordance with the terms of the plan. Accounting for defined contribution pension plans most closely resembles a governmental employer's accounting for the costs and assets and liabilities of a cost-sharing multiemployer pension plan. Recognition should be on the modified accrual basis or accrual basis, whichever applies to the type of employer or the type of fund used to report the employer's contributions. Pension liabilities and assets result from the difference between contributions required and contributions made. Pension liabilities and assets to different plans should not be offset in the financial statements. Government-wide financial statements prepared in accordance with GASBS 34 would account for defined contribution plans in a manner similar to proprietary funds.

The following are the disclosure requirements for employers that contribute to defined contributions plans:

- Name of the plan, identification of the PERS or other entity that administers the plan, and identification of the plan as a defined contribution plan
- Brief description of the plan provisions and the authority under which they are established or may be amended
- Contribution requirements of the plan members, employer, and other contributing entities, and the authority under which the requirements are established or may be amended. (These requirements might take the form of a contribution rate in terms of dollars or percentage of salary, or other method established by the plan.)
- The contributions actually made by the plan members and the employer

OTHER PROVISIONS

The preceding discussion includes the major provisions of GASBS 27 as to the accounting and financial reporting of governmental employers for defined benefit pension plans. There are several other topics covered by GASBS 27 that may also be applicable to the financial statements of governmental employers. These topics are

- Insured plans
- Postemployment health care benefits
- Special funding situations

Each of these topics is discussed below.

Insured Plans

An *insured plan* is a pension financing arrangement whereby an employer accumulates funds with an insurance company while employees are in active service, in return for which the insurance company unconditionally undertakes a legal obligation to pay the pension benefits of the employees or their beneficiaries, as defined in the employer's plan. If an employer's pension financing agreement does not meet these criteria, the plan is not an insured plan for financial reporting purposes, and the requirements of GASBS 27 that relate to single-employer and agent plans should be applied.

However, if the foregoing criteria are met and the plan is considered an insured plan, governmental employers should recognize pension expenditure or expenses equal to the annual contributions or premiums required in accordance with their agreement with the insurance company. The following information should be disclosed in the notes to the financial statements:

- Brief description of the insured plan, including the benefit provisions, and the authority under which benefit provisions are established or may be amended
- The fact that the obligation for the payment of benefits has been effectively transferred from the employer to one or more insurance companies. (Whether the employer has guaranteed benefits in the event of the insurance company's insolvency should also be disclosed.)
- The current year pension expenditure or expense and contributions or premiums paid

Postemployment Health Care Benefits

As mentioned earlier in this chapter, governmental employers are not required to apply the requirements of GASBS 27 to postemployment health care benefits. If a single employer or agent employer does apply the measurement and recognition requirements of GASBS 27 to health care, the note disclosures provided should conform to GASBS 27 instead of GASBS 12.

In addition, if application of GASBS 27 is elected, the governmental employer should disclose the health care inflation assumption. All information pertaining to postemployment health care benefits should be disclosed separately from the other pension information.

NOTE: Although GASBS 27 provides this option to governmental employers and provides limited guidance in using it, it is highly unlikely that governments will apply these provisions to postemployment health care benefits. Applying GASBS 27 requirements to postemployment health care benefit plans would likely result in the reporting of very large unfunded actuarial accrued liabilities for these types of benefits. It is unlikely that governments would volunteer to do this, unless there were some possible other benefit, such as identifying potentially allowable reimbursable costs under cost-reimbursable grants or contracts.

Special Funding Situations

Some governmental entities are legally responsible for contributions to pension plans that cover employees of another governmental entity. For example, a state may be responsible for the contributions to pension plans for employees of school districts within the state. In these cases, the entity that is legally responsible for the contributions must comply with the requirements of GASBS 27. However, if the plan is a defined benefit pension plan and the entity with legal responsibility for contributions is the only contributing entity, the requirements of GASBS 27 for single employers apply, regardless of the number of entities whose employees are covered by the plan.

SUMMARY

The overall requirements of GASBS 27 for accounting for pensions by governmental entities provide a good deal of flexibility as to accounting and financial reporting decisions. However, even with this flexibility, there are a number of very specific and detailed requirements that the financial statement preparer must be familiar with to ensure compliance. Obtaining the assistance of an actuary who is well versed in the requirements of GASBS 27 will make the transition to and continuing compliance with this statement slightly easier.

19 ACCOUNTING FOR POSTRETIREMENT BENEFITS OTHER THAN PENSIONS

INTRODUCTION

Employers, including governmental employers, often offer benefits to their employees that do not start or take effect until after the employee leaves employment. The Financial Accounting Standards Board (FASB) addressed the issue of accounting for the costs of these plans (and the recognition of the extent of the future potential liability for these plans) in Statement of Financial Accounting Standards 106 (SFAS 106), *Employer's Accounting for Postretirement Benefits other than Pensions.* This FASB Statement had a tremendous impact not only on the financial statements of commercial enterprises, but also sometimes on the postretirement benefits actually being offered by these organizations. For example, the recognition of the current costs of these benefits and the recognition of their related liabilities caused some employers to reduce or eliminate the benefits provided under these plans.

Governmental employers have not yet had to deal with accounting and financial reporting requirements as stringent as those of SFAS 106. Governmental employers are generally on the "pay-as-you-go" method, whereby costs are recognized when paid, and no recognition is given to the earned liability for these benefits. However, the GASB currently has project to develop accounting and reporting standards for postemployment benefits. The final standard that results from this GASB project may well result in governments being required to account for and report the current costs and liabilities of these plans. As an interim measure, the GASB issued Statement 12 (GASBS 12) *Disclosure of Information on Postemployment Benefits other than Pension Benefits by State and Local Government Employers.* This Statement generally includes only disclosure requirements, with no change in accounting for postemployment benefit plans by governments. Chapter 1 describes two Exposure Drafts issued by the GASB which address accounting and financial reporting for OPEBs.

APPLICABILITY OF GASBS 12 REQUIREMENTS

The requirements of GASBS 12 apply to state and local governmental employers that provide postemployment benefits other than pensions (OPEBs) where the cost of the OPEBs is borne by the employer in whole or part. Included in this group of employers would be public benefit corporations and authorities, public employee retirement systems (PERS), governmental utilities, hospitals and other health care providers, and colleges and universities.

In determining what benefits are "other" than pension benefits, the financial statement preparer needs to understand what the GASB considers to be pension benefits. The term *pension benefits* refers principally to retirement income, but also includes other pension-related benefits (except postemployment health care) when they are provided to plan participants or their beneficiaries through a PERS. Thus, OPEBs would include all postemployment benefits other than pensions not provided by a public employee retirement system, pension plan, or other arrangement, and would also include postemployment health care benefits, even if they are provided by a PERS.

For example, disability income provided by a pension plan would not be considered an OPEB under GASBS 12. If the disability income is provided not through a pension plan but through a separate disability income plan paid for by the employer, then the disability income plan would be considered an OPEB and would be included in the scope of GASBS 12. On the other hand, postemployment health care benefits under a pension plan would be considered an OPEB, regardless of the fact that the pension plan itself provides the benefit, not a separate plan of the employer.

Thus, the disclosure requirements of GASBS 12 apply to the following types of OPEBs:

- All postemployment health care benefits (whether or not provided by a PERS), such as medical, dental, vision, or hearing benefits
- Other postemployment benefits not provided by a PERS
  - — Disability income
  - — Tuition assistance
  - — Legal services
  - — Other assistance programs

The above is not an all-inclusive list, but it does cover the major types of postemployment benefits typically found in state and local governmental employers.

The employer's promise to provide OPEBs may take a variety of forms, and an employer may not set aside assets on an actuarially determined basis to pay future benefits as they become due (referred to as *advance funding*). The disclosure requirements of GASBS 12 apply to postemployment benefits regardless of the legal form of the promise, or whether the employer advance-funds the benefits or uses a pay-as-you-go approach.

DISCLOSURE REQUIREMENTS

GASBS 12 requires that employers that provide OPEBs should, at a minimum, disclose the following information. The disclosures may be made separately for one or more types of benefits or as an aggregate for all OPEBs provided.

- A description of the OPEB provided, the employee groups covered, the eligibility requirements to receive the benefits, and the employer and participant obligations to contribute that are quantified in some manner. For example, the approximate percentage of the total obligation to contribute that is borne by the employer and the participants for the benefits might be disclosed. Alternatively, the dollar or percentage contribution rates might be disclosed.

- A description of the statutory, contractual, or other authority under which OPEB provisions and obligations to contribute are established.
- A description of the accounting and financing or funding policies followed by the employer. For example, a statement should be included as to whether the employer's contributions are on a pay-as-you-go basis or are advance-funded on an actuarially determined basis.
- If OPEBs are advance-funded on an actuarially determined basis, the employer should also disclose the following:
  - The actuarial cost method used
  - Significant actuarial assumptions, including the interest rate used and, if applicable, the projected salary increase assumption and the health inflation assumption used to determine the funding requirements
  - The method used to value plan assets
- Depending on whether OPEBs are financed on a pay-as-you-go basis or are advance-funded on an actuarially determined basis, the following additional disclosures are required.

Pay-As-You-Go Basis

- The amount of OPEB expenditures or expenses recognized in the financial statements during the reported period. (The amount disclosed should be net of participant contributions.)
- The number of participants currently eligible to receive benefits. Participants currently eligible to receive benefits are retirees, terminated employees, and beneficiaries for whom the employer is currently responsible for paying all or part of the premiums, contributions, or claims for OPEBs. Covered dependents of participants should be counted as one unit with the participant.
- If the amount of expenditures or expenses for the OPEB cannot readily be separated from expenditures or expenses for similar types of benefits provided to active employees and their dependents, the employer should use reasonable methods to approximate OPEB expenditures or expenses. If a reasonable approximation cannot be made, the employer should state that the OPEB expenditures or expenses cannot be reasonably estimated.
- The pay-as-you-go requirements listed above apply when employers set aside assets for future OPEB payments but do not advance-fund OPEBs on an actuarially determined basis. Employers in this category should disclose the amount of net assets available for future benefit payments.

Advance-Funded on an Actuarially Determined Basis

- The number of active plan participants

- The employer's actuarially required and actual contributions for the reported period. These amounts should be reported net of participant contributions.
- The amount of the net assets available for OPEBs
- The actuarial accrued liability and unfunded actuarial accrued liability for OPEB, according to the actuarial cost method used

NOTE: Ironically, those employers that take a more conservative approach to OPEBs by advance-funding these benefits on an actuarially determined basis are required to disclose the unfunded accrued actuarial liability for OPEBs. On the other hand, those employers that use the less conservative pay-as-you-go funding approach have no obligation to disclose any similarly determined liability amount, although the extent of the liability for pay-as-you-go funding would logically be much higher, since in most cases assets are not being set aside for the benefits.

OTHER DISCLOSURES

In addition to the disclosures listed above, the employer should disclose the following:

- A description (and the dollar effect, if it is measurable) of any significant matters that affect the comparability of the disclosures required by GASBS 12 with those of the previous period. An example of this type of change would be a change in benefit provisions.
- Any additional information that the employer believes will help users assess the nature and magnitude of the cost of the employer's commitment to provide OPEBs.

The disclosures required above should distinguish between the primary government and its discretely presented component units. The reporting entity's financial statements should focus on the primary government (including its blended component units, which are, in substance, part of the primary government) and provide an overview of the discretely presented component units. Additional information on providing disclosures for component units is provided in Chapter 6.

The reporting entity's financial statements should make those discretely presented component unit disclosures essential for the fair presentation of the financial reporting entity's basic financial statements. Determining which component unit disclosures are essential to fair presentation is a matter of professional judgment and should be done on a unit-by-unit basis. A specific type of disclosure might be essential for one component unit but not for another, depending on the component unit's significance relative to the total included in the component units column and the individual component unit's relationship with the primary government.

The disclosures required by GASBS 12 generally should be made for the primary government, including its blended component units, and separately for those discretely presented component units for which disclosure is essential for fair presentation. If the employer believes that aggregate disclosures would be misleading, additional or separate disclosures should be made for one or more fund types or component units.

Exhibit 1 is a sample footnote disclosure that illustrates how the disclosure requirements of GASBS 12 might be met. It is based on an illustrative footnote provided in GASBS 12 itself.

Exhibit 1: Illustrative Footnote

In addition to the pension benefits described in Note X to the financial statements, the city of Anywhere provides postretirement health care benefits, in accordance with statutes of the state of Somewhere to all employees who retire from the city of Anywhere on or after attaining age sixty with at least 15 years of service. Currently, 5,000 retirees meet those eligibility requirements. The city of Anywhere reimburses 75% of the amount of validated claims for medical, dental, and hospitalization costs incurred by pre-medicare retirees and their dependents. The city of Anywhere also reimburses a fixed amount of $100 per month for a medicare supplement for each retiree eligible for medicare. Expenditures for postemployment health care benefits are recognized as retirees report claims and include a provision for estimated claims incurred but not yet reported to the city of Anywhere. During the fiscal year ended June 30, 20XX, expenditures of $1.5 million were recognized for postretirement health care. Approximately $100,000 of the $200,000 increase in expenditures over the previous year was caused by the addition of dental benefits, which were effective July 1, 20XX.

SUMMARY

GASBS 12 provides some limited disclosure requirements for the OPEBs that are included within its scope. Except for the required disclosures, GASBS 12 specifically states that until the GASB project on OPEBs is completed, state and local governmental employers are not required to change their accounting and financial reporting for OPEBs.

20 INTERFUND AND INTRA-ENTITY TRANSACTIONS

INTRODUCTION

One accounting area of special interest to governments is that of interfund transactions. While the terminology used to refer to these transactions makes them appear more complicated than they actually are, the financial statement preparer and auditor must be familiar with the accounting for these transactions to properly reflect the financial position and results of operations of governmental entities. In addition, GASBS 34 provides guidance for certain transactions occurring between entities within the financial reporting entity, and low interfund balances and transactions should be presented.

The following sections describe the nature of and the accounting and reporting requirements for each of these types of interfund transactions. While this chapter addresses interfund transactions, consideration must also be given to transactions between a primary government and its component units. Transfers between the primary government and its blended component units and receivables and payables between the primary government and its blended component units are reported as described for interfund transactions by this chapter. However, for discretely presented component units, the amounts of balances and transfers between the primary government and its discretely presented component units should be reported separately from interfund balances and transfers from other funds. In addition, due to and due from amounts between the same two funds are allowed to be netted when a right of offset exists. Since component units are legally separate entities, it is not likely that a right of offset will exist for receivables and payables between one fund and a blended component unit. Care must be taken to ensure that amounts are not netted for blended component units when there is no right of offset.

Loans

Loans may be the easiest of the interfund transactions to understand and record. Loans between funds are treated as balance sheet transactions; the borrowing fund reports a liability and increase in cash, and the loaning fund reports a receivable and a decrease in cash. There is no effect on the operating statement for loans between funds.

In addition, these loans should be reported as fund assets or liabilities regardless of whether the loan will be repaid currently or noncurrently. Accordingly, governmental funds should report all interfund loans in the fund itself, rather than in the government-wide financial statements. For the funds that record a receivable as a result of an interfund loan, if the receivable is not considered an expendable available resource, a reservation of fund balance should be recorded.

Example

Assume that the general fund loans the capital projects fund $10,000 to cover a cash shortage in the capital projects fund, which will be repaid by the capital projects fund immediately after the end of the fiscal year. The following journal entries are recorded:

General Fund

Due from capital projects fund	10,000	
Cash		10,000
To record a loan to the capital projects fund.		

Capital Projects Fund

Cash	10,000	
Due to general fund		10,000
To record a loan from the general fund.		

The above example makes clear that the operating statements of the two funds that enter into a loan transaction are not affected. However, the substance of the transaction should also be considered. In a loan transaction, there should be an intent to actually repay the amount to the loaning fund. Without an intent to repay, the transaction might more appropriately be accounted for as a transfer, which is described more fully later in this chapter.

Reimbursements

A reimbursement is an expenditure or expense that is made in one fund, but is properly attributable to another fund. Many times, the general fund will pay for goods or services (such as a utility bill or rent bill) and is then reimbursed in whole or in part by other funds that benefit from the purchase. The proper accounting for reimbursements is to record an expenditure (or an expense) in the reimbursing fund and a reduction of expenditure (or expense) in the fund that is reimbursed.

Example

Assume that the general fund pays a telephone bill including telephone calls made by individuals who work for the government's water utility, which is accounted for as an enterprise fund of the primary government. Further assume that of the $5,000 total telephone bill, $1,000 can specifically be identified as related to the water utility, which will reimburse the general fund for these calls. The following journal entries are recorded:

General Fund

Expenditures—telephone	5,000	
Cash		5,000
To record payment of telephone bill.		
Due from water utility fund	1,000	
Expenditures—telephone		1,000
To record receivable for reimbursement for telephone bill.		

Alternatively, the receivable could be established at the same time the bill is paid, as follows. (This is a less likely approach, since determination of the cost allocation for expenditures or expenses usually takes longer than the time until the bill is paid.)

Expenditures—telephone	4,000	
Due from water utility fund	1,000	
Cash		5,000

To record payment of telephone bill and reimbursement owed by the water utility fund.

Water Utility Fund

The water utility would record the following journal entry to reflect the reimbursement of the general fund:

Expenses—telephone	1,000	
Cash (or due to general fund)		1,000

To record payment (or amount owed) to the general fund to reimburse it for telephone expenses.

INTERFUND TRANSACTIONS—FUND FINANCIAL STATEMENTS UNDER GASBS 34

GASBS 34 also redefines reporting of interfund transactions, which it describes as follows:

Interfund activity within and among the three fund categories (governmental, proprietary, and fiduciary) should be classified and reported as follows:

a. **Reciprocal interfund activity** is the internal counterpart to exchange and exchange-like transactions. It includes:

(1) **Interfund loans**—Amounts provided with a requirement for repayment. Interfund loans should be reported as interfund receivables in lender funds and interfund payables in borrower funds. This activity should not be reported as other financing sources or uses in the fund financial statements. If repayment is not expected within a reasonable time, the interfund balances should be reduced and the amount that is not expected to be repaid should be reported as a transfer from the fund that made the loan to the fund that received the loan.

(2) **Interfund services provided and used**—Sales and purchases of goods and services between funds for a price approximating their external exchange value. Interfund services provided and used should be reported as revenues in seller funds and expenditures or expenses in purchaser funds. Unpaid amounts should be reported as interfund receivables and payables in the fund balance sheets or fund statements of net assets.

b. **Nonreciprocal interfund activity** is the internal counterpart to nonexchange transactions. It includes:

(1) **Interfund transfers**—Flows of assets (such as cash or goods) without equivalent flows of assets in return and without a requirement for repayment. This category includes payments in lieu of taxes that are not payments for, and are not reasonably equivalent in value to, services provided. In governmental funds, transfers should be reported as other financing uses in the funds making transfers and as other financing

sources in the funds receiving transfers. In proprietary funds, transfers should be reported after nonoperating revenues and expenses.

(2) **Interfund reimbursements**—Repayments from the funds responsible for particular expenditures or expenses to the funds that initially paid for them. Reimbursements should not be displayed in the financial statements.

INTRA-ENTITY TRANSACTIONS—GOVERNMENT-WIDE FINANCIAL STATEMENT

GASBS 34 provides guidance for handling internal balances and transactions when preparing the government-wide financial statements. The following paragraphs summarize this guidance.

Statement of Net Assets

GASBS 34 prescribes that eliminations should be made in the statement of activities to minimize the grossing-up effect on assets and liabilities within the governmental and business-type activities columns of the primary government. Amounts reported as interfund receivables and payables should be eliminated within the governmental and business-type activities columns of the statement of net assets, except for residual amounts due between the governmental and business-type activities, which should be presented as internal balances. Amounts reported in the funds as receivable from or payable to fiduciary funds should be included in the statement of net assets as receivable from or payable to external parties. This is consistent with the nature of fiduciary funds as more external than internal. All internal balances should be eliminated in the total primary government column.

Statement of Activities

GASBS 34 prescribes that eliminations should also be made in the statement of activities to remove the doubling-up effect of internal service fund activity. The effect of similar internal events that are in effect allocations of overhead expenses from one function to another or within the same function should also be eliminated.

The effect of interfund services provided and used between functions should not be eliminated in the statement of activities because doing so would misstate the expenses of the purchasing function and the program revenues of the selling function.

Intra-Entity Activity

GASBS 34 prescribes that resource flows between the primary government and blended component units should be reclassified as internal activity of the reporting entity and treated as interfund activity is treated. Resource flows (except those that affect only the balance sheet) between a primary government and its discretely presented component units should be reported as if they were external transactions. Amounts payable and receivable between the primary government and its discretely presented component units or among those component units should be reported on a separate line.

SUMMARY

This chapter provides an overview of interfund and intra-entity transactions. Evaluating the substance of interfund transactions in light of the guidance contained in this chapter should enable the financial statement preparer to properly account for and report interfund transactions in the financial statements. Readers may also wish to refer to the specific chapters in this book that cover each individual fund type for more information about the operating characteristics of each when considering the substance of interfund transactions.

21 RISK FINANCING AND INSURANCE-RELATED ACTIVITIES/PUBLIC ENTITY RISK POOLS

INTRODUCTION

Governmental organizations are subject to many of the same risks of "doing business" as commercial enterprises, including risks related to various torts, property damage awards, personal injury cases, and so forth.

Governments are most often self-insured for these types of risks. Sometimes the government establishes or participates in a *public entity risk pool* that acts somewhat like an insurer against various types of risks.

This chapter is divided into two main sections. The first addresses the accounting and financial reporting guidance for the risk financing and insurance-related activities of state and local governments (other than public entity risk pools). The second section of this chapter addresses the accounting and financial reporting requirements for public entity risk pools.

The primary accounting and financial reporting guidance for both of the sections listed above is found in GASB Statement 10 (GASBS 10), *Accounting and Financial Reporting for Risk Financing and Related Insurance Issues*. This guidance was enhanced by the GASB's *Guide to Implementation of GASB Statement 10*, which provides GASB staff guidance on the application of GASBS 10. The GASB issued Statement 30 (GASBS 30), *Risk Financing Omnibus*, which was a way of fine-tuning the previously issued guidance to address some of the problems that state and local governmental entities were having in operating under the provisions of GASBS 10. The guidance from all three of these sources is included in this chapter.

RISK FINANCING AND INSURANCE ACTIVITIES OF STATE AND LOCAL GOVERNMENTS (OTHER THAN PUBLIC ENTITY RISK POOLS)

As will be seen in the following discussion, the accounting and financial reporting for risk financing contained in GASBS 10 are quite similar to the accounting requirements of the FASB's Statement of Financial Accounting Standards 5 (SFAS 5), *Accounting for Contingencies*. GASBS 10 includes in its scope the risks of loss from the following kinds of events:

- Torts (wrongful acts, injuries, or damages not involving a breach of contract for which a civil action can be brought)
- Theft or destruction of, or damage to, assets
- Business interruption
- Errors or omissions
- Job-related illnesses or injuries to employees
- Acts of God (events beyond human origin or control, such as natural disasters, lightning, windstorms, and earthquakes)

The accounting and financial reporting requirements discussed in this section also apply to losses resulting when a governmental entity agrees to provide accident and health, dental, and other medical benefits to its employees and retirees and their dependents and beneficiaries, based on covered events that have already occurred. For example, a retiree incurs a doctor bill that will be reimbursed by the government for a doctor's visit occurring prior to the end of the government's fiscal year. However, these requirements do not apply to postemployment benefits that governmental employers expect to provide to current and future retirees, their beneficiaries, and their dependents in accordance with the employer's agreement to provide those future benefits. Also excluded from these requirements are medicaid insurance plans provided to low-income state residents under Title XIX of the Federal Social Security Act.

GASBS 10 provides that when a risk of loss or a portion of the risk of loss from the types of events listed above has not been transferred to an unrelated third party, state and local governmental entities should report an estimated loss from a claim as an expenditure/expense and a liability if both of the following conditions are met:

1. Information available before the financial statements are issued indicates that it is probable that an asset had been impaired or a liability had been incurred at the date of the financial statements. (The date of the financial

statements means the end of the most recent accounting period for which financial statements are being presented.) It is implicit in this condition that it must be probable that one or more future events will also occur confirming the fact of the loss.

2. The amount of the loss can be reasonably estimated.

In determining whether the amount of a loss can be reasonably estimated, it is quite possible that the amount of the loss can reasonably be estimated as a range of amounts, rather than as one specific amount. If this is the case, the amount of the loss is still considered to be reasonably estimable. First, determine if some amount within the range appears to be a better estimate than any other amount within the range, and use this amount for the estimate. Second, if no amount within the range is a better estimate than any other amount, the minimum amount of the range should be used as an estimate to be accrued.

When a loss contingency exists, the likelihood that the future event or events will confirm the loss or impairment of an asset or the incurrence of a liability can range from probable to remote. GASBS 10 (like SFAS 5) uses the terms *probable*, *reasonably possible*, and *remote* to identify three areas within that range. The terms are defined as follows:

- *Probable*—The future event or events are likely to occur
- *Reasonably possible*—The chance of the future event or events is more than remote, but less than likely
- *Remote*—The chance of the future event or events occurring is slight

Disclosure of Loss Contingencies

If no accrual is made for a loss contingency because it has not met the conditions of being probable or reasonably estimable, disclosure of the loss contingency should be met if it is at least reasonably possible that a loss may have been incurred. The disclosure should indicate the nature of the contingency and should give either an estimate of the possible loss or range of loss or state that such an estimate cannot be made. Disclosure is not required of a loss contingency involving an unreported claim or assessment if there has been no manifestation of a potential claimant or an awareness of a possible claim or assessment, unless it is considered probable that a claim will be asserted and there is a reasonable possibility that the outcome will be unfavorable.

A disclosure of loss contingency should also be made when an exposure to loss exists in excess of the amount accrued in the financial statements and it is reasonably possible that a loss or additional loss may have been incurred. For example, if a loss is probable and is estimated with a range of amounts and the lower amount of the range is accrued in the financial statements, the reasonably possible amount of the loss in excess of the amount accrued should be disclosed.

A remote loss contingency is not required to be accrued or disclosed in the financial statements.

The following summarizes the expenditure/expense and liability recognition and disclosure requirements under GASBS 10:

Likelihood of Loss Contingency	*Accounting/Disclosure*
Probable and can be reasonably estimated	Recognize expenditure/expense and liability
Probable and cannot be reasonably estimated	Disclosure required/no expenditure/expense and liability recognition
Reasonably possible	Disclosure required/no expenditure/expense and liability recognition
Remote	No disclosure required no expenditure/expense and liability recognition

Incurred but not reported claims. GASBS 10 requires that incurred-but-not-reported claims (IBNR) be evaluated. When a loss can be reasonably estimated and it is possible that a claim will be asserted, the expenditure/expense and liability should be recognized.

IBNR claims are claims for uninsured events that have occurred but have not yet been reported to the governmental entity. IBNR claims include (1) known losses expected to be presented later as claims, (2) unknown loss events expected to become claims, and (3) expected future developments on claims already reported.

NOTE: IBNR claims that are probable and reasonably estimable are typically the recurring types of claims that occur in a fairly predictable pattern. For example, a government might know that each year approximately 25% of the "trip-and-fall" claims that actually occur prior to the end of the government's fiscal year (that is, someone falls on a government's sidewalk and sues for actual damages or pain and suffering) are not asserted until after the government's financial statements are issued for that year-end. The number and average settlement of these claims usually can be reasonably estimated, and it is probable that they will be asserted. In this case, recognition of an expenditure/expense and liability is recorded in the financial statements for the government's fiscal year in which the actual loss occurred—that is, the fiscal year in which people actually fell and were injured on the government's sidewalk.

Amount of loss accrual. Estimates for claims liabilities, including IBNR, should be based on the estimated ultimate cost of settling the claims, including the effects of inflation and other societal and economic factors, using experience adjusted for current trends and any other factors that would modify experience.

NOTE: In the trip-and-fall claims mentioned above, the government may know the number of these claims filed in its past. However, perhaps an ice and snow storm occurs during the last month of the government's fiscal year. The number of claims filed is likely to increase and this should be considered in estimating IBNR claims. On the other hand, maybe the government has replaced a significant part of its crumbling sidewalks during the fiscal year and would expect the number of trip-and-fall claims to decrease in the fiscal year reported. This adjustment to prior experience should also be considered in estimating the potential liability.

GASBS 10 specifies that claims liabilities should include specific, incremental claim adjustment expenditures/expenses. In other words, incremental costs should include only those costs incurred because of a claim. For example, the cost of outside legal counsel on a particular claim is likely to be treated as an incremental cost. However, assistance from internal legal staff on a claim may be incremental because the salary costs for internal staff normally will be incurred regardless of the claim.

Discounting. The practice of presenting claims liabilities at the discounted present value of estimated future cash payments is neither mandated nor prohibited by GASBS 10. However, claims liabilities associated with structured settlements should be discounted if they represent contractual obligations to pay money on fixed or determinable dates. A structured settlement is a means of satisfying a claim liability and consists of an initial cash payment to meet specific present financial needs combined with a stream of future payments designed to meet future financial needs. For example, a government may enter into a settlement with someone injured by a government vehicle, whereby the government agrees to pay the injured party's hospital claims up front, and then a monthly fixed amount for the remaining life of the injured party. The monthly payment cash flow streams should be discounted when a government recognizes this loss in its financial statements.

Annuity contracts. A governmental entity may purchase an annuity contract in a claimant's name to satisfy a claim liability. If the likelihood that the entity will be required to make future payments on the claim is remote, the governmental entity is considered to have satisfied its primary liability to the claimant. Accordingly, the annuity contract should not be reported as an asset by the governmental entity, and the liability for the claim should be removed from the governmental entity's balance sheet. However, GASBS 10 requires that the aggregate outstanding amount of liabilities that are removed from the governmental entity's balance sheet be disclosed as long as those contingent liabilities are outstanding. On the other hand, if annuity contracts used to settle claims for which the claimant has signed an agreement releasing the governmental entity from further obligation and for which the likelihood that the governmental entity will be required to make future payments on those claims is remote, then the amount of the liability related to these annuity contracts should not be included in this aggregate disclosure. If it is later determined that the primary liability will revert back to the governmental entity, the liability should be reinstated on the balance sheet.

Use of a single fund. GASBS 10 requires that if a single fund is used to account for a governmental entity's risk financing activities, that fund should be either the general fund or an internal service fund. Entities reported as proprietary funds or trust funds and that are component units of a primary government may participate in a risk-financing internal service fund of that primary government. However, other stand-alone entities that are reported as proprietary or trust funds and are not considered to be a part of another financial reporting entity should not use an internal service fund to report their own risk financing activities.

Risk Retention by Entities other than Pools

The following summarizes the accounting and financial reporting considerations that must be made when either the general fund or an internal service fund is used to account for risk retention retained by entities other than pools.

General fund. An entity that uses the general fund to account for its risk financing activities should recognize claims liabilities and expenditures in accordance with the criteria described earlier in this chapter.

Claims liabilities should be reduced by amounts expected to be recovered through excess insurance. Excess insurance is a way to transfer the risk of loss from one party to another when the risk transferred is for amounts that exceed a certain sum. For example, a government may retain the risk of loss for amounts below a relatively high dollar amount, such as $5 million. However, the governmental entity may transfer the risk (that is, buy insurance) for losses in excess of this $5 million amount. Any amounts that are expected to be recovered from this excess amount should be deducted from claim liability recorded in the general fund.

NOTE: Readers should refer to Chapter 13, which discusses recording liabilities in governmental funds and on the government-wide statement of net assets. There are certain liabilities of governmental funds (which obviously include the general fund) that, when not liquidated with expendable financial resources, are not recorded as liabilities of the fund, but are instead recorded as liabilities only in the government-wide statement of net assets. Liabilities for claims and judgments discussed in this chapter are one of these liabilities recorded in the government-wide statement of net assets when they are not expected to be liquidated with expendable financial resources. Thus, when the general fund is used to account for risk financing activities, the liability recognized in the financial statements may well be reported in the government-wide statement of net assets, since most, if not all, of the liability will not be liquidated with expendable financial resources. Note that for the claims and judgments liability recorded on the government-wide statement of net assets, changes in the liability from the beginning of the year to the end of the year will result in an addition or reduction to the claims and judgments expense reported on the government-wide statement of net assets.

One useful way in which governments can determine how much, if any, of the judgments and claims liability should be reported in the general fund itself is to look at those liabilities that have been settled in principle, but not payment, prior to the end of the fiscal year, and accrue these settlements as expenditures and liabilities in the general fund as of the end of the fiscal year, with the remainder of the judgments and claims liability recorded in the general long-term debt account group.

For example, the governmental entity with a June 30 fiscal year- end may agree with a claimant to settle a personal injury case for $10,000. The claimant and the governmental entity reach this agreement on June 25, but because various releases and other legal formalities need to be executed, a check is not presented to the claimant until September 15, which is in the next fiscal year. Using this method, an expenditure and a liability for $10,000 would be recorded in the general fund as of June 30, since it is reasonable to believe that this amount will be paid from expendable available resources. On the other hand, if no settlement had been reached, the governmental entity would use the probable and reasonably estimable criteria to determine whether it would recognize a liability for this claim. If these criteria were met, a liability would be recorded in the government-wide statement of net assets for the governmental entity's estimate of the settlement amount, which may or may not be discounted, at the option of the government.

While the "single" fund for accounting for risk financing activities may be met by accounting for these activities in the general fund, that does not mean that the general fund cannot allocate the costs of claims that are recognized to other funds. GASBS 10 provides that the governmental entity may use any method it chooses to allocate loss expenditures/expenses to other funds of the entity. Consistent with the discussion of interfund transactions for reimbursements, as described in Chapter 20, the allocated amounts should be treated as expenditures in the funds to which they are allocated and as a reduction of the expenditures of the general fund, from which the costs are allocated. (However, if the total amount so allocated exceeds the total expenditures and liabilities, the excess should be treated as operating transfers.)

NOTE: In preparing the government-wide statement of activities, the total claims and judgments expense (which includes amounts recognized as expenditures in the general fund as well as changes in the long-term liability recorded only on the government-wide statement of net assets) needs to be allocated by the functions-program reported on the statement of activities.

Keep in mind that proprietary funds use the accrual basis of accounting and the economic resources measurement focus. Accordingly, the recording of liabilities related to these funds should follow that for proprietary funds; that is, the expense and the liability should be recorded in the proprietary fund itself, and not in the general long-term debt account group.

Internal service fund. A governmental entity may elect to use an internal service fund to account for its risk financing activities. Claims expenses and liabilities should be recognized using the criteria described in the earlier part of this chapter. As is the case when the general fund is used to account for risk financing activities, claims expenses should be reduced by amounts expected to be recovered through excess insurance. In additions, claims amounts that are probable but not reasonably estimable should be disclosed, in addition to the disclosures of loss that are reasonably possible.

The internal service fund may use any basis considered appropriate to charge other funds of the governmental entity. However, GASBS 10 includes three conditions that must be met in charging these amounts to other funds.

1. The total charge by the internal service fund to the other funds for the period reported is calculated in accordance with the earlier section of this chapter, *or*
2. The total charge by the internal service fund to the other funds is based on an actuarial method or historical cost information adjusted over a reasonable period of time so that internal service fund revenues and expenses are approximately equal. (The actuarial method can be any one of several techniques that actuaries use to determine the amounts and timing of contributions needed to finance claims liabilities so that the total contributions plus compounded earnings on them will equal the amounts needed to satisfy claims liabilities. It may or may not include a provision for anticipated catastrophic losses.)
3. In addition to item 2. above, the total charge by the internal service fund may include a reasonable provision for expected future catastrophic losses.

Charges made by internal service funds in accordance with these provisions should be recognized as revenue by the internal service fund and as expenditures/ expenses by the other funds of the governmental entity. Deficits, if any, in the internal service fund resulting from application of items 2. and 3. above do not need to be charged back to the other funds in any one year, as long as adjustments are made over a reasonable period of time. A deficit fund balance in an internal service fund, however, should be disclosed in the notes to the financial statements. Retained earnings in an internal service fund resulting from application of item 3. above should be reported as equity designated for future catastrophic losses in the notes to the financial statements.

On the other hand, if the charge by an internal service fund to the other funds of the governmental entity is greater than the amount resulting from application of the preceding three conditions, the excess should be reported in both the internal service fund and the other funds as an operating transfer. However, if the charge by the internal service fund to the other funds fails to recover the full cost of claims over a reasonable period of time, any deficit fund balance in the internal service fund should be charged back to the other funds and reported as an expenditure/expense of those funds.

NOTE: These principles for the charging of costs by the internal service fund for risk financing are similar to those normally used by internal service funds for charging of other costs. Refer to Chapter 10 and Chapter 20 for additional information.

Governmental Entities That Participate in Risk Pools

As will be more fully described in the second part of this chapter, a governmental entity may participate in a public entity risk pool when there is a transfer or a pooling of risk. On the other hand, a governmental entity may participate in a public entity risk pool when there is no transfer of risk to the public entity risk pool, but rather the governmental entity contracts with the pool to service the governmental entity's uninsured claims. The following two sections describe the governmental entity's accounting and financial reporting considerations in each of these two instances.

Entities Participating in Public Entity Risk Pools with Transfer or Pooling of Risk

If a governmental entity participates in a pool in which there is a transfer or pooling (or sharing) of risks among the participants, the governmental entity should report its premium or required contribution as an insurance expenditure or expense. If the pooling agreement permits the pool to make additional assessments to its members, the governmental entity should consider the likelihood of additional assessments and report an additional expenditure or expense and liability if an assessment is probable and can be reasonably estimated. Assessment amounts that are probable but not reasonably estimable should be disclosed, along with disclosure of assessments that are reasonably possible.

NOTE: In other words, instead of the governmental entity evaluating the likelihood of losses due to claims that it directly pays, the governmental entity is making the same considerations as to the likelihood that it will need to pay more money to the public entity risk pool because of the claims experience of the pool requiring additional resources.

If the pool agreement does not provide for additional member assessments and the pool reports a deficit for its operations, the pool member should consider the financial capacity or stability of the pool to meet its obligations when they become due. If it is probable that the governmental entity will be required to pay its own obligations if the pool fails, the amount of those obligations should be reported as an expenditure/expense and as a liability if they can be reasonably estimated. Additionally, the same disclosure requirements for losses that are probable but not estimable and for losses that are reasonably possible apply.

Capitalization contributions. When state or local governmental entities join to form a public entity risk pool or when a governmental entity joins an established pool, the pooling agreement may require that a capitalization contribution be made to the pool to meet the initial or ongoing capital minimums established by the pooling agreement itself or by statute or regulation.

A capitalization contribution to a public entity risk pool with a transfer or pooling of risk should be reported as a deposit if it is probable that the contribution will be returned to the governmental entity either upon the dissolution of or the approved withdrawal from the pool. This determination should be based on the governmental entity's review of the provisions of the pooling agreement and an evaluation of the pool's financial capacity to return the contribution. (Governmental funds that record the capitalization contribution as a deposit should reserve a fund balance to indicate that the deposit is not appropriable for expenditure.)

If it is not probable that the contribution will be returned to the governmental entity, the following guidance should be used, depending on the fund type or type of entity involved:

- Proprietary funds. The contribution should be reported initially as an asset (prepaid insurance), and an expense should be recognized over the period for which the pool is expected to provide coverage. The periods expected to be covered should be consistent with the periods for which the contribution is factored into the pool's determination of premiums, but should not exceed ten years if this period is not readily determinable.
- Governmental funds. The entire amount of the capitalization contribution may be recognized as an expenditure in the period of the contribution. Reporting the capitalization contribution as prepaid insurance is not required. However, if the governmental entity elects, the governmental fund can initially report the capitalization contribution as an asset (prepaid insurance), and expenditures should be allocated and recognized over the periods for which the pool is expected to provide coverage. Similar to the method used by proprietary funds, the periods expected to be covered should be consistent with the periods for which the contribution is factored into the pool's determination of premiums paid, but should not exceed ten years if the period is not determinable.

NOTE: Government-wide financial statements prepared under the GASBS 34 financial reporting model account for capitalization contributions in a manner similar to proprietary funds. Judgment will be required to determine whether the asset recorded is a current or noncurrent asset based upon the facts of the particular situation.

Entities Participating in Public Entity Risk Pools without Transfer or Pooling of Risk

Governmental entities sometimes contract with other entities to service their uninsured claims. In this situation, there is no transfer of risk to the pool or pooling of risk with other pool participants. The governmental entity should recognize and measure its claims liabilities and related expenditures/expenses in accordance with the requirements described earlier in this chapter (essentially as if the governmental entity were servicing its own claims). Payments to the pool, including capitalization contributions, should be reported either as deposits or as reductions of the claim liability, as appropriate. A deposit should be recorded when the payment is not expected to be used to pay claims. A reduction of the claims liability should be made when payments to the pool are used to pay claims as they are incurred.

Other Matters for Entities other than Public Entity Risk Pools

In addition to some disclosure requirements (which follow the next section), GASBS 10 provides some other specific guidance for accounting and financial reporting for risk financing activities for governmental entities that are not public entity risk pools. These additional topics are as follows, and are discussed in the following paragraphs:

1. Insurance-related transactions
    a. Claims-made policies
    b. Retrospectively rated policies
    c. Policyholder or pool dividends
2. Entities providing claims servicing or insurance coverage to others

Insurance-related transactions.

Claims-made policies. A *claims-made* policy or contract is a type of policy that covers losses from claims asserted against the policyholder during the policy period, regardless of whether the liability-imposing events occurred during the current period or any previous period in which the policyholder was insured under the claims-made contract or other specified period before the policy period (the policy retroactive date). For example, a governmental entity may purchase a claims-made policy to cover claims made during its fiscal year, July 1, 2000 through June 30, 2001. A claim resulting from an accident that occurred on May 1, 2000, that was filed on July 31, 2000, would be covered by this claims-made policy. However, an accident that occurred on August 1, 2000, for which a claim was not filed until August 31, 2001, would not be covered by the policy, unless of course the policy was renewed for the next fiscal year.

While this type of policy represents a transfer of risk within the policy limits to the insurer or public entity risk pool for claims and incidents reported to the insurer or the pool, there is no transfer of risk for claims and incidents not reported to the insurer or pool. As a result, a governmental entity that is insured under a claims-made policy should account for the estimated cost of those claims and incidents not reported to the insurer as it would for other IBNR claims as described in the earlier part of this chapter.

If, on the other hand, the governmental entity purchases "tail coverage," the premium or contribution for this additional insurance would be accounted for as an expenditure or expense in the financial statements of the period presented. *Tail coverage* is a type of insurance policy that is designed to cover claims incurred before but reported after the cancellation or expiration of a claims-made policy. It is also referred to as *extended discovery coverage.* In this case, the risk for the IBNR claims up to the limit of the policy is transferred to the insurance company or pool that is providing the tail insurance coverage.

Retrospectively rated policies. A *retrospectively rated* policy is one that uses a method of determining the final amount of an insurance premium by which the initial premium is adjusted based on actual experience during the period of coverage, sometimes subject to minimum and maximum adjustment limits. It is designed to encourage safety by the insured (since increased claims will result in higher premiums) and to compensate the insurer if larger than expected losses are incurred.

A governmental entity with a retrospectively rated policy or contract where the minimum or required contribution is based primarily on the entity's loss experience should account for the minimum premium as an expenditure or expense over the period of the coverage under the policy and should also accrue estimated losses from reported and unreported claims in excess of the minimum premium. This accrual should be determined as would other claims accrual as was described earlier in this chapter. However, any estimated losses should not be accrued in excess of a stipulated maximum premium or contribution requirement.

If the governmental entity is insured under a retrospective policy that is based on the experience of a group of entities, it would account for the claims costs as in the preceding paragraph, although it would use the group's experience in determining any additional amounts that would need to be accrued to reflect anticipated premium adjustments. In addition, GASBS 10 specifies that the governmental entity should disclose

- That it is insured under a retrospectively rated policy
- That premiums are accrued based on the ultimate cost of the experience to date of a group of entities

In addition, if the governmental entity cannot estimate losses on its retrospective policies, it should disclose the existing contingency in the notes to the financial statements, provided that the additional liability for premiums is probable or reasonably possible.

Policyholder or pool dividends. If a governmental entity receives or is entitled to receive a policyholder dividend or return of contribution related to its insurance or pool participation contract, that dividend should be recognized as a reduction of original insurance expenditures or expenses at the time that the dividend is declared. This treatment is appropriate since policyholder dividends are payments made or credits extended to the insured by the insurer, usually at the end of the policy year, that result in a reduction in the net insurance cost to the policyholder. The accounting treatment in the preceding paragraph is appropriate regardless of whether the dividends are paid in cash to the policyholder or are applied to the insured to reduce premiums due for the next policy year.

Entities providing claims servicing or insurance coverage to others. Sometimes a governmental entity may provide insurance-like services to other entities. The circumstances of the nature and extent of the services provided need to be considered to determine the most appropriate accounting treatment. The following general principles apply:

- If a governmental entity provides insurance or risk management coverage to other entities outside the government's reporting entity that is separate from its own risk management activities and involves a material transfer or pooling of risk among the participants, then these activities should be accounted for as a public entity risk pool. (See the second part of this chapter for further details.)
- If a governmental entity provides risk transfer or pooling coverage combined with its own risk management activities to individuals or organizations outside of its reporting entity, those activities should continue to be reported in the general fund or internal service fund only as long as the governmental entity is the predominant participant in the fund. If the governmental entity is not the predominant participant in the fund, then the combined activities should be accounted for as a public entity risk pool, using an enterprise fund and the accounting and financial reporting requirements described in the second part of this chapter.
- If a governmental entity provides claims servicing functions which are not insurance functions for individuals and organizations that are not a part of its financial reporting entity, amounts collected or due from those individuals or organizations and paid (or to be paid) to settle claims should be reported as a net asset or liability on an accrual basis, as appropriate. In other words, as a claims service, the governmental entity may collect more from the other entity than it has paid out to settle claims on behalf of the other entity, in which case it owes the excess amount back to the other entity. On the other hand, the governmental entity may have paid out more to settle claims for the other entity than it has received from the other entity, in which case it has a receivable for the difference from the other entity. In addition, the operating statement of the governmental entity should report claims servicing revenue and administrative costs as described in the second section of this chapter.

Disclosure Requirements

In addition to the accounting requirements relating to risk financing activities described in the preceding section of this chapter, GASBS 10 also contains a number of disclosure requirements relating to these activities. GASBS 10 specifies that the following information should be disclosed in the notes to the financial statements, when applicable:

1. A description of the risks of loss to which the entity is exposed and the ways in which those risks of loss are handled (such as purchase of commercial insurance, participation in a public entity risk pool, or risk retention)
2. A description of significant reductions in insurance coverage in the prior year by major categories of risk. (Whether the amount of settlements exceeded insurance coverage for each of the past three years should also be indicated.)
3. If an entity participates in a risk pool, a description of the nature of the participation, including the rights and the responsibilities of both the entity and the pool
4. If an entity retains the risk of loss (even when it accounts for these activities in a separate internal service fund), the following should be disclosed:
   a. The basis for estimating the liabilities for unpaid claims, including the effects of specific, incremental claim adjustment expenditures or expenses, salvage, and subrogation, and whether other allocated or unallocated claim adjustment expenditures or expenses are included
   b. The carrying amount of liabilities for unpaid claims that are recorded at present value in the financial statements and the range of rates used to discount those liabilities
   c. The aggregate outstanding amount of claims liabilities for which annuity contracts have been purchased in the claimant's names and for which the related liabilities have been removed from the balance sheet. Annuity contracts used to settle claims where the claimant has signed an agreement releasing the entity from further obligation and for which the likelihood that the pool will be required to make future payments on those claims is remote should not be included in this disclosure.
5. A reconciliation of changes in the aggregate liabilities for claims for the current fiscal year and the prior fiscal year, using the following tabular format:
   a. Amount of claims liabilities at the beginning of each fiscal year
   b. Incurred claims, representing the total of a provision for events of the current fiscal year and any change (increase or decrease) in the provision for events of prior fiscal years
   c. Payments on claims attributable to events of both the current fiscal year and prior fiscal years
   d. Any other material items, with an appropriate explanation
   e. Amount of claims liability at the end of each fiscal year

Chapter 6 discusses the determination of a government's reporting entity, including a discussion of disclosure requirements for a primary government and its discretely presented component units. The guidance in that chapter should be considered in determining what disclosures should be included in the financial statements of a reporting entity that includes blended and discretely presented component units.

ACCOUNTING AND FINANCIAL REPORTING FOR PUBLIC ENTITY RISK POOLS

This section of the chapter describes the accounting and financial reporting requirements for risk financing and insurance-related activities of public entity risk pools. These standards are primarily derived from those of GASBS 10, as subsequently amended by GASBS 30.

What Is a Public Entity Risk Pool?

A *public entity risk pool* is a cooperative group of governmental entities joining together to finance an exposure, liability, or risk. The risks may include property and liability risks, workers, or employee health care. The pool may be a stand-alone entity or be included as part of a larger governmental entity that acts as the pool's sponsor.

The agreement between the governmental entities that participate in the public entity risk pools and the pool itself are known as *participation contracts.* These are formal written contracts that describe, among other things, the period, amount of the risk coverage that the pool will provide for the participating governmental entity, and the contribution the participant must pay for that coverage. The participation contract is synonymous with a *policy*, a term used in the commercial insurance field to refer to the contract between an insurer and an insured that describes the period and amount of risk coverage to be provided to the insured.

A governmental entity that is a pool's sponsor may or may not participate in the pool for its own risk management function. For example, a state may host, but not participate in, a risk management pool that provides workers' compensation protection for all of the local school districts in the state. Conversely, a state may already pool its general liability risk internally and decide to extend that pooling to local governments unable to obtain private insurance coverage within the state. Entities that participate in the state pool may share risks with other participants, including the state.

The rules as to when risk financing activities should be accounted for as part of the operations of a sponsoring government or when they should be accounted for as a public entity risk pool were discussed earlier in this chapter.

Stand-alone public entity risk pools are established under authorizing statute by agreement of any number of state and local governmental entities. Stand-alone pools are sometimes organized or sponsored by municipal leagues, school associations, or other types of associations of governmental entities. A stand-alone pool is frequently operated by a board including one member from each participating government. Generally, a public entity risk pool has no publicly elected officials and no power to tax.

There are four basic types of public entity risk pools. They are

1. **Risk-sharing pool**—An arrangement by which governments pool risks and funds and share in the cost of losses

2. **Insurance-purchasing pool**—An arrangement by which governments pool funds or resources to purchase commercial insurance products (This arrangement is also referred to as a *risk-purchasing group.*)
3. **Banking pool**—An arrangement by which monies are made available on a loan basis for pool members in the event of loss
4. **Claims-servicing or account pool**—An arrangement in which a pool manages separate accounts for each pool member from which the losses of that member are paid

NOTE: Only the risk-sharing and insurance-purchasing pools are considered to represent a transfer of risk. The banking pool and claims-servicing pool do not represent a transfer of risk and are not covered by the guidance presented in this section for public entity risk pools. These entities simply report amounts collected or due from pool participants, including capitalization contributions, and paid or to be paid to settle claims as a net asset or liability on an accrual basis to or from the pool participants.

Determining whether a transfer of some or all of a risk has occurred is likely to require the exercise of professional judgment by the financial statement preparer. Risk retention and risk transfer are not mutually exclusive or absolute. Premiums paid or required contributions to a public entity risk pool may be made under a number of conditions and circumstances. For example, the contribution may not be adjustable, regardless of the loss experience. On the other hand, the contribution may be adjustable dollar-for-dollar for amounts that losses paid exceed or are less than the original contribution. Variations of adjustment schemes between these two extremes are also common, such as adjusting contributions only when loss experience falls outside of some agreed-upon range of amounts. In addition, if the public entity risk pool does not have sufficient assets to pay the claims against its participating governments, it is not possible for the governments to have transferred their risks to the risk pool, since they will be ultimately liable if the risk pool fails to pay the claims.

Risks of loss from the following kinds of events are included within the scope of this discussion of public entity risk pools that represent a transfer of risk:

- Torts (wrongful acts, injuries, or damages not involving a breach of contract for which a civil action can be brought)
- Theft or destruction of, or damage to, assets
- Business interruption
- Errors or omissions
- Job-related illnesses or injuries to employees
- Acts of God (events beyond human origin or control, such as natural disasters, lightning, windstorms, and earthquakes)
- Other risks of loss of participating entities assumed under a policy or a participation contract issued by a public entity risk pool

The rules discussed in this section also apply to losses assumed under contract by a public entity risk pool when a participating employer agrees to provide accident and health, dental, and other medical benefits to its employees and retirees and their dependents and beneficiaries based on covered events that have already occurred. The scope of this section excludes all postemployment benefits that governmental employers expect to provide to current and future retirees. In addition, the scope of GASBS 10's guidance for public entity risk pools excludes medicaid insurance plans provided to low-income state residents under Title XIX of the Federal Social Security Act, although it is unlikely that a state would use a public entity risk pool for medicaid insurance plans anyway.

Specific Accounting and Financial Reporting Requirements

In addition to the background information provided by GASBS 10 described above, the accounting and financial reporting requirements discussed in the following sections should enable the financial statement preparer to effectively account for and report the activities of a public entity risk pool.

Fund type to use. All public entity risk pools should account for their activities in an enterprise fund, regardless of whether there is a transfer or pooling of risk. Accordingly, public entity risk pools should use proprietary fund accounting and apply all applicable GASB pronouncements and certain FASB pronouncements as well. Accounting and financial reporting considerations for proprietary funds are more fully described in Chapter 10. This is one of the few instances where the use of a specific fund is required by GAAP for governments.

Premium revenue recognition. Premiums and required contribution revenues should be matched to the risk protection provided, and accordingly should be recognized as revenue over the contract period in proportion to the amount of risk protection provided. For example, if a public entity risk pool receives $8,000 in premiums to provide liability insurance up to $5 million for a two-year period, $4,000 of premium revenue is recognized in each year. In a few cases, the period of risk differs significantly from the contract period, and premiums should be recognized as revenue over the period of risk in proportion to the amount of risk protection provided. Usually this results in premiums being recognized as revenue evenly over the contract period (or period of risk, if different). In some cases, the amount of risk protection changes according to a predetermined schedule, and the recognition of premium revenue should be adjusted accordingly. For example, using the same facts as in the previous example, but assuming that the amount of the insurance increases to $7 million in the second year of the contract, premium revenue is recognized as follows:

Year 1	$8,000 x $5 million/($5 million + $7 million) = $3,333
Year 2	$8,000 x $7 million/($5 million + $7 million) = $4,667

The allocation of a higher premium to year 2 of the contract correctly reflects the fact that a greater amount of insurance is being provided in the second year of the contract.

Revenue recognition for retrospectively rated policy premiums and for reporting-form contracts is slightly more difficult. Recall from the first section of the chapter that a retrospectively rated policy is a type of policy that uses a method of determining the final amount of an insurance premium by which the initial premium is adjusted based on actual experience during the period of coverage, sometimes subject to minimum and maximum adjustment limits. It is designed to encourage safety by the insured (since increased claims will result in higher premiums) and to compensate the insurer if larger than expected losses are incurred. *Reporting-form* contracts are policies in which the policyholder is required to report the value of property insured to the insurer at certain intervals. The final premium on the contract is determined by applying the contract rate to the average of the values reported.

For both retrospectively rated polices and reporting-form policies, the following premium revenue recognition requirements should be used:

1. If the ultimate premium is reasonably estimable, the estimated ultimate premium should be recognized as revenue over the contact period. The estimated ultimate premium should be revised to reflect current experience. (This is assumed to be the most likely case.)
2. If the ultimate premium cannot be reasonably estimated, the cost recovery method or the deposit method should be used until the ultimate premium becomes reasonably estimable.

   a. Under the cost recovery method, premiums are recognized as revenue in an amount equal to estimated claims costs as insured events occur until the ultimate premium is reasonably estimable, and recognition of income should be postponed until that time. For example, assume that $50,000 in premium revenue has been received for the fiscal year on a retrospective policy, but is still subject to adjustment. In addition, estimated claims costs for insured events for the same period are $35,000. The following journal entry would be recorded for premium revenue:

Cash	50,000	
Premium revenue		35,000
Deferred premium revenue		15,000
To record premium revenue earned and deferred.		

   b. Under the deposit method, premiums are not recognized as revenues and claims costs are not charged to expense until the ultimate premium is reasonably estimable. Revenue recognition is postponed until this time. Assuming the same facts as in the preceding example, the following journal entries would be recorded:

Cash	50,000	
Deferred premium revenue		50,000
To record receipt of deferred premium revenue.		

   At the same time, as claims costs are paid, they are not charged to expenses, but are set up as a deferred charge. The cumulative effect of this recording is reflected in the following journal entry:

Deferred charges—claims costs	35,000	
Cash		35,000
To record payment of claims costs that are deferred pending recognition of related premium revenue.		

One other revenue recognition issue highlighted by GASBS 10 involves a situation where a portion of a premium is specifically identified as being collected for future catastrophic losses. (A *catastrophic loss* is considered a conflagration, earthquake, windstorm, explosion, or similar event resulting in substantial losses or an unusually large number of unrelated and unexpected losses occurring in a single period.) In this case, the amount specifically identified should be recognized as revenue over the contract period. In addition, that amount should be separately identified as a reservation of pool equity if it is contractually restricted for that specific future use or if it is legally restricted for that specific use by an organization or individual outside the reporting entity.

Claim cost recognition. The basic principle for claim cost recognition by public entity risk pools is that a liability for unpaid claims (including IBNR) should be accrued when insured events occur. For claims-made policies, a liability should be accrued in the period in which the event that triggers coverage under the policy or participation contract occurs.

The recorded liability should be based on the estimated ultimate cost of settling the claims (including the effects of inflation and other societal and economic factors), using experience adjusted for current trends and any other factors that would modify experience.

NOTE: These societal factors are difficult to predict and fall into the category of "you'll know them when you see them." For example, a city was found to have used lead-based paint in some of its subsidized housing. Peeling paint eaten by children living in these apartments became a reason for various medical problems encountered by these children. Assume that these claims followed the normal claims experience of the city for these types of liabilities. However, at some point, a high level of publicity and large advertising campaigns in targeted neighborhoods by attorneys greatly changed the city's claims patterns with respect to lead-based paint claims, resulting in a change in the model used to estimate the ultimate liability for these cases.

Claims accruals for IBNR claims should be made if it is probable that a loss has been incurred and the amount can be reasonably estimated. Changes in estimates of claims costs resulting from the continuous review process and differences between estimates and payments for claims should be recognized in results of operations of the period in which the estimates are changed or payments are made.

Estimated recoveries on unsettled claims should be evaluated in terms of their estimated and realizable value and deducted from the liability for unpaid claims. Estimated recoveries on settled claims also should be deducted from the liability for unpaid claims. Two examples of these recoveries are salvage and subrogation.

- *Salvage* represents the amount received by a public entity risk pool from the sale of property (usually damaged property) on which the pool has paid a total claim to the insured and has obtained title to the property.
- *Subrogation* is the right of the insurer to pursue any course of recovery of damages in its name or the name of the policyholder against a third party who is liable for costs of an insured event that have been paid by the insurer.

Claims adjustment expenses. Liabilities for claims adjustment expenses should be accrued when the related liability for unpaid claims is accrued. Claims adjustment expenses include all costs that are expected to be incurred in connection with the settlement of unpaid claims. These costs can be either allocated or unallocated.

- *Allocated claims adjustment expenses* are those that can be associated directly with specific claims paid or in the process of the settlement, such as legal and adjuster's fees.
- *Unallocated claims adjustment expenses* are other costs that cannot be associated with specific claims but are related to claims paid or in the process of settlement, such as salaries and other internal costs of the pool's claims department.

Discounting. The practice of presenting claims liabilities at the discounted present value of estimated future cash payments is neither mandated nor prohibited by GASBS 10. However, claims liabilities associated with structured settlements should be discounted if they represent contractual obligations to pay money on fixed or determinable dates. A structured settlement is a means of satisfying a claim liability and consists of an initial cash payment to meet specific present financial needs combined with a stream of future payments designed to meet future financial needs. For example, a public entity risk pool may enter into a settlement with someone injured by a participant government's vehicle, whereby the participant government agrees to pay the injured party's hospital claims up front, and then a monthly fixed amount for the remaining life of the injured party. The monthly payment cash flow streams should be discounted when the public entity risk pool recognizes this loss in its financial statements.

Annuity contracts. A public entity risk pool may purchase an annuity contract in a claimant's name to satisfy a claim liability. If the likelihood that the pool will be required to make future payments on the claim is remote, the public entity risk pool is considered to have satisfied its primary liability to the claimant. Accordingly, the annuity contract should not be reported as an asset by the public entity risk pool, and the liability for the claim should be removed from the public entity risk pool's balance sheet. However, GASBS 10 requires that the aggregate outstanding amount of liabilities that are removed from the public entity risk pool's balance sheet should be disclosed as long as those contingent liabilities are outstanding. On the other hand, if annuity contracts used to settle claims for which the claimant has signed an agreement releasing the public entity risk pool from further obligation and for which the likelihood that the public entity risk pool will be required to make future payments on those claims is remote, then the amount of the liability related to these annuity contracts should not be included in this aggregate disclosure.

Disclosure of loss contingencies. If no accrual is made for a loss contingency because it has not met the conditions of being probable or reasonably estimable, disclosure of the loss contingency should be made by the public entity risk pool if it is at least reasonably possible that a loss may have been incurred. The disclosure should indicate the nature of the contingency and should give an estimate of the possible loss or range of loss or state that such an estimate cannot be made. Disclosure is not required of a loss contingency involving an unreported claim or assessment if there has been no manifestation of a potential claimant or an awareness of a possible claim or assessment unless it is considered probable that a claim will be asserted and there is a reasonable possibility that the outcome will be unfavorable.

A disclosure of loss contingency should also be made when an exposure to loss exists in excess of the amount accrued in the financial statements by the public entity risk pool and it is reasonably possible that a loss or additional loss may have been incurred. For example, if a loss is probable and is estimated with a range of amounts and the lower amount of the range is accrued in the public entity risk pool's financial statements, the reasonably possible amount of the loss in excess of the amount accrued should be disclosed.

Policy/participation contract acquisition costs. Public entity risk pools sometimes incur acquisition costs when acquiring new or renewal participation contracts. These costs might include certain underwriting and policy issue costs as well as inspection fees that are primarily related to contracts issued or renewed during the period in which the costs are incurred. Underwriting costs are those costs related to the process of selecting, classifying, evaluating, rating, and assuming risks.

GASBS 10 provides that acquisition costs should be capitalized and charged to expense in proportion to premium revenue recognized. Rather than determining acquisition costs on an individual contract basis, these costs may be allocated by groups based on the types of contracts that are consistent with the pool's manner of acquiring, servicing, and measuring the revenue and expense elements of its contracts. Unamortized acquisition costs should be classified on the balance sheet as an asset.

A public entity risk pool may determine acquisition costs based on a percentage relationship of costs incurred to premiums from contracts issued or renewed for a specified period. In this case, the specified relationship and the period used, once determined, should be applied to applicable unearned premiums throughout the contract periods.

Other costs. Costs incurred during the period other than those related to claims, such as those relating to investment management, general administration, and policy maintenance, that do not vary with and are not primarily related to the acquisition of new and renewal contracts should be charged to expense as incurred.

Policyholder dividends. Policyholder dividends are payments made or credits extended to the insured by the public entity risk pool, usually at the end of the policy year, which result in reducing the net insurance cost to the policyholder. They are not determined based on the actual experience of an individual policyholder or a pool participant, but are instead based on the experience of the pool or a class of policies.

Policyholder dividends should be accrued as dividends expense using an estimate of the amount to be paid. Dividends used by policyholders to reduce premiums should also be reported as premium income. Policyholder dividends include amounts returned to pool participants from excess premiums for future catastrophic losses.

Experience refunds. Experience refunds are based on the experience of individual policyholders or pool participants (in contrast to policyholder dividends, which are based on the experience of the pool or a class of policies). If the pool has experience refund arrangements that exist under experience-rated contracts, a separate liability should be accrued for these amounts. The liability is based on the experience of the policyholder and the provisions of the contract. Revenue from the policyholder is reduced by amounts that are expected to be paid in the form of refunds. In other words, when a liability for a refund is established, it is done so by decreasing revenue instead of increasing an expense account.

Premium deficiency. A premium deficiency is the amount by which expected claims costs (including IBNR) and all expected claim adjustment expenses, expected dividends to policyholders or pool participants, unamortized acquisition costs, and incurred policy maintenance costs exceed related unearned premium revenue. In other words, when all aspects of a particular insurance policy or contract are considered, the public entity risk pool will incur a loss on the policy or contract.

If a premium deficiency exists, unamortized acquisition costs should be expensed to the extent of the premium deficiency. Deficiencies in excess of unamortized acquisition costs should be recognized as a premium deficiency liability as of the balance sheet date and as a premium deficiency expense.

NOTE: The substance of this requirement of GASBS 10 is that known losses on insurance contracts or policies are recognized as liabilities and expenses immediately.

The premium deficiency liability should be adjusted in future reporting periods as expected costs are incurred so that no premium deficiency liability remains at the end of the period covered by the policies or contracts.

Premium deficiencies that result from risk-sharing pool participation contracts also should be reported as revenue (and a corresponding assessment receivable) at the time the pool determines that a deficiency is reasonably estimable, provided that the pool has an enforceable legal claim to the amounts and their collectibility is probable.

Reinsurance. Reinsurance is a transaction in which an assuming enterprise (reinsurer) for a consideration (i.e., a premium) assumes all or part of a risk that was originally undertaken by another enterprise (known as the ceding enterprise). The legal rights of the insured are not affected by the reinsurance transaction. The ceding enterprise that issued the original insurance contract remains liable to the insured for the payment of policy benefits. This is similar to, but not exactly the same as, excess insurance. Excess insurance is the transfer of risk of loss from one party (the insured) to another (the excess insurer) in which the excess insurer provides insurance in excess of a certain, usually large, amount. For example, a public entity risk pool may purchase insurance to transfer the risk of aggregate losses above $5 million by its pool participants.

Amounts that are recoverable from reinsurers or excess insurers and that relate to paid claims and claim adjustment expenses should be classified as assets (with an appropriate allowance for uncollectible amounts) and as reductions of expenses. Estimated amounts recoverable from reinsurers that relate to the liabilities for unpaid claims and claim adjustment expenses should be deducted from those liabilities rather than reported as assets. Unearned premiums on contracts that are ceded to a reinsurer by a pool should be netted with related premiums paid to but not yet earned by the reinsurer. Receivables and payables from the same reinsurer, including amounts withheld, also should be netted. Reinsurance premiums paid and reinsurance recoveries on claims may be netted against earned premiums and incurred claims costs, respectively, in the operating statement.

Proceeds from reinsurance transactions that represent recovery of acquisition costs should reduce applicable unamortized acquisition costs in such a manner that net acquisition costs are capitalized and charged to expense in proportion to net revenue recognized (similar to the examples that were provided in the previous section relating to acquisition costs). If the pool has agreed to service all of the related ceded insurance contracts without reasonable compensation, a liability should be accrued for estimated excess future service costs (that is, maintenance costs) under the reinsurance contracts.

To the extent that a reinsurance or excess insurance contract does not, despite its form, provide for indemnification of the pool by the reinsurer against loss or liability, the premium paid less the premium to be retained by the reinsurer should be accounted for as a deposit by the pool. Those contracts may be structured in various ways but, regardless of form, if their substance is that all or part of the premium paid by the pool is a deposit, amounts paid should be accounted for as deposits. A net credit resulting from the contract should be reported as a liability of the pool.

Capitalization contributions made to other public entity risk pools. In some cases, public entity risk pools participate in other public entity risk pools, such as excess pooling arrangements. A participant pool that makes a capitalization contribution should apply the guidance contained in the first part of this chapter. The participant pool also should apply pertinent reinsurance accounting guidance. The participant pool may be required to net certain amounts related to the excess pool, or it may be required to treat certain amounts paid to the excess pool as a deposit.

Capitalization contracts received. The accounting for capitalization contributions by a public entity risk pool depends on whether it is probable that the contribution will be returned.

If it is probable that capitalization contributions will be returned, a pool should report contributions received as a liability.

If it is not probable that capitalization contributions will be returned, a pool should report the contributions as unearned premiums. Premium revenue should be allocated and recognized over the periods for which coverage is expected to be provided by the pool. The periods expected to be covered should be consistent with the periods for which the contribution is factored into the determination of premiums but should not exceed ten years if not readily determinable.

Investments. The accounting and financial reporting for investments held by public entity risk pools is governed by GASB Statement 31 (GASBS 31), *Accounting and Financial Reporting for Certain Investments and for External Investment Pools*. GASBS 31 includes in its scope all debt securities and equity securities with readily determinable market values and certain other, similar investments, which are recorded in the financial statements at their fair values. These guidelines are covered in depth in Chapter 15.

Since public entity risk pools operate similar to insurance companies, their range of investments tends to be greater than those that are covered by GASBS 31. Accordingly, much of the accounting and financial reporting guidance for investments that was originally included by the GASB in GASBS 10 relating to investments is still applicable. These specialized investment areas are discussed in the following paragraphs.

1. **Mortgage loans.** Mortgage loans should be reported at their outstanding principal balances if they were acquired at par value. They should be stated at amortized cost if they were purchased at a discount or a premium. In either case, an allowance for estimated uncollectible amounts, if any, should be recorded. Amortization and other related charges or credits should be charged or credited to investment income. Any changes in the allowance for estimated uncollectible amounts relating to mortgage loans should be included in realized gains and losses.
2. **Real estate investments.** Real estate investments should be reported at cost less accumulated depreciation and less an allowance for any impairment in the value of the real estate investment. Depreciation and other related charges and credits should be charged or credited to investment income. Any changes in the allowance for impairment in value related to real estate investments should be included in realized gains and losses.
3. **Other investments.** All other investments should be reported at cost plus or minus any unamortized premium or discount. If the fair value of an investment declines below its carrying amount and it is probable that a loss will be realized in the future, an estimated loss should be reported as a realized loss in the pool's operating statement and as a reduction of the carrying amount of the investment.
4. **Loan origination fees.** In addition to the above guidance, GASBS 10 specifies that loan origination fees should be accounted for as prescribed in FASB Statement 91 (SFAS 91), *Accounting for Nonrefundable Fees and Costs Associated with Originating Loans and Initial Direct Costs of Leases*, which established the accounting for nonrefundable fees and costs associated with lending, committing to lend, and purchasing a loan or group of loans. The provisions of SFAS 91 apply to all types of loans, including debt securities. SFAS 91 also specifies the following accounting for fees and initial direct costs associated with leasing:

   a. Loan origination fees should be recognized over the life of the related loan as an adjustment of yield.
   b. Certain direct loan origination costs should be recognized over the life of the related loan as a reduction of the loan's yield.
   c. All loan commitment fees should be deferred except for certain retrospectively determined fees. Commitment fees meeting specified criteria should be recognized over the loan commitment period. All other commitment fees should be recognized as an adjustment of yield over the related loan's life or, if the commitment expires unexercised, recognized in income on expiration of the commitment.
   d. Loan fees, certain direct loan origination costs, and purchase premiums and discounts on loans should be recognized as an adjustment of yield

generally using the interest method based on the contractual terms of the loan. Prepayments may be anticipated in certain circumstances.

e. Real estate used in operations. Real estate used predominately in the public entity risk pool's operations (as opposed to an investment in real estate) should be classified as such. Depreciation and other real estate operating costs on real estate used in operations should be classified as operation expenses, consistent with this real estate's classification on the balance sheet. Imputed investment income and rental expense should not be recognized for real estate used in a public entity risk pool's operations.

Disclosure Requirements and Required Supplementary Information

In addition to the accounting guidance described above, public entity risk pools must meet a number of disclosure requirements relative to their activities and must also prepare and disclose certain required supplementary information in accordance with GASBS 10, as amended by GASBS 30. The following are the disclosure and supplementary information requirements:

Disclosure requirements. Public entity risk pools should make the following disclosures:

1. A description of the risk transfer or pool agreement, including the rights and responsibilities of the pool and the pool participants. (Also provide a brief description of the number and types of entities participating in the pool.)
2. The basis for estimating the liabilities for unpaid claims and claim adjustment expenses. (Pools should state that the liabilities are based on an estimated ultimate cost of settling the claims, including the effects of inflation and other societal and economic factors.)
3. The nature of acquisition costs capitalized, the method of amortizing those costs, and the amount of those costs amortized for the period
4. The face amount and carrying amount of liabilities for unpaid claims and claim adjustment expenses that are recorded at present value in the financial statements and the range of annual interest rates used to discount those liabilities
5. Whether the pool considers anticipated investment income in determining whether a premium deficiency exists
6. The nature and significance of excess insurance or reinsurance transaction to the pool's operations, including the type of coverage, reinsurance premiums ceded, and the estimated amounts that are recoverable from excess insurers and reinsurers and that reduce the liabilities as of the balance sheet date for unpaid claims and claim adjustment expenses
7. A reconciliation of total claims liabilities, including an analysis of changes in aggregate liabilities for claims and claim adjustment expenses for the current fiscal year and the prior fiscal year, in the following tabular format:

    a. Amount of liabilities for unpaid claims and claim adjustment expenses at the beginning of each fiscal year

b. Incurred claims and claim adjustment expenses
   (1) Provision for insured events of the current fiscal year
   (2) Increase (decrease) in the provision for insured events of prior fiscal years
c. Payments
   (1) Claims and claim adjustment expenses attributable to insured events of the current fiscal year
   (2) Claims and claim adjustment expenses attributable to insured events of prior fiscal years
d. Other, including an explanation of each material item
e. Amount of liabilities for unpaid claims and claim adjustment expenses at the end of each fiscal year

8. The aggregate outstanding amount of liabilities for which annuity contracts have been purchased from third parties in the claimant's name and for which the related liabilities have been removed from the balance sheet. (However, annuity contracts used to settle claims for which the claimant has signed an agreement releasing the entity from further obligation and for which the likelihood that the pool will be required to make future payments on those claims is remote should not be included in this disclosure.)

Required supplementary information. Required supplementary information consists of statements, schedules, statistical data, or other information that the GASB has determined necessary to supplement, although not required to be a part of, the general-purpose financial statements.

The following revenue and claims development information should be included as required supplementary information immediately after the notes to the financial statements in separate public entity risk pool financial reports. (Pools that are included as part of a combined general government reporting entity and that do not issue separate financial statements should present the required supplementary information after the notes to the reporting entity's financial statements. If the reporting entity issues a comprehensive annual financial report, pools may present the required supplementary information as statistical information.

A table that presents the following information:

1. Amount of gross premium (or required contribution) revenue, amount of premium (or required contribution) revenue ceded, and the amount of net reported premium (or required contribution) revenue (net of excess insurance or reinsurance), and reported investment revenue for each of the past ten fiscal years, including the latest fiscal year
2. Amount of reported unallocated claim adjustment expenses and reported other costs for each of the past ten fiscal years, including the latest fiscal year
3. The total gross amount of incurred claims and allocated claim adjustment expenses (both paid and accrued before the effect of loss assumed by excess insurers or reinsurers), loss assumed by excess insurers and reinsurers (both

paid and accrued), and the total net amount of incurred claims and allocated claims adjustment expenses (both paid and accrued). The amounts should be presented as originally reported at the end of each of the past ten accident years (for occurrence-based policies or contracts), report years (for claims-made policies or contracts), or policy years, including the latest year. The amounts should be limited to provision for claims resulting from events that triggered coverage under the policy or participation contract in that year. If amounts are not present on an accident-year basis or a report-year basis, they should be reported on a policy-year basis. For purposes of this disclosure, a policy-year basis is a method that assigns incurred losses and claim adjustment expenses to the year in which the event that triggered coverage under the pool insurance policy or participation contract occurred. For occurrence-based coverage for which all members have a common contract renewal date, the policy-year basis is the same as the accident-year basis. For claims-made coverage, policy-year basis is the same as the report-year basis. The basis of reporting should be used consistently for all years presented.

4. The cumulative net amount paid as of the end of the accident year, report year, or policy year (as appropriate) and each succeeding year for each of the incurred claims and allocated expense amounts presented in item 3. above.
5. The reestimated amount for loss assumed by excess insurers or reinsurers as of the end of the current year for each of the accident years, report years, or policy years (as appropriate) presented in item 3. above.
6. The reestimated amount for net incurred claims and claim adjustment expenses as of the end of each succeeding year for each of the accident years, report years, or policy years (as appropriate) in item 3. above.
7. The change in net incurred claims and claim adjustment expenses from the original estimate, based on the difference between the latest reestimated amount present in item 6. above for each of the accident years, report years, or policy years (as appropriate) in item 3. above.

In addition, percentage information (such as the percentage of gross incurred claims and claim adjustment expenses assumed by excess insurers or reinsurers) may be presented but is not required. If presented, the information should not obscure or distort the required elements of the table.

In addition to the reconciliation of total claims liabilities (included in the list of disclosures above), a reconciliation of claims liabilities by type of contract, including an analysis of changes in liabilities for claims and claim adjustment expenses for the current fiscal year and the prior year should be presented in the same table format as the disclosure required described above.

Because of the requirement in 4. and 5. above for payments and reestimates in each of the succeeding ten years in the ten-year required supplementary information table, the format of the table is awkward and can be confusing. Exhibit 1 presents one format that might be used, based upon an example provided in GASBS 30.

Exhibit 1

Exhibit 1 illustrates ten-year loss development information for a public entity risk pool.

The following table illustrates how the city of Anywhere's Public Entity Risk Pool (the Pool) earned revenue (net of reinsurance) and investment income compare to related costs of loss (net of loss assumed by reinsurers) and other expenses assumed by the Pool as of the end of each of the previous ten years. The rows of the tables are defined as follows: (1) This line shows the total of each fiscal year's gross earned premiums and reported investment revenue, amounts of premiums ceded, and reported premiums (net of reinsurance) and reported investment revenue. (2) This line shows each fiscal year's other operating costs of the Pool including overhead and loss adjustment expenses not allocable to individual claims. (3) This line shows the Pool's gross incurred losses and allocated loss adjustment expense, losses assumed by reinsurers, and net incurred losses and loss adjustment expense (both paid and accrued) as originally reported at the end of the year in which the event that triggered coverage occurred (called *accident year*). (4) This section of ten rows shows the cumulative net amounts paid as of the end of successive years for each accident year. (5) This line shows the latest reestimated amount of losses assumed by reinsurers for each accident year. (6) This section of ten rows shows how each accident year's net incurred losses increased or decreased as of the end of successive years. (This annual reestimation results from new information received on known losses, reevaluation of existing information on known losses, and emergence of new losses not previously known.) (7) This line compares the latest reestimated net incurred losses amount to the amount originally established (line 3) and shows whether this latest estimate of losses is greater or less than originally thought. As data for individual accident years mature, the correlation between the original estimates and reestimated amounts is commonly used to evaluate the accuracy of net incurred losses currently recognized in less mature accident years. The columns of the table show data for successive accident years.

During the transition period following implementation of GASBS 10, ten years of information about claims liabilities and claim adjustment expenses may not be available. Information required above should be presented for as many years as that information is available. In addition, if changes in a pool's loss, expense, reinsurance, excess insurance, or other transactions materially affect pool revenue, expenses, or liabilities in a manner not fairly disclosed or presented in the tables above, the pool should expand those disclosures to show additional detail to keep the schedules from being misleading or to keep trends from becoming obscure.

SUMMARY

Risk financing activities are typically very significant for state and local governmental entities, regardless of whether risks are transferred to public entity risk pools. This chapter addressed the accounting and financial reporting requirements for both the state and local governmental entities themselves, as well as those for public entity risk pools.

Exhibit 1 (cont'd)

		Fiscal and Accident Year Ended (in thousands of dollars)									
		20X0	20X1	20X2	20X3	20X4	20X5	20X6	20X7	20X8	20X9
1. Premiums and investment revenue:											
Earned		$x,xxx	$x,xxx	$x,xxx	$x,xxx	$x,xxx	$x,xxx	$x,xxx	$x,xxx	$x,xxx	$x,xxx
Ceded		x,xxx	x,xxx	x,xxx	x,xxx	x,xxx	x,xxx	x,xxx	x,xxx	x,xxx	x,xxx
Net earned		x,xxx	x,xxx	x,xxx	x,xxx	x,xxx	x,xxx	x,xxx	x,xxx	x,xxx	x,xxx
2. Unallocated expenses		x,xxx	x,xxx	x,xxx	x,xxx	x,xxx	x,xxx	x,xxx	x,xxx	x,xxx	x,xxx
3. Estimated losses and expenses, end of accident year:											
Incurred		x,xxx	x,xxx	x,xxx	x,xxx	x,xxx	x,xxx	x,xxx	x,xxx	x,xxx	x,xxx
Ceded		x,xxx	x,xxx	x,xxx	x,xxx	x,xxx	x,xxx	x,xxx	x,xxx	x,xxx	x,xxx
Net incurred	*(1)*	x,xxx	x,xxx	x,xxx	x,xxx	x,xxx	x,xxx	x,xxx	x,xxx	x,xxx	x,xxx
4. Net paid (cumulative) as of:											
End of accident year		x,xxx	x,xxx	x,xxx	x,xxx	x,xxx	x,xxx	x,xxx	x,xxx	x,xxx	x,xxx
1 year later		x,xxx	x,xxx	x,xxx	x,xxx	x,xxx	x,xxx	x,xxx	x,xxx	x,xxx	
2 years later		x,xxx	x,xxx	x,xxx	x,xxx	x,xxx	x,xxx	x,xxx	x,xxx		
3 years later		x,xxx	x,xxx	x,xxx	x,xxx	x,xxx	x,xxx	x,xxx			
4 years later		x,xxx	x,xxx	x,xxx	x,xxx	x,xxx	x,xxx				
5 years later		x,xxx	x,xxx	x,xxx	x,xxx	x,xxx					
6 years later		x,xxx	x,xxx	x,xxx	x,xxx						
7 years later		x,xxx	x,xxx	x,xxx							
8 years later		x,xxx	x,xxx								
9 years later		x,xxx									
5. Reestimated ceded losses and expenses:		x,xxx	x,xxx	x,xxx	x,xxx	x,xxx	x,xxx	x,xxx	x,xxx	x,xxx	x,xxx
6. Reestimated net incurred losses and expenses:											
End of accident year	*(1)*	x,xxx	x,xxx	x,xxx	x,xxx	x,xxx	x,xxx	x,xxx	x,xxx	x,xxx	x,xxx
1 year later		x,xxx	x,xxx	x,xxx	x,xxx	x,xxx	x,xxx	x,xxx	x,xxx	x,xxx	
2 years later		x,xxx	x,xxx	x,xxx	x,xxx	x,xxx	x,xxx	x,xxx	x,xxx		
3 years later		x,xxx	x,xxx	x,xxx	x,xxx	x,xxx	x,xxx	x,xxx			
4 years later		x,xxx	x,xxx	x,xxx	x,xxx	x,xxx	x,xxx				
5 years later		x,xxx	x,xxx	x,xxx	x,xxx	x,xxx					
6 years later		x,xxx	x,xxx	x,xxx	x,xxx						
7 years later		x,xxx	x,xxx	x,xxx							
8 years later		x,xxx	x,xxx								
9 years later		x,xxx									
7. Increase (decrease) in estimated net incurred losses and expenses from end of accident year	*(2)*	x,xxx	x,xxx	x,xxx	x,xxx	x,xxx	x,xxx	x,xxx	x,xxx	x,xxx	x,xxx

(1) Amounts on these lines should equal.
(2) This amount is the difference between the total of line 3 and the most recent year presented in line 6.

22 ACCOUNTING FOR LEASES

INTRODUCTION

Accounting for leases is one of the more technically challenging areas in accounting, including governmental accounting. This chapter describes the accounting and financial reporting requirements for both lessees and lessors. Essentially, these accounting requirements depend on whether the lease is classified as an operating lease or a capital lease. This classification is made in the same manner by governmental entities as by commercial enterprises. Two important differences must be considered, however. The first is whether the lease is accounted for by a governmental fund or a proprietary fund. The accounting and financial reporting requirements differ significantly. The second is whether an operating lease has scheduled rent increases inherent in its terms and conditions. The accounting for such scheduled rent increases differs for governmental entities from the accounting used by commercial enterprises for scheduled rent increases.

This chapter provides guidance for all of these situations, first from the point of view of the lessee and second from the point of view of the lessor.

ACCOUNTING BASIS

The accounting and financial reporting requirements discussed in this chapter originate with NCGA Statement 5 (NCGAS 5), *Accounting and Financial Reporting Principles for Lease Agreements of State and Local Governments*. NCGAS 5 directs state and local governments to use the accounting and financial reporting standards of FASB Statement 13 (SFAS 13), *Accounting for Leases*, including subsequent amendments. NCGAS 5 provides guidance to state and local governments on applying the requirements of SFAS 13 in a manner consistent with that of governmental accounting. In other words, governmental funds need to account for the capital assets and long-term liabilities resulting from accounting for a lease as a capital lease consistent with how fixed assets and long-term liabilities are otherwise accounted for by governmental funds. The effect of recording capital leases on the government-wide financial statements must also be considered. The government-wide statements record leases in a manner similar to proprietary funds. The requirements of SFAS 13, as amended, can be applied by proprietary funds directly, since these funds use the same basis of accounting and measurement focus as commercial funds, resulting in identical accounting treatment for these leases.

NOTE: One important consideration in lease accounting for capital leases for governments concerns leases between a primary government and its component units. The accounting differs for blended component units and discretely presented component units.

- ***Blended component units.*** *Capital leases between the primary government and a blended component unit (or between two component units) should not be reported as capital leases in the financial reporting entity's financial statements. The component unit's debt and assets under the lease are reported as a form of the primary government's debts and assets.*
- ***Discretely presented component units.*** *Capital leases between the primary government and a discretely presented component unit should be accounted for as usual capital leases under SFAS 13 as described in this chapter. However, related receivables and payables should not be combined with other amounts due to or from component units or with capital lease receivables and payables with organizations outside of the reporting entity. In these cases, governments may want to consider elimination entries for the lease assets and liabilities, since a double counting of these assets and liabilities results from this accounting treatment.*

The accounting for leases is derived from the view that a lease that transfers substantially all of the benefits and risks of ownership should be accounted for as the acquisition of an asset and the incurrence of a liability by the lessee (that is, a capital lease), and as a sale or financing by the lessor (that is, a sales-type, direct-financing, or leveraged lease). Other leases should be accounted for as operating leases; in other words, the rental of property.

Lessee Accounting

A lessee accounts for a lease as one of the following:

- Capital lease
- Operating lease

If a lease meets any one of the following four classification criteria, it is a capital lease:

1. The lease transfers ownership of the property to the lessee by the end of the lease term. (To be a capital lease, a land lease must meet this criterion.)
2. The lease contains a bargain purchase option. A *bargain purchase option* is a provision allowing the lessee, at its option, to purchase the lease property for a price sufficiently lower than the expected fair value of the property at the date the option becomes exercisable, and that exercise of the option appears, at the inception of the lease, to be reasonably assured.
3. The lease term is equal to 75% or more of the estimated economic life of the leased property. However, if the beginning of the lease term falls within the last 25% of the total estimated economic life of the lease property, including earlier years of use, this criterion should not be used for purposes of classifying the lease. The *estimated economic life* of leased property is defined by

SFAS 13 as the estimated remaining period during which the property is expected to be economically usable by one or more users, with normal repairs and maintenance, for the purpose for which it was intended at the inception of the lease without limitation of the lease term.

NOTE: A good example of the "economic" life of an asset that is being leased would be the life of a personal computer, or PC. While the actual hardware may be expected to function perfectly well for ten years, it would be hard to justify an economic life of more than three to five years, given the rapid changes in PC technology coupled with increasing demands on PC hardware by software packages.

4. The present value at the beginning of the lease term of the minimum lease payments, excluding executory costs, equals or exceeds 90% of the excess of the fair value of the leased property. If the beginning of the lease term falls within the last 25% of the total estimated economic life of the lease property, including earlier years of use, this criterion should not be used for purposes of classifying the lease.

Minimum lease payments include only those payments that the lessee is obligated to make or can be required to make in connection with the leased property. Contingent rentals should not be considered part of the minimum lease payments. Exhibit 1 defines minimum lease payments in accordance with SFAS 13.

Exhibit 1: Definition of minimum lease payments

In classifying leases as capital and operating and in recording leases, the determination of what are the minimum lease payments under the lease is likely to be an important consideration. Accordingly, SFAS 13 provides some specific guidance in determining what should be considered as part of the minimum payments under a lease.

Lessee standpoint

The payments that a lessee is required to make (or that the lessee can be required to make) in connection with the lease is the basic definition of minimum lease payments. For example, a sixty-month lease with a $1,000 required monthly payment would have minimum lease payments under the lease of $60,000.

The following provides some specific examples when the above example is complicated by other factors:

- Executory costs of the lease, such as insurance, maintenance and taxes, which are paid by the lessee are not part of the minimum lease payments
- If the lease has a bargain purchase option, the minimum rental payments over the lease term, including the payment called for by the bargain purchase option, should be included in the minimum lease payments
- Minimum lease payments should not include any guarantee by the lessee of debt of the lessor

Two additional considerations

1. A guarantee by the lessee of the residual value of the property at the expiration of the lease term should be included in minimum lease payments, whether or not the payment of the guarantee constitutes a purchase of the leased property.
   a. When the lessor has the right to require the lessee to purchase the property at the termination of the lease for a certain or determinable amount, that amount is considered the amount of the guarantee that is included in minimum lease payments.

b. When the lessee agrees to make up any deficiency below a stated amount of the lessor's realization of the residual value, the guarantee amount that is included in the minimum lease payments is the amount stated, rather than an estimate of the deficiency that would have to be made up.

2. The minimum lease payments would also include any payment that the lessee must make or can be required to make upon the failure to renew or extend the lease at the expiration of the lease term, regardless of whether or not the payment could constitute a purchase of the lease property. If, however, conditions are met so that the renewal of the lease term appears to be reasonably assured, these payments for not extending or renewing the lease should not be included in minimum lease payments.

Lessor standpoint

The lessor would apply the same principles described above in determining minimum lease payments. In addition, any guarantee of the residual value or of rental payments beyond the lease term by a third party unrelated to the lessee would be considered as part of minimum lease payments, provided that the guarantor was financially capable of charging its obligation under the guarantee.

In determining the present value of lease payments, the lessee should use its incremental borrowing rate unless the following two conditions are met:

1. It is practical for the lessee to determine the implicit interest rate that the lessor used to compute the lease payments.
2. The implicit rate computed by the lessor is less than the lessee's incremental borrowing rate.

If both of these conditions are met, then the lessee should use the interest rate that is implicit in the lease instead of its incremental borrowing rate in computing the present value of the minimum lease payments. The lessee's incremental borrowing rate is the estimated interest rate that the lessee would have had to pay if the leased property had been purchased and financed over the period covered by the lease.

In applying the above lease classification criteria, it is important to understand the SFAS 13 definition of the lease term. The *lease term* is the fixed, noncancelable term of the lease, plus

1. All periods covered by bargain renewal options
2. All periods for which failure to renew the lease imposes a penalty on the lessee in such an amount that a renewal appears, at the inception of the lease, to be reasonably assured
3. All periods covered by ordinary renewal options during which a guarantee by the lessee of the lessor's debt directly or indirectly related to the lease property is expected to be in effect (or a loan from the lessee to the lessor directly or indirectly related to the leased property is expected to be outstanding)
4. All periods covered by ordinary renewal options preceding the date as of which a bargain purchase option is exercisable
5. All periods representing renewals or extensions of the lease at the lessor's option

However, in no circumstances should the lease term be assumed to extend beyond the date a bargain purchase option is exercisable.

Recording operating and capital leases by the lessee. The following pages provide an illustration of how a lessee would record both an operating lease and a capital lease. The recording is also affected by whether the fund that is recording the lease is a governmental or a proprietary fund. These differences are also illustrated.

Operating lease. The recording of an operating lease is basically the same for both governmental funds and proprietary funds. The lease is accounted for as any other recurring payment. Remember that an operating lease is treated simply as a rental of property with no assets or liabilities recorded, assuming that the governmental entity makes the lease payments on time and there is no overlapping prepaid periods.

Assume that a government leases a van for a monthly lease payment of $400 for a two-year period. Payments are due on the first day of each month. The lease is determined to be an operating lease, since none of the criteria for capitalizing a lease are met. The following journal entries are recorded by both governmental and proprietary funds:

Rental expenditures/expense—transportation equip.	400	
Cash		400
To record monthly lease payment for van.		

Capital lease. In recording a capital lease, the governmental entity records an amount equal to the present value of the minimum lease payments. (However, the amount recorded should not exceed the fair value of the property being leased.) Both an asset and a liability are recorded because a capital lease is accounted for as if the lessee had actually purchased the leased property. In other words, it records the leased property on its books as an asset and records the same amount as a liability, reflecting that the substance of the lease transaction is that the lessee is purchasing the asset from and financing the purchase with the lessor.

Modifying the illustration presented above, assume that the government leases the same van for $400 per month, but the life of the lease is five years and after the five-year period, the governmental entity can purchase the van from the lessor for $1. In this case, the capital lease criteria that a bargain purchase option exists is met. In addition, the lease is arguably for 75% of the economic life of the van, meeting a second lease capitalization criteria. (Although in this case, at least two criteria are met, only one of the four criteria actually needs to be met to require the lease to be accounted for as a capital lease.) Assume that the lessee is unable to determine the implicit interest rate that the lessor used in the lease, and will use its incremental borrowing rate of 6% to perform the present value calculations. The lease term begins June 1 with the first payment due on June 1, with interest paid in advance. The government has a June 30 fiscal year-end.

The $400 monthly payments for five years represent total payments of $24,000 over the life of the lease. The present value of these minimum lease payments using the 6% interest rate is $20,690.

In recording capital leases by a lessee, there are significant differences in the accounts used by governmental funds and proprietary funds. The following illustrates those differences, incorporating the above example.

Governmental fund. In governmental funds, the primary emphasis is on the flow of financial resources, and expenditures are recognized on the modified accrual basis of accounting. Accordingly, if a lease agreement is to be financed from general governmental resources, it must be accounted for and reported on a basis consistent with governmental fund accounting principles.

Capital assets used in governmental activities acquired through lease agreements should be reported only in the government-wide statement of net assets at the inception of the agreement in an amount determined by the criteria of SFAS 13, as amended. A liability in the same amount should be recorded simultaneously in the government-wide statement of net assets. When a capital lease represents the acquisition or construction of a general capital asset, it should be reflected as an expenditure and an other financing source, consistent with the accounting and financial reporting for general obligation bonded debt. (See Chapter 8 for further information on accounting for general capital asset acquisition by a capital projects fund.) Subsequent governmental fund lease payments are accounted for consistently with the principles for recording debt service on general obligation debt. (See Chapter 9 for accounting for debt service payments by a debt service fund.)

NOTE: While governments may choose to account for general government capital lease transactions in capital projects funds and debt service funds, they are not required to do so unless otherwise required by law, regulation, or contract. For simplicity, the following example assumes that the general government capital lease transactions are accounted for by the general fund. For entries that would be recorded in the government-wide financial statements, see the following description of accounting for proprietary funds.

General Fund		
Expenditures—Capital leases	20,690	
Other financing sources—capital leases		20,690
To record capital lease transaction.		

The above entries record the execution of the capital lease itself. The following entries would be recorded subsequent to the signing of the lease. Assume that the only payment made during the fiscal year is one $400 payment, which consists of $100 of interest and $300 of principal (amounts have been rounded for simplicity).

General Fund		
Expenditures—Capital lease—principal	300	
Expenditures—Capital lease—interest	100	
Cash		400
To record payment made on capital lease.		

NOTE: If the government does not record debt service expenditure by object, the entire $400 could be debited to "Expenditures—capital leases" instead of breaking out the interest and principal portions of the lease payment.

Government-wide financial statements and proprietary funds. Capital lease accounting for government-wide financial statements and proprietary funds should follow SFAS 13, as amended and interpreted, without modification. All assets and liabilities of proprietary funds are accounted for and reported in the respective proprietary fund. Therefore, transactions for proprietary fund capital leases are accounted for and reported entirely within the individual proprietary fund. Assets and liabilities for capital lease transactions of governmental funds are reported only in the government-wide financial statements.

Using the same illustration as above, the following journal entries would be recorded by the proprietary fund or in the government-wide financial statements for capital leases:

Fixed assets—van	20,690	
Amounts due under capital leases		20,690
To record execution of capital lease agreement.		
Interest expense	100	
Amounts due under capital leases	300	
Cash		400
To record first month's lease payment.		
Depreciation expense	345	
Accumulated depreciation—fixed assets—van		345
To record depreciation expense for leased van.		

NOTE: The depreciation period in the above example was assumed to be the same as the term of the lease. If a lease is capitalized because of the existence of a bargain purchase option or because the title to the asset transfers to the lessee at the end of the lease (criteria 1 and 2 above), the lessee is free to use a depreciation period that is consistent with its normal depreciation policy. Accordingly, if the lessee normally depreciates vans over ten years, it should depreciate the van over a ten-year period. However if criteria 1 and 2 are not met, and the lease is capitalized because either criteria 3 or 4 is met, then the period for depreciation should be the lease term, rather than the lessee's normal depreciation policy.

Disclosure requirements. Both governmental funds and proprietary funds and the government-wide financial statements are required to follow the disclosure requirements of SFAS 13, as amended and interpreted. These disclosure requirements are as follows:

A. For capital leases

1. The gross amount of assets recorded under capital leases as of the date of each balance sheet presented by major classes according to nature or function (This information may be combined with comparable information for owned assets.)
2. Future minimum lease payments as of the date of the latest balance sheet presented, in the aggregate and for each of the five succeeding fiscal years, with separate deductions from the total for the amount representing executory costs, and any profit thereon, included in the minimum lease payments and for the amount of the imputed interest necessary to reduce the net minimum lease payments to present value
3. The total of minimum sublease rentals to be received in the future under noncancelable subleases as of the date of the latest balance sheet presented
4. Total contingent rentals actually incurred for each period for which an income statement is presented

5. Assets recorded under capital leases and the accumulated amortization thereon should be separately identified in the lessee's balance sheet or in the footnotes. Similarly, the related obligations should be separately identified in the balance sheet as obligations under capital leases. (For governmental funds, this should be applied as separately identified in the general fixed asset account group and general long-term debt account group.)

B. For operating leases having initial or remaining noncancelable lease terms in excess of one year

1. Future minimum rental payments required as of the date of the latest balance sheet presented, in the aggregate and for each of the five succeeding fiscal years
2. The total of minimum rentals to be received in the future under noncancelable subleases as of the date of the latest balance sheet presented

C. For all operating leases: rental expense for each period for which an income statement is presented, with separate amounts for minimum rentals, contingent rentals, and sublease rentals. Rental payments under the leases with terms of a month or less that were not renewed need not be included.

D. A general description of the lessee's leasing arrangements including, but not limited to, the following:

1. The basis on which contingent rental payments are determined
2. The existence of terms of renewal or purchase options and escalation clauses
3. Restrictions imposed by lease agreements, such as those concerning dividends (governmental entities might interpret this as transfers), additional debt, and further leasing

Exhibit 2 illustrates disclosures that might be used as the basis of a lessee's lease disclosures for both operating and capital leases.

Exhibit 2: Sample disclosure—Capital and operating leases

The City leases a significant amount of property and equipment from others. Leased property having elements of ownership is recorded as capital leases in the general fixed asset account group. The related obligations, in amounts equal to the present value of the minimum lease payments payable during the remaining term of the leases, are recorded in the government-wide statement of net assets. Leased property not having elements of ownership are classified as operating leases. Both capital and operating lease payments are recorded as expenditures when payable. Total expenditures on such leases for the fiscal year ended June 30, 20X1 was $XXX,XXX.

As of June 30, 20X1, the City (excluding discretely presented component units) had future minimum payments under capital and operating leases with a remaining term in excess of one year as follows:

	Capital	Operating	Total
Fiscal year ending June 30:			
20X2	$xxx	$xx	$x,xxx
20X3	$xxx	$xx	$x,xxx
20X4	$xxx	$xx	$x,xxx
20X5	$xxx	$xx	$x,xxx
20X6	$xxx	$xx	$x,xxx
20X7-20X11	$xxx	$xx	$x,xxx
20X12-20X16	$xxx	$xx	$x,xxx
Future minimum payments	$xxx	$xx	$x,xxx
Less interest			$ xxx
Present value of future minimum payments			$ xxx

Lessor Accounting

Lessors also classify leases according to whether they are in substance sales of property or equipment or true rentals of property or equipment. A lessor classifies leases into one of the following categories:

- Operating leases
- Direct-financing leases
- Sales-type leases
- Leveraged leases

For governmental entities, the two predominate leases are operating leases and direct-financing leases. Sales-type leases arise when there is a manufacturer's profit built into the lease payment. Leveraged leases involve the financing of the lease through a third-party creditor. Both of these types of leases are outside the discussion of the leasing activities of governmental entities, but are included in SFAS 13 because of their relevance to commercial enterprises.

The direct-financing lease for a lessor is the equivalent of the capital lease for a lessee. A direct-financing lease transfers substantially all of the risk and rewards of ownership from the lessor to the lessee. In a direct-financing lease, the owner of the property is in substance financing the purchase of the property by the lessee, which is evident from the title of this type of lease.

SFAS 13 requires that a lease be classified as a direct-financing lease when any of the four capitalization criteria (described earlier in the chapter) are met and when both of the following additional criteria are satisfied:

- Collectibility of the minimum future lease payments is reasonably predictable. However, a lessor is not precluded from classifying a lease as a direct-financing lease simply because the receivable is subject to an estimate of uncollectibility based on the experience with groups of similar receivables.
- No important uncertainties surround the amount of nonreimbursable costs yet to be incurred by the lessor under the lease. Important uncertainties might include commitments by the lessor to guarantee performance of the leased property in a manner more extensive than the typical product warranty or to effectively protect the lessee from obsolescence of the leased property. However, the necessity of estimated executory costs to be paid by the lessor does not by itself constitute an important uncertainty for purposes of this criterion.

The lessor's investment in the lease consists of the present value of the minimum lease payments, including any residual values that accrue to the benefit of the lessor and any rental payments guaranteed by a third party not related to the lessor or lessee (similar to a leveraged lease). In determining the present value of the minimum lease payments, the interest rate implicit in the lease is used. This rate is the discount rate that, when applied to the minimum lease payments and the residual value accruing to the benefit of the lessor, causes the aggregate present value at the beginning of the lease term to be equal to the fair value of the leased property to the lessor at the inception of the lease.

NOTE: This sounds more complicated than it is. Simply, it means that a lessor that enters into a direct-financing lease agreement does so at the fair value of the property being leased. Included in the monthly lease payments is an interest factor that reflects the fact that the lessor is receiving the money over time, rather than at once. The interest rate needed to discount the monthly lease payments to arrive at the fair value of the property at the beginning of the lease is the implicit interest rate.

Once the present value of the minimum lease payments is determined, this amount is compared with the carrying amount of the asset that is recorded on the books of the lessor at the time the lease is signed. The difference between the present value of the minimum lease payments and the carrying amount is recorded as deferred income at the time the lease is signed. The amount of deferred income is amortized into income over the lease term, using the effective interest method.

As was seen with accounting for capital leases by lessees, whether the fund recording the lease is a governmental fund or a proprietary fund has a significant effect on how leases, particularly capital leases, are accounted for and reported. The following illustrations of journal entries use the same facts as the examples of accounting by the lessee, but instead are provided by the lessor. One additional assumption is that the asset being leased has a carrying amount on the books of the lessor of $20,000, which is the original cost of $22,000 and accumulated depreciation of $2,000. These amounts are recorded in the general fixed asset account group for governmental funds and on the balance sheet of proprietary funds. In addition, assume that $20,690 is the fair value of the van being leased on the beginning date of the lease.

Operating lease—Governmental and proprietary funds. Both governmental and proprietary funds would record the operating lease similarly. The journal entry that would be recorded is as follows:

Cash	400	
Rental income		400

To record rental income from the rental of a van.

NOTE: The van still remains recorded in the government-wide statement of net assets and the balance sheet of the proprietary fund. Depreciation would continue to be recorded on the asset.

Direct financing lease—Governmental funds. In governmental funds, lease receivables and deferred revenues should be used to account for leases receivable when a state or local government is the lessor in a lease situation. Only the portion of lease receivables that represents revenue/other financing sources that are measurable and available should be recognized as revenue/other financing sources in governmental funds. The remainder of the receivable remains deferred. In the government-wide financial statements, the accounting for a direct financing lease would be the same as that described in the next section for proprietary funds.

The following journal entry is recorded at the inception of the lease:

General Fund

Lease payments receivable	24,000	
($400 monthly for sixty months)		
Deferred revenue—lease principal payments		20,690
Deferred revenue—lease interest payments		3,310

To record execution of direct-financing lease.

When the general fund receives the first lease payment of $400, the following journal entry is recorded:

General Fund

Cash	400	
Deferred revenue—lease principal payments	300	
Deferred revenue—lease interest payments	100	
Lease receivable		400
Revenue—lease principal payments		300
Revenue—interest		100

To record receipt of first payment on direct financing lease. Note that the 1994 GAAFR recommends that lease principal payments be reported as revenue, although reporting these payments as other financing sources is acceptable.

There are two factors that need to be considered by governmental funds in recording direct financing leases: initial direct costs and allowance for uncollectible accounts.

Initial direct costs. The governmental entity may incur costs related to the negotiation and execution of the lease, such as legal and accounting costs, credit investigations, and so on. The governmental fund would recognize these costs as expenditures when incurred, with an equal amount of unearned revenue recognized in the same period. Assuming initial direct costs of $250 in this example, the following journal entry would be recorded:

General Fund

Expenditures—lease direct costs	250	
Cash		250

To record initial direct expenditures for lease.

Deferred revenue—lease interest payments	250	
Revenue—lease principal payments		250

To record initial direct expenditures for lease.

The effect of this entry is to reduce the amount of interest income that will be recognized over the life of the lease, which is appropriate, considering that the net income on the lease is lower because of the $250 of initial direct cost payments. In this example, the implicit interest rate in the lease is thus less than the 6% rate that has been assumed before these direct costs.

Allowance for uncollectible accounts. If the government has experience with similar types of leases or enters into a large number of leases, the government may determine that an allowance for uncollectible lease payments is appropriate. For this lease, assume that an allowance of $200 is deemed appropriate. The following journal entry is recorded:

General Fund

Deferred revenue—lease principal payments	200	
Allowance for uncollectible lease receivables		200
To record an allowance for uncollectible lease receivables.		

Government-wide financial statements and proprietary funds. Direct-financing leases in the government-wide financial statements and in proprietary funds are recorded in the same way that commercial enterprises would record these leases. One significant difference is that since the asset being leased is already on the balance sheet of the proprietary fund, the amount of deferred revenue to be amortized is much smaller, consisting of the deferred interest income on the lease and the difference between the fair value of the asset leased and the carrying amount of the asset.

The following are sample journal entries considering the above facts:

Proprietary Fund

Lease receivable	24,000	
Accumulated depreciation—van	1,000	
Fixed asset—van		22,000
Deferred revenue—direct financing lease		3,000
To record execution of a direct financing lease for a van.		

Assuming that the implicit interest rate approximates 6%, the following journal entry is recorded when the first lease payment is received:

Cash	400	
Deferred revenue—direct financing lease	100	
Lease receivable		400
Interest income		100
To record receipt of first month's lease payment on a direct financing lease.		

For initial direct costs, the amount of the costs paid is recorded as a reduction of the deferred revenue on the lease.

Deferred revenue—direct financing lease	250	
Cash		250
To reduce deferred revenue on lease for initial direct costs.		

To set up an allowance for uncollectible accounts, the following journal entry would be recorded:

Deferred revenue—direct financing lease	200	
Allowance for uncollectible lease receivable		200
To set up an allowance for uncollectible lease receivable.		

As can be seen from the above examples, lessors that use proprietary fund accounting use the guidance of SFAS 13 as amended and interpreted in virtually the same manner as commercial enterprises.

Disclosure requirements. There are a number of disclosure requirements contained in SFAS 13 that must be made, where applicable, by governmental entities that are lessors. When leasing is a significant part of a lessor's activities, the following information with respect to leases should be disclosed in the financial statements or the footnotes to the financial statements:

A. For direct financing leases
   1. The components of the net investment in the leases as of the date of each balance sheet presented

a. Future minimum lease payments to be received, with separate deductions for (1) amounts representing executory costs, included in the minimum leases payments and (2) the accumulated allowance for uncollectible minimum lease payments receivable
b. The unguaranteed residual values accruing to the benefit of the lessor
c. The amount of initial direct costs
d. The amount of unearned income

2. Future minimum lease payments to be received for each of the five succeeding fiscal years as of the date of the latest balance sheet presented
3. Total contingent rentals included in revenue for each period for which an operating statement is presented

B. For operating leases

1. The cost and carrying amount, if different, of property on lease or held for leasing by major classes of property according to nature or function, and the amount of accumulated depreciation (where applicable) in total as of the date of the latest balance sheet presented
2. Minimum rentals on noncancelable leases as of the date of the latest balance sheet presented, in the aggregate and for each of the five succeeding fiscal years
3. Total contingent rentals included in income for each period for which an operating statement is presented

C. A general description of the lessor's leasing arrangements

The following exhibit provides a sample footnote disclosure that might be used by a governmental entity that is a lessor with both direct financing and operating leases.

Exhibit 3

The City leases certain City-owned property to others under for use as ports and terminals. These leases are classified as direct-financing leases and expire at various intervals over the next twenty years.

The following are the components of the City's net investment in direct financing leases as of June 30, 20X1 (when a balance sheet for the prior year is presented, this information would be presented for both years):

Total minimum lease payments to be received	$xxx,xxx
Less amounts representing executory costs	x,xxx
Minimum lease payments receivable	$xxx,xxx
Less allowance for uncollectible lease payments	x,xxx
Net minimum lease payments receivable	$xxx,xxx
Estimated residual values of lease property	x,xxx
	xxx,xxx
Less unearned income	xx,xxx
Net investment in direct financing leases	$ xx,xxx

Minimum lease payments do not include contingent rentals that may be received under the lease contracts only if certain operating conditions are achieved. Contingent rentals in fiscal year ended June 30, 20X1, amounted to $X,XXX.

At June 30, 20X1, minimum lease payments for each of the five succeeding fiscal years are as follows:

Fiscal year	*Amount*
20X2	$x,xxx
20X3	x,xxx
20X4	x,xxx
20X5	x,xxx
20X6	x,xxx
20X7-20X11	x,xxx
20X12-20X16	x,xxx
Total minimum lease payments	$x,xxx

The City also leases City-owned property to others for use as marketplaces. Total rental revenue on these operating leases for the fiscal year ended June 30, 20X1, was $X,XXX. The City's investment in property on operating leases consisted of buildings of $XX,XXX, less accumulated depreciation of $X,XXX, which amounts are recorded in the City's general fixed asset account group.

The City may receive contingent rentals on these operating leases only if certain operating conditions are achieved. Contingent rentals in fiscal year ended June 30, 20X1, amounted to $X,XXX.

At June 30, 20X1, minimum lease payments for each of the five succeeding fiscal years are as follows:

Fiscal year	*Amount*
20X2	$x,xxx
20X3	x,xxx
20X4	x,xxx
20X5	x,xxx
20X6	x,xxx
20X7-20X11	x,xxx
20X12-20X16	x,xxx
Total future rental payments	$x,xxx

OTHER LEASING ISSUES FOR GOVERNMENTAL ENTITIES

In addition to the specific considerations for accounting and financial reporting for leases that pertain to governmental entities that are lessees and lessors, there are two additional cross-cutting matters related to leasing activities that need to be considered.

- Operating leases with scheduled rent increases
- Fiscal funding and cancellation clauses

These topics are addressed in the remaining sections of this chapter.

Operating Leases with Scheduled Rent Increases

GASB Statement 13 (GASBS 13), *Accounting for Operating Leases with Scheduled Rent Increases,* establishes accounting requirements for those types of leases that differ from the accounting and financial reporting for those by commercial organizations. GASBS 13's requirements for operating leases with scheduled rent increases apply regardless of whether a governmental or proprietary fund is used to account for the lease. The requirements apply to all state and local governmental entities, including public benefit corporations and authorities, public employee retirement systems, and governmental utilities, hospitals, other health care providers, colleges, and universities.

Scheduled rent increases are fixed by contract. The increases take place with the passage of time and are not contingent on future events. The increases in rent may be based, for example, on such factors as anticipated increases in costs or anticipated appreciation of property values, although the amount of the increase is specified in the lease agreement. Scheduled rent increases are not contingent rentals, in which the changes in rent payments are based on changes in future specific economic factors, such as future sales volume or future inflation.

Measurement criteria. Transactions that arise from operating leases with scheduled rent increases should be measured based on the terms and conditions of the lease contract when the pattern of payment requirements, including the increases, is systematic and rational.

NOTE: For example, a governmental entity leases office space for a three-year period in which the rents are as follows: Year 1, $1,000; Year 2, $1,100; Year 3, $1,200. The governmental entity would recognize an expenditure/expense of $1,000 in year 1, $1,100 in year 2, and $1,200 in year 3. This is different from the requirements of commercial accounting, where the total payments under the lease ($3,300) would be recognized on a straight-line basis over the life of the lease, or in this case $1,100 in each year.

In applying this requirement, GASBS 13 provides the following examples of payment schedules that are considered systematic and rational:

- Lease agreements specify scheduled rent increases over the lease term that are intended to cover (and are reasonably associated with) economic factors relating to the property, such as the anticipated effects of property value appreciation or increases in costs due to factors such as inflation. Rent increases because of property value appreciation may result from the maturation of individual properties as well as from general appreciation of the market. Lower lease property values (and rents) may exist, for example, when a new office building has only a few tenants, but more are expected in the future.
- Lease payments are required to be made on a basis that represents the time pattern in which the lease property is available for use by the lessee.

In some cases, an operating lease with scheduled rent increases contains payment requirements in a particular year or years that are artificially low when viewed in the context of earlier or later payment requirements. This situation may take place, for example, when a lessor provides a rent reduction or rent holiday that is in substance a financing arrangement between the lessor and the lessee. Another example provided by GASBS 13 is where a lessor provides a lessee with reduced rents as an inducement to enter into the lease. In this case, GASBS 13 stipulates that the operating lease transactions be measured using either of the following methods:

1. **The straight-line method.** This is the method described above that is normally used by commercial enterprises in accounting for all operating leases

with scheduled rent increases. The periodic rental expenditure/expense and rental revenue are equal to the total amount of the lease payments divided by the total number of periodic payments to be made under the lease. Continuing with the example provided above, the lessor would record the following entries in each of the three years of the lease by the lessor:

Year 1		
Cash	1,000	
Lease receivable	100	
Lease revenue		1,100
Year 2		
Cash	1,100	
Lease revenue		1,100
Year 3		
Cash	1,200	
Lease revenue		1,100
Lease receivable		100

2. **The fair value method.** The operating lease transactions may be measured based on the estimated fair value of the rental. The difference between the actual lease payments and the fair value of the lease property should be accounted for using the interest method, whereby an interest amount (whether expenditure/expense or revenue) is recorded at a constant rate based on the amount of the outstanding accrued lease receivable or payable. However, if the fair value of the rental is not reasonably estimable, the straight-line method should be used.

In applying these requirements for using the straight-line and estimated fair value methods, there is a distinction in the accounting between governmental funds and proprietary funds.

- Entities that report operating leases with scheduled rent increases in proprietary and similar trust funds should recognize rental revenue or expense each period as it accrues over the lease term, as described above for the straight-line and estimated fair value methods. This would apply to the government-wide financial statements as well.
- Entities that report operating leases with scheduled rent increases in governmental funds should recognize rental revenue or expenditures each period using the modified accrual basis of accounting. That is, the amount recognized as rental revenue (either on a straight-line basis or an estimated fair value basis) should be recognized as revenue to the extent that it is available to finance expenditures of the fiscal period. Accrued receivables should be reported in the fund and offset by deferred revenue for the portion not yet recognized as revenue. The lessee should recognize expenditures and fund liabilities to the extent that the amounts are payable with expendable, available financial resources. Any remaining accrued liabilities calculated in accordance with either the straight-line basis or the estimated fair value basis should be reported in the government-wide financial statements.

Fiscal Funding and Cancellation Clauses

In applying the criteria of SFAS 13 to lease agreements of state and local governments, legal restrictions of governments must be considered. One type of legal restriction relates to debt limitation and debt incurrence that prohibits governments from entering into obligations extending beyond the current budget year. Because of this type of restriction, a governmental lease agreement usually contains a clause (called either a *fiscal funding clause* or a *cancellation clause*) that permits the governmental lessee to terminate the agreement on an annual basis if funds are not appropriated to make required payments.

This issue was addressed by FASB Technical Bulletin 79-10 (TB 79-10), *Fiscal Funding Clauses in Lease Agreements,* which states

> *...Statement 13 requires that a cancelable lease, such as lease contain a fiscal funding clause [a clause that generally provides that the lease if cancelable if the legislature or other funding authority does not appropriate the funds necessary for the governmental unit to fulfill its obligations under the lease agreement] be evaluated to determine whether the uncertainty of possible lease cancellation is a remote contingency...a lease which is cancelable (1) only upon occurrence of some remote contingency...shall be considered noncancelable for purposes of this definition.*

The economic substance of most lease agreements with fiscal funding clauses is that they are essentially long-term contracts, with only a remote possibility that the lease will be canceled because of the fiscal funding clause. Accordingly, fiscal funding clauses should not prohibit lease agreements from being capitalized. If a lease agreement meets all other capitalization criteria except for the noncancelable criterion, the likelihood of the lease being canceled must be evaluated, and if the possibility of cancellation is remote, the lease should be capitalized.

SUMMARY

The accounting and financial reporting for lease agreements is an area that usually presents an interesting challenge to financial statement preparers. This challenge is due to the diversity in the types and nature of lease agreements that must be accounted for, as well as the complexity of the accounting rules that must be applied. The financial statement preparer for a governmental entity must be familiar with the requirements of commercial accounting for leases in order to effectively and correctly apply this guidance to lease agreements that are entered into by a governmental entity.

23 LANDFILL CLOSURE AND POSTCLOSURE CARE COSTS

INTRODUCTION

The GASB issued Statement 18 (GASBS 18), *Accounting for Municipal Solid Waste Landfill Closure and Postclosure Care Costs,* to address a very narrow issue, the accounting and financial reporting for landfill closure and postclosure care costs. However, since many governmental entities operate these types of facilities, GASBS 18 affected many governmental entities.

GASBS 18 was issued in response to requirements promulgated by the United States Environmental Protection Agency (EPA). Landfill operators became obligated to meet certain requirements of the EPA as to closure and postclosure requirements. The postclosure requirements extend for a period of thirty years. Landfill operators are also subject to closure and postclosure care costs resulting from state and local laws and regulations. The GASB issued GASBS 18 to require governments to recognize the liability for these closure and postclosure conditions as the landfill is being used, so that by the time the landfill becomes full and no longer accepts waste, the liability is recorded in the financial statements of the governmental entity that operates the landfill and is responsible for these requirements.

This chapter describes the applicability and requirements of GASBS 18. It also provides examples of detailed calculations of the liabilities for these types of costs that must be recorded in the governmental entity's financial statements.

NOTE: Chapter 1 describes a current project of the GASB relating to pollution remediation liabilities. While not directly related to landfills, the accounting concepts that may be included in a future standard may be similar to that used for landfills. For example, governments may be required by a future standard to recognize pollution remediation liabilities even when clean-up activities would not take place until some time in the future, if at all.

APPLICABILITY

The provisions of GASBS 18 apply to all state and local governmental entities, including public benefit corporations and authorities, governmental utilities, governmental hospitals and other health care facilities, and governmental colleges and universities. GASBS 18 establishes accounting and financial reporting standards for municipal solid waste landfill (hereafter MSWLF, or simply landfill) closure and postclosure care costs that are required by federal, state, and local laws and regulations. In order to meet these requirements, financial statement preparers need to understand (1) what a MSWLF is and how it operates and (2) closure and postclosure care costs that will be incurred and are covered by this Statement. These two items are addressed in the following paragraphs.

MUNICIPAL SOLID WASTE LANDFILLS

A municipal solid waste landfill is an area of land or an excavation that receives household waste. What makes a landfill "municipal" is not the ownership of the landfill, but the type of waste that is received by the landfill—municipal waste means household waste. Thus, a private, nongovernmental enterprise could own and operate a MSWLF (although it wouldn't be subject to the requirements of GASBS 18).

Landfills (which, for purposes of this chapter, is used interchangeably with MSWLF) operate in many different ways. Their operating methods, along with their closure and postclosure care plans, are filed with regulatory bodies. Many landfills operate on a "cell" basis, where the total landfill is divided into sections that are used one at time. Each cell can then be closed when it reaches capacity and the waste is then received by the next cell that will be used.

Certain of the closure materials and equipment used to contain wastes and to monitor the environmental impact of landfill operations (such as liners and leachate collection systems) must be installed before the cells are ready to receive waste. These prereception activities are sometimes needed in order to comply with federal, state, or local regulations or requirements. After each cell (or the entire landfill, if it is operated as one large cell) is filled to capacity and no longer accepts waste, a final cover is applied to the cell. Sometimes even when the landfill is operated as a number of cells, the final cover is not applied until the entire landfill is filled to capacity and no longer accepts solid waste.

Estimated Total Current Cost of Closure and Postclosure Care

There are a variety of costs that the operator of a landfill will incur for protection of the environment. These costs will be incurred during the period that the landfill is in operation and after the landfill is closed and no longer accepting waste. GASBS 18 addresses the recording of costs relating both to the closure of the landfill and to costs incurred after the landfill is closed (postclosure costs). These costs include the cost of equipment and facilities (such as leachate collection facilities and final cover) as well as the cost of services (such as postclosure maintenance and monitoring costs). Certain of these costs, which result in the disbursement of funds near or after the date that the landfill stops accepting solid waste and during the postclosure period, are included in the "estimated total current cost" of landfill closure and postclosure care, regardless of whether they are capital or operating in nature. (Current cost is the amount that would be paid if all equipment, facilities, and services included in the estimate were acquired during the current period.)

GASBS 18 requires that the estimated total current cost of landfill closure and postclosure care, based on the applicable federal, state, and local laws and regulations, include the following:

- The cost of equipment expected to be installed and facilities expected to be constructed (based upon the landfill's operating plan) near or after the date that the landfill stops accepting solid waste and during the postclosure period. Equipment and facilities that are considered as part of these costs should only be those that will be used exclusively for the landfill. This may include gas monitoring and collection systems, storm water management systems, groundwater monitoring wells, and leachate treatment facilities. The costs for equipment and facilities that are shared by more than one landfill should be allocated to each user landfill based on the percentage of use by each landfill.
- The cost of final cover (sometimes called capping) expected to be applied near or after the date that the landfill stops accepting waste.
- The cost of monitoring and maintaining the expected usable landfill area during the postclosure period. Postclosure care may include maintaining the final cover; monitoring groundwater; monitoring and collecting methane and other gases; collecting, treating, and transporting leachate; repairing or replacing equipment; and remedying or containing environmental hazards.

In determining the estimated total current costs, the governmental financial statement preparer should consider whether all of the requirements of the EPA, as well as state or local requirements, apply as to what facilities need to be installed and what activities need to take place for the closure and postclosure periods. In other words, what is the governmental operating the landfill required to do and what does it plan to do to close and thereafter care for the landfill? The current cost of these facilities and activities need to be considered as part of the total estimated current cost.

NOTE: The calculation of the estimated current cost of closure and postclosure care for a landfill realistically requires the assistance of either in-house or consulting engineers. Some consulting engineers have teamed with accounting or financial consulting firms to prepare these estimates and calculations for governmental entities, including the preparation of the required disclosures in a draft footnote. While using these services may be effective or convenient, the financial statement preparer ultimately takes responsibility for the amounts recorded and disclosed, and should therefore seek to understand and concur with the calculations, even if outside specialists are used.

After the governmental entity makes an initial calculation of the estimated current cost of landfill closure and postclosure costs, the estimate should be adjusted each year to reflect any changes that should be made to the estimate. For example, the current cost or the estimated costs may increase or decrease simply due to inflation or deflation. On the other hand, there may be changes in the operating conditions of the landfill that may affect the closure and postclosure costs. These changes might include the type of equipment that will need to be acquired, as well as facilities or services that will be used to perform closure and postclosure care. In addition, there may be changes in cost estimates due to changes in the technologies that will be used for closure and postclosure care activities, changes in the expected usable landfill area, and changes in closure and postclosure legal and regulatory requirements that must be considered.

Recording Closure and Postclosure Care Costs—Proprietary Funds and Government-Wide Financial Statements

The true impact of applying GASBS 18's requirements of recognizing a liability is seen in the government-wide financial statements and in proprietary funds. This is because as a liability is recorded proportionally each year for total estimated current costs, a corresponding expense is recorded in the operating statements. This results in a matching of the period in which the cost of the closure and postclosure care activities occur with the period that is benefited by the landfill activities—that is, when the solid wastes are actually put into the landfill. As described later in this chapter, governmental funds do not recognize the estimated closure and postclosure care costs. These funds record an expenditure when the actual closure and postclosure care costs are expended.

For landfill activities reported using proprietary fund accounting and reporting, and for reporting in the government-wide financial statements, a portion of the estimated total current cost of landfill closure and postclosure costs is recognized as an expense and as a liability in each period that the landfill accepts solid waste. Recognition should begin on the date that the landfill begins accepting solid waste, continue in each period that it accepts waste, and be completed by the time that it stops accepting waste. Estimated total current cost is assigned to periods based on the landfill use rather than on the passage of time. Accordingly, some measure of landfill capacity used each period is used to compare with the total landfill capacity, such as cubic yards of solid waste, airspace, or any other reasonable measure.

Using this approach, the current period amount to be expensed is calculated as follows:

$$\frac{\text{Estimated total current cost x Cumulative capacity used}}{\text{Total estimated capacity}} - \text{Amount previously recognized}$$

Example

For example, assume that a landfill begins operating on the first day of a governmental entity's fiscal year and is being accounted for by a proprietary fund. The postclosure monitoring period required by law is thirty years. The total estimated current costs are $500,000, determined as follows:

1. Equipment and facilities costs	
Near date landfill stops accepting waste	$ 10,000
During closure/postclosure period:	
-- Maintenance and upgrading of leachate treatment system	5,000
-- Expected renewals and replacements of storm water and erosion control facilities ($5,000 per year)	150,000
-- Monitoring and well replacements (10 wells at $3,000 each)	30,000
2. Final cover costs, including vegetative cover	10,000
3. Postclosure care cost	

--	Inspection and maintenance of final cover ($2,000 per year)	60,000
--	Groundwater monitoring ($5,000 per year)	150,000
--	On-site leachate pretreatment and off-site treatment (1,000,000 gallons @ $.05)	50,000
--	Projected remediation costs based on similarly situated landfills	35,000
		$500,000

The landfill capacity is 1,000,000 cubic yards of solid waste, and 20,000 cubic yards of solid waste are deposited in the landfill during the first fiscal year. The calculation of the expense and liability to be recorded in this fiscal year for closure and postclosure costs is calculated as follows:

Year 1

$$\frac{\$500{,}000 \times 20{,}000}{1{,}000{,}000} - 0 = \$10{,}000$$

The following journal entry would be recorded:

Expenses—landfill closure and postclosure care costs	10,000	
Liability—landfill closure and postclosure		10,000

To record expenses for landfill closure and postclosure costs.

Year 2

Continuing the above example, assume that both an increase in the general price level and changes in the specific costs of certain equipment and services have been determined. In addition, it is determined that the actual remaining capacity of the landfill is only 950,000 cubic yards because during the year a certain area of the landfill could not be used. During Year 2, 25,000 cubic yards of solid waste were deposited in the landfill. The total estimated current cost for closure and postclosure care is calculated as follows:

1.	Equipment and facilities costs	
	Near date landfill stops accepting waste	$ 10,500
	During closure/postclosure period:	
	-- Maintenance and upgrading of leachate treatment system	5,000
	-- Expected renewals and replacements of storm water and erosion control facilities ($4,000 per year)	120,000
	-- Monitoring and well replacements (10 wells at $3,250 each)	32,500
2.	Final cover costs, including vegetative cover	12,000
3.	Postclosure care cost	
	-- Inspection and maintenance of final cover ($2,000 per year)	60,000
	-- Groundwater monitoring ($5,500 per year)	165,000
	-- On-site leachate pretreatment and off-site treatment (1,000,000 gallons @ $.06)	60,000
	-- Projected remediation costs based on similarly situated landfills	45,000
		$510,000

The calculation of the expense/liability provision for Year 2 is computed as follows:

Year 2

$$\frac{\$510{,}000 \times 45{,}000}{950{,}000} - \$10{,}000 = \$24{,}158 \text{ less } \$10{,}000 \text{ (amount recognized in Year 1)} = \$14{,}158$$

The following journal entry would be recorded:

Expenses—landfill closure and postclosure care costs	14,158	
Liability—landfill closure and postclosure care costs		14,158

To record expenses for landfill closure and postclosure costs for Year 2 of landfill operations.

Equipment, facilities, services, and final cover that are included in the estimated total current cost should be reported as a reduction of the accrued liability for the landfill closure and postclosure care when they are acquired.

Capital assets that will be used exclusively for a landfill that are not included as part of the calculation of closure and postclosure care should be fully depreciated by the date that the landfill stops accepting solid waste. If capitalized, facilities and equipment installed or constructed for a single cell should be depreciated over the estimated useful life of that cell. If these capital assets are shared among landfills, the portion assigned to each landfill should be fully depreciated by the date that each stops accepting solid waste.

NOTE: The above accounting used by a proprietary fund would be similar to that used in the government-wide financial statements prepared under the new financial reporting model. The liability recorded would be segregated into its current and noncurrent portions.

Recording Closure and Postclosure Care Costs—Governmental Funds

For landfills reported using governmental fund accounting and financial reporting, the measurement and recognition of the accrued liability for landfill closure and postclosure care should be consistent with the calculations described above for proprietary funds. However, the governmental funds should recognize expenditures and fund liabilities using the modified accrual basis of accounting. The remainder of the liability that is not recorded in the fund would only be reflected in the government-wide financial statements.

NOTE: The total estimated current costs for landfill closure and postclosure costs include only those costs that will be incurred near or after the date that the landfill no longer accepts solid waste. Accordingly, in practice, during the years of operation of the landfill, none of the liability for landfill closure and postclosure care costs will be recorded in the governmental fund. The full amount of the calculated liability is recorded in the general long-term debt account group.

Eventually, the equipment and facilities needed for closure and postclosure care of the landfill will be purchased by the governmental fund. When that occurs, the governmental fund will recognize an expenditure for the costs that will use the current expendable financial resources of the governmental fund.

In recording capital assets related to closure and postclosure care, GASBS 18 provides that equipment and facilities included in the estimated total current cost of closure and postclosure care should not be reported as capital assets.

Equipment, facilities, services, and final cover included in the estimated total current cost should be reported as a reduction of the recorded liability for the landfill closure and postclosure care when they are acquired. In the operating statement, facilities and equipment acquisitions included in estimated total current cost should be reported as closure and postclosure care expenditures.

Reporting Changes in Estimates

When the formula for determining the periodic liability accrual for landfill closure and postclosure care costs is used, any changes in the estimated total current costs that occur before the landfill stops accepting solid waste are reported in the period of the changes and an adjustment is made to the calculation using the formula. (The example provided in this chapter demonstrates how a change in the estimated total current costs from $500,000 to $510,000 is generally treated as a change in an accounting estimate and recognized prospectively in the calculation, since it is allocated over the remaining estimated life of the landfill.)

On the other hand, accounting for a horizontal expansion of the landfill is handled differently. This type of change is viewed by GASBS 18 as an expansion of the landfill capacity and should not affect the factors used to calculate the accrued liability for the closure and postclosure costs of the original landfill. In this case, a separate calculation of the closure and postclosure care costs for the expanded portion of the landfill would need to be made for each financial reporting period.

Changes in the estimated total current cost for landfill closure and postclosure care may also occur after the date that the landfill stops accepting solid waste. These changes may include changes due to inflation (or deflation), changes in technology, changes in closure and postclosure care requirements, corrections of errors in estimation, and changes in the extent of environmental remediation that is required. Changes in these estimates should be reported in the period in which the change is probable and reasonably estimable. Recording these changes by governmental funds within the governmental fund itself must also take into account the modified accrual basis of accounting and consideration for whether the costs will be paid from the fund's current expendable financial resources.

Accounting for Assets Placed in Trust

Landfill owners or operators may be required by EPA (or state or local laws or regulations) rules to provide financial assurances for closure, postclosure care, and remediation of each landfill. This financial assurance may require the owners or operators to place assets with third-party trustees. For example, owners and operators that use surety bonds to provide financial assurance for closure and postclosure care are required by the EPA to establish a surety standby trust fund and make deposits directly into this standby trust fund.

These amounts should be reported in the fund (e.g., the general fund, special revenue fund, or enterprise fund) used to report the landfill's operations. These assets should be identified by an appropriate description, such as "amounts held by trustee." Any investment earnings on amounts set aside to finance closure and postclosure care costs should be reported as revenue and not as reductions of the estimated total current cost of landfill closure and postclosure care costs and the related accrued liability.

RESPONSIBILITY FOR LANDFILL CLOSURE AND POSTCLOSURE CARE ASSUMED BY ANOTHER ENTITY

The owner or operator of a landfill may transfer all or part of its responsibilities for closure and postclosure care to another entity. A typical example is where a private company agrees to provide closure and postclosure care as part of its contract to operate a government-owned landfill.

Owners and operators of landfills should report a liability for closure and postclosure care costs whenever an obligation to bear these costs has been retained. However, GASBS 18 provides that even when the liability has been transferred, a governmental entity may be contingently liable under applicable federal, state, or local laws and regulations. Accordingly, the governmental entity should also consider the financial capability or stability of any other entity that assumes the responsibility to meet the closure and postclosure care obligations when these obligations become due.

If it appears that the entity assuming the responsibility will not be able to meet its obligations and it is probable that the landfill owner will be required to pay closure and postclosure care costs, then the amount of the obligation should be reported in accordance with the guidance provided for proprietary and governmental funds earlier in this chapter for measuring and recording the accrued liability for closure and postclosure care costs.

DISCLOSURES

GASBS 18 contains several disclosure requirements that relate to landfill closure and postclosure costs, as follows:

- The nature and source of landfill closure and postclosure care requirements —federal, state, or local laws and regulations
- The fact that the recognition of a liability for closure and postclosure costs is based on landfill capacity used to date
- The reported liability for closure and postclosure care at the balance sheet date (if not apparent from the financial statements) and the estimated total current cost of closure and postclosure care remaining to be recognized
- The percentage of landfill capacity used to date and estimated remaining landfill life in years
- The way in which financial assurance requirements relating to closure and postclosure requirements are being met; in addition, any assets restricted for payment of closure and postclosure care costs should be disclosed if this amount is not apparent from the financial statements
- The nature of the estimates and the potential for changes due to inflation or deflation, technology, or applicable laws and regulations

Exhibit 1

The following is an illustrative note disclosure for landfill closure and postclosure care costs:

Note X: Closure and Postclosure Care Costs

The City has one active landfill available for solid waste disposal, which is located in the city at 123 Waste Way. A portion of the total estimated current cost of the closure and postclosure care is to be recognized in each period the landfill accepts solid waste. The operations of the landfill are accounted for in the general fund. For governmental funds, the measurement and recognition of the liability for closure and postclosure care are based on total estimated current cost and landfill usage to date. Expenditures and fund liabilities are recognized using the modified accrual basis of accounting. The remainder of the liability is reported only in the government-wide financial statements.

When the landfill stops accepting solid waste, the City is required by federal and state law to close the landfill, including final cover, storm water management, landfill gas control, and to provide postclosure care for a period of thirty years following closure. The City is also obligated under a consent order with the State Department of Environmental Protection to conduct certain corrective measures associated with the landfill. The corrective measures include construction and operation of a leachate mitigation system and closure, postclosure, and groundwater monitoring activities for the sections of the landfill no longer accepting solid waste.

The liability for these activities as of June 30, 20XX, is $XXX,XXX based on the cumulative landfill capacity used to date. The total estimated current cost is $X,XXX,XXX; therefore, the costs remaining to be recognized are $XXX,XXX. The liability for closure and postclosure care costs is based on the cumulative capacity used to date of the landfill of XX%. Cost estimates are based on current data, including contracts awarded by the City, contract bids, and engineering studies. These estimates are subject to adjustment to account for inflation and for any changes in landfill conditions, regulatory requirements, technologies, or cost estimates.

The City is required by state and federal laws and regulations to make annual contributions to a trust fund to finance closure and postclosure care. The City is in compliance with these requirements, and at June 30, 20XX, investments of $XXX,XXX at fair value are held for these purposes. The City expects that future inflation costs will be paid from the interest earnings on these annual contributions. However, if interest earnings are inadequate or additional postclosure care requirements are determined (due to changes in technology or applicable laws and regulations, for example), these costs may need to be covered from future tax revenues.

SUMMARY

The accounting and financial reporting for landfills is an important consideration for the financial statement preparer of a governmental entity that operates or owns a landfill. While the accounting itself for landfill closure and postclosure costs is not complicated, the determination and estimation of these future costs often requires the work of a specialist to assist the financial statement preparer in complying with the accounting and disclosure requirements of GASBS 18.

24 PUBLIC EMPLOYEE RETIREMENT SYSTEM FINANCIAL STATEMENTS

INTRODUCTION

This chapter describes the accounting and financial reporting requirements for state and local government pension plans. It also includes guidance for financial reporting for postemployment health care plans administered by defined benefit pension plans. The requirements described in this chapter are based on two GASB statements: Statement 25 (GASBS 25), *Financial Reporting for Defined Benefit Pension Plans and Note Disclosures for Defined Contribution Plans*, and Statement 26 (GASBS 26), *Financial Reporting for Postemployment Health Care Plans Administered by Defined Benefit Pension Plans*. Both of these GASB Statements were issued at the same time as Statement 27 (GASBS 27), *Accounting for Pensions by State and Local Government Employers*.

GASBS 25 and GASBS 27 represent the culmination of extensive considerations of accounting and financial reporting requirements for pension plans with governmental employers. GASBS 25 addresses the accounting and financial reporting requirements for the pension plans themselves. GASBS 27 addresses the accounting and financial reporting requirements for the governmental employer. (GASBS 27 is fully covered in Chapter 18.) GASBS 26 represents interim guidance for the specific postemployment plans included within its scope. The GASB is currently considering additional accounting and financial reporting guidance for the overall area of postemployment benefits for both employers and the related benefit plans.

The accounting and financial reporting requirements for pension plans prescribed by GASBS 25 are applicable in any of the following three situations:

- The pension plan issues its own separate financial report
- The Public Employee Retirement System (PERS) that administers the plan issues its own separate financial report, which would include the financial information from the pension plans it administers

- The plan sponsor or participating employer reports the pension plan as a pension trust fund

The second application of the requirements of GASBS 25 listed above requires some additional comment, since the terms *PERS* and *pension plan* are sometimes used interchangeably. A PERS is defined by GASBS 25 as "A state or local governmental entity entrusted with administering one or more pension plans; also may administer other types of employee benefit plans, including postemployment health care plans and deferred compensation plans. A public employee retirement system also may be an employer that provides or participates in a pension plan or other types of employee benefit plans for employees of the system."

In other words, the PERS is a distinct entity from the plan that it administers. GASBS 25 requirements apply to the pension plans administered by the PERS, not to the PERS itself.

The remainder of this chapter is divided into three sections.

1. Defined benefit pension plans
2. Defined contribution pension plans
3. Postemployment health care plans administered by defined benefit pension plans

DEFINED BENEFIT PENSION PLANS

In order to address the requirements of GASBS 25 as they relate to both defined benefit plans and defined contribution plans, the differences between these two types of plans must be understood.

A *defined benefit pension plan* is defined by GASBS 25 as "A pension having terms that specify the amount of pension benefits to be provided at a future date or after a certain period of time...." In this type of pension plan, it is the amount of the benefit that is specified, rather than the amount of the contributions, as is specified in a defined contribution plan. The defined benefit in this type of plan is usually a function of one or more factors, including age, years of service, and level of compensation.

A *defined contribution plan* is defined by GASBS 25 as

> *A pension plan having terms that specify how contributions to a plan member's account are to be determined, rather than the amount of retirement income the member is to receive. In a defined contribution plan, the amounts that are ultimately received by the plan member as pension benefits depend only on the amount that was contributed to the member's account and the earnings on the investment of those contributions.*

In addition, in some cases, forfeitures of benefits by other plan members may also be allocated to a member's account. Accordingly, in this type of pension plan there is no guaranteed pension benefit that is based on an employee's salary, length of service, and so forth.

NOTE: Some pension plans combine some of the characteristics of both defined benefit and defined contribution pension plans. For example, a defined benefit schedule of benefits may be included in the plan, but participants may be able to make additional contributions to the plan to increase these benefits. In these cases, the substance and nature of the plan need to be analyzed to determine the financial accounting and reporting requirements for the plan. If the substance of the plan is to provide a defined benefit, the provisions of GASBS 25 that relate to defined benefit pension plans should be followed.

GASBS 25 prescribes accounting and financial reporting requirements for defined benefit plans so that the plan provides useful information to financial statement readers.

- The stewardship of the plan's resources and the ongoing ability of the plan to pay pension benefits when due
- The effect of plan operations and pension benefit commitments on the need for contributions by plan members, employers, and other contributors
- The compliance with finance-related statutory, regulatory, and contractual requirements

GASBS 25's requirements for defined benefit pension plans apply to plans of all state and local governmental entities, including those of general-purpose governments, public benefit corporations and authorities, public employee retirement systems, utilities, hospitals and other health care providers, and colleges and universities.

In addition to retirement income, a defined benefit pension plan may provide other types of postemployment benefits, such as disability benefits, death benefits, life insurance, health care benefits, and other ancillary benefits. For purposes of applying the provisions of GASBS 25, the term *pension benefits* includes retirement income as well as all other types of benefits provided through a defined benefit pension plan with the exception of postemployment health care benefits.

Postemployment health care benefits are those benefits that include medical, dental, vision, and other health-related benefits that are provided to terminated employees, retired employees, dependents, and beneficiaries. For financial reporting purposes, postemployment health care benefits provided through a defined benefit pension plan, and the assets accumulated by the plan for payment of postemployment health care benefits, are considered by GASBS 25 to be, in substance, a postemployment health care plan administered by (and not a part of) the pension plan, and subject to the requirements of GASBS 26.

The classification of a pension plan as a defined benefit pension plan is broad. There are different types of plans that may be included in the classification of "defined benefit pension plan." The two main types of defined benefit pensions are

- Single-employer or agent multiemployer plans
- Cost-sharing multiemployer plans

The following explains how to classify a particular defined benefit pension plan.

Single-Employer or Agent Multiemployer Plans

A single-employer plan is fairly simple to identify. It is a plan that covers the current and former employees, including beneficiaries, of only one employer. Note that one employer may have more than one single-employer defined benefit pension plan.

For example, a municipal government may have one single-employer pension plan whose members are police officers and another single-employer pension plan whose members are all firefighters. Both of these would be considered single-employer plans as long as the municipal government's employees were the only members of the plan.

An agent multiemployer plan (or agent plan) is a little more difficult to identify. An agent multiemployer plan is one in which two or more employers aggregate their individual defined benefit pension plans and pool administrative and investment functions. Each plan for each employer maintains its own identity within the aggregated agent plan. For example, separate accounts are maintained for each employer so that the employer's contributions provide benefits only for the employees of that employer. In addition, a separate actuarial valuation is performed for each individual employer's plan to determine the employer's periodic contribution rate and other information for the individual plan, based on the benefit formula selected by the employer and the individual plan's proportionate share of the pooled assets.

For example, a county may have a number of municipalities within it; each municipality provides pension benefits under defined benefit pension plans to its police officers. To be more efficient from an administrative cost perspective and to provide a larger pool of assets for more effective investment, an agent plan may be established at the county level in which each municipality may participate by having its police officers become members of the countywide agent plan. However, each municipality has its own account with the countywide plan, so that the individual proportionate share of assets and contributions for their own employees can be determined.

Cost-Sharing Multiemployer Plans

A cost-sharing multiemployer plan is one pension plan that includes members from more than one employer where there is a pooling or cost sharing for all of the participating employers. All risks, rewards, and costs, including benefit costs, are shared and are not attributed individually to the employers. A single actuarial valuation covers all plan members, regardless of which employer they work for. The same contribution rates apply for each employer (not a flat dollar amount, but usually a rate proportional to the number of employees or retired members that the employer has in the plan).

For example, a municipal government establishes a cost-sharing multiemployer plan that covers all of its nonuniformed workers. Also included in the plan are employees of the separate transportation authority, water utility, and housing authority. The pension plan has more than one employer, but in this instance, separate accounts are not maintained for each employer. All risks, rewards, and costs are shared proportionately to the number of members that each employer has in the plan. Separate asset accounts or separate actuarial valuations cannot be performed for each employer, which is the primary distinction between this type of plan and the agent plan described above.

Administration of Multiple Plans

In addition to determining the type of defined benefit pension plan, a financial statement preparer will also need to determine whether a governmental employer or a PERS is administering more than one plan. For financial reporting purposes, the provisions of GASBS 25 apply separately to each defined benefit pension plan that is administered. For example, a PERS report would present combining financial statements and required schedules for all of the defined benefit pension plans that it administers. However, a plan for an agent multiemployer plan should be viewed as one plan for financial reporting purposes. In other words, if the PERS administers one or more agent multiemployer plans, the provisions of GASBS 25 apply at the aggregate plan level for each plan administered. The PERS would not be required to include financial statements and schedules for the individual plans of the participating employers. While GASBS 25 addresses the issue of whether a PERS is administering separate plans, this determination is also necessary for employer governmental entities that include pension plans as pension trust funds in their own financial statements. These entities need to present combining information when their comprehensive annual financial reports include more than one defined benefit pension plan.

GASBS 25 provides the following guidance to assist a PERS in determining whether it is administering a single plan or more than one plan that would require separate reporting:

- A PERS is administering a single plan only if, on an ongoing basis, all assets accumulated for the payment of benefits may be legally used to pay benefits, including refunds of member contributions, to any of the plan members or beneficiaries, as defined by the terms of the plan. If this criterion is met, the plan is considered a single plan for financial reporting purposes, even if
  - — The system is required by law or administrative policy to maintain separate reserves, funds, or accounts for specific groups of plan members, employees, or types of benefits (such as a reserve for plan member contributions, a reserve for disability benefits, or separate accounts for the contributions of state government and local governmental employers)
  - — Separate actuarial valuations are performed for different classes of covered employees or groups (such as different tiers of employees) within a class because different contribution rates may apply for each class or group depending on the applicable benefit structures, benefit formulas, or other factors
- A PERS is administering more than one plan if any portion of the total assets administered by the PERS is accumulated solely for the payment of benefits to certain classes of employees or to employees of certain entities (such as public safety employees or state government employees). That portion of the total assets and the associated benefits constitute a separate plan for which separate financial reporting is required, even if the assets are pooled with other assets for investment purposes.

Financial Reporting Framework

The basic financial statements of a defined benefit pension plan consist of two basic financial statements, the notes to the financial statements, and two schedules of historical trend information that are presented as required supplementary information. Management's discussion and analysis in accordance with GASBS 34 is also provided as required supplementary information. (Required supplementary information [RSI] are schedules, statistical data, and other information considered by the GASB to be an essential part of financial reporting and are required to be presented with, but not a part of, the basic financial statements of the pension plan.)

The following is the basic financial reporting framework for a defined benefit pension plan:

- A statement of net assets that includes information about the plan assets, liabilities, and net assets as of the end of the plan's fiscal year; the statement provides information about the fair value of the plan's assets as well as the composition of those assets. (This statement does not report the actuarially determined funded status of the plan. That information is provided in the schedule of funding status listed below.)
- A statement of changes in plan net assets that includes information about the additions to, deductions from, and the net increase or decrease for the year in the plan's net assets
- A schedule of funding progress that includes historical trend information about the actuarially determined funded status of the plan from a long-term, ongoing plan perspective and the progress made in accumulating sufficient assets to pay benefits when due
- A schedule of employer contributions that includes trend information about the annual required contributions (ARC) of the employer and the contributions actually made by the employer in relation to the ARC; this schedule should provide information that contributes to understanding the changes over time in the funded status of the plan

The following pages describe the form and content of each of these statements and schedules in greater detail. Exhibit 1 (at the end of this chapter) provides examples of each of these statements and schedules.

Statement of plan net assets. Except for certain liabilities (discussed below), the statement of plan net assets is prepared on the accrual basis of accounting. As such, purchases and sales of securities should be recorded on a trade date basis, and receivables and payables for securities transactions that have not settled as of the statement date should be recorded. Plan assets should be subdivided into the major categories of assets held and the principal components of the receivables and investment categories.

Receivables. In addition to receivables for securities that have been sold but the transaction has not reached its settlement date, the most common receivables found on defined benefit pension plan financial statements are contributions receivable from the employer(s) and employees. Usually, these are short-term receivables. In addition, since the full accrual basis of accounting is being used, there are likely to be receivables for interest and dividends from the plan's investments.

Amounts recognized as receivable by plans should include those amounts due pursuant to formal commitments, as well as those amounts due under statutory or contractual commitments.

With respect to an employer's contribution receivable, GASBS 25 provides the following examples of what would be considered an employer's formal commitment resulting in the recognition of a receivable by the plan:

- An appropriation by the employer's governing body of a specified contribution or
- A consistent pattern of making payments after the plan's reporting date pursuant to an established funding policy that attributes those payments to the preceding plan year, and
- When combined with either of the two cases listed above, the recognition in an employer's financial statements of a contribution payable to the plan may be supporting evidence of a formal commitment. However, GASBS 25 provides that the plan should not recognize a receivable based solely on the employer's recognition of a liability for contributions to the plan.

Long-term receivables (additions to net assets) for contributions payable to the plan more than one year after the reporting date should be recognized in full in the year that the contract for these amounts is made. If a contracted amount is recognized at its discounted present value, interest should be accrued using the effective interest method, unless the use of the straight-line method would not produce significantly different results.

Investments. GASBS 25 established the requirement that plan investments, whether equity or debt securities, real estate, or other investments (excluding insurance contracts) should be reported at their fair value at the reporting date.

*NOTE: While many debt securities and equity securities are now required to be reported at fair value by GASB Statement 31 (GASBS 31), **Accounting and Financial Reporting for Certain Investments and for External Investment Pools**, at the time of issuance of GASBS 25, reporting investments at fair value was a significant change for pension plans, since prior to GASBS 25 plans were reporting investments on a variety of bases, including cost, amortized cost, and market value, as well as a combination of these different bases. It is important to note that the GASBS 25 requirements for reporting investments at fair value are more inclusive than the requirements of GASBS 31. For example, real estate and venture capital investments are required to be reported at fair value under GASBS 25.*

The *fair value* of an investment is the amount that the plan could reasonably expect to receive for the investment in a current sale between a willing buyer and a willing seller, other than in a forced liquidation or sale. Fair value should be measured using the market price for an investment, provided that there is an active market for the investment. If there is not an active market for an investment, selling prices for similar investments where there is an active market would be helpful in determining the market value for the investment.

NOTE: If a particular debt security is not traded in an active market, the financial statement preparer might find a debt security with similar terms and a similar credit rating by the issuer that does trade on an active market to estimate the fair value of the plan's debt security.

If a market price is not available for an investment, a forecast of expected cash flows may be used in estimating fair value, provided that the expected cash flows are discounted with an interest rate commensurate with risk of the investment involved.

Chapter 14 discusses the GASBS 31 guidance for determining the fair value of option contracts and written call option contracts, open-end mutual funds, external investment pools, and interest-earning investment contracts. That guidance should be used by defined benefit pension plans in reporting the fair values of these assets.

The reporting of insurance contracts by defined benefit pension plans is determined by whether they are considered allocated insurance contracts or unallocated insurance contracts.

An *allocated insurance contract* is defined by GASBS 25 as "A contract with an insurance company under which related payments to the insurance company are currently used to purchase immediate or deferred annuities for individual members." Allocated insurance contracts are also known as *annuity contracts*.

An *unallocated insurance contract* is defined by GASBS 25 as "A contract with an insurance company under which payments to the insurance company are accumulated in an unallocated pool or pooled account (not allocated to specific members) to be used either directly or through the purchase of annuities to meet benefit payments when employees retire. Monies held by the insurance company under an unallocated contract may be withdrawn and otherwise invested."

Unallocated insurance contracts may be reported at the contract value. In addition, since allocated insurance contracts are purchased for specific members, they should be excluded from the net assets of the defined benefit pension plan.

Assets used in operations. In addition to the investment discussed above, the defined benefit pension plan may have plan assets that are used in plan operations. These assets may include buildings, office equipment, furnishings, leasehold improvements, and so forth. Assets that are used in the plan's operations should be reported in the financial statements at historical cost less accumulated depreciation and amortization.

Liabilities. Plan liabilities usually include some amounts for benefits or refunds of contributions that are due to plan members and beneficiaries. Additionally, accrued investment and administrative expenses are liabilities normally reported by defined benefit pension plans. Since securities transactions are recorded on a trade date basis, there are also likely to be amounts recorded for securities that have been purchased, but which have not reached their settlement date.

Plan liabilities for benefits and refunds should be recognized when due and payable in accordance with the terms of the plan. Accordingly, accruals for benefits and refunds are not recorded. Rather, a liability is recorded for benefits and refunds when they are both due and payable. All other plan liabilities should be recognized on the accrual basis. Benefits that are payable from contracts that are excluded from plan assets (see allocated insurance contracts above) for which payments to the insurance company have been made should be excluded from plan liabilities.

Plan net assets. The net assets of the plan represent the difference between the plan's assets and the plan's liabilities as of the reporting date. The defined benefit pension plan's statement of plan net assets should caption these amounts as "net assets held in trust for pension benefits," with a parenthetical reference to the plan's schedule of funding progress (described later in this chapter). When a defined benefit pension plan's financial statements are included in the financial report of the employer or sponsor, the difference between total plan assets and total plan liabilities should be captioned as "fund balance reserved for employees' pension benefits."

Exhibit 1 provides a sample format of a plan's statement of plan net assets.

Exhibit 1

City of Anywhere
Retirement System
Statements of Plan Net Assets
June 30, 20X2 and 20X1
(in thousands)

	20X2	*20X1*
Assets		
Cash	$x,xxx	$x,xxx
Receivables:		
Receivables for investment securities sold	x,xxx	x,xxx
Accrued interest and dividends receivable	x,xxx	x,xxx
Employer contributions receivable	x,xxx	x,xxx
Total receivables	x,xxx	x,xxx
Investments at fair value:		
Commercial paper	x,xxx	x,xxx
Securities purchased under agreements to resell	x,xxx	x,xxx
Short-term investment fund	x,xxx	x,xxx
Debt securities:		
US government	x,xxx	x,xxx
Corporate	x,xxx	x,xxx
International investment fund—fixed income	x,xxx	x,xxx
Foreign	x,xxx	x,xxx
Equity securities	x,xxx	x,xxx
Collateral from securities lending transactions	x,xxx	x,xxx
Total investments	x,xxx	x,xxx
Other assets	x,xxx	x,xxx
Total assets	x,xxx	x,xxx
Liabilities		
Accounts payable	x,xxx	x,xxx
Payables for investment securities purchased	x,xxx	x,xxx
Benefits payable	x,xxx	x,xxx
Securities lending transactions	x,xxx	x,xxx
Total liabilities	x,xxx	x,xxx
Contingent liabilities (Note X)	——	——
Plan net assets held in trust for pension benefits	$x,xxx	$x,xxx

See accompanying notes to financial statements.

Statement of changes in plan net assets. The statement of changes in plan net assets can be viewed as the "operating" statement of the defined benefit pension plan. Consistent with the statement of plan net assets, this statement is prepared using the accrual basis of accounting, consistent with the recognition criteria for assets and liabilities discussed above.

The information presented in the statement of changes in plan net assets is presented in two sections—additions and deductions. The difference between total additions and total deductions is reported as the "net increase (or decrease) for the year in plan net assets."

Additions. GASBS 25 requires that the additions to plan net assets be presented in these four separately displayed categories.

- Contributions from the employer(s)
- Contributions from plan members, including those transmitted by the employer(s)
- Contributions from sources other than employer(s) and plan members, such as the contributions from a state government to local government defined benefit pension plans
- Net investment income, including the following:
  - — The net appreciation (depreciation) in the fair value of investments. (This amount should include realized gains and losses on investments that were both bought and sold during the year. Realized and unrealized gains and losses should not be separately displayed in the financial statements. However, plans may disclose realized and unrealized gains and losses in the notes to the financial statements, provided that the amounts disclosed include all realized gains and losses for the year, computed as the difference between the proceeds of sale and the original cost of investments sold. GASBS 25 requires that if realized and unrealized gains or losses are disclosed, the disclosure should state that [a] the calculation of realized gains and losses is independent of the calculation of net appreciation [depreciation] in the fair value of plan investments and [b] unrealized gains and losses on investments sold in the current year that had been held for more than one year were included in the net appreciation [depreciation] reported in the prior years and in the current year.)
  - — Interest income, dividend income, and other income not reported as part of the amount of net appreciation (depreciation) in plan net assets. (Note that consistent with reporting investments at fair value, interest income should be reported at the stated interest rate. Any premium or discount on debt securities should not be amortized. Also, interest and dividend income may be combined with the net appreciation or depreciation in the fair value of investments or may be shown separately.)
  - — Total investment expenses, separately displayed, including investment management and custodial fees and all other significant investment related costs. (Nevertheless, plans are not required to include in the reported amount of investment expenses those investment-related costs not readily separable from investment income [i.e., the income is reported net of related expenses] or the general administrative expenses of the plan.)

Deductions. The deductions portion of the statement of changes in plan net assets should separately display

- Benefits and refunds paid to plan members and beneficiaries
- Total administrative expenses

The amount reported for benefit payments should not include payments made by an insurance company in accordance with a contract that is excluded from plan assets. However, amounts paid by the plan to an insurance company under such a contract (including purchases of annuities with amounts allocated from existing investments with the insurance company) should be included in benefits paid. The amounts reported by the plan for these amounts may be presented net of the plan's dividend income for the year on excluded contracts.

Exhibit 2 provides a sample of a plan's statement of changes in plan net assets.

Exhibit 2

City of Anywhere
Retirement System
Statements of Changes in Plan Net Assets
Years ended June 30, 20X2 and 20X1
(in thousands)

	20X2	*20X1*
Additions:		
Contributions:		
Member contributions	$x,xxx	$x,xxx
Employer contributions	x,xxx	x,xxx
Total contributions	x,xxx	x,xxx
Investment income:		
Interest income	x,xxx	x,xxx
Dividend income	x,xxx	x,xxx
Net appreciation in fair value of investments	x,xxx	x,xxx
Total investment income	x,xxx	x,xxx
Less investment expenses	x,xxx	x,xxx
Net investment income	x,xxx	x,xxx
Other:		
Payments from other funds and other revenues	x,xxx	x,xxx
Total additions	x,xxx	x,xxx
Deductions:		
Benefit payments and withdrawals	x,xxx	x,xxx
Total deductions	x,xxx	x,xxx
Net increase	x,xxx	x,xxx
Net assets held in trust for pension benefits:		
Beginning of year	x,xxx	x,xxx
End of year	$x,xxx	$x,xxx

See accompanying notes to financial statements.

Note disclosures. The statement of plan net assets and the statement of changes in plan net assets are the primary financial statements for defined benefit pension plans prescribed by GASBS 25. In addition to the schedules that are presented as required supplementary information (described in the following pages) GASBS 25 also requires that all of the following disclosures be made in either of the instances when the financial statements are presented as follows:

- In a stand-alone plan financial report
- Solely in the financial report of an employer as a pension trust fund

GASBS 25 provides that when a plan's financial statements are presented in both an employer's report and a publicly available stand-alone plan financial report that complies with these requirements, the employer may limit its pension trust fund disclosures to those required by items A(1), B, C(4), and D, provided that the employer discloses information about how to obtain the stand-alone financial plan financial report.

NOTE: In other words, GASBS 25 reduces the disclosure requirements for an employer that reports a defined benefit pension plan as a pension trust fund, provided that the plan issues its own stand-alone statements. Theoretically, the financial statement reader should be able to read the report of the plan to obtain information that he or she needs, instead of repeating all of these disclosures in the employer's financial statements.

The following are the GASBS 25 required disclosures:

A. Plan description
   1. Identification of the plan as a single-employer, agent multiemployer, or cost-sharing multiemployer defined benefit pension plan and disclosure of the number of participating employers and other contributing entities
   2. Classes of employees covered (such as general employees and public safety employees) and the current membership, including the number of retirees and beneficiaries currently receiving benefits, terminated members entitled to but not yet receiving benefits, and current active members (if the plan is closed to new entrants, that fact should be disclosed).
   3. A brief description of the plan's benefit provisions, including the types of benefits, the provisions or policies with respect to automatic and ad hoc postretirement benefit increases, and the authority under which benefit provisions are established or may be amended. (Automatic increases are periodic increases specified in the terms of the plan that are nondiscretionary except to the extent that the plan terms can be changed. Ad hoc increases may be granted periodically by a decision of the board of trustees, legislature, or other authoritative body if both the decision to grant an increase and the amount of the increase are discretionary.)

B. Summary of significant accounting policies
   1. Basis of accounting, including the policy with respect to the recognition in the financial statements of contributions, benefits paid, and refunds paid
   2. Brief description of how the fair value of investments is determined

C. Contributions and reserves
   1. Authority under which the obligations to contribute to the plan of the plan members, employer(s), and other contributing entities are established or may be amended

2. Funding policy, including a brief description of how contributions of the plan members, employer(s), and other contributing entities are determined (for example, by statute, through an actuarial valuation, or in some other manner) and how the costs of administering the plan are financed
3. Required contribution rates of active plan members, in accordance with the funding policy
4. Brief description of the terms of any long-term contracts for contributions to the plan and disclosure of the amounts outstanding at the reporting date
5. The balances in the plan's legally required reserves at the reporting date (Amounts of net assets designated by the plan's board of trustees or other governing body for a specific purpose may also be disclosed but should be captioned as designations, rather than reserves. A brief description should also be provided of the purpose of each reserve and designation disclosed and of whether the reserve is fully funded.)

D. Concentrations—Identification of investments (other than those issued or guaranteed by the US government) in any one organization that represent 5% or more of plan net assets

Required supplementary information. GASBS 25 requires that defined benefit pension plans present certain information as "required supplementary information" immediately after the footnotes to the financial statements. In presenting this information, the defined benefit pension plan should take into consideration the following requirements and exceptions provided for by GASBS 25:

- The amounts reported in the schedules of required supplementary information should not include assets, benefits, or contributions for postemployment health care benefits. (The requirements for reporting these amounts are discussed later in this chapter.)
- Defined benefit pension plans may elect to report the information specified for one or both of the required schedules either as
  - — A statement of funding progress and/or a statement of employer contributions. (These statements must be in addition to and separate from the statement of plan net assets and the statement of changes in plan net assets.)
  - — Notes to the financial statements

Exhibit 3 provides a sample of a plan's schedule of funding progress.

Exhibit 3

City of Anywhere
Retirement System
Schedule of Funding Progress
(In conformity with the plan's funding method)
(in thousands)

(Unaudited)

Actuarial valuation date June 30	(1) *Actuarial value of assets*	(2) *Actuarial accrued liability (AAL) frozen entry age*	(3) *Unfunded AAL (UAAL)* (2) – (1)	(4) *Funded ratio* (1) ÷ (2)	(5) *Covered payroll*	(6) *UAAL as a percentage of covered payroll* (3) ÷ (5)
20X6	$x,xxx	x,xxx	x,xxx	xx.x%	$x,xxx	xx.x%
20X5*	x,xxx**	x,xxx	x,xxx	xx.x%	x,xxx	xx.x%
20X4	x,xxx	x,xxx	x,xxx	xx.x%	x,xxx	xx.x%
20X3	x,xxx	x,xxx	x,xxx	xx.x%	x,xxx	xx.x%
20X2	x,xxx	x,xxx	x,xxx	xx.x%	x,xxx	xx.x%
20X1	x,xxx	x,xxx	x,xxx	xx.x%	x,xxx	xx.x%

* *Revised economic and noneconomic assumptions due to experience review.*
** *Reestablished the actuarial asset value to equal market value.*

A. For the year ended June 30, 20X5 and later, the valuation method was changed from an end of year to a beginning of year convention.

B. The change in the actuarial asset valuation method (AAVM) as of June 30, 20X5, to reflect a market basis for investments held by the plan was made as one component of an overall revision of actuarial assumptions and methods as of June 30, 20X5.

   Under the prior AAVM, the actuarial asset value (AAV) was reset to market value (i.e., market value restart) as of June 30, 20X5. The prior AAVM recognized expected investment returns immediately and phased in investment returns greater or less than expected (i.e., unexpected investment returns [UIR]) over five years at a rate of 20% per year (or at a cumulative rate of 20%, 40%, 60%, 80%, and 100% over five years).

   The AAVM used as of June 30, 20X6 is a modified version of the typical five-year average of market values used previously.

   The modification in the AAVM as of June 30, 20X6, had no impact on fiscal year 20X6 employer contributions but will impact employer contributions beginning fiscal year 20X7.

C. To effectively assess the funding progress of the plan, it is necessary to compare the actuarial value of assets and the actuarial accrued liability calculated in a manner consistent with the plan's funding method over a period of time. The actuarial accrued liability is the portion of the actuarial present value of pension plan benefits and expenses that is not provided for by future normal costs and future member contributions.

D. The unfunded actuarial accrued liability is the excess of the actuarial accrued liability over the actuarial value of assets. This is the same as unfunded frozen actuarial accrued liability, which is not adjusted from one actuarial valuation to the next to reflect actuarial gains and losses.

If presented either as separate statements (as opposed to schedules) or in the footnotes, the same items of information are required in the following paragraphs for the most recent year (actuarial valuation) available. Information for one or more prior years may also be included.

- Plans that use the aggregate actuarial cost method (defined later) in accordance with the parameters (defined later) should present the required schedule of employer contributions. These plans are not required to present a schedule of funding progress, but should disclose that the aggregate method is used.
- Employer reporting. When a cost-sharing or agent plan's financial statements are included in an employer's financial report (as a pension trust fund), the employer is not required to present schedules of required supplementary information for that plan, provided that (1) the required schedules are included with the plan's financial statements in a publicly available stand-alone financial report and (2) the employer includes in its own set of financial statements the information about how to obtain the stand-alone plan financial report. When the financial statements of a single-employer plan are included in the employer's report, the employer should disclose the availability of the stand-alone plan report and the information required for the schedule of funding progress for the three most recent actuarial valuations. (In addition, the employer should not present the schedule of employer contributions for the plan.) If the financial statements and required schedules of the plan are not publicly available in a stand-alone plan financial report, the employer should present both schedules for each plan included in the employer's report, for all years required.

Exhibit 4 provides a sample of a plan's schedule of employer contribution.

Exhibit 4

City of Anywhere
Retirement System
Qualified Pension Plan
Schedule of Employer Contribution
(in thousands)

(Unaudited)

Year ended June 30	*Annual required contribution*	*Percentage contributed*
20X7	$x,xxx	100%
20X6	x,xxx	100
20X5	x,xxx	100
20X4	x,xxx	100
20X3	x,xxx	100
20X2	x,xxx	100

NOTE: This schedule would note trend information that would affect the funded status of the plan, such as a discussion of the impact if the employer did not contribute an amount equal to the ARC in any of the years presented.

Parameters. The information presented in the schedules as required supplementary information is based on actuarial valuations. GASBS 25 requires that an actuarial valuation be performed at least biennially. The actuarial valuation date does not have to be the same as the plan's reporting date, but should generally be as of the same date each year or every other year. A new valuation should be performed if significant changes have occurred since the previous valuation in benefit provisions, the size or composition of the population covered by the plan, or other factors that affect the results of the valuation.

All actuarially determined information reported for the current year in the schedule of funding progress should be based on the results of an actuarial valuation performed in accordance with certain parameters specified by GASBS 25 as of a date not more than one year (two years for biennial valuations) before the plan's reporting date for that year.

The actuarially determined pension information should be calculated in accordance with the following requirements, which should be consistently applied. The actuarial methods and assumptions applied for financial reporting should be the same methods and assumptions applied in determining the plan's funding requirements. Thus, a plan and its participating employer should apply the same actuarial methods and assumptions in determining similar or related information included in their respective financial reports. Accordingly, the parameters described below are really the same parameters that the employer uses in preparing its funding requirements and related actuarial disclosures. Thus, there is a consistency between the actuarial requirements of GASBS 25 and GASBS 27.

Parameters for actuarial calculations. Neither GASBS 25 nor GASBS 27 specifies a rigid method for performing actuarial calculations, which includes the calculation of the annual required contributions or ARC, discussed in Chapter 18.

The ARC and all other actuarially determined pension information included in an employer's financial report should be calculated in accordance with the parameters.

Before looking at the specific parameters, there are two broad concepts that overlay the specific parameters.

- The actuarial methods and assumptions applied for financial reporting purposes should be the same methods and assumptions applied by the actuary in determining the plan's funding requirements (unless one of the detailed parameters requires the use of a different method or assumption). For example, if the actuary uses an investment return assumption of 7% for arriving at the actuarially determined contribution to the plan, the same 7% should be used in calculating the ARC and the other financial report disclosures.
- A defined benefit pension plan and its participating employer should apply the same actuarial methods and assumptions in determining similar or related information included in their respective reports. This same provision (and the same parameters) are included in GASBS 25 for the plan's financial statements. For example, continuing the investment return assumption example, if a 7% rate is used by the actuary for the calculations needed for the plan's financial statements, the same 7% assumption should be used by the actuary for the calculations performed for the employer's financial statements, which would include the funding calculation assumptions as described in the previous item.

The specific parameters with which the actuarial calculations must comply are as follows:

- Benefits to be included
- Actuarial assumptions
- Economic assumptions
- Actuarial cost method
- Actuarial value of assets
- Employer's annual required contribution—ARC
- Contribution deficiencies and excess contributions

The following paragraphs describe each of these parameters. Again, while these are fairly technical requirements that may be more understandable by actuaries, the financial statement preparer should be familiar enough with these requirements to determine whether the actuary has performed his or her calculations in accordance with these parameters.

Benefits to be included. The actuarial present value of total projected benefits is the present value (as of the actuarial valuation date) of the cost to finance benefits payable in the future, discounted to reflect the expected effects of the time value of money and the probability of payment. Total projected benefits include all benefits estimated to be payable to plan members (which includes retirees and beneficiaries, terminated employees entitled to benefits and not yet receiving them, and currently active members) as a result of their service through the valuation date and their expected future service. The benefits to be included should be those pension benefits provided to plan members in accordance with

- The terms of the plan
- Any additional statutory or contractual agreement to provide pension benefits through the plan that is in force at the actuarial valuation date. (For example, additional agreements might include a collective-bargaining agreement or an agreement to provide ad hoc cost-of-living adjustments and other types of postretirement benefit increases not previously included in the plan terms.)

Benefits provided by means of an allocated insurance contract for which payments to an insurance company have been made should be excluded from the calculation of the actuarial present value of total projected benefits, and the allocated insurance contracts should be excluded from plan assets. Allocated insurance contracts are those under which the related payments to the insurance company are used to purchase immediate or deferred annuities for individual pension plan members.

Actuarial assumptions. Actuarial assumptions are those that relate to the occurrence of future events affecting pension costs. These would include assumptions as to mortality, withdrawal, disablement and retirement, changes in compensation and government-provided pension benefits, rates of investment earnings and asset appreciation or depreciation, procedures used to determine the actuarial value of assets, and characteristics of future members entering the plan, as well as any other relevant items considered by the plan's actuary.

GASBS 25 requires that actuaries select all actuarial assumptions in accordance with Actuarial Standard of Practice 4, *Measuring Pension Obligations*, which is issued and periodically revised by the Actuarial Standards Board. While the details of this Standard are beyond the scope of this book, actuarial assumptions generally should be based on the actual experience of the covered group, to the extent that credible experience data are available. The covered group represents the plan members included in the actuarial valuations. These assumptions should emphasize the expected long-term trends rather than give undue weight to recent experience. In addition, the reasonableness of each actuarial assumption should be considered independently, while at the same time in the assumptions, consistency with other assumptions and the combined impact of all of the assumptions should be considered.

Economic assumptions. Economic assumptions used by the actuary are included with the requirements described above for the actuarial assumption parameter. However, GASBS 25 provides additional guidance in a specific parameter relating to economic assumptions. The two main economic assumptions frequently used in actuarial valuations are the investment return assumption and the projected salary increase assumption.

- The investment return assumption (or discount rate) is the rate used to adjust a series of future payments to reflect the time value of money. This rate should be based on an estimated long-term investment yield for the plan, with consideration given to the nature and mix of current and expected plan investments and to the basis used to determine the actuarial value of plan assets (discussed further below).

NOTE: The outstanding investment returns achieved by some plans during the bull market for stocks beginning in the mid-1990s has focused attention on the appropriate discount rate to be used, given annual yields on equity securities which have exceeded 20% in many cases. As stated above, the discount rate is based upon long-term trends, not year-to-year fluctuations in investment performance. However, the magnitude of the stock market performance during this period has resulted in some plans changing their legally or contractually allowed investment mixes to permit a greater concentration of investments in equities, which have historically had higher rates of returns than fixed income securities. This has resulted in some plans increasing their discount rates to reflect the anticipated real, inflation-adjusted investment return on plan assets.

- The projected salary increase assumption is the assumption made by the actuary with respect to future increases in the individual salaries and wages of active plan members—that is, those members who are still active employees. The expected salary increases commonly include amounts for inflation, enhanced productivity, and employee merit and seniority. In other words, this assumption recognizes that a current employee who will retire in ten years will likely be earning a higher salary at the time of retirement. This higher salary has an impact on the amount of pension benefits that will be paid to the employee, and some of these benefits have already been earned by the employee.

The discount rate and the salary assumption (and any other economic assumptions) should include the same assumption with regard to inflation. For example, consider a plan that invests its assets only in long-term fixed income securities. In considering an appropriate discount rate, the actuary will consider the various components of the investment return on long-term fixed income securities, which consists of a real, risk-free rate of return, which the actuary adjusts for credit and other risk, including market risk tied to inflation. The inflation assumptions that the actuary uses in this calculation should be consistent with the inflation assumption used for determining the projected salary increases.

Actuarial cost method. An actuarial cost method is a procedure that actuaries use to determine the actuarial value of pension plan benefits and for developing an actuarially equivalent allocation of the value to time periods. This is how the actuary determines normal cost (a component of the ARC described later) and the actuarial accrued liability (the principal liability for benefits that is disclosed, also described later in this chapter).

GASBS 25 requires that one of the following actuarial cost methods be used:

- Entry age
- Frozen entry age
- Attained age
- Frozen attained age
- Projected unit credit
- Aggregate method

The following are the descriptions of each of these methods provided by GASBS 25 that should assist the financial statement preparer in understanding the basics of the actuarial cost method used by the actuary.

Entry age

A method under which the Actuarial Present Value of the Projected Benefits of each individual included in an Actuarial Valuation is allocated on a level basis over the earnings or service of the individual between entry age and the assumed exit age(s). The portion of this Actuarial Present Value allocated to a valuation year is called the Normal Cost. The portion of this Actuarial Present Value not provided for at a valuation date by the Actuarial Present Value of future Normal Costs is called the Actuarial Accrued Liability.

Frozen entry age

A method under which the excess of the Actuarial Present Value of Projected Benefits of the group included in an Actuarial Valuation, over the sum of the Actuarial Value of Assets plus the Unfunded Frozen Actuarial Accrued Liability, is allocated on a level basis over the earnings or service of the group between the valuation date and assumed exit. This allocation is performed for the group as a whole, not as a sum of individual allocations. The Frozen Actuarial Accrued Liability is determined using the Entry Age Actuarial Cost Method. The portion of this Actuarial Present Value allocated to a valuation year is called the Normal Cost.

Attained age

A method under which the excess of the Actuarial Present Value of Projected Benefits over the Actuarial Accrued Liability in respect of each individual included in an Actuarial Valuation is allocated on a level basis over the earnings or service of the individual between the valuation date and assumed exit. The portion of this Actuarial Present Value that is allocated to a valuation year is called the Normal Cost. The Actuarial Accrued Liability is determined using the Unit Credit Actuarial Cost Method.

Frozen attained age

A method under which the excess of the Actuarial Present Value of Projected Benefits of the group included in an Actuarial Valuation, over the sum of the Actuarial Value of Assets plus the Unfunded Frozen Actuarial Accrued Liability, is allocated on a level basis over the earnings or service of the group between the valuation date and assumed exit. This allocation is performed for the group as a whole, not as a sum of individual allocations. The Unfunded Frozen Actuarial Accrued Liability is determined using the Unit Credit Actuarial Cost Method. The portion of the Actuarial Present Value allocated to a valuation year is called the Normal Cost.

Unprojected (or projected) unit credit

A method under which the benefits (projected or unprojected) of each individual included in an Actuarial Valuation are allocated by a consistent formula to valuation years. The Actuarial Present Value of benefits allocated to a valuation year is call the Normal Cost. The Actuarial Present Value of benefits allocated to all periods prior to a valuation year is called the Actuarial Accrued Liability.

NOTE: While GASBS 27 lists the projected unit credit method as the acceptable actuarial cost method, it also states that the unprojected unit credit method is acceptable for plans in which benefits already accumulated for years of service are not affected by future salary levels.

Aggregate method

A method under which the excess of the Actuarial Present Value of Projected Benefits of a group included in an Actuarial Valuation over the Actuarial Value of Assets is allocated on a level basis over the earnings or service of the group between the valuation date and assumed exit. This allocation is performed for the group as a whole, not as a sum of individual allocations. That portion of the Actuarial Present Value allocated to a valuation year is called the Normal Cost. The Actuarial Accrued Liability is equal to the Actuarial Value of Assets.

Actuarial value of assets. The actuarial value of assets will not necessarily be the same as the value of the plan's assets reported in the plan's financial statements. Governmental pension plans report assets at fair value, which is similar to but not the same as the "market-related" actuarial value for assets prescribed by GASBS 27. As used in conjunction with the actuarial value of assets, a market-related value can be either an actual market value (or estimated market value) or a calculated value that recognizes changes in market value over a period of time, typically three to five years. Actuaries value plan assets using methods and techniques consistent with both the class and the anticipated holding period of assets, the investment return assumption, as well as other assumptions used in determining the actuarial present value of total projected benefits and current actuarial standards for asset valuation.

The reason other factors are considered by the actuary in valuing assets for purposes of the actuarial valuations is to smooth out year-to-year changes in the market value of assets. Significant year-to-year changes in the stock and bond markets might otherwise cause significant changes in contribution requirements, pension cost recognition, and liability disclosures. When consideration of the factors described in the preceding paragraph lead the actuary to conclude that such smoothing techniques are appropriate, there is a more consistent calculation of contributions, costs, and liabilities from year to year.

Employer's annual required contribution—ARC. As previously mentioned, the ARC is calculated actuarially in accordance with the parameters. The ARC has two components.

1. Normal cost
2. Amortization of the total unfunded actuarial accrued liability

The following paragraphs describe how actuaries determine these two amounts.

Normal cost. The normal cost component of the ARC represents the portion of the actuarial present value of pension plan benefits and expenses that is allocated to a particular year by the actuarial cost method. The descriptions of the actuarial cost methods provided in the preceding pages each include a determination of how the normal cost component is determined under each method.

Amortization of the total unfunded actuarial accrued liability. The total unfunded actuarial accrued liability is the amount by which the actuarial accrued liability exceeds the actuarial value of the assets of the plan. The actuarial accrued liability is an amount determined by the actuary as part of the actuarial valuation. It represents the amount of the actuarial present value of pension benefits and expenses that will not be provided for by future normal cost.

GASBS 27 has some very specific requirements as to how the unfunded actuarial accrued liability should be amortized. The underlying concept is that since the unfunded actuarial accrued liability will not be paid in the future through normal costs, it must be amortized and "paid" over a reasonable period of time so that the plan ultimately has sufficient assets in order to pay future pension benefits and expenses. Viewed still another way, amortizing the unfunded actuarial accrued liability will result in higher contributions to the plan, which will eliminate the unfunded actuarial accrued liability over time, resulting in plan assets being sufficient to pay the pension benefits and expenses of the plan.

GASBS 25 sets a maximum amortization period, a minimum amortization period and requirements for the selection of an amortization method. The following paragraphs describe each of these requirements:

- Maximum amortization period—There is a two-stage approach to implementing a maximum amortization period that is designed to ease the transition to the new requirements of both GASBS 25 and GASBS 27. For a period of not more than ten years from the effective date of GASBS 25 (which is for periods beginning after June 15, 1996), the maximum acceptable amortization period for the total unfunded actuarial accrued liability is forty years. After this initial ten-year transition period, the maximum acceptable amortization period for the unfunded actuarial accrued liability is reduced to thirty years.

  There are several factors which give rise to unfunded actuarial accrued liability, such as the effects of plan amendments that in effect give rise to "retroactive" benefits for plan members as well as investment earnings either exceeding or falling short of the investment return assumption used in the actuarial valuation. GASBS 27 permits the total unfunded actuarial liability to be amortized as one amount or the components of the total may be amortized separately. When the components are amortized separately, the individual amortization periods should be set so that the equivalent single amortization period for all components does not exceed the maximum acceptable period. The equivalent single amortization period is the number of years incorporated in a weighted-average amortization factor for all components combined. The weighted-average amortization factor should be equal to the total unfunded actuarial liability divided by the sum of the amortization provisions for each of the separately amortized components.

- Minimum amortization period—GASBS 25 sets a minimum amortization period to be used where a significant decrease in the total unfunded actuarial liability generated by a change from one of the acceptable actuarial cost methods to another, or by a change in the methods used to determine the actuarial value of assets. The minimum amortization period in these instances is ten years. The minimum amortization period is not required when a plan is closed to new entrants and all or almost all of the plan's members have retired.

NOTE: This provision is designed to prevent manipulation of the annual pension cost. The selection of the actuarial cost method and the valuation methods for the plan's assets are within the control of the plan, its actuary, and perhaps the employer. If one of these two changes resulted in a significant reduction in the unfunded actuarial accrued liability and this whole benefit was recognized by the actuary in one year, this could result in a very significant reduction of the annual pension cost in the year that the changes were recognized. The ten-year minimum amortization period for these types of changes reduces the benefit of changing methods solely to manipulate annual pension cost amounts.

Amortization method. There are two acceptable methods to amortize unfunded actuarial accrued liability under GASBS 27. These are

1. Level dollar amortization method
2. Level percentage of projected payroll amortization method

Level dollar amortization method. In the level dollar amortization method, the amount of the unfunded actuarial accrued liability is amortized by equal dollar amounts over the amortization period. This method works just like a mortgage. The payments are fixed and consist of differing components of interest and principal. Expressed in real dollars (that is excluding the effects of inflation) the amount of the payments actually decreases over time, assuming at least some inflation. In addition, since payroll can be expected to increase as a result of at least some inflation, the level dollar payments will decrease as a percentage of payroll over time.

Level percentage of projected payroll amortization method. The level percentage of projected payroll method calculates amortization payments so that they are a constant percentage of the projected payroll of active plan members over a given number of years. The dollar amount of the payments generally will increase over time as payroll increases due to inflation. In real dollars, the amounts of the payments remain level, since the inflation effect is accounted for by the payroll increases due to inflation.

If this method is used, the assumed payroll growth rate should not include an assumed increase in the number of active members of the plan. However, projected decrease in the number of active members should be included if no new members are permitted to enter the plan.

The amortization calculated in accordance with the preceding paragraphs, when added to the normal cost also described above, is the amount of the ARC for the year.

Contribution deficiencies and excess contributions. This is the final parameter included in GASBS 25. A contribution deficiency or excess contribution is the difference between the ARC for a given year and the employer's contributions in relation to the ARC. Amortization of a contribution deficiency or excess contribution should begin at the next actuarial valuation, unless settlement is expected not more than one year after the deficiency occurred. If the settlement has not occurred by the end of that term, amortization should begin at the end of the next actuarial valuation.

Required supplementary schedules. Using the parameters described above, in conjunction with the actuarial methods and assumptions used in calculating contribution requirements and disclosures for the employer's financial statements, the defined benefit pension plan should prepare the two schedules of required supplementary information using the following additional guidance of GASBS 25.

Schedule of funding progress. This schedule is designed to inform the reader of how well-funded the defined benefit pension plan is as of the annual actuarial valuations. This is accomplished by comparing the actuarial accrued liability with the actuarial value of the plan assets.

The schedule of funding progress should present the following information for each of the past six consecutive fiscal years of the defined benefit pension plan, at a minimum:

- Actuarial valuation date
- Actuarial value of plan assets
- Actuarial accrued liability
- Total unfunded accrued liability
- Actuarial value of assets as a percentage of the actuarial accrued liability (this amount is known as the *funded ratio.*)
- Annual covered payroll
- Ratio of the unfunded actuarial liability to the covered payroll

The amount of covered payroll contained in this schedule should include all elements of compensation paid to active employees on which contributions to a pension plan are based. For example, if pension contributions are calculated on base pay including overtime, the amount reported as covered payroll should include overtime compensation.

NOTE: The actuarial value of assets reported in this schedule is computed by the actuary in accordance with the parameters described above. Accordingly, this amount will differ from the amount reported as the plan net assets. It is sometimes confusing to financial statement readers (and occasionally to financial statement preparers) that there are two different amounts reported as what can simply be viewed as the assets of the defined benefit pension plan. As explained above, the difference relates to the smoothing techniques that actuaries use in valuing assets that lessen the effects of year-to-year fluctuations in the value of assets.

Schedule of employer contributions. This schedule is designed to provide the financial statement reader with information regarding the contributions to the defined benefit pension plans, including whether the actuarially required contributions have been contributed to the plan.

The schedule of employer contributions should present the following information for each of the past six consecutive fiscal years of the plan, at a minimum:

- Dollar amount of the ARC applicable to each year, computed in accordance with the parameters
- Percentage of that ARC that was recognized in the plan's statement of changes in plan net assets for that year as contributions from the employer(s)

When the plan's funding policy includes contributions from sources other than plan members and the employer(s), the required contributions of those other contributing entities and the percentage recognized as made should be included in the schedule of employer contributions. This amount should be entitled "contributions from the employer(s) and other contributing entities."

Transition period. These two schedules provide historical information over a period covered by the latest six actuarial valuations, which may not all be available during the first five years of transition to GASBS 25. The required schedules of employer contributions and funding progress should include information for the current year and as many of the prior years as information according to the parameters is available. GASBS 25 specifically states that the schedules should not include information that does not meet the parameters.

Disclosure requirements—Notes to the required schedules. GASBS 25 prescribes the following note disclosures that should accompany the schedules of required supplementary information:

A. Identification of the actuarial methods and significant assumptions used for the most recent year reported in the required schedules, including the actuarial cost method(s) used to determine the actuarial value of assets, and the assumptions with respect to the

   1. Inflation rate
   2. Investment return
   3. Projected salary increases
   4. Postretirement benefit increases

   If the economic assumptions contemplate different rates for successive years, the rates that should be disclosed are the ultimate rates.

   The amortization method (level dollar or level percentage of projected payroll) and the amortization period (the equivalent single amortization period, for plans that use multiple periods) for the most recent actuarial valuation and whether the period is closed or open should also be disclosed.

Plans that use the aggregate actuarial cost method should disclose that the method does not identify or separately amortize unfunded actuarial liabilities.

B. Factors that significantly affect the identification of trends in the amounts reported in the required schedules; including, for example, changes in benefit provisions, the size or composition of the population covered by the plan, or the actuarial methods and the assumptions used

NOTE: Meeting these disclosure requirements will require a detailed review of several years' actuarial reports.

DEFINED CONTRIBUTION PENSION PLANS

GASBS 25 does not change the accounting requirements for defined contribution plans. The accounting for defined contribution plans should follow the guidelines of financial reporting for pension trust funds discussed in Chapter 13. GASBS 25 does, however, contain a number of disclosure requirements for defined contribution plans, listed below.

As with the disclosure requirements for defined benefit pension plans, the required disclosures for employers with defined contribution plans are reduced when the plan itself issues separate financial statements. The notes to the financial statements of a defined contribution plan should include all disclosures required as specified below when the financial statements are presented (1) in a stand-alone financial report of the plan or (2) solely in the financial report of an employer. When a plan's financial statements are presented in both an employer's report and a publicly available stand-alone plan financial report that includes all of the following disclosures, the employer may limit its plan disclosures to those required by items A.1., B, and C, provided that the employer discloses information about how to obtain the stand-alone plan financial report.

A. Plan description
   1. Identification of the plan as a defined contribution plan and disclosure of the number of participating employers and other contributing entities
   2. Classes of employees covered, such as general employees, public safety employees, and the total current membership
   3. A brief description of plan provisions and the authority under which they are established or may be amended
   4. Contribution requirements, such as the contribution rates in dollars or as a percentage of salary, of the plan members, employer(s) and other contributing entities, and the authority under which the requirements are established or may be amended

B. Summary of significant accounting policies—Basis of accounting, fair value of plan assets (unless plan assets are reported at fair value), and a brief description of how the fair value was determined

C. Concentrations—Identification of investments (other than those issued or guaranteed by the US government) in any one organization that represents 5% or more of plan net assets

POSTEMPLOYMENT HEALTH CARE PLANS ADMINISTERED BY DEFINED BENEFIT PENSION PLANS

GASBS 26, *Financial Reporting for Postemployment Health Care Plans Administered by Defined Benefit Plans*, provides accounting and financial reporting guidance to defined benefit plans that administer postemployment health care plans on the information to include in the financial reports about the postemployment health care plan.

For financial reporting purposes, GASBS 26 considers postemployment health care benefits to include medical, dental, vision, and other health-related benefits. When postemployment health care benefits are provided through a defined benefit pension plan, those benefits and the assets accumulated for their payment are considered, in substance, a postemployment health care plan administered by, but not part of, the pension plan.

Chapter 1 describes two Exposure Drafts issued by the GASB which will affect the accounting and financial reporting for postemployment benefits other than pensions.

Financial Statements

When a defined benefit pension plan administers a postemployment health care plan, the financial report of the defined benefit pension plan should include

- Management's discussion and analysis
- A statement of postemployment health care plan net assets
- A statement of changes in postemployment health care plan net assets
- Notes to the financial statements

All of these statements should be prepared in accordance with the pension accounting standards, which are described in the first part of this chapter.

The notes to the financial statements should include a brief description of the eligibility requirements for the postemployment health care benefits and the required contribution rates of the employer. All required financial statement information for, respectively, pensions and health care should be presented in separate columns of combining financial statements.

When the defined benefit pension plan is included in the financial reporting entity of the employer as a pension trust fund, GASBS 26 does not require that combining statements of pension plan net assets and postemployment health care plan net assets be presented. However, the net assets of the combined statement for the pension trust fund should be subdivided and reported as "net assets reserved for employees' pension benefits" and "net assets reserved for employees' postemployment health care benefits." The increase or decrease for the year in net assets should be similarly subdivided in the combined statement of changes in plan net assets.

Supplementary Schedules

The required supplementary schedules of employer contributions and funding progress described above for defined benefit pension plans are not required for a postemployment health care plan. However, if the plan elects to provide these schedules for the postemployment health care plan, GASBS 26 requires that the schedules include all information required for the pension plan. In other words, the plan can choose whether to present the schedules, but it cannot choose which of the required schedule information it presents if it decides to present the schedules.

If the schedules are presented for the postemployment health care plan, the parameters described above for defined benefit pension plans need not be applied in determining the information presented in the supplementary health care schedules. However, the methods and assumptions used for these schedules should be consistent, consistently applied, and disclosed in accordance with the requirements for the notes to the required pension schedules.

The plan should also disclose the health care inflation assumption for the most recent year reported in the schedules. When the plan and the participating employer provide similar or related information about the postemployment health care plan (funded status or the employer's required contributions to the plan) in their respective reports, both entities should apply the same methods and assumptions in determining that information.

SUMMARY

The accounting and financial reporting for defined benefit pension plans is a specialized area that requires close coordination with the plan's actuary to develop and report all of the required disclosures. Pension plan financial statement preparers, however, should understand the actuarial methods and assumptions to a sufficient extent that they are able to take responsibility for the plan's financial statements, including the required supplementary information.

25 EDUCATIONAL INSTITUTIONS

INTRODUCTION

This chapter discusses the broad accounting and financial reporting requirements and practices for two groups of governmental educational institutions.

1. School districts
2. Governmental colleges and universities

The reader should also be aware that the GASB has significantly changed the accounting and financial reporting model for governmental colleges and universities, which is discussed later in this chapter.

SCHOOL DISTRICTS

In examining the accounting and financial reporting for school districts, the main area to examine is how the accounting and financial reporting for school districts would differ from that for general-purpose governments, which has been described throughout this guide.

First, school districts are governmental entities subject to the jurisdiction of the Governmental Accounting Standards Board (GASB). Second, school districts would prepare a Comprehensive Annual Financial Report (CAFR) in conformity with GAAP, as would any general-purpose government.

Beyond these commonalties, however, there are some practical differences likely to be encountered in accounting and financial reporting by school districts when compared to general-purpose governments. The following paragraphs highlight some of these differences.

Legal Compliance

One difference from general-purpose governments that the preparer of a school district's financial statements is likely to encounter is the requirement to use a standardized chart of accounts. State governments generally require school districts to prepare special-purpose reports used for a number of purposes by states, including the monitoring of state aid programs to the school districts. In order to provide consistency among school districts in these special reports, state governments generally require school districts to follow a uniform chart of accounts. In many cases, this uniform chart of accounts is based on the US Department of Education's publication Financial Accounting for Local and State School Systems. The use of a standardized chart of accounts by a school district should not in any way prevent the school district from preparing GAAP-based financial statements.

Fund Accounting

School districts should use fund accounting in conjunction with their various activities, using the guidance provided throughout this book. They are also subject to the requirements of GASBS 34 to present government-wide financial statements. Two activities that school districts are likely to encounter are as follows:

1. School districts generally report food service funds as either special revenue funds or enterprise funds. Federal commodities used in conjunction with these programs should be reported as inventory. Many school districts report the use of those commodities as revenues (with a corresponding expenditure) when the commodities are used. If a special revenue fund is used, the value of donated commodities should be reported as revenue when received.
2. Funds are often set up by school districts for student activities paid for from sources other than the school district's budget, such as special fundraising activities. For example, students may sell candy or other small items to support an after-school sports program. In these cases, the principal of the school is often responsible for administering these funds. Student activity funds should be included within the school's financial statements, if they are material. Student activity funds should be reported as a single special revenue fund or agency fund with subaccounts, if appropriate. An agency fund is appropriate if the assets of the student activity fund legally belong to the students. If not, a special revenue fund would be the more appropriate financial reporting classification for these funds. (A discussion of accounting for the cost of activities that include fund-raising is provided later in this chapter.)

Reporting Entity

A school district may be included in the reporting entity of another government, depending on the individual circumstances and the application of GASB Statement 14 (GASBS 14), *The Financial Reporting Entity*, which is described in Chapter 6. Many school districts are independent and are not included as part of any other entity's financial reporting entity. There are, however, school districts that are dependent on other governmental entities and meet the criteria of GASBS 14 requiring inclusion in the financial reporting entity of another government.

In some cases, a school district may qualify for inclusion in the reporting entity of more than one entity. For example, a school district may qualify to be part of the financial reporting entity of a city, the county in which the city is located, and the state in which the county is located. The school district should be reported in the financial reporting entity of only one of these entities. According to the 1994

GAAFR, as a general rule, the school district is reported in the financial reporting entity of the lowest level of government of which it qualifies as a component unit.

GASBS 14 provides specific guidance for elementary and secondary schools, noting that the combination of funding sources from local taxation and state aid formulas. GASBS 14 notes that in most cases, the entity status of a school district will be readily apparent as either part of a primary government or a component unit of a local government because either its governing board is separately elected or a voting majority is appointed by the local government. In other cases, however, school districts' governing boards are appointed by state officials, and the state may appear to be financially accountable for the school district because of the state aid distribution. The financial statement preparer will need to exercise judgment as to whether the school district should be considered a component unit of the state or of the local government. Usually, the fiscal dependency is on the local government, not the financial burden on the state created by legislatively established education aid distribution formulas. This fiscal dependency on the local government generally should govern the determination of the appropriate reporting entity for school districts with these governance and funding characteristics.

GOVERNMENTAL COLLEGES AND UNIVERSITIES

In November 1999, the GASB issued Statement 35 (GASBS 35), *Basic Financial Statements—and Management's Discussion and Analysis—for Public Colleges and Universities.* GASBS 35 amends GASBS 34 to include public college and universities within its scope.

As reported in last year's edition of this guide, the GASB changed tactics in providing for a new financial reporting model for public colleges and universities. Instead of working toward a specific new reporting model for public colleges and universities, GASBS 35 simply makes the provisions of GASBS 34 applicable to public colleges and universities.

Exhibits 1, 2, and 3 present sample statements based upon the example in GASBS 35.

Exhibit 1: Sample statement of net assets of a public university

Somewhere State University
Statement of Net Assets
June 20, 20XX

Assets	
Current assets:	
Cash and cash equivalents	$ xx,xxx
Short-term investments	xx,xxx
Accounts receivable, net	xx,xxx
Inventories	xx,xxx
Deposit with bond trustee	xx,xxx
Notes and mortgages receivable, net	xx,xxx
Other assets	xx,xxx
Total current assets	xxx,xxx

Noncurrent assets:	
Restricted cash and cash equivalents	xx,xxx
Endowment investments	xx,xxx
Notes and mortgages receivable, net	xx,xxx
Other long-term investments	xx,xxx
Investments in real estate	xx,xxx
Capital assets, net	xx,xxx
Total noncurrent assets	xxx,xxx
Total assets	xxx,xxx
Liabilities	
Current liabilities:	
Accounts payable and accrued liabilities	xx,xxx
Deferred revenue	xx,xxx
Long-term liabilities—current portion	xx,xxx
Total current liabilities	xx,xxx
Noncurrent liabilities:	
Deposits	xx,xxx
Deferred revenue	xx,xxx
Long-term liabilities	xx,xxx
Total noncurrent liabilities	xxx,xxx
Total liabilities	xxx,xxx
Net assets	
Invested in capital assets, net of related debt	
Restricted for:	
Nonexpendable:	
Scholarships and fellowships	xx,xxx
Research	xx,xxx
Expendable:	
Scholarships and fellowships	xx,xxx
Research	xx,xxx
Instructional department uses	xx,xxx
Loans	xx,xxx
Capital projects	xx,xxx
Debt service	xx,xxx
Other	xx,xxx
Unrestricted	xx,xxx
Total net assets	$xxx,xxx

Exhibit 2: Sample statement of revenues, expenses, and changes in net assets of a public university

Somewhere State University
Statement of Revenues, Expenses, and Changes in Net Assets
June 20, 20XX

Revenues	
Operating revenues:	
Student tuition and fees (net of scholarship allowances of $x,xxx)	$ xx,xxx
Patient services (net of charity care of $xx,xxx)	xx,xxx
Federal grants and contracts	xx,xxx
State and local grants and contracts	xx,xxx
Nongovernmental grants and contracts	xx,xxx
Sales and services of educational departments	xx,xxx
Auxiliary expenses:	
Residential life (net of scholarship allowances of $x,xxx)	xxx,xxx
Bookstore (net of scholarship allowances of $x,xxx)	xx,xxx
Other operating revenues	xx,xxx
Total operating revenues	xxx,xxx

Expenses	
Operating expenses:	
Salaries	
Faculty (physicians for the hospital)	xx,xxx
Exempt staff	xx,xxx
Nonexempt wages	xx,xxx
Benefits	xx,xxx
Scholarships and fellowships	xx,xxx
Utilities	xx,xxx
Supplies and other services	xx,xxx
Depreciation	xx,xxx
Total operating expenses	xxx,xxx
Operating income	xx,xxx
Nonoperating revenues (expenses)	
State appropriations	xx,xxx
Gifts	xx,xxx
Investment income (net of investment expense of $x,xxx for the primary institution and $x,xxx for the hospital)	xx,xxx
Interest on capital assets—related debt	(xx,xxx)
Other nonoperating revenues	xx,xxx
Net nonoperating revenues	xxx,xxx
Income before other revenues, expenses, gains, or losses	xxx,xxx
Capital appropriations	xx,xxx
Capital grants and gifts	xx,xxx
Additions to permanent endowments	xx,xxx
Increase in net assets	xxx,xxx
Net assets	
Net assets—beginning of year	xxx,xxx
Net assets—end of year	$xxx,xxx

Exhibit 3: Sample statement of cash flows of a public university

Somewhere State University
Statement of Cash Flows
June 20, 20XX

Cash flows from operating activities	
Tuition and fees	$ xx,xxx
Research grants and contracts	xx,xxx
Payments to suppliers	(xx,xxx)
Payments to employees	(xx,xxx)
Loans issued to students and employees	(xx,xxx)
Collection of loans to students and employees	xx,xxx
Auxiliary enterprise charges:	
Residence halls	xx,xxx
Bookstore	xx,xxx
Other receipts	xx,xxx
Net cash used by operating activities	(xx,xxx)
Cash flows from noncapital financing activities	
State appropriations	xx,xxx
Gifts and grants received for other than capital purposes:	
Private gifts for endowment purposes	xx,xxx
Net cash flows provided by noncapital financing activities	xx,xxx

Cash flows from capital and related financing activities	
Proceeds from capital debt	xx,xxx
Capital appropriations	xx,xxx
Capital grants and gifts received	xx,xxx
Proceeds from sale of capital assets	xx,xxx
Purchases of capital assets	(xx,xxx)
Principal paid on capital debt and lease	(xx,xxx)
Interest paid on capital debt and lease	(xx,xxx)
Net cash used by capital and related financing activities	(xx,xxx)
Cash flows from investing activities	
Proceeds from sales and maturities of investments	xx,xxx
Interest on investments	xx,xxx
Purchase of investments	(xx,xxx)
Net cash provided by investing activities	xx,xxx
Net increase in cash	xx,xxx
Cash—beginning of year	xx,xxx
Cash—end of year	$ xx,xxx
Reconciliation of net operating revenues (expenses) to net cash provided (used) by operating activities:	
Operating income (loss)	(xx,xxx)
Adjustments to reconcile net income (loss) to net cash provided (used) by operating activities:	
Depreciation expense	xx,xxx
Change in assets and liabilities:	
Receivables, net	xx,xxx
Inventories	xx,xxx
Deposit with bond trustee	xx,xxx
Other assets	(xx,xxx)
Accounts payable	(xx,xxx)
Deferred revenue	xx,xxx
Deposits held for others	(xx,xxx)
Compensated absences	xx,xxx
Net cash used by operating activities	$ (xx,xxx)

Reporting entity considerations. The provisions of GASBS 14 are applicable to determine the inclusion of a governmental college or university in the financial reporting entity of another governmental entity.

Costs of Activities That Include Fund-Raising

The AICPA has issued Statement of Position 98-2, *Accounting for Costs of Activities of Not-for-Profit Organizations and State and Local Governmental Entities That Include Fund-Raising* (SOP 98-2), which has been cleared by the GASB. It therefore should be considered as category B in the hierarchy of generally accepted accounting principles for governments (see Chapter 2 for additional details of this hierarchy).

While not many governments participate in fund-raising activities, many governmental colleges and universities do actively raise funds, and it is these organizations that the impact of the SOP will affect the most. That is not to say that other organizations, such as governmental health care providers, etc., will not also be required to comply with its requirements.

SOP 98-2 specifies criteria that it describes as purpose, audience, and content that, at a minimum, must be met before joint costs of joint activities can be allocated.

- If these three criteria are met, the costs of joint activities that are identifiable with a particular function should be charged to that function and joint costs should be allocated between fund-raising and the appropriate program or management and general function.
- If these three criteria are not met, all costs of the joint activity should be reported as fund-raising costs, regardless of whether these costs might otherwise be considered program or management and general costs if they had been incurred in a different activity. An exception to this rule is that costs of goods or services provided in exchange transactions that are part of joint activities (such costs of direct donor benefits of a special event, such as the cost of a meal provided at a fund-raising dinner) should not be reported as fund-raising.

The three criteria are generally described in SOP 98-2 as follows:

1. Purpose. The purpose criterion is met if the purpose of the joint activity includes accomplishing program or management and general functions.
    a. Program activities. To accomplish program functions, the activity should call for specific action by the audience that will help accomplish the entity's mission. (For example, if the purpose of the not-for-profit organization is to encourage good health, then mailing a brochure to an audience encouraging them to stop smoking, lose weight, etc., with suggestions as to how to go about these changes, then the call to specific action requirement is met and the considerations in the following paragraphs should be examined.)
    b. Program and management and general activities. For program activities that meet the call to action requirement (and for any management and general activity), determining whether the purpose criterion is met should be based upon the following considerations. (SOP 98-2 lists these factors in their order of importance, and that is the same order in which they are presented herein.)
        (1) Whether compensation or fees for performing the activity are based on contributions received. The purpose criterion is not met if a majority of compensation or fees for any party's performance of any component of the discrete joint activity is based on contributions raised for that discrete activity.
        (2) Whether a similar program or management and general activity is conducted separately and on a similar or greater scale. The purpose criterion is met if either of the two conditions are met.
            (a) Condition 1. The program component of the joint activity calls for a specific action by the recipient that will help accomplish the entity's mission and a similar program component is conducted without the fund-raising component, using the same medium and on a scale that is similar to or greater than the scale on which it is conducted with fund-raising.

(b) Condition 2. A management and general activity that is similar to the management and general component of the joint activity being accounted for is conducted without the fund-raising component, using the same medium and on a scale that is similar to or greater than the scale on which it is conducted with the fund-raising.

(3) Other evidence, if the factors discussed above do not determine whether the purpose criterion is met. All available evidence, both positive and negative, should be considered.

2. Audience. SOP 98-2 presumes that the audience criterion is not met if the audience includes prior donors or is otherwise selected based on the ability or likelihood to contribute to the not-for-profit organization. This presumption can be overcome if the audience is also selected for one or more of the reasons listed below.

   The following reasons may be used to satisfy the audience criterion where the audience includes no prior donors and is not based on its ability or likelihood to contribute to the not-for-profit organizations (these factors may also be used to rebut the audience presumption described in the preceding paragraph).

   a. The audience's need to use or reasonable potential for use of the specific action called for by the program component of the joint activity.
   b. The audience's ability to take specific action to assist the not-for-profit organization in meeting the goals of the program component of the joint activity.
   c. The not-for-profit organization is required to direct the management and general component of the joint activity to the particular audience or the audience has reasonable potential for use of the management and general component.

3. Content. The content criterion is met if the joint activity supports program or management or general functions, as follows:

   a. Program. The joint activity calls for specific action by the recipient that will help accomplish the not-for-profit organization's mission. If the need for the benefits of the action is not clearly evident, information describing the action and explaining the need for and benefits of the action.
   b. Management and general. The joint activity fulfills one or more of the not-for-profit organization's management responsibilities through a component of the joint activity.

SOP 98-2 clearly is very specific as to when joint costs can be allocated for joint activities. In fact, Appendix E of SOP 98-2 provides seventeen specific examples that should be used in applying the purpose, audience, and content criteria to individual circumstances. Although implementation of the new SOP by a majority of not-for-profit organizations is still in the future, it is anticipated that there will be fewer opportunities to allocate joint costs under the SOP than there currently are under the somewhat more generous requirements.

Allocation methods. While SOP 98-2's discussion of *when* joint costs may be allocated is very specific and detailed, its discussion of *how* to allocate joint costs is more flexible. The allocation methodology that is used must be rational and systematic, resulting in a reasonable allocation that is applied consistently given similar facts and circumstances. Appendix F of the SOP describes some commonly used allocation methods but does not require that one of the methods presented be used.

Incidental activities. Provided its criteria are met, SOP 98-2 makes optional allocating joint costs in circumstances in which a fund-raising, program, or management and general activity is conducted in conjunction with another activity and is incidental to the other activity. However, SOP 98-2 warns that in circumstances in which the program or management and general activity is incidental to the fund-raising activities, it is unlikely that the SOP's conditions for allocating joints costs would be met.

NOTE: Generally, the requirements of SOP 98-2 will make it more difficult to allocate joint costs to program activities. The requirements that must be met are restrictive and meant to curb abuses of overallocation of joint costs to program activities. (A high percentage of expenses being program expenses is a positive financial indicator for organizations covered by SOP 98-2. It is an indication that funds raised are not being spent for fund-raising or for management and administrative activities, but rather for the program activities for which the organization exists.)

SUMMARY

Governmental educational institutions, whether school districts or institutions of higher education, are governed by many of the accounting and financial reporting requirements of other governmental entities. However, there are important differences that the financial statement preparer needs to be aware of and consider in performing the accounting and financial reporting for these entities.

26 OTHER GOVERNMENTAL ENTITIES

INTRODUCTION

This chapter addresses some of the accounting issues that may be encountered by financial statement preparers for various special entities that are governmental in nature. Often, the accounting issues relate to professional pronouncements to which the entity is subject, rather the accounting for specific transactions of the entity.

This chapter addresses some of these issues for the following special types of governmental entities:

- Governmental hospitals and other health care providers
- Governmental not-for-profit organizations
- Other public benefit corporations

The entities described in this chapter are types of governmental entities that are likely to fall within the category of "special purpose governments" under GASBS 34.

Special-Purpose Governments

GASBS 34 contains the concept of special-purpose governments and has reduced or modified financial statement requirements for these governments. GASBS 34 is written from the perspective of general-purpose governments, such as states, cities, towns, etc. Special-purpose governments are legally separate entities and may be component units or other stand-alone governments. GASBS 34's modified financial reporting requirements are only allowable, however, in certain circumstances.

For special-purpose governments engaged in a single governmental program, GASBS 34 allows that government-wide and fund financial statements be combined using a columnar format that reconciles individual line items of fund financial data to government-wide data in a separate column on the face of the financial statements. A governmental special-purpose government cannot be considered a special-purpose government if it budgets, manages, or accounts for its activities as multiple programs.

For special-purpose governments engaged only in business-type activities, only the financial statements for enterprise funds should be presented. These financial statements include

- Management's discussion and analysis
- Statement of net assets or balance sheet
- Statement of revenues, expenses, and changes in fund net assets
- Statement of cash flows
- Notes to the financial statements
- Required supplementary information, if applicable

For special-purpose governments engaged only in fiduciary activities, only the financial statements for fiduciary funds should be presented. These financial statements include

- Management's discussion and analysis
- Statement of fiduciary net assets
- Statement of changes in fiduciary net assets
- Notes to the financial statements

GOVERNMENTAL HOSPITALS AND OTHER HEALTH CARE PROVIDERS

There is no set of governmental accounting and financial reporting standards that specifically apply to governmental hospitals and other health care providers. (For simplicity, wherever this chapter refers to "hospitals," it is referring to both hospitals and other health care providers.) Originally, hospitals that were operated by governmental units were required to follow the requirements of the American Institute of Certified Public Accountants (AICPA) *Hospital Audit Guide*, as amended and interpreted. The *Hospital Audit Guide* was superseded in June 1996 by the AICPA Audit and Accounting Guide (1996 Guide), *Health Care Organizations*.

The 1996 Guide was cleared for final issuance by the GASB. Accordingly, based on the GAAP hierarchy effective at that time, the 1996 Guide constitutes category (c) accounting and reporting guidance for governmental hospitals. (See Chapter 2 for a more complete discussion of the governmental accounting hierarchy.) GAAP hierarchy categories (c) and (d) are both sources of established accounting principles. If an accounting treatment is not specified by the GASB or FASB pronouncements made applicable by GASB Statements or Interpretations, an independent auditor, under AICPA rules, would need to be prepared to justify a conclusion that a treatment other than category (c) or (d) is generally accepted.

Because the accounting treatment recommended by the 1996 Guide can best be accomplished in an enterprise fund, governmental hospitals should be accounted for as an enterprise fund. This means that governmental hospitals that are using proprietary (enterprise) fund accounting and financial reporting should apply all applicable GASB pronouncements (including all NCGA Statements and Interpretations currently in effect), as well as certain FASB and Accounting Principles Board pronouncements. The applicability of GASB and FASB pronouncements to activities reported as proprietary funds is discussed in detail in Chapter 10. Readers should also be aware of the guidance of AICPA Statement of Position 98-2, *Accounting for Costs of Activities of Not-for-Profit Organizations and State and Local Govern-*

mental Entities That Include Fund-Raising. This SOP, which has been cleared by the GASB, is discussed more fully in Chapter 25.

Reporting Entity Considerations

Although the nucleus of a financial reporting entity is usually a primary government, an organization other than a primary government (including hospitals and other health care providers) may serve as a nucleus for a reporting entity when it issues separate financial statements. The reporting entity considerations addressed in Chapter 6 should be considered when a governmental hospital or other health care provider issues separate financial statements.

In addition to the reporting entity considerations, the governmental hospital that is a component unit of another governmental unit should acknowledge that fact. This is accomplished by using a reference to the primary government in the title of a component unit's separately issued financial statements, such as "City Hospital Corporation—a component unit of the city of Example."

In addition, the notes to the financial statements should identify the primary government in whose financial reporting entity it is included and describe its relationship with the primary government.

GOVERNMENTAL NOT-FOR-PROFIT ORGANIZATIONS

In a number of instances, state and local government entities have used accounting and financial reporting principles that are applicable not to governments, but to not-for-profit organizations. In a typical situation, a government sets up a separate entity, often tax-exempt under Section 501(c)3 of the Internal Revenue Code, to accomplish some governmental function and purpose. For example, a city may establish such a not-for-profit organization to promote economic development within the city, such as by attracting new business to the city or by discouraging businesses from leaving the city. Although the state or local governmental entity retains control and accountability for the not-for-profit organization, resulting in its being reported as a component unit of the state or local government, the not-for-profit organization has all of the characteristics of a separate organization.

The FASB significantly changed many of the accounting and financial reporting practices of not-for-profit organizations when it issued Statement 116 (SFAS 116), *Accounting for Contributions Received and Contributions Made,* and Statement 117 (SFAS 117), *Financial Statements of Not-for-Profit Organizations.* Because of this change, it was unclear whether governmental not-for-profit organizations should change their accounting and financial reporting to conform with SFAS 116 and SFAS 117, since with the issuance of these Statements, the guidance of SOP 78-10 and AVHWO was superseded. Alternatively, governmental not-for-profit organizations did not know whether they would be required to use a purely governmental accounting and financial reporting model. Many governmental not-for-profit organizations needed to determine whether SFAS 116 and SFAS 117 were applicable to them, considering the guidance of GASBS 20, which provided interim guidance on business-type accounting and financial reporting for proprietary activities pending the issuance of GASBS 34.

The GASB responded to these questions by issuing Statement 29 (GASBS 29), *The Use of Not-for-Profit Accounting and Financial Reporting Principles by Governmental Entities.* GASBS 29 concluded that both the AICPA Not-for-Profit model and the Governmental model are acceptable for accounting and financial reporting by governmental entities that have previously applied the not-for-profit accounting and financial reporting principles by following SOP 78-10 or AVHWO.

- **AICPA Not-for-Profit model**—the accounting and financial reporting principles contained in SOP 78-10 or AVHWO—except for the provisions relating to the joint costs of informational materials and activities that include a fund-raising appeal—as modified by all applicable FASB pronouncements issued through November 30, 1989, and as modified by the following sections of the GASB's *Codification of Governmental Accounting and Financial Reporting Standards* (which is a codification, prepared by the GASB, of all applicable NCGA and GASB Statements and Interpretations):

Codification section	*Topic*
1600	Basis of Accounting (paragraphs .110-.112)
2100	Defining the Reporting Entity
2300	Notes to the Financial Statements
2600	Reporting Entity and Component Unit Presentation and Disclosure
C20	Cash Deposits with Financial Institutions
C50	Claims and Judgments
C60	Compensated Absences
C65	Conduit Debt Obligations
D20	Debt Refundings (paragraphs .111-.114)
D25	Deferred Compensation Plans (IRC Section 457)
D30	Demand Bonds
E70	Escheat Property
G60	Grants and Other Financial Assistance
I50	Investments
I55	Investments—Reverse Repurchase Agreements
I60	Investments—Securities Lending
J50	Accounting for Participation in Joint Ventures and Jointly Governed Organizations
L10	Landfill Closure and Postclosure Care Costs
L20	Leases (paragraphs .108-.112)
P20	Pension Activities—Employer Reporting
P50	Postemployment Benefits other than Pension Benefits
S40	Special Assessments
T25	Termination Benefits (Special)
Pe5	Pension Plans—Defined Benefit
Pe6	Pension Plans—Defined Contribution
Po20	Public Entity Risk Pools
Po50	Postemployment Health Care Plans Administered by Defined Benefit Pension Plans

The following material clarifies the use of these Codification sections for entities that use the AICPA Not-for-Profit model:

- Governmental entities that apply the AICPA Not-for-Profit model should apply FASB Statement 74, *Accounting for Special Termination Benefits Paid to Employees*, even though this Statement was superseded by FASB Statement 88, *Employers' Accounting for Settlements and Curtailments of Defined Benefit Pension Plans and for Termination Benefits*.
- Governmental entities that apply the AICPA Not-for-Profit model should not change their accounting and financial reporting for depreciation of capital assets as a result of FASB Statement 93 (SFAS 93), *Recognition of Depreciation by Not-for-Profit Organizations*, which requires not-for-profit organizations to record depreciation expense. On the other hand, governmental entities using the AICPA Not-for-Profit model that have already adopted SFAS 93 for financial statements for periods beginning after December 15, 1994, may continue to apply SFAS 93 and record depreciation expense. GASBS 29 also provides that a governmental entity that uses the AICPA Not-for-Profit model is not required to apply GASB Statement 5, *Disclosure of Pension Information by Public Employee Retirement Systems and State and Local Governmental Employers*, if not previously applied. In addition, if the organization has implemented FASB Statement 87, *Employers' Accounting for Pensions*, it is not required to apply GASB Statement 4, *Applicability of FASB Statement No. 87, Employers' Accounting for Pensions,* to state and local governmental employers.
- GASBS 34 specifies that governmental entities that report as of the date of GASBS 34 (June 1999) using the AICPA Not-for-Profit model (as defined in GASBS 29) but that do not meet the criteria of GASBS 34 for reporting as an enterprise fund, may use enterprise fund accounting and reporting.

OTHER PUBLIC BENEFIT CORPORATIONS

Governments often establish and incorporate *public benefit corporations* to assist the governmental entity in providing services to the citizenry. Some of these public benefit corporations are entities that actually operate facilities or a plant to provide services to citizens. For example, a water and sewer authority may operate and maintain a reservoir system, a water filtration plant, and a sewage treatment facility. A port authority may operate shipping terminal facilities. Other public benefit corporations may be more of a financing nature. For example, a housing finance authority may be established to provide financing for the development of affordable housing within the jurisdiction of the government. A dormitory authority may be established to provide financing for the construction of dormitory facilities for a governmental college or university.

The use of public benefit corporations seems to be increasing as governments recognize some of the benefits that these entities offer to the government. For example, in the case of a water and sewer authority, the authority may be able to sell revenue bonds based on a pledge of the fees that it charges to its users. These revenue bonds are likely to be able to be sold with a lower interest rate than would general obligation bonds of the government, since there is a revenue stream dedicated to their repayment, which, all things being equal, makes them a better credit risk than the general obligation bonds.

Governments also are recognizing the benefits of the flexibility that public benefit corporations offer. Usually these corporations operate without many of the restrictions that general governments operate under. For example, their employees may not be subject to civil service rules, or taxpayer approval may not be needed for a financing authority to issue bonds. Transactions can be structured between the public benefit corporation and the governmental entity to almost make it seem transparent to the governmental entity that a public benefit corporation is involved in the transactions. For a example, a state that desired to build prison facilities used a public benefit corporation to issue bonds and to build the facility. The state then leased the facility from the public benefit corporation. The lease payments made by the state were exactly tied to the debt service payments that were being made on the bonds by the public benefit corporation.

In determining the accounting and financial reporting requirements for these types of public benefit corporations, the guidance in Chapter 10 for proprietary funds should be used. These entities almost always use the accounting and financial reporting principles of proprietary funds in a government's financial statements. Thus, these entities need to decide whether they will implement FASB statements issued after November 30, 1989, in accordance with GASBS 20. Additional information on this decision and the related requirements is provided in Chapter 10. Public benefit corporations are most often presented as discretely presented component units of a government, but they may also be blended, if they meet the reporting entity requirements to be reported as a blended component unit.

Where public benefit corporations issue debt, they almost always issue their own stand-alone financial statements, since these financial statements are needed to actually sell their debt. When these financial statements are issued, the public benefit corporation should consider whether there are any entities that should be included as a component unit of the public benefit corporation. The same criteria described in Chapter 6 should be considered in making this determination. In addition, when stand-alone financial statements of a public benefit corporation that is a component unit of a governmental entity are issued, those financial statements should indicate that the public benefit corporation is a component unit of the primary government.

Utilities

The above discussion indicates that public benefit corporations sometimes provide services similar to those provided by utilities. In the above discussion, the example of a water and sewer authority was provided, which would be considered the same as the activities of a utility.

Since utilities are a rate-regulated industry, there are certain standards in private-sector accounting that relate specifically to regulated industries. FASB Statement 71 (SFAS 71), *Accounting for the Effects of Certain Regulation,* does not specifically exclude state and local governmental entities from its scope. SFAS 71 and related pronouncements issued on or before November 30, 1989, may be applied to proprietary activities that meet the criteria of those pronouncements for reporting as regulated enterprises. (The related pronouncements include FASB Statement 90, *Regulated Enterprises—Accounting for Abandonment and Disallowances of Plant Costs*; Statement 92, *Regulated Enterprises—Accounting for Phase-In Plans*; and Statement 101, *Accounting for the Discontinuation of Application of FASB Statement No. 71.*)

If a governmental public utility elects to apply the provisions of SFAS 71 and its related pronouncements, the application needs to take into consideration that in the case of a governmental utility, the "regulator" (that is, the authority that governs the rates the utility charges) and the governmental entity that controls the governmental utility may be one and the same.

The requirements of SFAS 71 generally relate to the type of regulation where rates (that is, the price charged for the utility's service) are set at levels intended to recover the estimated costs of providing the regulated services or products, including the cost of capital, which includes interest and a provision for earnings on investments. (For governments, the cost of capital is likely to be only on the interest cost without a built-in "profit" on the government's investment in the utility.)

SFAS 71 requires that revenues and costs be matched. For a number of reasons, revenues intended to cover some costs are provided either before or after the costs are incurred. If regulation provides assurance that incurred costs will be recovered in the future, SFAS 71 requires enterprises to capitalize those costs. If current recovery is provided for costs that are expected to be incurred in the future, SFAS 71 requires those receipts to be recorded as liabilities until the related costs have been incurred.

An important aspect of SFAS 71 is that when an asset can be recognized for costs that will be recovered in the future, SFAS 71 states that

> *Rate actions of a regulator can provide reasonable assurance of the existence of an asset. An enterprise shall capitalize all or part of an incurred cost that would otherwise by charged to expense if both of the following criteria are met:*
>
> 1. *It is probable that future revenue in an amount at least equal to the capitalized cost will result from inclusion of that cost in allowable costs for rate-making purposes.*
> 2. *Based on available evidence, the future revenue will be provided to permit recovery of the previously incurred cost rather than to provide for expected levels of similar future costs. If the revenue will be provided through an automatic rate-adjustment clause, this criterion requires that the regulator's intent clearly be to permit recovery of the previously incurred cost.*

In the case of the governmental utility that has authority to set its own rates (or when the rates are set by the primary governments that control the public utility), application of these conditions as to the intent of the regulator are clearly more easily applied than when the regulator is an independent third party.

Rate actions of a regulator may reduce or eliminate the value of an asset that has been recorded, such as by reducing or eliminating all or part of a cost from allowable costs, which will affect the carrying amount of any asset recognized in accordance with the above two criteria. Actions of a regulator may also impose a liability on a regulated enterprise, such as by requiring refunds to customers.

These are basic principles underlying SFAS 71. While a detailed discussion of regulatory accounting is beyond the scope of this guide, readers should be aware of these basic principles for potential application to a government utility's accounting and financial reporting requirements.

SUMMARY

This chapter describes the basic accounting and financial reporting requirements for typical public benefit corporations that are governmental entities. These accounting and financial reporting requirements are based on those principles described in Chapter 10 of this guide for proprietary funds.

APPENDIX

DISCLOSURE CHECKLIST

This disclosure checklist has been prepared using the accounting and financial reporting guidance contained in pronouncements up to and including GASB Statement 41. This checklist has been prepared with careful consideration to ensure its accuracy and completeness. However, a checklist does not substitute for professional knowledge and judgment. In addition, this checklist focuses primarily on footnote disclosures for financial statements. For requirements as to the content and format of financial statements themselves, readers should refer to the applicable chapters of this guide. Financial statement preparers and auditors using this checklist should recognize their responsibility to determine the adequacy of disclosures for financial statements. Accordingly, this checklist should be used as only one tool in meeting these responsibilities.

A. Summary of Significant Accounting Policies
B. Nonmonetary Transactions
C. Related-Party Transactions
D. Accounting Changes
E. Disclosures for Defined Benefit Pension Plans
F. Disclosures for Defined Contribution Plans
G. Disclosure for Postemployment Health Care Plans Administered by Defined Benefit Pension Plans
H. Pension Disclosures for State and Local Governmental Employees
I. Postemployment Benefits other than Pensions
J. Disclosures Relating to Leases
K. Fund Balance
L. Property Taxes
M. Grants and Similar Revenues
N. Commitments and Contingencies
O. Subsequent Events
P. Reporting Entity
Q. Special Assessments
R. Public Entity Risk Pools
S. Landfill Disclosures
T. Cash, Investments, and Other Assets
U. Disclosures Relating to Liabilities
V. General Disclosures of Financial Statement Presentation Matters
W. Disclosures about Derivatives

A. Summary of Significant Accounting Policies

1. Does the first note to the financial statements contain a summary of significant accounting policies? ________
2. Does the summary of significant accounting policies include the following:
   a. Criteria used to determine the reporting entity? (GASBS 14, para 61) ________
   b. Description of the basis of accounting and measurement focus used? ________
   c. Policies with regard to encumbrances? (Cod. Sections 2300 and 1700) (Not required upon implementation of GASBS 38) ________
   d. The use of the modified accrual basis of accounting for governmental funds? (Cod. Section 1600) ________
   e. Description of the use of fund accounting? ________

f. Effects of component units with different fiscal year-ends? (Cod. Section 2300) ________
g. Policy regarding the capitalization of interest costs incurred during construction of fixed assets? (Cod. Section 2300) ________
h. Whether any fixed asset costs have been estimated and the methods used for the estimation? (Cod. Section 1400 and 2300) ________
i. Policy regarding the accounting for inventories in governmental funds—purchase or consumption method? (Cod. Section 1800) ________
j. Policy for accounting for vacation and sick leave? ________
k. Investment policies? (I50) ________
l. Basis of accounting for each fiduciary fund used and a description of the funds in use? (SLGA, para 14) ________
m. Descriptions of the activities accounted for in the major funds, internal service funds, and fiduciary fund types? (GASBS 38) ________
n. Length of time used to define "available" for purposes of revenue recognition in the governmental-fund financial statements? (GASBS 38) ________

3. Have the following disclosures been made regarding the government-wide financial statements? (GASBS 34, para 115)
   a. A description of the government-wide financial statements, noting that neither fiduciary funds nor component units that are fiduciary in nature are included. ________
   b. The measurement focus and basis of accounting used in the government-wide statements. ________
   c. The policy for eliminating internal activity in the statements of activities. ________
   d. The policy for applying FASB pronouncements issued after November 30, 1989, to business-type activities and to enterprise funds of the primary government. ________
   e. The policy for capitalizing assets and for estimating the useful lives of those assets (used to calculate depreciation expense). Governments that choose to use the modified approach for reporting eligible infrastructure assets should describe that approach. ________
   f. A description of the types of transactions included in program revenues and the policy for allocating indirect expenses to functions in the statements of activities. ________
   g. The government's policy for defining operating and nonoperating revenues of proprietary funds. ________
   h. The government's policy regarding whether to first apply restricted or unrestricted resources when an expense is incurred for purposes for which both restricted and unrestricted net assets are available. ________

B. Nonmonetary Transactions

1. Do the notes disclose the nature of these transactions, basis of accounting used, and gains or losses recognized on the transfers? ________
2. Are donated fixed assets for general government activities recorded in the general fixed asset account group? (Cod. Section 1400) ________

C. Related-Party Transactions

1. Are the following disclosures made of material related-party transactions, other than compensation agreements, expense allowances, and similar items? (Cod. Section 2300; SLGA, para 17)
   a. The nature of the relationship ________
   b. A description of the transactions, including transactions to which no amounts or nominal amounts have been assigned, and such other in-

formation to understand the effects of the transactions on the financial statements ________

c. Dollar amounts of the transactions for each period that an operating statement is presented ________

d. Amounts due from related parties as of the date of each balance sheet presented (SFAS 57, paras 2-4) ________

2. Is the nature and extent of any leasing transactions with related parties disclosed? (Cod. Section L20) ________

D. Accounting Changes

1. Nature and justification of the change and its effects on the financial statements? ________
2. When applicable, the cumulative effect of an accounting change shown between "extraordinary items" and "excess of revenues over/under expenditures"? ________
3. Material effects of the changes in accounting estimates? ________
4. Disclosures required by APB 20 for change in reporting entity? ________
5. For prior period adjustments
   a. Effects on the excess of revenues over/under expenditures? ________
   b. Disclosure of the effects of a restatement of the beginning fund/net asset balance and on the excess of revenues over/under expenditures for the immediately preceding period? ________
   c. The effects of the adjustment on each period for which financial statements are presented? ________
6. Effects on any historical summaries appropriately disclosed? ________
7. Nature of an error in previously issued financial statements and the effect of the correction of the error on the excess of revenues over/under expenditures before extraordinary items disclosed in the period in which the error is discovered and corrected? ________

E. Disclosures for Defined Benefit Pension Plans (GASBS 25)

NOTE: The disclosure requirements for defined benefit pension plans and defined contribution plans are described in considerable detail in Chapter 24. This chapter should be consulted when preparing these pension-related disclosures.

1. If required supplementary information for a cost-sharing or agent plan is not included in the employer's financial statements, do the employer's statements disclose how to obtain the plan's stand-alone reports? ________
2. Is the caption for net assets held in trust for pension benefits followed by a parenthetical reference to the plan's schedule of funding progress? ________
3. Do the notes include all of the disclosures in para 32 of GASBS 25 when the financial statements are presented in a stand-alone report or solely in the financial report of an employer? ________
4. If a single-employer plan's financial statements are included in an employer's report, are the following disclosed?
   a. Availability of the stand-alone report ________
   b. Information required for the schedule of funding progress for the three most recent actuarial valuations ________
5. Do the required disclosures from para 40 of GASBS 25 accompany the schedules of required supplementary information? ________

F. Disclosures for Defined Contribution Plans

1. Do the notes include all of the required disclosures of para 41 of GASBS 25 when the financial statements are presented in a stand-alone report or solely in the financial statements of an employer? ________

2. When a plan's financial statements are presented in both an employer's report and a publicly available stand-alone report and the employer limits its disclosures as permitted by GASBS 25, does the employer disclose how to obtain the stand-alone financial report? ________

G. Disclosures for Postemployment Health Care Plans Administered by Defined Benefit Pension Plans (GASBS 26)

1. In addition to the required financial statements and required supplementary information, are the following items disclosed?
   a. The methods and assumptions used in preparing the supplementary information? ________
   b. The health care inflation assumption for the most recent year reported in the supplementary schedules? ________

H. Pension Disclosures for State and Local Governmental Employers (GASBS 27)

NOTE: Chapter 18 describes in considerable detail the disclosure requirements for employers relating to pension plans and should be consulted for additional information.

1. Is the following information disclosed for each pension plan?
   a. Description of the plan ________
   b. Funding policy ________
   c. Sole and agent plans should disclose the information required by GASBS 25, para 21 ________
2. Do sole and agent employers disclose the following information for the most recent actuarial valuation and the two preceding valuations, unless the aggregate actuarial cost method was used?
   a. The actuarial valuation date, the actuarial value of plan assets, the actuarial accrued liability, the total unfunded actuarial liability, the actuarial value of assets as a percentage of the actuarial accrued liability, the annual covered payroll, and the ratio of the unfunded actuarial accrued liability to annual covered payroll ________
   b. Factors that significantly affect the identification of trends in the amount reported ________
3. For insured plans, do employers disclose the following?
   a. Brief description of the insured plan, including the benefit provisions and the authority under which benefit provisions are established or may be amended ________
   b. The fact that the obligation for payment of benefits has been effectively transferred from the employer to one or more insurance companies and whether the employer has guaranteed benefits in the event of the insurance company's insolvency ________
   c. The current year pension expenditures/expense and contributions or premiums paid ________
4. Does the employer disclose the following information for each defined contribution plan to which it is required to contribute?
   a. Name of the plan ________
   b. Identification of the public employee retirement system or other entity that administers the plan ________
   c. Brief description of the plan provisions and the authority under which they are established or may be amended ________
   d. Contribution requirements of the plan members, employer, and other contributing entities, and the authority under which the requirements are established or may be amended ________
   e. Contributions actually made by plan members and employees ________

I. Postemployment Benefits other than Pensions (OPEBs) (GASBS 12)

1. Does the employer disclose the following?
   a. Description of the OPEB provided ________
   b. Employee groups covered ________
   c. Employer and participant obligations to contribute, quantified in some manner ________
2. A description of the statutory, contractual, or other authority under which OPEB provisions and obligations to contribute are established ________
3. A description of the accounting and financing or funding policies followed ________
4. If OPEBs are advance-funded on an actuarial basis, the actuarial cost method and significant actuarial assumptions, as well as the method used to value plan assets ________
5. If OPEBs are financed on a pay-as-you-go basis, are the following disclosed?
   a. The amount of OPEB expenditures/expenses recognized during the period by the employer (net of participant contributions) ________
   b. The number of participants currently eligible to receive benefits ________
   c. If a reasonable estimate of OPEB expenditures/expenses cannot be made, the fact that an estimate cannot be made disclosed ________
6. If OPEBs are advance-funded on an actuarially determined basis, is the following disclosed?
   a. The number of active plan participants ________
   b. The employer's actuarially required and actual contributions for the period (net of participant contributions) ________
   c. The amount of net assets available for OPEBs ________
   d. The actuarially accrued liability and unfunded actuarially accrued liability for OPEBs according to the actuarial cost method used ________
7. A description (and the dollar effect, if measurable) of any significant matters that affect the comparability of disclosures with those of the previous period? ________
8. Any additional information that the employer believes will help users assess the nature and magnitude of the cost of the employer's commitment to provide OPEBs? ________

J. Disclosures Relating to Leases (SFAS 13)

1. Lessors

NOTE: The disclosure requirements for leases are described in considerably more detail in Chapter 22. This chapter should be consulted when preparing lease-related disclosure for lessees and lessors.

   a. For operating leases, is the following information disclosed?
      (1) Cost and carrying amount of property on lease or held for leasing by major classes and the amount of accumulated depreciation as of the date of the latest balance sheet presented ________
      (2) Minimum future rentals on noncancelable leases as of the date of the latest balance sheet presented in the aggregate and for each of the five succeeding years and for five-year increments thereafter (amended by GASBS 38) ________
      (3) Total contingent rentals in operations for each period for which a statement of revenues and expenditures is presented ________
   b. For sales-type and direct financing leases, are the following disclosed?
      (1) Appropriate components of the net investment in the leases as of the date of each balance sheet presented ________

(2) Future minimum lease payments to be received for each of the five succeeding fiscal years as of the date of the latest balance sheet presented ________
(3) Total contingent rentals included in operations for each period for which a statement of revenues and expenditures is presented ________

c. Do the notes provide a general description of the lessor's leasing arrangements? ________

2. Lessees

a. For capital leases, are the following disclosed?

(1) Gross amounts of assets and the accumulated depreciation recorded by major classes as of the date of each balance sheet presented ________
(2) The lease obligations classified as current and long-term ________
(3) Future minimum lease payments as of the latest balance sheet presented in the aggregate and for each of the five succeeding fiscal years and in five-year increments thereafter, with separate deductions for executory costs and imputed interest ________
(4) Total future minimum lease sublease rentals under noncancelable subleases as of the date of the latest balance sheet presented ________
(5) Total contingent rentals incurred for each period for which a statement of revenue and expenditures is presented ________

b. For operating leases that have initial or remaining noncancelable lease terms in excess of one year, is the following information disclosed?

(1) Future minimum rental payments required as of the latest balance sheet presented in the aggregate and for each of the five succeeding fiscal years and in five-year increments thereafter ________
(2) Total minimum rentals under noncancelable subleases as of the date of the latest balance sheet presented ________

c. For all operating leases, is the following information disclosed?

(1) Rental expense for each period for which an operating statement is presented with separate amounts for minimum rentals, contingent rentals, and sublease rentals ________
(2) A general description of the lessee's leasing arrangements, including

(a) Basis for determining contingent rentals ________
(b) Terms of any renewal or purchase options or escalation clauses ________
(c) Restrictive covenants ________

K. Fund Balance

1. Is disclosure made of any deficit fund balance or deficit retained earnings of individual funds and identification of how it will be liquidated? ________
2. Are all changes in fund balance disclosed? ________
3. Are differences between opening fund balances and those previously reported disclosed? ________
4. Are any deficits in internal service funds disclosed? ________

L. Property Taxes

1. Do the notes disclose that property taxes are recorded on the modified accrual basis of accounting in governmental funds? ________
2. If the government excludes some property tax revenues from appropriation to protect cash liquidity, is this restriction disclosed by a designation of fund balance and an appropriate footnote? ________

3. Are the following elements of the government's property tax calendar disclosed?
    a. Lien dates ________
    b. Levy dates ________
    c. Due dates ________
    d. Collection dates ________

M. Grants and Similar Revenues (GASBS 24, NCGAI 6)

1. Is the basis of accounting for recording grants, entitlements, or shared revenues disclosed? ________
2. If grants, entitlements, or shared revenues are held in an agency fund pending determination as to which fund they will be used in, is the amount of the assets so held disclosed in the footnotes? ________
3. Are all cash pass-through grants reported in the financial statements? ________
4. Are amounts recognized for on-behalf payments for fringe benefits and salaries disclosed in the notes? ________
5. For on-behalf payments that are contributions to a pension plan for which the employer government is not legally responsible, is the name of the plan that covers the government's employees and the name of the entity that makes the contributions disclosed? ________
6. If there are two legally separate entities that are the parties to a transaction involving pass-through grants or on-behalf payments or fringe benefits and salaries and they are part of the same governmental reporting entity, is the following disclosed?
    a. Revenue and expenditures/expenses relating to these transactions reclassified as operating transfers ________
    b. On-behalf payments classified as operating transfer—out by the paying entity ________
    c. On-behalf payments classified as operating transfer—in by the employer entity ________
7. Are the following note disclosures included about donor-restricted endowments? (GASBS 34, para 121)
    a. The amounts of net appreciation on investments of donor-restricted endowments that are available for authorization for expenditure by the governing board, and how those amounts are reported in net assets ________
    b. The state law regarding the ability to spend net appreciation ________
    c. The policy for authorizing and spending investment income, such as a spending-rate or total-return policy ________

N. Commitments and Contingencies

1. Are the nature and amount of accrued loss contingencies, including total judgments and claims determined for the year under SFAS 5? ________
2. For loss contingencies not accrued, do the notes disclose the nature of the contingency and an estimate of possible loss, a range of loss, or a statement that such estimate cannot be made? ________
3. Is any no-commitment debt included in the financial statements? ________
4. Are guarantees or any moral obligations assumed by the entity disclosed? ________
5. Are the following disclosures made for unconditional purchase obligations not recorded on the balance sheet made? (SFAS 47)
    a. Nature and term of the obligation? ________
    b. Amount of the fixed and determinable portion of the obligations as of the balance sheet date and for each of the five succeeding fiscal years? ________
    c. Nature of any variable components of the obligation? ________

d. Amounts purchased for each period for which an operating statement is presented? ________

6. Is disclosure made of conditions that raise a question as to the entity's ability to continue as a going concern and viable plans to overcome this situation? (SFAS 59) ________
7. If appropriations lapse at year-end, are the outstanding encumbrances at year-end disclosed if the government intends to honor them? ________
8. If a government is prohibited by law from budgeting or appropriating property taxes recognized as revenue under the modified accrual basis, is this fact disclosed? ________
9. Are gain contingencies adequately disclosed? ________
10. Are disclosures provided for unused letters of credit and assets pledged for security? ________
11. Are any material violations of legal and contractual provisions disclosed? ________
12. Are loss contingencies disclosed when there is a reasonable possibility that a loss may have been incurred? ________

O. Subsequent Events

1. Are financial statements adjusted for any changes in estimates resulting from subsequent events that provide additional information about evidence existing at the balance sheet date? ________
2. Are events subsequent to the balance sheet date adequately disclosed? ________
3. Are appropriate disclosures made for contingencies arising subsequent to the balance sheet date? ________

P. Reporting Entity (GASBS 14)

1. Does the reporting entity provide information about each major component unit either by including the required combining statements or by presenting condensed financial statements in the notes? ________
2. Is the general fund of a blended component unit presented as a special revenue fund? ________
3. Are appropriate for-profit corporations presented as component units? ________
4. Are amounts due to and from component units for lease transactions reported separately from other lease receivables and payables? ________
5. Where transactions occur between component units with different fiscal years result in inconsistencies in due to or from amounts or transfers, is the nature of these differences disclosed? ________
6. Are changes in the fiscal years of component units disclosed? ________
7. Do the notes include a brief description of the component units and their relationship to the primary government, including (GASBS 14, para 61)
   a. Discussion of the criteria for including the component units? ________
   b. How the component units are reported? ________
   c. Information about how the separate financial statements of the component units can be obtained? ________
8. Do the notes disclose individual component units considering the unit's significance to the total discretely presented component units and the nature and significance of the relationship to the primary government? (GASBS 14, para 63) ________
9. Do the separate financial statements of a component unit disclose its relationship to the primary government? ________
10. Do the separate financial statements of a component unit disclose its participation in an oversight entity's risk management internal service fund (GASBS 10, paras 77 and 79) and the nature of the participation? ________
11. If the government chooses to present component unit information in the notes, are these details presented, at a minimum? (GASBS 34, para 11)

a. Condensed statement of net assets:

(1) Total assets—distinguishing between capital assets and other assets. Amounts receivable from the primary government or from other component units should be reported separately. ________

(2) Total liabilities—distinguishing between long-term debt outstanding and other liabilities. Amounts payable to the primary government or to other component units should be reported separately. ________

(3) Total net assets—distinguishing between restricted, unrestricted, and amounts invested in capital assets, net of related debt. ________

b. Condensed statement of activities:

(1) Expenses (by major functions and for depreciation expense, if separately reported) ________

(2) Program revenues (by type) ________

(3) Net program (expense) revenue ________

(4) Tax revenues ________

(5) Other nontax general revenues ________

(6) Contributions to endowments and permanent fund principal ________

(7) Special and extraordinary items ________

(8) Change in net assets ________

(9) Beginning net assets ________

(10) Ending net assets ________

Q. Special Assessments (GASBS 6, paras 20 and 21)

1. Are long-term note disclosures provided for special assessment debt if the government is obligated in some manner? ________
2. Do the notes identify and describe any guarantee, reserve, or sinking fund established to cover property owner defaults? ________
3. Is the amount of delinquent special assessment receivables disclosed? ________
4. If the government is not obligated in some manner, do the notes describe the nature of the government's role? ________

R. Public Entity Risk Pools (GASBS 10)

1. If an exposure to loss exists in excess of an accrual or if no accrual is made for an insured event, is a loss contingency disclosed if there is a reasonable possibility that a loss or additional loss will occur? ________
2. Does the disclosure in (1) indicate the nature of the contingency and provide an estimate (or range) of the loss, or state that an estimate cannot be made? ________
3. If it is probable that an unreported claim will be asserted (and there is a reasonable possibility that a loss will be incurred), is disclosure of this assertion made? ________
4. Are the following specific disclosures made about the risk pool?

a. Description of the risk transfer or pooling agreement ________

b. Description of the number and types of entities participating in the pool ________

c. Basis for estimating liabilities for unpaid claims and claim adjustment expenses ________

d. Indication that liabilities are based on the estimated ultimate cost of settlement, including effects of inflation and other societal and economic factors ________

e. Nature of acquisition costs capitalized, including method and amount amortized ________

f. Face and carrying amounts of liabilities for unpaid claims and claims adjustment expenses that are presented at present value and the range of discount interest rates ________

g. Whether the pool considers anticipated investment income in determining premium deficiencies ________
h. Nature and significance of excess or reinsurance transactions, including coverage type, reinsurance premiums ceded, and estimated amounts recoverable ________
i. Reconciliation of total claims liabilities in prescribed format (GASBS 10, para 27) ________
j. Aggregate amount of liabilities removed from balance sheet for which annuity contracts are purchased ________

5. Does the entity disclose that it is insured under a retrospectively rated insurance policy and the amount of premiums accrued based on the ultimate cost? ________
6. Are risk pool assessment amounts that are probable but not reasonably estimable disclosed? ________
7. For entities other than risk pools, is the following information disclosed? (GASBS 10, para 74)

a. Description of risks to which the entity is disclosed and ways those risks are handled ________
b. Description of the significant reductions in insurance coverage from the prior year, by major categories of risk, and an indication of whether the amount of settlements exceeded insurance coverage for each of the past three fiscal years ________
c. If an entity participates in a risk pool, the nature of the participation ________
d. If an entity retains the risk of loss

(1) Basis for estimating liabilities for unpaid claims, including effects of specific claim adjustment expenses and subrogation, and whether other allocated or unallocated claim adjustment expenses are included (GASBS 30) ________
(2) Carrying amount of liabilities for unpaid claims that are presented at present value and the range of discount interest rates used ________
(3) Aggregate outstanding amount of claims liabilities removed from the balance sheet for which annuity contracts have been purchased ________
(4) Reconciliation of changes in aggregate liabilities, in format prescribed by GASBS 10, para 77, as amended by GASBS 30 ________

e. Is the GASBS 10 required supplementary information presented? ________

S. Landfill Disclosures (GASBS 18, para 17)

1. Is the following information disclosed in the notes?

a. Nature and source of landfill closure and postclosure costs ________
b. That recognition of landfill liability is based on landfill capacity used to date ________
c. Amount of the reported liability and the remaining estimated costs to be recognized ________
d. How financial assurance requirements are met and any restrictions on assets ________
e. The nature of the estimates and potential changes due to inflation or deflation, technology, laws, or regulations ________

T. Cash, Investments, and Other Assets

1. Are any restrictions on cash and investments disclosed? ________
2. Are the following disclosures made for investments, including repurchase agreements? (GASBS 3, paras 65-80)

a. Types of investments authorized by legal or contractual provisions, including where differences exist for various funds, fund types, and component units ________

b. Significant violations during the period of legal or contractual provisions for deposits and investments ________
c. A statement that bank balances as of the balance sheet date are entirely insured or collateralized with securities held by the entity or by its agent in the entity's name ________
d. For bank balances or deposits not entirely insured or collateralized per c. above
   (1) Carrying amounts of total deposits, if not separately displayed on the balance sheet ________
   (2) Total bank balance classified in three risk categories
      (a) Insured or collateralized with securities held by the entity or by its agent in the entity's name ________
      (b) Collateralized with securities held by the pledging financial institution's trust department or agent in the entity's name ________
      (c) Uncollateralized ________
e. Are the carrying amount and fair value (where different) of investments disclosed in total and for each type of investment? ________
f. Are the carrying amounts of investments for each of the following categories of credit risk disclosed?
   (1) Insured or registered or securities held by the entity or its agent in the entity's name ________
   (2) Uninsured and unregistered, with securities held by the counterparty's trust department or agent in the entity's name ________
   (3) Uninsured and unregistered, with securities held by the counterparty, or by its trust department or agent, but not in the entity's name ________

NOTE: Governments that have implemented GASBS 40, ***Deposit and Investment Risk Disclosures,*** *should modify the above disclosures and provide additional disclosures as follows. Chapter 1 should be consulted for a disclosure of the overall requirements of GASBS 40.*

(a) The disclosures required by item 2.d. above are modified so that the government should only provide disclosure of deposits that are subject to custodial credit risk by disclosing the amount of bank balances, the fact that the balances are uninsured, and whether the balances are exposed to custodial credit risk because they are uncollateralized, collateralized with securities held by the pledging financial institution, or collateralized with securities held by the pledging financial institution's trust department or agent but not in the depositor-government's name. ________
(b) The disclosures required by item 2.f. above are modified so that the government should only provide disclosure of investments that are subject to custodial credit risk by disclosing the investment's type, the reported amount, and how the investments are held. ________
(c) Has the government described its deposit and investment policies that are related to the risks specified in GASBS 40 that are required to be disclosed? If a government has no deposit or investment policy that addresses a specific type of risk that it is exposed to, has this fact been disclosed? ________
(d) Has the government disclosed information about the credit risk associated with its investments by disclosing the credit quality ratings of its investments in debt securities? ________

(e) Has the government disclosed information about concentration of credit risk by disclosing by amount and issuer, investments in any one issuer that represent 5% or more of total investments? (This disclosure does not apply to investments issued or explicitly guaranteed by the US government and investments in mutual funds, external investment pools, and other pooled investments.) ________

(f) Has the government disclosed information about interest rate risk using one of the methodologies prescribed by GASBS 40? ________

(g) Has the government disclosed the terms and fair values of debt instruments whose terms may cause the instrument's fair value to be highly sensitive to interest rate changes? ________

(h) If the government's deposits or investments are exposed to foreign currency risk, has the government disclosed the US dollar balances of such deposits or investments, organized by currency denomination and, if applicable, investment type? ________

3. If unrealized investment losses in one or more component units or funds are not apparent because of unrealized gains in the remaining funds, are the carrying amounts and fair values (where different) for these units disclosed? ________
4. Are outstanding commitments to resell securities under yield maintenance repurchase agreements disclosed? ________
5. Are types of investments made during the reporting period, but not owned at the balance sheet date, disclosed? ________
6. Are losses as a result of default by counterparties (and amounts recovered from prior losses) disclosed? ________
7. Are the following disclosures made for reverse repurchase agreements?
   a. For reverse repurchase agreements (other than yield maintenance agreements) outstanding, the credit risk relating to the agreement ________
   b. Commitments to repurchase securities under yield maintenance agreements, including fair value of securities to be repurchased ________
   c. Losses recognized during the period due to default of counterparties and recoveries of losses from prior periods ________
8. Are the following disclosures relating to investment valuations provided? (GASBS 31, para 15)
   a. The methods and significant assumptions used to estimate the fair value of investments, if that fair value is based on other than quoted market prices. ________
   b. The policy for determining which investments, if any, are reported at amortized cost ________
   c. For any investments in external investment pools that are not SEC-registered, a brief description of any regulatory oversight for the pool and whether the fair value of the position in the pool is the same as the value of the pool shares ________
   d. Any voluntary participation in an external investment pool ________
   e. If an entity cannot obtain information form a pool sponsor to allow it to determine the fair value of its investment in the pool, the methods used and significant assumptions made in determining that fair value and the reasons for having had to make such an estimate ________
   f. Any income from investments associated with one fund that is assigned to another fund ________
   g. Optionally, an entity may disclose realized gains and losses in the notes to the financial statements computed as the difference between the proceeds of the sale and the original cost of the investment sold. ________

h. External investment pools that elect to report—and other entities that disclose—realized gains and losses should also disclose that

(1) The calculation of realized gains and losses is independent of a calculation of the net change in fair value of investments ________

(2) Realized gains and losses on investments that had been held in more than one fiscal year and sold in the current year were included as a change in the fair value of investment reports in the prior year(s) and the current year ________

9. Are the following disclosures provided for derivatives? (GASBTB 94-1)

a. Discussion of relevant accounting policies ________

b. Nature of transactions and reason for entering into them, including discussion of credit, market, and legal risk ________

c. For proprietary funds implementing FASB Statements, have the disclosure provisions of FASB Statement 119, *Disclosure about Derivative Financial Instruments and Fair Value of Investments*, been provided? ________

10. Are the following disclosures provided for securities lending transactions? (GASBS 28, paras 11-16)

a. Source of legal or contractual authorization for the use of securities lending transactions ________

b. Any significant violations of those provisions occurring during the reporting period ________

c. General description of the transactions, including

(1) Types of securities loaned ________

(2) Types of collateral received ________

(3) Whether the government has the ability to pledge or sell collateral securities without a borrower default ________

(4) Amount by which the value of the collateral provided is required to exceed the value of the underlying securities ________

(5) Any restriction on the amount of the loans that can be made ________

(6) Any loss indemnification provided to the entity by its securities lending agents ________

(7) Carrying amount and market or fair values of underlying securities ________

d. Whether the maturities of investments made with cash collateral generally match the maturities of the securities loans, and the extent of such matching ________

e. Amount of credit risk related to securities lending transactions ________

f. Amount of losses or recoveries of prior losses during the period from securities lending transactions ________

g. Are appropriate investment disclosures made for collateral received and disclosure made for reverse repurchase agreements? ________

11. Are the following disclosures made for investments carried under the equity method of accounting? (APB 18)

a. Name of each investee and the percentage of ownership ________

b. Accounting policies relative to equity method investments ________

c. Difference, if any, between the amount at which the investment is carried and the amount of underlying equity in net assets and the accounting treatment for the difference ________

d. Aggregate market value of each identified investment for which a market value is available ________

12. Are the following disclosures made for each joint venture in which the government participates? (GASBS 14, para 75)

a. Descriptions of the government's ongoing financial interest or financial responsibility in the joint venture ________
b. Sufficient information about the joint venture to enable the reader to evaluate whether the joint venture is accumulating financial resources or experiencing financial stress that may result in an additional benefit or burden to the government ________
c. Information about the availability of separate financial statements of the joint venture ________
d. Disclosure of any information for related-party transactions ________

13. Are the following disclosures provided for notes and accounts receivable?

a. Notes and accounts receivable from affiliated organizations disclosed separately ________
b. Amounts of interfund receivables and payables, disclosed by fund ________

14. Are the following disclosures provided for inventories?

a. Basis for stating the inventories ________
b. Substantial or unusual losses from write-downs disclosed separately from other expenditures or expenses (ARB 43) ________

15. Are the following disclosures provided by major class of asset for capital assets? (GASBS 34, para 117)

a. Beginning- and end-of-year balances (regardless of whether beginning-of-year balances are presented on the face of the government-wide financial statements), with accumulated depreciation presented separately from historical cost ________
b. Capital acquisitions ________
c. Sales or other dispositions ________
d. Current period depreciation expense, with disclosure of the amounts charged to each of the functions in the statement of activities ________

16. For collections not capitalized, disclosures should provide a description of the collection and the reasons these assets are not capitalized. For collections that are capitalized, governments should make the disclosures required for all capital assets. ________
17. Are capital assets not being depreciated presented separately from those that are being depreciated? ________
18. Have governments using the modified approach presented the following schedules, derived from asset management systems, as required supplementary information for all eligible infrastructure assets that are reported using the modified approach? (GASBS 34, para 18)

a. The assessed condition, performed at least every three years, for at least the three most recent complete condition assessments, indicating the dates of the assessments. ________
b. The estimated annual amount calculated at the beginning of the fiscal year to maintain and preserve at (or above) the condition level established and disclosed by the government compared with the amounts actually expensed for each of the past five reporting periods. ________

19. The following disclosures should accompany the schedules required by item 18:

a. The basis for the condition measurement and the measurement scale used to assess and report condition. For example, a basis for *condition measurement* could be distresses found in pavement surfaces. A *scale* used to assess and report condition could range from 0 for a failed pavement to 100 for a pavement in perfect condition. ________

b. The condition level at which the government intends to preserve its eligible infrastructure assets reported using the modified approach. ______

U. Disclosures Relating to Liabilities (Cod. Section 2300)

1. Do the financial statements disclose the nature of any restrictions on assets relating to outstanding indebtedness? ______
2. Is the following information relating to debt disclosed? ______
   a. Maturity, interest rates, and annual debt service requirements to maturity for the short-term and long-term issues of outstanding debt ______
   b. Issuance and payment of debt for the period ______
   c. Details of capital leases ______
   d. Amounts of authorized but unissued debt ______
   e. Existence of any significant bond covenants and liquidity agreements ______
   f. Violations of bond covenants ______
   g. Nature and amount of contingent and moral obligations, no-commitment debt and any actions by the government to extend an obligation to pay ______
   h. The amount of unpaid debt that has been defeased ______
   i. Refunding of debt, including the difference between the cash flows to service the old debt and the cash flows to service the new debt, and the economic gains or loss resulting from the transaction ______
   j. Debt issued subsequent to the balance sheet date but before the financial statements are issued ______
   k. An existing or anticipated inability to pay debt when due ______
   l. Terms of interest rate change for variable rate debt (GASBS 38) ______
   m. Interest requirements for variable-rate debt computed using the rate effective at year-end (GASBS 38) ______
3. Are amounts payable from restricted assets separately presented in the financial statements, including
   a. Construction contracts ______
   b. Revenue bonds ______
   c. Fiscal agent ______
   d. Deposits ______
   e. Accrued interest ______
4. Are any conversion features of convertible debt disclosed? ______
5. Are the following disclosures made for demand bonds outstanding? (GASBI 1)
   a. General description of the demand bond program ______
   b. Terms of any letters of credit or other standby liquidity agreements outstanding, commitment fees to obtain letters of credit, and any amounts drawn on them outstanding as of the balance sheet date ______
   c. Description of the take-out agreement, including its expiration date, commitment fees to obtain the agreement, and the terms of any new obligations under the take-out agreements ______
   d. Debt service requirements that would result if the take-out agreement were not exercised ______
   e. If a take-out agreement is exercised converting bonds to an installment loan, the installment loan is reported as debt and included as part of the schedule of debt service requirements to maturity ______
6. For periods after a troubled debt restructuring, do disclosures include the following?
   a. Extent to which amounts contingently payable are included in the carrying amount of restructured payables ______

b. Total amounts contingently payable, when applicable, and conditions under which those amounts would become payable or forgiven ________

7. If debt is considered extinguished in an in-substance defeasance, do disclosures include a general description of the transaction and the amount of debt that is considered extinguished at the end of the period disclosed for as long as the debt remains outstanding? ________

a. Do the disclosures in 7. distinguish between the primary government and its discretely presented component units? ________

8. Regardless of where the debt is reported, for a defeasance of debt through an advance refunding, are the following disclosures provided?

a. General description of the transaction provided in the period of the refunding ________
b. The difference between the cash flows required to service the new debt and complete the refunding ________
c. Economic gain or loss resulting from the transaction ________

9. Are any defaults in provisions of security agreements, indentures or other credit agreements disclosed? ________
10. If a waiver is obtained relating to a debt instrument for a period of time, is the period of time disclosed? ________
11. Are the following conduit debt obligations disclosed? (GASBI 2)

a. General description of the conduit debt transactions ________
b. Aggregate amount of all conduit debt obligations outstanding at the balance sheet date ________
c. Indication that the issue has no obligation for the debt beyond the resources provided by the related leases and loans ________

12. Is a schedule of short-term debt and the purpose for short-term debt disclosed? (GASBS 38) ________
13. Debt service requirements to maturity, separately identifying principal and interest for each of the subsequent years and in five-year increments thereafter? ________
14. Is the following information about long-term liabilities including both long-term debt (such as bonds, notes, loans, and leases payable) and other long-term liabilities (such as compensated absences, and claims and judgments)? (GASBS 34, para 119)

a. Beginning- and end-of-year balances (regardless of whether prior-year data are presented on the face of the government-wide financial statements) ________
b. Increases and decreases (separately presented) ________
c. The portions of each item that are due within one year of the statement date ________
d. Which governmental funds typically have been used to liquidate other long-term liabilities (such as compensated absences and pension liabilities) in prior years ________

V. General Disclosure and Financial Statement Presentation Matters

1. Are significant violations of legal or contractual provisions for deposits and investments reported? ________
2. If the combined statements contain a total column, is it captioned "memorandum only" and do the notes describe this as meaning

a. That the column is for information only? ________
b. If interfund balances and transactions have been eliminated? ________
c. That the column does not present consolidated financial information? ________

3. Are designations and reservations of fund balance that are not evident from the financial statements presented in the notes? ________
   a. If not evident from the financial statements, do the notes disclose material changes in fund balance reserves or designations that are disclosed in the notes? ________
4. Is the method for recognizing "profits" under construction-type contracts disclosed along with the following other disclosures?
   a. If the percentage of completion method of accounting is being used, is the method of measuring the extent of progress toward completion disclosed? ________
   b. Are claims paid in excess of the agreed contract price disclosed? ________
5. Is the method of accounting for expenditures for insurance and similar services that extend over more than one accounting period disclosed? ________
6. Are the following disclosures made relative to budgetary information? (NCGAI 10)
   a. Explanations of differences between the budgetary basis of accounting and GAAP, if any ________
   b. The degree to which the reporting entity's financial operations are subject to a comprehensive appropriated budget or nonappropriated budget or are nonbudgeted activities ________
   c. When a separate budgetary report is issued, do the notes to the general-purpose financial statements make reference to that report? ________
   d. Are any instances where expenditures exceeded appropriation of intended funds disclosed? (Cod. Section 2300) ________
7. Are the following disclosures made relating to extraordinary items:
   a. Is a description of the extraordinary event or transaction and the principal items entering into the determination of the extraordinary gain or loss provided? ________
   b. Are the nature, origin, and amount of an adjustment made in the current period to extraordinary items reported in prior periods? ________
   c. Have material events or transactions that do not meet the criteria for classification as an extraordinary item been considered for reporting as a separate component of income from continuing operations, with the nature and effect of each transaction disclosed? ________
8. Do the notes disclose the entire amount of interest cost during the period and the amount, if any, that has been capitalized? ________
9. If the entity engages in futures transactions that are accounted for as hedges, is the following information disclosed?
   a. Nature of the assets, liabilities, firm commitments, or anticipated transactions that are hedged with futures contracts ________
   b. Method of accounting for the futures contracts, including a description of the events or transactions that result in recognition of income of changes in the value of the contracts ________
10. Do the notes disclose the total research and development costs charged to expense in each period an income statement is presented by proprietary funds? ________
11. Are the segment disclosure requirements met by providing condensed financial statements in the notes, which include the following? (GASBS 34, para 122)
    a. Types of goods or services provided by the segment ________
    b. Condensed statement of net assets:

(1) Total assets—distinguishing between current assets, capital assets, and other assets. Amounts receivable from other funds or component units should be reported separately. ________

(2) Total liabilities—distinguishing between current and long-term amounts. Amounts payable to other funds or component units should be reported separately. ________

(3) Total net assets—distinguishing among restricted (separately reporting expendable and nonexpendable components); unrestricted; and amounts invested in capital assets, net of related debt. ________

c. Condensed statement of revenues, expenses, and changes in net assets:

(1) Operating revenues (by major source) ________

(2) Operating expenses. Depreciation (including any amortization) should be identified separately ________

(3) Operating income (loss) ________

(4) Nonoperating revenues (expenses)—with separate reporting of major revenues and expenses ________

(5) Capital contributions and additions to permanent and term endowments ________

(6) Special and extraordinary items ________

(7) Transfers ________

(8) Change in net assets ________

(9) Beginning net assets ________

(10) Ending net assets ________

d. Condensed statement of cash flows: ________

(1) Net cash provided (used) by: ________

(a) Operating activities ________

(b) Noncapital financing activities ________

(c) Capital and related financing activities ________

(d) Investing activities ________

(2) Beginning cash and cash equivalent balances ________

(3) Ending cash and cash equivalent balances ________

12. For purposes of fund types presenting a statement of cash flows, is the policy disclosed for which short-term investments are considered cash equivalents? ________

13. For interfund transfers, are amounts transferred from other funds by individual major fund, nonmajor governmental funds in the aggregate, nonmajor enterprise funds in the aggregate, internal service funds in the aggregate, and fiduciary fund type disclosed, as well as a general description of the principal purposed of interfund transfers as well as purposes for and amounts of certain transfers? (GASBS 38) ________

14. For interfund balances, are amounts due from other funds by individual major fund, nonmajor governmental funds in the aggregate, nonmajor enterprise funds in the aggregate, internal service funds in the aggregate, and fiduciary fund type disclosed, as well as the purpose for those balances and the amounts that are not expected to be repaid within one year? (GASBS 38) ________

W. Disclosures about Derivatives

1. Has the government disclosed its objectives for entering into the derivative? ________

2. Are the following significant terms of the derivative transaction disclosed?

a. Notional, face, or contract amount ________

b. Underlying indexes or interest rates, including terms such as caps, floors, or collars ________

c. Options embedded in the derivative ________

d. The date when the derivative became effective and when it is scheduled to terminate or mature ________
e. The amount of cash paid or received when the derivative was initiated ________

3. Is the fair value of the derivative disclosed along with significant assumptions used to estimate fair value if fair value is based on other than quoted market prices? ________
4. Has the government disclosed, when applicable, its exposure to the following risks that could give rise to financial loss?

a. Credit risk, including the following specific disclosures: ________

(1) The credit quality ratings of counterparties as described by nationally recognized rating agencies as of the date of the statement of net assets ________
(2) The maximum amount of loss due to credit risk, based upon the fair value of the derivative as of the date of the statement of net assets ________
(3) A brief description of the collateral or other security that supports derivatives subject to credit risk and information about the government's access to that collateral or other security ________
(4) Information about any master netting agreements to mitigate credit risk ________
(5) The extent of diversification among counterparties ________

b. Interest rate risk, including the increased exposure and the derivative's terms that increase interest rate risk ________
c. Basis risk, including the derivative's payment terms and any payment terms on the government's associated debt ________
d. Termination risk, including the following specific disclosures:

(1) Any termination events that have occurred ________
(2) Dates that a derivative may be terminated ________
(3) Out-of-the-ordinary termination events contained in contractual documents, such as additional termination events contained in the Schedule to the International Swap Dealers Association Master Agreement ________

e. Rollover risk, including the maturity of the derivative and the maturity of the associated debt ________
f. Market-access risk ________

I

N

O

P